BURKE'S WAR,

en français

La guerre de Burke,
Bob Burke Action Thriller 1

un roman de

William F. Brown

Copyright 2024

D1692576

CHAPITRE UN

Comme des millions de voyageurs d'affaires avant lui, Bob Burke s'est retrouvé à regarder distraitement par le hublot d'un 767 qui venait d'atterrir à l'aéroport O'Hare de Chicago. Contrairement à tous les autres, cependant, alors que les immeubles de la banlieue défilaient sous ses yeux, il a vu un homme assassiner une femme sur l'un des toits en contrebas. Personne ne l'a cru, bien sûr, mais cela n'avait pas d'importance. Il savait ce qu'il avait vu, et Bob Burke n'était pas du genre à laisser une telle chose en suspens.

Il rentrait chez lui à Chicago après un rapide voyage d'affaires à Washington, D.C., sur un vol United Airlines, assis sur un siège côté fenêtre en première classe. C'était la fin de l'après-midi. Le temps était parfait et la visibilité était illimitée. Le 767 était en approche finale et il jouissait d'une vue plongeante sur la mer de maisons, de magasins et de bureaux qui composaient la banlieue ouest de Chicago. Il est difficile de ne pas regarder le monde passer. On se sent un peu comme Dieu, pensait-il, ou en tout cas comme un voyeur à 200 milles à l'heure. Puis, au cours des quelques secondes qui ont suivi, sa vie a changé pour toujours.

Le toit était celui d'un grand bâtiment commercial - peut-être un bureau ou un entrepôt quelconque. Il était grand, plat et recouvert de ce gravier brun clair que les couvreurs utilisent comme lest. Que ce soit sur un toit comme celui-ci, dans la jungle, dans un désert aride ou sur un sentier de haute montagne, la première chose qui attire l'attention d'un fantassin, c'est le mouvement. Dans ce cas, la porte de l'escalier de secours de l'immeuble s'est soudainement ouverte et une femme brune s'est précipitée sur le toit, comme si les chiens de l'enfer étaient sur ses talons. Elle portait une robe blanche fine et douce qui se gonflait autour d'elle. Juste derrière elle, un grand homme vêtu d'un costume sombre courait encore plus vite. Elle semblait pâle et menue, presque délicate, et l'homme faisait deux fois sa taille. La femme s'est retournée et l'a pointé du doigt, en criant et en étant clairement terrifiée, tandis qu'il se rapprochait en riant. Après tout, elle pouvait courir aussi vite qu'elle le voulait, mais le toit était littéralement une impasse pour elle.

Elle a fait quelques pas de plus, a trébuché et est tombée. C'est tout ce dont l'homme avait besoin. Sa robe blanche, ses bras, ses jambes et ses graviers ont volé dans toutes les directions lorsqu'il a sauté dessus, l'a chevauchée et a enroulé ses doigts autour de sa gorge. Ils étaient longs et fins, et Burke pensait qu'ils pourraient faire deux ou trois fois le tour de son cou. Elle s'est débattue avec une détermination farouche, luttant pour se dégager et finalement pour respirer; mais il était trop grand et trop puissant pour elle. Terrifiée, elle ouvrit la bouche et tenta de crier, mais il se pencha en avant de tout son poids, appuyant sur sa gorge, lui arrachant lentement la vie. De plus, avec le vrombissement du gros avion qui passait au-dessus d'elle, elle aurait pu crier à pleins poumons et personne ne l'aurait entendue de toute façon.

C'est à ce moment-là que la tête de la femme a tourné. Elle a levé les yeux et a vu le visage de Bob Burke dans le hublot de l'avion. Pendant ce bref instant, il a dû lui offrir une mince lueur d'espoir, et elle a bougé, émis un son ou fait quelque chose pour alerter l'homme au costume sombre, parce qu'il a aussi levé les yeux et vu Burke qui le fixait. D'après son expression, l'homme n'avait pas l'air inquiet. Il ne s'est pas arrêté et n'a même pas fait de pause. Au contraire, il a serré encore plus fort et a étranglé la vie de la jeune femme sous les yeux de Burke. Froid ? Cruel ? Il n'y avait pas la moindre trace d'alarme ou de panique dans les yeux de ce salaud et il semblait y prendre plaisir. Et pourquoi pas ? L'homme à bord de l'avion ne pouvait rien faire pour l'arrêter.

Au fil des ans, Bob Burke a vu beaucoup de gens mourir. Il a même probablement tué plus que sa part ; mais c'était pendant deux guerres, et ce n'était pas l'Irak ou l'Afghanistan. Il volait dans un 767 au-dessus de la banlieue de Chicago et, pendant une seconde, il a oublié où il se trouvait. Il a détaché sa ceinture de sécurité, s'est levé et a crié : "Mon Dieu, ce type est en train de la tuer", en montrant le hublot.

Son vice-président des finances, Charlie Newcomb, est assis à côté de lui dans l'allée. Burke saisit le bras de Charlie et essaie de le tirer vers la fenêtre pour qu'il regarde, mais Charlie a quarante kilos de trop. Son gros derrière était enfoncé dans son siège et sa ceinture de sécurité bien attachée autour de lui. Il n'y avait donc aucun moyen pour Charlie de bouger assez vite pour voir quoi que ce soit au sol avant que l'avion ne disparaisse du champ de vision. En dernier recours, Burke s'est penché dans l'allée, a attiré l'attention de l'hôtesse de l'air sur son strapontin de la cuisine et lui a crié de venir voir, mais cela s'est avéré être une idée encore plus mauvaise.

C'est par un bel après-midi de fin de printemps à Washington DC que Charlie et lui ont hélé un taxi devant le Pentagone et sont retournés à Dulles, la queue entre les jambes. Il y avait un soupçon de cerisiers en fleurs et d'azalées dans l'air et les orages habituels de fin d'après-midi se formaient déjà au-dessus du Potomac, au nord-ouest. À Chicago, l'air semblerait frais et vif, mais les deux hommes avaient bien d'autres préoccupations que le temps qu'il faisait. Leur société venait de subir un coup dur, grâce aux bureaucrates du ministère américain de la Défense et au vieux "deux-pas" politique de Washington.

Affalé dans son siège en première classe, Bob Burke essayait de ne pas y penser. Il en était à son deuxième scotch gratuit, l'un des rares avantages qu'offrait encore un billet de première classe. Le pilote terminait une série de longs virages en boucle vers le nord et vers l'est jusqu'à ce que le gros avion soit pointé vers les villes de banlieue de Wheaton, Glen Ellyn, Addison, Indian Hills, et enfin vers la piste L-110 d'O'Hare. Vingt miles plus loin, les champs de maïs ont été remplacés par des fairways vert émeraude, des fosses de sable blanc, des lotissements, des rues sinueuses, des culs-de-sac, des maisons tentaculaires, des garages pour trois voitures, des pelouses fraîchement tondues et des piscines avec de hautes clôtures. Les routes de campagne à deux voies se sont élargies à quatre, voire six voies, et des stations-service, des banques et des centres commerciaux ont surgi aux intersections de plus en plus fréquentes.

Il terminait sa première année en tant que président de Toler TeleCom, une petite entreprise de télécommunications et de conseil en logiciels de haute technologie située dans la banlieue de Chicago. Charlie et lui étaient en ville pour présenter ce qui était censé être un renouvellement de routine de leur contrat avec le ministère de la Défense pour concevoir et fabriquer des dispositifs de cryptage et d'enregistrement pour le ministère de la Défense, mais ils ont appris que les gnomes de l'approvisionnement du ministère de la Défense avaient soudainement décidé de "prendre une autre direction", comme ils l'ont si agréablement dit. Avec un sourire narquois et un coup de stylo, Toler TeleCom a perdu son plus gros contrat au profit de Summit Symbiotics, une entreprise dont elle n'avait jamais entendu parler. "Perdu" est une façon généreuse de présenter les choses. "Volé" était plus exact.

Après West Point et douze ans passés à effectuer les missions d'infanterie, d'opérations spéciales et de force Delta les plus difficiles que l'armée américaine puisse offrir, Bob Burke pouvait lire les gens comme un faucon de chasse et son instinct de survie était aiguisé comme un rasoir. Après tout, c'est pour cela qu'Ed Toler l'a engagé. Mais lorsqu'une catastrophe comme celle-ci se produit, les hommes réagissent différemment. Bob choisit de fixer le hublot de l'avion et de repasser la réunion du ministère de la Défense encore et encore dans son esprit, essayant de trouver des nuances subtiles ou des "indices" qu'il aurait pu manquer la première fois; Charlie passa le vol penché sur son ordinateur portable, les yeux dansant sur les feuilles de calcul de l'offre gagnante de Summit, désespéré d'y trouver une faible lueur d'espoir. Pourquoi ?

Charlie était un comptable. Il croyait encore que les réponses pouvaient être trouvées dans ses lignes et ses colonnes bien ordonnées. Bob savait mieux que lui. La décision du ministère de la Défense empestait la politique et les conneries, pas les chiffres. Dans cette arène, les réponses se trouvaient dans ce que Burke voyait dans les yeux d'un homme, ce qu'il entendait dans sa voix et ce qu'il ressentait dans sa poignée de main. C'est pourquoi il a su qu'ils étaient foutus dès qu'il a entendu l'équipe d'approvisionnement du ministère de la Défense dire qu'elle acceptait la proposition de Summit Symbiotics au lieu de celle de Toler TeleCom.

C'était un coup monté, bien sûr. Soit les souriants responsables des achats du ministère de la Défense avaient été informés de leur décision par les hauts gradés de la ceinture intérieure du Pentagone, soit Summit avait laissé une mallette pleine d'argent ou une offre d'emploi sur le bureau de quelqu'un. Appelez cela une contribution de campagne, un pot-de-vin, une "participation aux bénéfices avant la retraite" ou un pot-de-vin à l'ancienne, mais Summit a soumis une offre incroyablement basse. Avec le recul, il s'agissait probablement des quatre. Tout le monde savait que Summit ferait plus que compenser la perte par une série d'ordres de modification ultérieurs.

Honte au ministère de la Défense et honte à un commandant de combat et tacticien de premier ordre comme Bob Burke pour ne pas avoir anticipé un piège, s'être laissé surprendre par une tactique aussi évidente et n'avoir pas été prêt avec ses propres contre-mesures. C'était une leçon douloureuse de plus que la guerre bureaucratique sur le Potomac pouvait être tout aussi méchante et mortelle que les nombreux échanges de coups de feu auxquels il a participé au cours de ses quatre affectations en Irak et en Afghanistan. Dans le "désert", les méchants portaient des AK-47 et des RPG, mais l'armée américaine lui a donné son propre fusil et l'a laissé riposter.

"Bon sang, c'est *vraiment* bidon", continue Charlie en ronchonnant, surtout pour lui-même, à propos de la proposition de Summit. "Ce truc ne répond même pas à la moitié des spécifications".

"Bien sûr que non", a répondu Bob assez calmement.

"On s'est fait avoir, Bobby, purement et simplement. Comment les fédéraux ont-ils pu être aussi stupides ? Je peux te montrer les choses qui ont été oubliées dans leur offre. Ils reviendront en courant avec des dépassements et des ordres de modification avant le printemps et les fédéraux devront les accepter, parce qu'ils ne pourront jamais admettre qu'ils ont fait une erreur aussi grave. Tu regardes. Il n'y a aucune chance que ça tienne. Ces salauds !"

"C'est Washington, Charlie. Tout tourne autour de la politique et des pots-de-vin maintenant, pas de la compétence", répond Bob en vidant son verre de scotch et en le brandissant pour que l'hôtesse de l'air dans l'office puisse voir son visage souriant. "Mais nous le savions depuis longtemps, n'est-ce pas ? Notre erreur a été de nous lancer dans les affaires du ministère de la Défense dès le départ."

"Ce n'est pas de ta faute, Bobby. Essayer de mettre notre nez dans l'auge fédérale, c'était la grande idée d'Ed Toler. C'était un type bien, mais tu as hérité de son gâchis."

"Charlie, Ed est dans le sol depuis deux ans maintenant. Si l'armée ne m'a rien appris d'autre, c'est que tu ne peux pas continuer à blâmer ton prédécesseur, pas si tu as eu assez de temps pour changer les choses. La seule chose que je regrette, c'est que cela va coûter leur travail à beaucoup de gens bien."

L'hôtesse de l'air, Sabrina Fowler, s'est finalement approchée en tenant un autre double scotch, mais elle n'était pas très contente. Elle a regardé sa montre et a dit : "Nous atterrissons dans quinze minutes, et vous êtes tous les deux en boucle."

"Pas lui." Bob a jeté un coup d'œil à Charlie avec un sourire agréable et anesthésié. "Il va bien."

"Mince. C'est trop drôle", répond-elle, impassible, ayant déjà entendu trop souvent ce numéro sophomorique. "Écoute, je suis debout depuis 6 heures ce matin, et je n'ai pas besoin d'un autre humoriste. Lequel d'entre vous conduit ?"

"Le Grinch à côté de moi", a menti Bob. "Nous serons sages, honnêtement".

"D'accord", dit-elle en rétrécissant les yeux et en posant le nouveau verre sur l'accoudoir. "Mais si j'ai un retour de bâton, tu ferais mieux de ne plus jamais être sur mon vol. C'est compris ?"

"Oui, madame", répond Bob avec un sourire victorieux. Il détestait les dépenses professionnelles inutiles liées aux vols en première classe, mais de temps en temps, il y avait des avantages.

Alors que l'hôtesse de l'air s'éloigne, Bob ramasse le scotch frais et en boit la moitié. Il entend le gémissement et le grincement du train d'atterrissage du 767 et se retourne vers le hublot. En bas, le gros avion traversait un terrain de golf de banlieue verdoyant, et il a vu un type découper son coup de départ dans les bois, tandis que ses copains draguaient la "fille à la bière" dans le chariot à boissons. Sur le green suivant, un quatuor en surpoids a fait un mauvais putt. En succession rapide, les grandes maisons et les terrains de golf ont cédé la place à des maisons plus petites, des appartements, des immeubles de bureaux à deux étages, des entrepôts de faible hauteur et de grands centres de distribution, à mesure que le jet descendait plus bas. Ce sont les coquilles jetables du commerce américain moderne - les bâtiments loués et polyvalents qui abritent la grande majorité des entreprises de banlieue d'aujourd'hui.

Personne n'aime vivre dans une maison ou jouer au golf sous un 767 volant à basse altitude, mais cela ne dérangerait pas un homme conduisant un chariot élévateur bruyant ou un employé de bureau dactylographe assis dans un box sous un plafond de tuiles acoustiques épaisses et isolées, et c'est pourquoi des bâtiments de ce type s'entassent autour d'un aéroport bruyant comme O'Hare. Une chose que la plupart d'entre eux avaient en commun, cependant, était un grand toit rectangulaire. Il pouvait être blanc, noir ou de différentes teintes de brun, selon qu'il était fait d'un des nouveaux matériaux plastiques high-tech à couche unique ou de couches de brai de charbon et de papier goudronné noir à l'ancienne. Si le toit était brun clair, il était généralement "lesté" d'un pouce ou deux de gravier rond en vrac pour le protéger.

Bob laisse ses yeux parcourir les bâtiments en contrebas, tandis que Charlie continue de fulminer contre la proposition de Symbiotics. Bob essaie de l'ignorer, mais Charlie touché alors un point sensible. "Angie va craquer quand elle va apprendre qu'on a perdu le contrat, n'est-ce pas ?".

"Ne t'inquiète pas pour Angie. C'est moi qu'elle va marteler, pas toi", a-t-il rapidement répondu.

Charlie l'a regardé. "Oh, tu n'as pas l'air plus mal en point, Bob".

"Crois-moi, cette femme sait comment laisser des bleus et des cicatrices là où on ne les voit pas", répond-il avec un sourire complice. Angie était la volatile et future ex-femme de Bob Burke. Elle était le seul enfant d'Ed Toler. Quand Ed a fondé Toler TeleCom, il a fait d'Angie sa vice-présidente, chargée d'absolument rien, avec un gros salaire et un compte de dépenses encore plus important.

Mais dès qu'il a rencontré Bob, Ed s'est rendu compte que son nouveau gendre ferait un bien meilleur successeur qu'Angie. Il commence à convaincre Bob d'abandonner sa carrière dans l'armée et de rejoindre Toler TeleCom en tant que vice-président des opérations - un vrai travail avec de vraies responsabilités. Au début, Bob en a ri, mais la vérité, c'est qu'il était épuisé par des combats presque continus et stressants dans un pays du tiers-monde après l'autre. Vous êtes ce que vous êtes, et vous êtes ce que vous faites, il ne le savait que trop bien. Il a donc fini par accepter. Il était plus que prêt pour un changement et s'est lancé dans sa nouvelle carrière sans aucune réserve. C'est à peu près à la même époque qu'Ed Toler a attrapé l'anneau de cuivre brillant des affaires du ministère de la Défense.

Deux ans plus tard, quand Ed tomba malade et entra à l'hôpital pour ne plus en ressortir, il nomma Bob nouveau président de l'entreprise à la place de son héritier présomptif et successeur, Angie. Leur mariage, normalement incendiaire, s'était éteint quelques mois auparavant, mais lorsque le vieil homme a confié le contrôle à Bob plutôt qu'à Angie, cela a suffi. Tous les directeurs d'Ed, les syndicats et les banques ont rapidement accepté le choix d'Ed, mais Angie ne l'a jamais fait.

"Tu penses qu'elle va encore nous poursuivre en justice ?" demande Charlie.

"Probablement. Cette fille a toujours eu plus d'avocats que de cerveaux."

"Et le sens de l'humour d'un chat échaudé".

Bob sourit agréablement, sachant que Charlie ne pouvait pas savoir la moitié de la chose, et retourna à son scotch et à la fenêtre. Le gros avion de ligne descendait de plus en plus bas, mais son esprit continuait à être ailleurs. Tout bien considéré, il se rendait compte que sa décision de quitter l'armée avait peut-être été une erreur. Il est vrai que les opérations spéciales sont un monde sauvage, où tous les coups sont permis, mais c'est important et stimulant, et il est exceptionnellement compétent dans ce domaine. Il aimait les hommes aux côtés desquels il se battait. C'était un cliché, mais ils étaient frères, et ce lien ne se briserait jamais. Et après une journée comme celle d'aujourd'hui, il préférait se battre sur le fleuve Amu Darya en Afghanistan plutôt que sur le Potomac. Malheureusement, c'est peut-être même plus sûr.

En contrebas, des dizaines et des dizaines de bâtiments commerciaux, de bureaux et d'industries légères s'étirent vers l'horizon. À sa gauche, il aperçoit un grand réservoir d'eau municipal blanc. Peint sur son côté en vert vif, le profil d'un chef indien coiffé d'un bonnet de guerre. Presque directement en bas, entre l'avion et le réservoir d'eau, se dressait un immeuble de bureaux de trois étages en verre bleu. C'est à ce moment-là qu'il a vu la femme en robe blanche se précipiter sur le toit. Il n'oubliera jamais l'image de sa course, trébuchant sur le gravier, ni celle de l'homme en costume bleu foncé qui la poursuivait.

Il semblait plus âgé, avec des tempes grisonnantes, une chemise blanche et une riche cravate à rayures rouges. Il avait l'air presque digne, comme un politicien dans une émission d'information du dimanche matin, un de ces prédicateurs de Caroline du Sud sur la télévision câblée, ou un chat de la jungle à l'affût - calme et sous contrôle alors qu'il la mettait à terre. À l'instant où elle a levé les yeux vers l'avion et vers Burke, l'homme au costume sombre a lui aussi levé les yeux vers lui ; leurs regards se sont croisés et son expression sadique s'est gravée dans le cerveau de Burke. Puis, aussi rapidement que les deux silhouettes sont apparues en bas, elles ont disparu de son champ de vision.

Désespéré de l'empêcher de la tuer, Burke a détaché sa ceinture de sécurité, s'est levé et a essayé d'enjamber Charlie pour passer dans l'allée, mais cela n'a rien donné. Sabrina Fowler, l'hôtesse de l'air, a sauté de son strapontin dans la cuisine et s'est précipitée dans l'allée jusqu'à leur rangée.

"Monsieur Burke, retournez à votre place. Maintenant !" ordonne-t-elle. Comme un bon défenseur central, elle lui a coupé la route et l'a encadré. Ses genoux étaient fléchis, son poids était réparti uniformément sur la pointe de ses pieds et elle se tenait dans une position athlétique parfaite de "triple menace" pour l'arrêter net. Elle a placé la paume de sa main contre sa poitrine et l'a repoussé dans son siège avant qu'il ne puisse poser un pied dans l'allée. Peu importe où il pensait aller, il n'y arriverait pas.

"Tu m'as dit que tu serais sage". Elle lui lance un regard noir.

"Viens par ici et regarde." Il s'est retourné et a pointé la fenêtre, ses yeux noirs de jais lançant des éclairs. "Il y a une femme qui se fait tuer là-bas !"

"Je ne pense pas, maintenant attache ta ceinture de sécurité !".

"Je suis sérieux. Viens ici et regarde", a-t-il essayé de la convaincre.

Sa patience épuisée, elle lui dit : "Je *savais que* je n'aurais pas dû te donner ce troisième verre !".

"Mais il l'étrangle".

Elle s'est penchée en avant et lui a mis le doigt dans l'œil. "Boucle cette ceinture de sécurité, ou je te ferai arrêter quand nous atterrirons. Tu as compris ?"

Finalement, il s'est exécuté et a enclenché la ceinture, mais il a continué à se disputer avec Charlie et avec elle. "Tu l'as vue, n'est-ce pas, Charlie ?"

"Bob, j'étais là, le nez dans un tableur. Je n'ai pas vu..."

À contrecœur, Burke se retourne vers l'hôtesse de l'air. "Écoute, demande au capitaine et au reste de l'équipage dans le cockpit. Ils ont dû regarder dehors aussi. Ou demande aux autres passagers de ce côté de l'avion. Quelqu'un d'autre a dû le voir."

"Je ne vais pas demander quoi que ce soit à qui que ce soit avant que nous ayons atterri".

"D'accord, mais je veux parler à la police dès que nous l'aurons fait".

"Oh, ce ne sera pas un problème, monsieur Burke", répond-elle d'un ton sarcastique. "Je suis sûre qu'ils voudront aussi vous parler. Maintenant, assieds-toi et tais-toi!"

CHAPITRE DEUX

L'aéroport O'Hare ressemblait à une grande pieuvre jetée sur la glace depuis le pont supérieur d'une arène de hockey, ses pattes s'étalant dans toutes les directions. Après l'atterrissage du 767, le pilote a pris un long chemin détourné autour des voies de circulation jusqu'à l'autre côté du grand terminal, laissant Bob Burke se demander si la porte C-28 se trouvait dans l'Illinois ou dans le Wisconsin. Dès que le voyant de la ceinture de sécurité s'est éteint, il a essayé d'enjamber Charlie et de se diriger vers la porte de sortie, mais Sabrina Fowler, qui n'était plus du tout amicale, n'en a pas voulu. Elle l'arrête d'un long index pointé avant qu'il n'ait fait deux pas dans l'allée.

"Oh, non, tu n'en as pas besoin." Elle lui donne un nouveau coup de couteau dans la poitrine et l'enfonce dans son siège. "Toi non plus", dit-elle en tournant sa colère vers Charlie.

"Moi ? Qu'est-ce que j'ai fait ?" demande Charlie.

"Tu es avec lui, c'est suffisant".

Avec un lourd soupir, Burke est retourné à son siège, a regardé par la fenêtre et a attendu, sachant qu'il était maintenant bien trop tard pour essayer d'aider cette femme, s'il le pouvait un jour.

Après le "débarquement" des derniers passagers, Sabrina est finalement revenue, lui a adressé un mince sourire et leur a fait signe de rassembler leurs sacs et de la suivre. Sur la rampe au-delà de la porte de sortie se tenaient deux officiers de police de Chicago en uniforme et le lieutenant-détective Ernie Travers. Grand et costaud, Travers portait un costume bleu bon marché qui lui collait à la peau comme un vieux sac froissé et qui aurait pu provenir du rayon "2-For" de JCPenney. Il est difficile de blâmer cet homme, pense Burke. De nos jours, quand on fait du "travail de flic", les taches de sang, la sueur, la nourriture, le café et le frottement contre les criminels non lavés transforment la plupart de vos vêtements en articles jetables.

De plus, avec la morphologie de Travers, il avait besoin d'une tenue spacieuse pour couvrir ce que Bob Burke a immédiatement reconnu comme étant un gros pistolet dans un étui d'épaule sous son bras, ainsi que les menottes, le carnet de notes, la radio bidirectionnelle et tout le reste de la panoplie de flics que même un officier en civil doit porter de nos jours. L'armée avait résolu ce problème plusieurs guerres auparavant en distribuant à ses hommes des vêtements utilitaires bon marché, mais ce n'était pas une option pour un inspecteur de police.

Travers se tenait au centre de la rampe à l'extérieur de la porte de sortie de l'avion, les bras croisés sur sa poitrine, évaluant soigneusement Bob Burke qui s'approchait. Bob faisait la même chose, et ils le savaient tous les deux, notant les mains de Travers, son langage corporel et le regardant dans les yeux. C'est en observant ce genre de choses que Burke a été formé, et apparemment Travers aussi. Pendant un bref instant, leurs yeux se sont croisés et la première étincelle de reconnaissance mutuelle est passée entre eux. Le flic costaud de Chicago mesurait une tête et demie de plus, pesait au moins soixante ou soixante-dix kilos de plus et avait vingt ans de plus.

Pour les mêmes raisons, Bob se dit qu'il devait avoir l'air très ordinaire et même un peu ringard aux yeux du grand flic. De taille et de poids moyens, Burke était plus en forme et plus mince que ne le laissait paraître son costume taillé par un professionnel. Le col et les poignets de la chemise d'Ernie Travers étaient grisonnants et effilochés, et son affreuse cravate verte en plaid avait dû être jetée avec le costume, alors que la tenue de Bob Burke semblait neuve et coûteuse.

Le col de sa chemise était déboutonné et sa cravate en soie pendait au cou, mais c'était typique de la plupart des autres hommes d'affaires qui passaient par le terminal en fin d'après-midi. Comme les autres, il portait une mallette ; mais la sienne était épaisse et bien usée, comme si elle n'était pas là pour faire joli et qu'il y transportait des choses qu'il pourrait utiliser dans le cadre de son travail. Il en allait de même pour sa montre. C'était une Timex bon marché, de couleur noire, avec un bracelet en nylon de couleur olive. Travers a beau chercher, il ne voit pas de tatouages, de boucles d'oreilles ou d'accessoires voyants accrochés au cou de cet homme.

"Je comprends que tu veuilles parler à la police", dit Travers.

"Oui, eh bien, il est un peu tard pour ça maintenant", répond Burke, réalisant que ce serait une énorme perte de temps. "J'ai vu une femme se faire attaquer là-bas..."

"Derrière ? Tu veux dire dans l'avion ? Dans la cabine ?" demande rapidement Travers.

"Non, non, à l'extérieur, sur le sol. Je regardais par la fenêtre lorsque nous avons atterri, et j'ai vu un homme poursuivre une femme sur l'un des toits. Il l'a fait tomber, a sauté sur elle et a commencé à l'étrangler."

Travers l'a étudié pendant un moment. "Vous regardiez par votre fenêtre et vous avez vu ce qui se passait au moment où votre avion arrivait ? Je suppose que tu as de bons yeux, Mr...."

"Burke, Bob Burke".

"Vous avez une pièce d'identité, M. Burke ?" demande Travers en tendant la main, l'air à la fois ennuyé et en colère.

Burke s'exécute, sort son portefeuille et tend à Travers son permis de conduire et une carte de visite.

Travers les a étudiés tous les deux pendant un moment. "Qu'est-ce qui vous amène à Chicago ?"

"Je vis ici, à Arlington Heights, comme vous pouvez le voir d'après l'adresse figurant sur mes cartes d'identité".

"Et ton entreprise, Toler TeleCom ?"

"C'est à Schaumburg. Nous concevons et installons des systèmes de télécommunications avancés. Certains sont des applications commerciales, d'autres des projets hautement classifiés pour le ministère de la Défense."

"Hautement confidentiel ? Et tu es le président de la société. Je parie que ça nécessite une bonne habilitation de sécurité, n'est-ce pas ?" demande Travers, pensant que Burke n'est peut-être pas complètement cinglé alors qu'il glisse le permis de conduire et la carte de visite dans la poche de sa chemise.

"Mes autorisations sont à peu près aussi élevées que tu peux l'être, et l'ont toujours été".

"J'en suis sûr", dit Travers en se penchant plus près et en reconnaissant l'odeur de l'alcool. Il a regardé Burke dans les yeux et a pu constater qu'il était bien grillé. "C'est quoi, du bourbon ?"

"En fait, deux scotchs, bien serrés", répond Burke.

"Un couple ? Il en a bu trois, et c'était tous des doubles", ajoute Sabrina Fowler.

"Ah, un autre pays dont on entend parler." Travers se tourna vers elle avec un mince sourire qui ne pardonne pas. "Et vous travailliez en première classe ? Miz..." demanda-t-il en lisant son badge. "Fowler ? Ce qui veut dire que c'est vous qui lui avez servi toutes ces boissons, et que c'est vous que je dois remercier de m'avoir sauvé de ce sandwich aux boulettes de viande brûlant dans le bureau ?"

"Oh, lâchez-moi un peu, lieutenant", a-t-elle répondu avec colère.

Travers a retourné son regard sur Burke. "Écoutez, il est tard et je suis fatigué. Je vous donnerai un laissez-passer unique si vous êtes franc avec moi, Monsieur Burke. Avez-vous *vraiment* vu quelque chose en bas, ou est-ce que c'est un peu trop de scotch qui parle ?"

"Tu as un détecteur de mensonges ?"

"Non, et je n'ai pas non plus d'éthylotest sur moi". Travers lui lance un regard noir.

"Je suppose que nous sommes quittes alors". Burke lui répond par un regard noir. "Inspecteur, je sais ce que j'ai vu ; alors tu vas continuer à rester là à me casser les pieds, ou on va retourner là-bas et regarder ?".

"Là-bas ? Où exactement pensez-vous que "là-bas" puisse se trouver, M. Burke ?"

C'est alors que le pilote et le reste de l'équipage de cabine descendent l'allée derrière eux, portant leurs sacs et espérant se faufiler pour se diriger vers leur hôtel, mais Travers lève la main comme un policier de la circulation et les arrête à la porte. "Capitaine Schweitzer", dit Travers en lisant le badge du pilote, "donnez-moi un coup de main. Ce monsieur dit qu'il a vu une femme se faire attaquer sur un toit alors que vous veniez d'atterrir. Entre le moment où vous étiez assez bas pour qu'il puisse voir quelque chose comme ça et le moment où vous avez atteint les feux extérieurs de la piste, il doit s'écouler quoi ? Quatre ou cinq miles, à quelques centaines de miles à l'heure ?"

"Par temps clair comme aujourd'hui, oui. Et peut-être un kilomètre de large", répond Schweitzer.

"D'accord, disons quatre kilomètres carrés, peut-être plus", conclut Travers en se retournant vers Burke. "C'est la moitié des banlieues au nord et à l'ouest d'ici".

"Le bâtiment n'était pas si loin derrière, lieutenant", rétorque Burke. "Nous étions assez bas à ce moment-là, à quelques centaines de pieds ou moins, je suppose."

Travers a penché la tête et l'a étudié pendant un moment. "Quoi ? Tu pilotes aussi des avions ?"

Burke croisa les bras sur sa poitrine, leva les yeux et adressa au grand flic un mince sourire irrité. "Non, mais j'ai suffisamment volé *avec* - des jets, des hélicos et des hélicoptères, à basse altitude et à grande vitesse - alors on peut dire que je sais à quoi ressemblent les choses de près et de loin comme ça."

Travers a jeté un second coup d'œil, plus attentif. Il a vu une collection de cicatrices sur les mains et le visage de Burke et a reconnu l'anneau de classe distinctif à son doigt. "Un cogneur de West Point ?"

"L'école de réforme de l'oncle sur l'Hudson, la classe de 99... Et vous ? Les députés ?"

"Bien vu. L'Irak, les deux guerres, mais j'étais dans la réserve, 'l'aide d'été', comme on l'appelait. Quelque chose me dit que tu n'étais ni l'un ni l'autre, n'est-ce pas ?"

"Moi ? Oh, j'ai passé douze ans dans le corps des transmissions."

"Le corps des transmissions ?" Travers se moque. "Tu n'as pas l'air d'un gars du téléphone pour moi".

"C'est drôle, j'entends souvent ça", dit Burke avec un sourire gêné. "Signal m'a prêté à l'infanterie dès ma sortie du Point. J'ai fait partie d'un bataillon de mécas, des Rangers et d'autres choses."

"D'autres choses ?" C'est au tour de Travers de sourire. "Quoi ? Delta ? Les opérations spéciales ? Avec l'anneau et douze ans de service, ça ferait de toi quoi ? Un capitaine ou un major ?"

"Un major", dit Burke, décidant qu'il était temps de changer de sujet. "Et vous, lieutenant ? Vous êtes toujours dans la réserve ?"

"Moi ? Oh, je suis colonel à part entière maintenant, je veille à ce que l'Illinois ne soit pas envahi par le Wisconsin avec le reste d'entre nous, les "guerriers du week-end", Major."

"Non. Non, c'est monsieur tout le monde, maintenant, lieutenant. J'ai raccroché l'uniforme et le grade il y a trois ans. Vous, les gars à la gâchette facile, vous pouvez avoir toute l'excitation maintenant."

"Des types enthousiastes ? Bon sang, tu t'es trompé", dit Travers en riant. "Dans six mois, j'aurai fait mes vingt-cinq ans et je partirai. Cependant, on dirait que tu as passé du temps à voler. Malheureusement, il y a beaucoup de toits là-bas, Monsieur Burke."

"D'accord, mais c'était un immeuble de bureaux, haut de trois étages peut-être, tout en verre bleu. Presque tout le reste était plat et bas, seulement un ou deux étages, alors il se démarquait."

"C'est vrai, mais cela n'a pas d'importance." Travers fronce les sourcils, réfléchissant. "Si le bâtiment se trouve à l'ouest, il est en dehors de la propriété de l'aéroport et bien en dehors de ma juridiction."

"Votre juridiction ?" Burke s'est fâché. "Écoute, j'ai vu une femme se faire assassiner là-bas. Qu'est-ce que la juridiction peut bien faire ?"

"Rien pour toi, mais cela ouvre un monde de complications juridiques", dit Travers en détournant le regard, gêné, sachant que Burke avait raison. Frustré, il reporta son attention sur Charlie, Sabrina et les autres membres de l'équipage. "L'un d'entre vous a vu quelque chose ?" demanda-t-il avec espoir, mais il n'obtint en retour que des haussements d'épaules et une plainte bruyante.

"Lieutenant," se lamente l'hôtesse de l'air, "j'ai un départ pour Orlando, à la première heure".

"Je n'en doute pas, Miz Fowler, mais j'ai un très beau canapé dans mon bureau qui devrait t'aider à soulager tes pieds endoloris. Au fait," Travers tourna la tête et regarda Charlie pendant un moment, "ce type est avec toi ?"

"Je suis son vice-président des finances".

"Ah, un compteur de haricots. C'est bien, non ?", répond Travers, impassible. "Tu peux venir aussi."

"Tu dois te moquer de moi", plaide Sabrina. "Je n'ai rien vu du tout".

"Non, mais tu es la seule paire d'yeux indépendante que j'ai et puisque tu as versé toutes ces boissons, tu viens". Travers se retourne vers le pilote. "Toi aussi. J'ai des cartes dans mon bureau et j'ai besoin que tu me montres la trajectoire du vol."

Avant que la ville de Chicago n'ouvre O'Hare en 1963, elle a annexé l'aéroport et un étroit corridor de terre à travers la banlieue nord-ouest pour le relier physiquement et légalement à la ville. L'Administration fédérale de la sécurité des transports, ou TSA, exerçait son autorité à l'intérieur des points de contrôle de sécurité de l'aéroport, dans les zones de stockage des bagages du terminal et sur les voies de circulation.

La compétence de la police de Chicago commençait à l'extérieur des points de contrôle et s'étendait à tout acte criminel non fédéral commis sur le terrain de l'aéroport ou dans le couloir menant à la ville. Bien que cette répartition des tâches semble simple, elle ne tient pas compte des centaines d'agents de sécurité privés en uniforme ou non, des policiers du comté, de l'État, du Forest Preserve District, d'une douzaine de services de police de banlieue, des US Air Marshals, de la sécurité des compagnies aériennes et de divers flics à louer, qui passent le plus clair de leur temps à se faire des croche-pieds et à se frustrer les uns les autres. En tout cas, c'est ainsi qu'Ernie Travers voyait les choses.

Avec Travers en tête et ses deux officiers en uniforme à l'arrière, leur petit cortège s'est frayé un chemin dans le long hall du terminal principal et a grimpé une volée de marches jusqu'au petit bureau de sécurité de l'aéroport du CPD. Il se trouvait dans le quartier des loyers modérés, au deuxième étage. Sans fenêtre, un beau lever ou coucher de soleil, une pluie torrentielle, un blizzard ou même une tornade n'était qu'une rumeur ici. Le bureau se compose d'une réception exiguë, de plusieurs petits postes de travail, d'une salle de conférence et d'une minuscule cuisine à peine assez grande pour une cafetière. Les bureaux et les classeurs sont un mélange de surplus du gouvernement américain repeints dans un gris institutionnel. Quelqu'un avait récupéré quelques affiches de voyages en avion et les avait collées sur les murs. C'est ringard ? Peut-être, mais les plages romantiques, les palmiers et les montagnes enneigées aidaient à cacher la peinture verte défraîchie.

Aussi déprimant que soit ce petit bureau, c'était une affectation de choix pour un policier de Chicago, parce qu'il était aussi éloigné que possible du grand quartier général du département, situé au 3510 South Michigan Avenue. Loin des yeux et de l'esprit, sans les bureaucrates, les politiciens et la presse qui vous harcèlent, c'était la mission terminale parfaite pour un inspecteur chevronné avec un trou de balle de trop et des antécédents de douleurs thoraciques comme Ernie Travers. Il a fait entrer tout le monde dans sa salle de conférence, s'arrêtant un instant devant le bureau de sa secrétaire. Burke l'a vu se pencher vers elle, murmurer quelque chose et lui tendre son permis de conduire et sa carte de visite, sans doute pour qu'elle le vérifie. Burke sourit, sachant qu'elle était sur le point de tomber dans un trou noir très profond du ministère de la Défense.

Le mur du fond de la salle de conférence était occupé par une grande photographie aérienne de la banlieue nord-ouest. L'aéroport se trouve au centre, avec des pistes d'atterrissage dans toutes les directions. Travers fait signe au capitaine Schweitzer de le rejoindre devant la carte. "Montrez-moi votre approche, ce que vous avez survolé".

Le pilote a rapidement trouvé la piste L-110 et a tracé une ligne vers l'ouest avec sa main. "Nous étions en pilote automatique, lieutenant. J'ai peut-être regardé par le pare-brise avant deux ou trois fois, mais mes yeux étaient concentrés sur les instruments, pas sur le sol. Désolé."

"D'accord, merci beaucoup, capitaine. J'apprécie l'aide que vous m'apportez. Vous pouvez y aller."

"Moi aussi ? Je peux y aller ?" demande Sabrina Fowler avec espoir.

"Non. Tu restes."

"Pourquoi ? Je t'ai dit que je n'avais rien vu".

"Bien sûr que oui ; tu l'as vu", répond Travers. "D'accord, monsieur Burke", a-t-il dit alors que sa main balayait la carte. "Je suppose que vous avez vu plus que quelques photographies aériennes..."

"Trop nombreux, lieutenant", répond Burke en s'avançant.

"Tu étais sur le côté gauche de l'avion, regardant vers le bas à un angle oblique, donc je suppose que c'est à peu près ce que tu aurais vu", dit Travers tandis que son doigt trace une ligne sur la carte. "Quelque chose te semble familier ?"

"Tu commences enfin à me croire, hein ?" Burke répond.

"Je n'ai jamais dit le contraire, mais tu ne rends pas les choses faciles".

Burke sourit en s'approchant et en laissant ses yeux courir sur la photo aérienne. "Les toits se ressemblent beaucoup, n'est-ce pas ?" dit-il en essayant de se représenter tout cela dans son esprit. "Celui sur lequel se trouvait la femme était marron clair. Peut-être une sorte de gravier ?"

"On l'appelle le gravier de pois. Il protège la surface de certains types de toits."

"L'immeuble de bureaux était bleu, haut de trois étages, et je me souviens d'un grand château d'eau pas très loin, presque dans l'axe. Il était blanc, avec une sorte de truc vert dessus", dit-il en désignant une forme circulaire. "Voilà ! C'est le château d'eau. Tu peux voir l'ombre longue et circulaire qu'il projette."

Travers regarde fixement la photo aérienne. "Les chiffres", a-t-il gémi.

"Qu'est-ce que ça veut dire ?"

"Pour commencer, ce n'est pas Chicago".

"Et ce n'est pas non plus le Kansas, Toto. Et alors ?"

"C'est Indian Hills. Disons que nous marchons un peu doucement là-bas, c'est tout."

"Un *peu doucement* ?" demande Burke.

"Le chef Bentley n'apprécie pas que des agences extérieures viennent dans sa ville. Il y a eu des antécédents entre lui et mon prédécesseur, alors j'évite l'endroit chaque fois que je le peux. Parfois, il n'est pas un problème ; parfois, c'est un emmerdeur."

"Parfois ?"

"C'est sa ville, pas la mienne". Travers haussa les épaules. "Mais si tu n'aimes pas la façon dont je gère cette affaire, je peux te déposer à la TSA et tu pourras leur raconter ton histoire. Bien sûr, tu risques de rester assise toute la nuit, d'être inscrite sur la liste des passagers perturbateurs interdits de vol et de voir toutes tes habilitations de sécurité mises en attente, mais si c'est ce que tu préfères... ?"

"Non, non", répond Burke, résigné à son sort.

La secrétaire d'Ernie Travers est entrée dans la pièce. "Est-ce que j'ai entendu "Indian Hills", Ernie ? Tu ne vas pas y aller à l'improviste, n'est-ce pas ?" demande-t-elle en lui glissant le permis de conduire et la carte de visite de Burke, et en secouant la tête "non".

"Oui, eh bien, je vais voir comment ça se passe, Gladys", répond-il en faisant glisser les cartes sur la table vers Burke. "Si j'ai besoin de faire un arrêt, j'émettrai une radio et je te demanderai d'appeler le chef pour moi".

"Bentley ? Tu veux que *j'*appelle ce crétin ?" demande-t-elle.

"J'ai entendu dire qu'il aimait faire la cour aux secrétaires".

"Ernie...", gémit-elle. "Ce type est un vantard, et son petit pitbull, Bobby Joe, est un sale type. S'il me touche encore une fois, je jure..."

"Vous avez ma permission pour le frapper", répond Travers. "S'il ne veut pas coopérer, dis-lui que je confierai toute l'affaire au FBI ou aux flics de l'État. C'est à lui de choisir."

"Peu importe, il ne va pas aimer ça", dit-elle en s'éloignant en secouant la tête.

"Très bien, les amis, allons faire un tour", dit fermement Travers en jetant à nouveau un coup d'œil à Sabrina Fowler. "Nous tous. On dirait que vous avez tous vos bagages à main, alors amenez-les et nous les jetterons dans mon coffre." Là, elle était *vraiment* furieuse, surtout contre Burke. Travers les fit sortir par la porte arrière du bureau de la sécurité de l'aéroport et les conduisit dans une zone de service inférieure où était garée une grande voiture de police banalisée de couleur bleu foncé.

Après avoir jeté leurs sacs dans le coffre, Travers a ouvert la porte côté conducteur et a pointé Burke du doigt. "Tu montes sur le siège arrière. Peut-être que tu reconnaîtras quelque chose pendant que nous roulons. Miz Fowler, vous et Mister Newcomb, montez à l'arrière. Je mettrais bien Burke à l'arrière avec vous, mais je devrais demander à l'un de mes agents de patrouille de s'asseoir au milieu pour contrôler la foule, n'est-ce pas ?"

"Ce n'est vraiment pas drôle !", a-t-elle fulminé en grimpant sur la banquette arrière. "Ça sent mauvais ici !" grogne-t-elle à l'adresse de Travers.

"C'est une voiture de police ; elles sentent toutes".

"Je t'envoie ma facture de nettoyage à sec. Je ne veux même pas toucher à quoi que ce soit ici".

"Tout ira bien. Nous le nettoyons à chaque quart de travail, juste pour les hôtesses de l'air."

"Je ne suis pas une hôtesse de l'air ; je suis un agent de bord !".

"Bien sûr que si", lui coupe Travers en essayant de ne pas sourire, alors qu'il démarre la voiture et se dirige vers la sortie de l'aéroport. "Maintenant, allons trouver ce château d'eau, Monsieur Burke, et votre immeuble de bureaux en verre bleu."

CHAPITRE TROIS

Ernie Travers a pris la Kennedy Expressway East, est sorti à la première grande sortie, Mannheim Road, et s'est dirigé vers le sud. Mannheim était un boulevard commercial très fréquenté, bordé de centres commerciaux, de motels et de grands immeubles de bureaux. Aussi vite qu'il est monté, il a quitté Mannheim pour emprunter la route 19 et se diriger vers l'ouest. Il s'agit d'une autre route commerciale animée, qui longe la limite sud de l'aéroport, mais le trafic de l'heure de pointe du début de soirée l'a déjà ralenti, ce qui leur donne le temps de parler.

"En arrivant sur la L-110, comme vous l'avez fait, vous avez dû passer juste au-dessus de ces bâtiments devant vous, Monsieur Burke", commence Travers. "Il commence à faire nuit, mais je vais continuer à rouler vers l'ouest en direction de ce château d'eau. Faites-moi signe si vous voyez quelque chose."

Au bout de cinq minutes, le grand réservoir d'eau municipal est apparu au loin. Éclairé par des projecteurs, il se détachait maintenant sur le ciel sombre comme un champignon blanc géant, à l'exception du profil d'un chef indien coiffé d'un bonnet de guerre intégral peint dessus en vert terne. Au-dessus de la tête de l'Indien, un croissant de lettres était censé épeler "Indian Hills". Au fur et à mesure qu'ils se rapprochaient, Bob pouvait voir que le réservoir d'eau avait connu des jours meilleurs. Sa peinture d'un blanc éclatant était maintenant d'un gris pâle et terne, et présentait de nombreuses taches blanches qui étaient la tentative de quelqu'un de couvrir une génération de graffitis. Pour ajouter à son triste état, le chef indien autrefois fier arborait maintenant un cache-œil, un cigare tombant de sa bouche et un nom de ville qui disait "Indian Losers" (perdants indiens).

"Ton pote, le chef Bentley, ne va pas aimer ça", ricane Charlie depuis la banquette arrière.

"Nan, on dirait que ce truc est là-haut depuis un moment", commente Bob Burke. "Je soupçonne qu'il s'y est habitué depuis longtemps".

"Et je soupçonne que tu as raison". Ernie Travers sourit. "Mais petite ou grande ville, les flics ont tendance à s'intéresser aux choses pour lesquelles ils sont payés."

Un bref éclair de lumière attire l'attention de Burke sur sa gauche. Il se retourne et voit qu'il s'agit des lumières de l'autoroute très fréquentée qui se reflètent sur un immeuble de bureaux. "Là !" dit-il en pointant du doigt le siège avant. "C'est ça.

"Super. C'est bien Indian Hills", dit Travers en continuant à descendre la route et en tournant dans un grand parc d'affaires bien aménagé. Sur le terre-plein se dressait une enseigne métallique décorative bleue avec de grandes lettres en laiton où l'on pouvait lire "Hills Corporate Center." Plus loin, au bout du deuxième cul-de-sac à gauche, se dressait l'immeuble de bureaux en verre bleu de trois étages que Bob avait vu depuis l'avion. Il était certain qu'il s'agissait bien de cela. Dans le coin supérieur de la façade se trouvaient les lettres noires en gras "CHC" dans une écriture gothique ornée. Au sol, à l'entrée du parking, se trouvait une enseigne assortie qui indiquait "Consolidated Health Care" et "An SD Health Services Société" en plus petites lettres.

Travers a conduit jusqu'au coin le plus éloigné du parking du bâtiment, s'est garé dans la rangée extérieure de places, et a décroché son micro-radio. "Mobile 1 à la base... Gladys, tu ferais mieux d'appeler ton ami le chef et de lui demander s'il peut nous rejoindre au bâtiment de Consolidated Health Care dans le parc d'affaires de Hills Corporate Center."

"Dix-quatre, lieutenant" fut sa réponse peu enthousiaste. Travers s'adosse à son siège, se frotte les yeux et essaie de se détendre.

"La journée a été longue ?" demande Burke.

"Ils ne les font plus courts". L'inspecteur de police a haussé les épaules.

"Je connais ce sentiment", a compati Burke.

"D'une manière ou d'une autre, cela ne devrait pas prendre beaucoup de temps."

Il avait raison. Pas plus de cinq minutes plus tard, deux voitures de police blanches sont entrées dans le parking, l'une derrière l'autre, ont contourné le périmètre et se sont arrêtées à côté d'eux, une voiture de police de chaque côté. Toutes deux portaient sur leur toit les derniers porte-lumières surbaissés et la même tête verte de chef indien que Burke avait vue sur le réservoir d'eau. Celle de gauche portait également les mots "Chief of Police" (chef de la police) en grosses lettres dorées sous l'Indien. Sur l'autre voiture, on peut simplement lire "Police Department" en noir.

"Je parie qu'il a aussi tous les derniers jouets du 'Catalogue de Noël des flics'", plaisante Bob en voyant quatre antennes radio sur le toit et le coffre de la voiture du chef, ainsi qu'un jeu de pneus épais, résistants et à flancs noirs. "Un choix parfait pour une "poursuite en voiture d'O.J. Simpson". "

"Tiens-toi bien", lui dit Travers alors que la porte du côté conducteur de la voiture de police s'ouvre et que sort ce qui doit être le chef lui-même. Il portait un pantalon et une chemise kaki impeccablement lavés, avec quatre étoiles argentées sur chaque col.

"Peut-être que j'ai été dans l'armée trop longtemps, mais pourquoi chaque chef de police, qu'il ait deux flics sous ses ordres ou vingt mille, doit-il porter autant d'étoiles que George Patton ?".

"Tu n'es jamais allé à un congrès de flics, n'est-ce pas ?" Travers a répondu.

Bentley portait une paire de lunettes de soleil d'aviateur à verres argentés, comme celle que Ponch portait dans l'émission *"Chips"*, et il a pris à l'intérieur un chapeau marron à bords ronds "Smokey the Bear". La porte du côté conducteur de l'autre voiture s'est ouverte et une version miniature de Bentley en est sortie : plus petite et plus grosse, mais portant les mêmes lunettes de soleil d'aviateur.

Sur sa manche de chemise, une seule bande indique qu'il est un patrouilleur débutant, et son badge porte le nom de "B. J. Leonard". Il n'a peut-être pas beaucoup d'expérience dans la police, pense Bob, mais il a vu toutes les rediffusions de *"Dukes of Hazard"*. Il avait les jambes écartées, un sourire en coin sur les lèvres, et sa main droite reposait sur la crosse d'un revolver Colt à long canon de calibre 38 qu'il portait dans un étui bas sur sa hanche, tandis qu'il fixait Burke.

Bob a presque ri à voix haute en regardant le chef raccrocher son pantalon. "C'est *Smokey et le bandit* ou quoi ?" demande-t-il.

"Attention", prévient Travers. "Ce vieux salaud n'est pas Jackie Gleason", dit-il en ouvrant la portière de sa propre voiture et en sortant pour saluer le chef. Les deux hommes se sont serré la main assez poliment lorsque Bob les a rejoints.

Bentley regarde Burke du coin de l'œil alors qu'il s'approche. "Loo-tenant, ta copine m'a dit que tu avais un problème dont tu voulais me parler ? Quelqu'un pense avoir vu quelque chose sur un toit ?"

"C'est exact, chef, et j'apprécie que vous preniez le temps de nous aider à résoudre ce problème".

"Eh bien, je sais que tu es le "petit nouveau" là-bas à O'Hare, mais ici, c'est Indian Hills et tu es loin de la propriété de l'aéroport, tu sais".

Burke vit les yeux de Travers clignoter, mais il parvint à se maîtriser. "C'est vrai, chef, mais je me suis dit que vous préféreriez jeter un coup d'œil tranquille avec moi plutôt que de voir la TSA et le FBI fouiller dans votre caleçon."

Les yeux de Bentley se sont rétrécis lorsqu'il a réalisé qu'il avait été devancé. "Non, non. Je suppose qu'il n'y a pas besoin d'impliquer les fédéraux. Nous essayons toujours de coopérer avec nos voisins, même avec l'aéroport. Maintenant, quel semble être le problème ?"

"M. Burke ici présent regardait par son hublot alors que son avion venait d'atterrir, et il dit avoir vu une femme se faire agresser sur le toit".

"Avant qu'on aille traîner là-dedans, vous avez une pièce d'identité, M. Burke ?" Bob sortit son portefeuille, montra à Bentley son permis de conduire et lui tendit une de ses cartes de visite. Bentley lui rendit le portefeuille mais étudia la carte de visite pendant un moment. "Vous êtes dans le domaine du téléphone ?"

demanda-t-il en glissant la carte de visite dans sa poche, puis il se tourna, les mains sur les hanches, et fixa le bâtiment de verre bleu. "Loo-tenant, ici c'est le siège du CHC. C'est un membre honorable de la communauté des affaires d'Indian Hills, et je ne suis pas sûr de vouloir qu'ils soient perturbés par une accusation farfelue."

"Eh bien, chef, je serai heureux de le transmettre au FBI, si c'est ce que vous voulez".

"Non, non, nous n'avons pas besoin de tout ça". Bentley recule rapidement et se tourne vers Travers. "Alors, qu'est-ce que tu veux exactement ?"

"J'aimerais que vous nous emmeniez à l'intérieur pour faire un petit tour, si vous êtes d'accord, chef ?".

"Tu veux entrer... et jeter un coup d'œil ?" Bentley fulmine, mais se rend compte qu'il n'a guère le choix. "D'accord, on va rentrer et en finir avec ces conneries, si ça peut arranger les choses. Mais fais très attention là-dedans, tu m'entends. Ici, c'est *ma* ville !"

Avec Bentley en tête et Travers juste derrière, leur petit groupe s'est dirigé vers la promenade aménagée de l'entrée. Burke suivait les deux flics, avec Charlie et Sabrina Fowler derrière lui, et le patrouilleur d'Indian Hills à l'arrière. Il laissa à peine à Sabrina la place de se glisser sur la banquette arrière entre lui et la voiture, la lorgnant alors qu'elle le frôlait.

Elle sursaute et lui lance un regard noir, les mains sur les hanches. "Touche-moi encore, petit homme, et tu marcheras de travers pendant une semaine !".

"Bobby Joe, éloigne-toi de cette femme !" Bentley lui a crié dessus. Le patrouilleur recula, mais il suivit Sabrina sur le trottoir comme un chien de rue en chaleur, ses yeux ne quittant pas ses fesses et sa main ne quittant pas son revolver.

Ils atteignent le bâtiment et franchissent sa haute porte vitrée tournante. À l'intérieur, Burke s'est retrouvé dans un vaste hall d'atrium de deux étages, avec des murs en marbre noir coûteux, un sol en travertin blanc, des accessoires en laiton étincelants et des plantes et arbres luxuriants à l'intérieur. Le bâtiment semblait avoir deux ailes, reliées par un palier et un hall d'ascenseur aux deuxièmes et troisièmes étages, qui donnaient sur l'atrium ouvert. Au centre du hall d'entrée, tel le dernier rempart gardant le château, se trouvait un bureau de réception circulaire en marbre noir, dont la base se trouvait à un ou deux pieds du sol. Une jeune femme aux cheveux blonds était assise derrière le bureau. La plaque devant elle indiquait "Linda Sylvester". Les yeux écarquillés et nerveux, elle regarde s'approcher cet étrange groupe de personnes.

Le chef Bentley n'était manifestement pas un inconnu ici. Il s'est approché de son bureau, a appuyé son avant-bras charnu sur le grand comptoir et a demandé : "Linda chérie, je suppose que Tony n'est pas là, n'est-ce pas ?"

"Eh bien, euh, laisse-moi appeler à l'étage et..." a-t-elle répondu, troublée.

"Demande-lui s'il peut descendre ici une minute et m'aider à régler un petit problème".

La réceptionniste décrocha son téléphone, appuya sur quelques touches et donna un message feutré et énigmatique à quelqu'un. "Il sera là dans une minute, chef", dit-elle, tandis que ses yeux se tournent vers Travers, Sabrina, Charlie, et s'arrêtent finalement sur Burke. Il lui a souri, mais cela n'a fait que la mettre encore plus mal à l'aise. Elle détourna rapidement le regard.

Après quelques minutes embarrassantes, Burke a vu les lumières changer sur le panneau de l'ascenseur situé sur le mur le plus éloigné derrière elle. Avec un léger "ding", les portes en laiton poli s'ouvrirent silencieusement et deux hommes sortirent dans le hall. Celui qui est en tête est mince et musclé. Il portait un blazer en peau de requin, un pantalon gris foncé et des mocassins italiens, et avait un bourrelet sous le bras gauche encore plus gros que celui d'Ernie Travers. Il portait une chemise noire monogrammée, ouverte au cou, avec une demi-douzaine de chaînes et de médaillons en or qui pendaient le long de sa poitrine. Ses grosses mains, son cou épais, sa poitrine en tonneau et ses bras puissants lui donnaient l'air d'un culturiste dépassé, mais l'attention de Bob se porta sur ses yeux sombres et encapuchonnés.

Ils balayèrent rapidement le groupe d'étrangers, découpant, coupant et évaluant chacun d'eux jusqu'à ce qu'ils arrivent à Burke et Travers. L'autre homme était plus grand et plus mince, bien habillé dans un costume bleu foncé conservateur à rayures. Il portait une chemise blanche impeccable avec une cravate bordeaux et un mouchoir assorti dans sa poche de poitrine. Les manchettes monogrammées étaient accentuées par une paire de boutons de manchette en saphir bleu, assortis aux murs du hall d'entrée. Ses cheveux noirs étaient coiffés en arrière sur son front et il y avait une touche de gris à la mode au-dessus de chaque oreille. D'après son sourire amusé, Burke en conclut qu'il pensait être le responsable, même si l'idiot à côté de lui ne serait pas d'accord.

À l'instant où Bob l'a vu, lui et ces yeux gris froids et cyniques, il l'a reconnu. Sans se décourager, l'homme retourna le regard de Burke, un peu comme il l'avait fait lorsque l'avion l'avait survolé, et un moment de reconnaissance instantanée passa entre eux. Bob le montra du doigt, puis se tourna vers Travers.

"C'est lui. C'est le type que j'ai vu sur le toit étrangler cette femme."

"Whoa now ! Attends une minute, mon garçon", s'exclame Bentley en levant les mains, mais l'homme en costume ne s'est pas démonté.

"Oh, ce n'est pas grave, chef", dit l'homme avec un sourire condescendant en continuant à marcher vers eux, en rabattant ses manchettes françaises. "Vous dites que vous *m'*avez vu sur le toit ? *Étrangler* une femme ?" Il rit. "On dirait que quelqu'un a une imagination *très* vive".

Bentley s'est interposé entre eux. "Je suis vraiment désolé, Dr Greenway..."

"Aide-moi à sortir de là, Tony". Greenway ignore Bentley et se tourne vers le culturiste. "Le toit ? Est-ce que je *sais* au moins comment monter là-haut ?"

"Toi ? J'en doute sacrément", a grogné le grand homme.

"Pourquoi ne nous présentez-vous pas nos visiteurs, chef ?", poursuit Greenway avec assurance.

"Eh bien, euh, voici le lieutenant Travers de l'unité du CPD à O'Hare", commença Bentley. Il était évident pour Burke, d'après les regards furtifs que les trois hommes s'échangeaient, qu'ils se connaissaient bien et qu'il s'agissait d'un petit jeu auquel ils jouaient. "Le docteur Greenway est le président de CHC, et monsieur Scalese est son chef de la sécurité de l'entreprise", ajouta-t-il en faisant un signe vers le musclé à la veste en peau de requin. "Docteur Greenway, Travers dit que ces gens regardaient par le hublot d'un vol en provenance de Washington il y a environ une heure, et qu'ils ont vu quelque chose sur votre toit."

"Sur notre toit ? Comme c'est remarquable !", rétorque Greenway avec un sourire sans complaisance. "Je suis désolé, mais je ne crois pas que nous ayons été présentés. Vous êtes Monsieur..."

"Burke, Bob Burke." Burke répondit alors que sa frustration fatiguée se transformait en colère. Peut-être était-ce les regards trop complices entre Bentley et les deux autres, ou l'arrogance suprême de Greenway, ou l'expression condescendante de son visage, mais Bob savait qu'il s'agissait d'une mascarade.

"Et tu dis que tu as vu une femme se faire attaquer sur notre toit ?" demande Greenway. "Eh bien, je suis choqué !" ajouta-t-il en se tournant vers Scalese comme pour lui demander de l'aide. "À quoi ressemblait-elle ?"

"Tu sais très bien à quoi elle ressemblait", répond Bob.

"Vraiment ?" Greenway répond en feignant l'innocence.

"Elle était grande, avec des cheveux noirs. Elle portait une robe blanche fluide qui flottait au vent jusqu'à ce que tu la fasses tomber et que tu lui sautes dessus."

"Oh, vraiment ! Et quand est-ce que tout cela est arrivé ?"

"Il y a peut-être une heure et demie".

"Eh bien, c'est la réponse à cette question. J'ai été en réunion tout l'après-midi. Chef, je n'ai aucune idée de ce dont parle cet homme. Il doit s'agir d'un autre bâtiment."

"Je sais ce que j'ai vu. Les yeux noirs de jais de Bob lancent des éclairs inquiétants.

"Et je suis sûr que vous le pensez", a rétorqué Greenway. "Mais il s'agit d'un bâtiment privé. Notre toit est fermé au public. Je vous assure que je n'étais pas là-haut, et personne d'autre non plus. N'est-ce pas, Tony ?" Greenway sourit et se tourne vers Scalese.

"C'est vrai, Doc. Nous gardons ces portes verrouillées et personne ne monte là-haut à moins qu'il ne s'agisse d'un entrepreneur ou d'autre chose. Le seul moyen d'entrer dans le bâtiment et de monter sur le toit est de passer devant notre réceptionniste, et nous avons des lumières, des caméras et des verrous sur tout le reste."

La jeune réceptionniste écoutait chaque mot, regardant de part et d'autre entre les trois hommes comme une spectatrice à un match de tennis, ne sachant que penser. "Une robe blanche ?", finit-elle par prendre la parole. "Je crois qu'Eleanor portait une robe blanche quand je l'ai vue arriver ce matin, docteur Greenway, et..."

"Ça suffit, Linda", lui a coupé la parole Greenway. "Il ne fait aucun doute que c'est à la mode de nos jours et que vous pouvez en trouver partout en ville, mais je ne vais pas laisser mon personnel impliqué dans ces accusations scandaleuses." Scalese a également senti le danger et est passé derrière la réception, a attrapé la jeune femme par le bras, sans trop de douceur, et l'a entraînée dans un couloir latéral avant qu'elle n'ait pu terminer ce qu'elle disait.

"Qui est Eleanor ?" demande rapidement Bob.

"Une de nos employées, mais elle a participé aux mêmes réunions, et elle ne vous regarde pas", a répondu Greenway, mais Burke pouvait voir les premières fissures dans cette façade autrefois confiante. "Si vous voulez autre chose, je vous suggère d'en parler à nos avocats. Je suis sûr que vous comprenez. N'est-ce pas, chef ?"

"Euh, oui, c'est vrai, docteur Greenway", dit Bentley.

Bob savait qu'il était dans une impasse. "Puisque tu as dit que le toit est verrouillé et que personne n'est monté là-haut, ça te dérange si on jette un coup d'œil ? Peut-être que je verrai le bon bâtiment."

Greenway le fixe un instant, ses yeux se rétrécissent alors qu'il y réfléchit, qu'il débat.

"Qu'est-ce que ça peut faire ?" demande Travers.

Finalement, Greenway a cédé. "Très bien", dit-il lorsque Scalese revient. "Je vous en prie. Anthony, pourrais-tu accompagner ces gens sur le toit ?" Scalese lui jeta un regard noir, comme s'il pensait que Greenway avait perdu la tête. À contrecœur, il leur fit signe de se diriger vers les ascenseurs. Ils montèrent tous dans la petite cabine. Lorsque les portes se sont refermées, Bob s'est retrouvé côte à côte entre Greenway et Scalese, contre le mur du fond. L'Italien était plus grand que lui de six pouces et pesait au moins soixante ou soixante-dix livres, et ils étaient tous musclés. Greenway était encore plus grand, mais beaucoup plus mince. À l'expression de suffisance qu'il arborait, il savait que Burke était en train de faire une bêtise.

Ils sont descendus au troisième étage. Scalese a conduit le groupe jusqu'à une épaisse porte coupe-feu en acier au bout du couloir. Il a frappé la barre anti-panique avec son avant-bras charnu et la porte s'est ouverte. De l'autre côté se trouvait une cage d'escalier de secours propre et bien éclairée. Une série de contremarches descendait vers les étages inférieurs, tandis que l'autre continuait jusqu'au toit. Scalese en tête, ils montèrent les marches. En haut, ils sont arrivés à un petit palier et à une deuxième porte coupe-feu épaisse. Scalese a également appuyé sur la barre antipanique et la porte s'est ouverte vers l'extérieur, sur le toit. Tant pis pour les "portes verrouillées", pensa Bob. Ils ont franchi un seuil élevé sur un épais tapis caoutchouté de deux mètres sur deux. Devant eux s'étendait l'étendue de gravier brun, mais il n'y avait plus de corps et il n'y avait plus de sang non plus. La plus grande partie du gravier semble avoir été ratissée et nivelée, mais à plusieurs endroits, il a été dérangé et poussé, y compris à un endroit près du centre du toit, où l'on peut voir des éclats de la toiture en caoutchouc noir sous-jacente.

"C'est là que se trouvait la femme". Bob pointe du doigt. "C'est là que tu l'as tuée."

"Là où je l'ai tuée ?" Greenway rit, ayant retrouvé son assurance bravache. "Je ne sais pas ce que vous buviez là-haut dans votre avion, mais vous avez une imagination fantastique, monsieur Burke. Il y avait une fuite de toit ici, et je crois que c'est dans cette zone que les réparateurs regardaient autour d'eux et faisaient leurs tests. N'est-ce pas, Anthony ?"

"Oui, c'est difficile de trouver une fuite sur ces toits plats, et ils n'ont toujours pas fini".

"Ça te dérange si je regarde ?" demande Bob.

"Vous êtes tenace, je vous l'accorde", dit Greenway avec un mince sourire méfiant. "Mais je suppose que cela ne peut pas faire de mal. Fais attention où tu marches, cependant. Nous ne voudrions pas avoir d'autres problèmes ici, n'est-ce pas ?"

Bob marcha lentement jusqu'à la zone perturbée au centre du toit, se pencha et regarda attentivement la surface ; mais il ne voyait rien d'anormal. Il y avait des éraflures sur la membrane noire du matériau de couverture sous le gravier, mais cela ne signifiait pas grand-chose. Ce qu'il ne voyait pas, c'était du sang ou des lambeaux de sa robe blanche. Il releva la tête et regarda autour de lui le reste des bâtiments. C'était le bon, et c'était là que Greenway l'avait tuée ; Bob en était certain. Malheureusement, il s'était écoulé plus de temps qu'il n'en fallait pour qu'il se débarrasse du corps, mais pas assez pour qu'il nettoie absolument tout. Burke le savait, et Greenway aussi. Il pouvait le voir sur le visage du docteur lorsqu'il les rejoignit dans la cage d'escalier.

Travers se tourne vers Charlie Newcomb et Sabrina Fowler. "Vous avez tous les deux quelque chose à ajouter ? Vous voyez quelque chose ?"

Charlie secoua la tête, mais l'hôtesse de l'air avait attendu une telle occasion. "Tu vois, je t'avais dit que je n'avais rien vu du tout ! Ce type est cinglé." Elle montre Bob du doigt. "Maintenant, je peux rentrer chez moi ?"

Greenway sourit. "Eh bien, es-tu satisfait maintenant ?" a-t-il demandé.

"Non", dit Bob en se tournant vers Travers et Bentley. "Allez-vous demander un mandat de perquisition ?"

"Un mandat de perquisition ?" Bentley explose. "Pour quoi ?"

"Pour un corps. Écoute, je sais ce que j'ai vu, et je parie qu'elle est quelque part dans ce bâtiment."

"Sur cette note ridicule, je crains de vous demander de partir - tous", lui coupe Greenway. "J'ai essayé d'être coopératif, mais vous avez finalement épuisé ma patience".

Travers posa sa main sur l'épaule de Bob et tenta de l'entraîner vers la porte. "Il n'y a pas de motif pour un mandat de perquisition, Monsieur Burke ; nous ne pourrions jamais en obtenir un."

"Tu as bien raison de dire que tu ne le ferais pas, pas dans ma ville !" ajoute Bentley.

Bob se tourne vers Greenway. "D'accord, ça te dérange si on jette un coup d'œil au reste du bâtiment ?".

"Cette fois, oui, c'est vrai. C'est plein de secrets commerciaux et d'informations exclusives, alors je dois dire non, Monsieur Burke. Veuillez quitter mon bâtiment."

Bob a cessé d'argumenter, car il savait que cela ne servirait à rien. Il était temps d'effectuer un repli tactique, de panser ses plaies et d'attendre de se battre un autre jour. C'est ce qu'il allait faire. Il se mordit la langue et suivit discrètement Travers et les autres alors qu'ils retournaient dans l'escalier de secours, descendaient au troisième étage et prenaient l'ascenseur jusqu'au hall d'entrée. Debout contre le mur du fond, il regarda à nouveau Greenway et Scalese. L'expression du médecin était triomphante, mais celle de son chef de la sécurité montrait quelque chose de tout à fait différent, pensa Bob. Scalese avait l'air en colère, et ce n'était pas seulement contre Bob Burke.

Dans le hall d'entrée, c'est Ernie Travers qui a finalement rompu le silence gênant, en se retournant vers Greenway et en lui disant : " Merci pour votre coopération, docteur. Vous aussi, chef, merci pour votre temps. Comme vous pouvez le comprendre, c'est quelque chose que nous ne pouvions pas ignorer."

Ils acquiescèrent, mais Bentley ne pouvait pas laisser les choses en l'état. "Eh bien, je déteste te dire que je te l'avais dit, Loo-tenant", gloussa le chef en échangeant un regard complice avec Bobby Joe, "mais je te l'avais dit".

Bob était livide alors qu'il se retournait vers Greenway. " Bien joué, docteur ; mais nous savons tous les deux ce qui s'est passé sur ce toit, et je ne suis pas le seul ", dit-il en regardant Scalese.

Greenway a de nouveau redressé sa veste de costume, et a regardé Bob avec un mince sourire complice. "J'en doute, monsieur Burke, mais passez tout de même une bonne journée".

Pendant que son patrouilleur, Bobby Joe, les escorte jusqu'à la porte d'entrée, le chef Bentley reste en arrière, appuyé sur le bureau de la réception dans le hall du CHC, observant Burke, Travers et les autres quitter le bâtiment par la grande porte tournante.

Lorsqu'ils furent partis, Bentley fit signe à Greenway de s'approcher, sourit et posa la carte de visite de Bob sur le dessus du bureau de la réception. "Tu n'as aucune raison de t'inquiéter, Doc. C'est une sorte de 'gars du téléphone'. Il travaille pour l'une de ces maudites compagnies de téléphone."

Greenway a commencé à ramasser la carte, mais Scalese l'a retirée de sa main et l'a regardée de près. "Toler TeleCom", a-t-il dit. "Je vais voir ce que je peux trouver d'autre sur lui".

Travers a quitté le parking du CHC et ils ont roulé en silence jusqu'à ce qu'ils atteignent Mannheim Road. C'est Sabrina Fowler qui a pris la parole en premier. "Est-ce que ces jeux sont enfin terminés ? Est-ce que je peux rentrer chez moi maintenant ?" demanda-t-elle en soufflant.

"Oui, vous pouvez, madame Fowler", a répondu poliment Travers, "et j'apprécie votre aide. Je vais vous conduire à votre voiture. Qu'en dites-vous ?"

"D'accord, mais ne passez pas toute la nuit à le faire", dit-elle en tournant son regard rougeoyant vers Bob et Charlie. "La prochaine fois que vous, les idiots, décidez de prendre l'avion, réservez American ou Delta ; vous risquez de ne pas survivre à un autre vol avec moi."

Travers les a ramenés au terminal principal de l'aéroport et a déposé Sabrina Fowler à sa voiture dans le parking du personnel de la compagnie aérienne. Elle est sortie rapidement, s'est retournée et a fait un doigt d'honneur à Bob et Charlie en claquant la porte derrière elle et en s'éloignant. Travers est retourné au terminal de l'aéroport et s'est arrêté en face des portes de sortie des arrivées.

"Il y a une navette pour ton terrain toutes les dix minutes", leur a-t-il dit.

"Tu veux dire que tu ne vas pas nous conduire à nos voitures ?" demande Charlie.

"Non, mais je ne te fais pas non plus un doigt d'honneur".

"Ce type, Greenway, s'en tire à bon compte, Ernie, et tu le sais", dit Bob en sortant de la voiture.

"Peut-être... bon sang, je vais même te donner une probabilité", admet

Travers. "Mais tu ne m'as pas donné beaucoup d'éléments pour travailler, tu sais. Il n'y a pas la moindre preuve que Greenway ait fait quoi que ce soit, ni lui ni Scalese, et tu n'as pas d'autres témoins pour te soutenir."

"Non, mais je sais ce que j'ai vu, et les choses comme ça ne disparaissent pas. Moi non plus."

"Je ne suis pas sûr d'aimer ça, monsieur Burke. Je vais garder un œil sur eux et faire ce que je peux. Si quelqu'un a été tué sur ce toit, tôt ou tard, un corps apparaîtra. C'est toujours le cas, mais tu dois rester en dehors de ça. Est-ce qu'on se comprend ?"

"Oh, je vous comprends parfaitement, lieutenant". Bob sourit en fermant la portière et en s'éloignant de la voiture. Travers n'avait pas l'air très content, mais ils savaient tous les deux qu'il ne pouvait rien faire.

Alors qu'ils attendent la navette, Charlie dit : "Cette soirée a été très intéressante, Bob, mais tu dois oublier tout ça. Nous avons de gros problèmes à régler. J'ai passé en revue tous les chiffres et les feuilles de calcul et il faut qu'on se concentre sur le business demain matin, tous les deux, ou c'est fini."

"Oui, je sais", admit Bob à contrecœur, sachant que Charlie avait raison, mais il avait du mal à se débarrasser de l'image de la femme en robe blanche sur le toit. Il essayait toujours de se convaincre qu'il avait dû se tromper sur ce qu'il avait vu et que c'était le scotch qui parlait, mais il savait que ce n'était pas le cas.

"Tout d'abord, Bob. Il faut qu'on parle, d'abord."

"Première chose", acquiesce Bob. La première chose. Les problèmes commerciaux auxquels ils étaient confrontés étaient énormes, et ils devaient être sa priorité absolue, sa seule priorité. Il le savait, mais le regard de ce salaud de Greenway alors qu'il étranglait cette femme refusait de disparaître. Il devait le voir chaque fois qu'il fermait les yeux. Travers et tous les autres pouvaient essayer de le convaincre du contraire, mais il savait ce qu'il voyait. La seule question qui restait était de savoir ce qu'il allait faire à ce sujet.

CHAPITRE QUATRE

Après le départ de Bentley et la disparition des feux arrière rouge vif de deux voitures de police d'Indian Hills sur la route d'entrée du Hills Corporate Center, le docteur Lawrence Greenway et Tony Scalese se tiennent sur le trottoir avant du bâtiment en verre bleu de Consolidated Health Care et continuent de se disputer. "Tu as perdu la tête, Doc ?" Scalese s'est approché et a tapé sur la poitrine de Greenway avec son index. Pour la plupart des gens, une tape sur la poitrine avec le bout d'un doigt attirerait votre attention. Pour Tony Scalese, cela peut laisser un bleu ou briser un os.

Greenway le dépassait d'une demi-tête. Il lança un regard furieux à l'Italien musclé, mais n'osa pas faire grand-chose d'autre, car il tira sur les poignets de sa chemise et essaya de se ressaisir. "Tu ne t'oublies pas, Anthony ?" demanda-t-il.

"Moi ? M'oublier ?" Les yeux furieux de Scalese brillent.

"Oui, je crois que tu oublies pour qui tu travailles".

Scalese se pencha plus près et donna un nouveau coup de poing dans la poitrine de Greenway, plus fort cette fois, le faisant reculer d'un pas, et son arrogance confiante avec lui. "Non, Doc ! C'est toi qui fais l'oubli. Je travaille pour M. D, pas pour toi, et il t'a dit de faire profil bas - pas de vagues, pas de flics, et plus de cadavres. Pourquoi penses-tu qu'il m'a mis ici ?"

Chagriné, Greenway a répondu : "J'ai fait ce que j'avais à faire".

"Bien sûr que tu l'as fait. J'ai entendu ce que ce type, Burke, a dit, et je peux le voir sur ton visage. C'est une sacrée bonne chose qu'il n'y ait pas eu d'autres témoins, ou toute cette histoire serait terminée. Maintenant, qui était-ce ?"

"C'était Eleanor... Eleanor Purdue", a finalement admis Greenway.

"Comme l'a dit la réceptionniste, Linda Sylvester. Pourquoi ne suis-je pas surpris, Doc ?"

"Quel choix ai-je eu ? Je l'ai surprise dans mon bureau en train de fouiller dans mes dossiers. Elle avait une de ces petites caméras miniatures."

"Un appareil photo miniature, hein ?" Scalese recula d'un demi-pas, en réfléchissant.

"Oui, et avec le grand jury de ce salaud d'O'Malley qui commence la semaine prochaine, tu sais ce que cela signifie aussi bien que moi".

"Tu penses qu'elle donnait ce genre de choses à O'Malley ?"

"Qu'est-ce que cela pourrait signifier d'autre ? Espérons qu'il n'est pas allé aussi loin."

"L'espoir ?" Scalese s'enflamme. "Peut-être qu'on le *saurait*, si tu ne l'avais pas tuée."

"Elle ne m'a pas donné cette possibilité, Anthony. Elle photographiait les factures de Medicaid et les résultats des tests effectués en Inde - elle prenait des photos des feuilles de calcul, et je l'ai poursuivie. Nous avons fini sur le toit."

"Et tu l'as étranglée là-haut, comme l'a dit ce petit con de Burke".

"Oui ! Mais elle ne m'a pas laissé le choix, je le jure".

"Peut-être pas, mais tu as aimé la faire quand même, n'est-ce pas, comme toutes les autres".

"Non, c'était des accidents. Je... j'ai perdu le contrôle. Avec Eleanor, c'était différent."

"Différent ?" demande Scalese en s'approchant à nouveau, bien à l'intérieur de l'espace de Greenway. Le médecin a tressailli et Scalese a souri. "Elle jouait avec toi. Quand tu l'as mise sur ton grand canapé en cuir, les pieds en l'air, tu pensais que tu la baisais ; mais c'est elle qui te baisait, Doc ! Tu es sûr que ce n'est pas parce qu'elle était un peu trop frétillante pour toi ?"

"Comment oses-tu ?"

"Comment oserais-je ? Comment ? Es-tu vraiment si stupide ? Tu crois que je ne me fais pas un devoir de savoir tout ce qui se passe ici ? C'est pour ça que M. D m'a mis ici."

"Mes relations privées ne te regardent pas... ni ne le regardent".

"Ils le sont quand tu joues avec notre argent, Sport. En plus, vu la façon dont tu fais entrer et sortir l'employée de ton petit nid d'amour, tu crois vraiment que c'est un secret de polichinelle ? Même moi, j'ai vu les bleus sur ses poignets la semaine dernière, et toutes les autres filles de l'endroit aussi. Quoi ? Tu aimes être un peu brutal avec eux maintenant ?"

"Salaud !"

"Moi ? Tu crois que ces femmes ne se parlent pas entre elles ? Tôt ou tard, tout ça allait t'exploser à la figure. Maintenant, dis-moi, comment diable a-t-elle trouvé tout ça ?"

"Je... je regardais certains dossiers et rapports financiers... je crois que je les ai oubliés".

"Des dossiers ? Tu as dit à M. D qu'il n'y avait plus rien sur papier. Tu lui as dit que tu avais brûlé tout ce qu'ils pouvaient utiliser contre nous."

"Écoute, Tony, je ne peux pas tout garder dans ma tête, tu sais. J'ai eu besoin de feuilles de calcul pour suivre les chiffres, pour m'assurer que tout s'équilibrait."

"Feuilles de calcul ? Des chiffres ?"

"Ne t'inquiète pas, tout était codé et..."

"Codé ? Avec le FBI, la NSA et tout le reste, tu crois que les fédéraux ne sont pas assez intelligents pour les comprendre ?".

"Je suis désolée. Ils étaient sur mon bureau et..."

"Tu sais, Doc, quand les Fédéraux ont finalement attrapé Capone dans les années 20, ce n'était pas pour meurtre, jeu ou vente d'alcool, c'était pour les impôts... et tu penses toujours que ce ne sont que "quelques feuilles de calcul", "quelques *chiffres"* que tu as laissés sur ton bureau ?".

"Je sais, je sais, c'était négligent de ma part.

"Espèce de crétin ! Quand M. D..."

Greenway était maintenant en proie à la panique. "Oh, allez, Tony. J'étais pressé de me rendre à Glenview pour un discours. J'ai parcouru la route quelques minutes et j'ai réalisé que j'avais oublié mes notes, alors j'ai fait demi-tour et je suis revenu en voiture. Elle avait étalé les feuilles sur mon bureau et était en train de les feuilleter en prenant des photos avec une sorte de petit appareil flash, quand je l'ai surprise."

Scalese tendit la main et attendit. À contrecœur, Greenway fouilla dans sa poche, en sortit un petit appareil photo rectangulaire et argenté, et le lui donna. Scalese le brandit et l'examine attentivement. "Ce n'est pas un appareil que tu achètes à Walmart pour prendre des photos des enfants à la plage, Doc. C'est un Minox, l'un des nouveaux modèles numériques - très beau, très sophistiqué et très cher." Il l'a allumé et a regardé la petite fenêtre d'affichage. "On dirait qu'elle a pris quarante-cinq clichés. Ça fait beaucoup de pages, Doc, beaucoup de feuilles de calcul... à moins qu'elle n'en ait pris de toi et d'elle en train de le faire sur ton canapé."

Greenway mesurait presque une tête de plus que Scalese, mais ce n'était pas une compétition. Il était mince et athlétique, comme un danseur, tandis que Scalese était musclé, avec des muscles par-dessus ses muscles et un regard fou et méchant dans ses yeux - trop de prison, trop de poids, et beaucoup trop de 'roids'. Quelle que soit la raison, Tony Scalese était intimidant.

"Au moins, je l'ai attrapée avant qu'elle ne fasse quoi que ce soit avec eux", propose Greenway.

L'index de Scalese a jailli à nouveau et a donné un coup de poing à Greenway dans la poitrine, durement. "Tu n'y connais rien, Doc ! Un appareil photo comme ça, ça veut dire qu'elle n'était pas une amatrice. Sur quoi d'autre a-t-elle mis la main ? Et pour qui diable travaille-t-elle ?" Demande Scalese en le piquant à nouveau et en le poussant en arrière. "Tu n'as pas la moindre idée, n'est-ce pas ?"

"J'ai essayé de le lui soutirer, mais elle n'a pas voulu me le dire".

"Peut-être qu'elle ne pouvait pas trop parler, alors que tes longs doigts manucurés étaient enroulés autour de sa gorge. Tu y as déjà pensé, Doc ?"

"Elle était mon problème et je m'en suis occupé".

"Tu t'en es occupé ? S'en occuper ! C'est comme ça que tu l'appelles ?

"Elle m'a échappé dans le bureau et s'est enfuie là-haut. Que pouvais-je faire d'autre ?"

"Tu aurais pu m'appeler, voilà ce que tu aurais pu faire. Je l'aurais fait parler ; mais non, tu te défoule en étranglant des femmes".

"Je crois que tu t'oublies !" Greenway s'est hérissé de colère. "Il s'agit de *mon* entreprise et de *mes* opérations".

"Ton entreprise ? *Ta société* ? C'est toi qui as oublié, Doc. Tu as été acheté et payé il y a longtemps."

"Je t'ai dit que je m'occuperai des problèmes, et c'est ce que j'ai fait".

"Comme tu l'as fait aujourd'hui ?" demande Scalese d'un ton sarcastique. "Tout d'abord, tu as laissé un compteur de haricots fouineur que tu te tapais mettre la main sur nos livres - les vrais ! Ensuite, tu as impliqué un témoin."

"Lui ?" Greenway se moque. "Bentley m'a glissé sa carte avant de partir. Cet homme travaille pour une société de 'communication', pour l'amour du ciel. Il doit probablement installer des téléphones."

"Peut-être, mais il y en avait deux autres qui l'ont entendu, plus un inspecteur de la police de Chicago, notre pote Bentley et notre propre réceptionniste. Qu'est-ce qu'il y a ensuite ? Une équipe de journalistes de la télévision et un film à 18 heures ?"

"Tu étais là. Il avait bu. Personne n'a cru à son histoire."

"Ce flic de Chicago n'est pas comme Bentley. Comment sais-tu ce qu'il croyait ?"

"Bentley m'a dit que Chicago n'avait aucune juridiction ici. Il a dit qu'il pouvait la contrôler."

"Bentley t'a dit ça, hein ?" Le doigt de Scalese le poignarde à nouveau. "Tu sais, il est un peu comme toi ; il a une idée exagérée de sa propre valeur."

"Bentley ne dira rien".

"Pas avec ce que *nous* lui payons ; mais les autres sont des risques dont nous n'avons pas besoin".

"Et Linda, la réceptionniste ? Elle a dit qu'elle avait vu Eleanor ce matin. Je peux lui parler si tu veux. Tu sais, faire en sorte qu'elle se taise."

Scalese se retourne et lui lance un regard noir. "Non ! Je sais comment *tu* leur "parles" ; et toi, ne t'approche pas d'elle. Je lui ai déjà dit de se taire et de ne parler à personne. Cette fille de Purdue ne travaillait pas seule, tu sais. Avec une caméra comme ça, elle fouinait probablement pour ce salaud d'O'Malley ou le FBI, obtenant des informations qui vont tous nous envoyer au pénitencier fédéral de Marion, si on ne fait pas attention."

"Ne crois pas que je le sais !"

"Pour qu'elle prenne un tel risque ? Elle devait vraiment vouloir t'avoir."

Greenway lui lance un regard noir mais ne dit rien.

"Laisse-moi te dire quelque chose, Doc". Scalese se rapproche à nouveau de lui. "Je peux faire de la prison. Je l'ai déjà fait et je peux le refaire. Mais un beau gosse comme toi ? Ils vont t'aimer là-dedans, mais c'est eux qui joueront au *docteur,* pas toi. Mais ne t'inquiète pas", dit-il en glissant la main dans la poche de sa veste et en sortant un stiletto de 9 pouces. Il l'ouvre d'une pichenette et le tient devant le visage de Greenway pour que la lumière du hall d'entrée se reflète sur sa lame tranchante comme un rasoir. "Tu ne verras jamais l'intérieur d'une prison ou d'un tribunal. M. D. t'emmènera pêcher dans le lac bien avant que cela n'arrive."

Greenway a fixé les yeux froids et sombres de Scalese et a commencé à transpirer. "Écoute, Anthony, nous sommes du même côté ici. Nous sommes des partenaires. Je ne vais pas faire quoi que ce soit pour bouleverser les choses."

"Faux ! Tu l'as déjà fait, Doc." Scalese lui coupe la parole en l'attrapant par le revers de sa veste et en le tirant plus près de lui. "Tu n'as pas l'air de comprendre. Il y a beaucoup de choses en jeu ici, des millions, et les gens pour qui je travaille prennent ce genre de choses mortellement au sérieux. Tu n'es pas censé tuer des gens ou essayer de te débarrasser de cadavres. C'est *mon* travail, tu te souviens ? Tu es censé t'en tenir aux remplacements de hanches et de genoux, aux factures gonflées des cliniques et des maisons de retraite, et pousser les médicaments. Je suis ici pour m'occuper de la "sécurité". "

"Je sais, je sais, Tony." Greenway continuait d'essayer de reculer, mais Scalese resserrait sa prise sur son revers, et restait en face de lui.

"Monsieur D ne va pas être content quand il va apprendre ça", lui dit Scalese.

"Ecoute, euh... Qui dit qu'il doit le faire ?"

Scalese rit. "Qui a dit qu'il devait le faire ? Ne t'enfonce pas plus que tu ne l'es déjà, Doc. Tu as dit que tu avais tout sous contrôle. Ok, qu'as-tu fait de la fille de Purdue ? Où as-tu mis son corps ?"

Greenway a reculé. "Dans... euh, dans le local technique du troisième étage".

"Le local technique du troisième étage ?" Scalese lui rit au nez avec dérision et secoue la tête. Finalement, il a lâché le revers de la veste de costume de Greenway. "Vous êtes vraiment un sacré numéro, Doc", dit-il en refermant le stiletto et en le laissant tomber dans sa poche.

"Je l'ai enveloppée dans une feuille de plastique que les peintres ont laissée et je l'ai fourrée derrière l'appareil de traitement de l'air. J'allais m'en débarrasser ce soir, après le départ des concierges."

"Dans une feuille de plastique que les peintres ont laissée ? Oui, tu as bien maîtrisé la situation."

"Ce n'était que temporaire. La plupart du personnel est déjà parti. Personne n'allait la trouver là-haut. J'allais me débarrasser d'elle plus tard dans la soirée, mais j'ai reçu cet appel de Bentley."

"Alors, c'est une bonne chose qu'ils n'aient pas fouillé le bâtiment comme ce type, Burke, voulait qu'ils le fassent, n'est-ce pas ?".

"Cela n'allait jamais arriver".

"Non, parce que tu t'es 'occupé de tout'. "Scalese a reniflé.

"D'accord !" Greenway perd son sang-froid. "Tu penses que tu es le '*grand expert*' pour te débarrasser des corps. *Tu* t'en occupes ! Après le départ des concierges, j'allais mettre son corps dans sa voiture et la jeter dans le West Side. Si tu as une meilleure idée, pourquoi ne le fais-tu pas ?"

"Je le ferai ; et tu n'as pas besoin de me dire comment me débarrasser d'un macchabée, Doc. Mais la prochaine fois que tu auras besoin de faire quelque chose comme ça, appelle-moi d'abord - et il vaudrait mieux qu'il n'y ait pas de prochaine fois, parce que je commence à en avoir assez de nettoyer tes dégâts."

Greenway l'étudie un instant avant qu'un mince sourire ne traverse ses lèvres. "D'accord, Tony, combien veux-tu ?"

"Combien ? Oh, disons, cinquante 'grands' ", répond Scalese qui voit le sourire de Greenway s'estomper. " Tu peux toujours le faire toi-même, bien sûr ; mais si je le fais, il n'y aura pas de retour de bâton. M. D. ne veut plus de vagues et il ne veut plus entendre d'histoires."

"Tu n'es pas très subtil, mais j'ai compris le message, Anthony". Greenway commence à retrouver son assurance. "Cinquante mille ? Je peux faire ça... Je suppose que cela achètera votre totale discrétion ?"

"Ma *discrétion totale* ? Oh, non, ce n'est que pour le corps. Si tu veux que ça reste entre toi et moi, tu as intérêt à en faire cent."

À présent, le sourire de Greenway a complètement disparu. "Cent ? D'accord, Tony, *"no problema"*, comme diraient les gens de ton peuple. Cent 'grands', c'est ça, et maintenant tu m'appartiens."

Scalese le regarde et rit encore plus fort maintenant. "Je t'appartiens ? Tu as des couilles, Doc, je te l'accorde. Tu as des couilles, d'accord... mais la prochaine fois, garde-le dans ton pantalon."

CHAPITRE CINQ

Alors que les bureaux de Consolidated Health Care se trouvaient dans un bâtiment moderne de trois étages en verre bleu dans un parc de bureaux magnifiquement aménagé dans une banlieue branchée à l'ouest d'O'Hare, les bureaux de Toler TeleCom étaient plutôt miteux et pratiques. Ils se trouvaient dans un entrepôt ennuyeux de deux étages en briques vieux de trente ans, dans un quartier de Schaumburg, derrière la grande usine Motorola, qui présentait les mêmes caractéristiques. Les bureaux de l'entreprise occupaient la moitié avant du bâtiment, tandis que l'entrepôt, le stockage du matériel et les camions occupaient la moitié arrière. Chacun des deux bâtiments projetait exactement l'image que leurs propriétaires voulaient pour leur entreprise.

Le matin suivant son fiasco à l'aéroport d'O'Hare, Bob Burke est arrivé aux bureaux de Toler TeleCom quelques minutes après 8 heures, beaucoup plus tard que d'habitude, avec une gueule de bois plus prononcée, et psychologiquement noir et bleu pour s'être demandé "Abruti, à quoi tu pensais !" encore et encore dans le miroir. Pourtant, il savait que le meilleur remède contre un flot de doutes et d'apitoiement sur soi était de sauter dans le grand bain et de commencer à nager.

Le costume d'affaires d'hier avait disparu, remplacé par un jean bleu délavé, une chemise boutonnée en tissu Oxford, un vieux manteau de sport en tweed et une paire d'espadrilles Asics bien usées. En franchissant la porte d'entrée et en traversant le petit hall, il fait un signe de tête pressé à Margie Thomas. Elle était la réceptionniste, la "gardienne" et le pitbull de l'entreprise depuis qu'Ed Toler l'avait fondée. Elle et Angie Toler ne s'étaient jamais entendues, à cause d'un affront ou d'un autre, et Angie s'était vengée en essayant de convaincre les comptables de supprimer le poste et de la remplacer par un petit panneau de bon goût et une sonnette d'alarme. Ed Toler leur a dit "non" il y a longtemps, mais cela n'a pas empêché Angie de continuer à essayer. Pour Ed, une réceptionniste intelligente était le visage public de l'entreprise, sa première ligne de défense, et elle était inestimable. C'est l'une des nombreuses choses qu'Ed a réussies.

Margie l'observe par-dessus ses lunettes. "Mardi décontracté ?" murmure-t-elle dans son souffle. "J'ai dû rater le mémo".

Ignorant le commentaire, il se dirigea vers les bureaux administratifs de l'entreprise et prit la première rue à droite devant le bureau de Maryanne Simpson, son assistante de direction et celle d'Ed bien avant elle. Que ce soit dans l'administration ou dans les entreprises, la plupart des directeurs placent leur propre bureau dans un coin éloigné, généralement au bout du plus long couloir, à quelques coins de rue, et bien à l'abri du regard de pratiquement tout le monde. C'est exactement ce qu'Ed Toler refusait d'avoir. Il a installé son propre bureau, celui de Maryanne et la salle de conférence principale au centre du grand espace, là où tous les couloirs principaux se croisent. Comme les bureaux des autres directeurs, les murs des portes des couloirs étaient en verre, et sa porte était rarement fermée. "Comment peux-tu savoir ce qui se passe sinon ?" dit Ed. "Je veux voir ce que font mes employés, et plus important encore, je veux qu'ils voient ce que *je* fais. Je ne peux pas envisager de diriger cet endroit autrement." Bob non plus.

Alors qu'il essayait de passer devant le bureau de Maryanne et de franchir la porte de son bureau, elle a levé les yeux et lui a claqué la gomme. Comme un coup de semonce sur la proue d'un navire, c'était sa façon habituelle d'attirer l'attention des gens. "Tu as de la visite", l'avertit-elle en jetant un coup d'œil vers la porte fermée de son bureau. Il fronça les sourcils, sachant qu'elle avait compris son ordre permanent de ne pas recevoir de visiteurs avant 9 heures. Elle lui rendit son regard mécontent et haussa les épaules : "Le petit ne m'a pas laissé le choix. C'est un salaud insistant, comme tu vas le voir. Et ne demande pas, je leur ai déjà pris un café, deux fois."

Bob ouvre la porte de son bureau et entre, où il trouve deux hommes qui l'attendent. L'un était son vieux "pote" de O'Hare, le lieutenant de police de Chicago Ernie Travers. L'autre était quelqu'un qu'il avait reconnu aux informations télévisées locales - un petit homme fastidieux vêtu d'un costume bleu conservateur, de lunettes en écaille de tortue et d'un nœud papillon. C'était Peter O'Malley, le procureur général de l'Illinois du Nord. L'image dont Bob se souvient est celle de l'homme derrière une rangée de microphones sur les marches du Palais fédéral - probablement derrière un petit lutrin ou debout sur un annuaire téléphonique très épais.

Ce matin, cependant, O'Malley était assis bien droit dans le fauteuil de Burke, derrière le bureau de Bob, avec l'air d'être le jour où il fallait "amener son enfant au bureau". Ignorant le fait que Bob venait d'entrer, O'Malley continuait à feuilleter les pages du calendrier de bureau de Bob. Maryanne était très pointilleuse sur la façon dont elle triait et empilait les papiers, la correspondance et les notes téléphoniques sur le bureau de son patron lorsqu'il était absent, et il était évident que ses piles bien ordonnées avaient été malmenées et fouillées. C'est logique, pensa Bob. C'est pour cela que les petits crétins fouineurs et bavards deviennent généralement des humoristes ou des avocats.

Bob a choisi d'ignorer la provocation, pour le moment en tout cas. Il a posé sa mallette sur sa table de conférence ronde et a regardé Travers. "Bonjour, Ernie", dit-il. "Ça fait longtemps qu'on ne s'est pas vus."

Le grand lieutenant de police était aussi loin d'O'Malley que le permettait le petit bureau. Il se tenait près du mur latéral, les bras croisés sur la poitrine, et regardait la galerie de photos et de plaques qui y était accrochée. La plupart d'entre elles étaient des documents de relations publiques de l'entreprise qu'Ed Toler avait laissés derrière lui. Il y avait des photos de quelques-uns de leurs gros travaux, d'Ed serrant la main de clients, de membres clés du personnel, et diverses plaques et récompenses que l'entreprise avait reçues au fil des ans, mais ce n'était pas les photos qu'Ernie Travers regardait.

Presque perdues dans la mer dense de couleurs, deux photos encadrées se trouvaient à l'autre bout de la pièce et représentaient Bob Burke dans l'armée. Les autres étaient pleines de couleurs vives, mais les scènes de ces deux-là semblaient beige sur beige poussiéreux et terne. Celle du haut datait de la première guerre d'Irak - la bonne. Travers regarda de plus près et vit un jeune et souriant lieutenant Robert Burke agenouillé au centre de deux ou trois douzaines de soldats américains rieurs et souriants en tenue de combat. Derrière eux se trouvaient deux gros véhicules blindés de transport de troupes M-113, un char Abrams et un désert vide et rocailleux. C'était une photo intéressante, mais l'autre photo attira encore plus l'attention de Travers. Il s'agit d'un petit groupe de huit hommes lourdement armés - des soldats américains des opérations spéciales, a-t-il immédiatement deviné - devant une chaîne de montagnes escarpées et enneigées.

Ils portaient des barbes hirsutes, des pantalons amples, des châles et les chapeaux plats "pakol" que portent les Afghans. Pour un homme, ils avaient l'air plus vieux, plus couverts de cicatrices et plus usés par les combats que l'autre groupe. Leurs sourires semblaient minces et forcés, mais les jeunes hommes enthousiastes de la première photo avaient gagné leur guerre. Ils avaient botté des fesses en quelques jours et seraient bientôt sur le chemin du retour de leur première et unique tournée.

En revanche, les hommes de l'autre photo en étaient à leur deuxième, troisième, voire quatrième mission, pris au piège d'une guerre qui n'en finissait pas et qui avait fini par botter le cul de tout le monde. Travers se penche plus près et étudie le petit homme au centre. Il s'appuyait sur un fusil de sniper Barrett M-83 à long canon, et au-dessus de sa barbe et de sa moustache, Travers reconnut les yeux noirs et durs de Bob Burke.

"Intéressant", commente Travers.

Burke fronce les sourcils. "Ces deux-là, c'était l'idée de ma femme, pas la mienne".

"Il n'y a pas de surprise là-dedans".

Angie et lui se sont souvent disputés à leur sujet. "Ils sont *exactement* ce dont tu as besoin pour impressionner tes clients et faire démarrer les choses du bon pied, Bobby", a-t-elle insisté. "Tu devrais en mettre plus, en plus de toutes les médailles et de tous les drapeaux. Tu vois ce que je veux dire." Il le savait, mais il n'était pas d'accord. Avec elle, il l'était rarement. "Ils n'impressionnent que les mauvaises personnes", lui disait-il jusqu'à ce qu'il renonce finalement à argumenter. Avec Angie, il avait appris à choisir ses batailles, qu'il gagnait rarement de toute façon. De plus, il pouvait les faire tomber plus tard, quand elle n'était pas là. Malheureusement, elle a anticipé ce mouvement et a pris la précaution de les fixer au mur avec des vis papillon pour cloisons sèches très résistantes. Une fille intelligente, comme d'habitude. Pour s'en débarrasser, il devrait démolir la moitié du mur.

Les yeux de Travers rencontrèrent ceux de Burke pendant un instant et Bob vit l'embarras de l'homme, non pas à cause des photos, mais pour être là en premier lieu et pour l'homme assis derrière le bureau de Bob. Travers fit un geste vers la première photo prise en Irak : "Je me souviens que tu as dit que tu étais un Ranger en Irak, et que tu faisais partie de l'infanterie Mech ?"

"Septième Cav", reconnaît Bob en hochant légèrement la tête.

"Oui ?" Travers s'est retourné et a souri. "J'ai dirigé la palissade de la police militaire juste derrière vous. C'est nous qui étions coincés avec tous ces prisonniers que vous avez laissés dans la poussière. Quel gâchis !"

"La guerre l'est toujours".

"L'autre ne ressemble pas vraiment à l'équipe d'exercice de l'armée à Fort Myer. Qu'est-ce qu'il y a ? L'Afghanistan ? Les opérations spéciales ?" Travers l'a regardé et a demandé, mais tout ce qu'il a obtenu en retour, c'est un haussement d'épaules embarrassé. "Je sais, je sais. Si tu me le disais, il faudrait que tu me tues", dit Travers en riant.

"Oh, le major Burke n'a pas besoin d'être aussi timoré avec nous, n'est-ce pas ?" O'Malley prend enfin la parole, sans prendre la peine de lever les yeux des papiers posés sur le bureau. "J'ai lu ton dossier 201."

"Et tout ce qui te tombe sous la main". Bob tourne ses yeux durs et sans humour vers le petit homme. "Maintenant, dégage de ma chaise".

"Peut-être ne sais-tu pas qui je suis..."

"Et peut-être que je n'en ai rien à faire, Monsieur O'Malley. Si vous ne fermez pas mon calendrier et ne vous éloignez pas de mon bureau, vous serez couché dehors dans l'herbe après que je vous aurai jeté par la fenêtre. Tu as compris ?"

O'Malley le regarde un instant, apparemment surpris, mais il se lève lentement et referme la couverture du calendrier de bureau. "Pour citer ton ami Travers, 'intéressant'. "O'Malley se dirigea ensuite vers l'avant du bureau de Bob et s'installa dans l'une des chaises des invités, tandis que Bob faisait le chemin inverse et reprenait sa propre chaise de bureau. "Comme je le disais, poursuit O'Malley sans perdre de temps, j'ai lu ton dossier personnel, ou du moins j'ai essayé - West Point et douze années de service extrêmement distingué et hautement décoré dont n'importe qui serait fier. Malheureusement, toutes les bonnes choses semblent avoir été expurgées. Imagine un peu. Au fil des ans, j'ai examiné plus que ma part de dossiers personnels de l'armée. Je dois te dire que je n'en ai jamais vu un avec autant de lignes noires et de suppressions."

"Vraiment ? Je n'en avais aucune idée, Monsieur O'Malley ; je n'étais qu'un simple soldat qui faisait son devoir", répond-il, le visage impassible. "Mais si tu n'aimes pas les expurgations, tu devrais peut-être appeler le procureur général à Washington. Je suis sûr qu'il pourra t'obtenir une copie propre."

"Je l'ai fait". O'Malley s'esclaffe. "C'est ce qu'*il* m'a envoyé."

Bob essaie de ne pas sourire. La porte du bureau s'est ouverte et Maryanne Simpson est entrée en portant une grande tasse de café, une urne et deux aspirines extra-fortes qu'elle a tendues à Burke. Ils échangèrent un regard complice tandis qu'il avalait l'aspirine cul sec. "Vous vous resservez, messieurs ?" demande-t-elle. Ils ont tous les deux secoué la tête, alors elle a rapidement battu en retraite et fermé la porte derrière elle.

Bob finit par regarder O'Malley. "Très bien, dis-moi ce que tu veux".

" Droit au but - j'aime bien ça. Comme tu le sais apparemment, je suis le procureur des États-Unis pour le nord de l'Illinois. Ma juridiction couvre la moitié de l'État, plus certaines parties du Wisconsin et de l'Indiana. Bien qu'il semble que vous ayez des compétences et une formation tout à fait *uniques*, je suppose que vous n'avez pas fait d'études de droit, n'est-ce pas, Monsieur Burke ?"

"Non, pendant que tu faisais ça, je faisais *ça*", dit Bob en faisant un signe de tête vers les deux photos accrochées au mur, "et en me faisant *expurger,* bien sûr". Il sourit en pensant qu'Angie avait peut-être raison pour une fois, à propos des photos en tout cas.

"Je suppose que je l'ai mérité, n'est-ce pas ?" O'Malley a répondu. "Et je m'excuse si j'y suis allé un peu fort. Le travail d'un procureur est d'enquêter et d'appliquer la loi fédérale dans sa juridiction. Cela couvre une multitude de péchés, littéralement, y compris la corruption, la corruption officielle, l'évasion fiscale, le crime organisé, la fraude à Medicare et Medicaid, la falsification des témoins fédéraux, et parfois même le meurtre, ce qui, malheureusement, est ce qui m'amène à votre bureau ce matin, Bob... ça ne vous dérange pas que je vous appelle Bob, n'est-ce pas ?"

"Je vais te dire", répond Bob en prenant une nouvelle gorgée de café. "Laissons tomber monsieur Burke et monsieur O'Malley. Nous ne sommes pas amis et vous n'allez pas rester ici très longtemps."

"Nous pouvons la jouer à votre façon, si c'est ce que vous voulez... Monsieur Burke. J'ai cru comprendre que vous aviez été impliqué dans un incident à Consolidated Health Care la nuit dernière. Le lieutenant Travers m'a donné les détails. Il a dit du bien de vous, alors je lui ai demandé de me présenter." O'Malley a pris sa mallette et l'a posée sur ses genoux. Ce faisant, Burke jeta un coup d'œil à Travers, qui lui répondit par un haussement d'épaules impuissant. O'Malley a sorti une série de tirages photographiques sur papier glacé qu'il a commencé à poser individuellement sur le bord avant du bureau de Burke, un à la fois pour créer un effet dramatique.

Bob se penche en avant et jette un coup d'œil rapide. Il y avait six photos. Il s'agissait de photos de femmes, brunes et une blonde, toutes âgées d'une vingtaine ou d'une trentaine d'années. Trois d'entre elles étaient des portraits formels ou des photos de studio en couleur, peut-être tirées de l'annuaire d'un lycée ou d'une université. Les deux suivantes étaient également en couleur, mais il s'agissait d'instantanés occasionnels. L'une d'entre elles était légèrement floue. Elle montrait une femme tenant une canette de bière au-dessus de sa tête, dansant dans un bar bondé, tandis que l'autre représentait une brune plus jeune en bikini à la plage.

La dernière photographie était une photo d'identité judiciaire austère, en noir et blanc, d'une brune échevelée, de face et de profil, tenant devant elle une affichette avec un numéro de réservation. Bob regarda attentivement chaque visage, se disant que c'était la véritable raison pour laquelle O'Malley était venu le voir ce matin, mais il ne dit rien.

"Reconnaissez-vous l'une de ces femmes ?" demande le procureur américain.

Bob a tendu la main et a touché l'un des portraits. "Celui-ci", a-t-il immédiatement répondu. "Et celle-ci", a-t-il ajouté en désignant la femme en bikini à la plage. "C'est la même femme, celle que j'ai vu Greenway étrangler sur le toit hier". Les yeux d'O'Malley s'illuminent comme s'il avait gagné à la loterie. "Cependant, avant que tu ne mouilles ton pantalon, il faisait nuit, et je regardais par le hublot d'un avion qui passait par là. Ses cheveux sont beaucoup plus courts sur cette photo, et Greenway était sur elle, penché en avant, et me cachait en partie la vue. Cela pourrait te poser quelques problèmes avec un bon avocat de la défense."

"Laisse-moi m'occuper de ça". O'Malley écarte l'inquiétude d'un geste de la main. "Les premières impressions sont généralement les bonnes, et tu as l'air très positif."

"Oh, je le suis. Je n'oublierai jamais ses yeux. Ce genre de choses reste en vous."

"J'en suis sûr. Et tu es certain que c'était Greenway ?"

"Je pourrais oublier l'anniversaire de ma femme ou notre anniversaire de mariage, mais je n'oublierai jamais le regard de ce salaud. C'était bien lui."

"Excellent", commente O'Malley. Alors que le procureur américain regarde à nouveau les photos, Burke jure qu'il peut entendre les rouages tourner dans la tête de l'homme. "Qu'en est-il de ces autres femmes ?" demanda-t-il. "Reconnaissez-vous l'une d'entre elles ?"

Bob s'est penché en avant et a regardé les photos une seconde fois, pour finalement désigner celle qui se trouve à l'extrême droite, la jeune femme au bar qui danse avec une canette de bière. "Celle-là. Elle ressemble à la réceptionniste du CHC. Comment s'appelait-elle ?" se demande-t-il en essayant de frotter le mal de tête sur sa tempe. "Sylvester, Linda Sylvester. Oui, c'était ça. Je l'ai vu sur la plaque signalétique de la réception."

"Très bien", sourit O'Malley, qui a l'air satisfait. "Elle est assez nouvellement embauchée et c'est une amie de la femme décédée. Comme tu dois le savoir, une réceptionniste peut être une source précieuse d'informations sur n'importe quelle entreprise de nos jours. D'une manière ou d'une autre, tout et tout le monde passe par leur bureau, en entrant ou en sortant."

"Il faudra que je m'en souvienne, mais elle a l'air de savoir s'amuser", répond Bob en regardant de plus près la photo, et son visage.

"Cette photo date de sept ou huit ans. Elle a une fille, est maintenant divorcée et a commencé à travailler à CHC il y a quelques mois."

"Hier soir, quand j'ai dit que la femme sur le toit portait une robe blanche, elle a regardé Greenway et a dit : "C'est ce que portait Eleanor". Et elle avait l'air effrayée."

"Elle devrait l'être... et toi aussi. Ces gens ne sont pas à prendre à la légère", prévient O'Malley, avant de se tourner vers Travers. "Lieutenant, pourriez-vous sortir quelques minutes ?" Travers n'a pas pu faire assez vite, il s'est rapidement excusé de la pièce.

Lorsque Burke et O'Malley se sont retrouvés seuls, le procureur américain s'est penché en avant. "Ce que je vais vous dire doit rester strictement confidentiel, monsieur Burke. J'ai convoqué un grand jury fédéral qui enquête sur le crime organisé et son rôle dans la fraude massive à Medicare et Medicaid dans la région de Chicago. Il ne s'agit pas d'un crime de rue à deux sous. Il s'agit de dizaines de millions de dollars, de l'argent dont sont privés les pauvres et les personnes âgées de cette communauté qui en ont cruellement besoin. Par définition, les procédures du Grand Jury sont secrètes. Elles doivent l'être si nous voulons démanteler les syndicats qui commettent ces crimes. Je te dis ces choses pour m'assurer de ta coopération dans mon enquête, mais les détails de l'affaire doivent rester secrets."

"Bien sûr. Alors qui était-elle ?" Bob pointe du doigt la photo de la femme morte.

"Eleanor Purdue. Elle est, ou était, responsable de la comptabilité de CHC. Elle doit témoigner devant mon Grand Jury la semaine prochaine, mais elle semble avoir disparu. Elle devait me rencontrer hier soir et me remettre d'autres documents financiers et commerciaux, mais elle n'est jamais venue. Ensuite, lorsque j'ai vu le rapport de la TSA concernant ce que tu aurais vu et les détails de ta visite ultérieure dans le bâtiment du CHC, certains éléments très malheureux se sont mis en place."

"Tu penses que c'est pour ça que Greenway l'a tuée ?"

"Lui ou les personnes pour lesquelles il travaille. Il n'y a aucun doute là-dessus. Tu vois, Consolidated Health Care a commencé il y a une douzaine d'années en tant que clinique de façade desservant les sans-abri et les indigents dans l'un des pires quartiers de l'infâme South Side de Chicago. Greenway l'a transformée en deux ou trois autres cliniques, toutes légales et faisant du bon travail. Pour ce qu'il a fait à l'époque, "Larry" Greenway, comme on l'appelait, mérite d'être félicité. Malheureusement, les cliniques comme la sienne, financées par Medicaid et Medicare, vivent au jour le jour. Lorsque les mauvaises personnes ont frappé à sa porte et lui ont proposé de se remplir les poches d'argent et de lui construire une douzaine de cliniques supplémentaires, il n'a jamais regardé en arrière. Dans le meilleur des cas, le personnel de gestion financière du ministère de la santé et des services sociaux, mal formé et surchargé de travail, à Springfield et à Washington, n'arrive pas à faire face à la paperasserie. Lorsque vous les inondez d'escroqueries astucieuses, de techniques comptables fines et de surfacturations massives, il n'y a plus de contestation possible. C'est alors que 'Larry' Greenway est devenu le docteur Lawrence Greenway dans des costumes à deux mille dollars."

"Des manchettes françaises, des chaussures en cuir italien et des cravates en soie ?".

"Seulement les meilleurs. L'homme que tu as vu hier soir n'est pas le même que celui qui travaillait au coin de la 63e et de Cottage Grove il y a six ans. Son activité reste centrée sur le centre-ville de Chicago, mais il possède maintenant 22 cliniques dans cinq villes et trois États. Il est très actif dans le domaine des médicaments sur ordonnance, remplaçant les bons produits par des concoctions étrangères de qualité inférieure, des appareils médicaux de mauvaise qualité, des traumatismes du cou et du dos, de la kinésithérapie, des appareils de "mobilité", de la chirurgie ambulatoire, des accidents de la route, des services à domicile et de tout ce qu'il peut imaginer d'autre. Ce sont les services médicaux "doux" qui sont très difficiles à contrôler et qui se prêtent très bien à la fraude. Malheureusement, c'est comme voler des bonbons à un bébé si tu ne te soucies pas de qui tu blesses."

"Je suppose que c'est là qu'intervient le type avec les chaînes en or et les muscles ?".

Il s'appelle Anthony Scalese, "Tony Scales" dans le jargon de la mafia. C'est un sous-patron et un gros bras occasionnel pour Salvatore DiGrigoria, 'Sally Bats', qui est l'actuel Capo de ce qui était autrefois la famille criminelle Accardo-Giancana ici. Contrairement à New York, il n'y a qu'une seule "famille" mafieuse qui dirige Chicago depuis Al Capone, même si elle est maintenant divisée en trois branches de la famille DiGrigoria."

" "Tony Scales", "Sally Bats" - je pensais qu'ils ne parlaient comme ça que dans les films."

"Non, ils sont tous trop réels. À la fin des années 1970, un gang de cambrioleurs a été assez stupide pour s'attaquer à la maison de Tony 'Big Tuna' Accardo à River Forest alors qu'il était en vacances à Palm Springs. Accardo aurait été l'un des tireurs de Capone le jour de la Saint-Valentin en 1929. Quoi qu'il en soit, ces cambrioleurs ont vraiment mis le bazar dans la maison d'Accardo. Sal DiGrigoria était l'un de ses lieutenants. On l'appelait "Sally Bats" parce qu'il aimait les Louisville Sluggers et qu'il ne jouait pas au baseball. En l'espace d'un mois, les six cambrioleurs ont été traqués et sauvagement battus à mort. On dit que Scalese est tout aussi vicieux, mais son arme de prédilection est un stiletto de 9 pouces, et non une batte de baseball."

"Je n'ai pas de surnom, monsieur O'Malley, et je ne m'effraie pas facilement".

"Je l'ai compris, mais je voulais que tu comprennes à quel genre de personnes tu as affaire. N'oublie pas que la plupart des hauts fonctionnaires de la ville, du comté et de l'État, en particulier la police, y compris ton ami le shérif Bentley et la moitié des élus d'Indian Hills, sont payés par eux ou reçoivent des contributions électorales de leurs entreprises "de façade" comme CHC depuis des années. S'ils ne peuvent pas acheter quelqu'un, ils sont plutôt doués pour intimider tous ceux qui se mettent en travers de leur chemin. Si ça ne marche pas, les gens disparaissent."

"Tu penses donc que c'est ce qui est arrivé à ton témoin ?".

"Ça commence à y ressembler. J'ai une réunion de repli avec Eleanor demain soir, et il y a l'audience du Grand Jury mardi. J'espère qu'elle se présentera ; mais si elle ne le fait pas, je saurai qu'elle était la femme en robe blanche que tu as vue sur le toit."

"Mon argent dit que c'était le cas ; et d'après l'expression de Linda Sylvester, elle le sait aussi".

"Elles étaient amies. T'a-t-elle dit autre chose ?"

"Non, Scalese l'a poussée hors du hall avant qu'elle ne puisse le faire".

"Ils peuvent être des personnes très effrayantes pour une jeune femme", a réfléchi O'Malley.

"Mais c'est Greenway sur le toit qui l'a étranglée, pas Tony Scalese".

"Cela me laisse perplexe aussi. Je sais qu'elle essayait d'obtenir plus de documents à nous remettre. Je lui ai dit de faire attention, mais peut-être que Greenway l'a attrapée. Mais cet homme a élevé le harcèlement sexuel au rang d'art. Eleanor nous a dit qu'il avait poursuivi, séduit ou violé la moitié des femmes de l'endroit ; malheureusement, Eleanor en fait partie. C'est pourquoi la plupart d'entre elles sont terrifiées par lui, mais pas Eleanor. Avec elle, cela s'est transformé en une haine chauffée à blanc et un désir brûlant de vengeance. En fin de compte, c'est peut-être ce qui l'a poussée à prendre le risque de trop. Ou peut-être qu'il s'en est encore pris à elle, je ne sais vraiment pas."

"Aucune des autres femmes n'a fait quoi que ce soit à ce sujet ?"

"Elles ont trop peur. Comme Purdue et Sylvester, la plupart de ses employés sont des femmes célibataires et elles sont très vulnérables. C'est ce que Greenway embauche et il les paie bien. De plus, à qui peuvent-elles se plaindre ? À la police d'Indian Hills ? Au chef Bentley ? Ou à l'entreprise CHC ? Le vieux Sal DiGrigoria ? Avec Scalese qui soutient Greenway, les femmes le supportent et espèrent qu'il s'en prendra à quelqu'un d'autre. Elles apprennent à ne jamais aller nulle part seules, surtout pas dans son bureau, ou bien elles commencent à porter un spray au poivre ou un cutter dans leur sac à main."

"Il me semble que tu dois parler à Linda Sylvester", lui dit Bob. "Tu as dit qu'ils étaient amis, et elle a peut-être été l'une des dernières personnes à avoir vu Eleanor vivante".

O'Malley se penche en avant et le regarde à travers le bureau. "Si je vais là-bas et que j'essaie de l'interroger ou de l'interpeller devant mon Grand Jury, ils seront sur elle avant que je ne sorte de ma voiture. Il faudrait que j'y aille avec des badges, des mandats, des citations à comparaître et la protection des témoins, mais Sylvester n'est peut-être même pas au courant de quoi que ce soit. Non, ça ne fera que l'effrayer et je me retrouverai sans rien."

"Ça n'a pas fait peur à Eleanor Purdue".

"Eleanor n'a pas d'enfants ni de famille dans la région, et elle voulait se venger de ce que Greenway lui avait fait. Sylvester, c'est une toute autre histoire. Elle a une petite fille, et apparemment, Greenway ne s'est pas encore occupé d'elle. C'est ce qui fait toute la différence. C'est pourquoi j'ai besoin de ton aide."

"Mon aide ? Je t'ai déjà dit tout ce que je savais - toi, Travers et Bentley", dit Bob. "Alors je ne sais pas ce que tu penses que je peux faire d'autre".

"Tu peux parler à Linda Sylvester. Elle a entendu ce que tu as dit hier soir. Tu es un bon samaritain qui a vu quelque chose et qui cherche la vérité. À moins que je ne me trompe, cette fille a besoin de quelqu'un à qui parler en ce moment ; et peut-être qu'elle s'ouvrira à toi. Tu peux peut-être fouiner, te souvenir de quelques détails de plus qu'avant, toi et ton financier, Charlie Newcomb. Cela les ébranlera un peu, même si tu dois tout inventer."

"Excuse-moi, on n'appelle pas ça un parjure ?"

"C'est mon ballon, mon terrain, mon jeu, et c'est moi qui fais tous les appels".

"Je ne travaille pas comme ça".

"Tu le feras, Bob, tu le feras ; parce que tu n'aimes pas plus que moi ce qui est arrivé à Eleanor Purdue, et tu es dans une position unique pour m'aider à les arrêter."

"Peut-être, mais s'ils sont aussi dangereux que tu le dis, pourquoi devrais-je m'en mêler ?".

"Parce que je peux récupérer ce contrat du ministère de la Défense pour toi. C'est garanti. Un coup de fil, et je peux faire en sorte que la proposition de Summit Symbiotics soit rejetée et que la tienne soit rétablie. Mais si tu ne m'aides pas, tu ne le reverras jamais." O'Malley s'est penché sur le bureau, ses yeux froids et calculateurs. "Je sais tout de tes problèmes professionnels, Bob. Je sais pour le contrat avec la Défense, comment tu t'es fait avoir, et ce qui s'est passé entre toi et ta folle de femme. Mes hommes ne t'ont examiné que depuis hier soir, mais dans un jour ou deux, je saurai tout ce qu'il y a à savoir. Tout ce qu'il y a à savoir. Si tu m'aides, je peux être très, très reconnaissant. Ou je peux être ton pire ennemi. C'est à toi de choisir."

"Cela ressemble à une menace".

"À Chicago ? Je préfère appeler ça la réalité. Comme je l'ai dit, je suis confronté à de très mauvaises personnes et je te demande ton aide pour les faire tomber. D'ailleurs, tu ne les aimes pas non plus, surtout Greenway. Tu l'as vu. Tu sais de quoi je parle, et je pense que tu veux le faire tomber tout autant que moi."

Bob le fixa, ses yeux aussi froids et durs que ceux d'O'Malley. Finalement, il haussa les épaules et dit : "Je vais y réfléchir".

"J'ai pensé que tu pourrais le faire. La clé, c'est Linda Sylvester. Peut-être que si elle te revoit, cela pourrait la détendre et la faire parler."

O'Malley se lève enfin, remet les photographies dans sa mallette et regarde la chaise de bureau de Bob. " C'est confortable, je crois que je devrais m'en procurer un ", dit-il en refermant la mallette d'un coup sec. "Restez en contact, Monsieur Burke. Appelez-moi si quelque chose se présente ou si vous avez des idées. J'ai une armée de gens que je peux appeler pour vous aider, mais vous devez me le faire savoir. Chicago n'est pas le genre d'endroit où l'on a envie de se retrouver sur la corde raide à travailler seul sans filet."

CHAPITRE SIX

Lorsque O'Malley a finalement fermé sa mallette et est parti, Bob Burke s'est adossé à sa chaise de bureau et s'est passé les doigts dans les cheveux, grattant une démangeaison qui refusait de disparaître. Il aurait préféré garder sa vieille coupe à la mode de l'armée, mais Angie a fait la moue pendant au moins un mois, en montrant sa lèvre inférieure et en pleurnichant : "Bob-by, les cheveux de l'armée, c'est moche. Tu as l'air d'un idiot." Cette fille savait faire la moue, presque aussi bien qu'elle savait faire beaucoup d'autres choses. Malheureusement, ce n'était que le début de son "projet Bobby" personnel. Elle l'a habillé avec des costumes sur mesure de 2 000 dollars, des chemises faites à la main de 200 dollars et des cravates de 150 dollars, et il est devenu sa poupée Ken personnelle. Il détestait les vêtements encore plus que la coupe de cheveux, mais il était obligé de porter les costumes d'affaires qu'elle avait achetés jusqu'au jour où elle est partie. Depuis lors, il ne portait que ce qu'il voulait porter, et la coiffure était la prochaine sur sa liste.

Il a rencontré Angie lors d'une permission à Hilton Head. Il était un grunt fatigué et épuisé et elle avait neuf ans de moins et n'avait pas de bouton "off". Elle a rallumé des feux qu'il avait oubliés ; et pendant les deux années qui ont suivi, ils ont été aussi chauds que deux adolescents lors d'une soirée de promotion. Comme un papillon de nuit attiré par une flamme, il n'a pas pu résister à son offre d'emploi ni à celle de son père, alors il a fait ses papiers de retraite et n'a jamais regardé en arrière.

Ed Toler avait désespérément besoin d'une nouvelle direction décisive pour faire avancer son entreprise et il a trouvé en Bob Burke exactement ce qu'il cherchait - quelqu'un qui savait comment diriger et qui appréciait l'entreprise et ses employés autant que lui. Angie était sa seule enfant et devait hériter de l'entreprise, mais elle n'avait aucune chance en tant que chef d'entreprise. Elle aimait les bonnes choses et les bons moments, mais elle considérait toujours l'entreprise comme sa boîte à biscuits personnelle. Ed savait que dès qu'il ne serait plus là, elle s'y mettrait à deux mains et mènerait l'entreprise à sa perte. Bob Burke, quant à lui, a démarré en trombe. Il a appris les rouages de l'entreprise en partant de la base et a fourni à Ed la succession qu'il recherchait si désespérément. Malheureusement, cela a mis Bob et Angie sur une trajectoire de collision amère dont leur mariage n'a jamais survécu.

Il était trop tard pour avoir des regrets, et il ne s'est jamais inquiété des choses sur lesquelles il n'avait aucun contrôle. Il y avait des réunions qu'il devait organiser avec des membres clés du personnel au sujet du contrat du ministère de la Défense et il devait passer du temps en tête à tête avec ses comptables et ses avocats. Il y avait aussi deux idiots de membres du Congrès avec lesquels il devait passer des coups de téléphone cinglants. En fin de compte, Bob s'est rendu compte que s'il s'était fait avoir par les colonels du ministère de la Défense, c'était en grande partie de sa propre faute. Le fait de ne pas avoir été prévenu par les politiciens leur était imputable, bien sûr, mais il savait qu'avec un membre du Congrès, on n'obtient pas plus que ce que l'on paye. De toute évidence, Summit Symbiotics a dépensé beaucoup plus que lui pour eux.

Cependant, la première chose qu'il devait faire était de parler à Charlie. L'une des citations préférées de Bob était celle de Dirty Harry qui disait : "Un homme doit connaître ses limites", et Bob Burke était douloureusement conscient des siennes. C'était un bon manager, un homme de contact et un bon dirigeant. Ce qu'il n'était pas, c'était un homme de finances ou de chiffres, et il n'avait pas besoin d'essayer de le devenir. Tout ce qu'il fallait, c'était qu'il sache ce qu'il ne savait pas et qu'il engage des gens qui le savaient.

C'est là qu'intervient Charlie Newcomb. Il était en surpoids, habillé de façon négligée avec au moins une queue de chemise qui pendait, et avait plus de stylos et de crayons dans sa poche de chemise qu'un ingénieur électricien du MIT. Pendant les deux heures qui ont suivi, Charlie et lui sont restés penchés sur la table de conférence de Bob, fixant des lignes de chiffres rouges. Pendant que Bob téléphonait de temps en temps à leurs banquiers, à leurs avocats et à certains de leurs plus gros clients restants, Charlie continuait à passer au peigne fin les feuilles de calcul tandis que ses doigts pianotaient sur le clavier de son ordinateur portable. À 15 heures, on pouvait voir le désespoir qui régnait dans la pièce et qui se répercutait sur les murs.

"Nous sommes grillés, n'est-ce pas ?" conclut finalement Bob en laissant son subconscient gribouiller sur un bloc juridique jaune. C'est ce qu'il faisait habituellement lorsqu'il réfléchissait ; mais cette fois-ci, il n'a rien trouvé, et les gribouillis aussi.

"Résultat final ?" Charlie louche sur la machine. "D'ici la fin de l'année fiscale, nous devons soit aller chercher 1,5 million de dollars de nouvelles affaires... soit, dès aujourd'hui, commencer à nous débarrasser de 500 000 dollars de dépenses courantes en dollars sonnants et trébuchants. Il y a un continuum de choix entre les deux, bien sûr, et nous pourrons peut-être obtenir quelques prêts, mais ce sont les chiffres les plus réalistes."

"Je m'attendais à quelque chose comme ça".

Charlie acquiesce et finit par lui demander : "Tu regrettes d'avoir quitté l'armée ?".

"Chaque minute de chaque maudite journée", a-t-il répondu avec un sourire. "Mais non, pas vraiment. C'était le temps. J'étais grillé, et j'avais besoin de m'éloigner de tout ça."

"Je crois que je comprends. Penses-tu qu'il y a un espoir que nous puissions récupérer le contrat du ministère de la Défense ?"

"J'ai l'intention de leur parler, d'enflammer notre député, de crier, de hurler et de faire autant de bruit que possible, mais je ne suis pas optimiste. Peut-être que nous pourrons récupérer une partie de l'affaire, ou faire en sorte que Symbiotic nous jette un os et nous en sous-traite une partie, mais rien de tout cela ne servira à grand-chose à long terme", dit Bob en soupirant lourdement. "Attends un peu, quand même. Nous ne sommes pas assurés ? Et si nous tuons l'un d'entre nous ? Est-ce que ça aiderait ?"

"La police d'assurance de l'homme-clé de l'entreprise ? En fait, je regardais le plafond hier soir et j'ai eu la même idée", répond Charlie. "Ça ne nous permettrait de faire que la moitié du chemin, et le survivant devrait aller en prison ; alors, non, j'ai bien peur qu'il faille se délester d'une bonne partie de la masse salariale et des dépenses, et pas de toi ni de moi."

"Ce n'est pas la réduction de la masse salariale qui me dérange. Nous étions petits et efficaces avants, et nous pouvons le redevenir. C'est le fait de laisser partir beaucoup de bonnes personnes que je déteste. Ce n'est pas pour cela que j'ai accepté ce poste. Je voulais développer l'entreprise, pas la démolir."

"Tu sais, ça nous aiderait vraiment si nous pouvions retirer Angie de la liste des salariés".

"Angie ?" Burke rit.

"Son salaire et ses "dépenses" sont une grosse noix que nous portons depuis la mort d'Ed."

"Nous aurions besoin d'un tueur à gages, et nous ne pourrions jamais nous permettre d'en avoir un qui soit assez bon".

"Ou assez courageux pour essayer ?" Charlie a ajouté, et ils se sont tous les deux mis à rire. "Ce serait comme s'attaquer à un gros grizzly ; et s'il la ratait ou ne faisait que la blesser ?".

"En fait, je pensais plutôt à Godzilla, dans le dernier film".

"Celle avec Matthew Broderick, la dernière scène, où Godzilla n'en finissait pas d'arriver ?".

"Oui, mais Angie est plus déterminée".

"Et Godzilla est plus facile à vivre".

"Hé, c'est de ma presque-ex-femme dont tu parles !"

"En parlant de ça, quand vas-tu l'appeler ?" Charlie a osé demander.

Burke s'est affaissé dans son fauteuil. "Pourquoi fallait-il que tu me le rappelles, alors que tout allait si bien".

Heureusement ou malheureusement, il n'a pas eu à le faire. Son interphone a sonné et il a entendu la voix nerveuse de Maryanne Thomas dire : "Bob ? Tu ferais mieux de t'esquiver. Angie est sur le chemin du retour et elle n'a pas l'air très contente."

"Oh, merde", marmonnent les deux hommes à l'unisson.

La redoutable Angie n'a pas attendu qu'on la fasse entrer ou qu'on l'annonce. La porte s'est ouverte en trombe et a claqué contre le mur latéral. Elle est entrée en trombe et a commencé à le rouer de coups avant même qu'il ne s'arrête de se balancer.

"Espèce de crétin ! Tu es vraiment un trou du cul !", lance-t-elle, en dirigeant toute sa colère vers Bob.

"Tu dois te concentrer sur une insulte à la fois, Angie ; c'est plus efficace ainsi", réussit-il à faire entrer.

"Ne fais pas de blagues, Bobby". Elle lui lance un regard noir. "Tu as perdu le contrat de la Défense ? La putain de contrat de la Défense ?"

" C'est... ce n'est pas juste, Angie ", tente d'interjeter Charlie. "Bob n'a pas..."

"Tais-toi, Charlie !" Sa main a fendu l'air comme un couteau et l'a réduit au silence. "Personne ne te parlait", dit-elle en retournant ses yeux remplis de haine sur Bob. "Pourquoi ne pas sortir d'ici et arrêter de me combattre, pendant qu'il y a encore quelque chose ici que quelqu'un voudrait acheter. Tu peux aussi prendre ton crapaud de compagnie avec toi et ces photos de l'armée en goguette sur le mur."

"Hé ! C'est toi qui as eu l'idée de les installer, pas moi", rétorque Bob avec un demi-sourire. "Si tu n'aimes pas la décoration intérieure, blâme-toi, pas moi".

"Arrête de m'interrompre !", grogne-t-elle en se rapprochant, le désignant d'un doigt acéré et rageur. "Et ne t'inquiète pas, tout sera refait, très bientôt. Mon père a peut-être pensé que tu étais le fils qu'il n'a jamais eu, mais je suis désolée de t'annoncer la mauvaise nouvelle : je suis fille unique !"

"J'en suis bien consciente, ma chère Angie".

"En plus, tu ne connais rien à la haute technologie".

"Toi non plus. Je n'ai jamais voulu de cette compagnie, et tu le sais. C'était l'idée de ton père, parce qu'il pensait que c'était le seul moyen de 'te garder dans le style auquel tu t'es habitué', comme il l'a dit. Il savait qu'en cinq ans, tu aurais tout claqué et qu'il ne resterait plus rien - plus d'argent, plus de société, plus d'emploi - tout aurait disparu."

Les mains sur les hanches, elle lui lance un regard noir. "Tu ne comprends pas. Je suis sa fille. C'était censé être à *moi*, pas *à toi*, et ce que j'en fais ne te regarde pas."

"Ce n'est pas comme ça que ton père voyait les choses".

"Non ? Eh bien, tu aurais dû rester dans cette foutue armée. Manger dans des boîtes de conserve et faire exploser des choses, c'est à peu près tout ce à quoi tu as toujours été bon."

"Oh ? Il fut un temps où tu pensais que la liste était un peu plus longue que ça."

"Ne te flatte pas. Je n'ai plus dix-neuf ans, ce n'est pas la banquette arrière de ta Chevrolet, et franchement, j'ai connu mieux. Tu vois, j'ai grandi, Bob, et mes goûts aussi. Je convoque donc une réunion du conseil d'administration. Tu as jusqu'à la fermeture des bureaux aujourd'hui pour démissionner. Si tu ne le fais pas, je te reprendrai l'entreprise et tu te retrouveras sans rien !"

"Une réunion du conseil d'administration, Angie ? Tu as déjà essayé ça avant", a-t-il haussé les épaules. "Ça n'a pas marché à l'époque, et ça ne marchera pas maintenant".

"Cette fois-ci, ce sera le cas. Quand tu as perdu ce contrat avec le ministère de la Défense, tu as fait peur à tout le monde."

Il se passa les mains dans les cheveux et prit une grande inspiration. "Qu'est-ce que tu veux, Angie ?" demanda-t-il avec dégoût. "Je dois passer mon temps à le récupérer et à secouer les arbres pour un nouveau travail, pas à me battre à l'épée avec toi. Tu le sais, et le conseil d'administration le saura aussi."

"J'ai déjà des procurations sur 47%".

"Tu as convaincu les syndicalistes de boire ton Kool-Aid ?"

"Peut-être, et d'ici la réunion du conseil d'administration, j'en aurai beaucoup plus. Si ça ne marche pas, je demanderai aux banques d'appeler vos billets."

Bob s'est redressé, l'a regardée et a secoué la tête. "Pourquoi ferais-tu cela ? Ton père a passé sa vie à construire cette entreprise. Ce n'est pas une question d'ego pour moi. Tout ce que je veux, c'est que l'entreprise soit remise sur les rails et redevienne rentable."

"C'est censé être *ma* société, Bobby. La *mienne* ! C'était *mon* père, pas le tien, et je n'ai pas un grand attachement émotionnel à cet endroit comme toi. En fait, je n'ai plus d'attachement émotionnel à grand-chose, sauf à l'argent. Un ami évaluateur m'a dit : "Peu importe ce que tu penses ou ce que tu veux ; une entreprise vaut ce qu'elle rapportera en dollars - ni un sou de plus, ni un sou de moins". "

"Un évaluateur ? Qu'est-il arrivé au pro du tennis du club et au barman du Hilton ?" demande-t-il sarcastiquement. "Mais c'est bien de voir que tu obtiens tes conseils commerciaux de quelqu'un qui a un peu de substance pour changer".

"Très drôle. J'ai besoin d'argent, Bobby, et je me fiche complètement de la façon dont je l'obtiens. Cependant, si toi et ton génie des chiffres pouvez trouver un moyen de me racheter..."

"Te racheter ? Bien sûr, nous pourrons en parler après avoir remis les choses sur les rails."

"Non. C'est dommage, c'est tellement triste, mais je n'attendrai pas. Si tu ne peux pas trouver l'argent tout de suite, je prends le relais et je vends cette satanée chose."

Angie était la plus grande frustration de son père. Avec son style de vie très dépensier, il savait qu'elle ferait exactement ce qu'elle avait dit : liquider la société dès qu'il serait parti. Il n'avait pas l'intention de la laisser faire et faisait de son mieux pour qu'elle s'en préoccupe, mais c'était sans espoir et ils se disputaient constamment à ce sujet. Quand Angie a ramené Bob à la maison la première fois et l'a présenté à son père, il a cru qu'elle se moquait de lui. Tous les autres garçons qu'elle a ramenés à la maison étaient des crétins qu'Ed a immédiatement détestés. Mais un officier de carrière de l'armée, West Point, dix ans de plus qu'elle, raisonnable, poli, et quelqu'un avec qui il pouvait vraiment avoir une conversation d'adulte ? C'est forcément une mise en scène. Elle a dû le louer au casting central, pensa Ed, et c'était avant qu'il n'apprenne les compétences de Bob et ses antécédents de combat. Il savait qu'il n'osait pas s'extasier, et encore moins faire comme s'il l'approuvait. Cela tuerait à coup sûr l'histoire d'amour. Une fois qu'il est devenu clair que Bob était réel, que lui et Angie étaient sérieux et qu'ils avaient l'intention de se marier, Ed lui a proposé de quitter l'armée et de rejoindre l'entreprise.

"Je ne connais rien aux affaires, Ed, et encore moins aux télécommunications", lui a dit Bob, mais cela n'avait pas d'importance.

"Bon sang, Bob, je peux acheter tous les techniciens, les avocats et les MBA que je veux. Mon bureau en est rempli. Ce que je ne peux pas acheter, c'est un leader, quelqu'un qui peut intervenir et diriger cet endroit. L'entreprise, c'est son personnel. Tu sais comment les lire, les motiver, les embaucher et les licencier, et c'est quelque chose qui ne s'apprend pas dans un cours ou dans un livre. L'un de mes vieux amis, Larry Benson, m'a dit un jour qu'il n'y avait que deux endroits où l'on enseignait le leadership de cette façon : les scouts et l'armée. Pour autant que je sache, toi et moi sommes les deux seuls anciens élèves de ces deux organisations que je vois ici, et je ne cherche pas un Eagle Scout."

Le titre qu'Ed lui a donné est celui de vice-président, mais la première mission de Bob a été de travailler sur un camion en tant qu'installateur stagiaire, puis réparateur d'établi, et enfin en tant que vendeur, appelant les clients et les prospects, apprenant les métiers de la base au sommet. Au bout de deux ans, il était bien parti pour comprendre les opérations sur le terrain et au siège quand le vieux est mort. Cela a obligé à raccourcir considérablement l'échelle de formation des cadres et Bob s'est retrouvé à la tête de l'entreprise.

Ed espérait que Bob pourrait apprivoiser Angie et la contrôler, ou au moins la ralentir, une fois qu'ils seraient mariés. Malheureusement, c'était aussi peu probable qu'avant. Vu la façon dont elle dépensait l'argent, garder tout dans la famille était probablement le seul moyen pour un homme de se l'offrir. "Bon sang", dit-il, "tout sera à elle à la fin, de toute façon. Peut-être qu'elle s'en rendra compte avant de te rendre fou, toi aussi." C'est bien en théorie, mais elle ne l'a jamais fait.

La jeune tigresse au caractère bien trempé faisait cependant une sacrée maîtresse les week-ends pendant que Bob était encore en uniforme, mais leur mariage s'est rapidement avéré être un désastre émotionnel. Pendant les deux premières années, Bob a gravi les échelons de la vente, du marketing, des opérations et de la gestion, tandis que le vieil homme était de plus en plus malade. Il a également vu venir leur naufrage conjugal et a réalisé que s'il ne prenait pas de mesures pour protéger l'entreprise familiale et ses employés, une Angie vengeresse ne tarderait pas à tout détruire sur son passage. Ed et ses avocats ont passé un long week-end hors de la ville, soi-disant pour chasser le canard dans le Wisconsin. À leur retour, il a finalisé les grandes lignes d'un plan de distribution des actions astucieux qui résoudrait le problème du contrôle et de la liquidation, du moins c'est ce qu'il pensait.

Pendant la majeure partie de la dernière décennie, Toler TeleCom a travaillé sur des systèmes de sécurité et de communication commerciaux ordinaires. C'était une activité stable, prévisible et rentable, mais Ed voulait tenter sa chance dans le grand bain - le marché prestigieux et lucratif des contrats de défense. Angie faisait également partie du conseil d'administration, détenant les actions et le siège de sa défunte mère, et elle se disputait constamment avec son père au sujet de la direction qu'ils devaient prendre. Pour elle, la société n'était rien d'autre qu'une vache à lait pour soutenir ses goûts de plus en plus coûteux, et elle n'a jamais voulu qu'il s'aventure au-delà de leur base confortable du Midwest.

"Ces bandits du périphérique I-495 vont te manger tout cru, papa", prévient-elle. "Il n'y a que de la politique là-bas, et tu le sais. Tu vas perdre tes fesses !"

"Eh bien, c'est à moi de perdre mes fesses, n'est-ce pas ?".

"Pour l'instant". Elle lui lance un regard noir.

"Angie, une entreprise grandit ou meurt ; mais elle ne peut jamais rester immobile. De plus, j'ai construit cette entreprise pour toutes les bonnes personnes qui y travaillent, pas seulement pour toi."

"Eh bien, il sera à moi, que tu le veuilles ou non, n'est-ce pas ?".

"Tout dépend si tu finis par grandir ou non".

La semaine où Ed a reçu les résultats de ses tests et a su qu'il se dirigeait vers l'hôpital, probablement pour la dernière fois, il a nommé Bob Burke président-directeur général, le promouvant au-dessus de quatre autres vice-présidents, dont Angie. Ils étaient déjà séparés à ce moment-là, et le nouveau plan de distribution des actions et de succession d'Ed a donné à Bob une participation majoritaire dans 27 % des actions de la société, par le biais d'un prêt qu'il serait tenu de rembourser s'il essayait un jour de vendre les actions.

Il en va de même pour les autres bénéficiaires. Il a fixé la garantie des prêts à la valeur des actions au moment de la distribution, liant ainsi les mains de tout le monde. Ed a placé 26 % des actions dans une fiducie pour les autres employés salariés, en fonction de leur poste et de leur ancienneté. Leur plan 401K existant et son conseil d'administration gèreraient cette fiducie. De même, le plan de retraite du syndicat des ouvriers de l'entreprise a reçu 24 % supplémentaires. Il restait donc à Angie 23 % des actions en circulation, y compris celles de sa mère, qu'elle possédait déjà.

Le plan de distribution des actions d'Ed était diabolique. Les 23 % d'Angie l'empêchaient de contrôler l'entreprise. Le syndicat et les trusts de cols blancs ne pouvaient être votés qu'en bloc. Même si Angie obtenait que le syndicat des cols bleus, avec ses 24 %, se joigne à elle, ou que les cols blancs salariés, avec leurs 26 %, elle n'obtiendrait pas le soutien de *la* fiducie de gestion et des syndicats. Comme Ed le savait très bien, la probabilité que cela se produise était très faible.

D'un autre côté, avec 27 %, Bob conservait le contrôle de l'entreprise tant qu'il continuait à bénéficier du soutien du syndicat ou des autres cadres. De plus, son attribution d'actions interdisait à chacun de ces groupes de vendre plus de 20 % de leur participation au cours d'une année, et la société conservait le droit de premier refus pour les acheter. Ed pouvait donc dormir tranquille en sachant que sa fille chérie pouvait continuer à mener son train de vie ridiculement élégant grâce aux dividendes et aux bénéfices de la société, mais c'est tout ce qu'elle obtiendrait. Elle pouvait crier, hurler et intenter des procès à sa guise, mais elle était impuissante à causer des dommages sérieux à l'entreprise, à la vendre ou à la démanteler.

C'était le cas jusqu'à ce que le contrat de la Défense explose au visage de Bob Burke.

CHAPITRE SEPT

Angie est finalement partie. Charlie aussi. Bob secoua la tête et attrapa la bouteille de scotch Macallan de vingt-cinq ans d'âge qui se trouvait dans le tiroir du bas de son bureau, et se versa trois doigts dans un lourd gobelet en verre taillé, pur. Boire du scotch en plein milieu de l'après-midi n'était pas quelque chose qu'il faisait régulièrement, mais Ed l'avait laissé comme cadeau "spécial". "Un peu de ce nectar doré peut même rendre une journée pourrie un peu meilleure", avait-il écrit sur la carte. Burke se souvient que le Macallan l'a aidé dans les mauvais moments, alors pourquoi pas maintenant ? Il tourna sa chaise de bureau vers la fenêtre, appuya ses bas sur la crédence et se pencha en arrière, le gobelet posé sur sa poitrine.

Normalement, c'était une excellente façon de terminer la journée - en regardant par la fenêtre le ciel radieux de l'après-midi à travers la lueur ambréc d'un bon verre de scotch. Mais pas aujourd'hui. Depuis qu'il est monté à bord de l'avion à Washington, D.C., pour rentrer chez lui, il a l'impression d'être sur une spirale descendante, de filer impuissant vers le bas de plus en plus vite. La perte du contrat avec la Défense et les convulsions que cela allait provoquer au sein de l'entreprise y étaient pour beaucoup, mais la visite d'Angie, ses menaces et celle d'O'Malley y avaient aussi contribué. Mais Charlie avait raison.

L'entreprise méritait toute son attention. Il le devait aux personnes qui travaillaient ici, mais il ne pouvait pas le faire. Pas aujourd'hui. Les images d'Eleanor Purdue étranglée sur le toit du bâtiment de Consolidated Health Care et le regard de ce salaud de Greenway lui revenaient sans cesse à l'esprit, et elles ne voulaient pas disparaître. L'offre de Peter O'Malley non plus.

Lorsqu'il était dans l'armée, Bob Burke n'a jamais aimé les politiciens, même s'il n'y a pas réfléchi. On attendait des soldats de carrière qu'ils évitent la politique et les politiciens, quels qu'ils soient, et Bob Burke ne perdait jamais son temps avec des choses contre lesquelles il ne pouvait rien faire de toute façon. Depuis qu'il est devenu un civil et qu'il a essayé de gérer une entreprise, son opinion sur eux n'a cessé de se dégrader. O'Malley était un autre exemple classique de cette race - un égocentrique auquel on ne doit jamais faire confiance et dont les préoccupations n'allaient pas plus loin que sa propre reconduction, la première page de la Tribune et une éventuelle candidature à un poste politique. Maire ? Un siège au Sénat ? Même gouverneur. La politique. C'était la nature de la bête de nos jours. Mais comme un lancer de judo bien exécuté, un Nageaza, la question était de savoir comment Burke pouvait utiliser l'ego et les fanfaronnades d'O'Malley contre lui-même.

Alors qu'il avalait le dernier scotch, il entendit frapper précipitamment à sa porte et Charlie fit irruption en tenant son ordinateur portable devant lui d'une main, tout en continuant à taper sur les touches de l'autre. "Bob, dit-il sans attendre une invitation, j'ai fait quelques recherches sur Summit Symbiotics..."

"Toi aussi ? J'ai essayé pendant un moment, mais tout ce que j'ai obtenu, ce sont des déchets, des conneries de relations publiques et une migraine."

"Il a fallu un sérieux travail d'extraction de base de données pour surmonter tout cela. Sans vouloir t'offenser, ces trucs techniques sont bien en dessous de ton niveau de rémunération. En plus, tu es trop vieux pour essayer."

"Qu'est-ce que tu veux dire par trop vieux ?" demande Bob en se retournant et en s'asseyant.

"Sérieusement ? La prochaine fois que tu auras un problème de système ou de base de données et que je ne serai pas là, va au centre commercial et trouve un enfant de douze ans avec un iPad, ou un étudiant de seize ans en première année au MIT. Tu es un dinosaure quand il s'agit de ce genre de choses, et ça ne vaut absolument pas la peine que tu y consacres du temps." Finalement, Charlie a quitté l'écran des yeux, a regardé le bureau de Bob et a vu la bouteille. "Macallan ? Vingt-cinq ans d'âge ? Tu es bien trop radin pour acheter de la bonne came comme ça. Où l'as-tu eue ?"

"Ed Toler me l'a laissé... à des fins médicinales, bien sûr".

"Et tu as tenu bon ?"

"Il y a un autre gobelet sur la bibliothèque et il reste plein de shots dans la bouteille. Prends une chaise et dis-moi ce que tu as trouvé."

Charlie n'a pas eu besoin qu'on lui demande deux fois. Il remplit son verre et prend une chaise de l'autre côté du bureau de Bob. "J'ai relu la proposition de Symbiotics et j'ai fouillé dans leurs documents d'entreprise. L'adresse de leur bureau est une boîte postale à Washington et ils se sont constitués en société dans le Delaware. C'est bon marché, très favorable aux entreprises, et l'État rend difficile l'accès aux documents et la recherche des véritables propriétaires."

"Rien d'inhabituel là-dedans".

"C'est vrai, mais ce qui *est* inhabituel, c'est que Symbiotic s'est constituée en société il y a seulement trente jours. Tous les rapports et les documents - tous - leur rapport annuel, le matériel de relations publiques dans la proposition, même les statuts et les dépôts officiels sont très légers sur les noms et les photos des dirigeants, du personnel, des lieux, des sociétés précédentes, et de *tout ce qu'*ils ont réellement fait, y compris les contrats, les projets, les clients précédents, et tout le reste."

"Trente jours ?" demande Bob. "Je me souviens de la merde qu'on a vécue, de tous les obstacles que le ministère de la Défense nous a fait franchir pour être même autorisés à soumettre un projet. Comment diable ont-ils pu donner un contrat aussi important à une jeune entreprise comme celle-là ?"

"Comment ? Eh bien, s'ils sont vraiment légitimes, ils sont peut-être une émanation d'une grande entreprise qui a beaucoup travaillé pour le ministère de la Défense. Pour autant que je sache, Symbiotic n'a aucun lien avec qui que ce soit. D'accord, mais je me suis demandé si le ministère de la Défense ne connaissait pas les gens ? Je veux dire qu'il pourrait s'agir de bons techniciens qui ont démissionné ailleurs, que le ministère de la Défense les connaît et qu'ils travaillent à perte pour mettre un pied dans la porte. Qui sait ? Je suppose que ça arrive."

"Ça arrive ? Non, Charlie, ça arrive ! C'était notre contrat. Qui sont-ils ?"

" Justement ! Toi et moi sommes dans le métier, et nous connaissons la plupart des techniciens de notre petite niche. C'est une petite fraternité, surtout s'ils travaillent dans le domaine des télécommunications militaires, n'est-ce pas ? Eh bien, j'ai regardé tous les papiers que j'ai pu trouver et j'ai déterré les noms de chacun de leurs officiers et de leurs principaux techniciens. Devine quoi ? Ce sont tous des avocats ! Chacun d'entre eux. J'ai vérifié certains d'entre eux dans Martindale-Hubbell, l'annuaire national des avocats et des cabinets d'avocats, mais je n'ai pas eu besoin de le faire. La plupart de ceux qui figurent dans les documents de Symbiotic ont leur affiliation à un cabinet d'avocats inscrite sous leur nom. De toute évidence, quelqu'un les a ajoutés pour remplir les places requises, mais il n'y a pas un cadre ou un directeur des télécommunications dans tout le groupe."

"Avocats ?"

"Oui, des avocats, et il y a pire. Tu te souviens du cabinet auquel Angie a fait appel lorsqu'elle a essayé de contester le testament du vieil homme - Gordon et Kramer downtown. Eh bien, devine qui sont les agents enregistrés de Summit ? Gordon et Kramer. Summit Symbiotics est une société du Delaware, qui est une filiale de Summit Industries, également une société du Delaware, qui appartient à son tour à - tu l'as compris - Summit International, une société holding du Delaware, avec des couches obscures les unes après les autres. Cependant, pour un appel d'offres et un contrat fédéral, ils doivent être enregistrés. Après avoir creusé, et creusé, et creusé encore, j'ai finalement trouvé une liste de leurs propriétaires et de leur conseil d'administration. Naturellement, il s'agit de huit des principaux partenaires de Gordon et Kramer."

"Pas de techniciens ?"

"En fait, ils en ont deux. Ils mettent même leurs photos dans le rapport annuel, debout devant un énorme réseau d'antennes paraboliques dans le désert, avec des lunettes à monture en corne, des blouses de laboratoire et des presse-papiers, en essayant de donner l'impression qu'ils savent ce qu'ils font."

"Dans le désert ?" Bob se gratte la tête. "Je ne comprends pas."

"Eux non plus. À mon avis, ils ont organisé une fête de signature de documents à Las Vegas et ont pris quelques photos promotionnelles à l'extérieur de la ville, au niveau de la grande antenne parabolique du centre de recherche de l'UNLV."

"Alors, qui sont-ils ?"

"Tu te souviens de ce type, Randy Person, et de son copain Harry Ingersoll ?"

"Les deux gars qu'on a virés ? C'est une blague !"

"Non, je suis sérieux comme un croque-mort".

"Person et Ingersoll... si je me souviens bien, l'un d'eux a grimé son CV et l'autre était tellement abrasif que personne ne voulait travailler avec lui. Des zéros complets, tous les deux."

"C'est eux. Nous les avons licenciés l'été dernier. Comme d'habitude, pour éviter d'être poursuivi en justice, personne en dehors du bureau ne l'a su. Un matin, ils étaient là, le lendemain, ils étaient partis ; parce que c'était mieux pour tout le monde, non ?".

"Pourquoi est-ce que je sens qu'une migraine arrive ici ?"

"Migraine ? Oh, celle-là va bien tordre ton short. Quel est le point commun ?"

"J'ai le mauvais pressentiment que tu vas me dire que c'est Angie".

"Donne un cigare à l'homme. Elle savait tout sur ces deux-là. Je suis sûr que vous avez discuté de leur licenciement lors de la réunion du conseil d'administration, n'est-ce pas ? Quand nous les avons laissés partir, ils sont devenus un couple de techniciens qu'elle pouvait embaucher à bas prix. Et Gordon et Kramer sont ses avocats."

"Deuxième essai", a grogné Bob.

"Finalement, pour une balle rapide à deux retraits, en haut de la 9e, à trois et deux, à fromage dur, 'Je parie que tu ne peux pas la frapper' dans le coin intérieur, quand j'ai creusé assez profondément dans les papiers et les dossiers fiscaux de cette société holding au Delaware, elle est répertoriée comme la foutue présidente du conseil d'administration !".

Bob le fixe, sans voix, incapable de respirer, ayant l'impression que quelque chose a aspiré l'air de la pièce. "C'est forcément une erreur. Pourquoi Angie ferait-elle une chose pareille ? Tu es sûr ?" En regardant Charlie de l'autre côté du bureau, il a pu voir qu'il l'était.

"Tu la connais un chouïa mieux que moi, bien sûr", sourit Charlie, "mais j'ai eu l'impression qu'elle n'aimait jamais une seule paire de chaussures, si elle pouvait en avoir deux".

"Ou six, ou dix".

"Ce n'est pas que je comprenne parfaitement le fonctionnement complexe de l'esprit féminin, surtout le sien ; mais elle a déjà essayé de te forcer à partir deux ou trois fois, en te fonçant dessus à travers le conseil d'administration. Comme ça n'a pas marché, elle a peut-être décidé de prendre la tangente, d'obtenir le contrat du ministère de la Défense et de vous mettre, toi et l'entreprise, sur la paille. Penses-tu qu'elle puisse être aussi malveillante, aussi intelligente ?"

"Angie ? Tu peux parier tes bottes qu'elle le pourrait ; mais pourquoi détruirait-elle la maison autour d'elle ? C'est perdant-perdant, pour nous et pour elle... n'est-ce pas ?".

"Non, tout sauf ça, Bob ! Réfléchis un peu. Elle aurait la nouvelle société, qu'elle contrôlerait entièrement, un conseil d'administration trié sur le volet, son propre personnel, et elle aurait le nouveau contrat du ministère de la Défense ; bien qu'elle n'ait aucun moyen de l'exécuter, mais cela n'a pas d'importance. Après avoir détruit Toler TeleCom, elle pourra revenir ici et choisir les techniciens dont elle a besoin."

"Tu as raison", dit Bob en s'affaissant dans son fauteuil. "Pourquoi ne l'ai-je pas vu ?"

"Parce que ton esprit ne fonctionne pas comme ça. Si elle peut te forcer à partir lors de cette nouvelle réunion du conseil d'administration, c'est encore mieux. Elle peut sauter quelques étapes, fusionner les deux entreprises et tout avoir."

"Nous devons récupérer ce contrat du ministère de la Défense".

"C'est notre seule chance".

"Oui, mais je suis tellement fatiguée en ce moment. J'ai l'impression d'être en état de mort cérébrale. Après cette femme sur le toit, puis Greenway, et O'Malley... je n'arrive pas à me concentrer."

"Il le faut", répond Charlie en fermant son ordinateur portable et en ramassant les papiers éparpillés sur le bureau de Bob. "Je veux bien admettre que tu as d'autres "problèmes de femmes" en ce moment, mais le vrai *gros* problème, c'est la femme vivante que tu as épousée, pas celle qui est morte sur le toit."

"Oui, j'ai compris. Il est temps pour toi de retourner à ton bureau et de réfléchir, et il est temps pour moi de passer quelques coups de fil."

"Tu ferais mieux de tendre la main aux administrateurs des deux régimes de retraite, ainsi qu'aux banques".

"Je sais, mais je commence par George Grierson".

"L'avocat ? Oui", acquiesce Charlie. "Il devrait probablement être le premier." Sur cette dernière pensée peu glorieuse, Charlie vida le dernier verre de son scotch et laissa Bob seul avec son téléphone.

Trois heures plus tard, il a jeté son stylo sur le bureau et secoué la tête. Les administrateurs de régimes de retraite, les banquiers et les avocats - il se sentait vidé. Angie les avait pris en étau et le resserrait aussi vite qu'elle le pouvait. Malgré tout, il baissa les yeux sur le bloc-notes jaune posé devant lui. Il était couvert de gribouillis, mais il n'y avait pas la moindre réflexion sérieuse sur Toler TeleCom. Il avait dessiné des croquis spectaculaires d'avions, de châteaux d'eau et de voitures de police, ainsi que les initiales complexes et exagérément stylisées "CHC". Il se rendit compte que cela ne le menait nulle part, en se retournant et en regardant par la fenêtre.

Angie et le contrat avec la Défense sont peut-être ses principaux problèmes, mais la femme sur le toit refuse d'être mise de côté. Chaque fois qu'il fermait les yeux, elle était là, allongée sur le dos dans le gravier brun, le regardant, les longs doigts de Lawrence Greenway enroulés autour de sa gorge. Elle était là, au centre de sa conscience, et elle ne disparaîtrait pas tant que Burke ne ferait pas quelque chose pour elle.

À contrecœur, il repousse le bloc de papier, ouvre le tiroir du clavier de son bureau et tourne les yeux vers l'écran de son ordinateur. L'armée a passé des années et dépensé des dizaines de milliers de dollars pour lui apprendre à agir à l'instinct, à faire confiance à ses tripes et à prendre des décisions de vie ou de mort sur la base d'une liste très courte de faits. Après six mois à ce poste, sa formation tactique tranchante était émoussée par des recherches sur ordinateur, trop de réunions et des montagnes de courriels. C'est triste mais vrai. Maintenant, il n'y avait pas un problème sur lequel il avait besoin d'une contribution ou une question qu'il pouvait créer, ou même penser à créer, que Google n'ensevelirait pas sous une montagne d'informations en ligne inutiles dans le temps qu'il fallait pour le taper dans un moteur de recherche. C'était la paralysie par analyse, la cause habituelle de la stagnation dans le monde des affaires, et cela le rendait fou.

Cependant, la deuxième compétence essentielle que l'armée lui a enseignée est de connaître son ennemi. Ses doigts se sont posés sur le clavier et il a tapé "Consolidated Health Care". À peine a-t-il appuyé sur Entrée qu'une liste en cascade d'articles de journaux et de magazines s'affiche à l'écran. Sous le champ de recherche, on pouvait lire : "Environ 11 370 résultats. 0,27 secondes." Wow, pensa-t-il. Dans cette nouvelle ère d'information à outrance, il est devenu incroyablement facile de cacher des choses.

Tout ce que tu as à faire, c'est de le laisser à la vue de tous à mi-chemin d'une liste comme celle-là. Qui ne la trouverait jamais ? Pourtant, il savait qu'il devait essayer. En sautant d'un sujet à l'autre, des informations sur l'entreprise aux communiqués de presse, en passant par les articles de journaux et de magazines, il a pu constater que CHC était passé en très peu de temps d'une clinique du centre-ville à un important fournisseur de soins médicaux dans la région "urbaine" de Chicago et les États environnants, mais les chiffres d'O'Malley n'étaient déjà plus à jour. L'année dernière, l'entreprise a réalisé un chiffre d'affaires de 87 millions de dollars, principalement dans le cadre de Medicare et Medicaid, avec un personnel de 525 employés répartis sur 17 sites de l'entreprise et des cliniques, ainsi que plusieurs nouvelles opérations de fabrication de médicaments en Inde et au Pakistan. Il n'est donc pas étonnant que le chef Bentley soit passé à la vitesse supérieure en matière de protection lorsque Burke et Travers sont venus frapper à la porte. Il ne fait aucun doute que CHC doit être le plus gros employeur et le plus gros contribuable d'Indian Hills.

Le site Web de CHC était très élégant, avec de belles photographies en couleur, des clichés professionnels du siège d'Indian Hills, des cliniques de la ville et de leur nouvelle usine de pilules en Inde, ainsi qu'une longue liste de départements et de sujets. C'est drôle, mais plus Bob en voyait, moins il en savait. En fouillant dans les rapports officiels de l'entreprise et dans les documents déposés, il a vu la même structure à plusieurs niveaux, avec des sociétés et des holdings imbriquées, que Charlie avait remarquée chez Summit Symbiotics. Comme pour tout ce qui se fait de nos jours, que ce soit dans le pays ou à l'étranger, des voitures aux réfrigérateurs en passant par les entreprises, il était sacrément difficile de savoir qui possédait quoi, où tout était fabriqué, de quoi il était fait et s'il pouvait vous tuer si vous le mangiez. Les réponses les plus fréquentes semblaient être la Chine et "Tu ne veux vraiment pas savoir".

Leur site Web était une version électronique de leur rapport annuel. Suivant l'exemple de Charlie, il a cliqué sur les dernières pages, où il a trouvé ce qu'il cherchait vraiment : les noms, les photos et les biographies des membres du conseil d'administration, des principaux dirigeants et des cadres de CHC. Sur presque toutes les pages, le visage souriant et débonnaire de Lawrence Greenway figurait au premier plan. C'était le président-directeur général, apparemment un enfant prodige né et élevé à Chicago, titulaire d'un doctorat en médecine de Loyola et d'un MBA de la Kellogg School de Northwestern. Ce n'est pas exactement du foie haché, pense Burke, et il ne faut pas le sous-estimer. Suivent quelques titres et un collage de photos montrant le travail de pionnier effectué par Greenway dans ses cliniques des quartiers défavorisés et ce qu'elles font maintenant à l'étranger.

Sur les dernières pages, il a vu les photographies des autres agents et des chefs de service. Ses yeux ont immédiatement repéré la photographie d'Eleanor Purdue. Comme l'a dit O'Malley, elle était la directrice financière de CHC et la responsable de la comptabilité. Cependant, en regardant le reste de la liste et les autres photos, il ne vit ni Salvatore DiGrigoria, ni Tony Scalese, ni personne d'autre portant ne serait-ce qu'un nom de famille italien. C'est logique, se dit Bob.

En retournant à la longue page de résultats de recherche Google, il a trouvé une liste de communiqués de presse et d'articles d'actualité, pour la plupart liés au récent témoignage de Lawrence Greenway devant les audiences de la Chambre des représentants et du Sénat américains sur la fraude et les abus de Medicaid et de Medicare. Sur plusieurs des photos, Greenway semble être confortablement assis devant une banque de microphones à une table de témoins dans l'une des salles d'audience. Vêtu de son habituel costume impeccablement taillé, ses cheveux corbeau lissés en arrière, il semblait être le seigneur confiant de tout ce qu'il arpentait. D'après l'exhibition qu'il avait faite la veille dans le hall de son entreprise, Burke doutait que les sénateurs ou les membres du congrès présents à cette audience à Washington puissent lui mettre un gant.

En jetant un coup d'œil sur les articles qui l'accompagnent, il s'est surpris à faire une double prise. Plutôt que d'esquiver les questions ou de marmonner des platitudes, Greenway a pris l'offensive. "Honte à vous !" Il s'est assis à cette table d'audience et a agité le doigt vers les membres du congrès rassemblés. "C'est vous qui avez rédigé cette loi horriblement élaborée, pas nous qui travaillons dans le secteur des services médicaux. Tout ce qu'elle fait, c'est inviter nos concurrents à commettre des fraudes et des abus. Pour couronner le tout, vous recevez des contributions de campagne massives de la part de ceux-là mêmes que vous êtes censés réglementer. Cela ridiculise l'ensemble du processus."

Eh bien, tu ne peux pas accuser cet homme de ne pas avoir d'audace, pensa Bob en se surprenant à rire à haute voix. C'était comme si Greenway mettait au défi la commission du Congrès de s'en prendre à lui, convaincu qu'ils ne pouvaient pas le toucher. Il avait probablement raison. Il était rusé, et il se croyait à l'épreuve des balles. Intéressant.

L'avalanche d'articles et de communiqués de presse qui a suivi les audiences semble avoir été générée par le personnel des relations publiques de CHC. Ils étaient conçus pour que la version des faits de l'entreprise soit diffusée en premier, pour se vanter de toutes les bonnes choses qu'elle avait faites et pour les diffuser dans la presse écrite et électronique bien avant que la presse légitime ne parvienne à déterrer quoi que ce soit sur Greenway ou CHC. Même s'ils y parvenaient, les responsables des relations publiques de CHC sauteraient sur toute histoire ou question réelle et l'enterreraient sous un blizzard de désinformation subséquente.

Cependant, si Greenway se croyait à l'abri des balles, Bob se demandait si c'était la façon dont Salvatore DiGrigoria considérait toute cette publicité non désirée. La mafia préférait généralement rester bien en dessous du radar, ne pas déranger le Congrès et ne pas voir son visage placardé dans les journaux du matin. Non, pensa-t-il, ce n'est pas quelque chose que le vieux Sal aurait apprécié, et c'est peut-être pour cela qu'il a envoyé son pitbull, Tony Scalese.

Bob s'est adossé à sa chaise de bureau et a de nouveau regardé par la fenêtre. C'était tellement évident, pensa-t-il. Il avait passé moins d'une journée, quelques heures en réalité, et était-il le seul à pouvoir relier les points ? Lawrence Greenway était un escroc à grande échelle. Les pots-de-vin et la corruption liés aux contrats fédéraux n'étaient pas nouveaux, mais Bob fixait la limite au meurtre et était déterminé à ne pas laisser Greenway s'en sortir.

Le soleil se couche. Il n'accomplissait pas la moindre chose ici, au bureau, et il savait qu'il avait besoin d'un peu d'air frais. Il a éteint l'écran, verrouillé les tiroirs de son bureau, enfilé un coupe-vent en nylon bleu et s'est dirigé vers la porte.

En ville, au 32e étage du bâtiment fédéral, le procureur de l'Illinois du Nord, Peter Francis O'Malley III, regardait lui aussi le soleil couchant par la fenêtre de son bureau. Il s'est adossé à sa chaise de bureau, ses pieds chaussants appuyés sur le rebord de la fenêtre, réfléchissant et devenant encore plus furieux que Bob Burke. Finalement, il fit pivoter sa chaise et lança un regard à son assistant, l'agent du FBI Mike Hanover, qui se tenait devant son bureau comme un doberman obéissant, attendant patiemment les ordres de son maître. Il travaillait pour O'Malley depuis six mois, depuis que ce dernier avait été nommé à ce poste par le président. O'Malley était le troisième procureur pour lequel Hanover travaillait, et bien que six mois ne soient pas une longue période pour un poste gouvernemental comme celui-ci, Hanover avait déjà appris à détester cet Irlandais intense et miniature. La journée d'aujourd'hui a été l'occasion d'une nouvelle leçon douloureuse.

"Je n'en ai rien à faire, Mike ! Continue à creuser jusqu'à ce que tu trouves quelque chose, et ne reviens pas avant. Si ce petit malin de Burke ne veut pas sauter devant le train de Greenway, alors je suppose que je vais devoir l'y jeter et voir ce qui se passe."

"Chef, nous avons creusé, mais le gars est clean. C'est un héros de guerre."

"Trouve quelque chose, bon sang ! Je veux un moyen de pression. Déniche des saletés sur lui ou sur sa société ou sur sa salope de femme - je me fiche de savoir laquelle ou comment, mais seulement quand. Et ne t'inquiète pas qu'il ne soit pas sale ; il le sera quand j'aurai fini."

CHAPITRE HUIT

Angie était allongée nue sur une chaise longue sur l'immense terrasse de la piscine de la grande maison de son père - devenue sa grande maison - à Winnetka, finissant ce qui restait d'une bouteille du meilleur Riesling qu'elle avait pu trouver dans sa cave à vin. Décisions, décisions, se plaignait-elle, incapable de se décider à passer le reste de l'après-midi ici à finir le vin, ou à aller au club pour une "leçon de tennis" en début de soirée avec Klaus, le "pro". Depuis que Bob a déménagé, il n'y a plus personne pour l'embêter ou la harceler quand elle est excitée. Quel salaud ! Heureusement, à ce moment-là, sa femme de ménage Consuelo sort de la porte arrière de la cuisine et s'approche prudemment d'elle. Le tempérament d'Angie était notoire et l'employée savait qu'elle n'aimait pas les surprises.

"Mee-sus Burke," dit doucement Consuelo, "il y a un Mee-ster O'Malley à la porte d'entrée qui veut vous voir. Sa carte indique qu'il est le procureur des États-Unis..."

"Oui, je sais qui c'est".

"Il n'a pas de rendez-vous, alors je lui ai dit que tu n'étais pas disponible".

"Non, tu peux l'envoyer ici", répond-elle en mettant ses lunettes de soleil sombres et en faisant un effort à moitié pour se couvrir d'une énorme serviette turque, laissant certaines des zones les plus délicieuses partiellement exposées.

"Si, Mee-sus Burke", sourit sa gouvernante d'un air hésitant. "Et... il est presque 16 heures maintenant. Je pars bientôt, alors j'ai mis ta salade au réfrigérateur."

"C'est très bien, Consuelo. Apporte-nous deux de tes thés spéciaux du Texas avant de partir, *por favor*, et fais en sorte que le sien soit assez fort pour décoller de la peinture."

Quelques minutes plus tard, Consuelo est revenue, escortant un bel homme de petite taille vêtu d'un costume bleu coûteux.

"Pardonnez-moi de ne pas me lever, monsieur O'Malley, mais cela pourrait poser problème".

"Je comprends tout à fait, Mme Burke", dit O'Malley en riant et en prenant la chaise longue en face d'elle. "Une belle femme comme vous doit profiter du soleil tant que vous le pouvez".

"La flatterie ne fonctionne sur moi que si vous essayez de me mettre dans le pantalon, M. O'Malley, et je ne pense pas que ce soit ce que vous essayez de faire, n'est-ce pas ?".

"Non, non, pas pour le moment", dit-il en riant.

"C'est bien, puisque je n'en porte pas".

Ce n'est qu'à ce moment-là qu'O'Malley s'est rendu compte de la rapidité avec laquelle cette femme l'a mis hors-jeu, ce qui ne lui arrivait presque jamais. Le soleil était derrière elle et lui éclairait inconfortablement les yeux, tandis qu'elle portait des lunettes noires et qu'il ne voyait pas du tout ses yeux. L'avait-elle prévu ainsi ? Sachant ce qu'il savait déjà d'elle, il n'en serait pas surpris. C'est alors que la gouvernante revint et plaça un grand verre glacé devant chacun d'eux.

Angie a levé son verre en sa direction. "Aux roues de la justice, Monsieur O'Malley, qu'elles ne vous écrasent pas le pied", dit-elle en buvant une gorgée de son verre.

Il rit en renversant son verre et en prenant une grande gorgée, toussant soudain lorsque le puissant mélange de tequila presque pure atteint sa gorge. "Désolé pour ça", lui dit-il. "J'ai dû mal descendre", a-t-il ajouté en toussant encore plusieurs fois.

"Parfois, Consuelo ne mesure pas très bien".

"C'est ce qu'il semble. Quoi qu'il en soit, je suis Peter O'Malley, je suis le président des États-Unis..."

"Je sais qui tu es".

"Cela ne m'a pas semblé très chaleureux et amical, Mme Burke".

"Tu peux m'appeler Angie, et disons que je ne suis pas une grande fan du gouvernement américain en ce moment".

"Ah, le contrat du ministère de la Défense que ton entreprise a perdu".

"Perdu ? Nous n'avons rien perdu, on nous l'a volé ; et malheureusement, ce n'est pas ma société en ce moment, comme je suppose que tu le sais déjà. Est-ce la raison de votre présence ici ? Es-tu en train de lancer une enquête sur Summit Symbiotics et sur ces colonels qui s'occupent de l'approvisionnement du ministère de la Défense ?"

"Non, non", sourit-il en piochant dans la couture de son pantalon. "En fait, je suis ici pour obtenir des informations sur ton mari".

"Bobby ? Il n'est pas là et je doute qu'il revienne. Comme tu le sais sûrement, nous ne sommes pas vraiment en bons termes en ce moment, que ce soit sur le plan professionnel ou personnel. Nous nous sommes séparés."

"C'est ce que j'ai entendu dire. En fait, j'ai parlé avec lui ce matin dans son bureau au sujet d'un meurtre dont il prétend avoir été témoin la nuit dernière. Je sais que cela n'a absolument rien à voir avec votre entreprise, mais franchement, il n'a pas été aussi amical ou coopératif avec mon enquête que je l'espérais."

"Ça ne lui ressemble pas ; il est à peu près aussi "droit dans ses bottes" que possible, mais il n'aime pas qu'on le bouscule."

"Je comprends donc. Mais dis-moi quelque chose ; vous êtes séparés, pourquoi pas divorcés ?".

Elle haussa les épaules et regarda autour d'elle la piscine et la maison. "Tu sais, je crois que je n'ai pas trouvé le temps".

O'Malley acquiesce. "Tu espères toujours ?" demanda-t-il. Elle a souri en retour mais n'a rien proposé, alors il a continué. "Quoi qu'il en soit, j'ai demandé à mon personnel de jeter un coup d'œil à ses dossiers de l'armée pour pouvoir mieux cerner l'homme, tu sais".

"Et tu n'as pas appris grand-chose, n'est-ce pas ?"

"Franchement, je n'ai jamais vu autant de caviardage et de pages blanches de ma vie. La dernière moitié de sa carrière semble être complètement classée."

"Même à un grand procureur américain ? Je parie que ça t'a mis en colère."

"Franchement, c'est vrai ; mais cela m'a aussi rendu très curieux. Que peux-tu me dire à son sujet ?"

"Tu veux dire ce qu'il a fait dans l'armée, en Irak et en Afghanistan ?", dit-elle en riant.

"Eh bien, oui, cela nous aiderait certainement, ainsi que tout ce que tu sais sur ce qu'il a fait".

"Moi ? Rien du tout. Il ne s'est jamais ouvert à moi ou à quelqu'un d'autre en dehors du service, pour autant que je sache. Peut-être à mon père, mais il est parti depuis longtemps maintenant. Je soupçonne donc que tu en sais plus que moi sur cette partie de sa vie. Pour te dire la vérité, je m'en fiche complètement, je ne m'en suis jamais soucié. C'était son truc de "mec", lui et ses copains, et j'étais définitivement exclu. Je pouvais avoir le reste de sa personne, mais jamais ça. Quand tu dis ça à une jeune mariée "tendre", surtout une comme moi, ça les énerve vraiment. Alors, j'ai dit : "Va te faire foutre ! Vous avez vos petits secrets, et moi j'aurai les miens".

"Intéressant... Tu sais, il y a un mur de photos et de plaques dans son bureau...".

"C'est affreux, n'est-ce pas ? Mon père a laissé toute cette merde. J'ai essayé de trouver un décorateur..."

"Non, non, pas ceux-là. L'une montre ton mari avec ses troupes en Irak. L'autre le montre avec ce qui ne peut être qu'une force Delta ou une équipe d'opérations spéciales de la CIA en Afghanistan."

"Et tu te dis : 'Quand j'ai rencontré ce type au bureau, il ne ressemblait pas à grand-chose, n'est-ce pas ? Plutôt ordinaire, en fait'. "

"West Point, Rangers, Delta Force ? Je suis surpris qu'il ait été assez grand pour y entrer."

"Il m'a dit qu'il mangeait beaucoup de bananes et qu'il se tenait droit", dit-elle en riant. "Les autres gars sur cette photo ressemblent à une bande de voyous que tu ne voudrais pas rencontrer dans une ruelle sombre, tandis que Bobby ressemble au commis aux fournitures qui leur a donné une caisse de bière pour qu'il puisse être sur leur photo et obtenir des boissons gratuites au VFW de chez lui."

"Maintenant que tu en parles", sourit O'Malley.

Elle secoue la tête. "Eh bien, ce n'est pas comme ça qu'*ils* le racontent".

"Alors, tu les as rencontrés ?"

"La plupart de ses gars des opérations spéciales étaient à notre mariage. Vinnie, Ace, Chester et Lonzo - ces quatre-là, je ne les oublierai jamais. Ils étaient ses sergents principaux, et ils ont ce lien magique qu'il disait que seuls les soldats d'une guerre peuvent partager. Ils restent intensément loyaux les uns envers les autres, et envers lui, même aujourd'hui. Peu importe ce qu'ils faisaient, ils sont venus au mariage, du moins ceux qui n'étaient pas morts ou partis en mission quelque part. Apparemment, ils pensent tous qu'ils lui doivent beaucoup, et ils te diront qu'ils feraient la guerre avec lui encore une fois, n'importe où, n'importe quand."

"Alors, ils t'ont parlé de ce qu'ils ont fait, de ce qu'il a fait ?".

"Oh, mon Dieu, non ! Tout ce que j'ai obtenu, c'est un commentaire ici et un regard là, assez pour qu'ils me fassent savoir que je devais apprécier ce que je recevais. Ils ont tous des surnoms, tu sais, pour la sécurité opérationnelle. Ils appellent Bobby " le fantôme " ou " Casper ", parce qu'ils disent qu'il peut " disparaître " et que tu ne sauras jamais qu'il est là. Et qu'il ait une arme, un couteau ou seulement ses mains nues, j'ai eu l'idée que c'*est celui que* tu ne voudrais pas croiser dans une ruelle sombre."

"Vraiment... Mais avec une carrière aussi brillante, pourquoi est-il sorti ?"

"Je suis assez vaniteux pour penser que c'était pour moi, mais j'en doute. Nous avons été la chose la plus chaude de la planète pendant un an ou deux, mais c'est l'armée elle-même et la guerre qui l'ont finalement chassé. Elle ne semblait jamais finir, et il a perdu trop de camarades de classe et d'amis dans quelque chose qui signifiait de moins en moins pour lui au fur et à mesure qu'elle durait. Il disait souvent que si le Pentagone refusait d'étudier l'histoire, il pouvait au moins lire du Kipling."

"Kipling ? Tu plaisantes !"

"Non. C'est un homme très intéressant, sans aucun doute l'homme le plus intéressant que j'ai jamais rencontré. Je pense que si on l'avait laissé dans la brousse avec ses hommes à la poursuite des méchants, il serait encore là ; mais ça n'allait pas arriver. Plus il montait en grade et en responsabilité, plus les conneries empiraient, jusqu'à ce qu'il n'en puisse plus. Il était sur la liste des lieutenants-colonels, ce qui, m'a-t-on dit, était assez remarquable pour son âge, et sur la voie rapide des étoiles. C'est à ce moment-là que lui et moi nous sommes rencontrés, et que mon père lui a fait une offre qu'il ne pouvait pas refuser - moi, la compagnie, un nouveau départ, toute l'enchilada." Elle s'est arrêtée et a regardé O'Malley pendant un moment. "Très bien, Peter, à toi de jouer. Qu'attends-tu de moi ?"

"Un verre de vin avec une belle femme nue, qu'est-ce que je pourrais vouloir d'autre ?".

"Presque nue, Peter. Avec moi, il y a une différence magique".

"Qu'est-ce que la vie pourrait t'offrir de plus ?"

Elle a souri. "Qu'est-ce qu'il y a de plus ? On m'a dit qu'une soirée autour de ma piscine sous les étoiles avec une bonne bouteille de vin peut être des plus mémorables", a-t-elle souri timidement.

"Je vais devoir travailler là-dessus", dit O'Malley en se penchant en arrière, en souriant et en redressant le pli de son pantalon. "Malheureusement, le moment est très mal choisi pour moi. Tu vois, Bob détient la clé d'une poursuite très importante sur laquelle je travaille. Il prétend avoir vu un homme étrangler à mort une femme sur un toit..."

"L'histoire de l'avion, quand il a atterri à O'Hare ?

"Les nouvelles circulent vite. Oui, cette femme devait témoigner devant mon Grand Jury cette semaine, mais elle a disparu, et je crains que le pire ne soit arrivé."

"Je croyais que Bobby était allé voir la police et leur avait raconté ce qu'il avait vu. Quel est le problème ?"

"Il n'y a pas de problème en soi. Cependant, j'espérais qu'il accepterait d'être un peu plus "créatif" en ce qui concerne les personnes et les objets qu'il a vus. Malheureusement, il n'avait pas envie d'étendre sa mémoire aussi loin."

Angie l'a regardé de l'autre côté et s'est moquée de lui. "Tu voulais qu'il mente pour que tu puisses coincer un coupable, n'est-ce pas ?".

"Eh bien, je formulerais les choses de façon un peu plus délicate que cela", a-t-il tenté un de ses sourires les plus beurrés. "L'homme sur lequel j'enquête est un prédateur sexuel".

"Comme c'est gentil", a-t-elle souri. "Je n'avais pas réalisé que le sexe était un crime fédéral maintenant".

"Normalement, ce n'est pas le cas, mais cet homme a de nombreux antécédents de harcèlement sexuel et de viols impliquant ses employés, et nous pensons qu'il a également commis un certain nombre de meurtres. Ce qui m'intéresse surtout, c'est son implication dans un vaste système de fraude à Medicaid et Medicare ; il ne s'agit donc pas pour moi d'essayer de "coincer" un innocent."

"Quoi qu'il en soit, Bobby n'est pas câblé de cette façon, et il n'aime pas être poussé".

"Je comprends cela, mais j'ai besoin de son aide pour faire pression sur l'individu impliqué, afin de susciter son témoignage contre le réseau criminel dans lequel il est impliqué. En fin de compte, ce que ton mari a vu ou non sur le toit n'aura pas beaucoup d'importance. Il est simplement un moyen de pression.

Comme je l'ai dit, j'espérais que votre mari serait un moyen utile à une fin tout à fait nécessaire, et je suis venu ici pour voir si vous pouviez me donner des indices sur la façon dont je pourrais l'amener à le faire."

"Si c'est pour ça que tu es venu jusqu'ici, tu as gaspillé beaucoup d'essence. Il va faire ce qu'il veut et ce qu'il pense être juste. Si tu veux le faire changer d'avis, tu dois lui donner une bonne raison. Alors, bonne chance, M. O'Malley. Bonne chance."

Le soleil commençait à se coucher lorsque Bob Burke est entré dans le parking du CHC. D'après le nombre de places de stationnement vides, la plupart des employés de l'entreprise étaient déjà partis pour la journée. Les terre-pleins étaient bien aménagés, avec des poiriers à cime ronde également espacés qui projetaient de longues ombres sur le terrain. Il s'est garé dans un espace sombre de l'un d'entre eux, à quelques centaines de pieds de la porte d'entrée tournante du bâtiment, et a attendu. Il avait une vue dégagée sur le hall d'entrée très éclairé et sur certains bureaux individuels. Au fond du hall d'entrée se trouvaient les balcons et les passerelles des deuxième et troisième étages, qui reliaient les deux ailes. Avec la façade vitrée de deux étages du sol au plafond du hall d'entrée, on avait l'impression d'être face à un téléviseur à grand écran.

Pendant qu'il regardait, il a vu une poignée de membres du personnel, hommes et femmes, habillés de façon décontractée, passer en transportant des papiers, entrecoupés de concierges poussant des chariots, portant des sacs poubelles et passant l'aspirateur. D'autres membres du personnel se sont dirigés vers leurs voitures, laissant à l'intérieur quelques hommes encombrants en costume sombre avec des radios bidirectionnelles. Bob suppose qu'il s'agit d'agents de sécurité privés. Alors que tous les autres semblaient impatients de rentrer chez eux, les hommes en costume sombre avaient l'air de rien. Ils se promenaient lentement dans les étages, sans but précis, en vérifiant les portes, les couloirs et les visages. Des tueurs à gages, conclut-il.

La plupart de ceux qui travaillaient dans la sécurité étaient plus jeunes, généralement d'anciens militaires, peu formés, payés un peu plus que le salaire minimum, et invariablement vêtus de pantalons gris, de chemises blanches, de cheveux courts et de blazers bleus avec une sorte d'écusson ou de logo de l'entreprise sur la poche de poitrine. Cependant, ces gars-là avaient l'air différents. Ils semblaient plus âgés, leurs vêtements étaient un peu trop voyants et mal assortis, et ils ne bougeaient ni ne marchaient comme s'ils avaient reçu une formation, et encore moins aux mains de leur Oncle Sam.

Au premier étage, au centre de tout cela, se trouvait la petite silhouette de Linda Sylvester, recroquevillée derrière la sécurité relative de son grand bureau de réception semi-circulaire en marbre. Une sécurité relative ? Pas dans ce bâtiment, pense Bob Burke. D'après ses mouvements, elle semblait être en train de ranger ses affaires et de redresser son bureau, se préparant à partir pour la journée. D'après son visage et la façon dont ses yeux parcouraient nerveusement le hall d'entrée, elle semblait aussi malheureuse que la veille. De toute évidence, quelque chose la tracassait, et Bob avait une bonne idée de ce que c'était. Elle enfila sa veste, serra son sac à main contre sa poitrine, marcha rapidement jusqu'au fond du hall et tourna à gauche.

Ce faisant, Bob vit la silhouette musclée de Tony Scalese apparaître sur le balcon du deuxième étage, au-dessus d'elle. Il n'a pas pu entendre ce que Scalese a dit, mais la tête de la jeune femme s'est soudain tournée vers la droite et elle a levé les yeux vers lui. Il ne pouvait pas non plus entendre ce qu'elle lui répondait, mais elle ne s'est pas arrêtée. Elle a continué à s'éloigner, serrant son sac encore plus fort alors que Scalese s'est penché sur le balcon, a pointé un doigt vers elle et a dit quelque chose d'autre. Quoi qu'il en soit, celui-ci n'est pas resté sans réponse. Elle a pointé un doigt vers lui, lui a jeté un regard noir et lui a répondu en criant, avant de disparaître dans le couloir latéral.

Le point de vue actuel de Bob lui donne une bonne vue du hall et de la porte d'entrée, mais il sait que les "abeilles ouvrières" de l'entreprise ont reçu l'ordre de se garer à l'arrière, alors il met la voiture en marche et fait le tour du bâtiment par la gauche. Au moment où il tourne le coin du bâtiment, il aperçoit Linda Sylvester qui sort précipitamment par la porte latérale et traverse le parking. Alors qu'elle s'approche du côté conducteur d'une vieille Toyota bleu foncé et sort ses clés, il se gare à côté d'elle et baisse sa vitre. Sa réaction a été immédiate. Elle a tourné la tête et a sorti de son sac à main une petite bombe lacrymogène qu'elle a pointée vers lui.

"Tu ne t'approches pas de moi !", a-t-elle crié, terrifiée, en tendant son bras muni du spray au poivre vers la fenêtre ouverte de sa voiture.

"Whoa !", répond-il en levant les deux mains. "Tout ce que je veux, c'est parler une minute".

"Ils m'ont dit de ne pas te parler", dit-elle en regardant rapidement autour d'elle pour voir si quelqu'un l'observait. "Ils nous ont dit à tous de ne parler à personne, et certainement pas à toi !".

"Tant mieux pour eux, je veux seulement te poser quelques questions sur la femme que j'ai vue sur le toit hier soir", poursuit-il tout de même. "Eleanor Purdue ? C'est son nom ?"

"Oh, c'est tout ? Tu veux que je parle d'Eleanor. Tu es fou ?"

"Personne ne nous surveille", a-t-il tenté de la rassurer, concluant que si elle ne l'avait pas encore aspergé, elle ne le ferait probablement pas, pas tant qu'il restait dans sa voiture et ne faisait pas de gestes brusques vers elle.

"Ils sont toujours en train de regarder. Ils ont des caméras partout maintenant. Partout !" répond-elle, désespérée, presque au bord des larmes. "Ils me surveillent, mettent sur écoute mes téléphones, ma maison, probablement ma voiture pour ce que j'en sais, et ils t'ont probablement surveillée aussi. Ils surveillent tous ceux qui représentent une menace pour eux."

"Laisse-les faire, je n'ai pas peur d'eux et tu ne devrais pas non plus. Si tu m'aides, nous pourrons mettre fin à tout cela."

"Vous êtes vraiment fou ; vous ne vous rendez pas compte à qui vous avez affaire ? Eh bien, moi si, et je ne peux pas me permettre d'avoir des ennuis, Mr...."

"Burke, Bob Burke et moi pouvons vous protéger. Nous pouvons aller voir la police, le procureur général".

"Ne m'entraîne pas là-dedans. J'ai une fille et... Oh, laisse-moi tranquille !"

"La femme en robe blanche, Eleanor ? C'était une de tes amies, n'est-ce pas ? C'était une bonne amie, et maintenant elle a disparu." Elle le dévisagea, les yeux écarquillés, la lèvre inférieure frémissante. De toute évidence, la jeune fille était au bord de la crise. "Linda," insiste-t-il. "J'ai regardé en ligne sur le site du CCH et j'ai vu sa photo. Elle est votre responsable de la comptabilité et des finances. Je ne sais pas si tu le sais déjà, mais elle devait témoigner devant un grand jury la semaine prochaine. C'est pour ça que Greenway l'a tuée."

"Personne n'a tué personne". Elle secoue rapidement la tête. "Tu as tout inventé. Eleanor est en voyage, c'est tout. On m'a dit qu'elle devait rencontrer les auditeurs et qu'elle était partie plus tôt."

"Regarde-toi", répond Burke. "Tu n'y crois pas plus que moi. Elle était sur le toit avec Greenway comme je l'ai dit, et tu le sais."

"Non, non, tu te trompes. Ce n'est pas possible."

"Non ? Eh bien, quand elle ne se présentera pas cette semaine ou la semaine prochaine, et qu'ils te diront qu'elle a démissionné et déménagé, il sera trop tard. Viens avec moi et nous irons tous les deux à la police. Je t'emmènerai."

"La police ? Ici ? Tu dois te moquer de moi."

"Pas Bentley, la vraie police, comme ce flic de Chicago avec qui j'étais, ou le FBI".

"Le Dr Greenway m'a dit que tu inventais toutes ces choses pour ruiner le CHC. Il nous a dit que ses concurrents veulent sa peau maintenant, qu'ils veulent notre peau à tous. Et j'ai une famille, Monsieur Burke, j'ai une fille et j'ai besoin de ce travail."

Avant qu'elle ne puisse en dire plus, deux voitures de patrouille d'Indian Hills se sont soudain arrêtées derrière eux, le bloquant à l'intérieur. Burke a rapidement glissé une de ses cartes de visite dans sa main avant que les deux policiers ne le voient, et a chuchoté : "Appelez-moi, s'il vous plaît !". Pendant un moment, elle a regardé la carte dans la paume de sa main comme s'il s'agissait d'une souris morte, mais elle l'a gardée ; finalement, elle a refermé ses doigts autour d'elle et l'a mise dans sa poche.

Le chef Bentley est sorti de sa grosse voiture de patrouille et s'est dirigé vers lui, tandis que le jeune patrouilleur de la ville qu'il avait reconnu la veille s'est précipité hors de l'autre voiture. La plaque sur sa chemise indique "B. J. Leonard". Bentley a accroché sa ceinture d'équipement lourd sur son ventre et s'est dirigé vers la portière côté conducteur de la voiture de Burke, se positionnant entre Burke et Linda Sylvester. Bobby Joe a fait le tour du côté passager et a pointé un revolver Colt de calibre 38 sur lui par la fenêtre ouverte.

"Très bien, fiston", ordonne Bentley. "Sors de la voiture".

"Et pourquoi voudrais-je faire ça ? Je n'ai rien fait de mal."

"Tu le veux, parce que je te l'ai dit ; et c'est la seule raison dont tu as besoin ou que j'ai l'intention de donner. Compris ? Il y a eu une vague de cambriolages de bureaux par ici. Il fait nuit, c'est l'heure à laquelle ils frappent habituellement. De plus, je me souviens très bien qu'on t'a dit de ne pas venir ici. C'est donc une intrusion", ajoute-t-il avec un mince sourire tandis que la paume de sa main droite passe de la boucle de sa ceinture à la crosse de son pistolet. "Maintenant, sors de cette voiture."

Bob l'a regardé, mais a réalisé qu'il n'y avait aucune raison de donner une excuse au gros flic ou à son pitbull à la gâchette facile, alors il a fait ce qu'on lui a dit. "Suis-je en état d'arrestation ?" demande-t-il.

"Eh bien, puisque tu le demandes, je crois que c'est le cas", répond Bentley. "La dernière fois que tu es venu ici, il semble que tu n'aies pas trop bien écouté ; alors cette fois, ça risque de prendre un peu plus de temps." Bentley le fit tourner et le menotta par derrière, tandis que Bobby Joe lui souriait et le couvrait de son colt 38 à long canon, qu'il tenait devant lui dans une position classique de tir à deux mains, les genoux pliés et toujours aussi sérieux.

Bob le regarde. "Ton oncle t'a aussi donné une balle pour ce truc ?" demande-t-il.

"Le chef n'est pas mon oncle !", lui lance le jeune policier en lui lançant un regard noir.

"Mieux vaut ne pas embêter Bobby Joe", prévient Bentley à l'intention de Burke. "Ce garçon vient de rentrer d'Afghanistan, et il a un côté méchant comme une démangeaison qu'il ne peut pas gratter."

"Afghanistan ?" Bob répète. "Eh bien, bon sang ! Quelle unité ?"

"Tu n'étais pas dans l'armée de l'air ?" Bentley lui demande. "À cet endroit de Bag-ram ?"

"Qu'est-ce que tu fais ? Bagagiste ?" Burke penche la tête et demande.

"Non, je n'étais pas un maudit bagagiste !" Bobby Joe prend enfin la parole. "J'étais un flic de l'armée de l'air... et puis j'ai fait un peu de construction".

"Ah, "une certaine construction ? " Burke acquiesce, semblant réfléchir un instant. " Voyons, je parie que tu étais dans la sécurité de l'armée de l'air et que tu as foiré quelque chose, probablement deux ou trois fois, au moins. Alors, la sécurité t'a mis à la porte et on t'a tendu une pelle. Oui, ça peut laisser un homme avec un 'côté méchant', mais c'était mieux qu'une cour martiale, n'est-ce pas ?"

"Ça ne te regarde pas, bordel ! Qu'est-ce que tu en sais, de toute façon ?" Bobby Joe s'est approché et a donné un coup de colt dans l'estomac de Bob.

"Fais attention à ne pas te mettre à dos Bobby Joe, maintenant", prévient Bentley.

"Oh, non, c'est sûr que je ne voudrais pas faire ça", acquiesce Bob. "Mais la prochaine fois qu'il me donne un coup avec ce truc, tu ferais mieux d'appeler des renforts", dit-il en se retournant et en s'installant sur le siège arrière de la voiture du chef. C'est alors qu'il aperçoit Tony Scalese qui se tient derrière lui, les bras croisés sur la poitrine, écoutant la conversation et riant.

"Il y a des gens qui n'écoutent pas, n'est-ce pas, Burke ?" dit le grand homme. "Et ce n'est pas comme si tu n'avais pas été prévenu".

Bob sourit à Scalese. Si son petit voyage de ce soir ne lui avait rien appris d'autre, il confirmait que Scalese était bien de la mafia et que Bentley était dans leur lit, jusqu'à ses pattes de col quatre étoiles. Lorsque la voiture de police s'est éloignée, il s'est retourné vers l'immeuble et a vu Lawrence Greenway debout dans l'embrasure de la porte latérale. Ses yeux étaient braqués sur lui comme ils l'avaient été sur le toit la veille - froids, cruels et analytiques, comme s'il étudiait un insecte au microscope.

Après le départ des deux voitures de police, Tony Scalese s'est approché de la voiture de Linda Sylvester. Elle a démarré le moteur, avec la ferme intention de s'enfuir aussi vite que possible. "Non, non, chérie", lui dit-il en se penchant à l'intérieur et en retirant les clés du contact. "Toi et moi, on a des choses à se dire avant que tu ne t'en ailles en voiture".

"Laisse-moi partir", lui dit-elle en essayant de lui arracher les clés, mais elle aurait plus de facilité si elles étaient prises dans un étau.

"Calme-toi, petite fille. Je ne suis pas comme le Doc", lui dit-il en faisant signe à Greenway qui se tenait dans l'embrasure de la porte du bâtiment. "Je ne vais pas là où on ne veut pas de moi, mais nous savons tous les deux comment il est, n'est-ce pas ?" Elle a levé les yeux vers lui puis vers Greenway et a hoché la tête, terrifiée. "Alors, si tu ne veux pas faire un séjour prolongé sur son canapé un après-midi, tu fermes ta grande gueule. Ne t'approche pas des flics, ne t'approche pas du FBI, et ne t'approche pas de ce petit con de Burke. Il va finir par avoir plus d'ennuis qu'il ne sait en faire, et tu ne veux pas sombrer avec lui. Tu as compris, chérie ?"

Linda Sylvester a levé les yeux vers ses yeux sombres et morts et a rapidement hoché la tête, terrifiée.

"Ce n'est pas suffisant, Linda. Je veux t'entendre le dire. Je veux t'entendre dire : 'Non, Tony, je ne veux pas de problèmes comme ça'. "

"Non, non, Tony, je," réussit-elle à murmurer, "je ne veux pas de problèmes comme ça".

"Beaucoup mieux", dit-il en déposant ses clés sur ses genoux. "Je pense que nous faisons enfin des progrès. Maintenant, tu rentres chez toi avant que le Doc ne vienne et ne décide de défaire tout le bon travail que nous avons fait ici."

Linda Sylvester n'avait pas besoin d'entendre autre chose. Elle était déjà effrayée lorsqu'elle a vu Greenway debout dans l'embrasure de la porte, lui souriant. Elle enfonça la clé dans le contact, démarra sa voiture et la conduisit sur le terre-plein aménagé et hors du parking aussi vite qu'elle le pouvait.

Scalese la regarde s'éloigner, puis se retourne et marche vers la porte arrière de l'immeuble de bureaux, où Greenway se tient debout en l'observant.

"Tu l'as laissée partir ?" demande le docteur. "J'aurais aimé lui parler".

"Oui, je parie que tu le ferais", ricane Scalese. "Mais tu as fait assez de ces conneries ces derniers temps. Il est temps que tu la gardes dans ton pantalon pendant un moment."

"Qui es-tu pour me dire ce que je dois faire ?" Greenway a soufflé d'un air indigné.

"Ce n'est pas moi", dit Scalese en prenant une profonde inspiration et en se redressant de toute sa hauteur, là où il pouvait intimider même un homme plus grand que lui comme Lawrence Greenway. "Ce que je te dis, c'est ce que Mr D m'a dit de te dire, *personnellement,* tu as compris ?". Scalese lui donna un violent coup de poing au centre de la poitrine avec son index.

Greenway recula d'un pas et cligna des yeux, sachant qu'il était bien loin de sa catégorie et de son poids ce soir. "D'accord, d'accord, je comprends ce que tu veux dire."

"Bien, je l'espère, parce que nous ne voulons plus de "malentendus". Très vite, ils deviennent *vraiment* désordonnés, si tu vois ce que je veux dire."

"Non, il n'y aura pas de malentendus, mais qu'allons-nous faire à propos de ce trublion de Burke ? Il m'a vu sur le toit hier soir. Je sais qu'il a parlé à Travers, et maintenant il fait pression sur cette maudite réceptionniste. Il est en train de devenir une véritable plaie. Nous devons le faire taire, définitivement !"

Scalese l'a regardé et a souri. "De façon permanente ? Tu veux dire, comme la façon dont tu t'es débarrassé de cette femme de Purdue ?"

"Oui ! Avant qu'il ne nous fasse tous tomber".

"La réponse est non ! J'ai déjà parlé de la situation avec M. D. Les choses sont trop chaudes en ce moment, et tu dois apprendre à calmer tes ardeurs, Doc. Avec la convocation du Grand Jury, Mr. D dit : 'Plus de vagues'. "

"Plus de vagues ? Il m'a vu la tuer, espèce de crétin !"

Scalese s'est rapproché, bien à l'intérieur de l'espace de Greenway, et lui a donné un nouveau coup de poing dans la poitrine, beaucoup plus fort cette fois. "Dolt ? Espèce de merde ! Tu me traites d'abruti ?", demande-t-il en attrapant le médecin par les revers de son costume hors de prix et en le faisant tourner vers son magnifique immeuble de bureaux en verre bleu. "J'ai l'impression que tu laisses tout ça te monter à la tête, *Larry*. Si tu ne fais pas attention, ça peut partir aussi vite que c'est venu, et t'aspirer tout droit dans le trou du lapin avec."

Greenway a regardé dans les yeux noirs et menaçants de Scalese, et a senti son sang se glacer. "Bien sûr, Tony. Bien sûr. Je comprends, je comprends."

"Bien. J'ai parlé à Bentley. Il peut faire enfermer Burke pendant trente jours, peut-être plus. Une fois qu'il l'aura fait entrer dans sa prison, lui et ce crétin d'adjoint pourront utiliser un peu de 'magie policière' pour faire partir M. Burke pour de bon. Pas de problème, pas d'agitation, seulement un petit "coup de feu lors d'une tentative d'évasion". Tout ça est bien et légal, mais ça va te coûter vingt "gros" pour que j'aille chercher Bentley pour arranger tout ça, Doc. Tu me comprends ?"

"Vingt, bien sûr, bien sûr, Tony. Tout ce qu'il faut. Je comprends."

"Veille à ce que tu le fasses. C'est ton dernier avertissement."

CHAPITRE NEUF

Le chef Bentley a personnellement accompagné Bob Burke dans les escaliers et a franchi les portes vitrées du petit mais nouveau poste de police d'Indian Hills. D'une main ferme sur le coude de Bob, il l'a guidé à travers le hall d'entrée, devant le grand et imposant bureau du sergent de service, et dans le couloir de service arrière, suivi pendant tout ce temps par le toujours enthousiaste Bobby Joe Leonard, la main posée sur la crosse de son pistolet comme Wyatt Earp entrant dans le O. K. Corral.

"Réservez-le pour 'ivresse et désordre', patrouilleur".

"Je ne suis ni ivre ni désordonné", a rétorqué Burke.

"Tu es si je dis que tu es, mon garçon. Bientôt, tu apprendras cela. Et ajoutez 'Trespassin' et Resisting Arrest' (résistance à l'arrestation). J'en trouverai d'autres demain matin, mais ça suffira pour l'instant."

Lorsqu'ils atteignirent la table de réservation, le chef fit signe à Bobby Joe de prendre les empreintes digitales de Burke, ce qui fit froncer les sourcils du gros patrouilleur. Les mains toujours menottées dans le dos, Bob jeta un coup d'œil au matériel posé sur la table. Il était trop propre et bien rangé pour avoir été utilisé très souvent, voire jamais. Cela devint évident lorsqu'il regarda Bobby Joe prendre ce qui semblait être un tube frais d'encre noire "à l'ancienne" et essayer de lire les instructions. Dans cette prison, il n'y a pas de tablettes pour prendre les empreintes digitales ni d'encre à base d'eau comme en utilise l'armée de l'air ; non, monsieur, pas tant que le chef de la police Cyrus T. Bentley est en poste. Malheureusement, cela n'a pas beaucoup aidé Bobby Joe. D'abord, ses gros doigts n'arrivaient pas à décapsuler le tube. Ensuite, quand il a réussi à l'ouvrir, une épaisse goutte d'encre noire a giclé et s'est répandue sur lui.

Il a essuyé ce qu'il pouvait sur la plaque d'encrage en verre et a essayé d'essuyer le reste avec une poignée d'essuie-tout, mais cela n'a fait qu'étaler l'encre encore plus loin. Il s'est retrouvé avec de l'encre noire sur les deux mains et sur le devant de sa chemise. Enfin, il a pris le rouleau en caoutchouc et a vigoureusement fait aller et venir l'encre sur la plaque de verre pour essayer de l'étaler le mieux possible, a pris une carte d'identité à empreintes digitales standard sur l'étagère au-dessus de la table et l'a fixée dans le porte-carte en y étalant ses propres empreintes digitales ainsi que l'excédent d'encre.

Frustré, Bobby Joe se retourna finalement et fit face à Burke, fronçant à nouveau les sourcils, comme s'il savait qu'il y avait autre chose qu'il était censé faire, mais qu'il n'arrivait pas à s'en souvenir. "Alors ? demanda-t-il.

"Alors, quoi ?" Bob répond.

"Eh bien, donne-moi ta putain de main !"

"Je ne peux pas". Il haussa les épaules.

"Wudjumean tu ne peux pas ?" Bobby Joe plaide, incertain s'il doit pleurer ou lui tirer dessus.

Bob l'a regardé, s'est penché en avant et a murmuré poliment : "Il faut d'abord que tu enlèves les menottes."

Bobby Joe est encore plus agité. Il a fait pivoter Burke sur le côté et a commencé à feuilleter son gros trousseau de clés à la recherche de la petite clé bizarre pour les menottes. Burke n'a rien dit. Il n'en avait pas besoin. Il a regardé Bentley et a roulé des yeux. C'était tout ce qu'il fallait.

Bentley, déjà embarrassé, s'emporte : "Bon sang, Bobby Joe ! J'aurais pu prendre les empreintes digitales de tout le gang des violets à l'heure qu'il est !"

Cela ne fait qu'accroître la colère de Bobby Joe. Il saisit la main droite de Burke, l'abattit sur le verre encré et la plaqua sur la carte d'empreintes digitales, en appuyant fort et en visant plus la rapidité que l'art. Bob prit une poignée de serviettes en papier et essaya d'essuyer l'épaisse encre noire. "Le fils de ta soeur, c'est ça ?" dit-il à voix basse à Bentley.

"Je te l'ai dit, ce n'est pas mon oncle !" Bobby Joe répond avec colère.

Bentley ne dit rien. Il a ramassé la carte d'empreintes digitales et a examiné les taches noires gluantes pour s'assurer de leur lisibilité. "Joli", commente-t-il. "Vraiment bien". Il s'est tourné vers Burke et l'a regardé par-dessus ses lunettes. "Je suppose qu'il n'y a pas un tas d'avis de recherche et de mandats sur toi dans la base de données du VICAP qui attendent que je compare tes empreintes, n'est-ce pas, fiston ?" demande Bentley en déchirant la carte illisible en deux et en la jetant à la poubelle.

"J'en doute, chef", dit Burke avec un sourire.

"Je ne pensais pas que c'était le cas".

"Alors pourquoi faisons-nous cela ? Greenway et Tony Scalese ont-ils autant de poids auprès de toi ?"

"Oh, je ne dirais pas exactement ça comme ça", répond Bentley en lui jetant un long regard évaluateur. "Disons que CHC est une grosse entreprise dans une petite ville, et que tu as mis ton nez là où il ne fallait pas". Sur ce, Bentley se retourna vers Bobby Joe et lui dit : "Ramène le prisonnier dans sa cellule, Patrolman, *et je veux dire dans les règles*, tu m'entends ! Tu as assez merdé pour aujourd'hui, et quand je verrai cet homme au tribunal demain matin, il devrait ressembler exactement à ce qu'il est maintenant - pas d'éraflures, pas de bleus, et pas un seul cheveu mal placé. Il va probablement rester avec nous en tant qu'invité de la ville pendant un bon moment, plus qu'assez pour que vous fassiez connaissance tous les deux. Tu as compris ?"

"Je voudrais un téléphone", lui dit Bob. "J'ai besoin d'appeler mon avocat".

"D'une certaine façon, je me doutais que tu dirais ça", répond Bentley. "Bobby Joe va te conduire au téléphone pour que tu puisses passer ton appel, mais ça ne te servira à rien. Le maire est l'agent d'audience du tribunal de la ville, et il ne se montrera pas après sa réunion du Kiwanis avant 9h30, peut-être 10h demain matin, ça dépend de comment il se sent."

"Alors je dois m'asseoir derrière toute la nuit ?"

"Assieds-toi, allonge-toi ou fais le poirier, c'est ton choix ; mais tu n'*iras* nulle part. Si tu veux payer des heures supplémentaires à ton avocat, c'est ton choix aussi, mais ça ne sert à rien qu'il vienne dans les parages au moins jusqu'à 9h30 demain."

Bob Burke a passé la nuit dans la prison d'Indian Hills, où il a été inculpé de fausses accusations. Il y avait quatre cellules et Burke était le seul prisonnier. À en juger par l'aspect de l'endroit, il aurait pu être le premier prisonnier, à l'exception d'un conducteur ivre occasionnel, des élèves de terminale du lycée voisin d'Elk Grove Village qui se sont fait prendre en train de peindre le château d'eau pour le Homecoming, ou d'un cambrioleur qui est venu de la ville en voiture et s'est heurté à une alarme silencieuse qu'il ne connaissait pas. Pourtant, si l'on ajoute à cela la réputation de la ville en tant que piège à vitesse sur les deux principales routes nationales qui traversent la région, la petite opération de Bentley était probablement une vache à lait importante pour la trésorerie de la ville.

Chagriné et infiniment plus sage au moment où George Grierson a pu entrer et le voir peu après 9 heures le lendemain matin, les seules bonnes choses que Bob Burke pouvait dire de son séjour étaient que le matelas était moelleux et que le petit déjeuner et le café du restaurant d'en face n'étaient pas si mauvais que ça. Heureusement, le service de Bobby Joe se terminait à minuit, et c'est un autre des "neveux" du chef Bentley qui l'a fait passer de sa cellule dans la nouvelle prison de la ville à l'hôtel de ville tout aussi nouveau, situé juste à côté. Manifestement, les temps sont bons à Indian Hills, observa-t-il en voyant à la lumière du jour les nouveaux aménagements paysagers, les lampadaires, les trottoirs et la rue principale généralement remise à neuf. L'argent devait couler à flots dans les caisses de la ville, et aucun maire ou chef de police qui se respecte n'était sur le point de faire tanguer le bateau. Non, c'est pour cela qu'ils ont continué à être réélus. Fraude ? Argent sale ? Crime organisé ? La dernière chose que les bons citoyens d'ici remettraient en question, c'est la source. Personne ne voulait mordre la main qui l'avait glissé dans sa poche.

Les procédures judiciaires de la ville sont au plus bas de l'échelle judiciaire et sont censées traiter exclusivement des délits mineurs, tels que les excès de vitesse, la conduite en état d'ivresse, les infractions au zonage, les déchets, les plaintes concernant les animaux et les intrusions ; la plupart de ces délits se règlent par une amende, mais comme il n'y a pas de dossier officiel, on peut généralement faire ce que l'on veut. En fait, la salle de réunion du conseil municipal faisait office de salle d'audience, et la salle de conférence du conseil était la salle des jurés en cas de besoin. Aujourd'hui, ce n'était pas le cas, et c'est donc là que l'officier de police a conduit Burke pour qu'il rencontre George Grierson, son avocat.

Grierson était assis derrière sa grosse mallette ouverte, en train de feuilleter les chefs d'accusation, tandis que Bob prenait l'une des chaises en face de lui. Il lève les yeux et voit le policier aux joues roses qui se tient toujours dans l'embrasure de la porte. "Ça vous dérange si j'ai un peu de temps seul avec mon client, monsieur l'agent ?"

"Ton oncle a dit que c'était bon", ajoute Bob en souriant.

"Oh, désolé, j'ai oublié", dit-il en reculant rapidement hors de la pièce. "Et il m'a dit de te dire que le maire sera là dans quelques minutes, alors ne tarde pas trop".

"J'essaierai de ne pas le faire", répond Grierson pince-sans-rire alors que le jeune flic sort et referme la porte derrière lui. Grierson tourna son regard d'acier vers Bob et lui demanda : "Qu'est-ce qui se passe ?"

"Salut George, ça fait plaisir de te revoir aussi".

"Ivresse et désordre, intrusion, refus d'obéir à un ordre légal, et tout le reste de ces trucs ? C'est quoi ce bordel ?"

"Ne t'occupe pas de tout ça. Fais-moi sortir d'ici."

"Je vais faire de mon mieux, mais tu ne me facilites pas la tâche".

"Tout ça, c'est du bidon".

"Je n'en doute pas, mais c'est Indian Hills, Bob. Dans un tribunal municipal, l'officier d'audition, comme on l'appelle, et le chef de la police peuvent faire tout ce qu'ils veulent. Tu as joué au ballon à West Point, alors tu sais ce qu'est l'avantage du terrain, n'est-ce pas ? Eh bien, l'abruti assis devant en robe noire n'est pas vraiment un juge et il est à peine un avocat, mais il peut faire à peu près tout ce qu'il veut de toi. Ils ne sont même pas censés entendre des affaires comme celle-ci, mais qui va les en empêcher ? Tu comprends ?"

"J'ai compris ça tout seul hier soir".

"Bien. Alors, quand on y va, tu te tais et tu me laisses parler - non pas que je ne t'ai pas déjà demandé de le faire un certain nombre de fois, et non pas que tu m'aies déjà écouté, mais cette fois, tu as sacrément intérêt à le faire. Tu as compris ?"

"Oui, je pense que oui". Bob le regarde fixement. "Alors, tu dis que je suis foutu ?"

"Oh, Indian Hills est le moindre de vos problèmes. J'espère que nous pourrons plaider cette affaire. Soldat décoré, pas de casier. On peut peut-être t'en sortir avec un peu d'argent, pas mal, probablement, des travaux d'intérêt général, des excuses et un air de contrition triste. Tu penses pouvoir faire ça ?"

Grierson a sorti un autre dossier épais de sa mallette. "Tu sais ce que c'est ?" demande l'avocat en montrant le dossier à Bob.

"Ne me dis rien. Angie ?" Il a haussé les épaules sans même regarder.

"Une "demande de réunion du conseil d'administration". Ses avocats ont dû passer la nuit à travailler dessus, parce qu'ils ont même ajouté ton escapade à Consolidated Health Care comme motif pour te renvoyer. J'ai été assigné à l'aube ce matin, et je suis sûr qu'ils t'auraient assigné aussi s'ils avaient su où tu étais."

"Je me cachais ici, à la vue de tous". Bob sourit innocemment.

"Oui, eh bien, ils ont mis les points sur les i et les barres sur les t cette fois-ci, et tu vas devoir organiser une assemblée générale extraordinaire dans les 48 heures. Il n'y a plus moyen de contourner le problème, et toi et moi allons passer la majeure partie de la journée à trouver comment jouer le jeu."

"Elle m'a dit hier qu'elle allait le faire, alors j'ai téléphoné aux administrateurs du régime de retraite et aux banques. Ils se sont montrés plutôt réticents, alors je soupçonne qu'elle les a déjà en poche."

"Ils n'ont pas voulu me parler hier soir non plus, mais qui sait ?".

"C'est vrai, mais Angie sait compter les cartes et les votes. Ed lui a appris ; alors si elle est allée aussi loin, c'est qu'elle pense qu'elle a tout compris."

À 9 h 30, Bob Burke et George Grierson étaient assis dans la salle de réunion du conseil municipal d'Indian Hills et attendaient à l'une des tables latérales l'arrivée de Hizzoner, le conseiller-auditeur. À 9 h 55, une porte latérale située à l'avant de la salle s'ouvre enfin, et un "vendeur de voitures d'occasion" de petite taille, bedonnant et à moitié chauve, vêtu d'une robe noire mal ajustée, entre et prend la chaise centrale en cuir noir sur la grande estrade située à l'avant de la salle. Juste derrière lui se trouvait une brune plantureuse en robe moulante portant un bloc-notes, avec trois longs crayons jaunes plantés dans ses cheveux au-dessus de son oreille. Derrière elle se trouvent un homme en costume gris, le chef de la police Bentley et Bobby Joe Leonard. La femme a pris la chaise à l'extrémité de l'estrade et a ouvert son bloc-notes. Les trois hommes ont continué jusqu'à l'autre table et ont pris place. Une belle relation douillette, pensa Bob, mais il ne dit rien, comme il l'avait promis. Il savait qu'il était foutu, peu importe ce qu'il pensait ou disait.

L'agent d'audience a commencé à s'agiter, à déplacer des objets et à regarder autour et sous l'estrade. "Wilma ?" demande-t-il. "Où est cette maudite plaque d'identification ? Et mon marteau ? Je dois avoir ce foutu marteau."

"Oh, les concierges ont dû encore ranger ces affaires, monsieur le maire", répond Wilma en se levant rapidement et en s'avançant vers l'endroit où le magistrat était assis. Il recula sa chaise d'un pied ou deux lorsqu'elle se pencha sur lui et commença à ouvrir et à fermer des tiroirs. Ses deux mains furent hors de vue pendant un instant et Bob jura qu'il l'avait vu sauter de quelques centimètres. "Voilà, je crois que je les ai trouvés, monsieur le maire", lui dit-elle en souriant.

"Oui ! Je crois bien que oui", répond-il en souriant, tandis qu'elle pose la plaque devant lui et qu'ils échangent un rapide regard avant qu'elle ne retourne à sa place en trottinant. "Je crois que tu l'as fait". Il toussa, regarda la salle presque vide et laissa tomber son marteau sur l'estrade avec plusieurs Bangs bruyants ! Burke et Grierson se sont levés, tout comme les trois autres hommes.

"Je suis le maire Hubert... euh, je veux dire *le conseiller-auditeur* Hubert Bloomfield du tribunal municipal d'Indian Hills. Pour mémoire, M. David Schwartz, conseiller municipal, le chef de la police Cyrus T. Bentley et... le patrouilleur de troisième classe Bobby Joe Leonard du service de police d'Indian Hills sont également présents. Nous sommes ici ce matin", dit-il en baissant les yeux et en mélangeant les papiers. "Oh oui, nous y sommes, affaire n°72 - ivresse et désordre, intrusion, non-respect d'un ordre légal, résistance à l'arrestation, entrave à un officier de police dans l'exercice de ses fonctions, et tout un tas d'autres choses du même genre ; présumées avoir été perpétrées dans les limites de la ville d'Indian Hills, Illinois, par un certain Robert Tyrone Burke du 847 Poplar Dr., Arlington Heights." Bloomfield continua à radoter jusqu'à ce qu'il pose enfin le papier et regarde Burke, souriant comme le chat qui a mangé le canari. "C'est toi, fiston ?" demanda Bloomfield, pensant déjà à l'argent que cette petite affaire pourrait rapporter dans les caisses de la ville, et dans les siennes.

"Votre honneur", Grierson a tenté d'interjeter, mais Bloomfield l'a coupé d'un coup de marteau désintéressé.

"Plus tard, Maître. Je ne suis pas un 'honneur', et ce n'est pas un tribunal, pas un vrai de toute façon, comme nous le savons tous les deux. Maintenant, M. Burke, c'est un sacré paquet de maudits problèmes qu'une seule personne crée ici dans notre petite ville. Qu'est-ce que je suis censé faire de toi ?"

"Tout ce que vous jugerez approprié, M. Bloomfield. Je réalise que j'ai fait une erreur hier soir et que j'ai peut-être dit quelques mots déplacés au chef, mais j'étais sur une propriété privée, dans un parking, en train d'avoir une conversation innocente avec une jeune femme. Je pense que les autres points sont un peu exagérés", répond Burke en regardant Bentley.

"Monsieur Bloomfield", ose encore interrompre Grierson, "dans l'intérêt de la justice, j'aimerais souligner que Monsieur Burke..."

"Je ne pense pas que je vous parlais déjà, conseiller", a craqué Bloomfield.

Cette fois, Grierson l'ignore et continue quand même : "Comme vous ne le savez peut-être pas, M. Burke a servi deux fois en Irak et deux autres fois en Afghanistan dans la cavalerie blindée, les Rangers de l'armée et la Force Delta..."

"Maintenant, regardez ici, conseiller..."

"...où il a reçu la Croix distinguée, trois Étoiles d'argent, deux Étoiles de bronze, un Purple Heart avec cinq grappes de feuilles de chêne, une Légion du mérite, quelques médailles du service méritoire, et... eh bien, beaucoup d'autres décorations que je n'essaierai pas d'énumérer, avant de prendre récemment sa retraite en tant que major." Grierson fait une pause, mais cette fois, l'agent d'audience ne l'interrompt pas. "Monsieur Burke s'est excusé et accepte d'assumer l'entière responsabilité de ses actes", poursuit Grierson. "Comme nous le savons tous les deux, Indian Hills possède l'un des plus grands postes VFW de la banlieue nord-ouest, avec ce magnifique nouveau bâtiment sur la route 83. J'ai eu la chance d'être invité à y prendre la parole l'été dernier, et je suis certain que certains de ses membres se sentiraient gravement offensés s'il apparaissait qu'un héros de guerre américain légitime n'était pas considéré comme il se doit par ses représentants élus."

À ce moment-là, les yeux de Bloomfield se détournent lentement de George Grierson pour se porter sur Bentley et Schwartz. Sa colère a suivi, alors qu'il se demandait dans quelle galère ils l'avaient embarqué ce matin. Être maire et occasionnellement conseiller-auditeur - un poste auquel il s'est nommé lui-même - d'une petite ville au trésor gras et croissant comme Indian Hills était une prune juteuse pour un vendeur de voitures d'occasion semi-retraité, titulaire d'un diplôme de droit obtenu par "correspondance" dans une "papeterie" d'Alabama, qui possédait un petit terrain à l'angle de "Walk" et "Don't Walk" dans le centre-ville. En plus des multiples salaires qu'il tirait de ces deux postes, il recevait également d'importantes allocations et des notes de frais pour siéger à huit ou dix conseils et commissions extérieurs qui se réunissaient rarement.

Les avantages, les fêtes, les voyages tous frais payés pour assister au Super Bowl et aux World Series, les billets de saison des Bears et des Bulls, les charters privés de chasse et de pêche en haute mer parrainés par quelques-unes des grandes entreprises de la ville, y compris CHC, étaient tout aussi importants pour lui... et bien sûr, il y avait ses séances régulières avec Wilma les mardis et les jeudis après-midi. Oui, tout bien considéré, Hubert Bloomfield aimait beaucoup être maire. Il occupait ce poste depuis sept ans, après deux élections, et il devait être réélu cet automne.

Normalement, la politique dans une petite ville comme Indian Hills ne représente pas grand-chose. Les membres des partis politiques paradaient avec des ânes et des éléphants à la boutonnière, mais c'était pour les élections nationales. Pour les élections municipales, les électeurs connaissaient les candidats, savaient qui ils aimaient et qui ils n'aimaient pas, et les députés sortants étaient rarement contestés. Le jour de l'élection, cependant, le maire savait très bien que les bons citoyens d'Indian Hills le jetteraient, lui ou n'importe qui d'autre, sur son cul s'ils pensaient qu'il avait fait quelque chose de stupide ou qu'il avait laissé le travail lui monter à la tête. C'est pourquoi la dernière chose dont Hizzoner le conseiller-auditeur avait besoin ce matin-là, c'était que deux flics municipaux stupides et l'avocat de la ville le poussent dans un trou très profond dont il ne sortirait jamais avec les électeurs. Bloomfield se souvenait d'être venu au bar du VFW Post de nombreuses nuits, de s'être tapé dans le dos et d'avoir payé des boissons - et ce petit malin d'avocat de Chicago venait de le clouer en plein entre ses deux yeux politiques. Les membres du VFW votent, et la dernière chose qu'Hubert Bloomfield voulait faire était d'ébranler leur cage.

Finalement, après avoir rassemblé ses idées, il sourit et demande : " Est-ce exact, M. Burke ? Ce qu'a dit M. Grierson, euh, reflète-t-il à peu près votre dossier militaire ?"

Bob a levé la tête et a acquiescé, ses yeux sombres et puissants le transperçant.

"Eh bien, cela me semble exemplaire", poursuit Bloomfield. "Parlant en mon nom et au nom des bons citoyens d'Indian Hills, je tiens à vous remercier sincèrement pour votre service", poursuivit Bloomfield, l'esprit en ébullition. "Et, euh, j'apprécie votre franchise concernant la situation d'hier soir et votre volonté d'accepter la responsabilité. Par conséquent, je réduis ces accusations à un simple délit, je vous demande 500 dollars de frais de justice... non, disons plutôt 50 dollars, et je pars du principe que je ne vous reverrai plus jamais dans mon tribunal. Wilma ici présente s'occupera des détails, Monsieur, et vous êtes libre de partir."

Bloomfield a fait claquer le marteau sur le bureau et s'est dirigé vers son bureau. "Chef ! Dans mon bureau... Toi aussi, Schwartz !" cria-t-il par-dessus son épaule. Le chef de la police écarta Bobby Joe et se précipita à la suite du maire.

"Eh bien, c'était beaucoup plus facile que ce à quoi je m'attendais, Bob", se tourne George Grierson et chuchote à Burke en glissant à nouveau ses papiers dans son porte-documents. "Et je n'ai même pas eu besoin d'utiliser les bonnes choses", dit-il en gloussant.

"Tu en as utilisé assez", répond Bob lorsque le chef Bentley se retourne et le regarde à son tour. Son rictus avait disparu, remplacé par quelque chose qui frôlait la peur aux yeux écarquillés. Bob donne un coup de coude à Grierson et lui dit : "Foutons le camp d'ici, George."

C'est peu après 11 heures que Bob a pu payer son amende à l'employé et récupérer son véhicule à la fourrière de la ville. La "fourrière" consistait en trois places de stationnement à l'arrière de la station-service Exxon locale. Apparemment, la seule dépanneuse de la ville s'y trouvait, et il se trouve que la station appartient au cousin du maire-auditeur, Larry.

Trente minutes plus tard, Bob franchit la porte du bureau de Toler TeleCom, fatigué, mal rasé et courbaturé par une longue nuit passée sur un petit lit de prison. Il tourne rapidement à droite, espérant passer devant le bureau de Maryanne sans se faire remarquer, tout en sachant qu'il y a peu de chances que cela se produise ; et ce n'est pas le cas. Elle lui jeta un regard évaluateur par-dessus ses lunettes et le balaya rapidement de la tête aux pieds.

"Ne demande pas", lui a-t-il dit.

"Je le sais déjà à peu près. Le café est frais, je t'en apporte une tasse. J'ai rangé les affaires sur ton bureau par ordre de douleur, et j'ai séparé tes messages téléphoniques en trois catégories : critique, grave, danger de mort et télévendeurs."

"Très drôle, Maryanne", dit-il avec un sourire mou, en entrant dans son bureau et en fermant la porte derrière lui. Tout bien considéré, il savait qu'il aurait mieux fait de rentrer chez lui et de dormir un peu avant d'essayer de s'attaquer aux conneries accumulées, mais il ne pouvait pas faire ça. Les problèmes professionnels s'accumulaient et il avait besoin d'un plan.

De plus, il a déjà passé cinq jours et quatre nuits d'affilée à poursuivre des talibans dans les montagnes afghanes, sans dormir ni manger chaud. Il est vrai qu'il avait quelques années de moins et qu'il était en pleine forme à l'époque, mais ce n'était pas une raison pour céder à la fatigue. Non, comme la douleur, la fatigue est un état d'esprit, pensa-t-il en s'enfonçant dans sa chaise de bureau et en regardant les piles de papier. Chaque chose en son temps, pensa-t-il. Il prend la première pile de bordereaux d'appels téléphoniques roses et commence à les parcourir. La plupart provenaient de divers journaux locaux et de plusieurs chaînes de télévision qui avaient dû repérer son arrestation dans le registre de la police locale. Il les a immédiatement jetés dans sa poubelle, sachant que les journalistes avaient des délais à respecter et qu'ils trouveraient bientôt quelque chose de plus facile à couvrir.

À contrecœur, il a porté son attention sur la pile de correspondance et de rapports qui trônait au milieu de son bureau. Il en a retiré la demi-douzaine la plus haute et a commencé à lire, lorsque Maryanne l'a fait sonner à l'interphone et lui a dit : "Bob, tu as un appel sur la ligne 1. La femme à l'autre bout du fil dit qu'elle est du bureau du procureur. Je suppose qu'il s'agit de la petite fouine qui est passée hier matin, M. O'Malley."

"Probablement", répond-il en appuyant sur le bouton de la ligne 1, en mettant O'Malley sur haut-parleur et en s'adossant à sa chaise. "Ici Bob Burke".

"M. Burke, j'ai cru comprendre que vous aviez passé quelque temps en tant qu'invité de ce parangon des forces de l'ordre locales, le chef Bentley."

"Lui, et le maire ou le conseiller-auditeur Hubert Bloomfield, je n'ai jamais réussi à savoir lequel, et le reste du groupe de cerveaux d'Indian Hills."

"Des boules de saleté jusqu'au bout, et tous sur la liste de paie de tes amis de CHC".

"J'ai un peu compris ça tout seul".

"Tu es un type intelligent, Bob, je n'en attendais pas moins".

"Ecoutez, Monsieur O'Malley - si vous voulez bien que je vous appelle Monsieur O'Malley - j'ai passé la nuit dernière sur un lit de camp bosselé, je n'ai pas déjeuné et je me sens généralement comme un diable. Alors, finissons-en ; à quoi dois-je ce plaisir ?"

"J'ai cru comprendre que tu avais parlé à Linda Sylvester. Que t'a-t-elle dit ?"

"Pas grand-chose. Elle a une fille et elle a peur de Scalese et de Greenway. Ils l'ont mise en garde contre moi et elle pense qu'ils la surveillent et écoutent tout ce qu'elle dit. J'ai essayé de la convaincre de te voir ou de voir les flics, mais elle ne fait confiance à personne pour l'instant."

"Elle a raison d'avoir peur de Scalese et de Greenway".

"Oui, mais c'est beaucoup plus que ça. Elle a vraiment peur de Greenway."

"Le monsieur est précédé par sa réputation".

"J'ai compris cela".

"Et Eleanor Purdue ? A-t-elle dit quelque chose à son sujet ?"

"Non, elle est toujours dans le déni total. Elle pense qu'Eleanor est en voyage d'affaires."

"Eh bien, quand son corps apparaîtra enfin, comme les autres..."

"Les autres ?"

"Tu te souviens des autres photos que je t'ai montrées, celles que tu n'as pas reconnues ? Comme je l'ai dit, ce monsieur est précédé par sa réputation. Si j'ai bien compris, trois autres femmes ont disparu avant Eleanor Purdue, et il y en a peut-être d'autres. J'ai déjà interrogé la plupart du personnel qui y travaille, ou du moins les femmes de moins de 40 ans que j'aurais une excuse plausible d'interroger. Elles sont toutes effrayées, mais les corps des femmes disparues et toute preuve qui pourrait tenir devant un tribunal sont difficiles à trouver avec ces types."

"Eh bien, j'ai essayé avec elle, comme tu me l'as demandé".

"Non, Bob", dit O'Malley en riant. "Tu es allé là-bas et tu lui as parlé pour toi-même, pas parce que je te l'ai demandé".

Il fixe le téléphone pendant un moment, sachant que ce salaud avait raison. "Peut-être, mais tout ce que ça m'a apporté, c'est une nuit en prison, et ça me coûte probablement ma société."

"Angie et la réunion spéciale du conseil d'administration qu'elle a convoquée ?"

"Est-ce que tu mets des téléphones sur écoute maintenant, Peter ?"

"Presque celle de tout le monde", dit-il en riant. "Mais pas la tienne. Ce n'est pas nécessaire. J'ai une ligne directe du bureau de l'archiviste du comté. Mon personnel voit des choses avant que l'encre ne soit sèche sur leur imprimante. De plus, je t'ai dit que je m'occupais de toutes les affaires de l'entreprise. Joue le jeu avec moi, et Summit Symbiotics disparaîtra avec le brouillard du matin. Tu auras ton entreprise et le contrat de la Défense."

"Je ne sais pas ce que tu penses que je peux faire d'autre ?"

"Linda Sylvester - c'est ce que je pense que tu peux faire. Parle-lui gentiment, mets-lui le grappin dessus, peu importe, du moment que tu l'amènes à parler. Elle sait des choses. Et puis il y a Greenway. Tu l'as regardé tuer cette femme et cela fait de toi un témoin de meurtre capital. Tu le tiens par les couilles. Tout ce que tu as à faire, c'est de le presser un peu, et il se retournera contre les autres."

"Je *le tiens* par les couilles ? Tu as perdu la tête, O'Malley. En plus, je te l'ai dit, je ne fonctionne pas comme ça."

"Je déteste être ringard, mais c'est à ma façon ou Angie et l'autoroute. Fais ton choix. Tu peux récupérer ton entreprise, avoir un gros contrat et mettre quelques méchants hors d'état de nuire, ou tout perdre et voir le fisc faire de toi un hobby. Réfléchis bien, je sais que tu ne seras pas déçue."

Burke s'apprête à dire quelque chose qu'il sait qu'il va regretter, mais il entend un déclic et réalise qu'O'Malley lui a raccroché au nez avant qu'il ne puisse le faire. Chiffres.

Deux heures plus tard, Bob n'en était qu'à la moitié de la pile de lettres et de rapports lorsque la porte de son bureau s'est ouverte et que Charlie a passé la tête à l'intérieur. "C'est le bon moment, patron ?" demande-t-il.

Bob baisse les yeux sur les gribouillis qu'il dessine sur son bloc juridique jaune, et fait signe à Charlie d'entrer. "Il n'y a rien de tel. Tu as trouvé quelque chose ?"

"Il n'y a pas grand-chose de bien", admet le gros homme en prenant l'une des chaises devant le bureau de Bob et en feuilletant ses notes. "Mais bon, je n'ai jamais aimé cet endroit".

"Bien. Alors tu ne le manqueras pas."

Alors que Charlie commençait à parler, l'interphone s'est allumé et Marianne a dit : "George Grierson est au téléphone pour toi, Bob."

Charlie commença à rassembler ses papiers et à se lever, mais Burke lui fit signe de rester où il était. "En parlant de dépenses professionnelles extérieures", dit-il en appuyant sur le bouton de la ligne 1 et en le mettant sur haut-parleur. "Tu as de bonnes nouvelles pour nous, George ?" demande-t-il.

"Non, ce que j'ai reçu m'a été signifié par une ordonnance du tribunal, et je suppose que tu en recevras une sous peu, toi aussi. Angie a dû trouver un juge sympathique, parce qu'il t'a enfermé hors des bureaux jusqu'à la réunion du conseil d'administration. Elle a fait nommer des conservateurs par ses avocats de Gordon et Kramer, et ils prendront le relais demain matin. Désolé."

Eh bien, pensa Burke en raccrochant, il fouilla dans son bureau et en sortit la bouteille de Macallan presque vide. "Charlie, je serai damné si je laisse ça pour elle ou pour les avocats".

"Non", dit Charlie en allant chercher les verres sur la crédence. "Quand les choses deviennent difficiles, les durs se saoulent".

CHAPITRE DIX

Jusqu'à présent, la journée s'était déroulée tranquillement, du moins c'est ce que pensait Linda Sylvester alors qu'elle était assise à son bureau de réception, au centre du hall d'entrée du CHC. Sa chaise se trouvait sur une plate-forme surélevée, elle-même placée derrière le demi-mur en marbre, ce qui la plaçait à près de deux pieds au-dessus du sol du hall d'entrée. Architectes ! C'était comme si elle travaillait dans son propre château privé. Les autres filles passaient à côté d'elle et chuchotaient "Raiponce, Raiponce, laisse tomber tes cheveux" pour la taquiner. Cependant, un jour comme aujourd'hui, après une nuit comme celle d'hier, pouvoir se cacher derrière un mur épais avait des avantages.

Heureusement, Linda n'a pas vu grand-chose de Tony Scalese ou du docteur Greenway de toute la matinée. Plus important encore, elle n'a rien vu de la police locale, du FBI ou de *cet* homme, Burke, ce qui lui convenait parfaitement. Elle n'avait aucune envie de revoir l'un d'entre eux, jamais. Malheureusement, elle n'a rien vu non plus d'Eleanor Purdue. Le Dr Greenway était passé la voir et lui avait dit qu'Eleanor avait fait un voyage rapide hors de la ville pour rencontrer les auditeurs de l'entreprise à New York, et elle lui avait dit de lui dire qu'elle serait absente pendant quelques jours.

C'est drôle, Eleanor ne lui avait rien dit à propos de son voyage, et c'était inhabituel. Eleanor avait dix ans de plus que Linda, presque comme une grande sœur. Malgré l'écart d'âge, Eleanor et elle étaient devenues des amies proches au cours des derniers mois. Si Eleanor avait décidé de quitter la ville, même pour quelques jours, elle aurait demandé à Linda de surveiller sa maison, d'arroser ses plantes et d'apporter le journal. Elle aurait téléphoné, laissé un mot ou un courriel, ou serait passée la voir. Elle n'aurait jamais quitté la ville sans rien dire. Ce n'était pas le genre d'Eleanor. Alors, est-ce que Greenway lui a menti ? Ce ne serait pas la première fois. Mais pourquoi ? Pourquoi inventerait-il une telle histoire ?

Ayant été embauchée seulement quatre mois auparavant, Linda était encore assez nouvelle pour CHC et pour le travail. À l'exception de son amitié avec Eleanor, elle regrettait déjà de l'avoir accepté. L'argent était excellent, bien meilleur que le précédent, et elle devait penser à sa fille. Pourtant, l'endroit donnait la chair de poule. Elle l'a vu sur les visages et dans les yeux des autres femmes ; CHC n'était pas un bureau où l'on pouvait se détendre. La plupart des autres employés étaient des femmes, âgées de 25 à 40 ans. On pouvait dire la même chose des deux endroits où elle avait travaillé auparavant, mais c'était différent ici. Il y avait une tension juste en dessous de la surface qui était si forte qu'elle pouvait la sentir. Les femmes avaient peur, surtout les plus jeunes. Au début, elle a pensé que c'était Tony Scalese, le chef de la sécurité tout en muscles, ou ses gardes poilus. C'étaient des Italiens d'âge moyen et la plupart d'entre eux portaient des alliances. Scalese était un dur à cuire - grand, musclé et grossier. Mais curieusement, comme le lui a chuchoté l'une des autres femmes dans les toilettes, "Tony pourrait te casser le bras, chérie, mais il ne te toucherait jamais... pas comme ça."

Le docteur Greenway, quant à lui, était différent - souriant, poli et impeccablement habillé. Ce n'est pas que Linda soit prude ou qu'elle n'ait pas été poursuivie dans quelques bureaux par des jeunes hommes agrippants qui n'arrivaient pas à se détacher d'elle. Elle était divorcée depuis trois ans. C'était une longue période. À vrai dire, il y avait des moments où cela ne la dérangeait même pas, selon la personne qui la poursuivait. Avec une fille de cinq ans, elle avait appris à ses dépens qu'il y avait beaucoup d'hommes avec qui elle pouvait passer une nuit ou même un long week-end, mais qu'ils ne s'engageaient pas plus loin. Elle se sentait seule, mais pas à ce point.

Pire encore, à plusieurs reprises au cours des dernières semaines, elle a surpris le docteur Greenway en train de la dévisager, et cela lui a donné la chair de poule. Il avait plus de deux fois son âge, et il y avait quelque chose de résolument "off" chez cet homme. Il était grand, avec de longs doigts, un sourire fin et affamé, et des yeux encapuchonnés qui lui rappelaient un serpent.

Après tout, Linda a toujours été là. Elle comprenait les hommes et savait ce qu'ils voulaient, et cela ne la dérangeait pas autant qu'avant. Il y avait des moments où elle le voulait aussi, mais pas avec quelqu'un comme Greenway. Non, elle ne l'aimait pas et elle ne lui faisait pas confiance non plus. Il y a deux semaines, autour d'un dîner et d'une grande bouteille de vin, Eleanor lui a dit de ne jamais le laisser la prendre seule dans son bureau. Eleanor l'a fait, et elle a appris à le regretter. Linda l'a pressée de détails, mais elle savait qu'il y avait des choses dont une femme ne parlait pas, même avec une amie, et cela lui suffisait.

Au fil de la matinée, Linda n'avait toujours pas de nouvelles de son amie et elle commençait à avoir peur. Si Eleanor avait vraiment quitté la ville, comme Greenway le lui avait dit, elle aurait déjà appelé. Quand ce fou de l'avion a prétendu avoir vu Greenway étrangler une femme sur le toit, une femme en robe blanche, et qu'il l'a répété hier soir, il a touché une corde sensible. Eleanor portait une robe blanche hier. Tony Scalese avait peut-être essayé de la faire taire, mais Linda l'avait même complimentée à ce sujet lorsqu'elle était entrée ce matin-là. Cet homme, Burke, l'a-t-il vue ailleurs plus tôt dans la journée ? A-t-il vu quelqu'un d'autre sur un autre toit ? Ou est-ce vraiment Eleanor qu'il a vue sur celui-ci ? Linda a essayé de bloquer cela de son esprit. Qu'il soit ivre ou fou, cette pensée était trop horrible pour être envisagée.

Il était presque midi, plus de vingt-quatre heures depuis qu'elle avait vu

Eleanor pour la dernière fois, et son amie n'avait toujours pas disparu. Linda regarda sur ses genoux et ouvrit lentement sa main gauche. La carte de visite moite et froissée que l'homme lui avait glissée dans la main la nuit précédente était toujours là. On pouvait y lire Robert Burke, président de Toler TeleCom. Au fur et à mesure que les minutes s'écoulaient, il n'avait pas l'air aussi ivre ou fou qu'hier. Peut-être avait-il vraiment vu l'impensable. Tout ce que Linda savait avec certitude, c'est qu'elle devait découvrir ce qui était arrivé à Eleanor. Elle le devait à son amie.

La plupart des employés de l'immeuble sortaient pour déjeuner à midi, ou allaient prendre leur repas dans la salle de repos au bout du couloir du premier étage. Linda savait que ce serait sa meilleure chance, peut-être sa seule chance d'entrer dans le bureau d'Eleanor et de voir ce qu'elle pourrait apprendre. Elle a demandé à Patsy Evans, l'une des nouvelles filles de la comptabilité, de couvrir la réception pendant quelques minutes pendant qu'elle distribuait quelques rapports. Pour que cela ait l'air légitime, elle a pris deux classeurs et une demi-douzaine d'exemplaires des magazines d'affaires qui arrivent régulièrement au bureau, et s'est dirigée vers l'ascenseur, en essayant de marcher lentement et de garder ses nerfs sous contrôle.

Le bureau d'Eleanor se trouvait au troisième étage avec la plupart des autres directeurs et chefs de service. Le sien était au milieu et celui du docteur Greenway se trouvait à l'extrémité de la courbure. Lorsque la porte de l'ascenseur s'est ouverte au troisième étage, elle a sorti la tête et regardé à sa gauche. La porte de Greenway était fermée. Pourtant, la simple idée que sa porte s'ouvre soudainement et que le docteur sorte pour la voir à la porte d'Eleanor a figé Linda dans ses pensées.

Elle est restée à mi-chemin entre l'entrée et la sortie de l'ascenseur, fixant la porte de Greenway, sachant qu'elle devait faire quelque chose, mais elle ne pouvait pas bouger. Selon toute vraisemblance, la porte d'Eleanor était fermée à clé, mais elle avait donné à Linda un jeu de clés la semaine précédente. Il y en avait une pour son bureau, une autre pour son bureau, et une autre encore pour sa maison. Linda ne voulait pas les prendre, mais Eleanor avait insisté. C'était le soir où elles s'étaient retrouvées pour dîner dans l'un des restaurants-bars en bas de la route du bureau et où elles avaient bu beaucoup trop de vin. Eleanor a posé sa main sur le poignet de Linda et lui a dit : "Il y a quelque chose que tu dois me promettre, Linda. Je sais que tu vas penser que c'est fou, mais si jamais il m'arrive quelque chose, il y a une petite enveloppe à l'intérieur d'une boîte de Cocoa Puffs dans mon garde-manger qui..."

"Cocoa Puffs ?" Linda s'esclaffe. Chacune d'entre elles a consommé plusieurs verres de trop ce soir-là, et l'image d'Eleanor assise à sa table de petit-déjeuner en "jammies", penchée sur un bol de céréales et lisant le dos d'une boîte de céréales pour enfants, était de trop. "Tu dois te moquer de moi."

"Je sais, je sais. C'est pour ça que je les ai achetés, parce que je savais que je ne les mangerais jamais. Maintenant, écoute-moi !" Eleanor referme fermement sa main autour du poignet de Linda. "Il y a une note à l'intérieur de la boîte, enfoncée entre le sac de céréales et la boîte elle-même. S'il m'arrive quoi que ce soit, *n'importe quoi*, tu dois aller là-bas, prendre la note et faire exactement ce qu'elle dit." Eleanor insiste, tenant le poignet de Linda dans une poigne de mort, suppliante. "Veux-tu faire ça pour moi ? S'il te plaît ?" Le gloussement de Linda s'est rapidement estompé lorsqu'elle a vu l'expression mortellement sérieuse sur le visage d'Eleanor. "Promets-moi de récupérer ce mot et de faire exactement ce qu'il dit".

"D'accord, d'accord ! Je te le promets, détends-toi", répond finalement Linda. Folle ? Eleanor avait raison ; Linda pensait *effectivement* qu'elle était folle.

"Tu ne dois rien dire à personne à ce sujet, surtout à Greenway. Il est... il est mauvais."

À l'époque, Linda ne comprenait pas bien ce que Greenway avait fait à Eleanor, mais elle comprenait le regard terrifié de l'autre femme. "Bien sûr, bien sûr, je vais chercher l'enveloppe".

"Et ne t'approche pas de lui. Quoi que tu fasses, ne le laisse pas t'avoir seul."

"D'accord, d'accord. Hé, tu me fais mal au poignet", dit-elle et Eleanor la lâche rapidement, gênée. "De quoi s'agit-il ?" Linda a demandé, mais son amie a refusé de lui en dire plus. C'était il y a une semaine. Depuis, tout ce que Linda avait appris lui faisait de plus en plus peur.

En regardant le couloir du troisième étage, elle vit qu'il était vide et sut qu'elle ne pouvait pas rester plus longtemps dans l'ascenseur. La clé du bureau d'Eleanor à la main, elle se dirigea rapidement vers la porte, mit la clé dans la serrure et se glissa à l'intérieur. Les plafonniers étaient éteints, mais les rideaux étaient ouverts et le soleil entrait à flots par la fenêtre. Elle se dirigea vers le bureau d'Eleanor et s'assit sur sa chaise. Linda était déjà venue ici à plusieurs reprises et elle savait qu'Eleanor était tout sauf une maniaque de l'ordre.

Aujourd'hui, cependant, il n'y avait pas une seule feuille de papier sur son bureau, pas de notes adhésives, pas de piles de correspondance, rien dans ses paniers d'entrée et de sortie, et rien non plus dans sa poubelle ou sur la crédence derrière son bureau. Il y avait une petite table de conférence dans le bureau, avec quatre chaises et un canapé derrière, mais il n'y avait rien sur aucune d'entre elles ni sur les tables d'appoint, à l'exception de quelques rapports annuels et de magazines d'affaires.

Elle s'est arrêtée pour rassembler ses idées et a lentement regardé autour d'elle. Depuis des semaines, l'entreprise mettait l'accent sur la sécurité des documents. Malgré tout, Eleanor n'est pas comme ça. Normalement, son calendrier et son agenda hebdomadaire sont ouverts, à côté de son téléphone. Il n'y en avait plus non plus. Eleanor utilisait un petit ordinateur portable et une "station d'accueil" avec un écran de bureau séparé lorsqu'elle travaillait au bureau. Elle emportait l'ordinateur portable partout où elle allait, il n'était donc pas surprenant de trouver la station d'accueil vide, l'ordinateur portable disparu et l'écran éteint. Pourtant, il y avait une sensation de froid et de vide ici, comme si quelqu'un avait déménagé et ne reviendrait jamais.

Aucun des tiroirs du bureau n'était verrouillé, ce qui était étrange. En regardant de plus près, elle a vu de profondes entailles dans le bois au-dessus des serrures. Quelqu'un avait utilisé un tournevis ou un couteau pour forcer l'ouverture des tiroirs et ne se souciait pas que quelqu'un le sache. Linda ouvre le tiroir central et jette un coup d'œil rapide à l'intérieur. Il était complètement vide - pas de trombones, pas de blocs de papier, pas de notes adhésives, même pas de poussière ou de peluches. Rien du tout ! Il y avait trois autres tiroirs sur le côté gauche du bureau, et ce qui ressemblait à trois sur le côté droit, mais les panneaux des tiroirs de ce côté étaient en fait une porte, qui s'ouvrait pour révéler une étagère de dossiers suspendus. Elle saisit la poignée du tiroir supérieur du côté gauche et l'ouvre. C'est là qu'Eleanor rangeait son maquillage et ses objets personnels. Il était vide. Les deux tiroirs situés en dessous étaient également vides, tout comme le grand rack de dossiers suspendus de l'autre côté. En se retournant, les tiroirs de la crédence semblaient également avoir été forcés, et ils étaient complètement vides, eux aussi. Linda avait vraiment peur, mais il n'y avait rien à apprendre ici. Le bureau d'Eleanor avait été mis à nu.

Elle savait qu'elle était restée trop longtemps ici. Quelqu'un allait sûrement la chercher dans le hall d'entrée et lui poser des questions, alors elle s'est levée, a marché sur la pointe des pieds jusqu'à la porte du bureau et a écouté. Le couloir semblait calme, alors elle s'est glissée dehors. Elle referma la porte du bureau d'Eleanor derrière elle, s'engouffra dans l'escalier de secours au bout du couloir et se précipita au premier étage. Cette situation allait de mal en pis, réalisa-t-elle, et elle savait qu'elle avait déjà pris beaucoup trop de risques. Elle s'est arrêtée à mi-chemin, a fouillé dans son sac à main pour trouver un flacon de pilules, a tâtonné avec le bouchon et a pris deux Valium. Sa bouche était sèche, mais elle réussit à les avaler, espérant pouvoir passer le reste de la journée sans s'effondrer.

Quand elle est revenue à son bureau, Patsy lui a tendu une note et lui a dit : "Le docteur Greenway a appelé pour vous il y a quelques minutes."

"Docteur... ?" Linda a senti le sang lui monter à la tête et elle s'est mise à bégayer.

"Oh, ne t'inquiète pas, je lui ai dit que tu étais en pause, alors il m'a demandé si tu pouvais passer à son bureau à ton retour. Il n'avait pas l'air d'en faire tout un plat."

"Docteur Greenway ?"

"Oui", dit-elle en souriant. "Il avait l'air d'accord, plutôt amical en fait. Tu veux que je surveille le bureau pendant que tu montes ?"

Linda a hoché la tête nerveusement, sachant qu'elle n'avait pas le choix. La fille était nouvelle. Peut-être qu'elle ne savait pas, ou qu'elle n'avait pas encore entendu. "Écoute", Linda s'est retournée et l'a regardée. "Je vais courir là-bas et voir ce qu'il veut, mais je vais lui dire que toi et d'autres filles m'attendent ici. Alors, si je ne suis pas de retour dans cinq minutes - cinq minutes - je veux que tu appelles là-haut et que tu me demandes."

"Appeler jusqu'au bureau du docteur Greenway ?" La jeune fille demande avec hésitation.

"Oui, appelle là-haut dans cinq minutes. Utilise l'interphone. Dis qu'il y a un paquet de chèques ici que je dois signer. Seulement moi. Promets-moi de le faire, Patsy."

Linda a pris la pile de magazines et de dossiers dans ses bras et les a serrés contre sa poitrine tandis qu'elle se retournait et se dirigeait vers l'ascenseur. Elle est entrée et a appuyé à nouveau sur le bouton du troisième étage, en pensant à la lenteur avec laquelle ils se déplacent lorsque vous êtes pressé, et à la rapidité avec laquelle ils se déplacent lorsque vous ne voulez pas qu'ils se déplacent du tout. Lorsque la porte s'ouvrit au troisième, elle tourna à gauche et marcha lentement au centre du couloir en direction du bureau de Greenway, ses yeux se déplaçant de gauche à droite en regardant dans les autres bureaux qu'elle croisait. C'était encore l'heure du déjeuner. Les portes étaient toutes fermées, les lumières à l'intérieur étaient éteintes, et elle réalisa qu'elle et Greenway étaient probablement les seules personnes au troisième étage en ce moment. La porte de son bureau était ouverte d'une quinzaine de centimètres. S'avançant, elle jeta un coup d'œil sur le bord de la porte et le vit assis à son bureau tandis que les mots d'Eleanor résonnaient dans ses oreilles : "Ne t'approche pas de Greenway. Ne le laisse pas t'avoir seule", mais il était trop tard pour cela.

"Ah, Linda !" il a levé les yeux vers elle et lui a souri. "Entre et ferme la porte, ma chère. Il y a plusieurs choses dont je dois discuter avec toi." Elle a fait ce qu'il a dit, a fermé la porte du bureau et s'est avancée lentement, serrant encore plus fort la pile de magazines. "Oh, ne vous inquiétez pas, je ne mordrai pas", dit-il en se levant et en contournant l'avant de son bureau pour la rejoindre. Plus il s'approchait, plus il semblait grand, car il la regardait en souriant. Elle s'arrêta, ne sachant que faire.

"Tiens, viens t'asseoir sur le canapé avec moi", a-t-il dit alors qu'elle sentait ses doigts froids sur son coude, l'orientant vers le grand canapé en cuir qui longeait le mur latéral. Il a vu la pile de magazines et de dossiers qu'elle tenait, presque comme un bouclier, et a dit : "Oh, posez-les sur la table, ma chère." Elle a fait ce qu'il a dit et s'est assise à l'extrémité du canapé, aussi loin de lui que possible. Malheureusement, cela ne l'a pas dissuadée. Il grimaça et s'assit à côté d'elle, passant son bras sur le coussin arrière derrière elle et se pencha plus près.

"Linda, il faut que je te parle quelques minutes à propos d'Eleanor. Je sais que vous étiez très proches toutes les deux. Comme je te l'ai dit, elle est en voyage à l'extérieur de la ville, mais je me suis inquiété pour elle au cours des dernières semaines", dit-il en la regardant profondément dans les yeux. "Eleanor est un membre très important de mon équipe, tout comme toi, mais elle semble être devenue très tendue, très nerveuse ces derniers temps. Je me demande s'il y a des changements dans sa vie personnelle dont tu pourrais être au courant ? T'a-t-elle dit quelque chose ? Y a-t-il quelque chose qui la contrarie ou qui l'inquiète ?"

"Je, euh... Non, rien que je sache, docteur Greenway".

"Rien ? Sais-tu si elle a parlé à quelqu'un en dehors de l'entreprise ? Est-ce que quelqu'un l'a dérangée ou contrariée ?" demande-t-il, tandis que ses yeux sombres et hypnotiques s'enfoncent dans la tête de la jeune femme. "Par hasard, Eleanor t'a-t-elle donné quelque chose, peut-être des papiers ou des rapports qu'elle t'a demandé de garder pour elle, ou peut-être un CD, un DVD ou une clé USB de son ordinateur ?"

"Non, non, docteur Greenway, rien de tel".

"Tu ne trahirais pas une confidence si tu me le disais, Linda", dit-il en posant sa main sur son genou et en se penchant encore plus près pour lui parler de cette voix douce et calme, ses yeux l'attirant. "J'essaie seulement de l'aider et de *t'*aider, mais j'ai besoin de ta coopération, de *ton entière* coopération. Après tout, tu as ta charmante petite fille, Emily, c'est son nom ?"

"Ma fille ?" Linda a réagi, se sentant déstabilisée. Ces yeux, cette voix, sa main et le Valium l'affectaient tous maintenant, et elle se sentait étourdie. "Qu'est-ce... Qu'est-ce que tu... ?"

"Et il y a cette nouvelle maison que tu as achetée à Des Plaines l'année dernière, ce petit Cape Cod blanc", poursuit-il en frottant lentement son genou de ses longs doigts doux. "Je parie que les mensualités de la maison ne sont pas négligeables. C'est combien, huit cent cinquante par mois ? Je suis sûr que c'est une sacrée contrainte pour une jeune femme comme toi."

Elle écarquille les yeux, soudain terrifiée de réaliser tout ce qu'il sait d'elle. Elle essaya de repousser sa main, mais il se pencha plus près, ses longs doigts se glissant entre ses genoux, frottant l'intérieur de sa cuisse, puis plus haut, insistant, son visage à quelques centimètres du sien. "Je peux t'aider, Linda. Détends-toi, des problèmes comme ceux-là sont très faciles à résoudre, Linda. Tu peux avoir un bel avenir ici au CHC, si tu apprends seulement à coopérer avec moi, et à te détendre."

"Je... je ne sais rien du tout, docteur Greenway. S'il vous plaît !" dit-elle en essayant de repousser sa main, se sentant faible, mais réussissant à se lever et à trébucher vers la porte.

"Oh, je pense que tu sais *beaucoup* de choses, Linda, et tu veux m'aider, n'est-ce pas ?", a-t-il répondu en la suivant rapidement. "Tu vois, il nous manque des dossiers et des rapports".

" Je ne sais rien de tout cela, docteur Greenway ", dit-elle en atteignant la porte. Sa main a trouvé la poignée, mais il était sur elle avant qu'elle n'ait pu l'ouvrir, l'engloutissant. Il ressemblait à un grand chat de la jungle, grand et puissant, tandis qu'une main se refermait sur sa bouche. Il y avait quelque chose dedans, un chiffon humide. Elle prit plusieurs grandes respirations et se sentit soudain très étourdie. Son autre bras a entouré sa taille et elle est devenue molle. Presque sans effort, il l'a soulevée, l'a ramenée jusqu'au canapé et l'a penchée en avant sur l'accoudoir. Sa main gauche pressa son visage dans le coussin de cuir souple, tandis que sa main droite relevait sa robe sur son dos. Il enfonça son genou entre ses jambes, les sépara, arracha sa culotte et commença à l'explorer.

"Je ne pense pas que toi et moi ayons commencé du bon pied, n'est-ce pas, Linda ?" Il s'est penché en avant et lui a parlé doucement à l'oreille de cette voix endormie et rêveuse, ces longs doigts frottant toujours aussi doucement. Elle s'est débattue, mais ses bras étaient mous. Ses épaules étaient plaquées contre le canapé, et elle ne pouvait rien faire pour l'arrêter. Elle essaya de crier, mais son visage était enfoncé dans le coussin et tout ce qui en sortit fut un gémissement étouffé.

"C'est mieux", lui a-t-il murmuré doucement à l'oreille. "Je t'ai vue sortir en douce du bureau d'Eleanor il y a quelques minutes", dit-il en continuant à frotter, commençant à sonder avec ses longs doigts.

"Non, non, s'il te plaît", réussit-elle à murmurer, se sentant si fatiguée, si molle, comme si elle était prise dans un rêve.

"Qu'est-ce que tu faisais dans le bureau d'Eleanor, Linda ?" demande-t-il en lui relevant doucement la tête suffisamment pour qu'elle puisse parler.

"Rien, rien !" souffle-t-elle. "J'étais en train d'accoucher..."

"Non, non, non, nous savons tous les deux que c'est un mensonge, maintenant, n'est-ce pas ?" dit-il en enfonçant à nouveau son visage dans le coussin et en commençant à sonder plus fort maintenant avec ses doigts. "Eleanor a laissé quelque chose là-dedans pour toi ? Quelque chose que tu pourrais utiliser contre nous, contre *moi* ? Hier soir, je t'ai vue parler à ce Burke. Je ne sais pas ce qu'il t'a promis, ou ce que tu lui as promis - était-ce les papiers qu'Eleanor a pris ? Je n'aime pas les employés déloyaux, Linda. Qu'est-ce que tu penses que je devrais faire quand quelqu'un est déloyal envers moi ?" demanda-t-il alors que sa voix devenait soudainement colérique et qu'il attrapait une poignée de ses cheveux, tirait dessus et lui tordait le cou. Cela l'a réveillée en sursaut et elle a pu voir le regard cruel dans ses yeux et réaliser que ce qui se passait et ce qu'il lui faisait n'était que trop réel.

"Tu étais l'amie d'Eleanor - sa *seule* amie, pour autant que je sache", poursuit-il. "J'imagine que tu étais sa police d'assurance. C'est ce qu'elle t'a demandé de devenir, Linda ? Sa police d'assurance ?"

"Non, non, s'il vous plaît, Dr Greenway, je vous jure que je ne l'ai pas fait", halète-t-elle en le suppliant.

"Linda, si tu continues à me mentir, tu ne me laisses pas d'autre choix que de te discipliner ; et cela peut être très désagréable, pour toi en tout cas. Comme tout bon employeur, je préfère toujours m'occuper moi-même de ces tâches", dit-il en enfonçant à nouveau son visage dans le coussin et en utilisant sa main libre pour déboucler sa ceinture et laisser tomber son pantalon sur le sol. "Qu'est-ce qu'Eleanor t'a donné ?"

Il a soulevé sa chemise, a regardé sa belle peau lisse et a souri, se sentant devenir dur. Elle tremblait maintenant, et il l'entendit sangloter dans le coussin. "Eleanor nous a pris des papiers de l'entreprise, peut-être des rapports, un disque de données ou une clé USB", a-t-il dit en la caressant de la main, devenant de plus en plus brutal et exigeant. Elle était sans défense et complètement à sa merci maintenant, et c'est ce qu'il aimait. "Alors, dis-moi ce qu'Eleanor t'a donné", demanda-t-il en se penchant en avant, sa chair contre la sienne pour qu'elle puisse le sentir sur le point de s'enfoncer en elle.

"C'est ta dernière chance, Linda. Je peux dire que tu es bien réveillée maintenant. Pour te dire la vérité, certaines filles préfèrent un peu d'hypnose ou une bouffée de mon 'jus de joie' la première fois, comme je te l'ai donné. De cette façon, elles ne sont jamais tout à fait sûres de ce qui s'est passé, de qui a dit quoi et de ce qu'elles ont pu faire pour m'encourager. Je suis sûr que tu vois ce que je veux dire. Personnellement, cependant, je préfère qu'ils soient bien éveillés, comme tu l'es maintenant, parce que je veux que tu sois absolument certaine qu'il s'agissait d'un viol."

Alors qu'il parlait, une voix forte et grinçante l'a interpellé depuis l'interphone de son bureau, brisant sa concentration. "Docteur Greenway, est-ce que Linda Sylvester est là-haut ? Pourriez-vous lui dire qu'il y a un envoi spécial de FedEx en bas qu'elle doit signer."

"Tu dois me laisser partir !" Elle réussit à se tordre la tête suffisamment pour faire sortir les mots. "Tu dois le faire", dit-elle en haletant. "Ils savent que je suis ici, et ce sont des chèques que je dois signer. Ils vont venir me chercher d'une minute à l'autre."

Il rit et s'apprête à s'enfoncer en elle, mais il s'arrête soudain. Au lieu de cela, il s'est simplement appuyé contre elle, frottant sa peau nue contre elle tandis qu'il enfonçait à nouveau son visage dans sa nuque. "Tu es une fille intelligente,

Linda", lui souffla-t-il lourdement à l'oreille. "Mais tu crois vraiment que tes amis en bas vont venir ici et s'introduire dans *mon* bureau pour te sauver ? Dans *mon bureau* ? Et s'ils le font, qui penses-tu qu'ils vont croire ?"

"Eleanor m'a mis en garde contre toi. Tu l'as tuée, n'est-ce pas ? ", souffle-t-elle.

"Ah, tu as parlé à ce type, Burke. Oui, je l'ai tuée !" il se pressa soudain très fort contre elle. "Je l'ai tuée et je te tuerai aussi ; mais je te ferai bien d'autres choses avant, si tu ne me donnes pas ces papiers !". Greenway laissa ses mots s'enfoncer dans le sol. "Jusqu'à ce que tu le fasses, tu m'appartiens, Linda ; et je peux te faire *tout ce que* je veux, parce que tu es une voleuse, comme Eleanor."

"Dr. Greenway ? J'ai vraiment besoin de parler à Linda", dit encore la voix de l'interphone.

Finalement, il recula et relâcha son emprise sur son cou. "Tu es impliquée dans le vol d'importants documents d'entreprise, et personne ne peut t'aider maintenant - ni les filles en bas, ni la police, ni même ton ami Robert Burke. Personne !" dit-il en remontant son pantalon et en rentrant sa chemise. "La prochaine fois que je t'appelle ici, prévois de rester un peu et d'être beaucoup plus coopératif ; c'est-à-dire, à moins que tu ne veuilles te retrouver au chômage, ou en prison, et ta petite fille chérie sous la garde des services sociaux."

"Ma fille ? Espèce de salaud !" elle se mit debout en se bousculant, baissa sa jupe et tenta désespérément de redresser ses vêtements. "Tu... !" Elle voulait lui crier quelque chose, mais elle était trop secouée pour trouver les mots.

"Crois-moi, Linda, ce n'était rien", a-t-il souri. "Pas de mal, pas de faute, comme on dit, simplement une petite *démonstration* des choses à venir, si tu n'apprends pas à coopérer".

"Si tu me touches encore une fois, ou si tu oses toucher ma fille, je te tue !".

"Vraiment ?" Greenway lui rit au nez et pointe du doigt sa culotte déchirée, accrochée à une cheville, "Eh bien, tu devrais d'abord t'en débarrasser avant de redescendre, tueuse."

"J'appelle la police !" Elle les a retirés et a trébuché à reculons vers la porte.

"Oh, ne te gêne pas", rit-il encore plus fort en désignant le téléphone. "J'ai le chef Bentley en numérotation rapide ; alors arrête de me mentir. Comme tu devrais le savoir maintenant, tu joues à un jeu très dangereux avec moi, petite fille. Je veux récupérer mes papiers, et tu vas les obtenir pour moi ; parce que la prochaine fois que nous aurons une de nos petites discussions..."

"Il n'y aura jamais de prochaine fois !" a-t-elle fulminé en reculant.

"Oh, oui, il y en aura, demain après-midi, je pense. Oui, je vais vérifier mon emploi du temps. Disons vers 15 heures ? Prévoyez donc de m'apporter ces papiers et ces rapports à ce moment-là, ici même, dans mon bureau. J'ouvrirai même une bonne bouteille de vin pour l'occasion, comme je l'ai fait avec Eleanor. Ne serait-ce pas agréable ?"

"Sympa... ?", a-t-elle bafouillé. "Je ne reviendrai jamais ici !"

"Oh, oui, tu le feras. Bien sûr, si tu préfères un peu plus d'intimité", dit-il en ceinturant son pantalon et en lui souriant. "Je suppose que nous pourrions nous retrouver chez toi à Des Plaines et avoir un 'rendez-vous ludique' - toi, moi et la petite Emily."

Elle s'est retournée et lui a jeté un regard noir. "Si jamais tu touches à ma fille, je te jure que je te tue !"

"Ah, on dirait qu'on a trouvé un *point sensible*, n'est-ce pas ?", lui dit-il en riant. "Mais si tu n'aimes pas la perspective d'être seule avec moi, alors tu n'aimeras *vraiment* pas passer quelques nuits avec le chef Bentley dans l'une des cellules de sa nouvelle prison en carton-pâte après que je t'aurai fait arrêter pour complicité de vol qualifié. Je crois savoir que lui et ses hommes peuvent être assez durs avec les jeunes femmes."

Les yeux de Linda se sont écarquillés, elle a ouvert la porte du bureau d'un coup sec et s'est mise à courir.

"Demain, Linda, à 15 heures !", a-t-il crié alors qu'elle se précipitait dans le couloir, claquant la porte de son bureau derrière elle.

Le visage rouge, les cheveux et les vêtements en désordre, elle était presque en larmes lorsqu'elle atteignit l'ascenseur et appuya sur le bouton. Les deux portes jumelles en acier inoxydable s'ouvrent, mais lorsqu'elle essaie de monter à l'intérieur, elle se heurte à Tony Scalese, qui sort de l'ascenseur. Se heurter à lui, c'est comme se heurter à un mur de briques, et elle laisse échapper un petit cri de panique. Elle était déjà au bord de la crise et a rapidement reculé, terrifiée, en pensant que Greenway l'avait fait venir. Mais elle ne pouvait pas se tromper davantage.

Scalese fait une pause. Il la regarda et remarqua immédiatement ses cheveux ébouriffés et ses vêtements tordus. Il vit la porte du bureau de Greenway qui se tenait ouverte au bout du couloir et fronça les sourcils. De toute évidence, il ne lui a pas fallu longtemps pour comprendre ce qui venait de se passer.

Linda jurerait avoir vu ses yeux se rétrécir alors qu'il marmonnait "Excusez-moi", l'air vraiment contrit. Il s'est écarté pour laisser Linda entrer dans l'ascenseur, puis s'est retourné et s'est dirigé vers le bureau de Greenway.

Tony Scalese a franchi la porte de Greenway, l'a claquée derrière lui et a senti sa colère monter en flèche. Greenway était assis derrière son bureau et le regardait avec un sourire satisfait. Scalese vit les dossiers et les magazines éparpillés sur le sol près de la table basse et remarqua que les coussins du canapé en cuir n'étaient pas à leur place. Il s'est avancé jusqu'au bord du bureau de Greenway, s'est penché en avant sur ses deux poings et lui a jeté un regard noir.

"Vous n'avez plus l'air d'entendre très bien, Doc. Je t'ai dit que si tu ne le gardais pas dans ton pantalon, il y aurait de sérieuses répercussions. Quoi ? Tu crois que je plaisantais ?"

"Elle ? Je l'ai surprise en train de fouiller dans le bureau d'Eleanor Purdue."

"Le bureau de Purdue ? Et alors ! On a tout fouillé - le bureau, la crédence, même son ordinateur. Il n'y a rien là-dedans, et tu le sais."

"Mais elle ne l'a pas fait, Anthony", a rétorqué Greenway d'un ton de défi. "C'était la meilleure amie d'Eleanor, et elle en sait plus que tu ne le crois. Je l'ai vue parler à ce type, Burke, hier soir, et j'essayais de savoir ce qu'ils faisaient."

"Doc, ce n'est pas ce que tu faisais ici, et tu le sais".

"Vous vous trompez", répond Greenway en relevant le défi. "Elle sait où Eleanor a caché ces rapports ; et elle va les récupérer pour moi".

"Vraiment ? Comment ? Tu l'as violée comme les autres ?"

"Non, non, pas encore." Il secoue la tête et sourit. "Ce que tu ne comprends pas, c'est que certaines formes d'"intimidation physique" peuvent être très utiles pour obtenir la coopération d'une jeune femme."

"Coopération ?"

"Oui, dans son cas, une petite *démonstration* et la simple mention du nom de sa jeune fille se sont avérées plus que suffisantes."

"Ok, qu'est-ce qu'elle t'a dit ?"

"Rien encore, mais demain après-midi, elle le fera. Elle a beaucoup trop à perdre maintenant."

"Tu es vraiment un fils de pute, n'est-ce pas, Doc ?"

Greenway a levé les yeux et a ricané en direction de l'autre homme. "Anthony, je n'ai pas approché les *nombreux* outrages que toi et les DiGrigorias avez commis", dit-il. "En parlant de ça, est-ce que Bentley s'est déjà débarrassé de cet 'homme au téléphone', Burke, comme tu me l'avais dit ?".

"Non ! Je viens de raccrocher avec cet idiot", dit-il en reculant, chagriné. "Le juge a laissé Burke en liberté, et Bentley dit qu'il pourrait être beaucoup plus difficile à se débarrasser que nous le pensions."

"Plus difficile ? Alors arrête de me raconter tes conneries sur ce que je fais et comment je le fais !" Greenway s'est levé d'un bond et a lancé un regard à Scalese. "Je m'occuperai de la charmante madame Sylvester comme bon me semble, et *je récupérerai* mes documents manquants. *Tu* diras à Bentley de faire ce pour quoi nous le payons... à moins que tu n'aies besoin que je le fasse aussi ?"

CHAPITRE ONZE

Lorsque Bob et Angie Burke se sont séparés huit mois plus tôt, ses amis ont appelé cela "le Big Bang", "la faille de San Andreas" ou "la veille de la destruction", des choses subtiles de ce genre. Pour sa part, alors que les choses s'effondraient, Bob essayait de prendre les choses du bon côté, tandis qu'Angie avait l'idée d'une route comme celle que Sherman avait prise à travers la Géorgie - tout brûler et ne laisser rien d'autre que des cendres derrière elle. Si elle ne pouvait pas l'avoir, personne ne l'aurait. Telle était Angie.

D'un autre côté, Bob était réaliste. Pour lui, il ne restait plus qu'à reconnaître leur situation en prononçant le mot "D", D-I-V-O-R-C-E, comme le disait la chanson. C'était peut-être l'armée, mais la réalité faisait tout simplement partie de son ADN. Quand c'est fini, c'est fini, et seuls les abrutis de marines mènent des batailles qu'ils ne peuvent pas gagner. Pas lui. Angie et lui se sont assez disputés, se sont assez battus et ont assez saigné pour ne plus espérer se réconcilier. Alors pourquoi ne pas se séparer en tant qu'amis ? C'était la seule chose qui avait du sens pour lui, mais Bob était beaucoup plus âgé qu'Angie, et des dizaines d'années plus mûr.

En termes d'argent et de biens, il possédait très peu de choses lorsqu'il s'est marié, tout droit sorti de l'armée - un appartement bon marché, un Saturn d'occasion, et peut-être huit mille dollars à la banque. Il pensait qu'il était juste de partir de la même façon. Cependant, les actions de la société étaient différentes. Ed Toler a décidé que Bob était le meilleur choix pour lui succéder en tant que président, et il lui a donné le poste et une participation majoritaire dans l'entreprise. C'était le choix d'Ed, et Bob s'est senti obligé d'honorer cette confiance.

Les biens immobiliers et la richesse familiale accumulée étaient différents. Le jour où il est parti, Bob a remis à Angie les clés de la grande maison de Winnetka et des appartements en copropriété à Vail, à New York et dans le centre de Chicago. En dehors de la loi sur le divorce de l'Illinois, les biens immobiliers appartenaient à son père et à sa mère, et Bob estimait donc que tout devait lui revenir de toute façon. L'équité était de mise. Elle a reçu la nouvelle Cadillac Escalade blanche "ours polaire", et lui a quitté la grande maison de Winnetka dans sa vieille Saturn "embarrassante", comme elle l'appelait.

C'est ainsi qu'il voulait que la propriété soit réglée ; mais son avocat, George Grierson, ne pouvait pas être plus en désaccord. "Bob, tu ne comprends pas. Ce n'est pas comme ça que ça marche. Si tu lui donnes tout ça maintenant, sans même discuter, ça tombe à l'eau et ensuite, elle aura aussi la moitié de ce qui reste."

"Non, George, c'est toi qui ne comprends pas. Je ne veux rien *de tout* cela et je ne l'ai jamais voulu. La vérité, c'est que j'aurais dû rester dans l'armée. Je le sais maintenant, mais Ed m'a surpris dans un moment de faiblesse et j'ai cédé. D'accord, la première année avec Angie a été vraiment géniale, et le travail l'était aussi. Ed m'apprenait des choses pendant la journée, et Angie me rendait encore plus stupide le soir, mais c'était génial. On était amoureux et je pensais que ça durerait toujours, jusqu'à ce qu'Ed tombe malade et entre à l'hôpital, et ça a été la fin de tout."

"C'était aussi pour lui".

"C'est vrai, et pour moi et Angie. Tu vois, elle n'en avait rien à faire des maisons et des voitures non plus. Elle pensait que tout était à elle au départ - et la société aussi. La vérité, c'est que je n'en voulais pas non plus, mais Ed m'a fait jurer d'accepter et d'honorer son plan de distribution d'actions. Il a insisté ; il a dit qu'il reviendrait me hanter si je ne le faisais pas. Il lui en a parlé à l'hôpital, quand la première série de tests s'est révélée mauvaise. Pour que "papa chéri" lui fasse ça... eh bien, elle m'a tout mis sur le dos, bien sûr, elle a dit que je lui avais lavé le cerveau et que c'était la fin pour eux et pour nous."

"Je comprends ça, Bob, mais la maison et les appartements valent beaucoup d'argent, peut-être plus que l'entreprise quand tu fais le bilan. Est-ce que je peux au moins lui parler d'un échange, peut-être d'une sorte de compromis ?" suggère Grierson.

"George, tu n'as pas compris l'essentiel. Elle pense que les maisons et les appartements *ont* toujours *été* à elle, depuis le premier jour. Je ne peux pas les lui échanger. Si j'avais fait autre chose que de lui remettre les clés, elle aurait piqué une crise encore plus grave. Le problème, c'est qu'elle pense que l'entreprise est aussi la sienne, de droit. Si je ne lui remets pas *ces* clés aussi, elle part en guerre. Alors donne-lui les biens immobiliers, tous les biens immobiliers. Ce n'est qu'un détail. La vraie bataille se fera autour de l'entreprise."

C'est pourquoi Angie a fini dans les grandes maisons avec les voitures de luxe, et pourquoi Bob a fini dans une modeste maison de ville louée de deux chambres à Arlington Heights avec des meubles loués et une vieille Saturn garée dans le petit garage attenant à l'arrière.

Il faisait **déjà nuit** lorsque Bob quitta enfin le bureau, s'arrêtant chez lui le temps de vérifier le courrier, de voir s'il y avait quelque chose sur le répondeur et de se changer. Normalement, cela aurait été suivi d'un entraînement intensif d'arts martiaux à la salle de sport, d'une course de 5 km, d'un fruit et d'une salade, et d'une bonne nuit de sommeil. Après six mois de ce régime spartiate, il s'est débarrassé de l'excès de poids "Angie" et son gros cul a presque retrouvé sa forme de combat. Il n'était pas tout à fait la "machine de guerre maigre et méchante" d'il y a cinq ans, capable de traverser l'Hindu Kush avec des paquets de soixante-dix livres toute la journée, mais il y parvenait. Ce régime spartiate, la modeste maison de ville et les dîners occasionnels à la télévision ne le dérangeaient pas le moins du monde. Il avait vécu dans des valises, des logements d'officiers célibataires, des motels bon marché, des tentes, des sacs à dos et, à l'occasion, sur le sol dur et nu, alors un matelas à quatre-vingt-dix-neuf dollars et des comptoirs en Formica étaient bien plus à son goût que la grande maison avec tout le marbre à Winnetka.

Il sort une bouteille d'eau et une pomme du réfrigérateur et commence à feuilleter la pile de courrier indésirable de la journée lorsque son téléphone sonne. L'écran du répondeur affichait un numéro qu'il ne reconnaissait pas, il l'a donc laissé s'enregistrer.

Il entend la voix hésitante d'une jeune femme qui dit : "M. Burke, c'est Linda Sylvester. J'ai déjà essayé de vous appeler et... Écoutez, je sais qu'il est tard et que je peux rappeler, mais je dois..."

Il a saisi le combiné avant qu'elle ne puisse raccrocher. "Linda, c'est Bob Burke. Je suis désolé, et je suis content que tu aies appelé."

"Je... j'ai besoin de te parler. Mais pas comme ça, pas au téléphone. Je pense qu'ils sont..."

"Je comprends. Où es-tu ?"

"En fait, je suis au coin de chez vous, à la cabine téléphonique dans le hall du Marriott Courtyard, et j'ai peur, Monsieur Burke", l'entendit-il sangloter. "J'ai vraiment peur."

"Attends ici. Je viendrai te chercher à la porte de derrière dans disons... cinq minutes."

Dans le bâtiment fédéral du centre-ville, le procureur Peter O'Malley était en train de signer la dernière correspondance sur son bureau quand l'une des lignes téléphoniques intra-bureau a sonné. Il appuie sur le bouton de son téléphone et entend : "M. O'Malley, je suis content de vous avoir attrapé. C'est Stephens, de la surveillance audio. J'ai quelque chose sur l'écoute que nous avons installée sur le téléphone du domicile du sujet Burke. Il n'y a pas eu beaucoup de trafic dessus, mais vous m'avez dit de vous prévenir dès que..."

"Burke ?" O'Malley s'est soudain assis en avant et avait l'air très intéressé. "Bien, bien."

"Il s'agissait d'une femme nommée Linda Sylvester", poursuit le technicien.

"Sylvester ? Excellent ! J'espérais que cela se produise."

"L'appel n'a duré que vingt-trois secondes. Elle a dit qu'elle ne souhaitait pas parler au téléphone. Elle avait peur ; elle l'a dit deux fois, et c'est exactement l'impression qu'elle donnait. Quoi qu'il en soit, l'appel provenait d'une cabine téléphonique du Marriott Courtyard à Arlington Heights. Ce doit être proche, parce qu'il a dit qu'il la rejoindrait là-bas dans quelques minutes. Puis ils ont raccroché."

"Merde !" O'Malley s'exclame en jetant un coup d'œil à sa montre. "Il faudra une heure pour aller là-bas avec cette circulation. Restez sous surveillance, Stevens. Au moins, on a enfin obtenu quelque chose de ce robinet", ajoute O'Malley en mettant fin à l'appel. Linda Sylvester ! Il était temps, sourit-il.

Bob Burke est entré dans le parking du Marriott Courtyard et s'est garé dans un espace près de la porte arrière. Avant qu'il ne puisse éteindre le moteur, Linda Sylvester s'est précipitée, a ouvert la porte du côté passager et a sauté à l'intérieur.

"Va ! Va, s'il te plaît", supplie-t-elle en se laissant tomber sur le siège, gardant sa tête sous le niveau de la fenêtre.

"Bien sûr, bien sûr", répond-il en reculant de la place et en s'éloignant. "Tu veux aller quelque part en particulier ?"

"Non, contente-toi de conduire", dit-elle en levant les yeux par-dessus le dossier du siège et en regardant derrière eux. "Est-ce que quelqu'un nous suit ?"

"Comme Greenway ou ses copains ?" demande-t-il en vérifiant les rétroviseurs de la voiture. "Détends-toi, je peux te protéger".

"Non, tu ne peux pas ! Je ne sais même pas pourquoi je t'ai appelé, si ce n'est que je suis terrifiée et que je n'avais nulle part où aller." Elle a levé les yeux vers lui et l'a supplié. "S'il te plaît, tu dois m'aider".

Il s'est tourné vers elle et a vu qu'elle tremblait et qu'elle était au bord de la crise. "Linda, as-tu mangé quelque chose aujourd'hui ?"

"Non, on n'a pas le temps, j'ai une baby-sitter avec Emily".

"Il est toujours temps, tu as l'air de t'effondrer".

"Merci ! C'est tout ce dont j'ai besoin", dit-elle en s'effondrant dans le coin du siège.

"Je vois un McDonald's devant moi. Je vais aller au drive-in", dit-il en vérifiant le rétroviseur. "Il n'y a personne qui nous suit et tu as besoin de manger. Pendant que nous mangeons, tu pourras me raconter tout ça."

Un sac de sandwichs et deux cafés à la main, il s'est garé à l'arrière du terrain du McDonalds, dans l'ombre, à côté de la benne à ordures. Cinq minutes plus tard, entre deux bouchées d'un Big Mac et une poignée de frites, elle commence à s'ouvrir. "Eleanor est notre directrice financière et notre chef comptable. Je suppose que tu le sais déjà. Elle est plus âgée que moi et je suis nouvelle, mais nous sommes toutes les deux célibataires et nous sommes devenues amies. Tu sais comment c'est dans un petit bureau. Les autres femmes sont toutes mariées ou jeunes filles, et la poignée d'hommes sont soit gays, soit ne vous lâchent pas d'une semelle. Eleanor fait partie de l'entreprise depuis les débuts de CHC dans le quartier sud. Greenway était président et dirigeait les cliniques, et Eleanor tenait les comptes. C'était avant que Scalese et toutes ses crapules ne prennent le pouvoir, m'a-t-elle dit. Ensuite, l'entreprise a explosé, et ils ont ouvert beaucoup de nouvelles cliniques, le grand nouveau bâtiment administratif à Indian Hills, et d'autres choses."

"Ils ont "pris le pouvoir" ?"

"Oh, oui. Ils dirigent le CHC maintenant, pas Greenway. Je pense qu'Eleanor en a finalement eu assez de toute cette comptabilité véreuse et qu'elle est allée voir les flics. Peut-être qu'elle est allée voir Bentley, je ne sais pas ; mais elle m'a laissé entendre qu'elle s'était engagée dans quelque chose de très dangereux."

"Je dirais que oui ; Greenway l'a tuée".

"Je le sais maintenant. Il m'a dit qu'il l'avait fait, et il m'a dit qu'il me tuerait aussi."

"Greenway ? Il t'a dit qu'il l'avait tuée ?" Bob demande, étonné. "Quand ?"

"Cet après-midi", dit-elle en détournant le visage, incapable de le regarder. "Il m'a dit qu'il l'avait tuée pour marquer un point, monsieur Burke !"

"Pour marquer un point ? Quel genre de malade..."

"Il était en train de *démontrer* qu'il peut faire tout ce qu'il veut - à elle, à moi, à n'importe qui - et s'en tirer. Tout ce qu'il veut !" Il l'a entendue sangloter.

Il l'a regardée et a commencé à comprendre. "Qu'est-ce qu'il t'a fait ?"

" Rien ! Non, ce n'est pas vrai. Écoutez, M. Burke, je ne vous connais même pas, et..."

"Je m'appelle Bob, et tu ne peux pas garder tout ça à l'intérieur, Linda. Tu as besoin de parler à quelqu'un - ta mère, ta sœur, une petite amie, moi, fais ton choix", dit-il en tournant son visage vers lui. "Mais puisque je suis là, ferme les yeux et commence à parler. D'accord ?"

Elle acquiesça, ferma les yeux, se détourna et laissa les mots se déverser. "Il m'a fait monter dans son bureau cet après-midi et m'a presque violée. Il est tellement grand et fort que je..."

"Presque ? Eh bien, c'est une bonne chose", essaya-t-il de la réconforter.

"Pas vraiment !" dit-elle en se détournant rapidement. "Il m'a en quelque sorte hypnotisée, puis il m'a droguée avec un tissu ou quelque chose qu'il tenait sur mon visage. Je me suis sentie bizarre, et c'est arrivé si vite. Il m'a attrapée, m'a penchée sur son canapé et m'a arraché mes sous-vêtements. Je n'ai pas pu l'arrêter et... mon Dieu ! J'étais si effrayée, si vulnérable, si humiliée. Il s'est appuyé contre moi et s'apprêtait à... C'est alors qu'une des filles en bas m'a appelée à l'interphone et qu'il s'est soudain arrêté. Il... il m'a laissé partir."

"Il t'a laissé partir ?"

"Oui, il a dit que c'était une petite *démonstration,* pour faire comprendre quelque chose".

"Une *démonstration* ? J'ai vu ses yeux quand ses doigts se sont enroulés autour de la gorge d'Eleanor sur le toit. Ce n'était pas une *démonstration.*"

"Tout ça, c'était ma faute stupide. Eleanor m'avait prévenu de ne jamais monter seul dans son bureau. Elle m'a dit... eh bien, je pense qu'il lui a fait la même chose qu'à beaucoup d'autres. Apparemment, il n'était pas aussi méchant quand ça a commencé, mais il est devenu de plus en plus brutal jusqu'à ce qu'Eleanor lui dise de la laisser tranquille. Il ne voulait pas, mais elle l'a menacé de parler à Scalese. Il est resté loin d'elle après cela, mais à ce moment-là, le bureau s'est agrandi et il pouvait choisir parmi des dizaines de femmes plus jeunes, comme elle a dit qu'il le faisait. Je pense que c'est à ce moment-là qu'elle est allée voir la police. C'est un pervers malade, mais ce qu'il m'a fait n'était pas du sexe, ni même du sexe brutal. C'était un jeu de pouvoir auquel il jouait, il essayait de me terroriser, et ça a marché. Qu'il aille au diable, ça a marché."

"Seulement si tu le laisses faire. Mais pourquoi s'en est-il pris à toi tout à coup ? C'est à cause de la nuit dernière ?"

"Peut-être. Il m'a dit qu'Eleanor avait volé des choses à l'entreprise - des documents, des rapports, peut-être un DVD ou une clé USB. Ils doivent être importants, et il pense que je sais où ils se trouvent."

"Ce n'est pas à Bentley qu'Eleanor parlait, mais au procureur général".

"Oh, mon Dieu ! Greenway et maintenant le procureur ? Je suis morte. Je suis morte", gémit-elle en se détournant, avant de se redresser et de se tourner à nouveau vers lui. "Mais comment le sais-tu ?"

"Il s'appelle Peter O'Malley. Il est venu me voir ce matin, pour me menacer, et il n'a pas été très subtil à ce sujet. Il a un grand jury qui enquête sur le crime organisé et la fraude à Medicaid, et sa première cible est CHC. Eleanor l'aidait secrètement, en lui apportant des rapports et des documents, probablement ce que Greenway recherche. Il a dû découvrir ce qu'elle préparait et cela lui a valu d'être tuée."

"Je me suis faufilé dans son bureau aujourd'hui. Les tiroirs de son bureau étaient vides et tout avait disparu, ses dossiers, son ordinateur, tout. Ils l'ont dépouillé, mais je ne pense pas qu'ils aient trouvé quoi que ce soit. Si c'était le cas, Greenway ne s'en serait pas pris à moi comme ça."

"Il est désespéré, O'Malley aussi, et ils nous ont toi et moi pris en sandwich au milieu".

"Oh, mon Dieu." Elle s'est affaissée sur le siège et a secoué la tête. "Qu'est-ce que je vais faire ? Greenway a menacé mon travail, ma maison, même ma fille, et il était sur le point de me violer là, dans son bureau, pour prouver qu'il pouvait le faire et s'en tirer. Il a dit qu'il continùerait à le faire, à me violer quand il le voudrait, jusqu'à ce que je lui donne ces documents. Et il sait que je *ne* peux *rien y* faire."

"Non, peut-être que tu ne peux pas, mais moi je peux". Bob se retourna et la regarda, ses yeux devenant aussi froids et gris qu'une dure journée d'hiver.

"Toi ?" Elle s'est tournée vers lui et a ouvert la main. Dans sa paume reposait sa carte de visite mal froissée et trempée de sueur. "Mais... tu es quoi ? Un 'gars du téléphone' ? C'est comme ça que Scalese t'a appelé."

"Oui, eh bien, je fais un peu ça aussi". Il a regardé la carte et a souri.

"Scalese et ses hommes sont des voyous professionnels. Ils te tueront."

"Laisse-moi m'occuper d'eux".

Elle a froncé les sourcils et a dit : "Tu es vraiment fou, tu sais".

"Peut-être, peut-être pas." Il haussa les épaules, la regardant, attendant. "Alors ?" demanda-t-il finalement.

"Alors, quoi ?"

"Eh bien, tu les as - les documents, ou quoi que ce soit qu'ils recherchent ?"

" Non ! " Du moins, je ne pense pas que ce soit le cas. Oh, je ne sais pas. Il y a une semaine, Eleanor et moi sommes allées dans un bar après le travail. On s'est bien saoulé ce soir-là. Quoi qu'il en soit, elle m'a beaucoup parlé de Greenway et de CHC, et m'a donné un jeu de clés pour son bureau et sa maison. Elle m'a dit qu'elle avait mis quelque chose à l'intérieur d'une boîte de Cocoa Puffs dans le garde-manger de sa cuisine, quelque chose d'important."

"Une boîte de Cocoa Puffs ?" Il lui a jeté un regard étrange, mais cela ne l'a pas arrêtée.

"Je suis sérieux. Elle a dit que c'était un mot, et elle m'a fait jurer que si quelque chose lui arrivait, si elle disparaissait, ou quoi que ce soit, je devais aller le chercher et faire ce qu'il disait. Elle a dit quelque chose d'autre, quelque chose comme quoi c'était la clé."

"La clé ?" Bob fixa le pare-brise avant pendant un moment, réfléchissant. "Alors c'est ce que nous allons faire. Nous irons chez Eleanor et nous découvrirons ce qu'il y a dans cette boîte de Cocoa Puffs."

"Tu es sûre ? Je ne voulais pas t'impliquer là-dedans, mais..."

"Il n'y avait personne d'autre que tu pouvais appeler, n'est-ce pas ?".

"J'ai l'air vraiment pathétique, n'est-ce pas ? Mais j'avais trop peur d'aller là-bas tout seul".

"Alors tu t'es dit que tu allais appeler le "gars du téléphone" et le laisser découvrir si des hommes de main de Tony Scalese attendent à l'intérieur ?".

"Eh bien, oui, mais je voulais que nous allions ensemble".

"Très bien, quand veux-tu partir ?"

"Je ne sais pas", répond-elle, surprise par la question. "Mais il faut que ce soit avant 15 heures demain après-midi".

"Pourquoi ? Que se passe-t-il alors ?"

"C'est le délai que Greenway m'a donné - 15 heures demain après-midi - sinon il viendra nous chercher, ma fille et moi. Alors si ça ne marche pas, je suis sur la route à 14 heures", dit-elle en détournant le visage. "Mon Dieu... je sens encore ses mains, et ses doigts sur moi, et *lui* pressé contre moi. Je suis tellement malade à chaque fois que j'y pense, je lui ai dit que je le tuerais s'il me touchait encore - moi ou ma fille - et je le pensais vraiment."

"On n'en arrivera pas là, je te le promets. Mais as-tu un endroit où tu peux aller ?"

"Montana, Nouveau Mexique, Floride, je m'en fiche vraiment, tant que c'est loin de lui".

"Alors je suppose que nous ferions mieux de faire en sorte que ça marche", a-t-il dit en démarrant la voiture.

"Où vas-tu ?"

"Chez Eleanor. Je me suis dit que c'était le bon moment, n'est-ce pas ? Tu peux rester ici, te resservir du café et te détendre. Je vais aller chez elle chercher ce qu'il y a dans cette boîte", dit-il en tendant la main. "Donne-moi les clés et dis-moi comment m'y rendre".

"Je ne peux pas te laisser y aller seule. C'est trop dangereux."

"Trop dangereux ? Très bien, alors nous irons tous les deux."

"Eh bien, tu as une arme ou quelque chose comme ça ?"

"Un pistolet ? Non. La seule chose que fait un pistolet, c'est d'inviter quelqu'un à te tirer dessus. Mais ne t'inquiète pas, j'ai quelque chose. Mais si tu viens avec moi, tu dois me promettre de faire exactement ce que je te dis de faire, quand je te le dis. Exactement, d'accord ?" Elle commença à dire quelque chose jusqu'à ce qu'il pose son doigt sur ses lèvres et secoue la tête. "Je suis sérieux, pas de discussion et pas de questions".

La nuit tombait sur la banlieue nord alors qu'ils roulaient vers le nord sur la route 53, sortaient sur la Northwest Highway et traversaient Des Plaines, jusqu'à ce qu'ils atteignent Mount Prospect, où vivait Eleanor. Bob s'est arrêté, a désactivé le plafonnier intérieur et a échangé sa place avec elle pour que Linda puisse prendre le volant. Mais avant de remonter, il ouvre son coffre et fouille dans plusieurs boîtes qu'il y garde. Lorsqu'il s'est installé sur le siège passager, il portait un pull noir avec de grandes poches sur le devant et des espadrilles noires à semelles souples. Dans sa main, il tenait une cagoule de ski en tricot noir et une paire de gants high-tech noirs et fins.

"Tu plaisantes, n'est-ce pas ? Tu es une sorte de ninja ou quelque chose comme ça ?"

"Tu as regardé trop de films", a-t-il gloussé. "Allons-y."

La maison d'Eleanor se trouvait dans un cul-de-sac dans une belle section arborée de Mount Prospect. "Quelle est son adresse ?" demande-t-il en sortant son smartphone.

"927 Asbury Circle. C'est une belle maison coloniale hollandaise à deux étages, pas trop grande, mais mignonne."

"Mignon, hein ? Je ne suis pas sûr que mon application GPS fasse "mignon"", dit-il en entrant l'adresse et en commençant à jouer avec l'écran, en l'agrandissant, puis en le réduisant, jusqu'à ce qu'il mémorise les rues environnantes. Lorsqu'ils sont arrivés à trois pâtés de maisons, il lui a dit de faire une série de virages, en contournant lentement la rue d'Eleanor dans une spirale de plus en plus serrée. "Prends la prochaine rue à droite", lui dit-il. "Va à mi-chemin et gare-toi sous les arbres". Lorsqu'ils y sont arrivés, il se tourne vers elle et lui demande : "Bon, pendant que nous tournons en boucle dans son quartier, dis-moi ce que tu as vu."

"Qu'est-ce que j'ai vu ? Eh bien, euh, des arbres, de belles maisons, quelques voitures garées... il faisait assez sombre."

"Il ne fait pas nuit, il y a un mince croissant de lune - grande différence".

"Vraiment ?" dit-elle, visiblement irritée.

"Je suis sérieux. Qu'est-ce qu'il y a d'autre ? As-tu vu quelque chose d'inhabituel ?"

"Comme quoi ?"

"Comme la Lincoln Town Car bleu nuit garée une rue plus loin avec un homme affalé sur le siège avant en train de fumer une cigarette".

"Euh, non, je..."

"Il est probablement resté assis là toute la journée".

"Toute la journée ? Comment le sais-tu ?"

"Il y avait une demi-douzaine de mégots de cigarettes dans la rue devant sa fenêtre, et un autocollant d'enregistrement de la ville de Chicago sur la fenêtre. Pour référence future, nous l'appellerons Bozo #1. Très bien, as-tu vu la deuxième voiture garée dans l'ombre à l'intérieur de son impasse ? C'était probablement une Chrysler, avec un homme assis à l'intérieur de celle-ci aussi. C'est le Bozo n°2."

"Non, je... non. Qui penses-tu qu'ils soient ? Les hommes de Greenway ?"

"Greenway ?" Il a de nouveau gloussé. "Tu ne le penses peut-être pas, mais Greenway est un poids plume. Ces Gumbahs appartiennent à Tony Scalese, ou plus exactement à Salvatore DiGrigoria."

"Tu veux dire la mafia ?" sa bouche s'est ouverte. "Mais pourquoi... ?"

"Pourquoi ? Parce qu'ils possèdent Greenway et CHC, et qu'ils surveillent la maison d'Eleanor, en t'attendant, ou en attendant quelqu'un."

"Mais Greenway m'a donné jusqu'à demain après-midi".

"Ce n'est pas à lui de décider, Linda. Scalese les a probablement mis ici ce matin".

"Tu dis que si j'étais venue ici toute seule... Oh mon Dieu !"

"Je soupçonne que tu aurais fini à côté d'Eleanor, où que ce soit". Il a regardé et a vu l'expression terrifiée sur son visage. "Les deux Bozos dans les voitures étaient faciles à repérer. Il y en a probablement d'autres à l'intérieur de la maison. Ils risquent de me prendre quelques minutes de plus, alors détends-toi."

"Quelques minutes ? Tu ne peux pas sortir de là", dit-elle, terrifiée. "Quand je t'ai demandé..."

"Qu'est-ce que je peux dire ? J'ai une envie soudaine de Cocoa Puffs", sourit-il en enfilant le masque de ski en tricot et en le tirant vers le bas. Avec des trous pour les yeux et une fente pour la bouche, il couvrait son visage.

"Tu es vraiment folle. Je n'aurais jamais dû t'entraîner là-dedans, ils vont..."

"Tu ne m'as pas entraîné dans quoi que ce soit ; Greenway l'a fait quand il a étranglé Eleanor Purdue sur ce toit".

"Mais ils sont trop nombreux".

"Pas quand tu les fais tomber un par un. Écoute, Linda, bien avant de me lancer dans la conception de systèmes de télécommunication de haute technologie - et non dans l'installation de téléphones - j'ai participé à des opérations de guerre irrégulière et de lutte contre le terrorisme dans des endroits bien pires que Mount Prospect, dans l'Illinois. Crois-moi, ce sont *ces* gars-là qui ont un problème, pas moi." Il regarde sa montre. "Je veux que tu partes en voiture et que tu restes loin d'ici pendant trente minutes, puis que tu reviennes me chercher ici - trente minutes, exactement. Si je ne suis pas là, pars et reviens dix minutes plus tard. Si je ne suis toujours pas là, retourne au McDonalds et attends-moi là-bas. Tu as compris ?"

Ses yeux sont devenus aussi ronds que des dollars en argent lorsqu'il s'est glissé hors de la voiture et a simplement disparu dans l'ombre.

CHAPITRE DOUZE

Chaque chose en son temps, se dit Bob Burke en disparaissant dans l'ombre comme un chat noir souple. D'abord, il vérifierait le périmètre de la maison, puis il irait à l'intérieur récupérer la note dans le garde-manger. Après cela, les jeux pourraient commencer. S'approchant de la maison d'Eleanor par l'arrière, il passa entre deux maisons occupées, évitant les flaques de lumière qui tombaient sur l'herbe depuis les fenêtres éclairées, restant bas. Il contourna silencieusement les haies et les arbustes, traversa rapidement une autre rue sombre et d'autres cours jusqu'à ce qu'il ait une vue dégagée sur l'arrière de la maison d'Eleanor Purdue.

Il n'avait pas peur des "soldats" de la mafia que Tony Scalese avait probablement laissés pour surveiller la propriété, pas après avoir vu les deux Bozos assis dans les voitures dans la rue. Même si Scalese était malin et mettait encore plus d'yeux à l'extérieur et à l'intérieur de la maison, une fois que Burke les aurait localisés, il pourrait les éliminer avec un minimum d'effort.

Les seules choses qui l'inquiétaient étaient les gros chiens de garde entraînés et les équipements de surveillance électronique exotiques ou les détecteurs de mouvement qu'il risquait de ne pas repérer avant qu'il ne soit trop tard. Mais dans un quartier comme celui-ci, les chiens sont probablement les animaux de compagnie de quelqu'un et les systèmes d'alarme viennent de chez Best Buy.

Pour Bob Burke, il s'agissait d'une mission de reconnaissance, pas d'une "opération noire" sérieuse. Les hommes qui se trouvaient devant lui n'étaient pas des fanatiques d'Al-Qaïda aguerris, des tribus montagnardes afghanes, le groupe Alpha russe ou les troupes d'opérations spéciales chinoises "Shadow" de l'APL, qu'il a tous côtoyés à un moment ou à un autre de sa carrière. Ces missions n'étaient ni faciles ni jolies. Ce soir, les hommes qu'il affrontait étaient des briseurs de bras de troisième génération originaires de Cicero. Ils se prenaient peut-être pour des durs, mais c'était eux qui n'étaient pas dans leur assiette. Qu'il n'y ait que les deux hommes à l'intérieur des voitures ou une demi-douzaine d'autres qui se cachent dans la maison et dans le quartier, ils allaient apprendre pourquoi il n'est pas rentable de manger trop de pâtes, de fumer trop de cigarettes, d'installer des postes d'observation statiques sur les sièges avant des grosses voitures de proxénètes, ou de s'en prendre à un "gars du téléphone".

La façon la plus courante de pénétrer dans une maison était de passer par la porte avant ou arrière. C'est là que les cambrioleurs se rendent généralement, car la plupart des serrures des portes résidentielles proviennent de Home Depot et peuvent être forcées avec une carte de crédit ou un couteau à beurre. Trop souvent, cependant, les portes n'étaient pas verrouillées, et les cambrioleurs préfèrent la simplicité. La maison d'Eleanor était sombre, aucune lumière n'était allumée dans les pièces ou à l'extérieur, à l'exception de la faible lueur d'un téléviseur sur la véranda arrière. Ils regardent la télévision ? C'est incroyable ! Il lui faut quatre minutes pour faire le tour de la maison et vérifier si les fenêtres et les portes sont équipées d'alarmes et de fils. À l'exception de quelques détecteurs commerciaux de troisième ordre sur les fenêtres, il n'a rien trouvé de sérieux. En faisant de nouveau le tour par l'arrière, il s'est approché du porche grillagé. À trois mètres de distance, Bob sentit la fumée de cigarette qui s'échappait des moustiquaires de la véranda et entendit une vieille rediffusion de *Magnum P. I.* qui passait doucement à la télévision. C'était un autre homme de Scalese, et il est devenu le Bozo n°3.

Bob s'est éloigné en rampant et a porté son attention sur le vide sanitaire du sous-sol. Il a sorti un couteau tactique pliant de sa poche et s'est mis au travail sur le panneau défonçable en bois. Il lui fallut moins de trente secondes pour couper le joint de peinture, détacher le panneau et se glisser à l'intérieur. C'était une maison assez récente. Comme il s'y attendait, le sol du vide sanitaire était constitué de gravier recouvert de feuilles de plastique. Il allume une petite lampe-stylo à haute intensité. À part des restes d'isolant, des pots de peinture et des boiseries, le vide sanitaire était vide et il y avait un panneau d'accès ouvert dans la salle de la chaudière du sous-sol à l'extrémité.

Se déplaçant rapidement et silencieusement en "marche de canard", il a traversé le vide sanitaire et s'est laissé tomber dans le sous-sol. Comme le reste de la maison, il y faisait sombre et il y régnait une odeur de vide et d'air mort, alors il s'est dirigé vers les escaliers. Un truc utile qu'on lui avait appris lors d'un cours d'infiltration bien des années auparavant à Fort Benning, c'est qu'un escalier en bois, qu'il soit neuf ou vieux, nu ou recouvert de moquette, grince toujours. La seule façon de monter ou de descendre un escalier sans faire de bruit est de le faire au ralenti, en déplaçant progressivement ton poids, une livre à la fois, comme si tu faisais de parfaits mouvements de tai-chi. Lentement mais silencieusement, il passa d'une contremarche à l'autre jusqu'à ce qu'il se retrouve debout sur le palier, écoutant la porte.

Il sortit un petit vaporisateur de WD-40 de sa poche et aspergea les charnières à l'intérieur de la porte. Il attendit une minute pour que l'huile pénètre avant d'ouvrir silencieusement la porte, de se glisser dans la cuisine et de s'arrêter pour écouter et sentir. Les portes vitrées coulissantes menant à la véranda et à la terrasse étaient ouvertes, et il pouvait voir et sentir la faible silhouette de Bozo #3 éclairée par le téléviseur.

Il était allongé dans un grand fauteuil inclinable, le dos tourné à la cuisine, les pieds appuyés sur un ottoman, et une cigarette pendait de sa main gauche. Un pistolet automatique de calibre 45, un émetteur-récepteur Motorola bon marché et un téléphone portable se trouvaient sur la table d'appoint à côté de lui. Calé dans le fauteuil, il y avait un gros sac de chips ouvert qu'il grignotait bruyamment en regardant la télévision en sourdine sans se préoccuper de rien. Avant de s'occuper de ce clown, Bob se retourna, se faufila silencieusement dans le couloir et jeta un coup d'œil dans la salle à manger et le salon. C'est là qu'il trouva Bozo #4 dormant sur le dos sur le canapé. Ses chaussures gisaient sur le tapis à côté de lui et son pistolet reposait sur son gros ventre à bière, montant et descendant au fur et à mesure qu'il ronflait. Comment des incompétents comme ces deux-là pouvaient-ils réussir à vivre aussi longtemps, se demanda-t-il.

Il vérifie discrètement le reste de la maison mais ne trouve aucun autre homme armé qui traîne. Revenant sur ses pas jusqu'à la cuisine, il décide de retirer Bozo #3 du tableau en premier, puisqu'il est réveillé. Alors que Burke se faufile par la porte ouverte vers le porche arrière, l'une des lattes du plancher grince. "Eh ! C'est toi ? Je suis affamé", a reniflé le type avec une bouchée de chips, il a tourné la tête et a regardé en arrière par-dessus son épaule. "Tu veux commander une pizza, ou tu devrais..."

Bonne question, pense Bob alors que ses mains et ses avant-bras se glissent autour du cou de l'homme dans un étranglement très efficace qui le réduit instantanément au silence et coupe la circulation sanguine vers son cerveau. Burke s'est retiré, a serré fort, et Bozo #3 s'est rapidement évanoui. Bob aurait pu tout aussi bien briser le cou du gars ou garder la prise plus longtemps et le tuer, mais il n'y avait rien de personnel là-dedans, pas encore, et les tuer n'était pas la raison pour laquelle il était venu. Au lieu de cela, il a fait rouler Bozo #3 hors de sa chaise et l'a fait tomber sur le sol, a coupé les cordons de plusieurs des stores horizontaux des fenêtres, a fourré le mouchoir de l'homme dans sa bouche et l'a ligoté avec ses pieds et ses mains derrière son dos. Cela fait, Bob glisse le calibre 45 dans sa ceinture arrière et le portefeuille, la radio et le téléphone portable de l'homme dans les poches profondes de son pull-over.

Le Bozo n°4 s'est avéré encore plus facile. Bob s'est glissé dans le salon, a ramassé le Glock 9 millimètres de forme carrée qui reposait sur l'estomac du voyou et l'a pressé contre son front. "Eh, tu veux mourir ?" demande Bob avec son meilleur accent de Cicéron. Le clown devait être dans un cycle de sommeil Delta profond, à ondes lentes, car il s'est réveillé en sursaut, les yeux grands ouverts. "Eh bien, c'est ce que tu veux, punk ?" Bob passa à Dirty Harry et appuya encore plus fort sur le Glock. "Mets-toi par terre, sur le ventre, et mets tes mains derrière le dos. Maintenant !"

Il a ligoté celui-ci encore plus vite que le précédent, lui a enlevé une de ses chaussettes, l'a fourrée dans sa bouche et a pris son portefeuille. Les deux interruptions potentielles étant maintenant hors-jeu, il est retourné dans la cuisine. Linda a dit que le mot se trouvait dans une boîte de céréales dans le garde-manger. À l'intérieur, sur l'étagère du milieu, se trouvait une boîte de Cocoa Puffs de taille géante. Eleanor était intelligente, il doit l'admettre. Si tu veux cacher quelque chose, le meilleur choix est de le laisser à la vue de tous. Burke tire la boîte vers le bas et en examine les deux extrémités. Le couvercle était toujours scellé. En supposant qu'il y ait quelque chose à l'intérieur, Eleanor a dû recoller soigneusement le fond. En la retournant, il a séparé les rabats, a regardé à l'intérieur et a vu une petite enveloppe de 3 x 5 pouces coincée entre le sac de céréales en plastique et la boîte. Il l'a tirée, l'a glissée dans la poche arrière de son pantalon sans l'ouvrir, et a replacé la boîte de céréales pour le petit déjeuner sur l'étagère.

Avant de quitter la cuisine, il sort les portefeuilles qu'il a pris aux Bozos n°3 et n°4. Les deux étaient épais et bien usés. Il ouvre le premier et feuillette l'habituelle série de cartes Visa, d'assurance automobile State Farm, des Chevaliers de Colomb, AAA, Gold's Gym et Sam's Club. Quelle banalité, pensa-t-il. Il y avait aussi un permis de conduire de l'Illinois au nom d'Angelo Rocco, cinquante-deux ans, avec une adresse à Mount Prospect. Ils l'appelaient probablement "Rocky Angels" ou "le Grand Ange", ou un autre surnom de film de Gumbah, pensa-t-il. Le contenu du deuxième portefeuille semblait être à peu près le même, avec un permis de conduire au nom de Stanley Hruska de Blue Island, dans l'Illinois, à l'extrême sud-ouest. Hruska ? Un Hunkie de Blue Island mélangé à tous ces Napolitains et Siciliens ? Mec, tu es vraiment perdu, pense Bob. Il poussa les deux permis de conduire dans son autre poche arrière avec l'enveloppe. Bozos ! Il secoue la tête, sachant qu'il les a bien cernés.

Il retourne dans le salon, pour constater que Stanley a roulé sur le côté et a réussi à se faufiler à moitié sous la table basse. "Où vas-tu, Stanley ?" demande Bob en s'agenouillant à côté de lui et en le faisant rouler sur le ventre. Il saisit une poignée des cheveux clairsemés de Hruska, tire dessus et tourne le visage de Hruska vers lui. "Tu n'essaies pas de jouer les héros, n'est-ce pas ?" demanda-t-il. "Je sors, mais je serai de retour dans trente minutes. Si tu bouges d'un pouce par rapport à l'endroit où tu es maintenant, je prendrai un de ces couteaux de cuisine émoussés et je t'étriperai comme une carpe du lac Michigan. Tu as compris ?" Hruska acquiesce rapidement, alors Bob laisse retomber sa tête sur le sol moquetté, le nez en premier, avec un "thunk !" retentissant.

En retournant à la cuisine, il a vu que Bozo #3 était toujours dans les vapes. Il n'a pas besoin de retourner dans le vide sanitaire, d'autant plus qu'il transporte maintenant tous leurs jouets - un Glock 9 millimètres, un Colt .45, les deux radios et téléphones portables Motorola, ainsi que leurs portefeuilles. En traversant le porche arrière et en sortant par la porte de derrière dans la cour, il a regardé sa montre. Linda devait revenir dans onze minutes, ce qui lui laissait le choix. Il avait obtenu ce qu'il était venu chercher et, ce faisant, il avait tiré deux coups de feu retentissants et embarrassants sur l'arc de Tony Scalese. La solution la plus intelligente était de retourner au point de ramassage et d'attendre Linda. C'était peut-être la chose la plus intelligente à faire, mais il était définitivement sur une lancée et il détestait perdre onze minutes.

En restant discret, il s'est frayé un chemin à travers l'aménagement paysager et a contourné le côté de la maison qui donnait sur le terrain d'Eleanor. La Lincoln Town Car était garée à l'ombre d'un érable tombant, et le Bozo n°2 était affalé sur le siège du conducteur. En s'approchant par l'arrière, il pouvait voir la moitié supérieure de la tête de l'homme à travers la vitre, une tâche d'autant plus facile que le tableau de bord de la voiture émettait une faible lueur. Bob secoue la tête, incrédule. Cet imbécile devait avoir allumé l'autoradio. Il pouvait baisser le volume autant qu'il le voulait, mais le panneau de commande LED de la radio émettait une faible lueur verte qui ne laissait aucun doute, le mot "mort" étant le plus important.

Bob se faufila le long d'une haie, à l'abri des regards dans l'angle mort du côté passager de la Lincoln, jusqu'à ce qu'il atteigne la voiture. La vitre du côté conducteur était baissée et le coude et l'avant-bras du clown pendaient alors qu'il fumait une autre cigarette. Il écoute un moment et se rend compte que Bozo #2 écoutes un match des Cubs à la radio. Un match des Cubs ? Tu dois te moquer de moi, pensa Burke. En restant encore plus bas, il se faufila à l'arrière de la voiture, tourna le coin et, en deux grandes enjambées, atteignit la fenêtre du conducteur, le Glock de Bozo #4 à la main. D'un coup de reins rapide, il a cloué le conducteur à la tempe avec la crosse du pistolet. Il espère que le conducteur enregistre le match de baseball à la maison, car c'est la dernière manche qu'il va entendre pendant un moment. Les yeux de l'homme se sont retournés dans sa tête et il est tombé raide mort.

Bob passa la main par la fenêtre ouverte, appuya sur le bouton qui ouvrait le coffre et traîna le clown jusqu'à l'arrière de la Lincoln. Il l'a appuyé sur le bord du coffre ouvert, lui a attaché les bras dans le dos avec sa propre ceinture et a pris son portefeuille. Son permis de conduire venait du New Jersey et le nom était "Gino Santucci". Le New Jersey ? Bob Burke a gardé le permis et le portefeuille, et a donné un léger coup de coude au conducteur, jusqu'à ce qu'il bascule en arrière dans le coffre caverneux de la Lincoln. Il abaisse doucement le coffre jusqu'à ce qu'il entende le déclic de la serrure. Sur le siège avant, il a trouvé un pistolet semi-automatique Sig Sauer P-226 de 9 millimètres très cher et une autre radio bidirectionnelle Motorola sur la console centrale. Il les ajouta à sa collection et regarda sa montre. Il restait deux minutes, plus que le temps nécessaire pour retourner au point de ramassage.

Bob s'est agenouillé dans l'ombre profonde d'un érable situé une rue plus loin. Moins d'une minute plus tard, il a vu Linda rouler lentement au coin de la rue dans sa Saturn. Lorsqu'elle fut à 20 pieds de lui, il se leva, retira son masque de ski et descendit dans la rue. Lorsqu'elle s'est arrêtée à côté de lui, il n'a pas attendu que les roues de la voiture s'arrêtent de rouler pour monter sur le siège passager et lui faire signe de partir.

"Mon Dieu, j'ai eu tellement peur", dit Linda, ses jointures blanches sur le volant.

"Tout va bien", a-t-il tenté de la rassurer. "Pars en voiture, lentement et facilement".

"L'enveloppe était-elle là ? Tu l'as reçue ? Que disait le mot ?"

"Je l'ai reçu, mais je ne l'ai pas ouvert. J'étais un peu occupé. En plus, le mot est pour toi, pas pour moi", dit-il en laissant tomber la cagoule, les gants, les trois pistolets semi-automatiques, les radios bidirectionnelles et les téléphones portables sur le plancher de la banquette arrière, en gardant l'une des radios sur ses genoux.

Ses yeux s'écarquillent. "Où as-tu trouvé tout ça ?" a-t-elle demandé.

"Je les ai prises à trois des fantassins de Scalese".

"Ils étaient trois ? Oh mon Dieu !"

"En fait, il y en avait quatre, mais j'ai manqué de temps avant de pouvoir atteindre la deuxième voiture. Cela n'a pas vraiment d'importance, cependant. Ces trois-là sont largement suffisants pour envoyer le message qu'il fallait envoyer à Tony Scalese et à son patron."

"Tu veux dire que tu les as tués ?" demande-t-elle, soudain terrifiée.

"Non, non, je leur ai mis quelques bosses et j'ai pris leurs jouets, mais ils iront bien. Je les ai laissés bâillonnés et attachés là-bas, là où leurs amis les trouveront. Il ne devrait plus s'écouler beaucoup de temps avant qu'ils ne soient censés s'enregistrer ; alors, ce sera comme frapper un nid de guêpes avec un gros bâton. Ils sortiront en masse, en colère et humiliés, en essayant de comprendre qui leur a fait ça. Ils décideront probablement que c'est la concurrence ou une autre équipe, et cela les déséquilibrera, ce qui est exactement ce que je veux."

"Où tu les *veux* ?" répète-t-elle, abasourdie. "C'est insensé, Bob. Et s'ils découvrent que c'est toi ?"

"Moi ? Je suis le "gars du téléphone" et le dernier qu'ils soupçonneraient. Ils seront confus et regarderont par-dessus leurs épaules pendant quelques jours, et plus ils seront chauds et en colère, plus ils deviendront bêtes", dit-il en sortant l'enveloppe de sa poche de hanche. "Voici la note d'Eleanor. Veux-tu t'arrêter pour le lire ?"

"Non, je suis assez nerveux au volant. Tu le lis".

Il déchire l'enveloppe et se penche en avant pour pouvoir lire la note à la faible lumière du tableau de bord. "Ton amie, Eleanor, a une écriture minuscule".

"Qu'est-ce qu'elle a dit ?"

"Bla, bla, bla... Désolé de vous impliquer. J'ai laissé une grosse enveloppe avec des feuilles de calcul qui montrent les vrais comptes de CHC... des millions en fraude Medicare et Medicaid, des tests de laboratoire falsifiés, même un rapport sur les mauvais médicaments qu'ils fabriquent en Inde et vendent dans toute l'Afrique... Bla, bla, bla... Ah, voilà le bon côté des choses. Elle a caché tout ça dans son bureau, dans une enveloppe manille, et elle veut que tu ailles la chercher."

"Son bureau ? J'y ai jeté un coup d'œil. Greenway aussi. Ils l'ont mis en pièces et l'ont dépouillé."

"Apparemment, aucun d'entre vous n'a regardé au bon endroit. Elle dit qu'elle l'a caché dans le plafond, à l'intérieur du conduit d'air conditionné au-dessus de la bouche d'aération au-dessus de sa crédence. Une femme intelligente." Il s'est assis et a hoché la tête. "Je suis sûr qu'ils ont soulevé quelques tuiles acoustiques et regardé au plafond, mais qui penserait à regarder à l'intérieur du conduit ? Bon, quand veux-tu aller le chercher ?"

"Aller le chercher ? Moi ? Je ne peux pas retourner dans ce bureau ? Je... je ne peux pas, je..."

C'est à ce moment-là que la radio bidirectionnelle posée sur ses genoux s'est enfin allumée. Le signal était faible et perturbé par des parasites, mais il a entendu : "Ay, Rocco, tu es en retard. Où es-tu ? J'ai faim et je dois faire pipi... Ay, Rocco ?"

"Ce doit être le Bozo n° 1 dans la Chrysler. Ça lui a pris du temps, mais maintenant il se demande où sont les autres." Bob prend la radio et appuie sur le bouton d'émission, toussant et parlant avec son accent le plus rude du New Jersey. "Ay ! Attends une putain de minute, tu veux bien. Le patron est au téléphone ; j'arrive", grogne-t-il en essayant de faire semblant.

Il y a eu une longue pause avant que Bozo #1 ne demande finalement : "Rocco ? Ay, qui est dis ?"

"Il fait une putain de sieste, et ça ne te regarde pas. Maintenant, fermez-la et gardez vos yeux sur la rue !" Il s'attendait à ce qu'on lui pose d'autres questions ou à ce qu'on se dispute. Comme ils ne sont pas venus, il s'est dit que Bozo #1 l'avait repéré et qu'il était déjà en train de courir vers la maison. Il regarde sa montre. "Y a-t-il une chance qu'on puisse entrer dans le bâtiment maintenant ?"

"Non, il y a des serrures magnétiques sur toutes les portes. Les gardiens partent quand les concierges ont terminé. C'est à ce moment-là que les alarmes et les détecteurs de mouvement se mettent en marche."

"Alors il faut que ce soit demain à la première heure. Quand est-ce que les portes s'ouvrent le matin ?"

"À 8 heures, et il y a généralement une douzaine de lève-tôt qui attendent à la porte".

"Voie verte ou Scalese ?"

"Non, non, ils ne viennent jamais aussi tôt. Quelques agents de sécurité de Scalese seront dans les parages, mais pas lui."

"Alors c'est à ce moment-là que tu devras le faire, juste à 8h00. D'accord ?" Il la regarde alors qu'elle ferme les yeux et finit par acquiescer. "Il n'y a pas d'autre choix, Linda. Tu devrais être à l'intérieur et sortir dans cinq minutes."

Ils ont continué à rouler en silence jusqu'à ce qu'ils atteignent le Marriott Courtyard. Elle se rendit à l'arrière du motel, où elle avait laissé sa propre voiture. Pendant que Linda sortait, Bob s'est penché et a ramassé les pistolets, les radios Motorola et les téléphones portables qui se trouvaient sur le sol. Il se dirigea vers l'arrière de la voiture, ouvrit le coffre et les jeta à l'intérieur.

"Je donne tout ça à Ernie Travers dans la matinée, ainsi que les papiers d'identité de ces trois voyous", lui dit-il. "Peut-être qu'il pourra en faire quelque chose".

"Tu es sûr que tu ne veux pas en garder une partie... comme un pistolet ?".

"Non", dit-il en souriant. "Ils ne me sont d'aucune utilité, et je ne veux pas leur donner, ni à la police, une excuse pour tirer en premier. Écoute, il y a un Bob Evans sur Busse Road, juste au nord de Devon, à Elk Grove Village. C'est peut-être à cinq kilomètres du bâtiment du CHC à Indian Hills. Je serai sur le parking arrière à 8 heures. Après avoir récupéré le paquet au bureau d'Eleanor, rejoins-moi là-bas. Nous passerons en revue les papiers et nous verrons ce qu'il faut faire ensuite." Elle a hoché la tête d'un air de bois, encore très effrayée. "Une autre chose", a-t-il ajouté. "Après, avez-vous un endroit où vous pouvez aller, vous et votre fille ? De la famille, des amis ? Un endroit qu'ils ne connaissent pas ?"

"Il faut que je réfléchisse. J'ai une tante à..."

"Ne me dis rien, il vaut mieux que je ne sache pas. Quand tu viendras ici demain matin, prépare des vêtements et des affaires pour toi et Ellie ; parce que tu ne peux pas rentrer chez toi ou retourner au bureau tant que ces types ne sont pas en prison. Oh, et donne-moi ton numéro de téléphone portable", demande-t-il.

Elle lui a tendu son téléphone. "C'est écrit au dos au marqueur magique", a-t-elle dit. "Je n'arrive jamais à me souvenir, et... eh bien, tu sais".

"Oui, je crois que oui", répond-il en roulant des yeux et en tapant son numéro dans son téléphone. "Voilà, je t'ai envoyé mon numéro par texto, au cas où tu aurais besoin de me joindre. N'oublie pas que s'ils ont mis ton bureau et ton téléphone personnel sur écoute, ils ont probablement mis ton portable sur écoute, et le mien aussi. Alors garde-le éteint, sauf en cas d'urgence. Ils peuvent te suivre à la trace grâce à lui, alors fais en sorte que tes appels soient courts et énigmatiques."

Il a fermé la portière de la voiture puis s'est retourné vers elle. "Ne t'inquiète pas. Greenway et les autres ne sont pas aussi intelligents que tu le crois. Ils ne nous cherchent pas ; alors, si on s'y prend bien, d'ici demain soir, nous serons partis boire une bière quelque part et ils seront en taule. Maintenant, sors d'ici et essaie de dormir un peu. Demain sera une grande journée."

CHAPITRE TREIZE

Bob Burke est épuisé. Après avoir déposé Linda au Marriott Courtyard, il est rentré directement chez lui et a garé sa Saturn dans le garage pour une voiture attaché à l'arrière de sa maison de ville à Arlington Heights. La Saturn était une voiture familiale discrète, de catégorie moyenne, sans aucun des extras coûteux, à l'exception du lecteur de CD et du système audio de première qualité qu'il avait ajoutés, et qui valaient probablement plus que la voiture aujourd'hui. Il écoutait rarement l'autoradio, mais le lecteur de CD lui permettait d'avoir sa dose quotidienne de jazz doux de Miles Davis, Charlie Parker, Houston Person et Sonny Criss, sans lesquels il serait dans un funk permanent.

Son modeste appartement ressemblait beaucoup à la voiture. Il était équipé de meubles bon marché et jetables, auxquels il avait ajouté une télévision HD à grand écran dans le salon, un très bon lecteur de CD Onkyo, un ensemble de haut-parleurs Tyler Acoustics et deux étagères pour sa précieuse collection de jazz moderne. À l'exception d'un match de football occasionnel le week-end, la télévision s'est avérée être un gaspillage d'argent, car son emploi du temps lui laissait rarement le temps de regarder quoi que ce soit qui prenne trois ou quatre heures, à moins qu'il ne l'enregistre et qu'il ne fasse une avance rapide à travers les publicités.

Investia télévision et le système audio, la seule chose dans laquelle il a investi beaucoup d'argent est un système de sécurité intégré de pointe pour son appartement. Ayant figuré sur plus d'une liste d'islamistes radicaux, il savait que les vieux ennemis peuvent être tenaces. Le jour où il a emménagé, il a donc installé des capteurs sans fil de première qualité sur chaque porte et chaque fenêtre. Il a également installé des détecteurs de mouvement et des caméras vidéo et infrarouges miniatures dans les pièces du premier étage et dans le garage. Avec l'aide de quelques copains "black ops" de Fort Bragg, de quelques caisses de bière et de quelques marmots, il a installé le système lui-même sans demander de permis ni apposer de jolis petits autocollants sur les portes et les fenêtres. Personne ne savait que le système était là, et c'est exactement ce qu'il voulait.

Les contacts des portes et fenêtres et les détecteurs de mouvement étaient presque invisibles, et le panneau de commande du système ainsi que l'enregistreur vidéo étaient situés en hauteur sur le mur intérieur de l'armoire de sa chambre, derrière une boîte. Il y avait un accès facile pour lui, mais c'était le dernier endroit où quelqu'un d'autre penserait à le désactiver. Lorsqu'il n'était pas chez lui, si un capteur se déclenchait, il activait toutes les lumières intérieures et extérieures de la maison, du garage et de la cour, et envoyait une alarme sur son téléphone portable. Il savait par expérience qu'il suffisait généralement d'allumer des lumières vives pour faire fuir un intrus. En revanche, lorsqu'il était à la maison, les détecteurs n'activaient qu'une série de petites lumières clignotantes, de codes et de faibles bips sur les téléphones de son salon et des chambres à l'étage. Ils n'activeraient aucune lumière intérieure ou extérieure, mais il pourrait rapidement diffuser un ensemble tournant de flux de caméras sur le grand écran de la télévision de sa chambre. De cette façon, il peut garder ses options ouvertes, déterminer l'étendue de la menace et décider des contre-mesures à employer.

Après avoir verrouillé les portes et entré le code "maison" dans le commutateur numérique de l'alarme, il est monté à l'étage, a laissé tomber son portefeuille, son téléphone portable et ses clés de voiture sur sa commode, et s'est écroulé face contre terre, les jambes écartées, au milieu de son grand lit. Il n'a pas pris la peine d'enlever son blue-jean ou ses chaussures, et s'est immédiatement endormi. Le sommeil est rarement un problème pour quelqu'un qui a participé à des opérations spéciales. Il n'a presque jamais eu le luxe d'une nuit complète, alors il a appris à l'attraper par morceaux chaque fois qu'il le pouvait et où il le pouvait. Cela pouvait être dans une tempête de pluie dans la jungle, dans un désert parsemé de rochers en Irak ou sur le flanc d'une montagne glacée en Afghanistan.

Il employait une simple technique d'auto-hypnose de yoga qui concentrait son esprit par une respiration lente et profonde. Qu'il soit debout, assis, en avion ou allongé dans la boue, il pouvait généralement éteindre son cerveau à volonté, mais la qualité et la durée de ce sommeil échappaient souvent à son contrôle. Cette nuit-là était typique. Il s'est immédiatement endormi, mais il y avait trop de choses qui le titillaient, l'aiguillonnaient et le pinçaient à la limite de sa conscience, produisant un sommeil superficiel et apathique. C'est pourquoi il s'est réveillé en sursaut lorsqu'il a entendu les premiers bips doux et insistants provenant du téléphone fixe posé sur la table d'appoint à côté de son lit.

Il a levé la tête et a allumé la télévision de la chambre. L'écran de sécurité affichait 4h37 et il avait un intrus dans son garage. Quelqu'un avait soulevé la porte du garage, déclenchant les contacts et les détecteurs de mouvement à l'intérieur. Il a fait basculer l'écran pour afficher toutes les images des caméras à l'intérieur et à l'extérieur du garage, à la fois en vidéo et en infrarouge. Chacune a son utilité, mais la clarté et la résolution des images infrarouges laissent à désirer. Dans les deux cas, cependant, les flux de toutes les caméras sont dirigés vers un enregistreur DVD haute densité dans le contrôleur du système. Toutes les six heures, ces images enregistrées étaient automatiquement téléchargées et sauvegardées sur son compte de sécurité "dans le nuage", où elles étaient hors de portée de quiconque essayait de les effacer.

La porte du garage donne sur l'allée, pas sur la maison, mais même avec l'infrarouge, il peut distinguer la silhouette et la lueur verte de deux hommes qui se tiennent à l'arrière de sa Saturn, derrière le coffre ouvert. Il ne pouvait pas dire grand-chose d'autre, comme qui ils étaient ou ce qu'ils faisaient, mais ils ont rapidement fermé le coffre, abaissé la porte du garage et disparu dans l'allée.

Sans allumer de lumière, il descendit du lit et marcha silencieusement dans le couloir jusqu'à la chambre arrière de la maison de ville. Sa double fenêtre donne sur la ruelle et le garage. Il avait installé des stores horizontaux en bois de deux pouces de large, qu'il laissait toujours fermés à 80 %. Cela permettait à la chambre de rester à l'ombre pendant la journée, tout en lui laissant un espace étroit à travers lequel il pouvait regarder la ruelle. Ses propres lumières extérieures n'étaient pas allumées, mais il y avait une lampe à vapeur de sodium sur le poteau téléphonique au bout de la ruelle. Normalement, son ampoule jaune sinistre fournit suffisamment de lumière pour voir ce qui se passe dans la ruelle et dans sa cour arrière, mais ce n'est pas le cas ce soir. Curieusement, la lumière du poteau était éteinte, ce qui attira immédiatement son attention. La lumière à vapeur de sodium était allumée lorsqu'il s'était garé dans le garage plusieurs heures auparavant. D'ailleurs, ces lumières ne s'usent jamais, et Bob ne croyait pas aux coïncidences.

Il est retourné dans la chambre avant et a fait une pause pour regarder à nouveau l'écran du téléphone. Le détecteur de mouvement du garage s'était maintenant remis à l'état normal. Les détecteurs de la porte menant du garage à la cuisine et les détecteurs de mouvement à l'intérieur de la cuisine n'avaient pas été déclenchés. Qui que ce soit, il avait limité ses activités au garage et n'avait pas essayé d'accéder à la maison. C'est du moins ce qu'ils voulaient lui faire croire.

Les questions sans réponse sont pour lui comme des ongles sur un tableau noir, surtout lorsqu'elles impliquent des menaces personnelles. Un intrus dans son garage n'était pas aussi inquiétant qu'un intrus dans sa maison ou dans sa chambre à coucher, et il ne s'est donc pas mis en mode de défense personnelle active. Pourtant, sa Saturn était garée là et il y avait toujours la possibilité que quelqu'un trafique la voiture, pose une bombe ou laisse un autre objet à l'intérieur. Quoi qu'il en soit, un intrus est un intrus, et il faut s'en occuper avant qu'il n'en fasse une habitude. Il était déjà habillé et avait enfilé ses chaussures, il descendit donc les escaliers jusqu'au premier étage, regardant à gauche et à droite et vérifiant chaque pièce et chaque placard au fur et à mesure qu'il avançait. Aucune des alarmes ou des détecteurs à l'intérieur de la maison de ville n'avait été déclenchée, mais cela ne signifiait pas que l'intrus n'était pas aussi bien formé et entraîné que lui en matière de sécurité électronique.

Il y avait une douzaine de façons de jouer à cela. Il pouvait entrer directement dans le garage depuis la cuisine. Il pouvait quitter la maison par la porte arrière, traverser le patio et la cour arrière, et entrer dans le garage par sa "porte d'homme" latérale. Ou bien il pouvait sortir par la porte d'entrée, faire une boucle dans le quartier et s'approcher du garage par la ruelle, d'un côté ou de l'autre. Il décide d'entrer par la cuisine, ce qui lui permettra d'examiner d'abord la voiture. À côté de l'évier, un tiroir contenait une lampe de poche de police à six piles et un ensemble de couteaux à découper d'apparence innocente. La lampe de poche émet un faisceau long et étroit, et elle est assez solide pour servir de gourdin. Quant aux "couteaux à découper", ils avaient bien d'autres usages. Il cuisinait rarement et ne coupait presque jamais de viande, c'est pourquoi il laissait plusieurs de ses couteaux de lancer préférés de six pouces dans le tiroir sous l'ensemble de cuisine normal. Ils avaient des lames dentelées et des pointes parfaites, des bords fins et un équilibre parfait pour poignarder, trancher ou lancer. Dans ses mains, c'était une combinaison mortelle.

Il déverrouille la porte de la cuisine et entre dans le garage, s'arrêtant pour laisser ses yeux, ses oreilles et son nez s'adapter à l'espace. Les intrus se tenaient près du coffre de la voiture, mais il allait d'abord nettoyer le reste du garage. Se mettant à genoux, il roula sur le dos et examina le dessous de la voiture à l'aide de la lampe de poche. Il n'y avait rien d'attaché au châssis, au support du moteur, à la transmission ou dans les passages de roues. En remontant méthodiquement, il ouvre les portes latérales et regarde sous les sièges, sous le tableau de bord, autour de l'allumage et de la colonne de direction. Rien. Enfin, il soulève le capot avant et regarde autour du moteur, du carburateur et du câblage. Toujours rien. La porte du garage n'était pas ouverte très longtemps ; quoi qu'ils aient fait, cela avait été simple et rapide. Il a fait le tour de la voiture et a vérifié les outils et les boîtes qui se trouvaient le long des murs extérieurs. Il a regardé dans les coins du garage, mais rien ne semblait déplacé. Quoi qu'ils aient fait, ils sont entrés, ont fait ce qu'ils étaient venus faire et sont sortis.

Il ne restait plus que le coffre de la Saturn. Le garage était petit, et la voiture était garée trop près de la porte basculante pour qu'il puisse ouvrir le coffre sans d'abord soulever la porte. C'était un problème. Il regrettait déjà d'y avoir laissé les armes, les radios bidirectionnelles et les téléphones portables qu'il avait pris aux hommes de main de Scalese. Il avait l'intention de livrer tout ça à Ernie Travers plus tard dans la matinée, mais avec le recul, le plus intelligent aurait été de tout jeter dans un égout pluvial ou de les jeter dans la rivière.

Il est trop tard maintenant. Il savait qu'il devait trouver ce qu'ils avaient laissé. Il se dirigea vers le clavier du système d'alarme situé sur la porte du garage, entra les codes nécessaires pour soulever la porte et alluma les lumières et les caméras extérieures. Pendant que la porte du garage se soulevait bruyamment, il a tenu le couteau le long de sa jambe et a attendu. Plutôt que de s'engager directement dans la ruelle, il attendit cinq minutes, ouvrit la porte du garage et s'engagea dans la cour latérale. Il regarda dans la ruelle par les interstices de la haute clôture en planches, mais ne vit toujours rien. Il fit donc le tour du garage et sortit dans la ruelle.

Qui que ce soit qui se trouvait là, il était plus patient que lui. La réponse doit se trouver dans le coffre de la Saturn, alors il se retourne et marche vers l'arrière de la voiture. Il s'apprêtait à ouvrir le coffre pour voir ce qu'ils avaient laissé à l'intérieur, quand il s'est rendu compte que dans sa précipitation, il avait laissé ses clés de voiture, son portefeuille et son téléphone portable à l'étage, sur la commode de sa chambre.

Ce n'est pas grave, se dit-il en se dirigeant vers la porte du côté conducteur, en entrant et en appuyant sur le bouton d'ouverture du coffre. C'est à ce moment-là que l'enfer s'est déchaîné. Trois voitures de police ont dévalé la ruelle dans sa direction, deux d'un côté et une de l'autre. Bien que leurs phares brillants l'aveuglent partiellement, il peut voir que deux d'entre elles sont des voitures de police blanches et vertes avec des barres lumineuses rouges et bleues clignotant sur leur toit, leurs phares allumés et leurs projecteurs braqués sur lui. L'autre voiture semblait être une berline noire banalisée avec une seule lampe stroboscopique rouge posée sur le tableau de bord.

Les trois voitures se sont arrêtées en hurlant à 20 pieds de lui. À travers les lumières aveuglantes, les nuages de poussière et le crissement des pneus, quelqu'un avec un porte-voix lui a crié dessus, exigeant qu'il se mette à terre, les mains sur la tête. Il ne fait aucun doute qu'il s'agit de son vieil ami Bobby Joe dans l'une des voitures de police blanches, et du chef Bentley dans l'autre. Ils sont tous les deux sortis, l'arme dégainée et pointée sur lui. À sa grande surprise, il vit un Ernie Travers de la police de Chicago sortir à contrecœur de la voiture banalisée. Contrairement aux deux autres, Travers avait les mains sur les hanches et il gardait ses distances. Il n'avait pas sorti son arme et n'avait pas l'air très content.

Bob a laissé tomber le couteau de cuisine et la lampe de poche et a levé les mains au-dessus de sa tête ; mais il n'est pas allé plus loin.

"Je t'ai dit de te mettre à terre !" Bobby Joe hurle en s'avançant et en pointant sur lui son revolver Police Spécial à long canon de calibre 38.

"Vas-y doucement", lui a dit Bob. "Cette chose pourrait être chargée".

"Tu peux parier ton cul qu'il est chargé ! Regardez, chef, le coupable a un couteau !"

"Ça vient de ma cuisine, espèce de crétin, et je ne suis pas un criminel ! Je suis venu ici parce que quelqu'un s'est introduit dans mon garage", rétorque Bob.

"Eh bien, c'est très pratique", renchérit Bentley.

"Oui, et nous sommes à Arlington Heights, pas à Indian Hills ou à Chicago", rétorque-t-il en les regardant tous les trois. "Je sais ce que ces deux-là préparent, lieutenant, mais pourquoi êtes-vous ici ? Aucun d'entre vous n'a de juridiction."

"C'est le cas lorsque nous sommes à la poursuite d'un tueur en série", ricane Bobby Joe.

"Attendez une minute", dit Travers en secouant la tête. "Vous m'avez dit que vous aviez des preuves et que vous feriez ça dans les règles, chef".

"Oh, je le suis, lieutenant. Je le suis certainement. Nous devons ouvrir le coffre de cet homme."

"Elle est déjà ouverte. Tu m'as vu l'ouvrir quand tu es arrivé en voiture, et j'allais jeter un coup d'œil moi-même", lui dit Bob. "Mon système d'alarme s'est déclenché..."

"Quelle alarme ?" Bobby Joe fronce les sourcils. "Je n'ai pas entendu d'alarme."

"Tais-toi et vois ce qu'il y a là-dedans", lui aboie Bentley.

Bobby Joe s'est empressé de se rendre à l'arrière de la voiture et de soulever le coffre. Allongé à l'intérieur, ils ont tous vu le corps d'une femme enveloppée dans une toile de chute en plastique. Travers ramassa la lampe de poche de Burke, l'alluma en feux de route et regarda de plus près. À travers les multiples couches de plastique transparent tordu, il voit suffisamment son visage pour savoir qu'il s'agit de Sabrina Fowler, l'hôtesse de l'air de United Airlines. Elle était nue, avec une ceinture ou un morceau de corde attaché autour de sa gorge, et des ecchymoses sur tout le visage.

"Tu vois, Ernie, je t'avais dit que ce type était tordu depuis le premier jour. N'est-ce pas ?" Bentley rayonne. "Je parie que c'est le violeur de Northside. Oui monsieur, c'est lui que nous avons attrapé ici."

"Le côté nord quoi ?" Bob s'est retourné et a posé des questions.

"Oh, oui, c'est bien lui", s'esclaffe Bobby Joe. "Il a déjà tué cinq femmes, sans compter celle-ci, et je parie qu'il a aussi tué cette femme de Purdue".

Travers fixa son corps puis Bob Burke, n'y croyant toujours pas. "Je ne sais pas, chef", dit Travers, l'air soupçonneux. Il était évident que quelqu'un avait informé Bentley de la présence du corps ici, à moins que lui ou Bobby Joe ne l'ait mise dans le coffre. Il n'y croyait pas et soupçonnait Burke d'avoir été piégé.

"J'ai beaucoup de chance de trouver mes empreintes sur elle ou sur le plastique", a ajouté Bob.

"Tout ce que ça prouve, c'est que tu devais porter des gants", répond rapidement Bobby Joe.

Bob le regarde et voit les fins gants de cuir noir sur les mains de Bobby Joe. "Tu veux dire comme ceux-là ?"

"Ne te préoccupe pas de ce que Bobby Joe porte. Il a été avec moi", grogne Bentley avant de se tourner vers Travers. "Ernie, ton problème, c'est que tu as avalé l'histoire de cet homme hier. Tu ne veux pas croire qu'il a fait quelque chose de mal."

"Il était dans l'avion quand la femme de Purdue a été tuée".

"C'est ce qu'*il a* dit qu'il s'était passé. Pour ce qu'on en sait, il aurait pu assassiner cette femme de Purdue la nuit précédente, se débarrasser de son corps, faire un aller-retour en avion jusqu'à Washington, puis inventer toute cette histoire de Doc Greenway sur le toit du CHC pour nous envoyer sur une fausse piste", dit Bentley en s'approchant, les hanches en avant et son ventre de bière à l'air. "Un bâtard intelligent comme lui ? Je parie que c'est exactement ce qu'il a fait."

"Ça ne marche pas non plus". Travers secoue la tête. "Cette réceptionniste dans le hall, Linda Sylvester, elle a dit qu'elle avait vu la femme Purdue ce matin-là, dans le bureau."

"Peut-être qu'elle est dans le coup avec lui", propose Bobby Joe en agitant son colt en direction du coffre. "C'est le corps de l'hôtesse de l'air qui était avec lui, et c'est son coffre, sa voiture et son garage. C'est tout ce que nous avons besoin de savoir, n'est-ce pas, chef ?"

Bentley sourit. "Bobby Joe n'est pas l'ampoule la plus brillante du lot, mais je crois qu'il a raison", dit-il en s'approchant encore plus, suivant le courant. "Je pense que Burke a tué celle-là parce qu'elle savait qu'il n'y avait jamais personne sur ce toit. C'est pourquoi il devait la faire taire. Peut-être que cet homme avait une dent contre le Dr Greenway ou le CHC ? Je n'en sais rien. Mais je pense qu'il est venu ici dans le garage parce qu'il allait se débarrasser de son corps, comme il l'a fait avec toutes les autres femmes qu'il a tuées. Malheureusement, nous sommes arrivés les premiers, n'est-ce pas, Burke ?"

Bob se retourne et regarde Travers. "Vous savez que ce n'est pas bien, lieutenant. Je ne sais pas qui l'a tuée, mais ce n'est pas moi."

"Oh, non ? Eh bien, regardez-moi ça, chef !" Bobby Joe pavoise en repoussant Burke avec le canon de son revolver et en soulevant un coin de la bâche en plastique. "Il y a trois armes de poing, quelques radios, des téléphones portables, une cagoule de ski noire, un pull noir et une paire de gants noirs posés ici sous son corps. Je suppose que tu as besoin de ces outils pour réparer des téléphones, hein, mon garçon ?" demanda-t-il en le poussant à nouveau dans l'estomac avec le museau de son pistolet.

Ayant supporté plus de conneries qu'il n'en avait envie pour une seule nuit, le bras gauche de Bob s'est abaissé et a repoussé le pistolet de Bobby Joe. Le gros policier appuya sur la gâchette et le coup partit avec un grand Blang ! Il fut surpris et eut quelques secondes de retard lorsque la balle passa à côté de la cible et vint frapper le mur du garage. Dans un mouvement de tai-chi rapide comme l'éclair, Bob a ramené sa main droite, a saisi la main armée de Bobby Joe et a tordu son bras dans le sens des aiguilles d'une montre. Avec peu d'effort, il arrache le 38 de la poigne du gros patrouilleur, tout en continuant le mouvement de torsion, faisant tourner Bobby Joe en rond jusqu'à ce qu'un balayage de jambe l'envoie voler tête baissée contre Bentley et Ernie Travers comme une boule de bowling qui va faire un écart de 7 à 10.

Les trois policiers se retrouvèrent en tas maladroit dans la ruelle, Bob

Burke se tenant au-dessus d'eux et tenant le revolver Colt de Bobby Joe. "Ne bougez pas", prévient Bob en se penchant en avant et en pointant le pistolet d'avant en arrière entre eux. Il a appris il y a longtemps que rien ne concentre plus vite l'esprit que le canon d'une arme de poing pointé sur votre nez.

"C'était une gentille fille, Bentley", lui dit Bob en regardant le chef de la police, son expression devenant dure et glaciale. "Et elle ne méritait pas de mourir comme ça - violée, battue et étranglée. C'est ça ton travail ? Et toi, Bobby Joe ?" Il a enfoncé le gros policier dans le ventre avec son propre pistolet. "C'est toi qui l'as tuée ?"

"Non, mec ! Je n'ai rien à voir avec ça, je le jure !"

" Non ? Mais tu étais déjà là, à attendre que je sorte. Tu as surveillé ceux qui l'ont mise là, elle et trop de vin, n'est-ce pas ? C'est pour ça que tu sais qu'il n'y a pas eu d'alarme."

"Non, non, euh... Le chef a reçu un appel. Il a dit qu'il avait reçu un tuyau."

"Tais-toi, Bobby Joe !" Bentley lui a donné un coup de coude dans les côtes.

"L'interlocuteur avait-il un accent italien ? Ou était-ce le New Jersey ?" demande Bob, sans attendre de réponse. Finalement, il se tourne vers Travers. "Je n'ai pas demandé ça, Ernie", dit-il en se penchant et en prenant rapidement le pistolet de Travers et celui de Bentley pour les jeter dans le coffre de la voiture avec le corps et les autres armes et équipements. "C'est un coup monté, et tu le sais. Ces deux-là en font partie ou sont trop stupides pour comprendre."

"Oh, je sais que tu ne l'as pas tuée, ni l'autre, Bob", répond Travers, tout aussi frustré, "mais tu es en train de te creuser un trou profond dont tu ne sortiras jamais".

"Regardez-moi, parce que je ne fais que commencer", répond Bob en les fouillant, en leur fouillant les poches et en jetant dans le coffre de la Saturn leurs radios bidirectionnelles, leurs portefeuilles, leurs badges, leurs téléphones portables, les clés de voiture de Travers et de Bobby Joe, et même le chapeau à larges bords de Smokey l'ours de Bentley. Bobby Joe et Bentley portaient deux jeux de menottes chromées et brillantes dans leurs ceintures de police en cuir verni. Elles étaient destinées à être montrées, mais pas ce soir. Bob a ensuite menotté le poignet gauche de Bobby Joe à la cheville gauche de Bentley, son poignet droit à la cheville droite de Travers, le poignet gauche de Travers au poignet droit de Bentley dans une chaîne de marguerites, en utilisant le dernier jeu pour les attacher à la suspension arrière de la Saturn. Cela devrait les retenir, pensa-t-il.

"Dans quelques heures, j'aurai toutes les preuves dont j'ai besoin pour enfermer Greenway, Scalese et les autres pour longtemps. Tu vois, Eleanor Purdue a volé un ensemble de livres de CHC - les vrais, qui montreront les fausses factures de Medicaid et Medicare, les ventes à l'étranger malhonnêtes, les appareils médicaux et les médicaments dont personne n'a besoin. Ils montrent tous les pots-de-vin et les dessous-de-table, et je soupçonne le chef Bentley et le reste de la bande d'Indian Hills de figurer en bonne place sur la liste. Une fois que j'aurai transmis ces documents à O'Malley, à la police d'État ou à quelqu'un d'autre, ce n'est pas moi qui irai en prison, mais eux", dit-il en jetant le colt dans le coffre. "Et voici", dit-il en fouillant dans sa poche, en sortant les permis de conduire qu'il avait pris aux tireurs la nuit précédente, et en les montrant à Travers avant de les jeter aussi dans le coffre. "Vérifie ces gars-là. Ce sont des tireurs de DiGrigoria qui travaillent pour Tony Scalese et CHC en tant qu'agents de sécurité. Ils surveillaient la maison d'Eleanor Purdue hier soir et je leur ai pris les armes et tout le reste. Je suis sûr que tu trouveras leurs empreintes partout dans les maisons d'Eleanor et de Sabrina, ainsi que sur le plastique et sur son corps."

"Vous... 'leur avez pris' ? " demande Travers, surpris, mais pas vraiment.

"Comme enlever le pistolet à Bobby Joe, ce n'était pas si difficile".

"D'accord, d'accord, je te crois, mais ne fais pas ça, mec", prévient Travers. "Laisse-moi te prendre en charge. On va faire ce truc ensemble."

"Ce n'est pas que je ne te fais pas confiance, Ernie, mais je suis plus efficace en travaillant seul. Et ne t'inquiète pas, ça ne va pas prendre beaucoup de temps." Il baissa les yeux vers Bentley et ajouta : "Tu sais, je déteste les flics véreux encore plus que les hommes qui ont fait ça." Il fit un signe vers le coffre de sa voiture. "Ce sont des animaux malades qui ont besoin d'être abattus, mais tu sais mieux que moi et tu vas payer pour ça".

"Tu ne peux pas me toucher, mon garçon !" Le chef de la police lui lance un regard noir.

"Je n'aurai pas à le faire. Dès que tes nouveaux copains auront décidé que tu es leur prochaine responsabilité, ils ne te garderont pas très longtemps. Tu recevras une tape d'amour d'un long calibre 22 à l'arrière de la tête. Le *Chicago Tribune* dit que c'est comme ça que Mr. D se débarrasse des "détails non réglés", suivi par des surchaussures en ciment et une rapide promenade en bateau sur le lac Michigan." Les yeux de Bobby Joe s'écarquillent lorsque Bob le regarde et rit. "Je parie que ton oncle ne t'a pas parlé de cette dernière partie, n'est-ce pas ?".

Finalement, Bob se tourne à nouveau vers Ernie Travers. "Jusqu'à présent, c'était un exercice intéressant sur le crime et la petite corruption ; mais quand ils ont tué Sabrina comme ça et qu'ils ont essayé de me mettre ça sur le dos, ils ont rendu ça vraiment personnel, et ils vont le regretter."

Il se dirigea vers la voiture de police de Bobby Joe et vers celle de Bentley, éteignit leurs feux et prit les clés sur le contact. Il les a jetées dans le coffre de la Saturn avec tout le reste, l'a refermé et a verrouillé les portes de la Saturn. Satisfait, il a sauté dans la voiture banalisée d'Ernie Travers, a éteint le clignotant du tableau de bord et s'est enfoncé dans la nuit.

Vingt minutes plus tard, après qu'un des voisins de Bob a finalement appelé le service de police d'Arlington Heights pour se plaindre des lumières vives, des clignotants d'urgence et des coups de feu qu'il avait entendus dans l'allée, une demi-douzaine de voitures de police d'Arlington Heights sont arrivées sur les lieux avec d'autres lumières stroboscopiques rouges et bleues clignotantes, des spots lumineux et six officiers avec des fusils de chasse, des casques et des gilets tactiques. Ils ont rapidement encerclé les trois hommes qui gisaient menottés ensemble dans l'allée à l'extérieur du garage.

"Tu fermes ta grande gueule et tu me laisses parler". Bentley lance un regard noir à Bobby Joe. "Si tu veux un travail demain, tu feras ce que je dis !"

Une mauvaise odeur émanait d'Indian Hills depuis plusieurs années, et tous les autres services de police de banlieue le savaient. Lorsque le sergent de quart d'Arlington Heights a vu les deux voitures de police d'Indian Hills bloquer l'allée et a vu les trois policiers menottés allongés devant le garage, dont le chef de la police d'Indian Hills, Bentley, et l'un de ses patrouilleurs, l'occasion était trop belle pour la laisser passer. La dernière chose que le sergent avait l'intention de faire était de les libérer ou de donner le moindre répit à Bentley. Malgré le flot de supplications, de menaces et d'injures du chef, sans badge ni pièce d'identité visible, le sergent les a laissés allongés jusqu'à ce qu'ils aient pris une série complète de photos sous tous les angles possibles.

"Désolé, chef Bentley, c'est une scène de crime maintenant, et vous en faites partie", lui a conseillé le sergent d'équipe. "Nous parlerons de tout après que l'équipe médico-légale aura terminé, mais pas avant". Fidèle à sa parole, près d'une demi-heure plus tard, après que son propre chef et la plupart des autres agents de son service soient arrivés et aient eu tout le loisir de se moquer de Bentley, de prendre des photos de lui sur leurs téléphones portables, et même quelques "Selfies", il a finalement déverrouillé les menottes et libéré les trois policiers.

Le chef de la police d'Arlington Heights connaissait Ernie Travers et l'a pris à part. Tout en compatissant à la situation d'Ernie, il a haussé les épaules et lui a fait comprendre qu'il avait eu la malchance de devenir un "dommage collatéral", pris au mauvais endroit, au mauvais moment et avec les mauvaises personnes.

"Maintenant, attendez une foutue minute, les gars", a fulminé Bentley en plaidant. "Mes clés, mon arme et toutes mes autres affaires sont enfermées dans ce coffre", dit-il en désignant la Saturn.

Lorsque l'un des patrouilleurs d'Arlington Heights a fini par ouvrir le coffre, son chef a jeté un coup d'œil à l'intérieur et a vu le corps nu d'une femme morte enveloppée dans un drap en plastique. C'est à ce moment-là que l'enfer s'est déchaîné. Le chef a sorti son propre pistolet, l'a pointé sur Bentley et a ordonné qu'ils soient tous menottés à nouveau. Lorsque les techniciens du crime sont enfin arrivés et l'ont sortie du coffre, il a vu la collection d'armes de poing semi-automatiques, de radios portables, de téléphones cellulaires, de clés de voiture, d'un chapeau et d'une cagoule de ski, qui gisaient sous elle.

"C'est tes affaires ici ? C'est ce que tu as dit, Bentley ? Eh bien, je suis sûr que je ne sais pas ce qui se passe ici", dit le chef d'Arlington Heights, "mais aucun d'entre vous n'ira nulle part tant que nous n'aurons pas réglé toute cette affaire. Surtout pas toi !"

CHAPITRE QUATORZE

Au cours des trois heures qui ont suivi, le chef de la police d'Indian Hills, Cyrus Bentley, a été photographié, a pris ses empreintes digitales, a été interrogé par deux détectives d'Arlington Heights et un enquêteur de la police d'État, et a été complètement humilié. Il savait que les juridictions environnantes le recherchaient depuis des années. Il leur avait donné l'occasion parfaite de lui mettre des bâtons dans les roues, et c'est exactement ce qu'ils ont fait.

Ne pouvant s'en prendre qu'à lui-même et au fils débile de sa sœur, Bobby Joe, Bentley s'est efforcé de maîtriser son fameux tempérament. Il y est parvenu dans une large mesure. Tant que les autres policiers se contentaient de le cuisiner et de l'insulter, tout allait bien. C'était le genre de conneries qu'il attendait de ses "frères de l'insigne". Cependant, s'ils essayaient réellement de l'enfermer dans les cachots de la prison du comté de Cook ou de le soumettre à une fouille à nu, à une fouille des cavités corporelles ou à quelque chose de vraiment stupide, cela deviendrait très moche très rapidement. Heureusement pour tout le monde, ils savaient qu'il y avait des limites à leur petit jeu.

Plus tôt dans la nuit, tuer cette hôtesse de l'air, Sabrina Fowler, et jeter son corps dans le coffre de ce petit con de Burke était la grande idée de Tony Scalese. Bentley s'y est opposé, car cela l'aspirait bien plus profondément qu'il n'avait jamais eu l'intention de le faire, mais Scalese a fait comprendre à Bentley qu'il n'avait pas le choix en la matière. Il était presque minuit ; Bentley était chez lui, assis dans sa grande chaise longue, vêtu d'un caleçon, d'un maillot de corps sans manches et d'un chapeau Smokey the Bear. Il regardait la fin d'un match de football tardif, une bière à la main, lorsque Tony Scalese lui a téléphoné pour lui dire de le rejoindre à l'arrière du parking désert du CHC. Pronto.

"Oh, allez, Tony. Ça ne peut pas attendre demain matin ?"

"Maintenant, Bentley. Et emmène cet idiot d'adjoint avec toi".

"Oh, ce n'est pas un adjoint, Tony, il est..." commença-t-il à expliquer, mais la ligne s'éteignit. Scalese lui avait déjà raccroché au nez.

Lorsqu'il s'est garé sur le parking du bâtiment du CHC, avec la voiture de patrouille de Bobby Joe juste derrière lui, il a vu que le grand Italien était déjà là, appuyé contre la portière d'une Lincoln Town Car bleu nuit, en train d'attendre. Bentley s'est garé à côté de lui et en est immédiatement sorti. Tony conduisait toujours sa Lexus LS 460 or pâle, "satin cachemire métallisé", et non une voiture de ville miteuse comme cette Lincoln. "Salut, Tony." Bentley sourit nerveusement alors que Bobby Joe le rejoint. "Un peu tard pour une visite à domicile, tu ne trouves pas ?"

Scalese leur lance un regard noir et grogne. De toute évidence, il était de mauvaise humeur car il est entré dans la voiture, a ouvert le coffre et leur a fait signe de jeter un coup d'œil.

Le chef est sorti, suivi de près par son gros "chien de poche", Bobby Joe. Ils ont fait le tour de l'arrière de la Lincoln et Bentley a jeté un coup d'œil dans le coffre. "Oh, Jeezus Christ, Tony, Jeezus Christ !" dit-il alors que Bobby Joe se penche, voit ce qu'il y a à l'intérieur et vomit sur les chaussures en cuir verni fraîchement cirées de Bentley. Le chef s'est appuyé contre la voiture et a fermé les yeux, mais l'image du corps nu et malmené de cette femme, enveloppé dans une fine nappe en plastique, n'arrêtait pas de danser dans sa tête. La nappe en plastique était appuyée contre son visage tuméfié et ensanglanté. Ses yeux sans vie étaient ouverts et le fixaient, et Bentley a tout de suite su qu'il s'agissait du corps de cette hôtesse de l'air, celle qu'il avait vue dans le hall du CHC avec Travers et ce petit con de Burke.

"J'ai un travail pour vous, chef. Toi aussi, imbécile." Scalese les regarda et sourit en exposant son plan pour se débarrasser de leur problème, pour toujours cette fois. "Mes gars mettront son corps dans le coffre de sa voiture. Tu t'occupes de cette bite de Chicago, Travers, et tous les trois, vous pourrez la trouver là-bas et l'arrêter. Peut-être que quelqu'un a vu quelque chose dans sa voiture. Ou peut-être que tu as eu un tuyau. Quoi qu'il en soit, ce flic de Chicago est un vrai détective. L'avoir avec vous vous donnera une certaine crédibilité, et même lui ne pourra pas le nier à ce moment-là."

Bentley secoue la tête, essayant désespérément de se défaire de son travail, mais Scalese lui rappelle les propos de Greenway. "Vous êtes acheté et payé, chef, et il est temps que vous produisiez. Nous devons nous débarrasser de Burke, rapidement et discrètement, et l'arrêter pour son meurtre est parfait", lui dit Scalese.

Bentley a tourné la tête et jeté un coup d'œil à l'intérieur du coffre, puis s'est détourné et a vomi à nouveau. "Non, non, Tony, je ne peux pas..."

"Lui ou toi. L'un d'entre vous ira en prison - toi ou Burke - fais ta putain de choix."

Finalement, à 6 h 50, la police d'Arlington Heights a autorisé Bentley à passer quelques appels téléphoniques. Le premier appel a été passé sur le téléphone portable de Tony Scalese. Lorsque Scalese a répondu, il était évident, d'après sa voix, que Bentley avait réveillé le grand Italien d'un sommeil profond et qu'il n'était pas très content. Cependant, Scalese était celui qui avait insisté pour qu'il fasse un rapport personnel lorsque le travail serait terminé, alors Bentley lui en a donné un. Il a essayé de contourner la mauvaise nouvelle, mais Scalese n'en a pas voulu. Lorsque Bentley lui a finalement annoncé que Burke s'était échappé, la conversation s'est rapidement dégradée.

"Espèce d'idiot ! Vous étiez deux, avec des armes, comment avez-vous pu laisser..."

"Tu as raison, tu as raison, Tony. C'était une erreur, mais ce n'est pas pour ça que j'ai appelé", intervient Bentley en entourant le téléphone de sa main et en parlant à voix basse. "Il y a autre chose que tu dois savoir".

"Quoi ? Quelque chose de pire que ça ?"

"Tu sais, c'est possible. Tu vois, quand *tes* gars ont jeté le corps de cette fille dans le coffre de Burke, il devait faire assez sombre dans cette ruelle. Ils sont entrés et sortis, mais je parie qu'ils n'ont pas perdu beaucoup de temps à regarder autour d'eux, n'est-ce pas ?"

"Va droit au but, Bentley !"

"Eh bien, c'est comme ça. Quand les flics d'Arlington Heights ont enfin regardé dans le coffre de Burke, en plus du corps de l'hôtesse de l'air, ils ont trouvé trois armes de poing, des radios Motorola et des téléphones portables, ainsi que les permis de conduire de trois de vos garçons. Tous ces objets étaient *sous* son corps, ce qui veut dire qu'ils étaient là en premier, *avant qu'*ils ne mettent le corps dedans, tu comprends ce que je veux dire ? Et je parie que leurs empreintes digitales sont partout sur ces trucs... J'ai pensé que tu devais le savoir."

Il y a eu un silence de mort à l'autre bout du fil. Finalement, Scalese dit : "Bentley, trois de mes hommes se sont fait descendre hier soir chez cette fille de Purdue. On pensait que c'était les Jamaïcains, le neveu de M. D., ou peut-être les Russes de Buffalo Grove qui nous cherchaient des noises. Maintenant, tu me dis que c'est ce petit con de la compagnie de téléphone, Burke, qui a fait tout ça ?"

"Il les a sortis tous les trois ?" Bentley demande, tout aussi choqué. "Tu veux dire qu'il les a tués ?"

"Non, mais il aurait pu. Nous les avons trouvées ligotées avec leurs chaussettes enfoncées dans la bouche. Elles n'ont jamais su ce qui les avait frappées... ni qui. Et tu dis que c'était Burke ?"

"Hé ! Il nous a fait la même chose. Il nous a mis à terre, moi, Bobby Joe et ce flic de Chicago, comme si nous n'étions rien, et Bobby Joe avait le dessus sur lui. Ce type est rapide, vraiment rapide."

"Et tu es un crétin, Bentley".

"Peut-être, mais je ne t'ai pas dit le pire. Il a les documents de Purdue. C'est ce qu'il a dit à Travers en tout cas - les livres, les rapports, tout. Alors qui est ce type, Tony ?"

"Je ne sais pas et je m'en fiche. Trouve-le et tue-le !" Scalese hurle.

"Moi ? C'est toi qui as tous les tireurs et les muscles".

"Ne fais pas le malin avec moi, Bentley. Vous êtes les flics et c'est pour cela que nous vous avons payé. Fais passer un bulletin 'armé et dangereux'. Dis qu'il a résisté à l'arrestation."

"Tony, la moitié des flics de la région sont déjà à sa recherche. Ça ne va pas être facile."

"Non ? Eh bien, si tu ne peux pas le faire et que nous devons nous en occuper nous-mêmes, je suppose que nous n'aurons plus besoin de toi, n'est-ce pas ?".

"Oh, ne t'excite pas sur moi, Tony".

"Excité ? Je vais te montrer que tu es excité !"

"Je n'ai pas dit que je ne pouvais *pas m'en occuper*, mais j'ai vu ce que ce type peut faire. Comme je l'ai dit, le faire tomber ne sera pas aussi facile que tu sembles le penser. Je vais lancer un avis de recherche sur cet homme, mais tu dois me donner un peu..." Bentley a continué à essayer d'expliquer, mais il s'est retrouvé à parler dans un téléphone éteint. Scalese lui avait encore raccroché au nez.

Il était 7 h 25 quand Angie a reçu le premier appel téléphonique de la matinée.

"Madame Burke, je suis le sergent Benson du département de police de Winnetka. Je tiens à vous faire savoir que nous avons dépêché deux voitures de patrouille chez vous, alors si vous voulez bien..."

"Chez moi ?" dit-elle en bâillant, irritée que quelqu'un ose la réveiller à moins que la maison ne soit en train de brûler. "Pourquoi ferais-tu cela ?"

"Eh bien, nous sommes préoccupés par le fait que votre mari..."

"Mon mari ? Tu veux dire Bobby ?"

"Je suis désolé, personne de la police d'Arlington Heights ne t'a encore appelé ?".

"Arlington Heights ? Qu'est-ce que tu... ?"

"Mince, je m'excuse, Mme Burke, j'ai supposé que vous étiez au courant. Un mandat a été émis il y a trente minutes pour son arrestation pour deux chefs d'accusation de meurtre, plus résistance à l'arrestation. Il est armé et considéré comme très dangereux. Nous sommes très inquiets qu'il puisse..."

"Bobby ? Vous êtes quelqu'un d'autre", dit-elle en riant. "La dernière chose dont cet homme a besoin pour être dangereux, c'est d'être armé".

"Oui, eh bien, euh, c'est pour *votre* protection, et nos officiers seront bientôt là. Alors, si vous voulez bien les laisser entrer, ils vont vérifier votre maison."

"Me protéger ? De lui ? C'est ridicule. Je suis la dernière personne qu'il..."

"C'est gentil de penser ça, mais si ça ne te dérange pas...".

"Ça me dérange ! Vous pouvez renvoyer vos hommes au magasin de beignets, sergent. Je ne suis pas en danger, du moins pas de sa part. Fais-moi confiance", dit-elle en riant et en raccrochant.

La bravade confiante que Burke a affichée à Travers et Bentley derrière son garage s'est estompée avec le soleil du matin. Il savait qu'il devait agir rapidement et continuer à avancer. Seul, isolé et dos au mur, c'est généralement là qu'il opère le mieux ; mais nous sommes dans la banlieue de Chicago, dans le Midwest américain, et non dans une zone de feu libre en Irak ou en Afghanistan. Heureusement, les forces de l'ordre étaient très fragmentées dans les banlieues. Il y avait des douzaines de départements différents dans chaque ville, chaque cité, chaque canton et chaque comté.

Normalement, ils ne communiquaient pas beaucoup entre eux, mais pas cette fois-ci. Grâce au chef Bentley, ils l'avaient étiqueté comme un meurtrier de masse et le tristement célèbre "violeur du quartier nord". Pour ne rien arranger, Bob Burke conduisait une voiture de police volée et banalisée, et il allait bientôt faire l'objet d'une chasse à l'homme intense, bien que lente. À la mi-journée, tous les services de police dans un rayon de 160 km le recherchaient. Comme s'ils n'étaient pas assez nombreux, Greenway et Tony Scalese auraient tous leurs Gumbahs à sa recherche également, pour finir ce qu'ils ont commencé.

La voiture banalisée de Travers était une vieille berline Mercury, peinte en noir avec des pneus à flancs noirs. Bob secoue la tête. Le parc automobile du CPD du centre-ville lui avait probablement refilé cette voiture parce que personne d'autre n'en voulait. "Sans marque" ? Qui d'autre qu'un flic de très mauvais goût se ferait prendre à conduire quelque chose d'aussi laid, se demanda-t-il. Il y avait une radio de police multicanaux et un scanner monté sous le tableau de bord, une antenne fouet argentée sur l'aile arrière et une autre plus courte fixée sur le toit.

Un écran résistant séparait le siège avant du siège arrière, et ils avaient enlevé les poignées de porte et les boutons de verrouillage dans l'habitacle arrière pour que la voiture puisse être utilisée pour transporter des prisonniers. Pour couronner le tout, un support pour fusils et carabines a été boulonné, renforcé et soudé sur l'îlot entre les sièges du conducteur et du passager. Le support contenait un fusil anti-émeute à pompe de calibre 20 et un fusil automatique AR-15. Il les a fait vibrer. King Kong n'aurait pas pu arracher l'un de ces engins de ce râtelier, non pas qu'il en ait voulu un, mais les armes étaient clairement visibles de l'extérieur de la voiture et c'était un indice de plus.

Malheureusement, lorsque cet idiot de Bobby Joe l'a piqué avec son pistolet, le tempérament de Burke a pris le dessus et son esprit s'est mis en mode tactique. Au lieu de réfléchir, il a réagi ; et maintenant, il est coincé avec les conséquences. Il savait qu'il devait parler à Ernie Travers et lui expliquer les choses, mais pas tout de suite. Même si l'inspecteur de la police de Chicago était vraiment honnête et croyait à son histoire, Travers était avant tout un flic. Il voudrait que Burke se rende et soit enfermé jusqu'à ce qu'une enquête officielle puisse démêler les pièces du puzzle et déterminer qui dit la vérité et dans quelle mesure.

Ensuite, il y avait O'Malley à prendre en compte. Le procureur américain était le véritable acteur du pouvoir dans cette affaire, et il détenait toutes les cartes maîtresses. Avec toute la puissance fédérale qu'il pouvait commander, O'Malley pouvait mettre CHC à l'envers, à condition que Bob lui fournisse la preuve dont il avait besoin. Malheureusement, il ne l'a pas encore en main, et il n'est pas certain de pouvoir faire confiance à O'Malley ou à qui que ce soit d'autre dans un rayon de 160 km autour d'Indian Hills, même si c'est le cas. Avec un peu de chance, tous ces papiers, feuilles de calcul et rapports qu'Eleanor Purdue a volés au CHC deviendront sa "carte de sortie de prison" - la sienne et celle de Linda Sylvester.

S'ils étaient à moitié aussi accablants qu'Eleanor le lui a dit, ces documents mettraient Bentley, Greenway et Scalese en prison. Mais d'abord, Bob doit les mettre entre ses mains. Ensuite, il devait mettre Linda et sa fille hors d'état de nuire.

Alors qu'il continuait à rouler vers le sud et l'est, le soleil était déjà bien au-dessus de l'horizon oriental, et le trafic de l'heure de pointe du matin battait son plein sur les routes. Il faudrait une demi-heure ou plus avant que Linda n'arrive au Bob Evans, et c'était bien trop long pour qu'il puisse continuer à conduire la voiture de police banalisée sans se faire repérer. Il garda un œil sur la route, un œil sur le rétroviseur et les deux oreilles collées au scanner de la police, s'attendant à ce qu'un avis de recherche soit bientôt diffusé. Quelques minutes plus tard, il a entendu l'inévitable premier appel sur le réseau radio de la police, demandant à toutes les unités d'être à l'affût d'une berline noire banalisée. Il se trouvait sur la route 83, un grand boulevard nord-sud à l'ouest de l'aéroport O'Hare.

Devant lui, il a vu l'enseigne blanche et verte d'un grand Holiday Inn Express. Il est entré dans le parking et s'est garé derrière le bâtiment. À mi-chemin le long de la façade arrière, il a vu une clôture en planches de six pieds de haut qui protégeait les bennes à ordures du motel de l'hôtel et de la route. Les places de parking à côté étaient vides, alors Bob a reculé la grosse voiture dans l'une d'elles, à l'abri des regards depuis le reste du parking et depuis l'entrée arrière du motel.

Il est temps de faire l'inventaire de ses ressources et d'envisager ses options, s'est-il dit. Il a quitté son appartement sans rien dans ses poches - pas d'argent, pas de téléphone portable, pas de portefeuille et pas de papiers d'identité.

Il se demanda si Ernie Travers avait laissé quelque chose d'utile dans la voiture. Il se pencha et regarda sous les deux sièges avant, mais il ne trouva rien d'autre que des emballages de McDonalds et quelques vieux chiffons.

La boîte à gants était verrouillée, mais il a trouvé plusieurs clés sur le porte-clés d'Ernie, qui semblaient être à peu près de la bonne taille. La deuxième a ouvert la serrure, et il a examiné son contenu. En plus d'une demi-douzaine de cartes de l'État, du comté et du canton, il vit un paquet de voyage en plastique de Kleenex, une grosse bouteille de Tylenol et une épaisse enveloppe commerciale. Un gros élastique était enroulé autour de cette dernière, et à l'extérieur était écrit : "Trophées de la ligue de softball de l'aéroport". Il déchire le rabat et voit une épaisse pile de billets de 10 et 20 dollars. En éventant les bords avec son pouce, il a pu voir qu'il y avait 400 dollars ou plus à l'intérieur. Ernie pouvait appeler cela comme il le voulait - petite caisse, caisse noire du bureau ou piscine de football ; mais Bob pouvait en faire un bien meilleur usage en ce moment que la police de Chicago. Il fourra la pile de billets dans la poche de son jean et fouilla le reste du petit compartiment, mais ne trouva rien d'autre.

Il est sorti et a regardé sur la banquette arrière, mais il n'y avait rien qu'il ait pu voir. Il restait le coffre. Il l'ouvre et regarde à l'intérieur. Ne pas savoir ce qu'un flic devrait transporter dans son coffre le désavantageait considérablement, pensa-t-il en fouillant. Il vit la panoplie habituelle d'outils, de pelles, de démonte-pneus et même une boîte à outils, mais tout ce qu'elle contenait était des marteaux, des pinces, des clés, des tournevis, du ruban électrique, etc. d'apparence très ordinaire. Il y avait une boîte en métal de 2 pieds sur 2 pieds avec deux morailllons et des cadenas robustes, et le mot "evidence" (preuve) inscrit au pochoir sur le dessus. Les cadenas étaient ouverts. Il a regardé à l'intérieur, mais la boîte était vide.

C'est logique, pensa-t-il. Il a également vu une paire de chaussures de baseball boueuses, un gant de baseball, des battes et des balles, ainsi qu'un sac à vêtements. À l'intérieur, il a vu un uniforme de baseball, deux chemises blanches miteuses, un pantalon gris "tout fait" et un blazer bleu bon marché sur des cintres. Il a regardé les étiquettes, mais il savait déjà qu'Ernie n'était pas à sa taille. L'étiquette de la veste indique 52 long. Cependant, sous le sac à vêtements se trouvait un sweat-shirt bleu foncé des Chicago Bears très froissé. Il le secoue plusieurs fois et l'enfile. Les manches étaient beaucoup trop longues ; mais s'il les remontait sur ses avant-bras, ça irait. Il voit aussi une casquette de baseball des Chicago Cubs et la met. En se regardant dans le miroir, il n'avait pas l'air mal du tout.

Il regarde sa montre. Il est temps d'appeler Charlie. Il ne serait pas encore parti au travail, mais à l'heure qu'il est, il serait peut-être réveillé, le cerveau au moins en première vitesse. Après avoir verrouillé toutes les portes, il a jeté les clés de la voiture dans le coffre et l'a claqué. Il rabattit son chapeau pour masquer son visage, marcha jusqu'à l'entrée arrière de l'hôtel et entra. Il se retrouva dans le couloir arrière qui menait au hall principal et à la réception depuis le parking. Il y avait une caméra de sécurité au-dessus de la porte arrière et une autre pointée vers lui depuis le haut du couloir. La plupart de ces chaînes d'hôtels d'affaires offrent un petit déjeuner gratuit à leurs clients. D'après les bruits et les odeurs, il pouvait dire que c'était en bonne voie.

La réception et le personnel de service étant occupés à nettoyer les tables, à distribuer la nourriture et à s'occuper de la caisse, il se dit que personne ne surveille les caméras de sécurité. Devant lui, il a vu le panneau indiquant les toilettes pour hommes, il s'est donc approché et est entré. C'était la première fois qu'il pouvait voir à quoi il ressemblait depuis qu'il avait quitté la ruelle derrière son garage. Il s'est lavé les mains et le visage et s'est regardé rapidement dans le miroir, mais il n'y a vu aucun problème majeur. Il avait besoin d'un rasage et de vêtements décents, mais cela suffirait pour le moment.

De l'autre côté du couloir, à partir des toilettes, il y avait une petite alcôve avec un distributeur automatique, une poubelle et un téléphone public. Il a décroché le récepteur, a entendu une tonalité et a souri. En cette ère cybernétique où tout le monde âgé de plus de quatre ans possédait un téléphone portable ou un iPad, un téléphone public, surtout s'il fonctionnait, deviendrait bientôt une antiquité pittoresque reléguée au musée d'histoire naturelle du centre-ville. Il a composé le numéro de téléphone du domicile de Charlie et a attendu.

À la cinquième sonnerie, le gros comptable répond. "Résidence Newcomb, puis-je vous aider ?"

"J'espère bien, Charlie".

"Bob ? Tu es fou ?" Charlie était complètement épuisé et s'est mis à chuchoter.

"Tu peux parler plus fort. Si quelqu'un écoute, chuchoter ne servira à rien."

"Bon sang, Bob, les flics m'ont réveillé il y a une heure. Ils m'ont remis un mandat de perquisition et ont fouillé ma maison, mon garage, ma voiture... Ils pensent que tu as tué Sabrina Fowler, l'hôtesse de l'air ! Il faut que tu appelles George Grierson et que tu te rendes, mec ; ils sont sérieux."

"Je ne l'ai jamais touchée et tu le sais".

"Je ne pense pas que cela ait beaucoup d'importance, Bob. Ils s'en prennent à toi.

"C'est Bentley, et ses copains Greenway et Scalese qui ont fait le coup. Ils m'ont piégé. Mais pour le bien de vous tous, là-bas, au "Pays de l'écoute", dans quelques heures, j'aurai leurs livres et leurs dossiers, et suffisamment de preuves pour les mettre tous hors d'état de nuire."

"Dans quelques heures, tu pourras être mort toi aussi. Laisse-moi appeler George Grierson. Il pourra peut-être les convaincre que tu as paniqué et que tu t'es enfui. Si tu ne le fais pas, ce sera la saison ouverte pour les Burkes."

"Très bien, vas-y, appelle Charlie. Dis-lui ce que je t'ai dit, que c'était Bentley et son crétin de neveu, Bobby Joe. Ils travaillent pour Scalese et ils m'ont piégé. Dis-lui ça, et dis-le à qui veut bien l'entendre ; mais je ne viendrai pas. J'ai un travail à faire."

Au cinquième étage du bâtiment fédéral du centre-ville, un technicien audio du FBI a vu le capteur audio rouge s'allumer sur l'un de ses écoutes, indiquant qu'une conversation était en cours. L'enregistrement se faisait immédiatement sans intervention de sa part, mais pour s'assurer que le capteur n'avait pas été déclenché par une anomalie acoustique, il s'est approché, a basculé l'interrupteur et a commencé à écouter. Sur son panneau de commande se trouvaient deux écrans étroits. Celui du haut montrait le profil acoustique de la voix entrante, tandis que celui du bas montrait le profil de la voix à l'extrémité réceptrice. Au fur et à mesure que les deux signaux se déplaçaient, ses ordinateurs de profil audio comparaient les voix à des modèles déjà enregistrés dans la base de données du Bureau. En cinq secondes, le nom "Charles Newcomb" est apparu en rouge sous le profil de la voix du bas. Il a fallu sept secondes de plus pour que le nom "Robert Burke" apparaisse sous la voix du haut.

Le technicien du son prend son téléphone et compose le numéro du bureau du procureur à l'étage. O'Malley n'était pas encore là, ce qui n'était pas le problème du technicien du son. Le nom de Burke était marqué d'un drapeau rouge, en haut de la liste, et tout contact devait être immédiatement signalé à l'étage. Il laissa un message laconique à l'officier de service d'O'Malley pour lui dire que Robert Burke avait appelé Charles Newcomb, qu'il était en train de l'enregistrer et qu'il enverrait par messagerie un CD audio au bureau d'O'Malley dans quelques minutes pour qu'il puisse l'écouter. Il a ensuite fait une deuxième copie de la conversation sur une petite cassette, l'a glissée dans la poche de sa veste et s'est dirigé vers le quai de chargement pour fumer et passer un coup de fil plus rapidement.

Après avoir raccroché son appel à Charlie, Bob est resté devant la cabine téléphonique, réfléchissant encore un moment. Il y avait un annuaire enchaîné à l'étagère sous le téléphone. Une autre relique de temps meilleurs, pensa-t-il en l'ouvrant, en trouvant une liste pour le bureau de la sécurité à O'Hare, et en laissant tomber une autre pièce de 25 cents dans le téléphone.

Lorsque la secrétaire de Travers a répondu, elle a dit que le lieutenant était trop occupé pour prendre des appels en ce moment. "Oh, je suis sûr qu'il l'est", a répondu Bob. "Dis-lui que c'est Sam Somadafatch, des Boosters de l'orchestre du lycée d'Indian Hills, et que nous aimerions beaucoup qu'il soit le grand maréchal de notre défilé du Homecoming. Je suis sûr qu'il voudra me parler."

Quelques secondes plus tard, une voix furieuse lui explose à l'oreille. "Bentley, connard !"

"Ernie, Ernie, honte à toi. Est-ce que tu embrasses ta mère avec cette même bouche ?"

"Burke ? C'est toi ? Es-tu fou ?"

"Tu sais, tout le monde n'arrête pas de me demander ça aujourd'hui, alors peut-être que je le suis. Comme je te l'ai dit, je n'ai pas tué cette fille et je n'ai rien fait d'autre. C'était Greenway, Scalese et Bentley, et je peux le prouver. Ce que je ne t'ai pas dit dans la ruelle, c'est que j'ai ajouté un système de sécurité ultramoderne dans mon appartement, à l'intérieur et à l'extérieur, qui comprend des caméras vidéo et infrarouges."

"Vraiment ? Après ton départ, j'ai fouillé l'endroit avec les flics d'Arlington Heights, et nous n'avons certainement pas vu de caméras ou quoi que ce soit d'autre."

"Tu ne le ferais pas, Ernie. J'ai des trucs à grande vitesse, des miniatures, des trucs technologiques de niveau ambassade qui sont 'bien au-dessus de ton niveau de rémunération'. "

"Très drôle, et j'entends ça aussi souvent, espèce de fils de pute arrogant".

"J'ai la vidéo de deux des hommes de Scalese qui ont jeté son corps dans mon coffre avant que l'un d'entre vous n'arrive. Je n'ai rien dit parce que je ne voulais pas qu'ils mettent ma maison en pièces ou qu'ils la brûlent en essayant de la trouver."

Travers rit. "Un 'gars du téléphone', hein ? Je savais que tu étais un espion. La première fois que j'ai vu cette photo d'Afghanistan, je me suis dit... Bref, tu peux me procurer cette cassette ?"

C'est tellement "vieux jeu", Ernie. C'est sauvegardé 'dans le nuage', là où ils ne peuvent pas y accéder. Dès que j'aurai mis la main sur un ordinateur, je demanderai à des amis du ministère de la Justice d'utiliser un logiciel de reconnaissance faciale et je te l'enverrai par courriel avec les résultats. Et je ne suis pas un espion, simplement un travailleur acharné, mais je connais beaucoup de monde."

"Je suppose que je ne peux pas te convaincre d'entrer, n'est-ce pas ?".

"Il n'y a aucune chance. Ces types doivent être mis hors d'état de nuire, et c'est exactement ce que je vais faire. Et au fait, j'emprunte le fonds des trophées de ta ligue de softball."

"Le fonds des trophées" ? Tu l'as trouvé ? Pas de problème, mais tu me rendrais service si tu trouvais un moyen de démolir cette foutue voiture aussi.

Alors peut-être qu'ils m'en donneront une nouvelle."

CHAPITRE QUINZE

À 7 h 58, Linda Sylvester était assise dans sa Toyota Corolla vieille de six ans sur le parking de l'immeuble CHC, attendant anxieusement le coup de 8 h, lorsque les verrous magnétiques de la porte s'ouvriraient et qu'elle pourrait courir à l'intérieur pour récupérer le paquet qu'Eleanor lui avait laissé. Elle était terrifiée à l'idée de se trouver à proximité de l'endroit, alors elle a soigneusement choisi un endroit d'où elle pouvait voir la porte arrière du bâtiment ainsi que l'entrée principale du parking, au cas où elle aurait besoin de courir.

À sa grande surprise, alors qu'elle s'apprêtait à sortir de sa voiture, elle a vu le Dr Greenway arriver en voiture et se garer sur sa place de parking personnelle, près de la porte d'entrée tournante de l'immeuble. Linda s'est figée. Non, pas Greenway, pensa-t-elle, et elle commença à trembler. Elle s'est baissée sur le siège, aussi bas qu'elle le pouvait, et a jeté un coup d'œil par-dessus le tableau de bord pour le regarder se diriger vers la porte d'entrée et utiliser sa carte-clé de cadre pour entrer dans le bâtiment.

Greenway ! Elle ne s'attendait pas à cela. Il ne devrait pas être là avant une heure, pensa-t-elle. Son bureau du troisième étage se trouvait au bout du couloir et à proximité de celui d'Eleanor, alors peut-être qu'elle pourrait encore tirer son épingle du jeu si elle ne perdait pas complètement ses nerfs. Elle regarda Greenway traverser le hall jusqu'aux ascenseurs et s'apprêtait à ouvrir la portière de sa voiture quand, à sa grande horreur, elle vit la Lexus 460 dorée de Tony Scalese débouler dans le parking. Il conduisait comme un fou, rebondissant sur le coin d'un terre-plein paysager, les freins crissant, avant de s'arrêter en travers dans l'un des espaces à côté de la voiture de Greenway.

Scalese saute de la voiture, laissant la portière ouverte, et court jusqu'à la porte d'entrée de l'immeuble. Il glissa sa carte magnétique, ouvrit la lourde porte d'un coup sec et traversa le hall en courant vers l'ascenseur juste au moment où la porte se refermait derrière Greenway. Ce n'est pas bon, pensa-t-elle, vraiment pas bon ! Elle avait espéré que l'immeuble serait en grande partie vide, mais les trouver tous les deux dans le bureau si tôt ? Mais quel choix avait-elle ? Elle ne pouvait pas rester ici, et elle devait aller chercher ce paquet dans le bureau d'Eleanor. Bob avait raison. C'était son seul espoir de se sortir de ce pétrin.

Huit ou dix autres femmes se tenaient déjà autour de la porte arrière des employés, fumant furtivement la dernière cigarette avant d'entrer à l'intérieur. Par la fenêtre, elle a vu l'un des agents de sécurité arriver dans le couloir. Il s'est arrêté pour entrer quelques chiffres dans le clavier près de la porte, a appuyé sur la barre anti-panique et a tenu la porte ouverte pour que les femmes puissent passer à l'intérieur. Le bureau d'Eleanor se trouvait à cette extrémité du bâtiment, et il y avait un escalier de secours juste derrière la porte arrière, qui montait au troisième étage. D'après la façon dont Scalese se comportait, elle se doutait qu'il suivait Greenway et qu'il l'occuperait pendant quelques minutes. Qu'elle le veuille ou non, c'était la meilleure chance qu'elle allait avoir.

Linda a sauté de sa voiture et a couru sur le trottoir, serrant son sac à main en cuir surdimensionné contre sa poitrine alors qu'elle rejoignait la fin de la file d'attente qui entrait dans le bâtiment. Passant devant l'agent de sécurité, elle se retourne, pousse la porte coupe-feu, entre dans la cage d'escalier de secours et monte les trois étages en courant aussi vite que ses pieds le lui permettent. Lorsqu'elle atteint enfin le troisième étage, elle s'arrête et prend plusieurs grandes respirations pour se calmer avant d'entrouvrir la porte ; suffisamment pour lui permettre de jeter un coup d'œil dans le couloir. Elle regarda dans les deux directions, mais surtout en direction du bureau de Greenway. Le couloir était vide et sa porte fermée. Dieu merci, pensa-t-elle. Elle tendit l'oreille et entendit des voix fortes provenant de son bureau. Greenway et Scalese se disputaient.

Priant pour que cela les occupe encore quelques minutes, elle ouvrit la porte coupe-feu jusqu'au bout et traversa le couloir sur la pointe des pieds. La clé d'Eleanor était déjà dans sa main. Elle la glissa dans la serrure et se retrouva à l'intérieur du bureau avant d'avoir osé reprendre sa respiration.

Linda n'a pas perdu une seconde. Elle a enlevé ses chaussures, relevé sa jupe, grimpé sur le haut de la crédence et écarté la dalle acoustique centrale du plafond. Debout sur ses orteils, elle a passé la tête dans le plénum et a regardé autour d'elle. Le conduit d'air et la bouche d'aération se trouvaient à côté de sa tête, à moins d'un pied de distance. Elle a tendu les deux mains vers le haut et a saisi fermement le conduit, tournant et retournant la partie inférieure jusqu'à ce qu'elle se sépare de la bouche d'aération. Voilà ! Elle a presque crié à haute voix lorsqu'une enveloppe manille épaisse de taille légale a glissé sur la tuile du plafond à côté de sa tête. Elle l'a attrapée, a remis la tuile en place et a sauté du bureau sur le sol.

L'enveloppe de manille pesait plusieurs kilos. Bien qu'elle ait désespérément envie de s'arrêter pour voir ce qu'il y avait à l'intérieur, elle était trop terrifiée pour essayer jusqu'à ce qu'elle soit dans un endroit sûr. Elle la fourra dans son grand sac à main en cuir, retourna à la porte du bureau et jeta un coup d'œil à l'extérieur, priant pour que le couloir soit toujours vide. Il l'était. Elle ouvrit davantage la porte, traversa le couloir aussi rapidement et silencieusement qu'elle le pouvait, et poussa la porte de la cage d'escalier. Serrant son sac d'une main et la rampe de l'autre, elle dévala les escaliers de métal nu, volée après volée, désespérée de sortir du bâtiment et de retourner à sa voiture. Finalement, elle atteint le palier du premier étage, frappe la barre anti-panique avec son avant-bras et pousse la porte de secours dans le couloir du premier étage, avant de se heurter de plein fouet au Dr Greenway. Il était deux fois plus grand qu'elle, mais la force de la collision l'a fait tomber à la renverse. Ils atterrirent en tas sur le sol du couloir, les bras et les jambes volant dans toutes les directions, Linda sur le dessus, leurs visages à quelques centimètres l'un de l'autre.

Stupéfait, il lève les yeux et voit de qui il s'agit. "Linda ? Mon Dieu ! Qu'est-ce que tu... ? Qu'est-ce que tu... ? commença-t-il à demander, jusqu'à ce qu'il voie le grand sac à main en cuir avec l'enveloppe en papier qui en sortait et l'expression paniquée sur le visage de la jeune femme. Ses yeux se sont soudain rétrécis avec méfiance. "Qu'est-ce que tu fais ici ? Tu n'arrives jamais aussi tôt, et qu'est-ce que tu as là-dedans ?" Il lui a attrapé le bras et a tendu la main vers le sac à main, mais elle n'en a pas voulu. Elle a tendu sa main droite, les doigts allongés comme des griffes, et a fait courir ses ongles sur le côté gauche de son visage, creusant quatre gouges profondes sur sa joue.

"Ahhhh !", a-t-il crié et il a relâché son bras. Alors qu'elle roulait hors de lui, il a levé la main sur le côté de son visage et a vu du sang couler au bout de ses doigts. Il est entré dans une colère noire. "Petite salope, je vais..." dit-il en tendant à nouveau la main vers elle, mais elle avait déjà réussi à se mettre debout. Il lui a attrapé la cheville et a essayé de la tirer vers le bas, alors elle a fait pivoter le lourd sac de cuir aussi fort qu'elle le pouvait et l'a attrapé en plein visage. Le coup l'a étourdi et l'a fait tomber sur le côté. Il bascula tandis qu'elle se retournait et se dirigeait vers la porte arrière aussi vite que ses jambes le lui permettaient.

Tony Scalese s'était arrêté à son propre bureau pour vérifier ses messages et avait pris l'ascenseur pour descendre dans le hall principal. Il attendait impatiemment Greenway à la réception, jusqu'à ce qu'il voie Linda Sylvester faire irruption par la porte de l'escalier de secours et assommer Greenway. Ils se sont débattus sur le sol pendant un moment, avant qu'elle ne se libère et ne s'élance par la porte arrière. Scalese a essayé de la suivre en courant dans le couloir, mais il était trop lent et la distance était trop grande pour qu'il puisse la rattraper. Il avait garé sa voiture devant la porte tournante. Elle atteignit la sienne, monta dedans et démarra le moteur avant même qu'il ait pu atteindre la porte arrière. Déjà essoufflé, il s'est arrêté dans l'embrasure de la porte et l'a regardée sortir à toute vitesse du parking. Le temps qu'il puisse espérer retourner à sa Lexus et se lancer à sa poursuite, elle serait déjà dans le vent.

Frustré, Scalese se retourne et trouve Greenway assis sur le sol, tenant un mouchoir sur le côté de son visage. Le médecin l'a retiré de sa joue et l'a brandi pour montrer le sang à Scalese. "Voyez ça !", hurle-t-il. "Tu vois ce que cette petite salope m'a fait ?"

Sous le mouchoir, Scalese vit les quatre sillons profonds et sanglants qu'elle avait creusés sur le côté du visage de Greenway et sourit. On dirait que l'un de tes "bouts libres" s'est fait pousser des griffes, n'est-ce pas, Doc ? Ta maman ne va pas beaucoup aimer ça, tu sais".

"Je vais la tuer, je le jure", a fulminé Greenway.

Scalese le regarde de haut en bas. "Vraiment ? Eh bien, tu dois d'abord l'attraper, et je pense que tu es déjà dans cette merde bien au-dessus de ta tête."

"Je peux m'en occuper... et je peux m'occuper d'elle".

"Bien sûr que tu peux", répond Tony Scalese d'un ton sarcastique. "Et si tu ne peux pas, monsieur D va s'occuper de toi".

Bob Burke a tué près d'une demi-heure de travail pour se rendre de l'Holiday Inn au restaurant Bob Evans à Elk Grove Village où il avait convenu de rencontrer Linda. En quittant le Holiday Inn, il a surpris son reflet dans la vitre de la porte et a tiré la casquette de baseball des Cubs encore plus bas. En tant que déguisement, cela ne servait pas à grand-chose, mais cela pourrait suffire, pensa-t-il, alors qu'il traversait le parking en direction de la route très fréquentée qui se trouvait au-delà. Il ne voulait pas arriver au Bob Evans trop tôt ou trop tard, alors il a marché pendant plusieurs longues heures, pris deux bus et même fait de l'auto-stop avec un camion de livraison.

Ce faisant, il a pu faire une boucle derrière le Bob Evans, en vérifiant si des voitures de police ou des Lincoln Town Cars avec des Italiens poilus à l'intérieur ne l'attendaient pas. La circulation dans le quartier s'intensifie de minute en minute, mais il ne voit rien de suspect ni rien qui puisse indiquer que leur lieu de rendez-vous est déjà sous surveillance.

À 8 h 10, il était affamé et les odeurs qui s'échappaient de la porte arrière du restaurant étaient trop bonnes pour qu'il les laisse passer. Une chose que l'infanterie enseigne même aux nouvelles recrues, c'est d'attraper de la nourriture et de dormir où et quand vous le pouvez, parce que vous ne savez jamais quand ces occasions se présenteront à nouveau. Il est entré, s'est assis dans une cabine au fond et a commandé le plus gros steak et œuf du menu, avec du gruau, des biscuits et du jus de viande, et un pot de café. Il sourit et demande à la serveuse de faire aussi vite que possible parce qu'il a un avion à prendre. Du cholestérol ? Sans aucun doute, mais vu les circonstances, il devrait vivre aussi longtemps.

Une autre chose que l'armée lui a apprise, en particulier lorsque les balles volaient, c'est la capacité à "inhaler" même un gros repas en soixante secondes ou moins. Cependant, le petit déjeuner Bob Evans avait l'air bien meilleur que la nourriture moyenne du mess ou, à Dieu ne plaise, qu'un MRE rapide, alors il se détendit et s'autorisa quelques instants de loisir pour goûter la nourriture. Un MRE consiste en des rations de campagne lyophilisées dans un sac en plastique que quelqu'un ayant un sens de l'humour malsain a étiqueté "Repas prêt à manger" ou MRE, ce que les grognards du monde entier adorent détester. Il absorbe le reste de la vraie sauce Bob Evans avec son biscuit lorsqu'il voit la Toyota de Linda passer et tourner. Elle s'est dirigée directement vers le parking arrière, et il savait qu'elle serait en pleine panique si elle ne le trouvait pas en train d'attendre là où ils s'étaient mis d'accord pour se rencontrer. Il a laissé tomber vingt dollars de l'enveloppe d'Ernie sur la table et s'est précipité vers la sortie arrière.

Lorsqu'il est arrivé, il a vu Linda garer sa Toyota dans la rangée arrière. Sa tête pivotait de gauche à droite tandis que ses yeux le cherchaient désespérément. Ses mains s'enroulaient autour du volant dans une "prise de la mort", et dès qu'elle l'a vu, il l'a vue pousser un soupir de soulagement. Il s'est dirigé vers la porte du côté conducteur et lui a fait signe de passer du côté passager. Ce faisant, elle ramassa le lourd sac à bandoulière en cuir qui se trouvait là et le serra contre sa poitrine. Le haut était ouvert, et il vit une épaisse enveloppe en manille qui en dépassait.

"Alors, c'était vraiment là ?" demande-t-il en tendant la main.

"Maintenant ?" demande-t-elle nerveusement. "Tu veux t'arrêter et regarder ces trucs maintenant ?"

"Pourquoi pas ?" demande-t-il en regardant nonchalamment autour du parking bondé. "Nous sommes aussi en sécurité ici que n'importe où ailleurs. Alors, détends-toi."

"Relax ? Greenway était là. Ce fils de pute ! J'ai dévalé l'escalier de secours, j'ai franchi la porte du couloir du premier étage et je lui suis rentré dedans. Et je veux dire que je lui suis *rentré* dedans. Je l'ai mis à terre ! Scalese était là aussi, dans le hall, alors j'ai filé. Mon Dieu, je n'aurais jamais cru que mon gros cul pouvait courir aussi vite", dit-elle, la voix animée et excitée.

"Je croyais que tu avais dit qu'ils ne venaient pas si tôt".

"Ils ne le font jamais. Il doit se passer quelque chose, probablement toi. Mais je l'ai bien eu !" Elle a levé sa main droite, étendant ses ongles pour qu'il puisse les voir. "En plein sur sa joue, et ensuite je l'ai frappé avec mon sac à main. Est-ce que tu as la moindre idée..." commença-t-elle à dire, avant de s'arrêter. "Non, tu ne peux pas, et je dois être folle pour faire ça, et encore moins pour être assise ici, dans un parking Bob Evans, à essayer d'agir normalement, comme si rien ne se passait, comme si rien n'allait mal", dit-elle, semblant sur le point de faire une dépression nerveuse à ce moment-là.

"Linda, comme je te l'ai dit, détends-toi. Prends quelques respirations profondes. Vas-y", lui dit-il. Elle l'a regardé, d'abord réticente, puis elle a fini par le faire - une, deux, puis quelques autres et elle a senti que le monde autour d'elle commençait à ralentir. "Je ne les laisserai plus jamais mettre la main sur toi, ni

Scalese ni Greenway", tenta-t-il de la rassurer en posant une main rassurante sur la sienne. "Fais-moi confiance."

"Te faire confiance ? Bob, je n'ai pas fait confiance à un mec depuis la sixième."

"Bien !", dit-il en riant. "Continue à te dire ça, et tu pourras peut-être y arriver.

Elle a commencé à retirer sa main, mais s'est arrêtée, l'a regardé et s'est mise à trembler. "Oh, bon sang !" dit-elle. Il lui a tendu les bras et finalement, à contrecœur, elle s'est laissée tomber contre sa poitrine. "Oh, l'enfer", a-t-elle répété, puis elle est restée là à pleurer pendant quelques minutes, jusqu'à ce que cela s'arrête, et elle s'est lentement assise. "Merci", a-t-elle dit dans un murmure à peine audible. "J'en avais besoin."

"Tu l'as bien mérité. Maintenant, à quand remonte la dernière fois que tu as mangé quelque chose ?"

"Manger ? Je ne sais pas, hier matin, je suppose. Mais nous n'avons pas le temps."

"Oui, c'est vrai. Apporte tes affaires, nous allons à l'intérieur".

"Bob, je n'ai rien pu manger, vraiment".

"Arrête de te disputer. Il est temps de faire le plein. Tu ne fais de bien à personne dans l'état où tu es", dit-il en sortant de la voiture et en lui faisant signe de le suivre. Elle a recommencé à discuter, mais elle s'est arrêtée, a ouvert la porte de la voiture et a fait ce qu'il lui a dit. Il l'a ramenée par la porte arrière du restaurant jusqu'à sa cabine d'origine et l'a fait s'asseoir. La serveuse n'avait même pas encore débarrassé ses plats, mais il a croisé son regard et lui a fait signe de revenir.

"Désolé, mais je croyais que tu étais parti", dit-elle, confuse.

"Nan, je suis de retour pour le deuxième round", a-t-il souri et s'est tourné vers Linda. "Qu'est-ce que tu veux ? Des œufs et du jambon ? Des flocons d'avoine ? Des crêpes ?"

"Mon Dieu", dit-elle en détournant le visage et en secouant la tête. "Je pensais plutôt à un muffin anglais sec".

"Linda, nous sommes en sécurité ici, et tu as besoin de manger - pas de caféine - mais tu as besoin de vraie nourriture".

"D'accord, d'accord, des crêpes, alors". Elle s'est hérissée et a dit à la serveuse : "Quelques-uns de ceux aux pépites de cannelle que vous faites. Ce sont les préférés de ma fille. Oh, mon Dieu, ma fille !" dit-elle en se passant les doigts dans les cheveux et en ayant l'air de se désunir à nouveau. "Qu'est-ce que je fais ici, Bob ?"

"Elle va bien", a-t-il souri à la serveuse. "Elle est diabétique à la limite, tu sais. Elle devient comme ça quand son taux de sucre dans le sang est un peu bas.

Alors, apporte-lui aussi un grand jus d'orange, et apporte-moi encore du café, et une autre commande de ces biscuits à la sauce."

La serveuse leur a jeté un regard étrange. "Bien sûr, le jus d'orange, le café, les biscuits et la sauce, et les crêpes à la cannelle", dit-elle en s'éloignant à toute vitesse, l'air préoccupé.

"Détends-toi, Linda. Ta fille est en sécurité et toi aussi. De plus, Scalese et Greenway sont ceux qui ont un gros problème maintenant."

"Un gros problème ? *Ils ont* un gros problème ?"

"Oui, ils m'ont eu".

Elle le fixe un instant avec incrédulité. "Tu es vraiment fou. Tu ne sais pas qui sont ces types, ce qu'ils font aux gens ?"

"Bien sûr que si, mais ils ne savent pas qui je suis, ni ce que je peux faire aux gens quand je le veux", a-t-il répondu tranquillement. "Les hommes comme Scalese, Greenway et Bentley sont des brutes. Ils pensent qu'ils sont les seuls durs à cuire, qu'ils peuvent faire ce qu'ils ont toujours fait et s'en tirer, et qu'ils ont le droit de définir les règles d'engagement. C'est un classique. Prends-moi. Ils me dominent, voient le nom Toler TeleCom, et pensent que je suis une sorte de "gars du téléphone", qui est venu installer leurs téléphones. C'est ça ?" demande-t-il et il voit qu'elle essaie de ne pas sourire. "Ce sont des civils. Ils n'ont aucune notion de la guerre et n'en savent pas plus. Personne ici ne le sait, à l'exception d'Ernie Travers. Il était dans l'armée et je pense qu'il comprend."

À l'avant du restaurant, il vit la serveuse parler à un jeune homme en chemise blanche et cravate, qui se retourna lui aussi vers eux. Ce doit être le gérant, pensa Burke, ne voulant pas attirer davantage l'attention. Ont-ils pu faire passer son visage à la télévision aussi rapidement ? Il en doute. "Alors détends-toi", lui dit-il, "tout est sous contrôle".

"Sous contrôle, hein", dit-elle en jetant en retour un long regard sceptique à Bob, prenant le temps de l'étudier un instant. Qui était-il, se demanda-t-elle, essayant encore de le cerner. L'armée, pensa-t-elle avec dédain. Il ressemblait plutôt à l'Armée du Salut. Il était de taille et de poids moyens et avait l'air d'être en bonne forme, mignon, mais pas vraiment bardé de muscles. En se concentrant et en l'observant de plus près, elle vit une fine cicatrice dentelée au-dessus de son sourcil gauche, deux autres plus courtes sur sa joue droite et une autre sur son menton. Elle avait deux grands frères et savait reconnaître un nez cassé quand elle en voyait un, mais à quoi cela correspondait-il ? Peut-être avait-il raison. Peut-être qu'ils l'avaient tous sous-estimé.

C'est alors que la serveuse est arrivée avec son petit déjeuner et son jus d'orange, leur jetant à tous deux une série de regards bizarres en posant les assiettes.

"Je t'ai apporté des chips de cannelle supplémentaires", dit la serveuse. "Tu avais l'air d'en avoir besoin".

Linda a souri en reniflant son plateau, en versant le reste des copeaux de cannelle sur les crêpes à la cannelle et en plongeant. Elle a fait une pause pour boire la moitié du jus d'orange, puis a attaqué le reste. "Tu avais raison." Elle a finalement repris son souffle. "Je n'arrive pas à croire à quel point j'ai faim."

"Hé ! Je connais ces choses-là."

Tout en mâchant, elle s'est penchée en avant et a chuchoté : "D'accord, tu n'es pas le 'gars du téléphone'. Tu étais dans l'armée, mais mon frère aussi. Je crois qu'il a dit qu'il avait conduit un camion en Irak. Il est rentré à la maison avec toutes sortes d'histoires de guerre, mais il ne disparaît pas dans la nuit avec une cagoule de ski, sans arme, et ne revient pas avec un tas d'armes et de radios qu'il a prises à une bande de voyous. Qui es-tu ? Et ne me fais pas le coup du 'si je te le disais, je devrais te tuer'."

Il sourit. "Rien d'aussi dramatique. Disons que j'ai fait beaucoup de choses différentes dans beaucoup d'endroits différents. J'ai eu affaire à des gars bien plus coriaces que Tony Scalese et ses copains, et je marche encore sur le haut de l'herbe alors que la plupart d'entre eux n'y sont plus. Alors crois-moi, personne ne te touchera plus jamais."

"C'est gentil." Elle l'a regardé en face et a souri. "Peut-être même que tu le penses ; mais pourquoi tu t'en soucies ? Et pas seulement pour moi, mais pour toutes ces choses."

Il a fait une pause et a réfléchi pendant une minute. "Je crois que ça a commencé quand j'ai vu le visage de Greenway quand ses doigts se sont enroulés autour de la gorge de ton amie Eleanor sur ce toit. C'était l'arrogance pure et simple de tout cela. Puis la nuit dernière, ils ont assassiné cette hôtesse de l'air, Sabrina Fowler, et ont mis son corps dans mon coffre..."

"Assassiné ? Dans ton... ? Quoi ?" Linda s'exclame la bouche pleine de crêpes.

"Oui, je n'ai pas eu l'occasion de te raconter comment j'ai passé ma nuit. Tu te souviens de l'hôtesse de l'air de United Airlines qui était dans le hall avec nous ? Eh bien, j'ai dû m'approcher trop près et frotter une corde sensible, ou peut-être que c'était une vengeance pour ce que j'ai fait chez Eleanor, mais ils l'ont tuée et ont laissé Bentley s'arranger pour trouver son corps dans le coffre de ma voiture hier soir."

"Oh, mon Dieu ! Et tu t'es échappé ?"

"Je suis là, n'est-ce pas ? Disons qu'ils ont rendu cette chose *vraiment* personnelle ; et s'ils pensaient que je m'approchais trop près avant, ils n'ont encore rien vu."

"Toi, contre eux ? Je ne crois pas, Bob", répond-elle. Elle avait fait le tour de la question, et elle pensait avoir un "compteur de conneries" bien réglé.

Cependant, alors qu'elle était assise à étudier son visage, qu'il ait raison, qu'il ait tort ou qu'il soit complètement fou, elle a vu qu'il pensait chaque mot de ce qu'il disait. Aussi improbable que cela puisse paraître, elle a commencé à le croire.

"C'est un véritable cauchemar. J'ai cru que je me réveillerais, mais ce n'est pas un rêve, n'est-ce pas ? C'est réel."

"Oui. Eleanor était une femme très courageuse pour essayer de les affronter seule, et toi aussi".

"Pas moi, elle, et ça lui a coûté la vie. C'est pourquoi je ne peux pas la laisser tomber."

Bob prit l'enveloppe de manille dans son sac et la plaça sur ses genoux, où elle était hors de vue sous la table. Il ouvrit le rabat et farfouilla à l'intérieur, tirant chaque imprimé et chaque rapport assez loin pour pouvoir lire leur couverture. "Il y a ici un rapport sur les ventes de médicaments à l'étranger en Inde, dit-il, et dans plusieurs pays d'Afrique, quelques rapports de tests de laboratoire, des trucs du CDC, et beaucoup de feuilles de calcul."

"Eleanor m'a raconté quelques petites choses sur ces opérations à l'étranger. La FDA exige que toutes les pilules qui ne passent pas leurs contrôles de qualité soient détruites, mais Greenway a commencé à les reconditionner sous une autre étiquette et à les vendre à l'étranger, principalement dans les pays du tiers-monde."

"Il est vraiment adorable, n'est-ce pas ?"

"Eh bien, certains problèmes avec les pilules - les couleurs, le lettrage, ce genre de choses - n'étaient que cosmétiques. Tu pourrais même lui accorder le bénéfice du doute pour ceux-là, mais la plupart des problèmes étaient liés à de mauvais lots, à des lots avariés et à des ingrédients foireux qui pouvaient rendre les médicaments totalement inefficaces ou nuire aux gens. Cette production du tiers-monde est une œuvre de charité. Elle bénéficie d'aides, de subventions et de déductions fiscales considérables de la part du gouvernement américain. La plupart du temps, il s'agit de coûts majorés, alors Greenway lui a dit d'imputer toutes sortes d'autres dépenses non liées à ces emplois. Je suppose qu'on peut appeler ça "quadruple-dipping".

Pour commencer, la production n'était pas à la hauteur. Ensuite, ils ont imputé les coûts d'un grand nombre d'autres opérations à ce compte pour gonfler le filet. Les pilules rejetées étaient censées être détruites, mais CHC les a utilisées pour remplir les contrats avec les pays du tiers monde, puis a vendu les bons produits des projets subventionnés sur le marché libre. Ils ont gagné des millions et des millions, et ce uniquement grâce à la production de médicaments à l'étranger, qui ne représente qu'une petite partie de l'ensemble de leurs activités."

Il regarde à nouveau à l'intérieur de l'enveloppe en papier. "Oui, le reste a l'air d'être dans la même veine - rapports de laboratoire, études de marché à l'étranger, lettres de l'ONU et du CDC, des choses comme ça. Mais il y a une clé USB au bas de l'enveloppe. Tu sais quelque chose à ce sujet ?"

Linda fronce les sourcils. "Eleanor s'occupait de la comptabilité. Elle aurait pu y copier certains rapports financiers."

Il a ramassé la clé USB et a lu l'étiquette. "Trente-deux gigaoctets ? Linda, elle aurait pu télécharger toute la base de données de leur entreprise sur l'une d'entre elles. Pas étonnant que Greenway soit à ses trousses."

"Ça pourrait l'expliquer", réussit à dire Linda à travers une bouchée de crêpe gluante. "Greenway et Scalese se sont comportés bizarrement ces deux dernières semaines, très nerveux, très coléreux".

"Je parie qu'ils ont eu un tuyau comme quoi quelqu'un parlait aux fédéraux, alors ils se sont lancés dans une chasse aux sorcières".

"Eleanor savait qu'elle était en haut de leur liste, et elle était terrifiée à ce sujet, terrifiée qu'ils découvrent que c'était elle. Puis elle a reçu cette citation à comparaître, et Greenway et elle se sont disputés à ce sujet pendant des jours. Il ne voulait pas qu'elle y aille, mais même nos avocats lui ont dit qu'il n'avait pas le choix. C'est à ce moment-là que les choses ont vraiment mal tourné. Greenway est un maniaque du contrôle et Scalese est encore pire. On ne pouvait pas savoir ce qu'Eleanor pouvait dire à huis clos, et ils ne font confiance à personne."

"Sally Bats le fait, tant qu'il peut les voir depuis la fenêtre de son bureau".

"Sally Bats ?" Elle a eu l'air perplexe et a demandé : "Qui c'est ?"

"Tu ne sais pas qui est 'Sally Bats' ? Le vieux Sal DiGrigoria ?"

"Vous voulez dire Monsieur DiGrigoria ?" Elle a l'air surprise. "Tony l'a amené le mois dernier. C'est un vieil homme mignon, très formel, très poli. Il a fait le tour et s'est présenté à tout le monde au bureau, et je dis bien tout le monde. Il a serré des mains et fait des petites courbettes à toutes les femmes. Tony nous a prévenus de bien l'appeler 'Monsieur DiGrigoria', et rien d'autre."

Pas "Don Salvatore" ? Tu n'as pas eu à embrasser sa bague ?" demande-t-il. Elle s'est arrêtée au milieu de sa fourchette, perplexe, alors il a expliqué : "Sally Bats est l'un des surnoms de ton "vieux mignon". Dans sa jeunesse, il utilisait un Louisville Slugger pour régler ses différends. Maintenant qu'il est le chef de la mafia du North Side, il laisse ses hommes de main, comme Tony Scalese, faire son "travail humide". Son bureau se trouve à Evanston. Depuis la fenêtre du quatrième étage, il peut surveiller les gens qu'il n'aime pas ou en qui il n'a pas confiance. Ils sont à environ 800 mètres dans le lac, les chevilles enchaînées à quelques parpaings." Il haussa les épaules. "Hé, je cite le *Chicago Tribune*. C'est ce qu'ils disent."

"Tu me fais peur, Bob". Elle s'est arrêtée de manger et a posé sa fourchette.

"Exprès, parce que je veux que tu comprennes qui sont ces gens".

"Mais j'ai une fille et je suis seule. C'est pour ça que je dois en finir avec tout ça, Bob, en finir avec lui et en finir avec CHC."

"Ce serait bien, mais je ne suis pas sûr qu'ils en aient fini avec toi".

"Mais pourquoi ?" Elle s'est penchée en avant et a posé sa main sur la sienne, suppliante. "Tu as l'enveloppe, les rapports et cette clé USB. Tu ne peux pas les donner à la police ou aux fédéraux ?"

"Absolument, mais à qui ?" a-t-il répondu. "Je ne fais confiance à aucun d'entre eux. Oh, je fais confiance à Ernie Travers, mais je ne suis pas sûr de ceux qui sont au-dessus de lui dans la police de Chicago. O'Malley ? Qui le sait ? Avant d'aller parler à l'un d'entre eux, je veux savoir qui CHC paie, dont les noms figurent dans leurs livres de comptes. Pour cela, j'ai besoin d'un ordinateur", dit-il en regardant le restaurant puis son assiette. "Si tu as fini, nous devrions sortir d'ici".

"Fini ?" dit-elle en baissant les yeux et en voyant que son assiette avait l'air récurée. "Oui, je crois que oui", dit-elle avec un sourire gêné.

"Je n'aime pas la façon dont le gérant derrière la caisse enregistreuse n'arrête pas de nous regarder".

"Dommage pour lui", a-t-elle souri. "Mais tu avais raison. J'en avais besoin."

"Tu étais déshydraté, ton taux de glycémie était bas et tu avais besoin d'une bonne dose de glucides. Ajoute à cela l'absence de sommeil, le stress, le fait d'avoir eu très peur plusieurs fois, et..."

"Quoi ? Tu es un psy maintenant, ou un médecin ?"

"Non, je suis un vieux fantassin. Ils nous entraînent à repérer tous ces trucs."

Maintenant, elle le fixait vraiment. "Bob, ce n'était que des pancakes à la cannelle".

"Je pourrais dire la même chose du steak et des œufs. Partons d'ici."

"Tu veux dire, avant que je ne mange autre chose et que je prenne rapidement cinq kilos ? Bonne idée."

"Crois-moi, ça ne se verra pas".

"Eh bien, merci." Elle rayonne. "J'essaie - et j'ai atteint l'âge où je dois vraiment essayer - mais en traînant toute la journée avec des enfants de six ans, des femmes d'âge moyen qui s'en fichent, et une bande de voyous et de pervers, c'est agréable d'avoir un retour d'un vrai homme adulte."

"Tu sais que je ne voulais rien dire par là".

"Non, tu ne l'as probablement pas fait ; mais pour être tout à fait honnête, Bob, je m'en fiche si tu l'as fait. Tu as l'air d'être un type bien, et j'ai bien peur d'avoir atteint *cet* âge moi aussi."

"Je comprends, et je crois que j'ai aussi atteint cet âge. Après ces deux derniers jours, nous sommes tous les deux émotifs. C'est naturel."

"Peut-être, mais après tout ce qui s'est passé ces deux derniers jours, je commence enfin à te comprendre, un peu quand même." Elle a commencé à en dire plus, mais a détourné le visage, gênée. "Oh, sortons d'ici avant que je dise quelque chose de stupide et que je me mette *vraiment* dans l'embarras."

Il sourit en déposant 20 dollars de plus sur la table, et ils se dirigent vers la porte de derrière.

CHAPITRE SEIZE

L'escarmouche dans la ruelle d'Arlington Heights, les mandats d'arrêt qui en ont résulté et la chasse à l'homme pour retrouver Bob étaient tout ce dont Angie Burke avait besoin pour passer à la vitesse supérieure dans sa machine à prendre le contrôle de l'entreprise. Avec l'aide d'un juge amical de la cour de circuit, qui était un ancien associé principal de Gordon et Kramer, elle a franchi la porte d'entrée de Toler TeleCom à 9 h 30 avec un sourire confiant et une ordonnance du tribunal fraîchement signée dans sa petite main chaude. Dans son sillage suivaient quatre associés de Gordon and Kramer, chaussés de Gucci et portant des mallettes, ainsi qu'une demi-douzaine d'agents de sécurité privés en uniforme et armés qu'elle avait engagés.

Margie Thomas était la réceptionniste de Toler TeleCom et l'une des premières personnes qu'Ed Toler a embauchées lorsqu'il a ouvert le bureau. En plus d'être ses yeux et ses oreilles, Margie était le "gardien" de l'entreprise et le pitbull qu'il avait placé dans le hall d'entrée pour filtrer les appels téléphoniques et empêcher les visiteurs et les vendeurs non autorisés de déranger le personnel de l'entreprise ou lui-même. Au fil des ans, il n'y a pas grand-chose qu'elle n'ait pas vu ou fait, y compris l'organisation de la fête "surprise" du quatorzième anniversaire d'Angie.

Angie a tout détesté et Margie et elles ne s'entendent plus depuis. Angie a crié que le gâteau n'était pas assez gros, que l'hôtel n'était pas assez élaboré, que le cheval que son père lui avait offert n'était pas assez beau et, enfin, que le groupe de rock était loin d'être aussi "hot" que celui que le père de Jennifer Gollancz avait choisi pour sa fête le mois précédent. Pour sa part, Margie considérait Angie comme une enfant gâtée et n'hésitait pas à le lui faire savoir, ainsi qu'à son père et à toute autre personne à portée de voix. Pendant les dix années qui suivirent, Angie ne manqua aucune occasion de lui rendre la monnaie de sa pièce.

Ce matin-là, quand Angie et son entourage ont franchi les portes du bureau, Margie a ouvert la bouche et a commencé à dire quelque chose, mais elle s'est vite rendu compte que c'était sans espoir. Ed était parti, Bob avait disparu, et Margie a reconnu une meute d'avocats braillards quand elle en a vu une.

" Bonjour, madame Burke ", propose-t-elle avec un hochement de tête poli.

"Margie", répondit Angie d'un ton assez plaisant, attendant simplement une excuse. Comme elle n'en avait pas, elle a contourné le bureau d'accueil et franchi les portes en verre dépoli sans s'arrêter. Le bureau d'affaires se composait de rangées bien ordonnées de cabines de cinq pieds de haut, disposées le long de plusieurs allées horizontales et verticales. Les gens qui y "officiaient" l'appelaient "l'enclos des taureaux". En plus des petits cubicules, il y avait des bureaux individuels aux parois de verre le long des fenêtres extérieures de l'étage pour les directeurs et les chefs de service. Angie se dirigea vers le centre de la pièce où les deux allées principales se croisaient et s'arrêta. Les mains sur les hanches, elle se retourne lentement pour examiner son nouvel empire. Ce matin, l'enclos des taureaux était rempli du vacarme habituel d'un bureau occupé - le cliquetis des claviers, le bavardage des imprimantes et le bourdonnement des abeilles ouvrières qui parlent et rient entre elles par-dessus les cloisons ou au téléphone. Comme c'est agréable, pense Angie en mettant deux doigts dans les coins de sa bouche et en lâchant un sifflement à faire frémir les nerfs, assez fort pour appeler un taxi new-yorkais aux heures de pointe. En plus de son goût pour le scotch pur malt, le sifflement à deux doigts est l'une des rares choses que son père lui ait apprises et qui soit restée dans les mémoires. C'était un coup d'éclat garanti.

Toutes les têtes se sont tournées et la pièce est devenue silencieuse. Elle se mit sur ses orteils et s'étendit de toute sa hauteur, leva le bras et agita l'ordonnance du tribunal bien au-dessus de sa tête. "Yo, tout le monde ! Arrêtez ce que vous faites, et je veux dire tout de suite !" hurle-t-elle en balayant du regard le haut des box. Entre le sifflement puissant et sa voix autoritaire, toutes les conversations de l'étage se sont soudain arrêtées. Des têtes ont surgi des murs des box comme des marmottes qui viennent jeter un coup d'œil par une chaude journée d'été, et chacun d'entre eux s'est tourné vers elle pour voir ce qui se passait. Les yeux s'écarquillèrent lorsqu'ils virent qu'il s'agissait de la redoutable Angie, et un gémissement collectif et une demi-douzaine d'obscénités bruyantes traversèrent rapidement la pièce.

"Sympa, vraiment sympa, les gens !" répond-elle alors que son regard devient dur et colérique. "Eh bien, écoutez ça ! Je suis en possession d'une ordonnance du tribunal. Ceux d'entre vous qui savent lire le tout petit langage des avocats verront qu'il stipule que je suis désormais responsable de Toler TeleCom - *MOI* ! Angelina TOLER et personne d'autre." Elle fait un 360 lent pour étudier leurs visages choqués. "Une fois que vous aurez digéré ce détail, je vous suggère de retourner faire ce que vous faisiez avant que je n'arrive.

Pendant que vous êtes occupés à travailler, ces gentils messieurs en costume sombre vont passer, service par service, bureau par bureau, et vous rencontrer. Ils ont une liste que nous avons dressé ce matin et qui indique lesquels d'entre vous ont encore un emploi ici et lesquels n'en ont plus. Dans certains cas, je vous appellerai *personnellement* pour vous annoncer la grande nouvelle. La plupart d'entre vous savent qui ils sont, alors vous pouvez nous faire gagner du temps à tous les deux et commencer à vider vos bureaux. Et s'il y a quelqu'un d'autre qui ne peut pas accepter la perspective d'un contact quotidien avec ma délicieuse et rayonnante personnalité - eh bien, vous pouvez vous barrer aussi !"

Angie s'est approchée et a fait claquer l'ordonnance du tribunal sur le bureau le plus proche et a jeté un nouveau coup d'œil autour du bureau. "Oh, encore une chose", dit-elle. "Pour ceux d'entre vous qui *vont* partir, n'essayez pas d'emporter autre chose que l'argent de votre déjeuner. Ces gentils jeunes hommes d'Ambrose Security vérifieront *tout ce qui sortira*, y compris vous ; et on m'a dit qu'ils adorent les fouilles corporelles. Alors passez une bonne journée, ou ce qu'il en reste."

Angie fit signe à l'un des plus grands agents de sécurité de la suivre tandis qu'elle se détournait et marchait dans le bureau, en remontant une allée et en descendant l'autre, en pointant les gens du doigt et en disant : " Vous, sortez ! Vous aussi, sortez ! Oh, oui, vous pouvez sortir aussi. Maintenant !" et elle a commencé à licencier rapidement tous ceux qu'elle savait loyaux envers Bob ou qui lui posaient problème. Après s'être occupée des petits délinquants dans les cubicules en moins de dix minutes, elle ralentit son rythme et commença à faire le tour des bureaux des directeurs en affichant un sourire maniaque. Après des années d'humiliations et d'insultes, elle avait l'intention de savourer chaque minute de ce moment. Lentement, elle descendit la rangée extérieure, sautant la plupart d'entre eux et se dirigeant directement vers le bureau de Charlie Newcomb. Il était assis à son bureau, regardant l'émission et secouant la tête lorsqu'elle entra.

"Angie, tu es complètement folle".

"Quoi qu'il en soit, tu vas rester pour m'aider ou tu pars aussi ?".

"Moi ? Travailler pour toi ? Je ne vois pas comment cela pourrait fonctionner très longtemps", dit-il avec un sourire triste. "D'ailleurs, pourquoi voudrais-tu de moi ? Nous savons tous les deux que tu feras ce que tu veux, et que tu n'écouteras rien de ce que quelqu'un a à dire, et encore moins moi. Alors, à quoi cela servirait-il ?"

"Le but, Charlie ? Le but, c'est que tu me prennes pour un idiot, et en général je le suis, mais même moi je dois admettre que tu es très bon dans ce que tu fais. Mais tu as raison. Je vais faire ce que je veux, autant que je veux, quand je veux ; et je *ne vais* probablement *pas* écouter une foutue chose que tu dis. Pourtant, il se peut que je veuille connaître ton avis sur quelque chose de temps en temps, alors qui sait ? Peut-être que je t'écouterai, et on ne peut pas refuser un tel défi."

"Oh, oui, je peux ; parce que tu aimes arracher les ailes des papillons et torturer les chiots, et tu l'as toujours fait. Comme Bob n'est pas là pour que tu te défoules, tu as besoin d'un mandataire - un crétin comme moi - et je ne suis pas payé assez cher pour supporter ça, ou pour te supporter."

"Charlie, Charlie". Elle sourit et secoue la tête. "Qu'est-ce que j'ai fait pour que tu aies une si piètre opinion de moi ?"

"Angie", lui a-t-il répondu en souriant, "cela prendrait plus de temps que...".

Elle a levé les mains. "On ne peut pas reprocher à une fille d'essayer, n'est-ce pas ? Bon, qu'est-ce que Bobby t'a dit quand il t'a appelée ce matin ?"

"Bobby ? Pourquoi m'appellerait-il ?"

"Ne fais pas le malin avec moi, Charlie. Il va avoir besoin d'aide pour s'en sortir - une bonne dose d'aide - et je pense que tu es à peu près le dernier ami qu'il a."

"Tu te trompes, Angie. Il a beaucoup plus d'amis que tu ne le penses, une armée entière", dit-il en prenant sa mallette et en commençant à y fourrer quelques papiers.

"Oh, non, tu n'as pas besoin de ça !", s'est-elle emportée. "Comme tu l'apprendras bientôt, j'ai une équipe de nouveaux comptables qui seront là à midi, et tout dans ce bureau reste à sa place - stylos, papiers, téléphone portable, clés, dossiers, ordinateurs portables, porte-documents, tout - sauf ton gros cul."

Il a souri en reposant la mallette sur le sol, s'est levé et a franchi la porte. "Fais comme tu veux, Angie".

"Je le fais toujours, Charlie", a-t-elle lancé après lui. "Je pensais que tu l'avais déjà appris." Il s'éloigna à grands pas dans l'allée principale et elle se dirigea rapidement vers l'autre côté de son bureau. Puisque Charlie voulait absolument prendre la mallette, elle l'a prise, l'a ouverte et a fouillé à l'intérieur. Ensuite, elle a fouillé dans les tiroirs de son bureau, n'ayant toujours aucune idée de ce qu'elle cherchait, même si elle a trouvé quelque chose.

Pourtant, pendant des années, Charlie l'avait traitée comme une idiote, et le fait de goûter pour la première fois à la vengeance brute lui donnait un appétit grandissant pour la suite. Un de moins et beaucoup plus à venir, pensa-t-elle avec un sourire satisfait, en jetant un dernier coup d'œil à son bureau. Tout compte fait, ce n'est pas une mauvaise façon de commencer la journée.

À l'heure du déjeuner, Angie avait terminé sa promenade dans les bureaux des cadres et des dirigeants, après avoir renvoyé une demi-douzaine de personnes supplémentaires, et elle se sentait encore mieux. La plupart de ceux qu'elle avait renvoyés étaient les nouveaux employés que Bob avait embauchés après la mort de son père. Depuis, elle allait rarement au bureau et connaissait à peine la plupart des employés de l'entreprise. Qu'ils soient compétents ou non, ils étaient les employés de Bobby, et Angie pouvait faire des choses plus utiles de son temps que de trier les loyautés et de rééduquer les employés mécontents. Les préliminaires de ce matin étant terminés, elle se retourna et s'approcha de l'ancien bureau d'angle de son père. Le bureau du président ! C'était le gros lot. Assise derrière la porte, à son propre grand bureau, se trouvait Maryanne Simpson, la secrétaire de direction et assistante administrative de longue date de son père et de Bob, et la "tante" sévère et officieuse d'Angie. D'après l'expression du visage de Maryanne, elle n'approuvait pas les pitreries d'Angie ce matin, ce qu'elle n'a jamais fait d'ailleurs.

"Alors ?" demande Angie en s'arrêtant devant le bureau, les bras croisés devant sa poitrine, fixant la femme plus âgée.

"Eh bien, quoi, *Mme Burke* ?" fut la réponse polie et appropriée.

"Mme Burke ? Depuis quand sommes-nous *si* formels, Maryanne ?"

"Oh, je soupçonne que c'était ce matin".

"Ah, tu as remarqué que je faisais quelques changements".

"Oui, et je pense que quelqu'un est très imbu de sa personne, si je peux me permettre de le dire", se détourna-t-elle en marmonnant.

"Maryanne, tu peux rester ou tu peux partir. Cela dépend entièrement de toi ; mais ne commence pas à faire la maligne et à penser que tu as le champ libre."

"Je travaille selon le bon vouloir de celui qui occupe le bureau du coin. Mon travail consiste à faciliter le leur, alors j'ai bien peur que cela ne dépende que de toi."

Les deux femmes se sont regardées un moment, verrouillées, jusqu'à ce qu'Angie se détourne vers le bureau du président. "D'accord, mais il y a quelque chose que vous pouvez faire pour moi", dit-elle en remarquant "Robert T. Burke, président" peint en lettres noires sur la porte. "Faites venir un peintre et changez le nom sur *ma* porte... et je veux que les lettres soient dorées. Ça aura l'air plus... permanent, tu ne crois pas ?"

Elle continua dans le bureau et ferma la porte derrière elle. Bobby l'occupait depuis près de deux ans, mais personne ne pouvait le deviner. Il était presque exactement comme son père l'avait laissé. Malgré ses demandes incessantes, Bobby n'avait jamais refait la décoration ni même remplacé les meubles. C'était comme si la pièce était tombée dans une distorsion temporelle. À part le nettoyage des tapis et le passage de l'aspirateur, chaque meuble restait à l'endroit où son père l'avait placé à l'origine, des années auparavant. Eh bien, pensa-t-elle, il y a un nouveau shérif en ville et cela va changer.

Elle regarda les photos de relations publiques et les plaques de la chambre de commerce accrochées aux murs, les blocs de papier, l'agrafeuse et les porte-stylos et trombones posés sur la crédence, ainsi que les livres d'affaires et les annuaires téléphoniques qui se trouvaient dans la bibliothèque. C'était censé être le bureau du président d'une société de taille moyenne, mais on aurait dit qu'il était loué à la semaine et Bobby n'avait ni le temps ni l'envie de le changer.

Les seules touches personnelles qu'elle avait ajoutées, malgré les objections énergiques de Bob, étaient les deux photographies de l'armée accrochées au mur et une magnifique photographie encadrée d'argent sur la crédence, montrant Bob en train de fourrer le gâteau dans la bouche d'Angie lors du mariage. Cela l'a fait réfléchir. Qui étaient ces gens, se demanda-t-elle ? Ils étaient souriants, séduisants et visiblement très amoureux, du moins à l'époque. Elle s'est retournée et a regardé les deux photos de l'armée sur le mur, celle de l'Irak et celle de l'Afghanistan. Bobby riait et souriait au milieu de ces deux horribles déserts du Moyen-Orient, parsemés de rochers, et s'amusait comme un fou. Elle retourna à la crédence, prit la photo de mariage, se retourna et compara l'expression du visage de Bob avec celles des deux photos de l'armée accrochées au mur. Où avait-il l'air le plus heureux, se demanda-t-elle. Pour sûr, ce n'était pas la photo de mariage, conclut-elle rapidement.

C'est pourquoi elle en est venue à détester les deux autres. Elles lui rappelaient sans cesse qu'elle n'était qu'un pis-aller. Elle l'avait compris à la minute où elle les avait accrochées au mur ; et malgré ses dénégations, il le savait aussi. Angie poussa un cri angoissé et frustré, et envoya la photo de mariage s'écraser contre la paroi latérale.

Si la matinée était malheureuse dans les bureaux de Toler TeleCom à Schaumburg, elle ne l'était pas plus dans les bureaux de Federated Environmental Services à Evanston, à une quinzaine de kilomètres à l'est. Alors que Schaumburg était le nouveau centre commercial et technologique de la banlieue nord-ouest, situé à la jonction des deux principales autoroutes de la région, à l'ouest de l'aéroport O'Hare, Evanston serait toujours la reine douairière de la partie nord, située au bord du lac Michigan, à l'extrémité de la pittoresque North Outer Drive. Evanston se caractérise par ses grands chênes et ses ormes, ses vieilles maisons en briques et le charmant campus de l'université Northwestern.

Comme les autres banlieues plus anciennes de Chicago, Evanston connaissait un lent déclin depuis des décennies. On y trouvait désormais des îlots de bâtiments en mauvais état, des gangs, un trafic de drogue florissant et une criminalité de rue en hausse. Mais ce n'est pas le cas partout dans la ville. La zone située de part et d'autre de Sheridan Road, le long de la rive du lac, entre le campus tentaculaire de Northwestern et le bras nord de la rivière Chicago, était encore relativement prospère et sans problème. Une autre zone où la criminalité était pratiquement inexistante, pour ceux qui voulaient bien examiner les statistiques de près, était une bande de deux ou trois pâtés de maisons de part et d'autre de Green Bay Road, à l'ouest de l'hôtel de ville. Bien qu'il soit politiquement correct d'attribuer l'absence de drogues et de crimes de rue à la proximité des bâtiments municipaux et du quartier général de la police, ceux qui se trouvaient de l'autre côté de la loi savaient très bien que cette "zone sans feu" avait beaucoup plus à voir avec un immeuble de bureaux en briques rouges de quatre étages très ordinaire qui se trouvait en son centre.

Le seul locataire de ce bâtiment était Federated Environmental Services, l'une des entreprises les plus anciennes et les plus stables du centre d'Evanston depuis 1959. Elle employait aujourd'hui 75 personnes à temps plein dans le bâtiment, plus environ 400 autres dans ses camions de ramassage des ordures et de recyclage et dans ses centres de ramassage des ordures et de recyclage répartis dans la banlieue nord-ouest. Cependant, ces chiffres ne tiennent compte que des personnes employées par FES et n'incluent pas un nombre beaucoup plus important de personnes employées dans de nombreuses activités illégales dans les quartiers nord et ouest de la ville, du centre-ville de Chicago à Aurora à l'ouest et à la frontière de l'État du Wisconsin au nord. Ces activités comprenaient des bookmakers, des salles d'écoute, des laboratoires de méthamphétamine, des maisons de prostitution, des salles de cartes, des salons de coupe d'héroïne et de cocaïne, une petite armée de distributeurs en gros et au détail dans les rues, ainsi qu'un groupe d'irréductibles "made-men".

FES était une société privée et une filiale à 100 % de Federated Investments, elle-même détenue par Federated Industries, une société privée du Delaware, détenue par Diamond Tropics dans les îles Caïmans, détenue par S-D Investimenti à Naples, en Italie. Si les "services environnementaux" couvrent un large éventail d'activités, la principale activité de Federated était le transport des ordures et le recyclage. Elle est désormais l'acteur quasi exclusif de la banlieue nord-ouest de Chicago, avec pratiquement tous les restaurants, hôtels, complexes résidentiels et petites et grandes entreprises sous contrat. Les bureaux de l'entreprise à Evanston sont un retour aux années 1960 et sont confortables, calmes et parfaitement adaptés à la petite ville. Leurs camions étaient toujours propres et bien entretenus.

Leur personnel "sur le terrain" était toujours en uniforme, propre, poli et parmi les mieux payés du nord de l'Illinois, ainsi que des membres loyaux de la section locale 485 des Teamsters. Federated Investments partageait les mêmes locaux que FES et avait des intérêts encore plus vastes, incluant certains des restaurants les mieux gérés, les concessionnaires automobiles les plus actifs, les usines de béton et d'asphalte et, plus récemment, les cliniques de quartier et les soins de santé. Les murs de son hall d'entrée étaient couverts de plaques, de photographies et de récompenses de toutes les villes et de toutes les chambres de commerce de la banlieue nord-ouest, montrant des maires souriants serrant la main du président et fondateur de FES, M. Salvatore DiGrigoria. Le comble de l'ironie, c'est que "Sally Bats" gagnait maintenant beaucoup plus d'argent avec ses entreprises légales très éloignées qu'il n'en avait jamais gagné avec le racket.

"Monsieur DiGrigoria", comme l'appelaient invariablement ses employés et les flagorneurs et tapeurs de dos qui se tenaient avec lui sur les photos, était un petit bloc d'homme trapu aux épaules et aux avant-bras musclés, une grosse tête aux cheveux noirs clairsemés et une moustache fine comme un crayon. Certaines des personnes qui l'ont rencontré pensaient qu'il ressemblait à un tonneau de vin sur pattes, mais elles gardaient généralement ce genre d'observations pour elles. M. D. pouvait casser des noix à mains nues, et tu ne voudrais pas l'énerver lorsqu'il secouait l'une des tiennes dans la sienne. Contrairement à beaucoup de ses associés, en particulier ceux des familles de New York et du New Jersey, il était calme, poli et peu loquace, à moins qu'on ne l'y incite. Il n'a pas commencé par être un voyou, un voleur ou un tueur. Il a grandi dans "da garbage business", pas "the environmental business", "the sanitation business" ou "the trash business", et n'a jamais été gêné de l'admettre.

Au fil des ans, Salvatore a gravi les échelons du pouvoir et de l'influence au sein de la mafia de Chicago. Au fur et à mesure, il a commencé à détester les noms de films de la mafia et les anciens titres siciliens tels que "le Don", "Capo", "Consigliere" et tout le reste, et il a insisté pour qu'on l'appelle "Monsieur DiGrigoria". Il ne s'agissait pas d'une attitude hautaine de sa part. Quand on lui demandait d'où il venait, il répondait toujours qu'il était né et avait grandi dans la rue Maxwell. Lorsqu'on lui demandait ce qu'il faisait, il déclarait toujours et fièrement qu'il était "éboueur et membre en règle de la section locale 485 des Teamsters".

Il commence à travailler sur les camions à ordures pour son oncle Luigi, ou "Louie Griggs" comme on l'appelait. Salvatore travaillait surtout sur les itinéraires de ramassage des ordures dans le quartier difficile de West Side à Chicago, debout sur le pare-chocs arrière du camion de déménagement, s'accrochant avec son bras gauche, tout en attrapant et en soulevant les poubelles avec son bras droit, encore et encore, tout au long de la journée. Cela lui a donné un bras droit puissant et une perspective unique sur la vie.

À la mort de l'oncle Luigi, le frère aîné de Salvatore, Pietro, ou "Petey D", prend en charge le territoire du South Side, tandis que son frère cadet, Enzo, que tout le monde appelle "Da Kid" faute de mieux, prend en charge Milwaukee et le sud du Wisconsin jusqu'à la frontière de l'État de l'Illinois. Le territoire situé entre les deux, du Wisconsin jusqu'à Madison Street à Chicago, le 38e parallèle officieux ou DMZ entre les intérêts du North Side et du South Side de la ville, est devenu la propriété de Salvatore et de lui seul.

Les employés de bureau de Green Bay Road à Evanston vénéraient Monsieur DiGrigoria. La plupart d'entre eux travaillaient pour lui depuis des décennies et il connaissait leur anniversaire, le nom de leur conjoint, le nom de leurs enfants et même le nom de leurs petits-enfants. Il était très paternaliste envers chacun d'entre eux, et c'est ainsi qu'il pensait que tout employeur devait agir. S'il y avait une maladie dans la famille de l'un d'entre eux ou un problème personnel, Mister DiGrigoria semblait le savoir dès qu'ils le savaient, et s'attendait à être informé si eux ou quelqu'un de leur famille avait besoin d'aide. Il croyait aux vertus désuètes de l'honnêteté et de la loyauté envers son employeur. "Si un homme met du pain sur votre table, c'est le moins que vous lui devez. La déloyauté, la malhonnêteté, les détournements de fonds et les petits vols ne se produisaient jamais dans son bureau, et personne qui y travaillait n'aurait jamais eu l'idée de parler à un journaliste, à un flic ou à un avocat. Ils savaient ce qu'il en était.

En prenant de l'âge, les employés de bureau ont apprécié la sécurité personnelle et l'absence de criminalité dans les environs du bâtiment, de jour comme de nuit. Bien que le bâtiment et le parking adjacent soient équipés de lumières, de caméras de sécurité et de gardes privés, sans parler des visites fréquentes du "personnel de terrain" de l'entreprise, on disait que le principal moyen de dissuasion contre la criminalité de rue était un incident qui s'était produit quelque 35 ans plus tôt. L'histoire raconte que Monsieur DiGrigoria est tombé sur quatre jeunes hommes qui étaient en train de cambrioler une voiture et d'essayer d'agresser l'une des jeunes employées de la société dans le parking arrière de l'entreprise.

Les quatre voyous avaient la moitié de l'âge de Monsieur DiGrigoria, deux d'entre eux étaient des joueurs de football du lycée du West Side de Chicago, et ils portaient tous des couteaux ou des gourdins. Vingt minutes plus tard, lorsque la police est arrivée, le vieil homme présentait quelques coupures et contusions mineures, mais l'un des voyous était mort et les trois autres ont dû être transportés en ambulance, subir une intervention chirurgicale majeure et faire de longs séjours à l'hôpital avant d'être incarcérés, ce à quoi aucun d'entre eux n'a survécu. En clair, Monsieur DiGrigoria était un homme très moral qui n'appréciait pas les criminels, sauf s'ils travaillaient pour lui, bien sûr.

C'est la fin de la matinée. Salvatore DiGrigoria était assis derrière son grand bureau en chêne, dans son bureau d'angle du quatrième étage. Il n'avait plus de chaussures et enfonçait ses bas dans l'épaisse moquette en peluche, comme il en avait l'habitude. Il a grandi dans un appartement d'une seule pièce, situé dans un sous-sol à l'eau froide, avec un sol en linoléum nu et froid, près de Maxwell Street, dans le quartier difficile de West Side. Parfois, le jeune Salvatore n'avait pas de chaussures, et encore moins de chaussettes ou de tapis, alors remuer ses orteils dans son propre tapis en peluche est devenu l'un de ses délicieux petits plaisirs.

Bien qu'il ait investi de l'argent dans cette moquette haut de gamme, son bureau, la chaise de bureau en cuir surchargée, les deux fauteuils devant le bureau et même le canapé en cuir le long du mur latéral étaient des articles ordinaires d'un magasin de rabais. Comme lui, le bureau est solide comme un ouvrier, il n'est ni grand ni ostentatoire, et les meubles sont faits pour durer. Il n'y avait pas d'ordinateur sur son bureau, car Salvatore ne saurait pas comment en allumer un, et encore moins comment l'utiliser s'il en avait un. À la place, il utilise un bloc-notes jaune, une pile de commandes et de reçus de ventes, une demi-douzaine de crayons n° 3 fraîchement taillés, une machine à additionner à manivelle datant des années 1940 et un vieux livre de comptes à dos de toile verte posé sur le bureau devant lui.

Ce n'est pas que Federated Environmental Services n'ait pas d'ordinateurs. La plupart se trouvaient dans le service de comptabilité au deuxième étage. Ils étaient utilisés pour la myriade d'entreprises légitimes appartenant à FES et aux investissements fédérés, mais les rapports qu'ils produisaient étaient uniquement destinés à l'IRS, aux régulateurs de l'état et aux procureurs fédéraux et de l'état curieux, ou "Dem pricks !" comme Salvatore les appelait. Les seuls "livres" qui comptaient vraiment dans son entreprise étaient les livres de comptes verts en toile posés sur son bureau, où il écrivait dans un dialecte italien familier, soigné et abrégé, qui ne pouvait être compris que dans une poignée de très petits villages des collines au-dessus de Naples, en Italie, et qui lui avait été enseigné par sa grand-mère bien-aimée. À vrai dire, Salvatore n'avait pas non plus besoin des livres de comptes.

Comme l'oncle Luigi le lui a souvent répété, "Garde les bonnes choses là-haut, dans ta tête, mon garçon". Luigi a fait ses preuves en tant que jeune soldat de la mafia de Capone à la fin des années 1920. Le vieil homme rappelait souvent à son jeune neveu : "Quand les salauds de fédéraux ont fini par coincer 'Big Al', ce n'était pas pour des meurtres, des trafics d'alcool ou des 'rackets', c'était pour des impôts sur le revenu, pour ces putains d'impôts sur le revenu ! N'oublie pas ça, Sal. Le papier reviendra te mordre le cul ; alors, ne leur facilite pas la tâche !"

Ce n'est pas que Salvatore ne croit pas aux pratiques commerciales modernes, mais il croit beaucoup plus à la sécurité. Personne - aucun vendeur, aucun réparateur, aucun plombier, aucun électricien, personne - ne franchissait le hall d'entrée sans être autorisé par ses hommes et accompagné par l'un d'entre eux pendant toute la durée de l'opération. Ils balayaient quotidiennement les bureaux et les téléphones à la recherche d'insectes, et pas seulement ceux qui rampent. Récemment, il a installé un nouveau système de brouillage et d'acoustique de haute technologie, le "bruit blanc", qui a rendu inutilisables les microphones directionnels, les autres dispositifs d'écoute et même les téléphones portables, et qui a fait fuir les chiens du voisinage. Son bureau utilisait des téléphones à cadran "à l'ancienne".

Il n'y avait pas de télécopieurs, seulement une photocopieuse étroitement surveillée, pas d'Internet, pas de réseau informatique, pas de courrier électronique, pas de scanners et pas d'appareils d'enregistrement, où que ce soit. Les téléphones portables ? "Si je n'en ai pas besoin, personne n'en a besoin", répondait-il simplement. Même avec toutes ces précautions et la sécurité high-tech, à l'intérieur du bureau, il parlait avec des phrases réservées, quand il parlait tout court.

Monsieur DiGrigoria était en train d'inscrire les recettes de la semaine provenant des salles de cartes, des maisons closes, des prêts usuraires, des équipes de rue et des bookmakers dans une série de notes manuscrites cryptiques dans son tout nouveau livre de comptes. Lorsqu'il avait terminé, il le plaçait au-dessus d'une pile de 37 livres de comptes similaires, un pour chaque année où il dirigeait l'entreprise. À part soixante-dix ou quatre-vingt mille dollars de "petite caisse" à utiliser pour les permis municipaux, les achats mineurs et les pots-de-vin destinés aux poches de divers flics et inspecteurs locaux, tout ce qui se trouvait dans le coffre-fort était l'argent et les livres de comptes.

C'était la seule raison pour laquelle il possédait ce coffre-fort. C'était un énorme modèle Yale à double paroi qu'il avait hérité de son oncle Luigi. D'une hauteur de six pieds et d'une largeur de quatre pieds, il pesait plus de six cents livres à vide, ce qui nécessitait un renforcement spécial du plancher, une grue et une petite armée de déménageurs pour le monter au quatrième étage. Il a été spécialement construit pour Luigi, qui a ajouté un chiffre supplémentaire à la combinaison, ce qui le rend très difficile à craquer. Les parois intérieures du coffre-fort ont également été renforcées, et la quantité de Nitro qu'il faudrait pour faire exploser la porte ferait s'écrouler la moitié du bâtiment. Comme l'a dit fièrement son oncle Luigi, "Ça, c'est un coffre-fort !".

Salvatore était en train de terminer sa dernière série d'écritures méticuleuses dans le grand livre lorsque sa sœur aînée et secrétaire de longue date, Gabriela, l'a appelé par l'interphone pour lui dire que Tony Scalese souhaitait le voir. Les secrétaires, les avocats, les comptables, les sous-fifres et même les tueurs à gages peuvent aller et venir, mais comme le disait souvent l'oncle Luigi, "le sang est éternel". Quand il faisait les comptes, la porte du bureau de Salvatore était toujours fermée et verrouillée, les stores de la fenêtre baissés, et un opéra italien jouait sur son vieux phonographe Victrola, pour que Tony puisse attendre.

Gabriela savait que Salvatore ouvrirait la porte quand il serait prêt et pas une minute plus tôt. Il jeta un dernier coup d'œil aux entrées et aux chiffres, remit le livre de comptes dans le coffre-fort au sommet de la pile, ferma la porte, la verrouilla et fit tourner le cadran. Il a jeté les formulaires d'ordre de service et les reçus dans une déchiqueteuse de papier de qualité industrielle, qui se trouvait dans un coin et a transformé le papier en une fine poussière. De retour à son bureau, il enfila ses chaussures et sa veste de costume et redressa sa cravate. Ce n'est qu'ensuite qu'il se dirigea vers la porte et fit signe à Tony d'entrer.

Après que les deux hommes se sont installés dans leurs chaises, Tony

Scalese est entré dans le vif du sujet. "Ce 'truc' commence à échapper à tout contrôle, M. D, et je n'aime pas ça".

"Oui, moi non plus. Dommage, mais ça arrive", répond prudemment le vieil homme, comme à son habitude. "Nous avons gagné beaucoup d'argent avec les pilules et cette clinique, mais rien n'est éternel dans ce métier, Anthony. De plus, toi et moi, nous avons d'autres chats à fouetter."

"Tu penses qu'il est temps de le fermer ?"

"Je pense qu'il attire trop l'attention maintenant, comme ce connard d'O'Malley que je vois toujours claquer la bouche à la télé. Bientôt, quelqu'un commencera à parler, puis ce sera le film à 18 heures."

"Oui, monsieur, je suis tout à fait d'accord".

"Bien. Je vois beaucoup de choses bizarres ici, comme le type de l'avion."

"Oui, lui et *sa* grande gueule doivent disparaître... définitivement".

"Oui. Il n'est pas le seul, mais tu ferais mieux de faire en sorte qu'il soit le premier."

"Nous le cherchons, mais il est parti. Il a été un peu difficile à trouver."

DiGrigoria haussa les épaules. "C'est ce que j'ai entendu dire. Pourquoi ne presses-tu pas sa femme, ou son comptable ? Ce sont toujours les premiers à se plaindre. Mais ne t'approche pas de ce flic de Chicago. On n'a pas besoin de ce genre d'ennuis, mais quelqu'un sait où il est. Et après l'avoir tué, fermez tout le reste, tout le reste. Cet enfoiré de rat de la Fed, O'Malley, se rapproche beaucoup trop."

"Le médecin aussi ?"

"Surtout ce connard ! C'est une putain de Prévert. Il n'a aucun respect pour les femmes, et tu sais ce que je pense des préverts, Anthony. Pire encore, il est imprudent. Ferme-le et débarrasse-toi de lui. Les gros sous ont été faits de toute façon. Il ne reste plus que des cacahuètes. Transfère l'argent et les comptes bancaires aux Caïmans. Et débarrasse-toi aussi de ce crétin de Bentley. On ne peut jamais faire confiance à un flic véreux. Ne l'oublie pas. Ils n'ont ni loyauté, ni éthique."

"Oui, il serait le premier à se retourner contre nous".

"C'est ça le problème avec les détails, petit", dit DiGrigoria en se penchant sur le bureau et en fixant son jeune protégé avec les yeux les plus durs et les plus froids qu'il ait jamais vus. "Tu dois les couper avant que quelqu'un ne *te coupe*. Alors, sors ton bateau. Je veux que ces cons sortent d'ici et que je puisse les voir, si tu vois ce que je veux dire."

Scalese déglutit difficilement. Il savait exactement ce que le vieil homme voulait dire.

CHAPITRE DIX-SEPT

Alors qu'ils commençaient à sortir par la porte arrière du restaurant Bob Evans, Bob s'est arrêté, a tendu son bras droit et a bloqué le passage de Linda. "Attendez une minute, laissez-moi d'abord regarder dehors", dit-il en ouvrant la porte du parking. Il a effectué un rapide balayage tactique de la zone de gauche à droite, son entraînement prenant le dessus tandis que ses yeux fouillaient les voitures garées et les espaces ouverts à la recherche d'une menace potentielle ou d'une anomalie.

"Pas de problème, simple vérification", lui dit-il en essayant d'avoir l'air décontracté, mais il voyait bien qu'elle n'était pas convaincue. "Nous pouvons y aller."

Il lui a ouvert la porte, mais en passant, elle s'est enroulée autour de son bras droit. "Je me suis dit qu'on devrait faire semblant d'être un couple. Tu sais, le camouflage et tout ça", dit-elle avec un sourire nerveux.

"Euh, attends une minute", dit-il en retirant son bras.

"Oh, mon Dieu, oublie que j'ai fait ça, Bob. Parfois, je peux être tellement stupide", dit-elle en lâchant rapidement prise et en reculant, gênée.

"Non, non, ce n'est pas ça", a-t-il répliqué en se plaçant de l'autre côté d'elle et en tendant son bras gauche. "Tiens, prends celui-ci. Je préfère garder ma main droite libre, au cas où... eh bien, tu sais", dit-il en se penchant plus près d'elle pour lui expliquer. "Au cas où il y aurait quelqu'un dehors qu'on préférerait ne pas croiser".

Elle le regarde sans broncher pendant un moment. "Bon sang, j'ai entendu des excuses bidon dans ma vie", dit-elle en souriant soudain et en s'enroulant autour de son bras gauche cette fois, pressant contre lui ses petits seins fermes et serrant fort.

"Tu as raison", dit-il en souriant. "C'est un assez bon camouflage".

Elle lève les yeux vers lui pendant une seconde, puis finit par dire : "Ces deux jours ont été tellement fous et terrifiants. Tout ce que tu as fait, c'est essayer de m'aider, et je me suis comportée comme une idiote en ne te croyant pas et en ne te faisant pas confiance."

"Après ce que tu as vécu, je comprends", a-t-il dit alors qu'ils franchissaient la porte et se dirigeaient vers sa voiture. Malheureusement, ils étaient tellement occupés à parler, à sourire et à se toucher qu'ils n'ont pas remarqué que deux hommes sortaient du restaurant derrière eux.

"Très bien, Monsieur, c'est assez loin !" Bob entendit et tourna la tête au loin pour voir qu'il s'agissait du gérant du Bob Evans et d'un agent de sécurité privé en surpoids et au visage poupon. Ils se tenaient dans l'embrasure de la porte derrière lui, à moins de trois mètres. Le soleil matinal se reflétait sur les lunettes épaisses du gérant qui tenait le journal du matin et le montrait à Burke. L'agent de sécurité portait un vieux revolver de police Smith and Wesson Model 10 de calibre 38 dans un étui sur sa hanche. Les yeux écarquillés, il l'a sorti et l'a pointé sur Bob. La main du garde a tremblé, et il était évident que le gamin se trouvait maintenant en territoire inconnu.

"Whoa !" Bob a répondu en se retournant et en voyant le pistolet. "Fais attention avec ce truc".

"Non, vous faites attention, Monsieur... Burke !" dit le gérant en désignant le journal. "C'est vrai, nous savons qui vous êtes", ajoute-t-il en désignant la photo de Bob sur la première page, en dessous du titre qui dit : "Chasse à l'homme en banlieue".

"Oh, pas encore ce truc !" Bob riposte rapidement en levant les mains en signe de frustration, en secouant la tête et en riant. "Une fois qu'ils ont imprimé ce genre de choses, il n'y a pas une foutue chose que tu puisses faire", a-t-il ri en commençant à marcher vers eux, se maintenant entre Linda et le revolver.

"C'est assez près, Monsieur !" prévient l'agent de sécurité d'une voix aiguë en levant le revolver plus haut et sa main se met à trembler encore plus.

"Cette photographie - ce n'est pas moi. Ils les ont inversées. Je suis entraîneur de soccer et ils faisaient un reportage sur notre équipe, mais ils ont publié ma photo avec l'histoire de cet homme, et sa photo avec la mienne. Ils se sont excusés, mais comme tu peux l'imaginer, c'est tout ce que j'ai entendu au bureau ce matin", ajoute Bob en lisant le badge du gros agent de sécurité et en continuant à marcher vers eux. "Regarde la photo, Leonard", dit-il en montrant le journal. Comme un lemming, Leonard a tourné la tête et a regardé, et c'est à ce moment-là que Bob lui a arraché le pistolet de la main. Les mains de Bob bougeaient si vite qu'il aurait pu attraper des mouches. Il saisit le pistolet de la main gauche, sa paume tenant le marteau en arrière, et le tordit, tandis que sa main droite saisissait l'avant-bras de Léonard. Bob enfonça son pouce dans un nerf du coude de Leonard et retira le pistolet de la main molle du garde avant même que Leonard ne s'aperçoive de sa disparition.

La mâchoire du garde s'est décrochée lorsqu'il a regardé sa main vide, puis Bob.

"Je t'ai dit de faire attention avec ce truc, Leonard", dit Bob en jetant un coup d'œil sur le terrain. "Ces vieux Smith et Weson .38 n'ont pas de sécurité, tu sais. Tu aurais pu blesser quelqu'un. Maintenant, venez tous les deux", leur dit-il en agitant nonchalamment le revolver en direction de l'enceinte de la benne à ordures située à vingt pieds de là, le long de l'arrière du bâtiment. Il les accompagne jusqu'à l'enceinte, ouvre la porte et les fait entrer.

"Je peux tirer sur ces deux-là ?" Linda a demandé. "Tu as tiré sur les derniers".

"Eh bien", Bob s'est arrêté un instant, regardant les deux hommes puis la jeune femme comme s'il prenait une décision. "Nan, je ne pense pas que ce sera nécessaire ; et vous, les gars ?" demanda-t-il en se penchant et en ouvrant les poches de la ceinture d'équipement d'agent de sécurité en cuir verni de Leonard. Il en sortit deux chargeurs rapides qu'il jeta dans la benne. "Pas de menottes ? C'est logique", grommela-t-il, mais il trouva une poignée de liens en plastique Kwik-Cuff, le dernier cri en matière de "jouets de flics", et les sortit. "Asseyez-vous, tous les deux." Il a fait signe vers le socle de béton sale à côté de la benne à ordures. "Vous n'étiez pas dans l'armée de l'air, n'est-ce pas, Leonard ?" Bob demande, mais le garde secoue rapidement la tête pour dire non. "Je suis juste curieux, parce que je crois que j'ai rencontré ton frère jumeau".

Il utilisa les attaches zip pour fixer leurs poignets, puis la main d'un homme à la cheville de l'autre, comme il l'avait fait avec Bentley, Bobby Joe et Ernie Travers la nuit précédente, pour finalement les attacher à l'épaisse poignée en acier de la benne à ordures. "Si j'étais toi, Leonard, je trouverais un nouveau métier, peut-être la Poste, parce que tu vas te blesser en faisant ce genre de choses".

"D'accord, allons-y", a-t-il tourné et dit à Linda en jetant également le revolver de calibre 38 dans la benne à ordures.

"Vous ne vous en tirerez pas comme ça, Monsieur !" Le gérant du restaurant lui jette un coup d'œil, le visage rouge.

Bob baisse les yeux sur son badge. "George ? Bien sûr que oui. Écoute, je suppose que tu as fait ton chemin dans les rangs de 'Bob Evans' ici dans la banlieue, et qu'ils t'ont finalement donné ton propre magasin, n'est-ce pas ? " demanda-t-il au gérant, qui hocha la tête à contrecœur. "Eh bien, réfléchis-y, George. Aucun coup de feu n'a été tiré, personne n'a été blessé, et tu pourras te vanter auprès de tes patrons dans l'Ohio que toi et Leonard avez *sauvé le* restaurant. Tu as fait sortir un meurtrier vicieux et sa petite amie psychopathe de ton magasin, dans le parking et loin de tous tes clients qui payaient bien ; et tu as sauvé la caisse enregistreuse, en plus. Mec, si tu joues bien le coup, ça devrait faire la une de tous les journaux cet après-midi, et peut-être même faire la une des journaux nationaux. Vous serez tous les deux des héros dans l'Ohio, alors il me semble que c'était une sacrée bonne matinée pour vous."

Alors que l'ampoule s'allume lentement derrière les grosses lunettes du gérant, Bob ajoute : " Mieux encore, votre petit Bob Evans va devenir une attraction touristique locale. Tu peux mettre une plaque en laiton brillante sur ce stand qui dit 'Le stand du petit déjeuner de Bonnie et Clyde', et les gens feront la queue pour prendre des 'selfies' assis dans *notre* stand en train de manger une assiette de tes biscuits et de ta sauce. Mon Dieu, les possibilités de promotion sont infinies !" Il a laissé couler un moment, puis a ajouté : "Malheureusement, je n'ai rien fait de tout ce dont ils parlent dans le journal. Tout cela sera éclairci dans trois ou quatre jours, alors il faut que tu publies ton histoire aujourd'hui et que tu la traites pour ce qu'elle vaut avant que cela n'arrive."

"Tu vas nous laisser attachés ici comme ça ?", grince le gérant.

"Oh, tais-toi George", lui dit Léonard. "Comment veux-tu qu'il nous quitte ?"

"Léonard a raison, George, ça pourrait être bien pire. Alors assieds-toi là et tiens-toi bien. Je suis sûr que quelqu'un viendra te chercher dans peu de temps. En attendant, passez tous une bonne journée."

Bob entraîne Linda hors de l'enceinte de la benne à ordures et referme le portail derrière eux. "Cela devrait les retenir pendant un moment. Partons d'ici", dit-il en continuant à balayer le terrain du regard jusqu'à ce qu'ils atteignent sa voiture.

La cabine "Bonnie and Clyde" ? Pas mal, pour un 'gars du téléphone'. "

"Oh, ce n'était rien. Quand tu as demandé si tu pouvais être celui qui tirerait sur ces deux-là, j'ai cru que Léonard allait mouiller son pantalon sur le champ."

"C'était un peu méchant de ma part, n'est-ce pas ?" Elle a essayé de ne pas rire trop fort. Lorsqu'ils ont atteint sa voiture, il est sorti du parking, a remonté le chemin jusqu'à Mannheim Road et s'est dirigé à nouveau vers le nord. "Écoute, Bob, nous avons les rapports et la clé USB qu'Eleanor a laissée. Si nous avons besoin d'un ordinateur pour l'ouvrir, pourquoi ne pas aller en acheter un ?"

"Je préfère d'abord essayer mon ami Charlie. Il est mon chef des finances et de la comptabilité, et c'est le plus proche d'un as de l'informatique que je connaisse. Même si elle a crypté la clé USB, il a un logiciel qui peut ouvrir n'importe quoi en deux secondes. C'est pourquoi je dois l'appeler pour savoir s'il a appris quelque chose", lui dit Bob en regardant par la fenêtre côté conducteur et en voyant qu'ils passaient devant une longue file de motels et de fast-foods. "Je suis sûr qu'il doit y avoir une cabine téléphonique dans l'un de ces halls de motel. Ça ne prendra pas beaucoup de temps."

"Tiens." Elle a fouillé dans son sac à main et en a sorti son téléphone portable. "Utilise le mien".

"Non, non", a-t-il souri. "À l'heure qu'il est, ils te chercheront aussi, et un téléphone portable est trop facile à tracer. Il laisserait une trace électronique de moi jusqu'à toi."

"Ils ?" demande-t-elle.

"Au minimum, les fédéraux ; et je ne veux pas que tu sois plus impliqué que tu ne l'es déjà".

"D'une certaine manière, je ne pense pas que cela ait encore de l'importance", a-t-elle souri tristement.

"Scalese et ses copains sont probablement en train de te chercher aussi, mais je doute qu'ils aient la technologie interne. À mon avis, ils paient des gens de la compagnie de téléphone ou même du FBI pour obtenir ce qu'ils veulent. En tout cas, n'utilise pas le téléphone portable et nous devrions retirer la batterie", lui dit-il en lui tendant la main pour prendre son téléphone. "Ils peuvent te suivre grâce au GPS".

"Je peux le faire !" dit-elle, commençant à montrer son irritation et sa frustration. "Si tu as une fille de six ans, tu apprends à démonter un téléphone portable, à mettre une batterie Walmart, à retirer la carte SIM ou à le désactiver quand les enfants décident qu'ils n'aiment pas tes règles."

"Un enfant de six ans avec un téléphone portable ?"

"Hé, ne m'en parle pas. Tu as des enfants ?" Elle s'est retournée et l'a regardé fixement. "Non, je ne pensais pas que c'était le cas. Avec un enfant de six ans, certains jours, tu fais ce qu'il faut pour t'en sortir", dit-elle en ouvrant le dos du téléphone, en sortant la batterie et en refermant l'étui.

"J'ai compris, et tu as raison ; je m'excuse. Ce ne sont vraiment pas mes affaires", dit-il en se retournant et en la voyant le fixer avec une expression étrange sur le visage. "Quoi ?" demande-t-il, confus, en essayant de la suivre.

"Eh bien, pour un Néandertalien, tu es très poli".

"Un Néandertalien ?"

"Le terme couvre beaucoup de territoires, mais c'est ainsi que j'appellerais n'importe quel type qui a manifestement passé la plupart de ses années de développement à courir dans les bois avec une bande d'autres types en tirant sur des choses et en faisant exploser des trucs, sans qu'une douce touche féminine ne vienne meuler les bords tranchants."

"Mouture en bas ?"

"Ne fais pas le malin ! C'est plutôt toi, n'est-ce pas ?"

"Oh, je pense que je suis un peu plus compliqué que ça", a-t-il répondu penaud.

"Je n'en doute pas, mais maintenant, ma fille et moi, ça te regarde beaucoup, Robert Burke, que tu le veuilles ou non. Après tout, c'est toi qui m'as donné le courage de leur tenir tête, et je te dois beaucoup."

"Oh, je pense que tu as eu le courage depuis le début", dit-il en se garant sur le parking d'un Sheraton Inn, en faisant le tour par la porte arrière et en garant sa Toyota derrière la benne à ordures de l'hôtel.

"Je ne pensais pas devoir me rattraper aussi vite, mais derrière la benne à ordures ? Les gens classes y entrent et prennent une chambre", dit-elle avec une expression drolatique.

Il s'est retourné et l'a regardée, tout aussi drolatique. "Même si je suis sûr que cette perspective est vraiment agréable, je ne me suis arrêté ici que pour passer un coup de fil."

"Alors une chambre, c'est hors de question ?" Il lui a jeté un regard, alors elle a ajouté : "Je plaisante".

"Je n'en doute pas, mais les pierres qui roulent n'amassent pas de balles. Attends ici et sois sage. Je n'en ai que pour quelques minutes", dit-il en sortant de la voiture et en regardant autour du parking.

"Tu veux que je klaxonne si je vois quelque chose ?"

"Non, descends sur le siège ou sur le sol et reste là. Je m'occupe du reste."

"Tu t'occupes du reste ? Pourquoi cela ne me surprend-il pas ? ", marmonne-t-elle, mais il est déjà parti.

Il est entré dans le motel par la porte de service arrière et a marché dans le couloir en direction du hall d'entrée. Près de la piscine, il a vu une cabine téléphonique. Il a essayé le numéro de téléphone portable de Charlie. L'appel est immédiatement tombé sur sa boîte vocale, alors Burke a raccroché. C'est bizarre, pensa-t-il. Le gros comptable ne se déplaçait jamais sans son téléphone portable. Il n'était jamais hors de sa portée. Il a appelé le numéro direct du bureau de Charlie, mais a obtenu le même résultat - pas de Charlie, seulement un enregistrement. Finalement, à contrecœur, Bob a essayé le numéro principal de Toler TeleCom. Il ne voulait pas vraiment parler à Margie ni à aucun membre du personnel, mais il n'avait pas le choix. À sa grande surprise, une nouvelle réceptionniste a répondu. Elle avait l'air jeune et trop confiante, comme une certaine presque ex-femme qu'il connaissait. Lorsqu'il lui a demandé de le mettre en contact avec Charlie Newcomb, tout ce que la femme a répondu a été : "Je suis désolée, mais M. Newcomb ne fait plus partie de l'entreprise."

"Alors, peux-tu me mettre en relation avec le poste de Maryanne ?" demande-t-il.

"Je suis désolée, mais Maryanne est retenue par des réunions avec le président".

"Le président ?"

"Oui, Mme Burke", dit-elle avec enthousiasme.

"Et Margie, elle est là ?"

"Elle a été réaffectée aux achats. Voulez-vous lui laisser un message, à elle ou à Maryanne ?"

"Non, merci, je rappellerai", a-t-il dit et il a rapidement raccroché. Bob était surpris, mais avec une idée plus claire de ce qui se passait derrière. Il se retourna et marcha dans le couloir vers la porte arrière, la tête baissée, plongé dans ses pensées. Il s'attendait à ce qu'Angie fasse quelque chose comme ça, mais la rapidité de son attaque l'avait surpris. Alors qu'il était peut-être un expert en tactiques et stratégies militaires, il se sentait comme un novice dans ces batailles d'affaires. Angie lui a "volé la vedette", comme l'a décrit l'un de ses professeurs de

West Point, un peu comme Albert Sidney Johnston l'a fait avec Ulysses Grant à Shiloh. Grant a fini par gagner la bataille et la guerre, mais celle-ci est devenue une affaire sanglante. Angie est passé à l'action alors qu'il mangeait des biscuits et de la sauce dans un Bob Evans. Il était temps qu'il sorte la tête de son cul et qu'il rattrape son retard.

Lawrence Greenway a passé la dernière demi-heure dans la salle de repos à appliquer de l'eau froide et une pile d'essuie-tout sur le côté de son visage pour que les entailles dans sa joue cessent de saigner, et pour laver les pires taches de sa veste de costume. Heureusement, le costume était sombre et les taches à peine visibles. Il aurait aimé pouvoir en dire autant du côté de son visage. Il était rouge et brûlant, avec des blessures profondes et suppurantes. Finalement, il retourna dans la sécurité relative de son bureau, jeta sa veste de costume sur une chaise de côté pour la faire sécher, et s'effondra sur sa chaise de bureau lorsque Tony Scalese fit irruption dans son bureau. Greenway lève les yeux et secoue la tête. "Anthony, je ne suis pas du matin. Et ce matin ? Eh bien, ça n'a pas été très amusant, alors laisse-moi tranquille."

Scalese ignore les plaintes. "Tais-toi, Doc, et écoute ça", dit le grand Italien en s'approchant du bureau de Greenway, en sortant un enregistreur vocal portatif et en le mettant en marche. "L'un des avocats de M. D. a un gars du labo du FBI sur le plateau. J'ai enregistré ceci pendant qu'il me le faisait écouter au téléphone. Le son n'est pas très bon, mais tu vas comprendre."

Dès que l'enregistrement a commencé, Greenway a reconnu la voix de Burke alors qu'il parlait à son ami Charlie de s'emparer des livres et des dossiers du CCH. "Ce stupide Bentley !" Greenway s'enflamme. "Je croyais que tu avais dit qu'il s'occupait de ce Burke."

Scalese grogne. "C'est notre tour. On dirait que toi et moi allons devoir nous occuper de cette merde nous-mêmes."

Greenway se rassit sur sa chaise et réfléchit un instant. "J'ai une idée, Anthony. Séparons-nous. Je vais aller voir cette réceptionniste, Sylvester, et découvrir ce qu'elle sait, pendant que tu retrouveras son ami comptable. Qu'en penses-tu ?"

Scalese s'est penché en avant et a posé ses deux poings charnus sur le bureau du médecin, tandis que son regard s'assombrissait et se mettait en colère. Greenway a rapidement reculé.

"Très bien, très bien, Anthony. Je suppose que nous devrions *tous les deux* rendre visite à M. Newcomb. Peut-être qu'avec la bonne motivation, nous pourrons le persuader de nous dire où nous pouvons trouver son ami indiscret."

"C'est mieux, *Larry*. Retrouve-m'en bas dans ma voiture dans deux minutes et apporte ton petit sac médical. On ne sait jamais quand quelqu'un aura besoin d'un médecin."

CHAPITRE DIX-HUIT

C'était la fin de la matinée. Angie continuait à éplucher les livres de Toler TeleCom, les états financiers et les documents officiels, en essayant d'y trouver un sens. Sur le papier, elle s'était spécialisée dans les affaires à Northern Illinois, mais c'était pour apaiser son père. Elle s'intéressait plutôt aux fêtes de fraternité, à la bière, aux vacances de printemps à Cancun et à l'équipe de football. Lorsqu'il s'agissait d'un état financier sérieux, d'une déclaration d'impôts ou de la SEC, de la comptabilité analytique ou de tableaux d'amortissement étendus, son père avait beau lui marteler cela dans le crâne aussi longtemps qu'il le voulait, cela restait grec pour elle. D'ailleurs, quelle différence cela faisait-il ? Si elle avait une question de comptabilité, elle *appellerait l'un de ces foutus comptables !* Malheureusement, elle ne s'attendait pas à les virer tous dans un accès de dépit et à devoir se débrouiller toute seule. Oups !

Elle fixe la pile de livres et de papiers qui jonchent le bureau et gisent en une demi-douzaine de piles à ses pieds, frustrée et certaine que Charlie Newcomb lui a fait ça intentionnellement. Ce gros salaud. Il savait que leurs jours étaient comptés et qu'elle prendrait la relève, alors il a tout compliqué deux fois plus, pour qu'elle se sente stupide. Elle se retourna et regarda l'horloge sur la crédence. Il était 11 h 21. Avant que Bob n'arrive, elle "donnait un coup de main" au service des relations publiques, comme l'appelait son père. Elle arrivait généralement au bureau vers 9 h 30 et partait à 11 h pour une leçon de tennis ou un rapide neuf trous de golf. Après un massage et un déjeuner tardif au club, elle retournait au bureau vers 15 heures pour une heure ou deux. Elle avait beau essayer, il était difficile d'être trop sérieuse après quelques martinis spectaculaires. Oui, se dit-elle, Charlie lui a fait ça intentionnellement.

Assise sur la grande chaise de bureau de Bob, elle a regardé ses jambes. Elle a relevé sa jupe et a étudié ses cuisses. Elle les a giflées plusieurs fois, s'est levée et a serré ses fesses, fort. Mon Dieu, c'était pire que ce qu'elle pensait. Les dix kilos se dirigeaient vers les quinze, pas vers les cinq. Elle les *sentait s'*accrocher à elle comme de gigantesques boules de cellulite, alors qu'elle était assise ici et regardait... des chiffres ! Au lieu de frapper une balle de tennis sur le court ou de se dépenser à la salle de sport pour ramener son gros cul au poids qu'elle avait le jour de son mariage, la voilà assise dans ce bureau, derrière un pupitre, à faire semblant de comprendre des rapports de comptabilité, de vente et de finance d'entreprise. Pendant combien de temps ? Une semaine ? Un mois ? Un an ! Comment peut-elle être aussi stupide ?

Heureusement, on a frappé à la porte de son bureau pour la sortir de sa dépression passagère. Maryanne a passé la tête à l'intérieur et a dit : "Il y a un certain M. O'Malley qui veut te voir. Il n'a pas de rendez-vous mais..."

"Je sais qui c'est", a répondu Angie d'un air morose. "Fais-le entrer".

Le procureur américain Peter O'Malley est entré, mallette à la main, et a pris l'une des deux chaises en face de son bureau sans attendre une invitation. "Quel plaisir de vous revoir, Mme Burke".

"Joli, mais la vue est loin d'être aussi excitante, n'est-ce pas Peter ?"

"Non, mais ta situation semble s'être considérablement améliorée depuis hier, n'est-ce pas ? Tu étais très belle en te relaxant à la piscine, mais tu es encore plus belle ici, derrière le bureau de ton mari. Imagine ! Et moi qui croyais que tu ne t'intéressais pas beaucoup aux affaires."

"Oh, pas du tout", dit-elle en riant. "En fait, je ne le supporte pas. La comptabilité m'endort. J'ai essayé la vente, mais je ne sais pas mentir assez bien pour être bonne dans ce domaine. Tous les trucs techniques de télécommunication ? Ça me donne la migraine. Admettons-le, je ne suis pas fait pour les affaires, mais je le sais. Si je le pouvais, je vendrais cet endroit aujourd'hui, je prendrais l'argent et je siroterais des martinis sur la plage ; mais maintenant, je ne peux même pas faire ça. La perte de ce contrat avec le ministère de la Défense a détruit nos multiples d'évaluation, et je vais peut-être devoir commencer à travailler."

"Alors, c'est tout ce qu'il faudrait pour te rendre heureux ? Récupérer le contrat du ministère de la Défense ?"

"Eh bien, ce n'est pas la *seule* chose, Peter", a-t-elle répondu avec un sourire sexy. "Mais ça pourrait être un bon début".

"Tu sais, ce contrat ressemble beaucoup à ton ordonnance, *Angie*. Aucun des deux ne vaut le papier sur lequel il est écrit, et je devrais le savoir. C'est moi qui les écris. Je peux les faire apparaître ou disparaître aussi vite que tu claques des doigts ; et je peux faire la même chose pour les accusations de meurtre de ton mari, si je le veux."

"Imagine ça ?", a-t-elle répondu. "La chaîne de télévision locale dit que la moitié des flics du nord-est de l'Illinois sont après lui pour meurtre".

"Le meurtre est un délit très grave".

"Oh, très sérieux, *Peter*", murmure-t-elle en se penchant plus près. "Je ne suis pas avocate, mais j'avais l'impression que le *meurtre* était un délit d'État, pas un délit fédéral ?"

"Oh, peut-être oui, peut-être non. Tout dépend de ma motivation."

"Wow ! Tu veux dire qu'un procureur peut vraiment faire disparaître une accusation de meurtre dans l'État ?" demande-t-elle en claquant des doigts, "comme ça ?".

"Je peux faire en sorte que beaucoup de choses se produisent, Mme Burke. Je peux faire disparaître les problèmes de votre mari, ou je peux le laisser tomber dans un trou sombre et profond dont il ne sortira jamais."

"Et tout ce dont tu as besoin, c'est d'une bonne motivation ? Comme c'est délicieux !"

O'Malley lui a souri. "Une femme selon mon propre cœur".

"Moi ? Oh, je n'en veux au cœur de personne, *Peter*. Je veux ce maudit contrat de la Défense et je veux que Bob Burke soit en prison et hors de ma vue assez longtemps pour que je puisse me débarrasser de cet endroit."

O'Malley reposa son menton sur le bout de ses doigts et prit un air perplexe. "Mais si je l'enferme, quel intérêt aurait-il à témoigner pour moi contre Greenway ?".

"Je peux généralement faire faire à Bobby beaucoup de choses qu'il préférerait ne pas faire. Tout ce que j'ai à faire, c'est de faire appel à son sens de la morale et du devoir civique. Fais-moi confiance, je peux le faire témoigner. Une fois qu'il l'aura fait, tout ce que tu auras à faire, c'est de trouver une raison d'annuler ton petit accord avec lui et de l'enfermer à nouveau."

"Et c'est ce que je voudrais faire, parce que..."

"Parce que vous auriez Greenway et ce type DiGrigoria qui vous fait saliver, vous auriez une nouvelle condamnation pour meurtres multiples sur Bobby pour laquelle vous pourriez tenir des conférences de presse et vous en vanter auprès des électeurs, et - osons le dire - vous auriez le petit vieux que je suis. Je t'assure que je peux être très motivant et très, très appréciable."

"Très, très ?" O'Malley sourit. "Et tu vaux vraiment tous ces ennuis ?"

"Oh, tu n'as pas idée ! Je sais comment *apprécier* un homme dont tu n'as même jamais rêvé."

"Aussi charmant que cela puisse paraître, et pour qu'il n'y ait pas de malentendu, lorsque je convoquerai le Grand Jury, je dois faire témoigner votre mari contre Greenway, en donnant aux jurés une image lugubre et à glacer le sang de ce qu'il a vu se dérouler sur ce toit. Et si tu peux t'arranger pour que son pote Charlie apporte son témoignage à l'appui, ce serait encore mieux."

"Je pense que je peux le faire, Peter, parce que je dispose d'un "levier" unique et que je peux être très persuasif. Mais n'oublie pas le marché : Bobby et Charlie témoignent, j'obtiens le contrat du ministère de la Défense et Bobby s'en va pour un long, très long moment."

"Et je reçois ?"

"Pourquoi, la petite vieille moi, bien sûr, et ne sera-ce pas amusant ?" dit-elle avec un sourire malicieux.

Bob Burke est sorti par la porte arrière du motel et s'est précipité vers la Toyota de Linda. À l'expression de son visage, elle pouvait voir qu'il y avait des problèmes.

"Très bien, qu'est-ce qui ne va pas ?" demande-t-elle.

"Eh bien, retrouver Charlie risque de prendre un peu plus de temps que prévu, et les choses se sont aussi compliquées au bureau", dit-il en mettant la voiture en marche et en retournant sur la route 83, en tournant vers le nord et en se dirigeant vers la route à péage.

"Plus compliqué ? Pour toi ? C'est difficile à imaginer."

"On pourrait le croire, mais ma chère et future ex-femme Angie a obtenu une décision de justice lui donnant la garde de mon entreprise. Je m'y attendais, mais pas aussi vite. Apparemment, elle a débarqué ce matin, a pris les rênes de l'entreprise et a licencié Charlie et beaucoup d'autres."

" Euh, "ta chérie *bientôt ex-femme*" ? ", demande-t-elle en se retournant. " Je vois que tu portes une bague et je déteste être curieuse, mais qu'est-ce que c'est censé vouloir dire ? Oui, non, peut-être ?"

"Ça veut dire exactement ce que j'ai dit. Notre mariage était sous respirateur artificiel, puis il s'est effondré quand son père m'a confié la direction de l'entreprise à sa place. Elle l'a pris *très* personnellement. Elle a refusé de me donner le divorce, et maintenant cela s'est transformé en une grande bagarre commerciale pour savoir qui va diriger Toler TeleCom. Si tu ajoutes cela à mes autres "difficultés juridiques", elle me botte les fesses ; j'espère que ce ne sera pas pour longtemps, mais quand ça finira, ce ne sera pas beau à voir."

"Mais c'est fini maintenant, je veux dire entre vous deux ?".

"Oh, oui, c'est terminé. Tôt ou tard, elle se lassera de me planter des épingles et elle se calmera. Nous mettrons de côté la bataille commerciale et nous ferons signer les papiers du divorce, et elle prendra un tas d'argent et ira bouder avec son tennisman professionnel pendant un certain temps."

"Son tennisman professionnel ?"

"Ou son professionnel de golf, l'un de ses avocats, ou toute autre personne dont elle pense qu'elle pourrait me faire du mal. Angie croit à la guerre thermonucléaire, au combat jusqu'à la mort et au fait de ne pas faire de prisonniers."

"Quel petit gâteau ! Et c'est vraiment terminé, entre vous deux ? Parce que je ne..."

"Détends-toi. C'est fini depuis longtemps."

"Je n'aurais pas dû demander", a-t-elle détourné le regard, soudain embarrassée. "Ce ne sont pas mes affaires".

"Comme si ta fille n'était pas la mienne ? Je pense que nous avons tous les deux bien dépassé ce stade, n'est-ce pas ? Ou, du moins, je l'espère."

Elle le fixe un instant et acquiesce. "Je l'espère aussi, mais je suppose qu'il faudra voir, n'est-ce pas ?" ajouta-t-elle. "Alors, quel est le plan ? Où allons-nous ?"

"Nous avons encore besoin d'un ordinateur, mais ça va devoir attendre. Nous devons nous débarrasser de cette voiture."

"*Ma* voiture ? Je vous demande pardon", dit-elle. "Je l'aime bien et c'est la mienne".

"Ce ne serait que temporaire. La voiture et ces plaques d'immatriculation sont trop chaudes. C'est pourquoi nous devons en acheter une nouvelle."

"Tu veux dire en louer un ou quelque chose comme ça ?" demande-t-elle.

"Non, cela créerait une nouvelle trace écrite. De plus, toutes les sociétés de location de voitures exigent des cartes de crédit, et je n'ai ni les miennes ni mes cartes d'identité. Elles sont dans mon portefeuille, sur la table de mon appartement. Je suppose que je pourrais y retourner et essayer de les attraper une fois la nuit tombée, mais les flics ont probablement mis mes affaires dans des sacs et les ont étiquetées il y a longtemps."

"Non, non, mes nerfs ne supporteraient pas que tu t'introduises à nouveau quelque part. J'ai quelques cartes de crédit. Tu ne peux pas utiliser l'une d'entre elles ?"

"Ils ont déjà bloqué la sécurité de la mienne et probablement de la tienne aussi. D'ailleurs, je ne pensais pas à 'louer' une voiture, Linda, je pensais à en 'emprunter' une, peut-être sur le terrain de longue durée à O'Hare. Il y a de fortes chances qu'elle ne manque à personne pendant quelques jours, voire plus."

"Emprunter ? Comme c'est pittoresque. Tu veux dire en voler un, n'est-ce pas ?"

"Tomates, to-mah-toes, mais "voler", ça sonne un peu fort, tu ne trouves pas ?", sourit-il.

"Bob, là où j'ai grandi à Détroit, la plupart des gars avaient Grand Theft Auto dans leur CV dès la huitième année", dit-elle en riant. "Une chose, cependant, ma fille sort de l'école à 15h30. Je dois être là pour la récupérer, puis je l'emmène chez ma sœur à Prospect Heights. Je ne veux pas qu'elle s'approche de ce genre de choses."

"Bonne idée", dit-il en hochant la tête. "Après avoir changé de voiture, nous passerons chez Charlie, puis nous irons chercher Ellie", lui dit Bob en plongeant la main dans l'enveloppe brune, en sortant la clé USB qu'Eleanor avait laissée et en la brandissant. "Entrer dans ce truc serait un jeu d'enfant si j'étais au bureau ou si je pouvais accéder à ma propre machine à la maison. Je pourrais l'ouvrir comme une canette de bière, mais je suppose que ces deux solutions sont exclues."

"J'ai un ordinateur chez moi, et c'est beaucoup plus proche", a-t-elle proposé.

"Non, les flics surveilleront mon appartement et après ce que tu as dit avoir fait au visage de Greenway, les gens de Scalese surveilleront aussi ta maison ;

donc ces solutions sont exclues. En plus, la clé USB est probablement cryptée, et Charlie a toutes sortes de logiciels."

"Tu ne penses pas qu'ils le surveilleront aussi ?"

"Je ne sais pas. Je suppose que ça dépend du nombre d'hommes qu'ils ont, mais d'une manière ou d'une autre, nous devons le découvrir. Nous avons les rapports et si le contenu de la clé USB permet de faire le lien, cela nous aidera à négocier avec O'Malley et les flics locaux", a-t-il ajouté.

"Tu penses que c'est suffisant pour mettre Greenway et les autres en prison ?".

"Crois-tu qu'Eleanor aurait risqué sa vie pour moins que ça ?"

Linda a réfléchi à la question pendant un moment. "Non, elle était courageuse ; mais elle n'était pas stupide".

"C'est pourquoi nous avons besoin de l'ordinateur de Charlie. Mais nous devons d'abord changer de voiture, puis nous trouverons comment craquer la clé USB."

Que Tony Scalese soit d'accord ou non avec Monsieur DiGrigoria, c'était le Patron, et Tony faisait toujours ce que le vieil homme lui disait de faire. En roulant vers l'ouest sur Golf Road, puis vers le sud sur la Route 53 en direction des bureaux de CHC à Indian Hills, la circulation de la mi-journée était aussi dense que d'habitude, mais Tony s'en moquait. Cela lui donnait le temps de réfléchir.

Le vieil homme l'a chargé des lucratives escroqueries de Greenway dans le domaine de la santé il y a quatre ans pour une raison simple. Scalese était plus intelligent que tous les autres sous-chefs de DiGrigoria réunis. Il savait comment gagner de l'argent, beaucoup d'argent, et tout le monde le savait. Un jour, si tout se passe bien, Tony Scalese espère devenir le successeur de Salvatore, mais il lui faudra pour cela la bénédiction du vieil homme et bien d'autres choses encore.

Il aurait également besoin de l'accord du frère aîné de Salvatore, Pietro, dans le South Side, et de son frère cadet, Enzo, dans le sud du Wisconsin. Obtenez leur accord ou éliminez-les, l'un ou l'autre, et tout le monde le savait aussi. C'était comme ça dans leur "business". Il aurait également besoin de l'approbation au moins tacite des chefs de famille à New York. Ils attendraient deux choses en retour : une transition quelque peu pacifique et une plus grande part de l'action à Chicago.

Salvatore avait trois filles et aucun fils, et les femmes n'avaient jamais fait partie de l'équation "familiale". Elles avaient été mariées à divers lieutenants mineurs et à des "hommes faits" de l'organisation. Bien qu'elles et leurs maris aient bénéficié d'un minimum de respect et d'un revenu raisonnable, elles ne représentaient ni une menace ni une concurrence. Pietro, quant à lui, avait deux fils

- une malédiction napolitaine s'il en est. Il avait huit ans de plus que Salvatore et vieillissait mal. Même s'il vivait quelques années de plus, il était peu probable qu'il se batte avec Tony Scalese pour la succession du North Side. L'objectif des deux frères serait de consolider leur position dans le territoire du South Side de leur père et de se battre l'un contre l'autre, et non de s'étendre dans le territoire du North Side de leur oncle. Lorsqu'ils essaieront de le faire, Tony Scalese les aura déjà mis à l'écart.

Ensuite, il y avait Enzo. C'était le plus jeune frère de Salvatore et de Pietro, et celui qui avait le plus de caractère. Il ne cachait pas qu'il croyait depuis longtemps qu'il était l'héritier présomptif et qu'il avait le droit naturel, donné par Dieu, de reprendre les territoires de ses deux frères aînés et de consolider l'ensemble des opérations de la région de Chicago sous la direction d'un seul chef suprême à leur mort. C'est pourquoi les deux fils de Scalese et Pietro allaient être confrontés à un défi immédiat de la part de leur cher "Oncle Enzo", bien avant qu'ils ne soient confrontés à des défis l'un de l'autre. Malheureusement pour Enzo, c'était plus facile à dire qu'à faire. Ses frères et leurs sous-chefs l'appelaient "le Kid", et pas de façon amicale, ce qui n'augurait rien de bon.

Par nature, le changement fait horreur à toute bureaucratie. Les sous-chefs et les lieutenants des quartiers nord et sud n'étaient pas prêts à accueillir un nouveau patron qu'ils ne connaissaient pas et dont ils ne savaient pas comment il pourrait les affecter, eux ou leur territoire. De plus, l'un ou l'autre des deux territoires de Chicago n'est pas à la hauteur de l'argent, de l'organisation et du prestige qu'Enzo peut commander à Milwaukee et dans le sud du Wisconsin. Certes, il était un DiGrigoria, et le sang a toujours compté, mais ce qui comptait bien plus, c'était la capacité à faire de l'argent, beaucoup d'argent, pour ceux qui sont au-dessus et au-dessous de vous.

C'est là que Tony Scalese excelle. Qu'Enzo, Pietro ou ses deux fils le veuillent ou non, c'était la raison pour laquelle Tony Scalese finirait par diriger toute la région de Chicago, et non eux, à condition qu'il rende Salvatore DiGrigoria heureux, qu'il évite la prison et qu'il parvienne à vivre aussi longtemps. Mais avant tout, Tony Scalese le voulait. Il était plus intelligent et plus vicieux qu'eux trois réunis ; et il voulait tout. Trois pisseuses napolitaines qui se trouvaient avoir le *bon* nom de famille n'étaient pas prêtes de l'arrêter.

Contrairement à votre mafioso moyen, non seulement Tony Scalese savait lire, mais il était un lecteur passionné depuis son enfance. Il aimait particulièrement l'histoire. Il lisait tout ce qui lui tombait sous la main, de l'histoire médiévale européenne à l'histoire japonaise, chinoise et italienne, en passant par les intrigues politiques et la construction d'empire de divers rois, princes et même papes. Il a lu et relu Machiavel, Sun Tzu et *Le Parrain* tant de fois que ses exemplaires étaient cornés. C'est pourquoi Tony a tenu à rester ami avec Pietro pour protéger ses arrières. Lorsque Pietro décéderait, ce qui ne saurait tarder, Tony établirait une alliance stratégique avec l'un de ses deux fils, vraisemblablement le plus faible. Avec "Crazy Enzo", comme il l'appelait, Tony avait fait de douces incursions dans son empire Milwaukee, se liant d'amitié avec plusieurs de ses sous-patrons. Par-dessus tout, il restait en contact étroit avec les Dons de New York et du New Jersey, anticipant le jour où Salvatore passerait enfin de vie à trépas.

En attendant, Tony connaissait ses priorités. Il était temps de faire disparaître l'opération CHC et de couper tous les détails, "sans laisser de vague dans l'eau", pour citer un vieux dicton italien. Pour ce faire, le "téléphoneur", comme l'appelait Salvatore, devait lui aussi disparaître. Contrairement à Salvatore, cependant, il commençait à soupçonner que Burke n'avait pas grand-chose à voir avec les téléphones et qu'il ne serait peut-être pas si facile à faire disparaître.

CHAPITRE DIX-NEUF

Alors qu'ils continuaient vers l'est sur la route à péage I-90 après l'aéroport O'Hare, Bob a conduit la Toyota de Linda à travers un bol de spaghettis d'échangeurs qui les a amenés sur Higgins Road puis Zemke Road, qui s'est terminé dans l'énorme parking économique F de O'Hare. Tout au long de ce chemin tortueux, il a gardé un œil sur le rétroviseur et sur la circulation derrière eux.

"Je pense que nous sommes propres", lui a-t-il dit. "Je ne vois personne nous suivre".

"Comment pourraient-ils ? Je suis perdu ; pourquoi ne le seraient-ils pas ?"

"Oh, ce n'est pas si mal", dit-il en riant alors qu'ils s'arrêtent devant l'un des guichets automatisés à l'entrée du parking F.

"Bon sang ! Neuf dollars par jour ?" dit-elle en lisant les tarifs affichés en grosses lettres sur le devant de la machine. "Je ne vole pas beaucoup, mais c'est ridicule".

"C'est pour les places bon marché dans le parking économique. Si tu préfères la proximité de la grande rampe de stationnement, c'est soixante dollars par jour."

"Ça doit être sympa de voyager avec une note de frais", dit-elle, alors qu'il sort le billet de la machine.

"Peut-être, mais je ne paierai pas autant non plus, même s'il s'agit d'un voyage d'affaires - vingt-cinq dollars aller simple pour enregistrer une valise, des frais importants pour changer ou annuler une réservation, bon sang, ils commencent même à faire payer les bagages à main. Les frais sont devenus ridicules."

"Si c'est un voyage d'affaires, ce n'est pas ton argent".

"L'argent de la société *est* mon argent, Linda. J'en possède vingt-six pour cent, ou je le ferai jusqu'à ce qu'Angie en ait fini avec moi. Et si ça peut te faire plaisir, je me gare généralement ici, dans le parking F, ou je me fais déposer à l'aérogare."

"D'accord, d'accord, je suis désolée. Tu es un véritable "homme du peuple" ", lui dit-elle en riant.

"Ce n'est pas ça. Mon père était un syndicaliste pur et dur, membre de l'AFL-CIO. Il détestait les grandes entreprises, les patrons, les contremaîtres et tout le reste. Cependant, la seule chose qu'il a inculquée à ma petite tête pointue, c'est d'essayer de faire ce qu'il faut, surtout quand il s'agit de l'argent des autres. Qu'il s'agisse de l'armée ou d'une entreprise dont je pourrais posséder une partie, tu ne dépenses pas ce que tu n'as pas besoin de dépenser."

"Ils ne voient pas les choses de cette façon à CHC. Ce n'est pas le cas de Greenway", dit-elle en regardant la mer de voitures garées. "Et maintenant ?"

"Maintenant, nous allons choisir une voiture. Je vais commencer à monter et descendre les rangées. Quand nous aurons trouvé ce que je cherche, nous trouverons une place et nous nous garerons."

"Très bien", dit-elle alors qu'ils commencent à traverser le centre du terrain. "Quelle est votre préférence en matière de voitures volées aujourd'hui, Monsieur Burke ? Vous vous sentez un peu osé ?" demande-t-elle en remuant les sourcils et en faisant une imitation passable de Groucho Marx. "Je vois une Volvo là-bas avec votre nom dessus. D'un autre côté, que dirais-tu d'une Mercedes élégante à deux portes ? C'est ce qu'il te faut pour dépasser ces Lincoln Town Cars. Mieux encore, je vois un énorme SUV Ford Expedition, si tu préfères jouer au derby de démolition avec eux."

"Non, il nous faut quelque chose de vieux et de discret, quelque chose à quoi personne ne prêtera attention".

" Par personne, tu veux dire les flics ? Voilà ! Je vois une Toyota poussiéreuse, vert foncé, deux rangées plus loin, qui semble ne pas avoir bougé depuis des semaines. Je sais comment conduire une de ces voitures. Qu'en penses-tu ?"

"Presque, mais pas tout à fait", dit-il en se retournant, en revenant dans l'allée suivante et en voyant qu'elle avait raison pour la poussière. "Cherche une voiture nationale, vieille de huit à dix ans, de préférence une Ford si on peut en trouver une. Ce sont les plus faciles à câbler, et elles n'ont pas de ces nouvelles serrures à distance."

"On dirait la voix d'une jeunesse malheureuse". Elle le regarde avec méfiance. "Dois-je supposer que tu as déjà fait ça avant ?"

"Quelques fois, mais à l'étranger, pas ici aux États-Unis, et ce n'était pas il y a très longtemps", a-t-il répondu. "Nous pourrions espérer en trouver une que le propriétaire n'a pas pris la peine de fermer à clé. Tu serais surpris de voir à quel point cela arrive souvent."

"Une vieille Ford déglinguée ? Pourquoi l'auraient-ils fermée à clé pour commencer ? Ils l'ont probablement laissée ici avec la clé sur le contact, en espérant qu'elle soit volée."

"Non, pas à ces tarifs. De nos jours, si tu veux qu'on te vole quelque chose dans la banlieue, ramène-le à Maywood, à Cicero ou dans le quartier ouest et laisse-le. Ils la dépouilleront en trente minutes chrono", dit-il en riant. "Et tu n'as pas besoin de les payer neuf dollars de l'heure pour l'occasion." Il tourne la tête d'un côté à l'autre et continue à regarder l'allée de haut en bas. "J'aimerais en trouver une avec un peu de poussière pour montrer que ce n'est pas un voyage d'une nuit, mais pas trop. Cela pourrait signifier que les propriétaires doivent revenir bientôt."

"Et celui-là ?" dit-elle en désignant une vieille Ford Taurus bordeaux, avec suffisamment de bosses et de taches de rouille pour le faire sourire.

"Bien vu. On dirait une '03 ou '04, et ça devrait être parfait. C'est moins évident que les voitures importées, et je n'aurai pas besoin d'un ordinateur pour entrer dans le contact", dit-il en tirant la Toyota dans un espace vide, trois voitures plus loin, et ils en descendent tous les deux.

"Alors, tu es aussi un expert en vieilles voitures ?"

"Oh, pas vraiment", dit-il en riant, "mais j'ai possédé une Taurus 04 comme celle-ci - brièvement, je dois dire - parce qu'elle a été volée dans mon allée avant que l'encre de la police d'assurance ne soit sèche. C'est ainsi que j'ai appris à quel point il était facile de voler une Ford. L'un des flics locaux m'a montré comment faire, puis j'ai obtenu un diplôme d'études supérieures dans la plupart des principaux délits civils dans les cours que l'armée nous a fait suivre à Fort Bragg pendant ma formation aux opérations spéciales et à Camp Perry pour quelques trucs de la CIA."

"Quelques "choses" de la CIA ? " Elle fronce les sourcils alors qu'il se gare et qu'ils sortent tous les deux.

"L'école du charme, tu sais. As-tu un tournevis phillips dans ta boîte à gants ?"

"C'est quoi un phillips ?"

"Peu importe", dit-il en secouant la tête, en fouillant dans sa poche, en sortant une pièce de 25 cents et en la lui tendant. "Pendant que j'ouvre la porte de la voiture et que je la fais démarrer, je veux que tu enlèves les plaques d'immatriculation avant et arrière, puis que tu trouves deux autres voitures dans la rangée suivante. Trouve-en une qui soit un peu à l'écart, pas assise juste à côté de l'autre. Si elles sont garées face à la route, enlève les plaques d'immatriculation avant. Si elles sont garées à l'arrière, prends les plaques arrière. Nous les remplacerons par tes deux plaques et celles de la Taurus, et nous mettrons deux des leurs sur ta Toyota."

"Mais ils ne correspondront pas".

"Ça n'a pas d'importance. Personne ne regarde les plaques avant et arrière d'une voiture, pas même les flics. Ils n'en regardent qu'une, à moins qu'il ne s'agisse d'une arrestation en bonne et due forme, auquel cas cela n'aura aucune importance."

"Ça, c'est vraiment sournois, Bob. C'est l'armée qui t'a appris tout ça, ou la CIA ?"

"En fait, je pense que c'était un roman d'Elmore Leonard ou un vieil épisode de MacGyver ; je ne sais plus lequel. Maintenant, bouge-toi. On est peut-être à Chicago, mais les agents de sécurité de l'aéroport passent de temps en temps, même ici."

Comme il s'y attendait, l'une des portes arrière de la Taurus était déverrouillée. Il ouvre les autres et se met rapidement au travail sur le faisceau électrique de la colonne de direction de la voiture, jusqu'à ce qu'il l'entende l'interpeller : "Ça ne fait pas beaucoup de bien à mes ongles, tu sais. Zut, en voilà un autre !"

"C'est un risque professionnel".

"Peut-être le vôtre, mais mon métier n'est pas voleur de voitures ; et je ne pense pas que j'en ferais un très bon, même si c'était le cas... Avez-vous appris ce genre de choses à l'étranger, ou là où vous voliez des voitures ou faisiez ce que vous faisiez ?".

"Moi ? Je défendais la vérité, la justice et le mode de vie américain, bien sûr."

"Toi et Superman ?"

"Non, pas vraiment. Je ne sais pas voler", sourit-il en entendant le solénoïde cliquer plusieurs fois avant que le démarreur ne tourne et que le moteur ne s'allume enfin.

"Dis-moi quelque chose", entendit-il sa voix suspicieuse l'interpeller depuis la rangée voisine. "Cette histoire avec ces types chez Eleanor hier soir, tu as eu l'air de les gérer plutôt facilement".

"Ils t'ont dit que j'étais une sorte de téléphage, n'est-ce pas ?". Il sourit. "Toler TeleCom conçoit et construit des logiciels et du matériel de télécommunications très sophistiqués et très secrets pour le ministère de la Défense. Nous n'installons pas de téléphones."

"Je suis ravie de l'entendre", répondit-elle avec sarcasme, "parce que je ne vois pas beaucoup d'avenir dans le vol de voitures ou l'installation de téléphones. Pourtant, cela n'explique pas ce que tu as fait aux hommes de la maison d'Eleanor. Ils travaillent pour Tony, et je sais qui ils sont. Ils sont grands, avec des muscles en plus de leurs muscles, et je les ai vus bousculer des gens."

"Je suppose qu'ils ont appuyé sur la mauvaise cette fois-ci", dit-il en haussant les épaules et en se mettant au travail pour enlever les plaques avant et arrière de la Taurus. "Linda, j'ai passé un certain temps dans l'armée, pas mal de temps, en fait ; et je n'étais pas un commis à l'approvisionnement. J'ai appris quelques trucs ici et là..."

"Quelques tours ? Bob, tu as un physique plutôt moyen..."

"Mince, merci".

"Ce n'est pas ce que je voulais dire. Ils faisaient deux fois ta taille..."

"La taille n'a rien à voir avec ça".

"C'est ce que tous les gars disent... désolé".

"En cela, ce n'est pas le cas", a-t-il regardé vers elle, exaspéré. "Les muscles de Gold's Gym non plus... tu as déjà fini avec les plaques d'immatriculation ?".

"Presque, je mets le dernier, mais ne change pas de sujet. Je n'en ai pas fini avec toi."

"Nous aurons tout le temps nécessaire plus tard. J'ai fait rouler la voiture et les plaques ne sont plus sur celle-ci. Apporte-moi les deux dernières et revérifie ta propre voiture. Assure-toi de ne rien laisser dans le coffre ou la boîte à gants, puis partons d'ici."

"Tu es sûr que ma voiture sera en sécurité ici ? Un jour ou l'autre, je voudrai la récupérer, tu sais."

"Linda, qui va voler une voiture sur un terrain où il faut payer ces tarifs pour qu'elle passe la barrière ? S'ils le font, ils choisiront une Mercedes ou une Lexus, pas une vieille Toyota."

"Sauf pour les "professionnels" comme toi, qui choisissent un Taureau encore plus vieux".

Les fils d'allumage étant rangés au-dessus de la colonne de direction, il regarde sa montre et dit : "Il est 12:45 maintenant. Cela devrait nous donner assez de temps pour que je me rende chez Charlie, et j'ai deux ou trois autres choses à faire avant de passer à l'école pour récupérer ta fille. Monte, je conduis."

Bob suit les panneaux de sortie en traversant le parking jusqu'à l'entrée sur Zemke Road. Les affaires ont dû baisser vers midi, car une seule des six caisses était ouverte, et leur Taurus était la troisième voiture dans la file d'attente. Il s'est arrêté devant la fenêtre ouverte, a tendu le ticket de Linda à la femme d'âge moyen qui s'ennuyait et lui a souri. Elle l'a inséré dans son lecteur de tickets, l'a regardé par-dessus ses lunettes de soleil roses en forme de coquille d'huître qui reposaient sur le bout de son nez, et lui a dit : "Tu n'es là que depuis vingt minutes, chérie, ce n'est pas très long."

"Notre vol a été annulé, tu sais comment ça se passe", dit-il innocemment.

"Je suppose que oui, mais ça fera cinq dollars de toute façon".

"Cinq dollars ? C'est de l'arnaque", dit Linda de l'autre côté du siège en fouillant dans son portefeuille, en trouvant un billet de cinq dollars et en le tendant au caissier à travers Bob.

"C'est sûr", compatit la caissière en tendant le bras et en tapotant la liste des prix sur le côté du stand. "Le maire dit qu'il a besoin d'argent".

"Il te l'a dit lui-même, je parie".

"En effet !" dit-elle en riant. "Le vieux Rahm se gare lui-même ici et il me l'a dit la semaine dernière".

"Il gare sa grosse limousine noire dans le parking économique maintenant ?"

"Et il m'a dit de te dire de passer une journée exceptionnellement bonne !".

"Mais cinq dollars de moins".

"You got it, hon !" entendit-il le préposé glousser alors qu'il s'éloignait et repartait vers l'ouest en direction de Schaumburg.

"Sournois, très sournois, en effet", sourit Linda en s'asseyant sur le siège et en essayant de se détendre pendant qu'il faisait marche arrière, montait et descendait d'une série d'échangeurs, et se retrouvait finalement sur la I-90, la route à péage du Nord-Ouest. "Je donne, tu m'as fait tourner en rond", dit-elle. "Où allons-nous maintenant ?"

"Par curiosité, je veux passer devant mon bureau".

"Tu ne rentres pas à l'intérieur, n'est-ce pas ? Ça n'a pas l'air très intelligent."

"Tout ce que je veux faire, c'est jeter un coup d'œil rapide de l'extérieur. Peut-être que je peux voir à travers certaines fenêtres, jeter un coup d'œil sur le parking et avoir une idée de ce qui se passe à l'intérieur. Avec la disparition de tous mes contacts, je me sens complètement coupé du monde."

Lorsqu'ils se sont enfin fondus dans les voies "de transit" et ont pris la direction de l'ouest, elle a détourné la tête et regardé par la fenêtre. "Euh, écoute, Bob, sans vouloir continuer à fouetter un cheval mort à propos de cette histoire de "chérie bientôt ex-femme", mais puisqu'on commence à se connaître un peu, si ton mariage est mort comme une épine dans le pied, pourquoi portes-tu encore l'anneau de mariage ? J'ai enlevé la mienne le jour où je l'ai jeté dehors. Tu n'as pas idée du bien que cela a fait à une "jeune fille douce" comme moi."

"Une jeune fille adorable comme toi ?"

"Ne fais pas le malin !"

"Tu veux dire ça ?" demande-t-il en levant la main en l'air et en regardant la bague. "Pour te dire la vérité, j'avais presque oublié que je la portais encore, mais tu as raison".

"C'est difficile à rater, et il faut que tu te décides ; parce que c'est quelque chose que je ne fais pas". Il allait lui demander ce que cela signifiait, quand elle a ajouté : "Tu sais exactement ce que je veux dire ; je ne m'engage pas avec des hommes mariés ou des hommes qui n'arrivent pas à décider s'ils sont mariés."

"Je ne savais pas que nous étions impliqués". Il a essayé de ne pas grimacer encore plus.

"Nous ne le sommes pas ! Maintenant, arrête ! J'ai quelques règles fermes, et les 'mecs pas mariés' comme toi sont tout en haut de la liste", dit-elle, mais cela ne fit que l'agiter davantage. "Ne le prends pas mal, je l'ai dit... au cas où, pour une raison totalement inexplicable, nous devrions un jour..."

"Je comprends tout à fait. Techniquement, je suis toujours marié ; mais c'est fini depuis longtemps et nous sommes bien partis pour divorcer."

"Nous sommes en route ? Tu sais combien de fois je l'ai entendue, celle-là

?"

"Pas de ma part".

"Écoute, tu sais comment est une fille quand elle n'a pas sa dose quotidienne de ragots. Allez, tu peux me faire confiance. Dis-moi ce qui s'est passé."

"Est-ce que c'est là que je suis censé dire que je n'ai fait confiance à personne depuis la sixième ?"

Elle se couvre les yeux. "Est-ce que j'ai vraiment dit ça ?"

"Je n'oublierai peut-être jamais".

"Je suis sûr que tu ne le feras pas".

"Très bien, très bien, tu connais cette vieille chanson de Johnny Cash ? Qu'est-ce que ça donne ? 'Nous nous sommes mariés dans la fièvre, plus chaude qu'une pousse de poivron...' ".

"Oui, j'en ai mangé un aussi".

"Pas comme celui-ci !"

"D'accord, mais comment avez-vous fait tous les deux..."

"Comment quelqu'un peut-il le faire ? Je ne peux pas l'expliquer. La première ou les deux premières années ont été fantastiques, jusqu'à ce que son père tombe malade et qu'il me laisse l'entreprise, à moi, entre tous."

"Eh bien, je n'ai jamais rien mangé de tel".

"Je doute que quelqu'un l'ait fait, mais elle n'a pas pu le supporter et le mariage a échoué. Alors qu'est-il arrivé au tien ?"

"Eh bien, rien d'aussi intéressant. Mon mari a décidé que les stagiaires de dix-huit ans de son bureau étaient beaucoup plus amusants que moi."

"Je suppose que cela arrive aussi".

"Pour moi, ce n'est pas le cas. Je l'ai mis à la porte, j'ai rempli les papiers et je n'ai jamais regardé en arrière."

"Et tu as une fille..."

"Ellie", dit-elle en rayonnant. "Elle a six ans et elle est ma vie".

"C'est bien. J'aime bien les enfants, mais les opérations spéciales de l'armée et la vie de famille ne font généralement pas bon ménage. En plus, Angie détestait les enfants, et franchement, je n'y ai jamais vraiment réfléchi."

Ils se sont jeté des regards furtifs à travers le siège avant et il pouvait voir à quel point elle était nerveuse. Finalement, elle s'est détournée et a fermé les yeux. "Très bien, laisse-moi te raconter tout ça. J'ai vingt-neuf ans, je suis mariée depuis trois ans et divorcée depuis cinq autres. Quand cette histoire sera terminée, peut-être me laisserez-vous vous préparer un dîner ou vous offrir un verre, ou quelque chose comme ça. Tu as l'air d'être un homme bien, et... eh bien, j'ai pensé qu'il valait mieux le dire pendant que j'en ai l'occasion."

"Ce serait très bien. J'aimerais bien."

"Tu le ferais ?" elle a ouvert un œil et l'a regardé. "Et tu *vas* vraiment divorcer ? Non pas que je veuille dire quoi que ce soit par là, mais je ne suis pas stupide."

"Oui, je suis vraiment en train de divorcer. Tiens, tu ne me crois pas ?" demande-t-il en réussissant à retirer l'alliance, à baisser la vitre et à la jeter dehors.

"Whoa !" Elle s'est redressée, les yeux écarquillés. "Je ne voulais pas que tu fasses quelque chose comme ça".

"Peut-être que tu ne l'as pas fait, mais tu n'as pas idée du bien que ça t'a fait".

Bob est sorti de la I-90 à la I-290 près du grand centre commercial Woodfield et s'est dirigé vers les routes secondaires en direction du bâtiment de Toler TeleCom.

"Je ne trouve toujours pas cela très intelligent", lui a-t-elle dit.

"Tout ce que je fais, c'est évaluer l'opposition, faire un peu de reconnaissance".

"Et s'ils nous attrapent ?"

"Pourquoi le feraient-ils ? Personne ne reconnaîtra la voiture, les plaques d'immatriculation ou nous si vous vous écrasez un peu", dit-il en entrant par l'entrée arrière du parking et en faisant lentement le tour du bâtiment. Il était midi, mais il y avait beaucoup moins de voitures dans le parking qu'il ne s'y attendait. On aurait dit que le ménage d'Angie battait son plein. Il s'est garé près de l'angle avant gauche du bâtiment, sous un grand arbre, avec une vue dégagée sur le hall d'entrée et les bureaux de Toler TeleCom.

En regardant dans le hall, il a vu une femme qu'il n'a pas reconnue assise à la réception, et deux hommes en blazer bleu qui se promenaient à l'intérieur. Des agents de sécurité privés, sans doute. Au moins, ces hommes étaient plus jeunes, avec des coupes rondes et des blazers bleus assortis avec des logos sur les poches de poitrine. Ils étaient nettement au-dessus des hommes de Scalese au CHC. On aurait dit qu'Angie mettait le paquet pour protéger son petit empire.

"Allons-y", dit-il à Linda alors qu'il recule et sort lentement du parking. "J'en ai assez vu".

Il a descendu la route et s'est dirigé vers le nord en direction de l'autoroute Kennedy, jusqu'à ce qu'il aperçoive une station-service Shell avec une cabine téléphonique sur le mur latéral, près des toilettes.

"Si tu as des gaz, je frappe la chambre de la petite fille", lui a dit Linda.

"Pourquoi les femmes disent-elles toujours ça ? La chambre de la 'petite fille' ?"

"Très bien, je vais dans la chambre de la femme presque d'âge moyen et je vais faire pipi. C'est mieux ?"

"Je suppose que cela manque de charme "mignon". De toute façon, pendant que tu fais ça, je vais passer quelques coups de fil."

"Qui vas-tu aggraver cette fois-ci ?"

"Personne, j'espère. Je vais réessayer le numéro de Charlie. Après ça, je devrais probablement prendre des nouvelles de George Grierson, mon avocat."

"Ton avocat ? C'est un peu tard pour ça, tu ne crois pas ?"

"Je suis sûr que c'est exactement ce qu'il va dire, mais je devrais probablement prendre des nouvelles de toute façon".

Elle le laissa à la cabine téléphonique et entra dans les toilettes pour femmes qui se trouvaient à proximité. "Garde la porte, d'Artagnan, et tue quiconque te suit", dit-elle en refermant la porte derrière elle.

"Ne me dis pas que tu as lu Dumas ?"

"Moi ? Non, c'est Ellie", l'appelle-t-elle par-dessus le tableau arrière. "Elle est à fond dans les Trois Mousquetaires et court dans toute la maison avec une épée jouet et une serviette attachée autour du cou".

"C'est bien de voir qu'elle lit", dit-il en déposant quelques pièces dans le téléphone.

"Tu l'as compris. La fille *ne va pas grandir* comme sa mère".

Bob savait qu'il était inutile d'appeler le numéro du bureau de Charlie. Si Angie l'avait renvoyé, Charlie serait déjà parti depuis longtemps. Il a essayé le téléphone portable de Charlie, mais l'appel est tombé sur la messagerie vocale, comme la dernière fois qu'il a essayée. Il a essayé d'appeler chez Charlie, pensant qu'il serait déjà chez lui, mais l'appel est tombé sur son répondeur, comme les autres fois. Finalement, il compose le numéro de George Grierson. Sa secrétaire lui a dit qu'il était retenu par des réunions tout l'après-midi, mais dès que Burke lui a donné son nom, il a été étonnant de voir à quelle vitesse elle a retrouvé George et à quelle vitesse l'avocat a pris la ligne.

"Tu es fou, Bob ?", s'est écrié l'avocat, par ailleurs d'une grande douceur, au bout du fil.

"Tout le monde n'arrête pas de me demander ça aujourd'hui, mais je vais bien, George. Comment vas-tu ?"

"Très drôle, très drôle. Rien ne semble jamais t'inquiéter, mais cette fois-ci, ça devrait. Ils te cherchent partout - le FBI, le procureur, les flics de Chicago et la moitié des services de police de la banlieue nord. Tu dois te rendre et me laisser voir ce que je peux faire, Bob."

"Détends-toi, ils sont loin de m'avoir attrapé".

"Oui ? Ce qu'ils vont faire, c'est te tirer dessus à vue, et je ne peux rien y faire."

"C'est très bien. Voilà ce que je veux que tu fasses, George. Appelle Peter O'Malley pour moi."

"Le procureur général ? Tu *lui* as parlé ? Je suppose que c'est une bonne nouvelle."

"Peut-être. Dis-lui que j'ai les dossiers d'Eleanor Purdue - les rapports sur leur fabrication à l'étranger, les escroqueries, les feuilles de calcul, qui est sur le bloc-notes, et tous les autres éléments qu'elle a rassemblés sur Greenway et CHC pour son Grand Jury. La plupart de ces documents se trouvent sur une clé USB de 32 gigaoctets. S'il le veut, il doit rappeler les chiens, tous les chiens. Je suis encore en train de rassembler les dernières pièces, et si je me fais tirer dessus par un flic trop pressé avant, eh bien... dis-lui que je lui remettrai tout plus tard dans la soirée ou à la première heure demain matin. Vous pourrez régler les détails tous les deux. Mais s'il le veut, je veux une marche complète pour moi et Linda Sylvester."

"Comme c'est gentil de t'être souvenu de la petite vieille", dit-elle en sortant des toilettes, en se blottissant contre lui et en s'enroulant à nouveau autour de son bras. "Pas de peine de prison ? Tu sais, les hommes ont utilisé beaucoup de techniques de drague sur moi, mais c'est une première. Comme c'est gentil !"

"Qui est-ce ?" demande Grierson, encore troublé.

"Le susdit mentionné, Mme Sylvester. Dis bonjour à George, Linda."

"Bonjour George. On dirait que Bob te tient occupé".

"Tu n'en as pas la moindre idée. Mais Bob, es-tu sûr qu'O'Malley va savoir de quoi je parle, quand je lui téléphonerai ?".

"Oh oui, il le saura, George. Écoute, je dois y aller."

Linda s'est penchée. " Il a l'habitude de dire : "Les pierres roulantes ne récoltent pas de balles". "

"Ignore cette femme. Je te parlerai plus tard", dit Bob en raccrochant.

Il s'est tourné vers elle, leurs visages n'étant séparés que de quelques centimètres. "Il est peut-être mon avocat, mais je préférerais qu'il ne sache pas tout ce que je prépare".

"Nous n'en sommes pas encore là, mais tu me dois beaucoup, et maintenant j'ai un témoin", lui sourit-elle avec pudeur. "On y va ?" demande-t-elle.

"Oui, allons voir si Charlie est à la maison et si je peux emprunter son ordinateur".

CHAPITRE VINGT

Charlie vivait dans une modeste maison coloniale hollandaise à la périphérie de Wheeling, dans l'Illinois. Il se trouvait dans un quartier plus récent de la ville où les maisons et les terrains étaient plus grands, mais le lotissement avait été aménagé sur des centaines d'hectares d'anciens champs de maïs. Les lotissements qui en résultaient n'avaient pas d'arbres matures, de végétation ou tout autre semblant de caractère que l'on pouvait trouver dans le reste de Wheeling et dans les communautés plus anciennes au sud, comme Arlington Heights, Des Plaines ou Winnetka, et encore moins à Evanston. Bob s'approche de Wheeling par le sud sur la route 53, tourne à l'est sur Dundee Road, puis traverse une série de grands lotissements. Lorsqu'il s'est approché du quartier de Charlie, il a effectué une série de passages lents et circulaires autour de son quartier, se rapprochant à chaque fois, mais restant toujours à un ou deux pâtés de maisons de la maison de Charlie.

"Bogie à 10 heures", dit Linda en faisant un signe de tête vers une voiture de police du village de Wheeling garée dans une rue latérale, et elle se baisse sur le siège.

" "Bogie ?" Tu en fais beaucoup trop ! ", s'esclaffe Bob en passant, mais la voiture de police ne bouge pas.

"Ils doivent être en train de faire une pause beignets. Ou peut-être qu'ils ne nous attendent pas."

"Ce qu'ils attendent probablement, c'est une Toyota avec un couple à l'intérieur", dit-il en tournant et en remontant la rue de Charlie.

"Nous sommes un couple maintenant ?"

"Ne laisse pas le camouflage te monter à la tête", lui dit-il en faisant le tour du quartier. La rue semblait vide et il n'y avait pas de voitures suspectes garées de part et d'autre. Néanmoins, il passa devant la maison de Charlie à une vitesse prudente de vingt kilomètres à l'heure. "La maison coloniale hollandaise avec les volets verts sur la droite, c'est la sienne".

"Il n'y a aucune chance que tu puisses entrer là-dedans en plein jour, Bob".

"Tu m'as regardé opérer une fois, et tout à coup tu es l'expert ?".

"Ce n'est pas comme la maison d'Eleanor. Il n'y a pas d'arbres ou de buissons pour que tu puisses te cacher, et il fait *grand jour*. De plus, je ne t'ai pas regardé. J'étais assise dans la voiture qui tournait en rond, terrifiée, priant pour que tu reviennes."

"Ce n'est ni plus ni moins dangereux que chez Eleanor, c'est juste différent et nécessite une approche différente, c'est tout" répondit-il en tournant le coin et en descendant la rue jusqu'à l'arrière de Charlie's. À mi-chemin, il aperçoit une Buick sombre, de modèle récent, garée contre le trottoir avec deux hommes assis à l'intérieur. "En passant devant, vois si tu peux les regarder", lui a-t-il dit.

"Tu veux que je sourie aussi ?"

"Si tu veux. Je tournerai mon visage dans l'autre sens. Quand nous nous approcherons, s'ils ressemblent à deux Italiens costauds, d'âge moyen, vêtus de vestes de sport bon marché, comme les clowns qui travaillent pour Tony Scalese, je veux que tu te détournes aussi, pour qu'ils ne puissent pas voir ton visage non plus."

Alors qu'ils passent devant la Buick, elle dit : " Non, je ne les ai jamais vus auparavant. Ils ont l'air plus jeunes et beaucoup mieux habillés, en costume, avec des coupes de cheveux courtes. Alors j'ai souri."

"Je suis sûr que ça leur a fait plaisir, mais d'après ta description, ils doivent être des fédéraux".

"Sheesh, c'est encore pire. Qu'est-ce que tu vas faire maintenant ?"

"L'adresse de la maison devant laquelle nous sommes passés est le 239 Yarborough. Ne l'oublie pas."

"Oui, oui, capitaine. Pourquoi ?"

"Tu verras", lui dit-il en sortant du lotissement et en revenant sur West Dundee Road où il aperçoit bientôt un 7-11, s'y arrête et s'y gare. Ils sont entrés. Près des caisses, il a vu une cabine téléphonique accrochée au mur et s'en est approché.

"Les téléphones payants commencent à avoir de vrais avantages par rapport aux téléphones portables", dit-elle en se blottissant plus près.

"Je suis sûr que c'est le cas. Ce que je veux que tu fasses, c'est composer le 911." Elle a tendu la main pour une pièce, mais il a dit : "C'est un appel gratuit". Ayez l'air agité et inquiet. Dis-leur que tu habites au 239 Yarborough Street et qu'il y a une Buick sombre garée devant ta maison avec deux hommes assis dedans. Dis que l'un d'eux a sorti une arme, une sorte de pistolet. Cela fait maintenant une heure qu'ils sont assis là et tu commences à t'inquiéter. Dis que tu as des enfants et que tu aimerais que la police passe les voir."

"Et s'ils me demandent mon nom ?"

"Dis-leur que tu ne veux pas t'impliquer à ce point, mais que la Buick est assise devant le 239 Yarborough. Ils ne peuvent pas la rater."

"Tu es encore une fois très sournoise".

"Espérons que la police de Wheeling ne parle pas à ses voisins, et certainement pas aux flics de l'État ou aux fédéraux, et qu'ils enverront la voiture de police que nous avons vue assise au coin de la rue pour vérifier, probablement avec quelques renforts."

"Et qu'est-ce que cela est censé nous apporter exactement ?"

"Eh bien, comme la police se concentre sur Yarborough, tu vas me déposer devant la maison de Charlie. Je vais remonter son trottoir et franchir sa porte d'entrée, et aucun d'entre eux ne s'en apercevra."

"Je ne sais pas", dit-elle en fronçant le nez et en secouant la tête. "Je ne suis pas sûre que ça va marcher ici".

"Pourquoi ?", lui dit-il en la regardant.

"Eh bien, c'est la partie du comté de Cook qui aime les armes, qui est blanche et républicaine, ici ; par opposition à la partie de la grande ville qui aime les armes, qui est noire et démocrate, là-bas", dit-elle en jetant un pouce par-dessus son épaule. "Je ne pense pas qu'une histoire à propos d'un type assis dans une voiture avec une arme va les exciter outre mesure".

"Tu as une meilleure idée ?"

"Peut-être", dit-elle avec un sourire malicieux en tapant le numéro 911 dans le téléphone et en attendant que l'opérateur réponde.

"Oh mon Dieu !" dit-elle à bout de souffle. "C'est la police ? Regardez, il y a une voiture assise devant ma maison avec deux hommes à l'intérieur, et... eh bien, je ne sais pas comment le dire, mais ils s'exposent, et mes enfants... Regardez ! C'est une voiture sombre, une Buick, je crois, et elle est garée au 239 Yarborough. Ils portent des costumes sombres et ils ont tous les deux l'air vraiment flippant, surtout la façon dont ils continuent à regarder les enfants du quartier... Non, non, je préfère que vous n'ayez pas mon nom, pas avec mes enfants impliqués.... Euh, oh, je ne peux voir qu'une seule de leurs têtes au-dessus du tableau de bord maintenant. Il faut que tu envoies des voitures de police par ici, avant que d'autres enfants ne passent", ajoute-t-elle avant de raccrocher et de se tourner vers Burke avec un grand sourire. "Tu ne penses pas que c'était trop exagéré, n'est-ce pas ?" demande-t-elle.

Il se retourna vers elle, ouvrit la bouche et commença à parler, mais s'arrêta, ne sachant pas quoi dire. "Alors, ils pensent que tu n'es qu'une réceptionniste".

"Oui, eh bien, je fais un peu ça aussi", a-t-elle souri.

"Retournons chez Charlie. Je soupçonne furtivement que la moitié des flics du nord-est de l'Illinois sont sur le point de descendre sur Yarborough Street, et je veux y arriver avant qu'ils ne ferment tout le quartier."

"D'accord, mais une fois que tu seras entré dans la maison, comment vas-tu en sortir ?".

"Tout ce dont j'ai besoin, c'est de quelques minutes, et ils ne peuvent pas régler le problème de Yarborough aussi rapidement. Je ressortirai par la porte d'entrée de Charlie de la même façon que je suis entré, je prendrai à droite sur le trottoir et je marcherai dans la rue jusqu'à ce que tu viennes me chercher."

"C'est pathétique. Ils dépensent tout cet argent pour t'envoyer dans des écoles sournoises du gouvernement et tu vas entrer et sortir par la porte d'entrée ?"

"Avec un peu de chance, oui. Maintenant, allons-y."

Comme il s'y attendait, la voiture de police du village de Wheeling au coin de la rue n'était plus là, et ils pouvaient voir des ensembles de lumières clignotantes à travers les arbres et les arrière-cours d'un pâté de maisons plus loin. Elle s'arrêta devant la maison de Charlie. Bob est sorti de la Taurus et a enfilé une fine paire de gants en latex en remontant le chemin jusqu'au porche d'entrée pendant que Linda s'éloignait. Charlie avait acheté la maison l'année précédente, et la serrure de la porte d'entrée était un modèle Kwikset ordinaire, de qualité constructeur. Bob lui avait dit, après qu'il ait emménagé, de remplacer cette merde par des serrures et des pênes dormants de qualité, de renforcer les cadres de porte et d'installer un bon système d'alarme sur les portes et les fenêtres, mais c'était l'une des nombreuses choses que le comptable en surpoids n'avait jamais eu le temps de faire.

D'une certaine façon, c'était une bonne chose, parce qu'elles n'auraient pas pu ralentir quelqu'un avec la formation de Bob. Avant même d'avoir atteint la porte, il avait déjà en main ses crochets de serrure. Il les glissa dans la serrure et l'ouvrit en trois secondes. Ce faisant, son œil exercé a immédiatement vu d'autres légères éraflures autour du trou de la serrure. Elles pouvaient avoir plusieurs origines - de la construction et de l'installation initiales jusqu'aux mains maladroites d'un intrus. Pourtant, elles l'ont mis sur les nerfs. Sans se retourner, il ouvre la lourde porte et se glisse à l'intérieur.

Il s'avance silencieusement dans le hall d'entrée puis s'arrête, écoutant attentivement. Au cours de ses douze années passées dans l'infanterie et les opérations spéciales, Bob a vu plus que sa part d'hommes morts, qu'ils soient amis ou ennemis. Il savait à quoi ça ressemblait, à quoi ça sentait, et trop souvent à quoi ça ressemblait. Quand il tombait dessus, c'était rarement une surprise. Il franchit la porte d'entrée de Charlie et s'arrêta. Le foyer et le salon semblaient parfaitement normaux à l'œil non averti, mais chacun de ses sens criait un avertissement.

Quelque chose ne tourne pas rond ici, se rendit-il compte en s'éloignant de la porte, en s'accroupissant pour se défendre et en attendant. Premièrement, la maison était mortellement silencieuse, trop silencieuse, et deuxièmement, il n'y avait pas de chat. On dit que les animaux de compagnie et leurs propriétaires commencent souvent à se ressembler. Charlie et son vieux chat persan ne faisaient pas exception à la règle. C'était une Persane blanche, très en surpoids et très curieuse. Bob avait visité la maison assez souvent pour savoir qu'il était impossible de mettre les pieds à l'intérieur sans entendre le cliquetis caractéristique des griffes du chat sur le plancher de bois franc, car le félin toujours soupçonneux courait pour voir qui envahissait son empire. Pas de chat signifie de gros problèmes.

Le plan de la maison était simple, avec un grand salon, une salle à manger, un bureau et une cuisine au premier étage, un escalier central, trois chambres en haut et un sous-sol en grande partie inachevé en bas. C'était l'une des nombreuses améliorations que Charlie lui répétait sans cesse qu'il s'y mettrait un jour. Bob ne croyait pas à l'accumulation de "choses" et n'avait jamais "niché" quelque part plus de six mois d'affilée jusqu'à ce qu'il rencontre Ed et Angie Toler, comme en témoigne son appartement peu meublé à Arlington Heights ; il ne pouvait donc que regarder Charlie et rire. Mais maintenant, il ne rit plus.

Il avance lentement dans le hall d'entrée en tournant le dos au mur extérieur. Pièce par pièce, il nettoya le premier étage. Charlie n'a jamais été très doué pour le ménage, mais quelqu'un avait saccagé le salon et le bureau. Il ne s'agissait pas d'une invasion de domicile ou d'un cambriolage. C'était une fouille désordonnée et destructrice par des gens qui ne se souciaient pas de ce qu'ils avaient cassé et qui ne savaient peut-être même pas ce qu'ils cherchaient.

Pourtant, Bob ne vit rien d'alarmant jusqu'à ce qu'il atteigne la cuisine, où il aperçut une masse de fourrure blanche ensanglantée qui gisait dans le coin le plus éloigné. C'était le chat. Quelqu'un lui avait tiré dessus et elle était morte. Ce qui avait été un regard prudent, prêt au combat, devint soudain glacial, comme si un vent arctique avait soufflé dans la maison. Il comprenait que l'on puisse tuer quand c'était nécessaire, et il l'avait déjà fait lui-même. Ce qu'il ne pouvait pas tolérer, c'était la cruauté inutile et stupide. Il se dirigea vers le porte-couteaux près de la cuisinière et sortit deux couteaux à découper d'un ensemble de couverts allemands que Charlie avait gagné lors d'une tombola.

L'un des couteaux mesurait huit pouces de long et l'autre six pouces. Ils étaient lourds, solides, bien équilibrés et tranchants comme des rasoirs, et il espérait trouver une excuse pour les utiliser. Il revint sur ses pas jusqu'à l'escalier, se glissa silencieusement jusqu'au deuxième étage. L'une des chambres était vide et l'autre contenait trois appareils d'exercice inutiles, compliqués et largement inutilisés que Charlie avait vus à la télévision et qu'il se devait d'avoir. La chambre principale et ses placards avaient été mis à sac comme les pièces du premier étage, mais c'est tout ce qu'il a trouvé.

Il ne restait plus que le sous-sol. Il revint rapidement sur ses pas jusqu'à la cuisine, alors que les vieilles sonnettes d'alarme commençaient à retentir de plus en plus fort à l'arrière de sa tête et que son instinct de combattant prenait le dessus. Il ouvrit la porte du sous-sol et sentit immédiatement cette odeur de mort trop familière qui flottait dans l'air. Ce n'est pas quelque chose que vous pouvez facilement décrire pour les non-initiés, mais pour un fantassin ou peut-être un inspecteur de la criminelle, vous le savez quand vous tombez dessus. Les lumières du plafond du sous-sol étaient allumées. Se penchant bas, il se laissa tomber sur le sol et se glissa assez loin dans l'escalier pour voir dans le sous-sol.

Il n'y avait pas besoin d'être silencieux, et il n'y avait pas besoin des couteaux. Le sous-sol était vide, à l'exception de Charlie. Il était assis debout, nu, attaché à une vieille chaise de cuisine au centre de la pièce. Même depuis la moitié de l'escalier, il n'était pas nécessaire d'avoir un œil exercé pour voir qu'il était bel et bien mort. Bob se leva, descendit les escaliers et parcourut rapidement le périmètre du sous-sol, mais il n'y avait personne d'autre, seulement le corps d'un vieil ami. Charlie était solidement attaché à la chaise avec ce qui ressemblait à du fil électrique, qu'ils avaient dû trouver ici ou arracher au plafond. Il a été battu, brûlé et torturé. Il s'est sans doute débattu, car le fil électrique a profondément entaillé la graisse et les tissus mous de ses bras, de sa poitrine et de ses jambes.

Lorsque des personnes normales tombent sur une scène aussi horrible, elles sentent leur cœur battre dans leur poitrine, entendent un bourdonnement dans leurs oreilles et trouvent probablement que ce gros petit déjeuner Bob Evans leur monte à la gorge. Pas lui. Si un médecin se trouvait à ses côtés à ce moment-là et le branchait à un brassard de tension artérielle et à un moniteur de fréquence cardiaque, il constaterait à peine une hausse des relevés. L'armée et la CIA l'avaient entraîné à ces réactions humaines normales des années auparavant. Pourtant, il n'était pas une machine, loin de là. Ce que tout ce travail et cet entraînement "humides" ont fait, c'est concentrer cette peur, ce dégoût et cette colère en une énergie froide.

Il s'est approché et a examiné le corps. Malheureusement, il avait vu trop de scènes similaires au cours de ses années en Irak et en Afghanistan. En général, il s'agissait de gens du pays - des sunnites qui s'en prenaient à des chiites, des chiites qui s'en prenaient à des sunnites, ou Al-Qaïda, des barons de la drogue, ou une tribu qui s'en prenait à une autre, sans que la raison n'ait beaucoup d'importance. Le résultat était toujours le même. D'après les bleus et les marques de brûlures sur le visage de Charlie et les petites flaques de sang sur le sol, ils se sont acharnés sur lui pendant un bon moment ici, et le gros compteur de haricots est mort de sa belle mort. Que pensaient-ils que Charlie savait ? Qu'est-ce qu'ils voulaient ?

Bob a connu la réponse dès qu'il est entré dans la maison - ils en avaient après lui et la donne avait changé une fois de plus. D'abord, c'était Eleanor Purdue. Cela le mettait en colère, mais il ne la connaissait pas. Une fois qu'il avait rencontré Greenway et Scalese, Bob voulait une simple justice pour elle. Puis vint Sabrina Fowler, et sa réaction passa à la colère et à une sinistre détermination à voir les arrogants auteurs d'un tel crime punis. Maintenant, après ce qu'ils ont fait à Charlie, c'est devenu intensément personnel. Il voulait la justice et la punition, mais son désir est devenu beaucoup plus sombre. Ils lui avaient déclaré la guerre, à lui et aux siens, et ils étaient sur le point d'en récupérer une comme ils n'en avaient jamais vue. C'est lui qui déciderait des règles d'engagement, pas eux. Il définira le champ de bataille. Ce serait la guerre de Burke. Il se vengerait, ne ferait pas de quartier et ne prendrait pas de prisonniers.

À environ trois mètres du corps, il aperçoit une flaque de vomi sur le béton nu. C'était trop loin pour que cela vienne de Charlie. Peut-être que les choses sont allées trop loin et que l'un d'eux s'est découvert une conscience ? Il avait du mal à le croire, mais il ne pouvait rien apprendre de plus ici. Il tendit la main et toucha le dos de sa main sur la poitrine de Charlie. Le sous-sol était frais, tout comme Charlie - frais, mais pas froid. La plupart des traces de sang sur lui étaient sèches, mais les plus grandes flaques sur le sol ne l'étaient pas, ce qui signifiait qu'il avait été tué il y a moins d'une heure.

Les couteaux à nouveau prêts, Bob remonte au premier étage et se rend dans le petit bureau arrière de Charlie, situé à côté de la cuisine. Il avait été plus saccagé que le salon ou la chambre à l'étage. Ils avaient sorti les livres des bibliothèques encastrées et jeté les dossiers des tiroirs de son bureau et de son classeur sur le sol. Une couche épaisse et aléatoire de livres, de papier, de stylos et d'autres accessoires de bureau recouvrait la moquette. Il entra dans la pièce, repoussant les livres et les papiers avec ses orteils pour ne pas marcher sur une feuille de papier.

Les hommes qui faisaient cela n'étaient pas aussi prudents. Il vit plusieurs grandes empreintes de pieds dans ce qui semblait être du sang séché sur plusieurs feuilles de papier blanc pour photocopieur. Il a placé son propre pied à côté de l'une d'entre elles. Il portait une pointure dix, mais l'empreinte de chaussure de l'autre homme était beaucoup plus grande, au moins une pointure douze ou treize, et elle présentait une entaille profonde d'un pouce de long sur le côté gauche du talon. Bozos, pensa-t-il. Qu'ils ne le sachent pas ou qu'ils s'en fichent, une empreinte de chaussure distinctive comme celle-là pouvait être aussi bonne qu'une empreinte digitale. Cependant, comme ils possédaient la moitié des flics du comté de Cook et qu'ils avaient engagé les meilleurs avocats de la ville, ils s'étaient probablement dit qu'ils ne tomberaient jamais pour "rien".

D'après le caractère aléatoire et complet de la destruction, il semble qu'ils aient jeté la pièce pour le plaisir de la jeter. Même s'ils ne savaient pas ce qu'ils cherchaient, ils étaient déterminés à faire croire qu'ils étaient minutieux. Bob savait que s'il retournait dans son propre appartement à Arlington Heights, il ressemblerait aussi à cela. Il en serait de même pour celui d'Eleanor Purdue et de Linda Sylvester. Ils cherchaient ce qu'Eleanor Purdue avait emporté avec elle, mais ils ne savaient pas exactement ce que c'était. Étant des voyous à la pointe de la technologie, ils s'attendaient à ce que ce soit du papier, c'est pourquoi ils ont jeté l'endroit par frustration.

Ils ne comprenaient pas les ordinateurs, alors leur prédilection médiévale sicilienne était de casser tout le matériel de bureau, comme s'ils tuaient le petit Jinni malveillant qui se trouvait à l'intérieur. Ils ont jeté son imprimante par terre, fait tomber l'écran de son bureau et arraché le modem du mur. N'ayant pas trouvé les papiers d'Eleanor dans ses dossiers, ils ont déversé leur énergie restante sur son nouvel ordinateur de bureau HP Envy. L'ordinateur avait été plusieurs fois lâché, frappé, piétiné et abattu. Ils ont bien eu ces Jinni, pense Bob en continuant à regarder autour de lui.

Il se souvenait que Charlie possédait également un petit ordinateur portable ASUS, d'un modèle plus ancien, qu'il utilisait lors de voyages d'affaires comme celui qu'ils avaient fait à Washington. Burke ne l'a pas immédiatement vu dans les décombres, ce qui lui a donné au moins un bref élan d'espoir, jusqu'à ce qu'il aperçoive sa petite mallette de transport noire qui gisait dans un coin, avec un trou de balle au centre. Il s'est baissé, l'a ramassée et l'a dézippée. En sortant le petit ordinateur, il vit qu'ils l'avaient abattu en plein centre, mais si la balle avait manqué le disque dur, il pourrait peut-être le déplacer sur une autre machine et il pourrait encore y avoir de l'espoir.

Il regarde sa montre, jette un dernier coup d'œil rapide à la pièce, puis se dirige vers la porte arrière de la cuisine. Il est temps d'agir, se rendit-il compte. Il n'avait rien touché à l'intérieur, et contrairement aux Bozos de Tony Scalese, il n'avait pas laissé d'empreintes. Fidèle à son *nom de guerre de* "fantôme", il allait et venait, sans laisser de traces derrière lui. Les couteaux dans une main, les lames pressées contre son avant-bras, et la mallette d'ordinateur suspendue à l'autre, il utilisa son mouchoir pour couvrir à nouveau la poignée, ouvrit la porte arrière et balaya rapidement la cour arrière en se glissant à l'extérieur. Elle est vide. À travers les interstices entre les maisons derrière celle de Charlie, il a vu les gyrophares d'au moins une demi-douzaine de voitures de police. Il s'est dit que toute la police de Wheeling devait être derrière, en train de contrôler les deux pervers dans la Buick. Tant mieux, cela veut dire qu'il n'y en a pas pour surveiller le reste du quartier. Il traversa la cour arrière et contourna la maison de Charlie le plus discrètement possible.

Tony Scalese a garé sa Lexus LS 460 à sa place habituelle, à l'arrière du parking du CHC. Son incursion à Wheeling avec Greenway et deux de ses hommes pour "rendre visite" au comptable de Burke n'avait pas été couronnée de succès. Le tuer ne dérangeait pas Tony Scalese le moins du monde. C'est le fait de ne pas avoir réussi à faire parler ce bâtard têtu et de n'avoir rien trouvé d'utile dans sa maison qui a laissé le grand Italien bouillonner de colère.

Il aurait dû laisser Greenway utiliser ses drogues sur lui, mais le docteur en avait marre de voir ses gars travailler sur le gros homme. Scalese s'est à son tour impatienté, a perdu son sang-froid et l'a frappé durement une fois de trop. Maintenant, il n'a plus rien. Eh bien, c'était la faute de ce comptable têtu. Tout ce qu'il avait à faire, c'était de leur dire où ils pourraient trouver Burke. Maintenant, Scalese doit essayer d'autres approches. Il trouverait cet enfoiré de "compagnie de téléphone". Cela prendra peut-être un peu plus de temps, mais quand il l'aura trouvé, il le tuera de la même façon qu'il a tué son ami - à mains nues, et il en savourera chaque minute.

Scalese est entré tranquillement dans le bâtiment par la porte arrière et a parcouru le long couloir en passant devant le salon des employés jusqu'au hall d'entrée. Il est déjà 11h30. Normalement, le salon est rempli de rires et de bavardages des employés qui déjeunent tôt, mais ce n'est pas le cas aujourd'hui. Le bâtiment était étonnamment silencieux, comme si une chape de tension était tombée sur l'endroit. "Et pas une souris à entendre", se dit-il en souriant à plusieurs abeilles ouvrières qui déjeunent tôt dans le salon. Elles lui rendirent leur sourire, assez poliment, mais se détournèrent rapidement. Scalese comprit exactement ce que cela signifiait. Ils savaient tous que Purdue avait disparu et que Sylvester avait lui aussi disparu. Les tambours de la jungle du bureau l'auraient compris depuis longtemps, et maintenant, ils avaient tous peur.

Lorsqu'il a atteint le hall d'entrée, il a vu une nouvelle fille assise au bureau de la réceptionniste. Elle doit être celle de la comptabilité. Elle était jeune et mignonne, tout à fait le genre de Greenway. La voir assise là lui rappelle un autre problème dont il doit s'occuper : Linda Sylvester. D'après son altercation avec Greenway dans le hall ce matin, elle s'était apparemment ralliée à ce petit con de Burke. Cela faisait d'elle un problème de plus qu'il pouvait mettre sur le dos de Greenway.

Mais chaque chose en son temps, décida-t-il en prenant l'ascenseur jusqu'au troisième étage et en tournant à droite vers le bureau du docteur. Il ne prit pas la peine de demander à la réceptionniste s'il était admis, car Scalese s'en moquait. La voiture de Greenway n'était pas garée devant, mais s'il était entré, il aurait vite regretté de ne pas l'être. L'arrogant docteur n'hésitait pas à violer et à étrangler des femmes, mais il ne pouvait pas regarder un homme se faire battre à l'ancienne. Greenway s'était précipité dans les escaliers du sous-sol et avait disparu, juste au moment où Scalese aurait pu se servir de lui et de son sac de drogue. Scalese était donc en colère à la fois contre Greenway et contre le compteur de haricots, ce qui devenait une combinaison mortelle.

Eh bien, l'absence du médecin donnerait à Scalese l'occasion de jeter un long coup d'œil à l'intérieur de son bureau. Scalese tourna la poignée de la porte et entra sans frapper. Comme il s'y attendait, Greenway n'était pas là. Il se souvenait sans doute d'un déjeuner de la chambre de commerce ou du Kiwanis auquel il se devait d'assister, et il était en train de flirter avec la noblesse locale, se laissant voir. Ou bien, Greenway a pu se rendre en ville en voiture et se faire remarquer dans l'une des cliniques ou l'un des entrepôts de CHC, en essayant de coincer une autre jeune fille dans la salle des stocks. Cet imbécile pompeux croyait vraiment que ses frasques sexuelles ne regardaient personne d'autre que lui, et c'était une immense erreur de calcul de sa part. Old Sal allait à la messe tous les après-midi et se considérait comme un homme moral. Comme la plupart des mafiosi de haut rang, il avait commis tous les crimes énumérés dans les lois de l'État et les lois fédérales, mais il s'agissait d'"'affaires". Ils n'étaient jamais personnels. À son époque, il avait des maîtresses et fréquentait des prostituées. C'était simplement "des hommes qui sont des hommes, avec des femmes consentantes", dans la plus pure tradition italienne. Cependant, les crimes sexuels comme le viol, le chantage sexuel et toute autre forme de relations sexuelles forcées, non consenties ou non compensées étaient une "infamie", un acte maléfique qui se classait juste à côté de la maltraitance des enfants ; et cela vaudrait à Greenway un rapide voyage en Enfer.

Scalese regarde le bureau ridiculement grand de Greenway et la crédence surdimensionnée posée derrière lui sous la fenêtre. "Tu peux en dire beaucoup sur un homme en regardant ce qu'il laisse traîner sur son bureau", lui a dit un jour quelqu'un. Tony était d'accord, mais tu pouvais en dire encore plus en voyant ce qu'il cachait à l'intérieur. Il s'assit dans le grand fauteuil en cuir noir de Greenway et regarda autour de lui, mais ne vit rien d'intéressant posé sur le bureau. Cependant, il y avait trois tiroirs sur le côté gauche, un tiroir mince au milieu, et une porte d'armoire sur la droite, qu'il supposa contenir des dossiers verticaux. Tous les tiroirs étaient fermés à clé.

En fouillant dans la poche de sa veste, Scalese a sorti son stiletto de 9 pouces, a ouvert la lame et l'a introduite dans l'espace entre le haut du tiroir gauche du bureau. Il l'a fait aller et venir jusqu'à ce que la serrure s'ouvre d'un coup sec. En fouillant dans le tiroir, il a trouvé une collection désordonnée de fournitures de bureau, un calendrier en grande partie vide et une pile de magazines pornographiques, qui semblaient s'orienter vers le sexe masculin et féminin, le cuir et les pratiques très perverses. Dégoûté, il porte son attention sur les deux tiroirs qui se trouvent en dessous. Celui du haut contenait des stylos, des pilules, des blocs-notes et rien d'intéressant. En revanche, lorsqu'il ouvrit le mince tiroir central, il vit un petit pistolet automatique Mauser de calibre 32 qui reposait dans le fouillis. Scalese sortit son mouchoir, ramassa soigneusement le Mauser sans le toucher, et le glissa dans la poche de sa veste, pensant que le petit pistolet de "proxénète" pourrait être utile plus tard.

Scalese passa rapidement en revue les autres tiroirs du bureau, fit sauter la serrure du classeur et fouilla également la crédence derrière le bureau, mais ne trouva rien de particulièrement utile. Il referma les tiroirs à moitié, sans vraiment se soucier de savoir si Greenway savait que quelqu'un avait fouillé dans son bureau ou non. Satisfait, il quitta le bureau et retourna à son propre bureau, à l'autre bout du couloir, un mince et frais sourire aux lèvres.

CHAPITRE VINGT ET UN

Bob Burke fait une demi-douzaine de pas dans la cour avant et se rend compte que les ennuis sont arrivés. La vieille Ford Taurus était assise sur le trottoir de l'autre côté de la rue, moteur en marche, avec Linda à l'intérieur. Au lieu de faire le tour du pâté de maisons, elle a dû s'arrêter et décider d'attendre qu'il sorte. C'est alors qu'une Lincoln Town Car bleu foncé s'est arrêtée derrière elle. Elle aurait dû appuyer sur l'accélérateur et partir tout de suite, mais peut-être qu'elle surveillait la maison et qu'elle ne les a pas vus. Maintenant, il est trop tard.

Les portes avant de la Lincoln étaient ouvertes, son coffre était relevé, et deux grands Gumbahs en costume bon marché se tenaient à côté de la portière côté conducteur de la Taurus, armes dégainées, la défiant d'essayer. Ils lui tournaient le dos, leur attention était concentrée sur elle et sur la voiture, mais il sut immédiatement qu'il s'agissait des hommes de Tony Scalese. L'un d'eux secouait la portière du conducteur, essayant de l'ouvrir, tandis que son ami s'occupait de la portière arrière. Ils lui criaient dessus, et elle leur répondait en criant. Malgré l'expression paniquée de son visage, ils n'avaient pas encore réussi. Les quatre portes étaient verrouillées, mais cela ne les empêcherait pas d'entrer plus longtemps.

C'est tout ce que Bob avait besoin de voir. Pour lui, il n'y a qu'une seule règle de base en matière de combat - il n'y a pas de règles - et à ce moment-là, il brûle de leur rendre la monnaie de leur pièce. Pour cela, il fallait frapper le premier, frapper fort et en finir avant que l'autre ne se rende compte qu'il était en train de se battre. C'était particulièrement vrai lorsqu'ils étaient deux, chacun d'eux étant plus grand que lui de cinq ou six pouces et pesant au moins cinquante livres. Malheureusement pour eux, ils étaient tellement déterminés à monter dans le Taurus qu'ils n'avaient aucune idée de ce qui allait les frapper.

"Salut les gars", dit Bob de sa voix la plus amicale en s'avançant derrière eux. Ils se tenaient épaule contre épaule sur le côté de la voiture, ce qui tournait à son avantage. Celui de gauche, qui essayait d'entrer dans la portière du conducteur, portait un épais bandage sur le côté de la tête. C'était le Bozo n°2, que Bob avait surpris alors qu'il était assis dans sa grosse Lincoln devant la maison d'Eleanor Purdue et qu'il écoutait un match des Cubs la nuit précédente. Il faisait sombre et il n'avait vu le tireur que de côté, mais c'était suffisant. Bob n'oubliait jamais un visage.

"Eh bien, bon sang ! Gino Santucci, c'est vraiment toi ?" La tête du Gumbah s'est brusquement retournée lorsqu'il s'est rendu compte que quelqu'un était derrière lui et lui parlait. "Au fait, comment va la bosse sur le côté de ta tête ?" poursuit-il, tout en déplaçant son poids sur sa jambe gauche. "Je parie que ça fait mal".

Santucci était furieux d'avoir été interrompu alors qu'il essayait de faire sortir cette femme stupide de sa voiture et voulait se déchaîner. Lentement, cependant, la faible ampoule s'est allumée dans son cerveau de petit pois et il a reconnu l'homme qui se tenait derrière lui. "Toi ! C'est toi, fils de pute !" Le grand Italien a rugi et a continué à tourner le reste du chemin. Il tenait un pistolet SIG Sauer 9 millimètres dans sa main droite ; mais avant qu'il ne puisse le lever à moitié, Bob donna un puissant coup de pied de karaté dans le genou gauche de Santucci - à l'intérieur et brusquement vers le bas. Normalement, un coup de pied comme celui-là mettrait un homme à terre, mais donné par un maître ceinture noire, il a déchiré tout le cartilage et les tendons et a creusé le genou comme un bâton de bois d'allumage sec. Santucci lâche son arme, saisit sa jambe à deux mains et s'écroule sur l'asphalte en hurlant et en se tordant de douleur.

"Voilà ! Maintenant, tu n'auras plus à t'inquiéter autant de ton mal de tête, Gino", dit Burke. Il ne reconnaissait pas le nouveau Gumbah qui l'accompagnait, mais cela n'avait pas d'importance. Il pivota et bloqua les jointures de sa main gauche dans le bas du dos de l'homme avec un tir court et droit qui s'enfonça sous ses côtes, directement dans le rein. La taille du type ne fait aucune différence. Un coup de poing comme celui-là pourrait paralyser un gorille de huit cents livres, et il a drainé toute la combativité de celui-ci avant même qu'il ne commence. Burke s'est alors redressé et lui a donné un violent coup de pied dans l'aine. C'est ce qui s'est passé. Le tireur s'est saisi l'entrejambe et a basculé sur le trottoir à côté de Santucci.

Bob se penche, ramasse leurs deux armes de poing et les range dans sa ceinture. "Gino, je vois que tu as acheté un autre SIG. Je parie que ça t'a coûté quelques dollars. Moi, je tire sur à peu près n'importe quoi, mais ce SIG sera un bon complément à ma collection qui ne cesse de s'agrandir. Au fait, quelle est ta pointure ?" demande-t-il en se penchant et en ramassant le pied de Santucci, celui qui est attaché au genou maintenant en ruine, et en l'examinant de plus près. "On dirait une pointure 9, peut-être 9 et demi, comme la mienne".

"Ah ! Ah !" Gino a crié. "Oui, oui, un neuf et demi. Ah, Christ, espèce de salaud !"

Bob lâche le pied de Gino et se tourne vers l'autre Gumbah. Ce faisant, il vit la moitié supérieure du visage de Linda, à quelques centimètres, qui le regardait à travers la vitre latérale du Taurus, les yeux écarquillés et terrifiés. C'est bien, pensa-t-il. C'est exactement comme ça qu'il la voulait. Bob fit demi-tour et continua avec l'autre homme, lui donnant un coup de pied dans les côtes avec le bout de sa chaussure. "Un Glock ? Espèce de salaud bon marché", dit-il en tirant le portefeuille du pantalon de l'homme. Sur son permis de conduire, on pouvait lire Peter Fabiano, avec une adresse à Chicago. Il a rangé les pistolets dans le creux de son dos et a baissé les yeux sur le pied droit de Fabiano. "Tu sais, Gino, la chaussure de Peter ressemble à un douze pour moi. Est-ce qu'elle ressemble à un douze pour toi ? Et regarde cette profonde coupure ici sur le talon", dit-il en prenant le pied de Fabiano à deux mains et en le tournant brusquement d'un demi-tour vers la droite. "Elle ressemble à l'empreinte à l'intérieur, imagine ça".

Fabiano a crié et a presque lévité hors du tas, alors Burke poursuit son expérience en tournant immédiatement son pied brusquement en arrière d'un demi-tour vers la gauche jusqu'à ce qu'il s'écrase à nouveau sur Gino Santucci, la plupart des tendons de sa cheville et de son genou étant déchirés.

"Peter, tu as laissé une empreinte sanglante à l'intérieur de la maison de mon ami. Vous l'avez torturé et tué tous les deux, et maintenant vous ne laisserez plus d'empreintes nulle part pendant un certain temps." Finalement, il se retourne vers leur grosse Lincoln. "Pourquoi le coffre est-il ouvert, Gino ? C'est pour moi ou pour Linda ?"

"Non, mec, pour personne, je le jure", a plaidé Santucci.

Burke se penche, saisit à nouveau Fabiano par le pied droit et le traîne jusqu'à l'arrière de la Lincoln, ignorant ses cris et ses gémissements. Il a soulevé l'homme beaucoup plus grand en le saisissant à deux mains par la ceinture et l'a jeté à l'intérieur. De retour à la Taurus, il ramasse Gino Santucci et fait de même, le déposant dans le coffre de la Lincoln sur Fabiano.

Enfin satisfait, il se penche sur les deux grands hommes et sort le Glock de Fabiano. "Au fait, vous êtes les deux types qui se sont occupés de l'hôtesse de l'air hier ?". Les deux hommes gémissaient et semblaient souffrir autant l'un que l'autre. Ils essayaient de l'ignorer, alors il a appuyé fort sur le genou de Santucci et a frappé Fabiano sur la cheville. "Y avait-il une réponse là-dedans ?" exigea-t-il de savoir. "Vous êtes les gars qui ont fait l'hôtesse de l'air, ou pas ?".

"Non, pas moi, pas moi, je le jure", supplie Santucci. "C'était lui, lui et Rocco".

"Mon vieux copain Angelo Rocco de chez Eleanor Purdue ?"

"Oui, oui, lui, et Fabiano ici présent, aussi. Ce sont eux qui l'ont fait."

"Espèce de sac à merde menteur !" Fabiano a rugi. "Tu étais là aussi. Tu as pris ton tour."

"La confession est bonne pour l'âme, Peter. Tu devrais en discuter avec ton prêtre, quand il viendra te rendre visite à l'hôpital", dit Bob en alignant le Glock 9 millimètres et en tirant sur Fabiano dans son bon genou. "Pareil pour toi, Gino", dit-il en se retournant et en lui tirant également dans le bon genou. "Mes ancêtres irlandais de Belfast, qui étaient bien plus coriaces que vous deux, les clowns, appellent ça la 'genouillère'. Ça fait très mal, n'est-ce pas, et tu ne pourras plus jamais marcher correctement, mais tu t'en souviendras. Normalement, je ne fais pas ce genre de choses, mais après ce que vous avez fait à Sabrina et maintenant à mon ami Charlie, vous avez de la chance que je ne vous éclate pas la tête à tous les deux."

"Ce n'était pas nous", gémit Gino. "Nous étions là, mais nous ne l'avons pas tué. Je le jure."

"Non ? Alors qui l'a fait ? Le lapin de Pâques ?" Il lance un regard noir et appuie le canon de l'arme sur l'autre genou de Gino. "Qui ! Tu en veux un autre ? Peut-être le genou et ensuite le coude".

"Non ! C'était Tony. Le gars ne voulait pas parler et il a perdu son sang-froid."

"Quand ils interrogeront vos culs désolés à l'hôpital, assurez-vous qu'ils sachent que c'était moi, en particulier Scalese et DiGrigoria. Assure-toi qu'ils le sachent. Rocco aussi. Dis-leur que je viens pour eux, tous."

"Oui, oui, je leur dirai, espèce de fils de pute ! Ne t'inquiète pas, je leur dirai."

"Bien. Et dis à Tony qu'il voulait une guerre, et qu'il l'a maintenant. Cependant, si j'étais toi, je ne les laisserais pas te faire sortir de l'hôpital trop tôt. Profitez-en, le lit propre et la nourriture, parce que je soupçonne M. D d'avoir déjà choisi un endroit pour vous deux au bord du lac."

Sur ce, il claqua le coffre, convaincu qu'ils seraient hors d'état de nuire pour la durée. Il se leva et regarda les maisons voisines, sans s'étonner qu'on puisse abattre deux gros bras à midi au milieu d'une rue de banlieue et leur tirer dessus deux fois, sans que cela ne fasse de vagues. Hubby était probablement parti travailler au centre-ville, et la princesse était au club, en train de déjeuner ou de faire une partie de golf, ou encore de faire du shopping. Il retourna à la Taurus avec les deux pistolets et l'ordinateur portable de Charlie, celui avec le trou de balle, et regarda Linda à travers la fenêtre du côté conducteur. Elle avait toujours l'air terrifiée lorsqu'il lui sourit et lui demanda : "Tu vas bien ?".

"Est-ce que je vais bien ? Est-ce que je vais bien !" répond-elle. "Je connais ces deux-là, Bob. Ils travaillent pour Tony Scalese et ils en avaient après nous, n'est-ce pas ?"

"Oui, mais ils n'avaient pas l'air d'avoir beaucoup appris de la leçon d'hier soir, alors ils peuvent passer les six prochains mois en invalidité. Quoi qu'il en soit, ça fait deux de moins."

"Deux de moins ? Tu n'as pas l'intention de..."

"Oui, c'est vrai. J'ai trouvé le corps de Charlie à l'intérieur. Il est mort. Ils l'ont torturé et Scalese l'a battu à mort. Ils ont laissé ces deux-là derrière eux pour voir si on se montrait. Ils m'ont dit que c'était eux qui avaient violé et assassiné Sabrina Fowler hier soir, et je suis sûr qu'ils avaient prévu de te faire la même chose, alors ils ont une sacrée chance que ce soit tout ce que je leur ai fait." Sa mâchoire s'est décrochée, il s'est donc dit qu'elle avait besoin d'un traitement de choc complet. "C'est une guerre maintenant, Linda. Les flics ne peuvent pas les arrêter, alors je vais le faire. Je vais les tuer, tous. Ne t'inquiète pas. Je m'assurerai que toi et ta fille êtes bien partis d'ici avant de commencer. Tu vas bien ?" demande-t-il à nouveau. "Assez bien pour conduire, en tout cas ?"

Elle appuie sur le bouton et ouvre la porte côté conducteur. "Je préférerais que tu le fasses", a-t-elle dit. "Je ne pense pas pouvoir".

"J'ai vraiment besoin que tu essaies. Je conduis leur voiture, alors suis-moi".

"Leur voiture ? Qu'est-ce que tu... ?"

"Suis-moi. J'ai une livraison à faire. Ce ne sera pas long, je te le promets. Ensuite, nous irons chercher Emily."

"Ces types m'ont fait une peur bleue... et toi aussi, Bob", a-t-elle rapidement ajouté.

"C'est un bon endroit pour toi. Il concentre l'esprit. Assieds-toi là encore quelques minutes et essaie de te détendre. Je retourne à l'intérieur. Je dois passer un coup de fil."

"Faites un... vous êtes fou ? La police est..."

"Ils sont occupés dans la rue voisine. J'appelle O'Malley."

De retour à l'intérieur, il se dirigea vers le téléphone à rallonge situé dans le salon de Charlie. Il mit son mouchoir sur le combiné et décrocha, pour ne pas laisser d'empreintes digitales. Il a obtenu une tonalité, ce qui est surprenant compte tenu de toutes les autres destructions dans la maison. Il sortit de la poche de son pantalon une carte de visite très froissée et utilisa son ongle sur le pavé tactile pour composer le numéro du procureur.

"J'aimerais parler à M. O'Malley, s'il vous plaît... Je n'en doute pas, mais si vous lui dites que Bob Burke est en ligne, je pense qu'il trouvera le temps... Vous avez compris, vous autres qui écoutez là-bas dans l'audio-land ?".

Il a fallu moins d'une minute à O'Malley pour prendre la ligne. Franchement, Bob est surpris qu'il ait fallu autant de temps au procureur. "Monsieur Burke, je ne peux pas vous dire à quel point je suis content que vous ayez appelé".

"Surpris que les gens de Sal DiGrigoria ne m'aient pas encore attrapé ?"

"Quelque chose comme ça. Je suppose que je ne peux pas te convaincre d'entrer, avant qu'ils ne le fassent ?"

"Ils ne le feront pas, mais ce n'est pas pour cela que je t'appelle".

"Où es-tu ?"

"Chez mon ami Charlie Newcomb à Wheeling, comme vous le diront vos gars de l'audio assis au robinet du téléphone ; mais ne vous embêtez pas à embrouiller les voitures, je serai parti depuis longtemps avant qu'ils n'arrivent. J'ai trouvé deux des hommes armés de DiGrigoria qui nous attendaient. J'ai aussi trouvé mon ami et vice-président des finances Charlie Newcomb dans le sous-sol, attaché à une chaise de cuisine, mort. Il a été torturé et Tony Scalese l'a battu à mort."

"Et tu le sais... comment ?"

"La confession est bonne pour l'âme. Ils me l'ont dit."

"La confession, c'est bon pour..." O'Malley s'esclaffe. "Tu es vraiment un sacré numéro, Burke".

"Dans une heure environ, si tes collaborateurs vérifient les centres de traumatologie autour d'Indian Hills, ils trouveront Gino Santucci et Peter Fabiano aux admissions".

"Santucci et Fabiano ? Ces noms me sont familiers."

"J'ai pensé que tu pourrais l'être. Tu trouveras le sang de Charlie sous la chaussure de Fabiano et ses empreintes dans le bureau de Charlie, et je suis sûr que tu trouveras leurs empreintes un peu partout. Ils ont aussi violé et assassiné Sabrina Fowler la nuit dernière. Angelo Rocco était aussi dans le coup. Alors, pourquoi ne les as-tu pas encore poursuivis, O'Malley ? Greenway, Scalese, DiGrigoria - tu devrais en avoir assez *sans* les livres et les rapports d'Eleanor Purdue. Pourquoi n'es-tu pas allé les chercher ?"

"Pourquoi ?", s'esclaffe le procureur général. "Vous avez déjà chassé le gros gibier, Major ?"

"Seulement pour le 'jeu le plus dangereux' comme ils l'appellent - pour les hommes".

"Moi aussi. Et quand je le fais, je n'ai pas l'intention de me contenter de les 'frapper', je vais les tuer. C'est ce que je vais faire avec DiGrigoria et tous les autres, mais pour cela, j'ai besoin des papiers d'Eleanor et des livres de la CCH. Ton avocat m'a dit que tu les avais. Tu les as, n'est-ce pas ? Dis-moi au moins ça."

"Je le fais. Des rapports et des feuilles de calcul, et quand j'ouvre sa clé USB..."

"Elle a laissé une clé USB ? Bon sang, ces trucs peuvent contenir..."

"Oui, c'est vrai. Mais quand je l'ouvrirai, est-ce que je trouverai ton nom là-dedans, sur le 'pad', avec Bentley et tous les autres flics du coin ?"

La question a provoqué une pause chez O'Malley. "Bob, nous devons nous faire confiance mutuellement. Si on ne le fait pas, si tu ne me donnes pas ce truc, ils gagnent. Nous pouvons décrypter cette clé USB ici même, dans notre laboratoire technique du FBI, alors entre. Je t'en prie. Tu ne m'es d'aucune utilité mort."

"Ne t'inquiète pas, quand j'aurai fini de le décrypter, je t'enverrai une copie, sauf si ton nom est vraiment dedans. Si c'est le cas, alors tout ira à la *Tribune*, et

'Dieu pourra trier les morceaux'. Et au fait, je crois que mon avocat t'a dit d'arrêter la chasse à l'homme, n'est-ce pas ?"

"Eh bien, oui, il l'a fait, mais il y a..."

"Pas de "mais". Si je vois une autre voiture du FBI ou une planque dans l'une de nos maisons, tu ne verras jamais ces livres. Je les enverrai au *Trib* et tu pourras les lire dans les journaux. Décide-toi, Pete. En attendant, Ciao."

Dans la rue, Bob salue Linda en passant devant la Taurus. "Suivez-moi", dit-il en se dirigeant vers la Lincoln Town Car, en fermant la porte du passager et en sautant sur le siège du conducteur. Il est sorti du lotissement, a tourné sur la route principale et est reparti en direction d'Indian Hills. La grosse Lincoln se conduit comme un bus Greyhound comparée à la Toyota de Linda, à sa propre Saturn ou même à la voiture de police d'Ernie Travers. Dommage qu'on ne soit pas en janvier, pensa-t-il. Avec tout ce poids supplémentaire dans le coffre, lorsqu'il s'agit de garder la traction sur une route verglacée ou de se frayer un chemin dans les congères de Chicago, avoir deux gros Gumbahs dans votre coffre serait bien mieux qu'une cargaison de sacs de sable.

Lorsqu'il atteignit le bâtiment de Consolidated Health Care, il fit la moitié du tour de l'îlot paysager et s'arrêta devant la porte à tambour. Après avoir jeté un coup d'œil rapide au hall d'entrée, il a enclenché le levier de vitesse et est sorti de la voiture. À l'exception d'un nouveau visage derrière le grand bureau de la réception, le hall et l'allée du deuxième étage étaient vides. En jetant un coup d'œil dans le rétroviseur, il vit que Linda Sylvester l'avait suivi dans la vieille Taurus jusqu'à l'allée principale, mais qu'elle s'était arrêtée dans le chemin d'entrée, une centaine de mètres plus loin.

Il ne lui avait pas dit où il allait, et pour cause. Même à cette distance, il vit ses yeux s'écarquiller tandis qu'elle secouait la tête et que ses lèvres formaient un "Non !" paniqué et inexprimé. Il l'ignora, prit les clés sur le contact de la Lincoln et se dirigea vers la porte d'entrée de l'immeuble. Ce faisant, il s'est retourné, a souri et a levé son index. "Une minute", a-t-il crié alors qu'il atteignait la porte tournante de l'immeuble. Qu'elle l'ait entendu ou non, elle a compris le message et ne l'a pas du tout apprécié.

Bob a franchi les portes tournantes et a marché d'un pas assuré sur le sol en travertin impeccable du hall d'entrée jusqu'au bureau de réception surélevé, où Linda était auparavant assise. Une jeune et jolie brune, d'une vingtaine d'années peut-être, était assise, souriante, et l'étudiait pendant qu'il s'approchait.

"Bonjour", lui répond-il en souriant et en déposant les clés de la grosse Lincoln sur le comptoir en marbre devant elle. "Tony est là ?"

"Monsieur Scalese ?" demande-t-elle d'un ton assez agréable. "Avez-vous un rendez-vous ?"

"Non, mais je ne pense pas vraiment en avoir besoin. Il est là ?"

"Je peux me renseigner. Qui est-ce qui te le demande ?"

"Bob Burke". Non, à la réflexion, ne le dérange pas. Dis-lui que j'ai laissé sa voiture dehors dans le rond-point avec un paquet pour lui dans le coffre. Il comprendra. Voici les clés", dit-il en les faisant glisser vers elle. "Et merci beaucoup. Tu t'appelles ?"

"Patsy", dit-elle en souriant. "Patsy Evans".

"Patsy", dit-il en se penchant plus près d'elle. "Tu sais qui est le docteur Greenway, n'est-ce pas ?"

"Bien sûr." Elle sourit à nouveau. "Pourquoi ?"

"Pourquoi ? Parce que tu as l'air d'une gentille fille. Ne le laisse jamais te laisser seule dans son bureau, ou ailleurs, parce qu'il viole et assassine des jeunes femmes comme toi", dit Burke en regardant son sourire commencer à se flétrir aux coins. "Si tu ne me crois pas, demande à certaines des femmes plus âgées la prochaine fois que tu seras en pause. Elles savent tout de lui, c'est pourquoi elles étaient si heureuses de te voir assise ici. Greenway les aime jeunes, comme toi ; mais il se contentera de l'une d'entre elles à la rigueur."

Elle est restée bouche bée. Alors qu'il se retourne et commence à s'éloigner, il lève les yeux et voit Tony Scalese apparaître sur le palier du deuxième étage. Du haut de son mètre quatre-vingt-dix et de ses 240 kilos, vêtu d'un pantalon gris foncé, d'un manteau de sport en peau de requin de soie et d'une chemise bleue royale à col ouvert avec des chaînes en or autour du cou, le gros voyou italien était difficile à manquer. Apparemment, Scalese venait de quitter son bureau et se dirigeait vers l'ascenseur lorsqu'il a jeté un coup d'œil dans le hall du premier étage. Les yeux de Scalese se sont rétrécis en deux fentes froides et furieuses. "Burke, fils de pute !" cria-t-il en s'approchant de la balustrade et en le pointant du doigt. Pendant un instant, le grand homme a semblé vouloir sauter par-dessus et le poursuivre, jusqu'à ce qu'il se rende compte que la chute de vingt pieds lui briserait probablement les jambes, si elle ne le tuait pas.

"Hé ! C'est bon de te revoir, Tony." Il a levé les yeux et a adressé à Scalese un grand sourire et un signe de la main. "Comme je le disais à Patsy ici, j'ai laissé ta Lincoln dans le virage - celle que conduisaient Gino et Pete. Elle a les clés, mais je n'attendrais pas trop longtemps si j'étais toi. Ce qu'il y a dans le coffre va commencer à sentir très vite."

"Le truc dans le... ? Espèce de fils de pute !"

"Ça fait cinq".

"Cinq ? Qu'est-ce que tu... ?"

"À vrai dire, je ne sais pas trop comment tu veux les compter, puisque j'ai cloué Gino deux fois. Et qu'en est-il de Bentley et de Bobby Joe ? Je ne sais pas non plus comment tu veux les compter."

"Comment je veux... ?" dit Scalese alors que sa prise se resserre sur la rambarde et que ses jointures deviennent blanches. "Tu es un homme mort, Burke."

"Sérieusement, Tony. C'est le mieux que tu puisses faire ? Avec les trois premiers types que tu as laissés chez Eleanor Purdue, tout ce que j'ai fait, c'est leur donner quelques bosses et essayer de les mettre dans l'embarras, en espérant que tu comprendrais le message ; mais tu ne l'as pas compris, n'est-ce pas ? Au lieu de cela, tu leur as dit de violer et d'assassiner Sabrina Fowler", dit-il en rétrécissant ses yeux, plus froids et plus affamés que ceux de Scalese. "Et puis j'ai trouvé le cadeau que tu avais laissé dans le sous-sol de la maison de mon ami Charlie à Wheeling, alors j'en ai laissé deux pour toi dans le coffre de la Lincoln. Charlie était un type sympa - un compteur de haricots et un "civil". Il ne comprenait pas les gens méchants comme toi, mais moi, je les comprends. J'ai combattu des hommes comme toi pendant toute ma carrière, ce qui fait de moi ton pire cauchemar. Tu es un homme mort qui marche, Tony - toi, DiGrigoria, et tous les autres clowns de rue que tu envoies à mes trousses."

"Il n'y aura pas d'"autres", Burke. Je vais te faire moi-même !"

"Mon Dieu, je l'espère, parce que je vais attendre. Plus de 'monsieur le gentil'. "

"Tu as une grande gueule pour un si petit gars".

"Oui, je le sais, et je le soutiens. La loi ne peut peut-être pas te toucher, toi, Greenway et DiGrigoria, mais moi, je peux le faire."

"Oh, vraiment ?" Scalese le regarde de haut en bas et ricane.

"Compte là-dessus", répond Burke en formant sa main droite en pistolet et en faisant semblant de lui "tirer dessus". "Bang, tu es mort", a-t-il dit, puis il s'est retourné et s'est éloigné. Lorsque Burke a atteint la porte tournante, il s'est arrêté et a regardé en l'air. Le rictus toujours confiant de Scalese était déjà en train de fondre. Il était évident que le grand homme n'était pas habitué à ce qu'on lui parle ainsi, mais avant que Scalese ne puisse sortir un vrai pistolet, dont Bob savait qu'il serait muni, il s'est glissé par la porte tournante et s'est éloigné à grands pas sur le trottoir. Heureusement, Linda attendait et regardait le spectacle depuis le siège avant de la voiture volée. Elle s'est précipitée et s'est arrêtée juste assez longtemps pour qu'il ouvre la porte du côté passager et saute à l'intérieur, avant d'appuyer sur l'accélérateur. La Taurus a filé à toute allure dans l'allée d'entrée de l'entreprise et sur la route au-delà, laissant dans son sillage un nuage noir et gonflé de gaz d'échappement.

"Je ne peux pas croire que tu aies fait ça. Je ne peux pas croire que tu aies fait ça", répétait-elle jusqu'à ce qu'ils atteignent la route principale, comme si elle était hébétée. "Scalese ? Tu es folle de l'avoir appâté comme ça. As-tu la moindre idée du danger que lui et ces autres hommes représentent ?"

"Bien sûr que oui".

"Alors pourquoi le provoquer ainsi ?"

"Parce que c'est exactement comme ça que je le veux - en colère, déséquilibré, et prêt à m'atteindre de la pire façon."

"Mais il te tuera, et ensuite il me tuera".

"Oh, il avait l'intention de nous tuer tous les deux depuis longtemps, ou du moins il allait essayer. Comme ça, quand il s'en prendra à nouveau à nous, il sera en colère, verra rouge, et c'est là qu'il fera encore plus d'erreurs qu'il n'en a déjà commises."

"Mais..."

" Pas de "mais". "

Bob regarde sa montre. "Nous avons dit que nous aurions votre fille ensuite. Voulez-vous la retirer de l'école maintenant ?"

"Non, non, cela susciterait trop de questions, et je ne veux pas l'effrayer. Je pensais passer la prendre quand ils feront la queue pour monter dans les bus, alors nous devrions attendre", lui dit-elle en regardant la mallette de l'ordinateur portable posée sur le sol. "Tu as trouvé ça chez Charlie ? Il a l'air cassé."

"En quelque sorte. Un des crétins de Scalese l'a transpercé d'une balle", lui dit-il en le brandissant, en passant son index dans le trou et en l'agitant vers elle.

Elle secoue la tête et lui lance un regard curieux. "Sérieusement ? Tu penses vraiment que tu peux faire fonctionner ce truc ?"

"Quoi ? Tu ne crois pas que je puisse ?" lui demande-t-il sans détour. "En fait, je suis sûr que celui-ci est grillé, mais s'ils ont raté le disque dur, je pourrais peut-être le réinstaller dans une autre machine et utiliser le logiciel de Charlie pour cracker la clé USB qu'Eleanor a laissée."

"Alors, pourquoi n'irions-nous pas tout de suite chez Best Buy pour en acheter un ? Il y a un magasin à Woodfield."

"Avec quoi ? Il nous faudrait 1 000 ou peut-être 2 000 dollars pour acheter un ordinateur portable décent. Les portefeuilles que j'ai pris aux deux tireurs de Scalese étaient plutôt minces, et ni toi ni moi n'avons ce genre d'argent sous la main en ce moment."

" Nous n'avons pas besoin d'argent liquide ; j'ai toujours la carte Visa CHC qu'Eleanor m'a offerte. Je l'utilise pour payer les fournitures de bureau chez Best Buy, Staples, Office Max et un tas d'autres endroits. Bien sûr, elle a une limite de cinq mille dollars."

"Cinq mille ? Tu plaisantes ?"

"Pas du tout, et je ne vois pas pourquoi le Dr Greenway ne paierait pas la note, et toi ?".

"Ils ne vont pas appeler pour vérifier un tel débit de carte de crédit ?"

"CHC est une bande d'escrocs, mais ils ne sont pas stupides. Il y a une liste de signataires autorisés, et mon nom y figure. J'ai la carte de crédit et la carte d'identité de l'entreprise, et le protocole d'achat qu'Eleanor a mis en place avec tous les fournisseurs exige qu'ils lui envoient un courriel dans les 24 heures pour toute dépense de plus de cinquante dollars. Je suis sûr que c'est exactement ce qu'ils feront, mais je ne pense pas qu'elle sera là pour le lire, n'est-ce pas ? Et après 24 heures, je doute que tu t'en soucies de toute façon."

"Un ordinateur serait parfait, mais la clé USB est probablement cryptée. Tu connaissais Eleanor. À quel point était-elle sophistiquée en matière de protection des données ? Connais-tu un logiciel particulier qu'elle aurait pu utiliser ? Ou des mots de passe qu'elle aimait ?"

"Moi ? Comme le disent les militaires dans les films, c'est bien au-dessus de mes compétences."

"Charlie a les meilleurs logiciels de cryptage et de décryptage du marché, alors si on peut faire fonctionner son disque dur, il n'y a pas de problème. Sinon, il y a une tonne d'autres programmes en ligne que je peux télécharger et essayer."

Linda regarde sa montre. "Tu as dit que cet ordinateur portable était un Asus. Après avoir fait un tour chez Best Buy, on peut revenir et prendre Ellie à Des Plaines."

CHAPITRE VINGT-DEUX

Lawrence Greenway essayait sans grand succès de se détendre sur le canapé en cuir surchargé de son bureau. D'une main, il feuilletait nerveusement les pages du nouveau numéro de *Health and Medicine Magazine,* tout en faisant tournoyer de autres deux doigts de son bourbon Makers Mark préféré dans un gobelet en cristal taillé à la main. C'était son troisième verre et il n'arrivait toujours pas à oublier cet horrible voyage dans la maison de Wheeling. Maudit soit Scalese ! Greenway savait que ses voyous étaient des animaux, mais il n'arrivait pas à croire ce qu'il avait vu Tony faire. Il a battu cet homme à mort à poings nus. Pire encore, ce gros salaud a obligé Greenway à rester là et à regarder, jusqu'à ce que le médecin se détourne et vomisse. C'était tout ce qu'il pouvait supporter. Il s'est précipité dans les escaliers, est sorti de la maison et est revenu ici, au bureau, dans son sanctuaire.

Les choses n'étaient pas censées se passer ainsi. Sa veste de costume hors de prix gisait en tas sur le sol. Sa cravate en soie habituellement parfaitement nouée pendait de travers, sa chemise blanche impeccable était moite et mal froissée, et ses chaussures de ville en cuir noir fraîchement cirées montraient des morceaux de son petit déjeuner. Depuis qu'il a déménagé en banlieue, le Dr Lawrence Greenway, médecin, est très fier de ressembler à ces chirurgiens plasticiens d'Hollywood dont les portraits en studio font la couverture de *GQ, de sa coupe* de cheveux à cinquante dollars jusqu'à ses dents en pointe et ses costumes impeccablement taillés.

En regardant son bureau meublé à grands frais et le panorama de la banlieue nord par la fenêtre, il ne peut s'empêcher de se souvenir de sa première clinique infestée de rats, située à l'angle de la 63e rue et de Cottage Grove. C'était au cœur du "gangland" de l'infâme South Side de Chicago, avec ses cambriolages, ses agressions sur le trottoir et le paiement d'une "protection" en pansant les blessures par balle et par couteau sans poser de questions. On dit que la pauvreté forge le caractère, mais ce sont généralement des gens qui n'en ont jamais fait l'expérience "de près et de loin" qui le disent. Non, il a laissé "Larry Greenway" derrière lui sur l'avenue Cottage Grove, et il détestait ce nom maintenant. Être riche était bien plus amusant que d'être pauvre, et il ne reviendrait plus jamais à cette vie morne.

Pourtant, en parcourant les pages du magazine médical en papier glacé et en voyant l'article sur les "meilleurs médecins" de Chicagoland, il était plus que mécontent. Il avait payé beaucoup d'argent - ou, pour être exact, CHC avait payé beaucoup d'argent - pour que ses agents de relations publiques le fassent reconnaître par ses pairs. Il a sponsorisé des réceptions élaborées lors des congrès de l'AMA de l'État et de la région et de grands stands lors des salons professionnels ; il a fait paraître des publicités coûteuses dans les magazines les plus clinquants de l'industrie ; et il a payé tellement de déjeuners avec le personnel régional de l'AMA et du HHS que sa vaste garde-robe de costumes sur mesure commençait à se sentir à l'étroit. Malgré ces efforts, les membres de l'AMA de la ville ont continué à le snober, tout cela à cause de ses liens "présumés" et non prouvés avec la mafia DiGrigoria et de ces chuchotements désagréables sur ses irrégularités sexuelles. Comme si l'un d'entre *eux* était parfait, ou produisait un dixième du bon travail qu'il faisait dans les rues malfamées des quartiers sud et ouest de la ville. Qu'est-ce qu'un homme peut faire, se demande-t-il.

Il posa le lourd gobelet sur le large bras en cuir du canapé et passa légèrement ses doigts sur le cuir souple avant de porter sa main à son nez, de fermer les yeux et de renifler ses doigts. Le cuir usiné à la main avait merveilleusement bien réussi à emprisonner toutes les odeurs, les souvenirs et l'excitation des nombreuses choses qui s'étaient produites sur ce canapé au cours de l'année écoulée. Peut-être n'était-ce que son imagination débordante, mais il bandait en y pensant. Oui, après un après-midi aussi horrible que celui-ci, il était peut-être temps qu'il tienne une autre "séance de conseil" ici, avec l'une des jeunes femmes du personnel.

Greenway a regardé sa montre. Linda Sylvester était attendue dans son bureau à 15 heures. Il devenait à la fois impatient et excité, convaincu qu'elle se présenterait avec les documents qu'Eleanor Purdue avait volés. Cela prouverait à Tony Scalese et au reste de ces animaux que *ses* méthodes de persuasion pouvaient être bien plus efficaces avec les femmes que les leurs, et tellement plus amusantes. Il *savait qu'*elle allait venir, parce qu'elle le voulait. Comme tous les autres. Il savait à quoi ressemblaient ces banlieusardes trentenaires, allongées dans la baignoire une fois les enfants couchés, avec des bougies, un roman d'amour bon marché et un vibromasseur.

Sylvester était célibataire depuis assez longtemps maintenant. Son mariage n'avait peut-être pas fonctionné, mais c'était une femme qui avait des besoins. Elle ferait une bonne remplaçante pour Eleanor Purdue, parce qu'un homme qui la désirait et la prenait fort était exactement ce dont elle rêvait la nuit. Elle avait peut-être crié et griffé son visage ce matin, mais ce n'était qu'un signe de sa passion, une partie du petit "jeu" qu'elles aiment jouer pour que cela paraisse plus excitant. Oui, elle avait envie de lui et il l'aurait séduite depuis longtemps, n'eût été cet imbécile de Burke.

Il regarde à nouveau sa montre. Elle devrait arriver d'une minute à l'autre.

Greenway s'est adossé aux coussins moelleux, a levé le gobelet et a laissé rouler la dernière goutte de son bourbon dans sa gorge. Plus il pensait à Sylvester, cependant, plus il devait admettre qu'elle devenait un peu vieille et hagarde à son goût. Il en était de même pour Eleanor Purdue, mais elle avait eu ses moments de gloire ici même, sur ce canapé. Pourtant, l'une des plus jeunes serait bien plus alléchante. Comment s'appelait cette nouvelle fille curieuse ? Patsy Evans ? Oui, c'est bien ça, se souvient-il en souriant. Elle était bien plus à son goût - plus jeune, plantureuse, légèrement enrobée, avec le genre de fesses douces et bien arrondies contre lesquelles il aimait se cogner. Elle ferait très bien l'affaire ! Il ferma les yeux et imagina Patsy ici avec lui cet après-midi, ses fesses nues penchées sur le bras de son canapé, l'attendant, le désirant.

Cependant, Greenway s'est forcé à admettre qu'il fallait faire passer les affaires avant le plaisir. Scalese est devenu un véritable fléau. Un jour prochain, Greenway devra se débarrasser de cet Italien bruyant et grossier, mais il devra le faire de façon à ce que Salvatore DiGrigoria ne s'en prenne pas à lui. Mais pourquoi le ferait-il ? Ses garçons disent que le vieil homme reste debout toute la nuit à regarder des rediffusions de Marcus Welby sur la télévision câblée, assis dans son fauteuil inclinable en chaussettes. Un médecin d'âge moyen aux cheveux grisonnants devrait donc être le dernier qu'il soupçonnerait.

Connais ton ennemi, dit le vieil adage, et Greenway avait fait ses recherches. Sal DiGrigoria était un dinosaure et Tony Scalese un psychopathe arrogant. Aucun des deux hommes n'était aussi intelligent qu'il le pensait. Il pourrait peut-être s'arranger pour laisser la police faire le gros du travail en déposant des preuves qui pointeraient vers le grand Italien.

S'il était arrêté et risquait la prison, Tony serait un dangereux boulet pour Salvatore DiGrigoria. Le vieil homme penserait que Tony pourrait lui rouler dessus, et Sal le jetterait dans le lac sans y réfléchir à deux fois. Oui, il pourrait peut-être mettre de la drogue dans la voiture de Tony, ou faire quelque chose avec le couteau de 9 pouces dont il était si fier. Mais si Greenway avait le choix, il préférerait tuer le gros salaud lui-même. Scalese se garait généralement dans le parking arrière. Il faisait sombre derrière, et il pouvait s'approcher de lui dans le parking et lui mettre quelques balles dans la nuque avec son Mauser automatique de calibre 32. La garde de Tony serait baissée et il ne s'attendrait jamais à ce que Greenway soit capable de faire une telle chose. Oui, deux balles de petit calibre à l'arrière de la tête feraient croire à un coup de la mafia et seraient la solution parfaite.

Greenway est allé à son bureau et a ouvert le tiroir central où il gardait le Mauser sous des papiers, mais il n'y était pas. Il a parcouru le tiroir à nouveau, jusqu'au fond, puis les autres tiroirs, mais il n'y était pas non plus. Ce faisant, il a vu des rayures et des éclats autour des serrures et s'est rendu compte que les tiroirs avaient été ouverts de force. Il se rassit sur sa chaise et se demanda qui oserait venir ici et faire une telle chose. Il se demandait, mais il connaissait déjà la réponse. C'était Tony. Mais pourquoi ? La conclusion inéluctable était que Scalese préparait quelques coups de son côté, ce qui signifiait que Greenway ne pouvait pas attendre pour frapper le premier.

C'est alors que ses méditations ont été troublées par le bruit de pas lourds et bruyants qui descendaient le couloir en direction de son bureau. La porte de son bureau s'est soudainement ouverte et s'est écrasée contre le mur. Malheureusement, au lieu de la charmante Linda Sylvester qui arrivait en avance pour son rendez-vous à contrecœur, c'est Tony Scalese qui est entré en trombe. Un coup d'œil au grand Italien suffit à Greenway pour savoir que la charmante Mme Sylvester ne viendrait pas.

"Où diable es-tu allé ?", lui a crié Scalese. "J'avais besoin de toi."

"Pas du tout ! La seule chose dont vous aviez besoin dans ce sous-sol, c'était un croque-mort, et cela *ne fait pas* partie de ma description de poste." Les deux hommes se lancent des regards à l'expression colérique et inflexible. Finalement, Greenway se rassit sur sa chaise et leva les yeux vers le grand homme avec un mince sourire en plastique. "Anthony, Anthony", dit Greenway d'un ton condescendant en secouant la tête. "Il faut vraiment que tu apprennes à frapper".

Scalese s'est arrêté à mi-chemin du sol et lui a jeté un regard noir. "Greenway, nous avons de gros problèmes. Sors ta tête de ton cul avant qu'elle n'y finisse définitivement."

"Très bien, qu'est-ce que tu as fait maintenant ?"

"Ce n'est pas moi ! C'est ce fils de pute de Burke, que *tu* as amené dans ce truc, parce que tu ne pouvais pas le garder dans ton pantalon et que tu t'es attaqué à cette femme de Purdue sur le toit. Tu te souviens ?"

"Il n'y avait rien de *sexuel* là-dedans. Je l'ai surprise en train de fouiller dans mon bureau, comme il semble que quelqu'un d'autre l'ait fait maintenant", dit-il en lançant un regard à Scalese. "Comme je te l'ai déjà dit, Eleanor ne m'a pas laissé le choix. De plus, tu t'es débarrassé de son corps, et la tâche de Bentley était de 'se débarrasser' de notre petit 'réparateur de téléphone', n'est-ce pas ?"

"Espèce de crétin ! Hier soir, ton 'réparateur de téléphone' a éliminé trois de mes hommes qui surveillaient la maison de Purdue et ils n'ont même pas su qu'il était là. Tout ce qu'il a fait, c'est les attacher, prendre leurs portefeuilles et leurs armes, et les faire passer pour des idiots."

"Ce n'est pas une chose terriblement difficile à faire, à ce qu'il paraît".

"Eh bien, il y a un petit moment, ce petit fils de pute se gare devant le bâtiment ici, au volant de la Lincoln Town Car de Gino Santucci. Tu te souviens de Gino, n'est-ce pas, de notre voyage à Wheeling ?"

"L'un de ces voyous à la noix qui était avec vous dans cette cave, n'est-ce pas ?".

"Un de mes... espèce d'abruti ! C'est grâce à eux que tu restes assis ici."

"Et où veux-tu en venir ?"

"Gino était dans le coffre de la Lincoln. Peter Fabiano aussi. Il semble que le 'gars du téléphone', comme tu l'appelais, ne joue plus à aucun jeu. Ils sont tous les deux en route pour l'hôpital avec des coups de feu et des jambes gravement cassées. Maintenant, qui est ce type ?"

"Comment suis-je censé le savoir ? Pourquoi ne vas-tu pas demander à ton patron ? Ce n'est pas 'Old Sal' qui a tous les contacts ?"

"Nous l'avons fait", rétorque Scalese avec colère. "Burke était dans l'armée avant de travailler pour cette équipe de Toler, mais à part ça, personne n'a entendu parler de lui - l'État, la ville, le comté, même pas ce foutu FBI. Nous avons vérifié auprès de toutes nos sources, et elles n'ont rien trouvé. Rien du tout ! Ses foutus dossiers militaires sont tous classés."

"Ce n'est pas vraiment mon domaine alors, n'est-ce pas ?"

"C'est maintenant, *Larry*. Toi et moi allons découvrir qui il est."

"Moi ? Il pose un problème de sécurité. C'est *ton* service, Anthony, et c'est *toi qui es* censé t'occuper de ce genre de 'bouts de ficelle', si je me souviens bien, pas moi."

"Oui ? Eh bien, laissez-moi vous mettre la puce à l'oreille, *Doc !*" dit Scalese en se penchant sur le canapé et en donnant un coup d'index dans la poitrine de Greenway. "Est-ce qu'il ne t'est jamais venu à l'esprit que c'est toi et moi qui sommes en train de devenir les "bouts détachés" ? M. D. n'aime pas les ratés, les erreurs ou les 'bouts *perdus'. Ce qu'*il fait habituellement, c'est les *couper,* pour que rien ne lui retombe dessus. Tu comprends ce que je te dis ?"

"Oui, mais je n'ai rien fait de mal".

"Non ? C'est toi qui as commencé, espèce d'imbécile. C'est toi qui as attiré l'attention de Burke, et si *nous n'en finissons pas avec* lui, *monsieur D en* finira avec *nous*. Maintenant, lève-toi de ton cul. Je veux que tu trouves la femme de Burke et que tu lui rendes une petite visite. Faire en sorte que les femmes coopèrent avec toi est une chose pour laquelle tu es censé être doué, n'est-ce pas, *Larry* ?"

"Je ne peux pas te contredire sur ce point, *Anthony*, mais je ne connais même pas cette femme".

"Et heureusement, elle ne te connaît pas. Je me fiche de savoir comment, fais-le, c'est tout."

"D'accord, d'accord, je vais essayer mon 'charme' sur elle".

"Bien, et pendant que tu fais ça, je vais exercer un sérieux *effet de levier* sur notre réceptionniste disparue, Linda Sylvester. On dirait qu'elle s'est ralliée à Burke."

"Linda l'a fait ?" Greenway a répondu. "Oh, quelle déception !"

"Oui, elle conduisait l'autre voiture quand Burke a déposé la Lincoln".

"Alors, il semblerait qu'elle ne se rendra pas à notre *rendez-vous ludique de 15 heures*".

"Ton quoi ?" Scalese lance un regard noir à Greenway. "Non ! Elle ne le fera pas. Alors lève ton cul et retrouve la femme de Burke. Je veux que tu découvres où il est, et ce qui le fait vibrer."

"Sa femme ?" Greenway réfléchit un instant avant qu'un sourire narquois ne traverse ses lèvres. "Eh bien, Anthony, si tu insistes."

Bob et Linda ont mis vingt minutes pour se rendre au magasin Best Buy situé dans le périmètre du centre commercial Woodfield. Il y avait en stock tous les articles dont il avait besoin pour craquer la clé USB d'Eleanor Purdue, à l'exception de quelques logiciels exotiques qu'il espérait trouver sur le disque dur de Charlie, s'il parvenait à le faire fonctionner, ou en ligne s'il n'y parvenait pas. Bob marchait rapidement dans les allées, tandis que Linda poussait le caddie et essayait de suivre le rythme.

Il a pris une version mise à jour de l'ordinateur portable Asus de Charlie - sans trou de balle - une imprimante portable, un jeu de tournevis, un logiciel de comptabilité, un adaptateur Wi-Fi sans fil, deux lecteurs flash pour faire des copies de sauvegarde supplémentaires et deux téléphones cellulaires à brûleur. Pendant qu'ils faisaient la queue à la caisse, Linda attendait tranquillement avec sa carte de crédit du CSC, tandis que la caissière faisait le décompte de chaque article et que Bob remettait les boîtes dans le chariot. Le total s'élève à un peu plus de 1 500 dollars, mais Linda avait raison. En fin de compte, Best Buy n'a exigé qu'une vérification d'identité. Lorsqu'elle a montré au caissier son permis de conduire et sa carte d'identité d'entreprise, les frais ont été réglés sans délai.

"Tu penses qu'on devrait envoyer une carte de remerciement au Dr Greenway ?" demande Bob.

"Tu peux lui donner un coup de pied dans les couilles en ce qui me concerne", répondit-elle rapidement. "En fait, j'espère que tu le feras, et fort !"

"Sheesh. L'enfer ne connaît pas la fureur... mais j'ai compris l'idée générale", dit-il en gloussant.

Tony Scalese sortit en trombe du bureau de Greenway, ayant l'impression que les murs se refermaient sur lui pour la première fois de sa vie. Il était un combattant de rue plein de cran, mais ce salaud de Burke se révélait bien plus redoutable qu'il ne l'avait prévu, et ses options se réduisaient. Plutôt que d'attendre l'ascenseur, il descendit en courant jusqu'à la réception du premier étage, écarta une Patsy Evans effrayée et fouilla dans les tiroirs, à la recherche d'objets personnels que Sylvester aurait pu laisser derrière lui. Dans le tiroir du bas, il trouve du maquillage, une boîte de Kleenex, un sac en papier contenant un chemisier et des sous-vêtements propres, une pile de coupons de journaux, quelques magazines de mode et de voyage, et une longue rangée de flacons de pilules - le genre de choses qu'il s'attendrait à trouver sur le bureau d'une femme.

"Cette merde est à toi ou à elle ?" demande-t-il brusquement.

"Ce sont les affaires de Linda, mais je ne pense pas que tu devrais...".

"Tais-toi !", grogne-t-il en prenant les flacons de pilules et en lisant rapidement les étiquettes. Il y avait les médicaments courants en vente libre comme le Tylenol, le Midol, le Motrin, les antihistaminiques et les produits contre la toux et le rhume, mais il a aussi vu des flacons de Xanax, de Paxil et d'Imitrex délivrés sur ordonnance. Ayant lui-même travaillé dans le domaine de la "drogue", Scalese connaissait sa pharmacologie. Il s'agissait de médicaments puissants contre l'anxiété et les migraines. Travaillant ici avec Larry Greenway prêt à lui sauter dessus à tout moment, il pouvait difficilement blâmer cette femme.

Lorsqu'il a ouvert les autres tiroirs et a commencé à les fouiller également, Patsy Evans a fini par s'y opposer. "Hé ! Certaines de ces affaires sont les miennes, tu n'as pas le droit..."

"Oui, c'est vrai. Et si tu n'aimes pas ça, monte à l'étage et va en parler à Doc Greenway. Je suis sûr qu'il aimerait que tu lui racontes tout", lui dit-il en souriant, et elle se déroba.

Malheureusement, il n'y avait rien d'autre à trouver dans les tiroirs du bureau que quelques fiches de paie, des rapports annuels d'entreprise, du matériel de marketing, des stylos, des agrafeuses, des Post-it et d'autres fournitures de secrétariat de routine. Frustré, il se lève, de plus en plus en colère à chaque seconde, alors qu'il scrute le bureau une dernière fois. Et voilà ! Une photo encadrée d'une jeune fille brune et mignonne, âgée de cinq ou six ans, était posée devant lui depuis le début.

"C'est le tien ?" dit-il en montrant la photographie.

"La mienne ? Oh, non, c'est la fille de Linda, Ellie", répond Patsy en secouant la tête.

C'est alors qu'il s'est souvenu que Linda Sylvester avait une fille ! Scalese a souri, réalisant qu'il avait trouvé son moyen de pression sur Sylvester, et à travers elle, sur Burke.

Il s'est retourné et a couru vers les escaliers de secours jusqu'au deuxième étage, où se trouvait le département des ressources humaines. La réceptionniste de leur service a levé les yeux et a commencé à lui dire quelque chose, jusqu'à ce qu'elle voie l'expression de son visage et se retourne rapidement vers son écran d'ordinateur. Il passa devant son bureau en soufflant et se dirigea vers la porte fermée marquée "Henrietta Jacobs - Manager". Sans frapper, Scalese ouvrit la porte et entra, la refermant derrière lui. Jacobs était une femme noire mince et séduisante d'une quarantaine d'années. Elle était assise derrière son bureau et parlait au téléphone quand il a fait irruption. Elle était au milieu de sa phrase quand il s'est approché de son bureau, lui a pris le téléphone des mains et l'a raccroché. Stupéfaite, elle l'a regardé, bouche bée, comme si une avalanche lui était tombée dessus, ne sachant pas quoi dire. Il s'est penché en avant et a posé ses deux grosses pattes sur son bureau, la dominant intentionnellement et l'intimidant.

"M. Scalese, c'était..."

"Je m'en fiche. Donne-moi le dossier personnel de Linda Sylvester", ordonne-t-il, en regardant ses yeux s'écarquiller tandis qu'elle s'efforce de ne pas perdre la tête. "Maintenant !"

"Son dossier personnel ? Tu sais que c'est confidentiel. Je n'ai pas le droit de..."

"Henrietta", dit-il en lui jetant un regard noir. "Tu aimes travailler ici ? Parce que je me fiche éperdument des règles, des lois sur la protection de la vie privée ou de quoi que ce soit d'autre pour l'instant. Je suis le chef de la sécurité, c'est une question de sécurité, et je vous donne une minute pour me donner ce dossier. Si vous ne le faites pas, je demanderai à quelqu'un d'autre de le faire, ou je le ferai moi-même ; mais alors je n'aurai plus besoin de vous, n'est-ce pas ?"

Elle cligna des yeux une fois, deux fois, puis se leva rapidement. Elle a traversé la pièce jusqu'à une rangée de classeurs, a ouvert l'un des tiroirs du milieu et en a sorti une fine chemise verte. "Tiens", dit-elle en posant le dossier sur le bureau. "Mais c'est très..."

Scalese écarte son commentaire d'un geste de la main et n'attend pas. Il ouvrit le dossier de Sylvestre et commença à farfouiller dans les feuilles jusqu'à ce qu'il trouve celle qu'il cherchait - sa fiche personnelle. "Tu sais taper, n'est-ce pas ?"

"Moi ? Eh bien, oui, je..." dit-elle en commençant à avoir l'air encore plus inquiète

"Bien. Sors une feuille de papier à en-tête CHC, la bonne, et tape ce que je te dis." Jacobs plaça rapidement une feuille de papier à en-tête gaufré de l'entreprise dans le tiroir à papier de son imprimante et s'assit à son bureau, derrière son clavier d'ordinateur. Il a scanné le formulaire et a vu que Linda Sylvester était divorcée, qu'elle avait une fille prénommée Ellie inscrite au collège Warren Heights à Des Plaines, et qu'elle avait obtenu la garde exclusive.

" Adresse la lettre à... Doris Falconi, directrice de l'école élémentaire Warren Heights, Des Plaines, Illinois. Voici l'adresse", dit-il en se penchant vers elle et en lui montrant le formulaire.

Comprenant qu'il n'avait pas le choix, Lawrence Greenway s'est finalement extirpé de son canapé en cuir moelleux, a enfilé sa veste de costume, a redressé sa cravate et a tenté de se rendre aussi présentable que possible compte tenu des circonstances. En quittant son bureau et en se dirigeant vers l'ascenseur, il passa devant le bureau de Tony Scalese et vit que la porte était entrouverte et que Scalese n'était pas là. Il passa la tête à l'intérieur et vit l'horrible manteau de sport en peau de requin de Scalese qui pendait négligemment sur l'une des chaises.

Greenway ressortit la tête dans le couloir et écouta attentivement pendant une seconde ou deux. Il n'entendit rien, alors il s'approcha rapidement de la chaise, ramassa le manteau de Scalese et en tâta les poches. Dans la poche avant droite de la veste, il a trouvé son couteau à cran d'arrêt stiletto caractéristique. À l'aide de son mouchoir, Greenway a retiré le couteau de la poche de la veste de Scalese et l'a mis dans la sienne, puis a rapidement raccroché la veste à la chaise.

Il se retourna et sortit rapidement du bureau pour emprunter le couloir jusqu'à l'escalier de secours, et il se mit à sourire. "On peut jouer à deux à ce petit jeu, Anthony. Oui, deux peuvent jouer, et nous verrons si cela *te* plaît."

CHAPITRE VINGT-TROIS

L'école primaire Warren Heights était située dans une partie ancienne et boisée de Des Plaines, à vingt minutes de route d'Indian Hills en milieu d'après-midi. Tony Scalese a garé sa Lexus LS 460 or pâle "satin cachemire métallisé" dans l'une des places réservées aux visiteurs derrière l'école. La voiture était neuve, et il l'avait adorée dès qu'il l'avait conduite hors du terrain du concessionnaire. Super ! L'affaire était encore plus belle, car l'une des sociétés écrans de Salvatore DiGrigoria était propriétaire du concessionnaire et a déclaré la Lexus comme ayant été "volée sur le terrain". Ils ont ensuite facturé leur compagnie d'assurance et Scalese n'a pas payé un centime. Il pensait néanmoins que c'était une voiture de classe. Elle était équipée de tellement de cloches et de sifflets que même après trois semaines, il gardait le manuel du propriétaire ouvert sur le siège du passager.

La couleur de la voiture était carrément *dorée* ! La pédale pompeuse du directeur des ventes qui la lui a vendue l'a appelée "cachemire satiné métallisé", ce qui a donné à Scalese l'envie de vomir. Heureusement, aucun des "garçons" n'a entendu cela. Bizarrement, au bout de quelques semaines, le nom lui a plu. Ce qu'il aimait le plus dans cette voiture, c'était qu'il ne s'agissait pas d'une Lincoln, d'une grosse Continental, d'une limousine Cadillac ou de quoi que ce soit d'autre qui criait "Big Freakin' Wop-Mobile" (grosse voiture de rital). Assis au volant, il avait l'impression d'être un homme d'affaires prospère, ce qui correspondait exactement à l'image qu'il se faisait de lui-même.

Alors que Scalese passe devant l'école et entre dans le parking, sa tête pivote d'avant en arrière à la recherche de voitures de police ou de la vieille Taurus déglinguée qu'il a vu Linda Sylvester conduire alors qu'ils s'éloignaient à toute allure du bâtiment du CHC il y a peu de temps ; mais il ne voit rien. Une longue file de bus scolaires jaune vif serpentait à travers le parking et descendait l'une des rues secondaires, prête à accueillir le flot d'enfants qui allait se déverser par les portes latérales de l'école. Il regarde sa montre. Il était 15 h 15. L'école ne fermait pas avant 15 h 30, donc même si Sylvester et Burke venaient chercher sa fille, ils ne se montreraient pas si tôt.

Satisfait, Scalese sort de sa voiture, redresse sa veste et se dirige rapidement et avec assurance vers la porte arrière de l'école. En entrant, il se retrouve dans un "sas" entre la porte extérieure et une porte intérieure sécurisée, recouverte d'acier. D'un côté, il y avait une épaisse vitre qui donnait sur le bureau de l'école, un petit comptoir, une sonnette et un interphone, tout comme le guichet de la banque après les heures d'ouverture. Une secrétaire d'âge moyen se tenait de l'autre côté, tête baissée, en train de feuilleter une pile de papiers.

Il s'est approché de la fenêtre et a appuyé sur la sonnette. "Pardonnez-moi."

Scalese sourit en demandant : "Le principal Falconi est dans le coin ?"

"Chérie, ce n'est pas vraiment le meilleur moment..." La secrétaire a finalement levé les yeux par-dessus le bord supérieur de ses lunettes et a vu un beau bloc de granit italien de 1,80 m et de 240 kilos qui la dominait. "Oh, désolée", dit-elle, troublée. "Je pensais que vous étiez..."

"C'est bon, Jenny, je vais le prendre", dit une grande femme mince et âgée en costume d'affaires en s'avançant vers le comptoir à côté de la secrétaire. "Je suis Doris Falconi. Vous êtes... ?"

"Scalese, Anthony Scalese", sourit-il en lui tendant sa carte de visite. "Je sais que vous êtes occupée, alors je serai bref. Je suis directeur de la sécurité pour Consolidated Health Care, où travaille Linda Sylvester. Je crois que sa fille, Ellie, est l'une de vos élèves ", dit-il en sortant une enveloppe commerciale couleur crème de la poche de sa veste. "Il y a quelque temps, Linda a été citée à comparaître pour témoigner plus tard dans la journée devant un grand jury fédéral au sujet d'un ancien employeur. Elle n'a pas d'ennuis, mais elle ne sera pas à la maison quand Ellie descendra du bus. Notre président, le Dr Greenway, a assuré à Linda que nous irions chercher Ellie et que nous la ramènerions au bureau jusqu'à ce qu'elle revienne plus tard. Cette lettre devrait tout expliquer à ta satisfaction." dit Scalese en lui tendant l'enveloppe.

Le directeur l'a ouverte, a regardé la lettre dactylographiée sur du papier à lettres CHC lourd et gaufré, et a commencé à lire :

Mme Doris Falconi, directrice
École primaire Warren Heights
713 West Central Ave.
Des Plaines, Illinois 60016

Chère Madame Falconi :

Malheureusement, j'ai été appelé pour une affaire officielle et je ne serai pas à la maison pour accueillir Ellie à sa descente du bus. Je sais que c'est un peu inhabituel et qu'il ne figure pas sur ma liste de signatures, mais permettez à Tony Scalese, notre directeur de la sécurité, de venir chercher Ellie cet après-midi.

Merci pour tout,
Linda Sylvester

"Comme elle le dit, nous savons que c'est un peu inhabituel..."
"Oh, de nos jours, rien n'est si inhabituel, Monsieur Scalese", répond la

directrice en lui rendant ses cartes et en gardant la lettre. "La lettre et la signature semblent en ordre, alors si vous voulez bien attendre une minute, je vous ferai apporter Ellie quand la cloche sonnera et que les enfants se mettront en rang pour les bus."

"Tiens, garde aussi ma carte. On ne sait jamais qui peut demander", lui dit-il.

Pendant qu'il attendait, il a regardé à travers la vitre le bureau de l'école et le couloir au-delà. Il a été surpris de voir à quel point les couloirs semblaient propres, lumineux et calmes. Certes, son expérience des écoles publiques était limitée, mais ce n'était pas le souvenir qu'il avait de l'école primaire Hancock de Cicero, du moins pas lorsqu'il y était élève. Qu'il y ait cours ou non, son école était un endroit chaotique - dur, bruyant et mal éclairé, avec des sols en linoléum usés, des murs verts institutionnels, des bagarres dans les couloirs, des nuages de fumée de cigarette s'échappant des toilettes ouvertes, et de la mauvaise nourriture à la cafétéria. Il a souri en regardant autour de lui les couloirs bien éclairés, aux couleurs pastel et à la moquette brillante.

Derrière lui, dans le sas, trônait un beau banc en érable du début de l'Amérique, qui semblait tout droit sorti d'une salle d'exposition Ethan Allen. Des Plaines était manifestement beaucoup plus éloigné de Cicero qu'il n'aurait jamais pu l'imaginer. Il prit place sur le banc près de la porte et attendit, tambourinant ses doigts sur son bras en bois tourné. Il se souvenait qu'il y avait un banc beaucoup plus solide et fonctionnel dans le bureau du directeur à Hancock. On l'y envoyait si souvent que sa mère avait pensé le lui offrir comme cadeau de fin d'études.

Enfin, la cloche a sonné la fin du cours, et les couloirs autrefois calmes de l'autre côté de la porte de sécurité à l'extérieur se sont instantanément transformés en un véritable chaos, avec des pieds qui courent et des voix de jeunes enfants partout. Deux minutes plus tard, un professeur a poussé une petite fille de six ans aux cheveux en bataille et au sac à dos rose de Cendrillon à travers la porte.

"Tu passes prendre Ellie Sylvester ?" demande-t-elle. "D'accord, eh bien, je dois filer", et elle a disparu aussi vite qu'elle était venue.

La petite fille leva les yeux vers Scalese, l'étudiant avec méfiance, comme seul un petit enfant peut le faire. Elle lui arrivait à peine à la taille. "Tu sais, tu as les yeux de ta mère", ne put-il s'empêcher de dire en lui tendant la main. La petite fille leva les yeux vers lui pendant un long moment, l'étudiant et réfléchissant. Une fille intelligente, pensa-t-il. Tu peux tromper une femme adulte et tu peux tromper un flic ou un juge, mais tu ne peux pas tromper un petit enfant. Ils peuvent voir clair en toi. Finalement, elle lui a pris la main et ils ont franchi la porte du parking.

Scalese sourit. Oui, Des Plaines était bien loin de Cicero, mais à l'école Hancock, ils n'étaient pas assez stupides pour laisser un tueur à gages de la mafia entrer dans une école publique et en sortir main dans la main avec une fillette de six ans. Mais à Cicero, ils en ont vu un peu plus.

À l'extérieur et à un demi-bloc de la rue animée, Bob Burke et Linda Sylvester étaient assis sur le siège avant de la Taurus volée. Affalés, les yeux au niveau du tableau de bord, ils observaient la longue file de bus scolaires qui attendaient sur le côté de l'école élémentaire.

"Son bus est généralement le dixième à revenir", lui a dit Linda. "Ils alignent les enfants à l'intérieur et les professeurs les font sortir par classe et par itinéraire de bus".

"Tu es sûr que tu peux t'en sortir tout seul ?"

"Je l'ai ramassée comme ça une demi-douzaine de fois. C'est ce qu'elles font toutes", indique-t-elle en direction d'un groupe de femmes debout sur le trottoir où passent les enfants. "Avec de jeunes enfants, les choses arrivent toujours à la dernière minute, alors ne t'inquiète pas. Les professeurs me connaissent, et la faire venir ne devrait pas poser de problème", dit Linda en sortant de la voiture et en marchant lentement vers l'endroit où les autres mères attendaient.

Peut-être bien, pensa-t-il, tandis que ses yeux continuaient à scruter la rue et le rétroviseur, mais il ne voyait rien qui sorte de l'ordinaire. Même à un demi-bloc de distance, il a vu des files d'enfants heureux sortir, l'un après l'autre, et monter rapidement dans les bus. Deux bus partaient et deux autres s'arrêtaient, prêts à accueillir le prochain groupe d'enfants. De temps en temps, l'une des mères qui attendaient interceptait l'un des enfants, lui donnait quelques accolades et le saluait, puis s'éloignait en direction des voitures garées.

Peu à peu, la foule de femmes s'est amoindrie jusqu'à ce que Linda se retrouve seule. Finalement, lorsque les deux derniers bus se sont arrêtés et ont commencé à charger, elle s'est dirigée vers l'un des professeurs et a commencé à parler. Bob s'est redressé en voyant que la conversation devenait de plus en plus animée. Les mains de Linda se sont portées à sa taille, ses bras ont commencé à s'agiter, et à son expression, il a compris que quelque chose n'allait pas du tout. Sa rencontre avec le professeur terminée, Linda se retourna, courut sur le trottoir jusqu'à la porte d'entrée de l'école et se précipita à l'intérieur.

À la consternation de Bob, elle n'a pas regardé dans sa direction et n'a donné aucun indice sur ce qui se passait. D'ailleurs, plus il y pensait, il était probablement la dernière chose à laquelle elle pensait à ce moment-là. Il se demanda ce qu'il devait faire, s'il devait continuer à attendre ou sortir et la suivre dans l'école. C'est ce qu'il préférait, mais avec son visage étalé en première page de tous les quotidiens et dans les journaux télévisés ce matin-là, il ne pouvait pas prendre le risque. Finalement, il lui a laissé une minute de plus. Comme elle ne réapparaissait pas immédiatement, sa main gauche se porta à la poignée de la portière, et il s'apprêtait à sortir pour la suivre à l'intérieur lorsqu'il entendit la portière arrière du côté passager de la Taurus s'ouvrir. Ses vieux instincts reprennent immédiatement le dessus. Sa tête se retourna, sa main gauche se referma en un poing et il se penchait en avant, sur le point de frapper froidement la personne qui venait d'entrer, lorsqu'il entendit une voix familière l'appeler depuis la banquette arrière.

"Whoa ! Calmez-vous, Major. Je fais partie des gentils, tu te souviens ?" C'était le lieutenant de police de Chicago, Ernie Travers, qui levait les deux mains en signe de reddition simulée, tout en serrant ses longues jambes sur le siège arrière et en fermant la portière.

"Tu es sûr de ça, Ernie ?" demande Bob en arrêtant son bras à quelques centimètres de la tête du grand flic. "Ce n'est pas le moment de me faire tourner en bourrique".

"Oui, je peux le voir ; et tu peux voir que mes mains sont vides. Pas d'arme."

"Je l'ai déjà fait, mais tu n'as pas amené d'amis, n'est-ce pas ? Comme l'équipe du SWAT ou des tireurs sur les toits ?"

"Même si c'était le cas, ces types ne pourraient pas toucher leur propre cul avec un fusil de chasse. Mais non, je suis seul ; et je suis venu ici pour t'aider." Bob le regarda à son tour, encore plus sceptique. "Écoute, je sais que tu n'as pas tué la fille Fowler ni aucun des autres", poursuit Ernie. "Je le sais, et je sais que les gens de Greenway et cet idiot de Bentley t'ont piégé".

"J'apprécie le vote de confiance, mais vous n'avez aucune juridiction ici. La moitié des flics et tous les escrocs de Chicago sont à ma recherche en ce moment. Si tu traînes avec moi, tu ne feras que t'attirer des ennuis."

"Accorde-moi un peu de crédit. J'ai parlé au groupe de travail sur le crime organisé de la police de l'État, et même au FBI. Ils seraient en train de s'occuper de ça en ce moment même, si tu apportais des preuves ou quoi que ce soit pour étayer ton histoire."

"Oh, j'en ai plein, et je leur remettrai dès que j'aurai pu les examiner et déterminer à qui je peux faire confiance et à qui je ne peux pas faire confiance."

"Tu me fais confiance, n'est-ce pas ?"

Bob l'étudie un instant. " Je pense que oui, Ernie, malgré le fait que tu sois le policier de Chicago ; mais cela ne veut pas dire que je ne veux pas d'abord examiner ces dossiers ", répondit-il en tournant la tête et en regardant en arrière vers la porte d'entrée de l'école. Finalement, il vit Linda sortir de la porte d'entrée et se diriger vers lui, en courant. "Mais comment diable m'as-tu trouvé ici, de toute façon ?"

"Toi ? Comment tes hommes t'ont-ils appelé ? Le 'fantôme' ? Je n'ai même

225

pas essayé ; je l'ai suivie à la trace", dit-il en pointant Linda à travers la fenêtre. "Une jeune mère avec un enfant de six ans qui travaille pour une bande de salauds, ce n'est pas si difficile à comprendre."

"Oui, eh bien, espérons que tu es le seul", a-t-il ajouté alors que Linda ouvrait la porte de la voiture côté passager et s'installait à moitié sur le siège avant lorsqu'elle a vu Ernie assis à l'arrière et s'est figée. Ses yeux se sont écarquillés et Bob l'a vue commencer à trembler. "Il va bien, Linda, viens. Où est Ellie ?"

"Tony Scalese l'a", réussit à dire Linda en tendant la carte de visite froissée de Tony Scalese à Burke, en se retournant et en tombant sur le siège avant, en pleurant. "Ce fils de pute... ce fils de pute", marmonnait-elle encore et encore. "Comment ai-je pu être aussi stupide ?"

Bob l'a rendu à Travers. "Ne t'inquiète pas", lui dit-il en posant une main réconfortante sur son épaule. "Je vais la ramener."

"Il ne lui fera pas de mal, Linda. Il n'est pas fou", ajoute Travers.

"Je t'avais dit de ne pas le contrarier !" dit-elle en repoussant la main de Burke. "Je te l'avais dit ! Maintenant, regarde ce qui s'est passé."

"Tu veux que je lance un avis de recherche sur lui ?" demande Travers.

Bob s'est rassis sur le siège et a regardé par la fenêtre pendant un moment. "Non, pas encore. En plus, il a probablement plus de flics de son côté que toi. Non, voyons ce qu'il veut", dit-il en démarrant la voiture et en s'éloignant, faisant demi-tour pour retourner vers l'autoroute.

"Où allons-nous !" Linda a exigé de savoir.

"Pour appeler Scalese. C'est moi qu'il veut, pas toi ni Ellie."

"Non ! Il veut ces fichus dossiers !", s'est-elle emportée. "Mon Dieu, j'aurais dû laisser ces trucs au plafond et rester en dehors de tout ça. Je suis tellement stupide", gémit-elle. "Il a Ellie ; donne-les-lui !"

"Ces dossiers sont notre seul moyen de pression, Linda. Sans eux..."

"Bob a raison", lui dit Travers. "Une fois qu'il aura ces papiers, il vous tuera tous les deux ainsi qu'Ellie - bon sang, il me tuera probablement aussi - et tu le sais."

Linda s'est détournée en sanglotant. "Je n'aurais jamais dû m'impliquer là-dedans".

"Je la ramènerai, Linda, je te le promets", lui dit Bob. Je te le promets", lui dit Bob, puis il se tourne vers Travers, ses yeux se fixant sur le grand flic de Chicago. "Ils ne vont tuer personne, Ernie. Je vais les tuer en premier - Scalese, Greenway, DiGrigoria, tous."

Travers l'a regardé fixement pendant un moment. "Tu es vraiment fou, n'est-ce pas ?"

"Non, je suis l'homme le plus sain d'esprit que tu aies jamais rencontré. Donne-moi ton téléphone portable une minute", dit-il en lui tendant la main.

Travers a secoué la tête, mais il a sorti son vieux téléphone à clapet Motorola et l'a tendu. Burke a ouvert le couvercle et a commencé à taper de mémoire une série de chiffres sur le pavé tactile. Après la huitième sonnerie, l'autre téléphone est tombé sur la messagerie vocale et ils ont tous pu entendre le message enregistré à haute voix : " Ace Storm Door and Window, Ace speakin'. Je ne suis pas là. Laissez un message."

"Des contre-portes ? Tu dois te moquer de moi", lui dit Linda, pas du tout amusée.

"C'est un peu de l'humour de l'armée. Ne t'inquiète pas. La seule chose qu'Ace connaît à propos des portes ou des fenêtres, c'est une centaine de façons différentes de les briser." Lorsqu'il a entendu le bip, il a dit dans le téléphone : "C'est le Fantôme. Appelle-moi à ce numéro. J'aurais besoin d'un peu d'aide."

"Un de tes copains de l'armée ?" demande Travers.

"Bien plus que cela", répond Bob Burke avec un mince sourire.

Cinq minutes plus tard, le téléphone portable a sonné. "Désolé d'avoir été si long, Major, mais je donnais un cours et je n'ai pas reconnu le numéro. Qu'est-ce qu'il y a ? Les choses deviennent un peu croustillantes dans le secteur privé ?"

"Tu n'en as aucune idée, Ace. Quel est ton Vingt ?"

"Bragg".

"Et les autres gars ?"

"Vinnie est ici avec moi. Chester est à Benning et Lonzo est de retour 'au pays'. "

"Il est 16 h 40 à votre heure. Pouvez-vous venir à Chicago ce soir ? Disons avant 21h30 ?"

"Je les appellerai dès que je descendrai. Je ne vois pas pourquoi je ne le ferais pas."

"Super. Dépensez tout ce dont vous avez besoin, c'est à mes frais ; et apportez Nancy et tous les autres jouets et équipements tactiques sur lesquels vous pouvez mettre la main. Je prévois de m'installer à 22 heures, de faire l'opération vers 23 heures et de vous faire repartir en trois heures environ, avec le moins de temps possible au sol."

"Oui, Monsieur ! Je vais réserver un vol charter à Windimere. Ils ont un G-5 disponible là-bas, et nous pourrons nous arrêter à Benning pour récupérer Chester."

"Il est doué pour le C-4 et pour entrer dans les choses, si je me souviens bien. Demande-lui d'apporter cinq ou six onces de la salle de fournitures d'entraînement et quelques détonateurs."

"Ça a l'air amusant, monsieur ! Tu veux bien me dire à quoi on va être confronté ?"

"Une douzaine de gros Italiens qui m'ont vraiment énervé, peut-être une douzaine d'autres".

"Ça ne ressemble guère à un combat équitable".

"Je ne veux pas que ce soit le cas. Pense à des voyous de rue avec des armes de poing. Je ne doute qu'aucun d'entre eux n'ait reçu d'entraînement tactique. Mais pour que tu comprennes bien, je n'ai pas l'intention de faire de prisonniers."

"Cela n'offensera la "sensibilité" de personne ici. Au fait, il y a deux autres gars de l'ancienne unité qui sont stationnés ici maintenant. Tu te souviens de Koz et de Batman ? Ils ne me parleront plus jamais s'ils manquent une fête comme celle-ci. Ça te dérange si je les emmène ?"

"Tant qu'ils comprennent que c'est un contrat privé avec moi, très humide, et qu'ils n'auront aucune sanction officielle. Aucune."

"Tu te bats encore pour 'la vérité, la justice et le mode de vie américain' ?" Ace rit.

"Tu as compris. Il y a un aéroport privé près de Mount Prospect que j'ai utilisé plusieurs fois. Il devrait convenir à ce dont nous avons besoin. Appelle-moi quand tu auras une heure d'arrivée prévue."

"Bien reçu... et nous serons tous fiers de botter des fesses à nouveau avec vous, Monsieur".

Burke a sonné et a fixé le téléphone alors que son sourire s'effaçait lentement.

"Nancy ?" demande Linda. "Ils amènent une femme avec eux ? J'aurais bien besoin de compagnie... non pas que tu ne sois pas de bonne compagnie, mais... enfin, tu vois ce que je veux dire."

"Pas besoin de t'excuser, mais cette "Nancy" n'est pas une femme. C'est un fusil de sniper M-110. C'est comme pour les ouragans, nous donnons généralement à nos armes les plus meurtrières le nom de femmes."

" Eh bien, avec la façon dont l'armée se comporte, je suppose que ça aurait pu être "Bruce". "

Lorsque Tony Scalese a garé sa Lexus dans le parking arrière de l'immeuble de bureaux du CHC. Il a fait le tour de la voiture, a ouvert la portière côté passager et a tendu la main à Ellie. La petite fille a regardé cet homme énorme qui se tenait à côté d'elle, puis le bâtiment. Elle n'était toujours pas sûre d'elle, mais il lui a souri et elle a finalement mis sa petite main dans la sienne et est sortie de la voiture. Elle lui arrivait à peine à la taille et ils formaient un couple très bizarre en remontant le trottoir et en entrant dans l'immeuble.

C'est drôle, pense Tony Scalese en la regardant de haut. Il aimait bien la petite et il aimait bien marcher avec elle comme ça. Quand toute cette merde serait terminée et ses autres problèmes avec les DiGrigorias résolus, il serait peut-être temps de fonder sa propre famille.

À l'intérieur, il aperçoit Patsy Evans assise à la réception. Elle s'est retournée au bruit des pas et a souri en les voyant marcher vers elle. "Ce n'est pas la fille de Linda, Ellie ?" demande-t-elle, surprise de les voir ensemble.

"Le docteur Greenway est-il déjà rentré ?" lui demande Scalese.

"Non, je ne l'ai pas vu. Bonjour, Ellie", dit Patsy en regardant la petite fille et en souriant. "Tu nous rends visite cet après-midi ?"

"Sa mère va être attachée pendant un bon moment pour parler à la police de cette affaire Burke, et je suis dans l'embarras. Tu as l'air d'être douée avec les enfants."

"Eh bien, je n'en sais rien, mais j'ai trois petites sœurs".

"Ça ira. Écoute, je l'emmène dans le bureau de Greenway. C'est agréable et confortable, avec ce canapé et tout le reste." Scalese vit son expression changer à l'instant où il mentionna Greenway, son bureau et le canapé ; et il sut qu'il avait un autre problème à résoudre, de façon permanente.

"Ne t'inquiète pas pour Greenway. Quand il reviendra, il repartira tout de suite. Et moi aussi. Ce que j'aimerais, c'est que tu montes là-haut et que tu gardes Ellie pour moi, peut-être jusqu'à minuit, peut-être plus longtemps."

"Aussi tard ? Mince, je ne sais pas si je peux faire ça, Monsieur Scalese. J'ai..."

"Tu nous rendrais un grand service, à Linda et à moi, Patsy. Je te paierai le triple, tu pourras prendre le reste de la semaine et je te donnerai quelques centaines de dollars en plus. Qu'est-ce que tu en dis ?"

"C'est plus que généreux, mais le cabinet du Dr Greenway ?"

"Ne t'inquiète pas pour lui. J'aurai trois ou quatre de mes agents de sécurité ici toute la nuit. L'un d'entre eux restera assis devant sa porte tout le temps. Tu te souviens de Freddie Fortuno ? C'est un type sympa et il veillera sur toi. D'accord ?" Finalement, Patsy sourit et acquiesce. "Bien", dit-il en jetant un coup d'œil à sa montre. "Il y a un grand Walmart en bas de la rue. Pourquoi ne pas y aller et acheter des trucs pour les enfants - des livres de coloriage, peut-être une poupée, des jouets, des jeux de société, des boissons et des snacks. Achète des livres et des magazines pour toi, tout ce que tu veux. Tu peux même prendre ma voiture. Elle est garée juste à l'extérieur."

Il sort sa pince à billets et dépose deux billets de cent dollars sur son bureau. "Tiens, et tu gardes la monnaie", lui a-t-il dit, avant d'en ajouter un autre. "Voici un peu plus, au cas où tu aurais besoin de commander des pizzas ou autre chose plus tard. Je vais la conduire au bureau de Greenway jusqu'à ce que tu reviennes. Appelle le personnel et dis-leur d'envoyer quelqu'un ici pour couvrir la réception. Ils ne font rien du tout là-haut de toute façon."

Ellie lève les yeux vers lui et fronce les sourcils. "Ma mère dit de ne pas utiliser de gros mots".

Patsy a ri et Scalese s'est effectivement sentie gênée pour la première fois depuis très longtemps. "Ta mère a raison, Ellie. C'est ma faute." Il regarda à nouveau Patsy et dit : "Qu'ils transmettent mes appels au bureau de Greenway".

Bob Burke ouvre à nouveau le téléphone portable d'Ernie Travers et compose un autre numéro. Trois sonneries plus tard, une jeune femme a répondu : " Consolidated Health Care, comment puis-je vous aider ? " Il reconnaît la voix de Patsy Evans et met l'appel sur haut-parleur.

"Je croyais t'avoir dit de sortir de là et de trouver un autre travail, Patsy ?".

"Monsieur Burke ?" murmure-t-elle dans le combiné. "Tu sais que je ne peux pas te parler".

"Bon, écoute, tu n'as pas vu Tony Scalese et une petite fille dans le coin ces dernières minutes, n'est-ce pas ?".

"Je... tu vas m'attirer beaucoup d'ennuis".

"C'est une question simple, Patsy. As-tu vu Tony avec une petite fille ?"

"Oui, oui, il y a quelques minutes. C'était la fille de Linda, Ellie. Il m'a demandé si je pouvais la garder ce soir. Il m'a dit que Linda était occupée avec la police. Quelque chose ne va pas ?"

"Non, non, tout va bien, et je suis vraiment contente d'apprendre que tu seras avec Ellie. Reste avec elle et ne la quitte pas des yeux."

"Tu me fais encore peur. Je ne suis ici que depuis deux jours et je déteste déjà cet endroit."

Linda a essayé d'arracher le téléphone à l'emprise de Bob, mais il l'a retenue et a recouvert l'embout. "Non", dit-il à Linda, "si tu lui parles, tu vas l'effrayer. "Si tu lui parles, tu vas la faire fuir. Il faut qu'elle reste là-bas avec Ellie."

"Oh mon Dieu", Linda s'est détournée vers l'autre coin et s'est mise à pleurer.

"Qu'est-ce qui ne va pas ?" demande Patsy.

"Rien", répond Bob. "Tout va bien, tu t'occupes d'Ellie. Et si tu veux bien, mets-moi en relation avec Tony Scalese." Elle le mit en attente et après quinze longues secondes de "musique d'ascenseur", il entendit la voix assurée du grand Italien à l'autre bout du fil.

"Hé ! C'est toi, Sport ?", dit le grand Italien en riant. "Je pensais que tu appellerais."

"Tu t'en prends aux petites filles maintenant, Tony ? Tu devrais avoir honte."

"Eh bien, tu ne m'as pas laissé beaucoup de choix. Je veux les affaires que ta copine a prises au bureau. Donne-les-moi, et tu pourras récupérer l'enfant."

"Linda veut parler à sa fille".

"Quoi ? Tu ne crois pas que je l'ai ? Elle est assise ici, sur le sol de Greenway, en train de décorer l'un de nos rapports annuels avec un marqueur magique. Mais si Linda veut lui parler, c'est très bien. Tiens, Ellie", dit-il en tendant le téléphone à la petite fille. "Dis bonjour à ta mère.

Bob tend le téléphone portable à Linda et ils entendent la voix d'une petite fille dans le haut-parleur du téléphone portable : "Salut, maman".

"Ça va, chérie ?" Linda a demandé entre deux sanglots.

"Oui, ça va. Je suis assise ici en train de colorier, comme l'a dit oncle Tony. Ensuite, Patsy monte et on va faire des jeux", dit Ellie jusqu'à ce que Scalese lui retire le téléphone.

"Voilà, satisfait ? Elle est mignonne et comme elle l'a dit, ta copine Patsy va venir ici pour s'occuper d'elle. Tout ira bien pour elle, à moins que tu ne me lâches d'un coup de torche, Linda", lui dit-il.

D'une manière ou d'une autre, Bob a réussi à arracher le téléphone portable de la main de Linda. "Ok, Tony, quand et où ?"

"Pourquoi pas ici même, dans le bâtiment du CHC, disons à 21 heures ce soir, après le départ des employés."

"Je ne pense pas que ce soit le cas. Je ne m'approcherai plus jamais de cet endroit."

"Tu veux récupérer la petite fille ?"

"Tu veux les dossiers ?"

"Ecoute Burke, je ne plaisante pas".

"Moi non plus. Si nous devons faire ça, ce sera sur un site neutre où tout le monde pourra s'en aller. Essayons le pavillon de pique-nique de la réserve forestière de Parker Woods. C'est à l'est d'O'Hare, pas loin d'Indian Hills. Tu sais où c'est ?"

"Une aire de pique-nique ?" Scalese renifle. "Non, mais je la trouverai."

"Bien, vous entrez par le terrain nord et nous par le terrain sud". Au milieu du bois, il y a une grande aire de pique-nique, avec des tables et quelques grilles de barbecue. Nous nous retrouverons là-bas, dans le pavillon."

"L'aire de pique-nique dans le bois de Parker ?" Scalese s'est arrêté et Bob pouvait presque l'entendre réfléchir. "D'accord, si c'est ce que tu veux, petit malin, c'est Parker Woods".

"Et faisons en sorte qu'il soit 11 heures. Cela nous donnera un peu plus d'intimité."

Il entend Scalese rire. "Tu veux de l'intimité ? Tu l'as", a-t-il dit en raccrochant.

"11 heures ? Qu'est-ce que tu vas faire ?" Linda s'est retournée et a demandé, presque paniquée.

"Je vais récupérer votre fille", lui répond Bob.

"Les affronter comme ça, c'est stupide", lui a dit Travers. "Tu ne connais pas ces gars-là".

"Oui, je le sais, mais ils ne me connaissent pas".

Linda s'est tournée vers Travers et lui a dit : "Tu ne peux pas le laisser faire ça. Ils vont le tuer."

"Bob, laisse-moi te demander de l'aide", dit le lieutenant de police. "Je peux appeler l'équipe d'intervention de la police d'État, ou même celle de Chicago. Nous pouvons verrouiller tout l'endroit."

"Ne t'inquiète pas, Ernie. J'aurai toute l'aide dont j'ai besoin. Et je la ramènerai", dit-il en se tournant vers Linda Sylvester. "Fais-moi confiance, je la ramènerai".

Tony Scalese était assis dans le bureau du troisième étage de Greenway, dans la chaise de bureau de Greenway, au bureau de Greenway, en train de regarder Ellie Sylvester. Elle était allongée sur un tapis oriental coûteux devant le canapé en cuir de Greenway et coloriait l'un des rapports annuels de la société CHC avec un jeu de marqueurs magiques lorsque Lawrence Greenway est entré. Il la regarde, lève les yeux vers Scalese, puis redescend vers la petite fille. "C'est la fille de Sylvester ?", a-t-il demandé. "Tu as perdu la tête ? Qu'est-ce que tu crois faire en l'amenant ici ?"

"Qu'est-ce que je fais ? Ton travail. Et je croyais qu'on s'était mis d'accord pour que tu ailles retrouver la femme de Burke et voir ce que tu peux apprendre sur lui. Qu'est-ce que tu fais ici ?"

"Je l'ai retrouvée, comme tu dis, Anthony. Je suis allé à leurs bureaux, mais elle est partie pour la journée. Elle habite à Winnetka, alors je vais lui rendre une visite impromptue dans quelques minutes. Après nos précédentes escapades à Mount Prospect, j'ai décidé que j'avais besoin d'une chemise propre. Après tout, un gentleman doit être correctement habillé lorsqu'il rend visite à une dame, n'es-tu pas d'accord ?"

"Un gentleman ? Vous ? Ne me fais pas rire, Doc. Tu découvres ce qu'elle sait, et je me fiche de la façon dont tu le fais."

"Qu'est-ce qui te presse ? Il se passe quelque chose dont tu ne m'as pas parlé ?"

"J'ai rendez-vous avec Burke ce soir à 23 heures, nous échangeons la fille contre les dossiers de Purdue".

"Burke ? Tu as rendez-vous avec lui ? Alors pourquoi devrais-je lui courir après... ?"

"Parce que je te l'ai dit, Doc. C'est un fils de pute sournois et je..."

Ellie lève à nouveau les yeux vers lui et fronce les sourcils. "Ma mère dit que c'est un autre gros mot".

"J'en suis sûre, chérie", dit Scalese en la regardant avec un nouveau sourire gêné. "Tu retournes à ton coloriage et oncle Tony essaiera de ne plus parler comme ça. De toute façon," il se retourna vers Greenway, "je le retrouve dans l'un des parcs de la réserve forestière, dans l'aire de pique-nique située dans le bois de Parker."

"Dans les bois, la nuit ? Toi ? Vous plaisantez sûrement", dit Greenway en se moquant de l'idée.

"Ne t'inquiète pas, je ne serai pas seul. Et n'insistez pas, Doc. Nous n'avons vraiment plus besoin de vous. On n'en a jamais eu besoin. Alors fais ce que je t'ai dit. Va trouver la femme de Burke et vois ce que tu peux trouver sur lui. J'ai entendu dire qu'il était dans l'armée. Découvre ce qu'il a fait et comment il pense", dit-il en fixant Greenway du regard et en le regardant flétrir sous la chaleur.

Greenway a toussé et a détourné le regard. "D'accord, mais qu'en est-il de la petite fille ? Tu ne peux pas la laisser seule ici, tu sais."

"Avec toi dans les parages ? Pour une fois dans ta vie, je pense que tu as raison. Cette nouvelle fille de la comptabilité va venir la garder ici dès que nous serons partis."

"Patsy Evans ? Oh, c'est délicieux. Tu m'as donné une délicieuse motivation pour me dépêcher de revenir, Anthony", dit Greenway avec un mince sourire de crocodile.

"Pas si vite, Doc. Un de mes gars, Freddie, va être assis juste derrière cette porte avec un 9-mil chargé et l'ordre de te tirer dans le cul si tu touches à l'un d'eux avant que je ne revienne", dit Scalese en pointant son doigt vers lui. "Tu as compris ?"

"Moi ? Anthony, comment peux-tu penser... ?"

"Et s'il ne le fait pas, je le ferai !" Les yeux furieux de Scalese se sont verrouillés sur ceux de Greenway. "Mais je vais vous dire, Doc. Une fois cette affaire terminée, tu pourras avoir Patsy comme cadeau spécial de ma part ; mais pas une minute plus tôt, compris ?"

CHAPITRE VINGT-QUATRE

Lawrence Greenway a conduit son roadster Mercedes SLK55 AMG bleu nuit entre les piliers décoratifs en pierre des champs et dans l'allée sinueuse du 242 Stanley Court à Winnetka. La voiture était le modèle sportif le plus cher et le plus puissant construit par Mercedes, et la couleur "Lunar Blue" complétait son choix habituel de costumes. Avec un moteur V-8 de 416 chevaux, la belle bête offrait une surenchère ridicule sur les voies rapides de Chicago, surtout aux heures de pointe, quand tout ralentissait à vue d'œil.

Cependant, il aimait l'excitation de savoir que la puissance était là s'il le voulait ; et il pouvait l'emmener sur les petites routes du comté de Kane et faire exploser les tuyaux, les siens et ceux de la voiture. Elle a coûté près de 125 000 dollars avec tous les jouets optionnels qu'il a ajoutés, soit plus que ce qu'il a gagné au cours de ses trois premières années d'études de médecine combinées, alors pourquoi l'a-t-il achetée ? Alors pourquoi l'a-t-il achetée ? Parce qu'il le pouvait. Greenway se sourit à lui-même chaque fois qu'il y pense. Parce qu'il le pouvait !

Il a fait lentement le tour de la propriété magnifiquement aménagée et s'est garé devant une grande maison Tudor anglaise impeccablement conçue, où ni lui ni la voiture ne pouvaient être vus de la rue. En levant les yeux, il admire les toits pentus en tuiles d'ardoise, les fenêtres en verre au plomb, les colombages apparents au deuxième étage et l'entrée massive. La classe à l'état pur, pensa-t-il, et précisément le type de maison qu'il voulait pour lui-même. La Mercedes était sa dernière amélioration personnelle, et une magnifique maison comme celle-ci serait la prochaine. Il l'appellerait "Lawrence 3.0" et il se demandait si la maison allait bientôt être mise sur le marché. C'est possible, sourit-il.

Garée devant lui dans l'allée incurvée, une énorme Cadillac Escalade blanche, voiture de guerre. D'après ses recherches, il savait qu'elle appartenait à Angie Burke, ce qui signifiait que la "maîtresse de maison" devait être à la maison. Lorsqu'il est sorti de sa Mercedes, il a pris sa "sacoche de médecin" en cuir noir et a monté d'un pas assuré l'escalier semi-circulaire en granit. La porte d'entrée mesurait neuf pieds de haut et était faite de solides poutres anciennes, avec un grand heurtoir en laiton à tête de lion au centre. C'est incroyable, pensa-t-il en soulevant le lion par le menton et en le laissant tomber sur sa plaque de base en laiton avec un grand Boum ! Greenway posa sa main sur la porte et grimaça en sentant le vieux bois vibrer. Il s'apprêtait à recommencer lorsque la porte s'ouvrit et qu'une femme de chambre hispanique, petite et grosse, le regarda. Elle portait un uniforme gris et blanc, et ses cheveux corbeau étaient tressés en un chignon à l'arrière de sa tête. "Puis-je vous aider, Señor ?"

"Je m'appelle Greenway, Dr Lawrence Greenway, et je suis ici pour voir Mme Burke". Il sourit et essaya de passer devant elle, mais la femme de chambre se décala sur sa droite et lui bloqua le passage.

"Avez-vous un rendez-vous, Señor ?" demande-t-elle sévèrement.

"Non, mais si tu mentionnes mon nom, je suis sûr qu'elle me verra".

"Et je suis sûre qu'elle ne le fera pas !" rétorque la femme de chambre.

"Je suis son médecin", dit-il en lui montrant le sac en cuir noir. "Elle a appelé et a dit que c'était important, alors si ça ne vous dérange pas", il l'a poussée devant elle, "est-elle à l'étage ?".

"Non, non, Señor, au bord de la piscine, mais vous ne pouvez pas...".

Greenway n'a pas attendu qu'elle finisse de protester. Il est entré dans le foyer, a traversé la cuisine et est sorti par les portes-fenêtres ouvertes sur la grande terrasse et la piscine, où il a vu une femme blonde très séduisante allongée sur le ventre sur un fauteuil de relaxation au soleil, à moitié nue. Les yeux de Greenway se sont immédiatement portés sur son postérieur aux formes succulentes, mais il a vu suffisamment de son visage pour savoir qui elle était. Lorsqu'il s'est approché de son fauteuil, elle a levé la tête, mis ses grosses lunettes de soleil noires et s'est arrêtée pour le regarder de la tête aux pieds.

À ce moment-là, la femme de chambre a rattrapé son retard. "Je suis vraiment désolée, Mee-sus Burke, mais il..."

"C'est bon, Consuelo, lance-moi ma serviette." La femme de chambre se précipita avec et essaya de la couvrir, mais Angie la lui prit et se leva sans manifester la moindre inquiétude quant à la quantité de son magnifique corps qu'elle dévoilait. Très lentement, elle a enroulé la serviette autour d'elle et s'est assise sur la chaise, en observant les yeux de Greenway pendant tout ce temps.

"Tu dois m'excuser de débarquer chez toi à l'improviste", dit-il en faisant semblant de ne pas avoir remarqué qu'elle était nue.

"Il a dit qu'il était ton médecin !" dit Consuelo avec colère.

Greenway a brandi son petit sac médical noir et lui a offert son plus beau sourire. "Je dois m'excuser, Mme Burke, c'est ce qui me vaut d'habitude d'être partout".

"J'ai bien peur que ça ne te fasse pas entrer *partout*", rétorque Angie avec amusement.

"Je suis le docteur Greenway, le docteur Lawrence Greenway", lui sourit-il en tirant sur ses manchettes françaises. "Je suis le président de Consolidated Health Care".

"Mince, un médecin qui fait des visites à domicile", lui dit-elle en riant. "Et ici, je ne dois pas faire d'*examen médical* avant quatre mois... docteur".

"Oh, ce n'est pas du tout ça, ma chère", a-t-il ri en même temps qu'elle.

"Je ne m'attendais pas à ce que ce soit le cas, et je sais qui vous êtes, *docteur* Greenway". Elle se tourna vers la femme de chambre encore toute émoustillée et lui dit : "Consuelo, pourquoi ne nous apporterais-tu pas deux de ces merveilleux thés texans que tu prépares... Comme ceux que tu as préparés il y a quelques jours, *por favor.*"

"Si, Señora", répond la servante en soufflant et en se précipitant vers la cuisine.

"Alors, qu'est-ce qui vous amène à Winnetka, docteur ? Du tourisme ?" demande-t-elle en redressant la serviette et en lui faisant signe de prendre la chaise longue en face d'elle.

"Non, ce n'est pas qu'il n'y ait pas de merveilleuses choses à voir ici".

"D'accord, arrête tes conneries, *Larry*. Qu'est-ce que tu veux ? Ou bien es-tu venu ici pour me mettre en colère, comme tu l'as fait avec mon mari ?".

"Ciel, non, ma chère ; et quel malheureux malentendu toute cette situation est en train de devenir. Cela a été tellement triste et perturbant pour tout le monde, toi y compris, et je tiens à m'excuser personnellement pour le petit rôle que j'ai pu jouer dans la création de ces problèmes pour commencer."

"C'est gentil de ta part", répond Angie. Elle avait beau être une jeune femme paresseuse et à l'éducation indifférente, dotée d'un ego démesuré et d'un tempérament vif comme l'éclair, elle avait hérité de son père un "Bullshit Meter" (compteur de conneries) finement réglé, comme il l'appelait. Chaque fois que Greenway ouvrait la bouche, l'aiguille sortait du cadran.

"Oui, c'est malheureux. Quand j'ai rencontré votre mari, il avait l'air d'un type assez ordinaire. Je crois qu'il a dit qu'il était dans l'armée, même si je dois dire qu'il n'est pas exactement ce que j'aurais attendu d'un type militaire. Il a mentionné qu'il était dans les 'communications', et j'ai supposé que cela signifiait qu'il était une sorte d'installateur de téléphone ou un intello du téléphone portable, ou quelque chose comme ça."

Cela a fait craquer Angie. "Bobby ? Un installateur de téléphone ? Un *intello du* téléphone portable ? Tu n'as pas idée à quel point c'est drôle. Je l'ai entendu traiter de beaucoup de choses, mais jamais d'*intello.*"

"S'il te plaît, appelle-moi Lawrence, Angie. De toute évidence, ton mari est un jeune homme fascinant."

"Mari ? C'est mon *futur* ex-mari, *Lawrence*, et ça n'arrivera jamais assez tôt ; mais ce n'est pas ton problème."

"Tu sais, je suis tout à fait d'accord. C'est ce qui rend toute cette affaire et son délire selon lequel je me promène en assassinant des femmes, si malheureux."

"Oh, alors, maintenant il délire ?", a-t-elle gloussé. "Quelle matinée !"

"Eh bien, je peux peut-être t'aider. Je suis médecin, et docteur en médecine. J'ai passé les quinze dernières années à apporter des soins médicaux complets dans les bidonvilles du quartier sud de Chicago. J'ai sauvé des centaines et des centaines de vies là-bas. Je me suis dit que si nous travaillions ensemble, nous pourrions peut-être trouver un endroit approprié où Robert pourrait recevoir des soins professionnels convenables."

"Tu veux que je t'aide à le mettre dans la maison des fous ?" elle le regarde, étonnée.

"Je ne dirais pas ça comme ça, mais j'aimerais mieux comprendre le jeune homme".

"Bobby ? Ce que tu vois, c'est ce que tu obtiens. Mais 'sois prévenu', comme disaient ses gars, tu feras l'erreur de ta vie si tu continues à l'énerver."

"Oh, je n'ai pas peur pour ma propre sécurité, Angie. J'ai bien assez de gens qui me protègent maintenant."

"Tu le penses vraiment ?" lui sourit-elle, visiblement amusée.

"Eh bien, oui, mais ce jeune homme a besoin d'aide. Il perturbe mes affaires, et j'ai cru comprendre qu'il vous causait aussi beaucoup de problèmes. Alors si tu peux nous aider à le trouver..."

"Docteur, si une demi-douzaine de services de police de banlieue, les flics de Chicago, le FBI et le bureau du procureur ne peuvent pas le trouver, qu'est-ce qui te fait penser que je sais où il est ?".

"Le procureur des États-Unis ? Tu sais que tu ne peux pas faire confiance aux politiciens, Angie. Tout ce qui intéresse Peter O'Malley, c'est Peter O'Malley."

"Je suis choquée. Je ne peux pas faire confiance à un politicien ? Et un médecin ?" demande-t-elle en recroisant lentement ses jambes, laissant la serviette remonter, se moquant de lui. "Pourquoi ne me dis-tu pas ce qui s'est vraiment passé sur ce toit, *Larry* ? Je parie que tu as étranglé cette femme, que Bobby t'a vu, et que maintenant tu veux que je t'aide à le retrouver, pour que tu puisses le faire taire."

"Il ne s'est rien passé là-haut !", a-t-il craqué, voyant qu'il n'arrivait à rien avec elle et se mettant en colère. "Je te demande ton aide, gentiment et amicalement, pour la dernière fois".

"C'est une promesse ?", lui dit-elle en riant à nouveau.

"Où est-il ? Où pouvons-nous le trouver ?"

"Larry, comme le disaient les Grecs anciens, "fais attention à ce que tu souhaites". "

Greenway lui lance un regard noir pendant un instant, puis adoucit son expression. "Vous avez raison, bien sûr, mais puis-je utiliser vos toilettes ? Je crains d'avoir bu beaucoup trop de café au déjeuner."

"Il y en a un près de la cuisine. Consuelo va te montrer".

Greenway se leva et revint sur ses pas en passant par les portes-fenêtres, où la femme de chambre était en train de placer deux grands verres en cristal sur un plateau en argent, qui contenait déjà un grand pichet givré et des glaçons. Elle lui tournait le dos pendant qu'il fouillait dans sa poche pour enfiler une paire de gants chirurgicaux en latex, mais elle a dû entendre ses pas feutrés arriver derrière elle. Alors qu'elle tourne la tête pour regarder, il place une de ses grandes mains à l'arrière de sa tête et saisit son menton avec l'autre, leur donnant à tous les deux une torsion rapide. Grâce à l'effet de levier que lui procuraient ses longs bras et sa taille, il lui brisa le cou comme un os de poulet sec, et elle s'effondra sur le sol à ses pieds. Les gobelets de cristal, le pichet et le plateau tombèrent sur elle dans un grand fracas.

Greenway s'est retourné et a rapidement franchi les portes-fenêtres pour rejoindre la terrasse.

"Qu'est-ce que c'était ?" demande Angie, soudainement inquiète.

"Oh, rien, je crois que Consuelo a fait tomber le plateau", sourit Greenway en retournant à sa chaise et en ouvrant son sac en cuir noir.

"Consuelo ?" Angie a appelé en balançant ses jambes sur le côté de la chaise et en commençant à se lever.

"Oh, ne pars pas, Angie", sourit Greenway en la poussant à nouveau vers le bas. Il a fait passer sa longue jambe par-dessus la chaise longue, l'a chevauchée et l'a saisie à la gorge avec sa main gauche gantée. De sa main droite, il a ouvert le stiletto de 9 pouces de Tony Scalese et l'a pressé contre sa gorge. "Notre petite conversation commence à devenir intéressante", dit-il avec un mince sourire sadique. "Dans un petit moment, je pense que tu te réchaufferas au sujet, et que tu te réchaufferas à moi. En attendant, parlons un peu plus de ton mari. Où avez-vous dit que je pouvais le trouver ?"

Alors qu'ils atteignent l'autoroute, le téléphone portable d'Ernie Travers sonne. Il l'a sorti de la poche de sa veste, a regardé l'écran et a froncé les sourcils. "Tu devrais écouter ça", a-t-il fait signe à Bob en mettant le portable sur haut-parleur. "Travers", marmonne-t-il d'un air indifférent.

"Lieutenant, c'est Peter O'Malley. J'ai appelé votre bureau tout..."

"Je n'y suis pas allé, Monsieur O'Malley. Il y a eu une forte augmentation des vols dans la zone des bagages, alors j'ai fait des inspections et des inventaires."

"Vraiment ? J'ai laissé quatre messages sur le téléphone de ton bureau et j'ai parlé à ta secrétaire. Elle n'a pas l'air d'avoir la moindre idée de l'endroit où tu te trouves."

Travers fait une pause. "C'est ce qu'elle est censée dire. Que puis-je faire pour toi ?"

"Es-tu au courant de ce qui s'est passé ce matin ?"

"A propos de quelque chose à l'aéroport ?"

"Non, en ce qui concerne ton ami, Burke".

"Ce n'est pas mon cas, ce n'est pas mon ami et je suis occupé. Que puis-je faire d'autre pour toi ?"

"Il m'a téléphoné ce matin. Il a les rapports et les choses qu'Eleanor Purdue devait me remettre, et je dois avoir ces choses. Écoutez, je sais que vous avez parlé tous les deux."

"Je n'ai pas la moindre idée de ce dont vous parlez, Monsieur O'Malley".

"Quelqu'un a torturé et assassiné son ami Charlie Newcomb. Burke pense que ce sont les hommes de Tony Scalese. Il pense aussi qu'ils ont tué Eleanor Purdue et cette hôtesse de l'air, Sabrina Fowler. Aux dernières nouvelles, il a envoyé deux d'entre elles à l'hôpital, et il m'a dit qu'il ne faisait que commencer. Nous devons le trouver et le mettre hors d'état de nuire avant qu'ils ne le fassent."

"Nous ?" Travers s'esclaffe. "Eh bien, pour commencer, je m'inquiéterais un peu plus pour eux que pour lui, si j'étais toi. Mais comme je l'ai dit, ce n'est pas mon cas. Si vous voulez qu'il entre, proposez-lui un marché et donnez-lui une immunité totale", dit-il en levant les yeux vers Burke et en souriant.

"Tu sais que je ne peux pas faire ça !"

"Pourquoi pas ? Les accusations portées contre lui sont bidons et tu le sais. Il n'a pas tué ces femmes. Tout ce que vous avez à faire, c'est de refuser de le poursuivre. Cela arrive tous les jours."

"Les journaux me mangeraient tout cru".

"Vraiment ? Quand il sortira tous ces disques, tu n'auras pas le choix de toute façon. Le jeu intelligent pour toi est de prendre de l'avance sur tout ça et de faire croire que c'était ton idée. Plus tu attendras, plus tu auras l'air mal en point. Mais je dois y aller, Monsieur O'Malley. Ma ligue de bowling fait un roulement ce soir, et tu sais à quel point ils sont grincheux quand le gars de la quille haute est en retard. Ciao", dit Travers en sonnant et en regardant Burke avec un sourire satisfait.

"Ta ligue de bowling ?" Burke rit. "Le gars des quilles hautes ?"

"Qu'est-ce que j'étais censé dire ? Mon Dieu, je déteste ces types."

"Quels "types" ? Les fédéraux ? Les politiciens véreux en général ? Ou seulement les Irlandais ? Écoute", dit Bob en roulant vers l'est et en s'engageant sur la voie rapide I-90, tout en vérifiant ses rétroviseurs. "Ernie, nous avons plus de quatre heures avant que mes hommes n'arrivent et nous devons tenter de retrouver cette clé USB. Avant d'aller à l'école, Linda et moi avons acheté du matériel informatique chez Best Buy, et nous avons ce qui reste de l'ordinateur portable de Charlie. Ce qu'il nous faut, c'est un endroit où nous pourrons tout installer et voir si nous pouvons le faire fonctionner."

En regardant par la fenêtre, Linda aperçoit la longue file de motels qui descendent la route de Mannheim. "Pourquoi ne pas trouver une chambre de motel ? Ils ont généralement Internet."

"Mieux encore, pourquoi pas mon bureau ?" demande Travers. Bob semble sceptique, alors le grand flic de Chicago continue : " Non, réfléchis, c'est le choix parfait. Le personnel de mon bureau part pour la journée à 16 heures, il est donc vide. J'ai deux gros jets laser rapides qui produiront ces documents aussi vite que tu en auras besoin. J'ai aussi des photocopieurs, des télécopieurs, des téléphones, deux autres ordinateurs et tout ce que tu veux. Mieux encore, nous aurons une totale intimité dans une zone sécurisée entourée de clôtures à mailles losangées et protégée par la TSA. Comment peux-tu faire mieux ?"

"Ça m'a l'air d'être un plan", a ajouté Linda, et Bob a acquiescé.

La carte-clé de Travers ouvre le portique de sécurité arrière à O'Hare. Ils se sont garés derrière le bureau d'Ernie Travers et sont entrés. En peu de temps, ils ont déballé les cartons, inséré la clé USB dans l'un des ordinateurs et fait chauffer du café. Bob s'est immédiatement mis au travail sur le nouvel ordinateur portable Asus, tandis qu'Ernie essayait d'ouvrir le boîtier de l'ancien ordinateur de Charlie avec le trou de balle traversant. La tâche semblait simple, mais il y avait une douzaine de petites vis qui fixaient le panneau arrière au boîtier. Ernie s'est porté volontaire pour s'en occuper avec le petit tournevis Phillips que Bob a acheté.

Cependant, après avoir essayé d'en desserrer trois, il a tendu le tournevis Phillips à Linda. "Pas avec ces crochets à viande", lui dit-il en levant ses grandes mains. "Tu t'occupes des vis ; je vais descendre à l'aire de restauration et nous trouver quelque chose à manger. On dirait qu'on va en avoir pour un moment."

"**Où est-il ?**" Greenway demande à nouveau à Angie, de façon encore plus exigeante cette fois.

"Comment pourrais-je le savoir ?" lui a-t-elle crié.

"Je ne vais pas te le redemander", a-t-il menacé en resserrant sa prise sur sa gorge.

"Salaud, enlève tes mains de moi !" dit-elle en le frappant au visage avec un poing en boule. "Tu es un putain de maniaque !" Son coup de poing fut étonnamment dur et l'atteignit au ras de la pommette, là où les profondes goujures de Linda Sylvester commençaient à peine à cicatriser.

"Ah !" hurle-t-il et la frappe durement d'un revers monstrueux. "Tu le caches, n'est-ce pas ? Il est ici dans la maison ou dans un autre endroit qui t'appartient ?"

Les longs doigts de sa main gauche se sont resserrés autour de sa gorge et il l'a traînée hors de la chaise et sur le pont. Sa serviette est tombée alors qu'elle se débattait, se balançant d'un côté à l'autre, la laissant nue alors qu'il s'asseyait sur elle, à califourchon, et la maintenait au sol. "Dis-moi, espèce de salope stupide", lui hurla-t-il au visage en approchant à nouveau le couteau de sa gorge. "Tu n'as pas cru ce que ton mari t'a dit à mon sujet ; ce qui pourrait t'arriver si tu me trahissais ?"

"On n'a jamais parlé de toi, connard !" Elle tendit les deux mains cette fois, ongles étendus comme un gros chat, en direction de ses yeux. Malheureusement pour elle, il l'a vu venir et a poussé fort sur sa gorge, coupant l'air de ses poumons. Son bras était beaucoup plus long que le sien, et le mieux que ses ongles mortels et parfaitement manucurés aient pu faire a été d'attraper la manche de son manteau.

"Tu vois, Angie, j'ai déjà fait ça avant - beaucoup, beaucoup avant - et j'aime ça !". Dit-il en serrant encore plus fort et en regardant son visage devenir rouge et ses yeux exorbités. "Dernière chance. Où puis-je le trouver ?" demande-t-il en relâchant un peu la pression sur sa gorge, suffisamment pour qu'elle prenne une petite inspiration désespérée et tousse.

"Va te faire foutre, trou du cul !", a-t-elle toussé et haleté. "Va te faire foutre !"

Greenway a craqué. En la regardant dans les yeux et en voyant la colère et la haine qui s'y cachaient, il s'est senti pousser une puissante érection et a serré encore plus fort, lui coupant complètement l'air. Cette fois, son visage est devenu rouge comme une betterave. Elle se tourna et se tordit, son corps nu se tordant sous lui, ce qui l'excita encore plus. Alors qu'elle commençait à perdre conscience et que ses yeux se fermaient, il a lentement tiré le stiletto de Tony Scalese sur le côté de son cou. Avec une précision chirurgicale, il a coupé net son artère carotide. Ses yeux se sont ouverts et Greenway a rapidement retiré ses mains alors que son sang giclait latéralement sur la plage de la piscine, le manquant de peu. Alors qu'il était assis sur son corps nu et qu'il la regardait se vider de son sang sous lui, sentant la vie s'écouler hors d'elle, il eut un orgasme. C'était sa réaction habituelle dans ces moments-là, mais celle-ci était plus forte et plus vive.

Greenway a plongé son regard dans ses yeux sans vie et a murmuré : "Merci, Angie". Finalement, il a roulé sur elle, s'est relevé sur des jambes tremblantes et a laissé tomber le stiletto à côté de son corps. Avant de partir, il s'est approché de la piscine, a plongé ses mains dans l'eau, a soigneusement lavé son sang sur ses gants chirurgicaux et les a jetés dans son sac médical. Bien joué, pensa-t-il. Il n'y avait rien ici qui puisse le relier à son meurtre. Mais Tony Scalese ? C'est son couteau et ce sont ses empreintes digitales qui le recouvrent. Tony Scalese, le violeur du quartier nord ? Qui l'aurait deviné ?

Greenway est retourné à sa voiture, a roulé lentement dans l'allée et a tourné à gauche dans la rue. À la prochaine grande intersection, il a vu une combinaison de station-service Shell et de restaurant McDonalds. Il a garé sa Mercedes dans le parking latéral et est entré à l'intérieur. Il a vu une cabine téléphonique accrochée au mur arrière entre les deux magasins. Le restaurant était bondé de lycéens et personne n'allait remarquer un adulte de plus. Il a décroché le combiné et a composé le 911.

Un opérateur d'urgence répond après quelques sonneries. Greenway place son mouchoir sur l'embouchure et s'empresse de lui dire : "Je m'appelle Samuel Jamison et je travaille pour FedEx. J'étais en train de faire une livraison au 242 Stanley Court à Winnetka. La porte d'entrée était grande ouverte, alors j'ai frappé et j'ai crié 'FedEx' plusieurs fois. J'ai finalement fait un petit pas à l'intérieur et j'ai crié à nouveau, mais c'est à ce moment-là que j'ai vu ces corps. Il y a une femme allongée dans la cuisine et une autre à l'arrière, près de la piscine. Elle a été découpée, quelque chose de grave."

"Êtes-vous sur les lieux, monsieur Jamison ?" demande l'opérateur.

"Bon sang non, madame, j'ai sorti mon cul de là".

"J'envoie une voiture de patrouille en ce moment même, mais j'aimerais que tu retournes en arrière et...".

"Moi ? Je n'ai rien vu d'autre, et il n'y a aucune chance que tu me persuades d'y retourner".

Greenway raccrocha, essuya négligemment le combiné du téléphone avec son mouchoir et s'éloigna en souriant. Ça devrait faire bouger les choses, s'est-il dit.

CHAPITRE VINGT-CINQ

Tony Scalese était assis dans son bureau et attendait. Il détestait attendre, alors il passait son temps à nettoyer et à recharger ses pistolets - un Glock, un Beretta et son vieux compagnon, un Colt M-1911 - ainsi que son fusil à canon scié préféré. Il n'était que 19 h 30. Les pistolets étaient maintenant huilés et réassemblés et reposaient sur le bureau devant lui en une rangée bien ordonnée. Il avait nettoyé toutes les pièces et tous les éléments qu'il y avait à nettoyer, et tout ce qu'il pouvait faire maintenant, c'était s'asseoir et attendre l'arrivée du reste de son équipe. Dix de ses hommes sont déjà là.

Trois d'entre eux étaient des gardes de sécurité "normaux", qui resteraient pour surveiller le bâtiment. Les autres venaient de diverses "équipes" de la ville. Ils traînaient en bas, fumant et buvant du café dans le salon des employés, jouant au gin et au pinochle, ou étudiant la feuille de course du lendemain pour le parc d'Arlington, tout proche. Il avait encore dix ou douze hommes qui arrivaient plus tard - toute cette puissance de feu contre un ex-militaire de la "compagnie de téléphone" et une putain de réceptionniste ?

Même si Burke appelait quelques amis pour l'aider, peut-être des chasseurs de canards, peut-être un "moke" avec un fusil à chevreuil, ou peut-être même quelques-uns de ses anciens copains de l'armée, ce serait un massacre. Lui et son équipe les tueraient tous. Après cela, il tuerait Sylvester, Bentley, Greenway et tous les autres. Ce soir, il couperait tous les *détails*, comme l'a ordonné M. D. Il les couperait tous.

Il s'est adossé à sa chaise de bureau, l'a fait tourner et a regardé la nuit noire à travers la fenêtre du troisième étage. Son bureau est orienté vers l'ouest. Jusqu'au premier jour où il a travaillé ici, en banlieue, il n'aurait jamais cru qu'il pouvait y avoir autant d'arbres dans le monde. Il doit y en avoir des millions. Grâce au scintillement occasionnel des lumières, il savait qu'il y avait aussi des milliers de maisons, des centaines de magasins, de stations-service et de restaurants McDonald's, mais les arbres étaient beaucoup plus grands et cachaient la plupart d'entre eux. Leurs couronnes étaient tout ce que l'on pouvait voir jusqu'à l'horizon. Scalese a grandi dans le quartier nord, où les arbres étaient de petites choses grêles. Enfant, il croyait qu'on les gardait pour les chiens, pour qu'ils aient quelque chose sur quoi pisser. C'était un citadin, et il trouvait encore tout ce vert un peu déconcertant.

Lorsqu'il a vu le bâtiment du CHC pour la première fois, il s'est dit qu'il prendrait un bureau donnant sur la ville. Du troisième étage, on pouvait voir le centre-ville par temps clair, avec les tours Hancock et Sears, le bâtiment Prudential et tout le reste. C'est ce qu'il a dit à ses amis restés en ville, que son nouveau bureau donnait sur "Big John" Hancock. C'était quelque chose qu'ils comprendraient et envieraient, mais il a menti. Il a laissé tomber Big John et a pris un bureau orienté vers l'ouest, d'où il regardait les jolis couchers de soleil et tous ces maudits arbres. Il aimait les couchers de soleil et parfois, il aimait même les arbres. Cependant, s'il était honnête avec lui-même, l'ampleur de tout cela commençait à lui donner la chair de poule. Il se souvenait de ce film du *Seigneur des Anneaux,* où les arbres se levaient et commençaient à s'en prendre au sorcier en robe blanche. Il y avait quelque chose de primordial là-dedans, quelque chose qu'un enfant de la ville comme lui ne comprenait pas et ne voulait pas comprendre.

Le mois dernier, Scalese a essayé de rencontrer les arbres à mi-chemin. Il est sorti et a parcouru les petites routes pendant quelques heures. Il a même visité quelques réserves forestières du comté, mais il n'a toujours pas "compris". Comment l'Australien du film Crocodile Dundee appelait-il cela ? "Le grand Outback ?" Tous ces arbres - ou plutôt ces bois ou ces forêts ? Pour Tony, ce n'était qu'un gaspillage de bon bois d'œuvre, de chantiers de construction, d'emplois syndiqués, de pots-de-vin, de contrats d'asphaltage, de prêts pour les régimes de retraite, de permis, de pots-de-vin et d'escroqueries au dépôt fiduciaire. Ouais, plus il y pensait, peu importe le nombre d'hommes armés qu'il emmènerait avec lui, il était fou de dire à ce moke Burke qu'il le retrouverait dans les bois, surtout la nuit.

En regardant par la fenêtre de son bureau, le soleil s'est couché depuis longtemps sur ce qui a été une journée fatigante - trop longue et trop fatigante, pense-t-il. 23 heures. Il n'aurait jamais dû accorder autant de temps à cet enfoiré de Burke. Scalese avait le gamin et Burke devait s'occuper d'une mère paniquée. Cela aurait dû sceller l'affaire et lui permettre de mettre un terme à cette affaire des heures plus tôt.

C'est alors qu'un de ses hommes, Jimmy DiCiccio, frappe au cadre de sa porte et dit : "Patron, le flic local Bentley est en bas. Il dit qu'il doit vous parler."

"Dis-lui qu'il y a trop d'oreilles par ici. Je le rejoindrai à son grand réservoir d'eau blanche dans dix minutes", répond Scalese en utilisant son mouchoir pour sortir de sa poche le petit "pistolet de proxénète" Mauser de calibre 32 de Greenway et vérifier le chargeur. "Dis-lui que j'ai un cadeau pour lui de la part de Mr. D, quelque chose de *spécial.* Et dis-lui qu'il devrait aussi amener son gros étron de neveu, Bobby Joe, avec lui."

Scalese se lève et prend sur son bureau son pistolet automatique Colt de calibre 45 préféré. Après avoir vérifié le chargeur, il a tiré une cartouche et l'a rangée derrière sa ceinture, dans le bas de son dos. Il ouvre le tiroir du bas de son bureau et en sort un sac à lunch en papier brun froissé. À l'intérieur se trouvaient une douzaine de petites enveloppes en plastique contenant des cristaux de crack. Bien, sourit-il en roulant le sac pour le fermer et l'emporter avec lui. Il ramassa son blazer en peau de requin sur la chaise où il l'avait jeté, l'enfila et se dirigea vers la porte jusqu'à ce qu'il sente son téléphone portable vibrer dans la poche de son pantalon. Il s'est arrêté et l'a sorti. Bizarre, pensa-t-il en regardant le petit écran et en voyant un numéro de téléphone qu'il ne reconnaissait pas. Plus étrange encore, car seule une poignée de personnes connaissait ce numéro de portable très privé.

"Oui", a-t-il dit en répondant à l'appel.

"C'est ton ami du centre-ville", a-t-il entendu, et il a immédiatement reconnu la voix du procureur américain Peter O'Malley. "Sors, trouve une cabine téléphonique et rappelle-moi. Il faut qu'on parle."

"Ce téléphone est propre".

"Anthony, il est temps que tu apprennes que *rien n'est* propre. Alors, arrête de discuter et fais ce que je t'ai dit. C'est important", dit O'Malley en raccrochant. Scalese fixe le téléphone, sa colère grandit à chaque instant. O'Malley ! C'était un autre de ces détails que le grand Italien était impatient de couper.

Il y avait un Pizza Hut à trois rues de là, que lui et son équipe fréquentaient, et il savait qu'il pouvait toujours utiliser leur téléphone. Lorsqu'il est arrivé, il a jeté un regard féroce au gérant et lui a pris le téléphone de livraison des mains. Il composa le numéro et dit "C'est moi", de plus en plus fatigué de se faire dire quoi faire par qui que ce soit. Avec un peu de chance, tout cela allait bientôt prendre fin.

O'Malley commence sans aucune politesse "J'ai parlé à *ce* type il y a un petit moment. Malgré tous vos efforts, il semble qu'il ait mis la main sur ces rapports de la CCH."

"Et alors, cette salope de Purdue est morte et personne ne peut prouver quoi que ce soit".

"Il prétend aussi qu'il a une clé USB qu'elle a laissée. Il dit qu'elle contient tous vos livres et rapports financiers, les 'vrais'. Il pense qu'elle contient la liste de tous les gens que vous payez. Il n'a pas encore réussi à l'ouvrir, mais nous savons tous les deux quel nom il y trouvera bien en évidence, n'est-ce pas ?"

"Ah, il te jette de la poudre aux yeux, O'Malley. Le vieux Sal est le seul à posséder les "*vrais*" livres, et il les garde enfermés dans son grand coffre-fort à Evanston."

"Peut-être, mais j'apporte la version des *vraies* que tu m'as donnée au Grand Jury. Si Burke se présente soudain avec une autre série de *vrais* qui nous impliquent toi *et moi*, ma campagne sera réduite en cendres avant même d'avoir commencé, et tu perdras tout l'argent que tu as dépensé pour essayer d'élire un nouveau gouverneur *sympathique*."

"Alors tu n'auras pas à t'inquiéter, n'est-ce pas ? Moi non plus, parce que le vieux Sal nous plantera tous les deux dans le lac Michigan cinq minutes après que le *Tribune aura* débarqué devant sa porte avec une histoire pareille. Mais ça n'arrivera jamais, parce que ce petit con de Burke, ses rapports et ses feuilles de calcul ne survivront pas à la nuit. Greenway, Bentley, Linda Sylvester et tous ceux qui savent quelque chose de tout ça non plus."

"Fais attention, Tony. Ce type, Burke, est dangereux."

"Moi aussi. Écoute, on a récupéré les ordinateurs du bureau de Purdue et de sa maison, on a récupéré ceux de Sylvester, de Burke et même de son ami à Wheeling. On les a tous réduits en mille morceaux, alors comment..."

"Rien de tout cela n'a d'importance. Les documents sont sur une petite clé USB ; et d'une manière ou d'une autre, il l'ouvrira", prévient O'Malley. "Tu sais ce qu'il a eu le culot de me demander ? Il m'a demandé s'il y trouverait *mon* nom, alors peut-être qu'il le sait déjà."

"Tu penses qu'il bluffe ?"

"Comment le saurais-je ? Mais s'il n'avait pas quelque chose sur nous, quelque chose de gros, tu ne penses pas qu'il aurait coupé les ponts depuis longtemps ?".

"Peut-être, mais ça n'a pas d'importance. Nous nous occupons de lui ce soir. C'est un homme mort."

"Bien, parce que mon grand jury se réunit la semaine prochaine, et cette affaire commence à s'effilocher".

"Non, sauf si vous le laissez faire, et je vous paie beaucoup d'argent pour m'assurer qu'il ne le fera pas, *Gouverneur.* Il y a deux semaines, je t'ai donné assez d'*éléments* sur le vieux Sal pour le mettre lui, ses frères et ses neveux au pénitencier fédéral pour un bon moment, plus une douzaine d'autres petits malins qui m'ont fait chier. Alors, qu'est-ce que tu attends ? Fais-le !"

Il y avait un petit parking en gravier au pied du réservoir d'eau d'Indian Hills. Lorsque Scalese a quitté la route principale, il a tout de suite vu qu'il avait bien choisi son emplacement. Une haie haute et déchiquetée entourait le petit terrain de service, et quatre projecteurs fixés au sol éclairaient le grand réservoir d'eau, mais laissaient le parking en contrebas dans une ombre profonde. Les voitures de police ont tendance à refroidir les histoires d'amour de fin de soirée et le commerce de la drogue. Les seules voitures présentes sur le petit terrain étaient donc les deux voitures de police blanches et vertes d'Indian Hills - celle de Bentley et celle de Bobby Joe. Elles étaient garées côte à côte face au réservoir d'eau, Scalese s'est donc garé derrière elles, les bloquant ainsi à l'intérieur. Il enfila une paire de gants de conduite en cuir italien très fins, sortit le petit Mauser de Greenway de la poche de sa veste et le déposa dans le sac en papier brun contenant la cocaïne. Lorsqu'il est sorti de la voiture, il a pris le sac et a laissé le moteur tourner.

Il a contourné l'arrière de la Lexus puis est passé entre les deux voitures de police, s'arrêtant à côté de la fenêtre ouverte du chef Bentley. Les deux flics devaient être en train de parler lorsque Scalese s'est approché. Bobby Joe était assis sur le capot de sa voiture, les pieds pendants sur le côté, ressemblant à un gros crapaud grimaçant ; tandis que Bentley était assis à l'intérieur de sa voiture, fumant une cigarette, son siège incliné vers l'arrière comme s'il s'agissait de son fauteuil inclinable personnel sur roues.

Lorsque Scalese s'est arrêté à côté de lui, Bentley a levé les yeux et a vu les gants. "Il fait un peu chaud pour ces choses-là ce soir, n'est-ce pas, Tony ?"

"J'aime bien les porter quand je conduis. Ça me permet de faire comme si c'était une voiture de sport", a-t-il répondu. "Alors, qu'est-ce qui est si foutrement important pour que vous deviez me voir ce soir, chef ?" demande-t-il en se penchant par la fenêtre et en offrant à Bentley son plus beau sourire de crocodile.

"Beaucoup. Écoute, je ne sais pas si tu as entendu parler de la femme de Burke, pourtant..."

"La femme de Burke ? Entendu quoi ?"

"On dirait qu'elle s'est fait tuer cet après-midi".

"Sérieusement en kilt", s'esclaffe Bobby Joe. "Quelqu'un s'est introduit dans sa maison à Win-net-ka. Ils l'ont trouvée à l'arrière, près de la piscine, nue comme un geai, la gorge tranchée. Ils ont aussi trouvé sa bonne, allongée dans la cuisine, le cou brisé."

Scalese fronce les sourcils, n'aimant pas ce qu'il entend. "D'accord, merci de m'avoir mis au courant", dit-il en se redressant et en mettant la main dans le sac en papier.

"Oui, eh bien, ce n'est pas la moitié de l'histoire", dit Bentley en se redressant, pensant que Scalese s'en allait. "Il semblerait qu'ils aient trouvé un couteau à côté de son corps, un stiletto de 9 pouces de fabrication italienne. Je déteste en parler, Tony, mais tous les flics de la ville savent que tu préfères un couteau comme celui-là, alors cette affaire devient bien plus compliquée que je ne l'avais imaginé."

"Un stiletto ?" La main de Scalese a tapoté la poche intérieure de sa veste, mais il n'a rien senti. Son couteau n'était plus là. "Greenway", murmura-t-il pour lui-même alors que ses yeux se rétrécissaient et que sa colère se transformait en une rage démesurée. "Ce fils de pute !" Malheureusement, ce médecin sans valeur n'était pas là pour subir la colère du grand tueur de la mafia, mais ces deux flics ploucs l'étaient.

"Oui, et je pense qu'il est grand temps que toi et moi nous nous asseyions pour discuter de notre 'arrangement financier'. " poursuit Bentley, avec un nouveau ton de confiance.

Scalese le fixe à nouveau, "Quand ?" demande-t-il.

"Quand ? Eh bien, je suppose que c'est le moment ou jamais."

"Non, espèce de crétin ! Quand a-t-elle été tuée ?"

"La femme de Burke ? Je l'ai appris il y a deux heures, peut-être trois, mais ils n'ont pas terminé leur enquête. C'est sorti par le système d'alerte régional tout à l'heure, alors je... Attends une putain de minute, mon gars ! Qui diable traites-tu d'abruti ?" Bentley se hérisse.

"Toi !" Scalese tendit la main à l'intérieur du sac en papier et trouva la poignée du Mauser de calibre 32 de Greenway. D'un geste souple, il le sortit et tendit le bras vers Bobby Joe. Le gros flic s'est assis sur le capot de la voiture avec un sourire idiot jusqu'à ce qu'il voie le petit pistolet allemand dans la main de Scalese et fronce les sourcils. Certaines personnes sont trop terminalement stupides pour gaspiller de l'air, conclut Scalese, surtout un flic très stupide. Il appuya trois fois sur la gâchette et fit un joli tir groupé au centre du visage de Bobby Joe.

Ce n'est pas pour rien qu'on appelle le calibre 32 un "pistolet à maquereau". La petite balle qu'il tire ne sert pas à grand-chose, si ce n'est à discipliner une pute en lui tirant dans les fesses lorsqu'elle sort du rang, ou à faire fuir un Jean gênant. Cependant, d'après l'expérience de Scalese, un calibre 32 ou même un calibre 22 était plus que suffisant pour tuer quelqu'un si tu lui tirais une balle dans la tête à bout portant. Une grosse balle de calibre 45 tirée de son Colt ferait exploser la moitié de la tête de l'homme et passerait au travers. Une balle de calibre 32, en revanche, fait un petit trou en entrant et se balade à l'intérieur pendant un certain temps, réduisant le cerveau en bouillie. C'est beaucoup moins salissant, mais la victime est tout aussi morte. Dans le cas de Bobby Joe, il a basculé en arrière sur le capot de la voiture.

La mâchoire du chef de la police s'est décrochée lorsqu'il a vu le corps de Bobby Joe étalé comme un ornement de capot surchargé. Scalese n'a pas attendu. Il s'est retourné et a appuyé la bouche du Mauser sur l'oreille gauche de Bentley. Le chef s'est retourné et a levé les yeux vers la paire d'yeux la plus froide qu'il ait jamais vue lorsque Scalese a appuyé sur la gâchette, deux fois.

La tête de Bentley a basculé sur la droite et son corps s'est effondré sur le siège de la voiture. Scalese a tendu le bras et lui a tiré une fois de plus dans la tête par dépit. Le temps qu'il fasse demi-tour, Bobby Joe avait roulé sur le capot et s'était allongé sur le gravier en le regardant fixement, faisant tranquillement des bulles. Scalese fut surpris de constater que même six coups de feu tirés par un petit calibre 32 ne faisaient pas beaucoup de bruit, pas assez pour être entendus par-dessus le grondement de la circulation sur la route voisine.

Il jette le Mauser sur le sol à côté de la voiture de police de Bobby Joe. Il y aurait encore beaucoup d'empreintes digitales de Greenway sur le pistolet et les douilles à l'intérieur. Bien fait pour lui, pensa Scalese, mais cela ne suffira pas à faire pencher la balance du côté de l'arrogant docteur.

Scalese a fouillé dans le sac en papier brun et en a sorti une douzaine de petites enveloppes en plastique transparent qui contenaient les "roches" jaune-brun du crack. Il s'est penché, a pris la main de Bobby Joe et a pressé plusieurs des enveloppes contre le bout de ses doigts et de son pouce avant de les laisser tomber sur le sol autour de lui. Il est entré dans la voiture de Bentley, a saisi sa main et a fait de même avec quatre ou cinq autres enveloppes en plastique. Il en a déposé deux sur les genoux de Bentley et a laissé tomber le reste ainsi que le sac vide sur le plancher de la voiture de Bentley, où il savait que les techniciens du crime de la police n'auraient aucun mal à les trouver plus tard.

Finalement, Scalese se lève et regarde autour de lui. Tout compte fait, ce n'était pas une mauvaise nuit de travail, se dit-il. Il avait coupé définitivement deux des fils de M. D. - Bentley et Bobby Joe - et bientôt il ajouterait Greenway à la liste. Il retourne à la Lexus avec un large sourire et s'en va.

Pendant que Linda retire les petites vis des panneaux arrière des deux ordinateurs portables, Bob essaie la clé USB dans l'un des ordinateurs de bureau de Travers. Il l'a insérée dans l'un des ports USB, mais lorsqu'il a cliqué sur la clé, un écran s'est affiché, demandant un mot de passe à l'utilisateur. C'est ce à quoi il s'attendait ; il a donc essayé d'autres fonctions automatiques de Windows, et enfin "Exécuter", "Rechercher" et "Internet Explorer", afin de pouvoir au moins trouver un "Répertoire de fichiers", mais en vain. Le même écran demandant un mot de passe d'utilisateur s'affichait à chaque fois.

Frustré, il s'est assis et a souhaité que Charlie soit là. Bob connaissait quelques rudiments d'informatique, mais Charlie était le grand maître. En son absence, Bob espérait que le logiciel de décryptage qui se trouvait sur le disque dur de Charlie pourrait faire l'affaire. Même si son ordinateur portable était percé en son centre d'un trou de trois quarts de pouce, si la balle avait manqué le disque dur, il pourrait encore être utilisé dans une autre machine. Après avoir retiré la dernière vis, Linda ouvrit le boîtier et vit que la carte mère, le clavier, l'écran et de nombreux circuits étaient troués, mais que la balle avait manqué le disque dur de justesse.

"Linda, pendant que je change les disques durs, apporte-moi le câble d'une des imprimantes d'Ernie et assure-toi qu'il y a beaucoup de papier."

À partir de là, le travail a commencé à avancer rapidement. Il a échangé les disques, fermé le boîtier avec toutes ces petites vis et mis le nouveau sous tension. Comme le monstre de Frankenstein avec son nouveau cerveau, le nouvel Asus a démarré en pensant qu'il s'agissait de l'ancienne machine de Charlie. "Il est vivant !" s'écrie Bob, imitant la voix exaltante de Colin Clive dans le vieux film de 1931. Malheureusement, lorsqu'il a essayé la clé USB, il a obtenu la même réponse que sur le bureau, demandant un mot de passe utilisateur. Il est resté assis devant l'ordinateur pendant quelques minutes encore, essayant tous les mots de passe habituels comme "Mot de passe", "123456", "abcdef" et quelques autres, en vain.

Frustré, il s'est adossé à sa chaise et a regardé Linda. "Avant que je ne commence à taper sur les routines de décryptage de Charlie, est-ce qu'Eleanor a donné des indications sur le mot de passe ?"

"Non, et je ne connais pas grand-chose aux ordinateurs".

"Mais elle l'a fait, et elle a dû dire quelque chose".

"Je n'ai pas pensé à demander", a-t-elle haussé les épaules, impuissante.

Il la regarde fixement. "Quand elle t'a donné les clés et qu'elle t'a parlé de la boîte de céréales avec le mot à l'intérieur, qu'a-t-elle dit ? Quels étaient ses mots exacts ?"

"Eh bien, elle m'a donné les clés de sa maison et de son bureau et m'a dit qu'il y avait une enveloppe dans la boîte de Cocoa Puffs dans son garde-manger, et que quelque chose à ce sujet était la clé."

Bob s'est assis et a réfléchi un moment. "Elle n'a pas eu d'enfants, n'est-ce pas ?"

"Non, seulement Ellie et moi".

"Et elle a dit : "c'était la clé"", a-t-il répété et s'est soudain retourné vers le clavier. "Attends un peu. Parfois, il faut que les choses te frappent en plein visage pour que tu les voies. Elle voulait dire la *touche du mot de passe*", dit-il en tapant 'Cocoa Puffs' et en appuyant sur Entrée. L'écran a soudain changé, et un répertoire de fichiers s'est ouvert. "Je suis prêt à parier que Cocoa Puffs est la céréale préférée d'Ellie pour le petit déjeuner, n'est-ce pas ?

La bouche de Linda s'est ouverte et elle l'a regardé fixement. "Mon Dieu, je me sens si stupide".

"Ne le fais pas. Eleanor était très intelligente, c'est tout", lui dit-il en regardant sa montre. Il était déjà 9 h 15 et le temps commençait à manquer. Le répertoire des documents contenus dans les dossiers était long. La plupart d'entre eux contenaient CHC dans le titre ou étaient liés à la société de services médicaux d'une manière ou d'une autre. Certains semblaient être des feuilles de calcul Excel mensuelles et des rapports financiers datant des douze derniers mois. Il y avait aussi des mémos Word et des lettres avec des titres ou des noms et des dates, ainsi que des copies de documents scannés qui ressemblaient beaucoup à des relevés mensuels et à des enregistrements de dépôts dans des banques, pour la plupart étrangères.

C'est alors qu'Ernie Travers est revenu en portant plusieurs sacs de nourriture et de boissons. "Tu l'as ouvert ?" a-t-il demandé.

"C'est lui qui l'a fait, pas moi", dit Linda en riant alors qu'ils se plongent dans les hamburgers et les frites.

"Il y a une tonne de choses sur cette clé USB, beaucoup trop pour qu'on puisse les examiner maintenant", dit Bob en la sortant de l'ordinateur portable Asus, en la branchant sur la machine de la secrétaire d'Ernie et en utilisant le mot de passe pour rouvrir les fichiers. "Linda, celui-ci est déjà connecté à l'imprimante d'Ernie. Je veux obtenir un bon échantillon représentatif, assez pour effrayer les gens de Scalese ; alors passe en revue le répertoire et choisis tout ce qui semble bon, mais qui n'est pas trop gros, surtout s'il a une date récente - rapports financiers, feuilles de calcul, relevés bancaires, et toute correspondance qui semble incriminante. Imprime-les. Le temps presse et je dois trouver des cartes de terrain avant que mes hommes n'arrivent. Il y a de bons sites en ligne, et..."

"Mec, j'ai une tonne de ces trucs ici, comme des photos aériennes de la région et des cartes USGS", a interjeté Travers. "On en a besoin en cas de crash, de recherche au sol ou de quoi que ce soit d'autre".

"Tu as des cartes USGS ?" Bob rayonne. "Je suis au paradis de l'infanterie ! Montre-moi les feuilles quadrillées sur lesquelles figure la réserve forestière de Parker Woods."

Travers est allé dans son local de stockage, qui contenait un grand classeur à tiroirs horizontaux avec deux douzaines de tiroirs larges et plats. Ils contenaient des photos aériennes, des cartes et des plans de l'aéroport. Il a ouvert l'un des tiroirs inférieurs, a feuilleté les feuilles et en a sorti trois cartes USGS multicolores de ton vert couvrant la zone à l'est d'O'Hare. Ernie les posa sur sa table de conférence, et ils virent que Parker Woods débordait sur deux d'entre elles. "Ici", dit-il en désignant le centre du parc. "Mais pourquoi as-tu dit à Scalese que tu le retrouverais dans l'aire de pique-nique ?".

"L'un de nos fournisseurs a organisé un pique-nique d'entreprise là-bas l'été dernier, et j'en ai vu la plus grande partie."

"Et un vieux fantassin n'oublie jamais un bon terrain, n'est-ce pas ?" demande Ernie, mais Bob se contente de sourire. "En fait, c'est un choix plutôt intelligent. S'ils arrivent par le terrain nord, comme tu leur as dit de le faire, et que nous arrivons par le sud..."

"Ernie", sourit-il. "Je lui ai dit beaucoup de choses, mais une chose est sûre. Il ne va pas faire ce qu'il a dit, et moi non plus." C'est à ce moment-là que le téléphone portable de Bob a sonné. Lorsqu'il l'a sorti de sa poche et qu'il a regardé l'écran, il a vu un appel entrant provenant de l'indicatif 910. "Excuse-moi une minute, Ernie, mais c'est mon entreprise de contre-portes et de fenêtres préférée de Caroline du Nord... "Salut, Ace, répondit-il.

"Au rapport comme vous l'avez ordonné, Monsieur. Nous devrions avoir les roues posées et être 'prêts à gronder' dans... quarante-huit minutes."

"Bien reçu. À plus tard", répond Bob en raccrochant.

Pendant qu'il était au téléphone, Ernie Travers a traversé la pièce et a parcouru les messages accumulés sur son télétype. Il en a arraché deux, les a lus plus attentivement et est revenu vers l'endroit où se tenait Bob. "Il y a autre chose que je dois te montrer, Bob", dit Travers en lui tendant l'une des pages, son expression devenant sérieuse. "C'est tombé sur le fil de la police métropolitaine pendant que j'étais sorti. Il n'y a pas de façon facile de le dire, mais ce rapport dit que ta femme est morte."

Bob l'a lu et s'est arrêté un instant pour absorber ce qu'il disait.

"La police de Winnetka l'a trouvée près de sa piscine plus tôt dans la soirée, assassinée", poursuit Travers. "Ils ont associé ton nom à ce meurtre, bien sûr, et ont lancé un avis de recherche, mais tu étais avec moi tout le temps. Si nous survivons à cette affaire ce soir, je pourrai éclaircir ce point. Il semble qu'il y ait eu une bagarre et que quelqu'un lui ait tranché la gorge."

"Tu as manqué la partie intéressante", dit Bob. "Ils ont trouvé un stiletto italien posé à côté d'elle. Ce n'est pas ce que Tony Scalese aime utiliser ?"

Travers acquiesce. "Oui, c'est sa 'réputation', mais j'ai du mal à croire qu'il serait assez stupide pour laisser son propre couteau derrière lui comme ça."

"À moins qu'il ne m'envoie un message", dit Bob en se retournant et en regardant l'autre homme. "Tu te demandes sûrement pourquoi je ne suis pas plus émotif à ce sujet. Eh bien, la vérité, c'est qu'Angie et moi avons commencé à rompre il y a longtemps. Ça n'a pas d'importance, mais je ne suis pas du genre à me mettre en colère ou à m'émouvoir pour quoi que ce soit. Je suis plutôt du genre à me venger. Alors, que ce soit Scalese, Greenway, Bentley ou l'un de leurs autres copains, ce soir, je vais me venger."

"C'est l'autre chose", dit Travers en tendant l'autre morceau de papier. "Bentley et son 'neveu' Bobby Joe ont été retrouvés abattus sur le parking à côté du réservoir d'eau d'Indian Hills il y a peu de temps - petit calibre, trois balles dans la tête chacun, style exécution."

"Je suppose qu'ils vont essayer de me mettre ça sur le dos aussi ?"

"Probablement", dit Travers en haussant les épaules. "Mais toute personne dotée d'un cerveau sait que c'est ainsi que Salvatore DiGrigoria et ses frères mettent fin aux fonctions d'un employé."

CHAPITRE VINGT-SIX

L'aérodrome privé était situé à 12 miles au nord de l'aéroport O'Hare, à l'extérieur de la petite ville de Mount Prospect, dans l'Illinois. À l'heure de pointe, il faut trente minutes pour parcourir cette courte distance. À 21 h 50, le court convoi composé de deux Chevy Suburbans noires surdimensionnées d'Ernie Travers, équipées de barres lumineuses rouges, blanches et bleues surbaissées, suivies d'une vieille Ford Taurus rouillée, a mis moins de la moitié de ce temps.

Ernie Travers et Bob Burke conduisaient les deux SUV, tandis que Linda essayait de suivre le rythme dans la vieille Taurus. L'aérodrome était situé dans ce qui était autrefois des champs de maïs à l'ouest de Mount Prospect, des décennies auparavant. Depuis, les petites villes avaient grandi et s'étaient refermées autour de lui. Pour un aéroport privé, il était étonnamment moderne et occupé, même si tard dans la nuit, en raison de sa facilité d'accès aux principales voies rapides et à la banlieue nord-ouest en pleine expansion. Il accueillait de nombreux avions d'affaires, des compagnies privées de charters, des avions à hélices et des hélicoptères privés, des avions en propriété fractionnée, des écoles de pilotage, des hélicoptères de police et de sauvetage, des compagnies de tourisme, et même les hélicoptères de trafic de trois stations de radio locales.

Le terminal et les installations de service ferment normalement au public à 21 h 30, mais le badge de détective du CPD d'Ernie Travers et ses références de rapport d'O'Hare leur ont permis de pénétrer à l'intérieur du terminal. Grâce au haut-parleur du salon, ils ont rapidement entendu la conversation entre un Gulfstream G-5 privé en provenance de Windimere, en Caroline du Nord, et la tour de contrôle. Le G-5 était en approche finale. Avec l'inclinaison vers le haut caractéristique de ses extrémités d'ailes et son nez en forme d'aiguille, c'était le roi incontesté de l'aviation civile. Rapide, efficace et économique, il pouvait transporter seize passagers jusqu'à 6 300 miles à 600 miles par heure. En moins d'une minute, le G-5 s'est posé sur la piste, a ralenti et a roulé jusqu'aux places de stationnement de transit situées à gauche de l'aérogare. Le pilote a tourné le nez de l'appareil pour qu'il soit orienté vers la piste d'atterrissage et a coupé les moteurs.

Avec le badge d'Ernie Travers, ils ont obtenu la permission de conduire les deux Chevy Suburbans à travers la barrière de sécurité de l'aéroport afin de se garer à côté de l'avion et de le décharger. Le temps qu'ils retournent aux 4x4, les conduisent jusqu'à l'avion et se garent, le pilote avait bloqué les roues du G-5, ouvert la porte passager et descendu les escaliers de sortie. Cinq hommes sont sortis de l'avion et se sont tenus sur le tarmac, s'étirant et riant. Deux d'entre eux portaient la barbe et les cheveux aux épaules, l'un d'entre eux portait une queue de cheval et une moustache en forme de guidon, et aucun des deux autres n'avait une coupe de cheveux proche de celle d'un militaire. Leurs vêtements étaient une collection aléatoire de blue jeans, de coupe-vent en nylon, de sweatshirts, de lunettes de soleil et de casquettes de baseball. Ce qu'ils avaient en commun, cependant, c'est qu'ils semblaient tous avoir une trentaine d'années, qu'ils étaient en excellente condition physique, qu'ils portaient des bottes de combat beiges "desert" et qu'ils avaient "ce" look.

Linda fronce les sourcils en s'approchant de Bob. "Tu as dit que ces gars sont de l'armée ?", demande-t-elle avec scepticisme, en croisant les bras sur sa poitrine. "L'armée de qui ?"

Il sourit également lorsque le copilote ouvre la soute du G-5 et que les passagers forment une chaîne pour décharger de l'avion une demi-douzaine de caisses d'emballage métalliques et un certain nombre de grands sacs de transport en nylon, et les jeter à l'arrière des deux SUV. L'un des passagers a quitté les autres et s'est approché de Bob Burke. Il semblait un peu plus trapu et un peu plus âgé que les autres, et portait une casquette de baseball des Redskins de Washington au-dessus d'une longue queue de cheval tressée serrée. "Au rapport comme vous l'avez ordonné, Monsieur", salua-t-il en se fendant d'un sourire en coin. Les deux hommes se saluent en se donnant des accolades musclées, en se tapant sur les épaules et dans le dos.

"Ace, ça fait trop longtemps, bon sang", commence Bob.

"Depuis ce fiasco que tu as appelé un mariage".

"Fiasco ? Ce n'était que le début."

"Comme on dit toujours, "si l'armée voulait que tu aies une femme..."".

"... "Ils m'en auraient délivré un". Quoi qu'il en soit, dis au pilote et au copilote de rester ici. Vous devriez être de retour dans trois heures, peut-être trois heures et demie, probablement avec quelques passagers de plus, mais nous leur passerons un coup de fil. Ensuite, les roues seront montées dans dix minutes."

"Bien reçu. Je leur dirai", dit Ace en retournant vers l'avion.

Quand Ace est revenu, les autres se sont rassemblés pour les présentations. "Ok, Major, c'est quoi l'opération ? Qui veux-tu voir tué ?", sourit l'un d'eux en faisant à Bob une accolade plus forte que celle d'Ace, le soulevant du sol. "Mon Dieu, le bon vieux temps me manque."

"Les gars," commence Bob. "Voici Ernie Travers. Il a peut-être l'air d'un attaquant des Bears, mais c'est un inspecteur de la police de Chicago qui s'occupe de la sécurité à O'Hare."

"La police ?" Vinnie rit. "Quand j'ai vu ces gros 4x4 noirs avec les barres lumineuses, je me suis demandé si nous allions être arrêtés par le FBI ou bénéficier d'une escorte des services secrets."

"Ne t'inquiète pas, il est de notre côté. Et voici Linda Sylvester. Les types que nous poursuivons ce soir ont kidnappé sa fille, alors elle est aussi de notre côté." Il se retourne vers les cinq soldats et dit : "Ernie et Linda, voici Ace, Vinnie, Chester, Koz et l'homme chauve-souris. Aussi inhabituels qu'ils puissent paraître, ce sont quelques-uns des meilleurs 'opérateurs' du milieu", dit-il en regardant sa montre. "Nous devons être en position dans moins d'une heure, nous avons un plan d'opérations et quelques cartes à examiner, et nous devons nous équiper, rapidement."

"Le superviseur de l'aéroport a dit que nous pouvions utiliser sa salle de conférence, Bob", lui a dit Ace.

"Bob ? Bob ? Qui est ce Bob ?" demande Chester. "Oh, tu veux dire Casper le fantôme ?"

"L'heure tourne, les gars, montrez-moi ce que vous avez apporté", leur a dit Bob.

Acc les a conduits à l'arrière des deux SUV, en montrant du doigt les caisses métalliques et les sacs en toile. "D'abord, ne sachant pas quelle était l'ampleur de la fête, j'ai pris une douzaine de ces superbes radios SAS britanniques que nous avons commencé à utiliser, celles avec les oreillettes et les micros de joue, que j'ai préréglées sur un réseau tactique sécurisé."

"Est-ce que quelqu'un d'autre peut écouter ?" demande Ernie Travers.

"Personne de ce côté de la NSA, et je ne suis même pas sûr d'eux", répond Ace. "Elles sont de très faible puissance sur une bande tactique très restreinte, et leur portée ne dépasse pas un ou deux kilomètres. C'est une longue réponse pour dire 'pas très probable'. Pour ce qui est des armes, là encore, j'ai deviné ce que tu pourrais vouloir, alors j'ai pris une demi-douzaine de Berettas avec des silencieux, deux de tes fusils de sniper M-110 préférés, quatre des nouveaux fusils d'assaut SCAR Mk 17 avec des lunettes de vision nocturne à infrarouge et des silencieux, et un des toujours populaires fusils de chasse automatiques Benelli M-4 de calibre 12. Il n'y a pas de silencieux, mais j'ai aussi pris des lunettes de vision nocturne, le dernier gilet pare-balles tactique "secret", quelques couteaux tactiques, quatre combinaisons "ghillie"..."

"Qu'est-ce qu'une combinaison ghillie ?" demande Linda.

"Une énorme combinaison de camouflage qui peut même faire disparaître quelqu'un de ma taille", dit Travers.

Ace l'a regardé pendant un moment. "Eh bien, presque tout le monde, mais j'ai aussi apporté des combinaisons sombres, quelques "doublures de poncho", beaucoup de munitions, des ceintures et des harnais tactiques, quelques petits sacs, des gourdes, deux packs de terrain Medic entièrement chargés, et... oh, et le Semtex et les détonateurs que tu as dit à Chester que tu voulais, et... Eh bien, je suppose que c'est à peu près tout."

"Des fusils automatiques et du Semtex ? Bon sang", dit Travers en riant. "Est-ce que l'un de ces trucs est légal ?"

"Chaque maudit morceau. Et j'ai signé pour tout ça", répond Ace. "Alors, il faut que je récupère tout ça, sinon je n'aurai pas beaucoup de jours de paie la semaine prochaine".

"On va essayer, sauf pour les balles", lui a dit Bob. "Une autre chose : tout le monde porte le gilet pare-balles, tout le monde ! Il n'y a pas d'exception, même pas toi, Vinny. Le nouveau matériel est fin et léger, et vous devez vous présenter à Bragg dans le même état que vous avez quitté. C'est compris ? Maintenant, allons à l'intérieur et je vous montrerai la carte et le plan. Comme je l'ai dit à Ace, nous sommes confrontés à au moins une douzaine de Gumbahs..."

"Des Gumbahs ?" demande le Batman. "Voyons, nous avons affronté des Pachtounes, des Tadjiks, des Ouzbeks, des Tchétchènes, des Sunnites, des Kurdes, et je ne sais combien d'autres tribus. Qu'est-ce qu'un Gumbah ?"

"La mafia, de la famille criminelle DiGrigoria, ici à Chicago", dit-il en posant plusieurs cartes sur la table de la petite salle de conférence de l'aéroport. Les autres se sont rassemblés autour de lui alors qu'il commençait à pointer des endroits sur la carte. "Quoi qu'il en soit, Scalese et ses hommes sont censés arriver par le parking nord, nous sommes censés arriver par celui du sud et les rencontrer dans l'aire de pique-nique au milieu, où nous échangerons la fille de Linda contre quelques documents."

"Personne ne va faire ce qu'il a dit, n'est-ce pas ?" demande Koz.

"C'est une bonne hypothèse. Nous sommes huit, alors nous nous déploierons en quatre équipes de tir de deux hommes. Ernie, tu viens avec moi et tu prends l'une des combinaisons ghillie. Tu es trop grand pour te cacher derrière un arbre. Nous nous installerons dans les bois entre l'aire de pique-nique et le terrain nord. Koz, prends l'un des M-110. Batman et toi trouvez une bonne position de tir le long du bord est du parking Nord, où vous pourrez le couvrir ainsi que les départs de sentiers qui s'y trouvent.

Chester, tu prends l'autre M-110 et tu fais la même chose sur le bord du parking sud. Trouve un endroit à l'orée du bois où tu pourras couvrir les véhicules, le point de départ du sentier sud et l'entrée du parking. Linda vous accompagnera, et je veux que vous portiez tous les deux une combinaison de protection, puisque vous serez seuls là-bas. Linda, s'il y a des problèmes, mets-toi en boule et ne bouge pas. Tu seras invisible dans cette chose. Prends une des lunettes de vision nocturne et tu pourras repérer Chester. Tôt ou tard, ils s'attaqueront à nos 4x4. Quand ils le feront, Chester, élimine-les."

"Mais ils ne vont pas amener Ellie à l'aire de pique-nique ?" Linda a demandé. "Je veux..."

"Je doute que Scalese l'emmène là-bas. Il n'a pas l'intention d'échanger quoi que ce soit ; alors s'il amène Ellie ici, elle restera à l'intérieur d'une de leurs voitures dans le parc Nord. Franchement, c'est là qu'elle sera le plus en sécurité de toute façon", dit-il, pensant que c'était le dernier endroit où il voulait qu'elle soit. Linda le regarda, et il était clair qu'elle n'aimait pas cette idée. "Ne t'inquiète pas", a-t-il ajouté. "Je vais la ramener, Linda." Il se tourna vers les autres et ajouta : "C'est la mission. Tout le monde a compris ?"

"Isoler, sauver et détruire ?" demande Koz avec nonchalance.

"Oui, mais avant cela, nous devons savoir s'ils ont Ellie dans l'un des véhicules. Soyez prêts à éliminer leur personnel qui arrive à pied, sur mon ordre. Sinon, tout le monde reste croustillant, observe et fait son rapport. Ernie et moi allons prendre position au nord-est de l'aire de pique-nique, où nous pourrons la couvrir ainsi que les sentiers qui viennent du terrain nord. Ace, toi et Vinnie faites de même du côté sud, où vous pourrez vous déplacer vers le nord et nous soutenir, ou retourner au sud pour soutenir Chester, selon la façon dont Scalese positionne ses hommes. Des questions ?" demande-t-il en regardant autour de lui.

"Qui est ce Scalese ?" demande Koz.

"Tony Scalese. C'est un sous-patron de la famille criminelle DiGrigoria, un grand type avec des épaules d'haltérophile et une plus grande bouche, et on m'a dit qu'il aimait utiliser un couteau."

"Alors, je suppose que tu prendras l'un des nôtres ?" Vinnie sourit.

"Je pense que je pourrais bien le faire", répond Burke en souriant.

"Pour information, y a-t-il des règles d'engagement ?" demande Ace.

"Ce que je m'attends à trouver là-bas ce soir, ce sont des citadins d'âge moyen portant des chaussures de ville et des manteaux de sport, armés pour la plupart d'armes de poing et de fusils de chasse semi-automatiques, peut-être de quelques fusils automatiques, et de radios bidirectionnelles commerciales. Je m'attends à ce qu'ils viennent marcher sur les sentiers avec de grosses lampes de poche, en écrasant les moustiques, en trébuchant sur des racines d'arbres et en se faisant cogner par des branches." Bob fait une pause pour regarder autour de la table et voit ses hommes sourire et secouer la tête. "Je sais, je sais, cela ne semble guère juste, n'est-ce pas ? Vous les reconnaîtrez quand vous les verrez. Quand vous les verrez, mettez-les à terre, durement, et avec des 'préjugés extrêmes'. Tirez dans la tête, si vous le pouvez. Ils voulaient une guerre, et ils sont sur le point d'en avoir une."

Vinnie se tourne vers Ernie Travers. "Ça te pose un problème, monsieur l'inspecteur de la police de Chicago ?" Lui demande-t-il. "Tu comprends bien ce qu'il nous demande de faire, n'est-ce pas ?".

"Oh, oui, je comprends", répond Travers. "Ça me va, et je soupçonne que les gradés du centre-ville seront aussi d'accord, sauf ceux qui sont sur leur liste de paie."

"Mon Dieu, tu n'aimes pas les flics de Chicago ?" Koz rit.

"Il se trouve que celui-ci est un colonel de réserve de la police militaire, dans la réserve en tout cas. À l'époque, il a dirigé certaines des réserves de prisonniers de guerre derrière nous en Irak, alors il comprend ce que nous faisons. Je suis sûr que Scalese amène toute son équipe ce soir. Il pense qu'il n'y a que Linda et moi, peut-être quelques amis et fous, et qu'il veut faire passer un message. Malheureusement pour lui, il ne sait rien de vous."

"Je doute qu'il sache pour toi non plus, mais nous ne manquerons pas d'envoyer des fleurs", dit le Batman.

"Ne sois pas arrogant. Nous pourrions encore être deux ou même trois fois plus nombreux qu'eux à certains endroits. Ils veulent nous tuer, et ils n'ont pas hésité à le faire jusqu'à présent. Ce soir, cependant, ils sont sur *notre* terrain, dans *notre* type de guerre, et nous allons les tuer en premier, les tuer tous. Si quelqu'un a un problème avec ça, qu'il reste ici avec l'avion."

"Négatif, Monsieur, nous sommes tous d'accord", fut la réponse unanime.

"Bien, et je ne m'attends pas à ce qu'ils aient du matériel de vision nocturne ou des tireurs entraînés. C'est *notre* jeu, pas le leur, et ils vont le payer."

"Qu'en est-il de leur commandement et de leur contrôle ?" demande Chester.

"Scalese sera responsable à 100 % de ses hommes, et je doute qu'il soit très doué pour partager ou déléguer. Jusqu'à présent, tout ce que j'ai vu, ce sont des radios 'talkie-walkie' Motorola bon marché et commerciales, et aucune optique de vision nocturne. Une fois que nous aurons coupé leurs communications, ils seront comme une bande de scouts en surpoids qui titubent dans les bois, aveugles et perdus."

"Cela ne devrait pas poser de problème, monsieur. J'ai apporté l'une de nos unités de brouillage tactique", dit Chester. "Je vais scanner les chaînes commerciales. Quand je les récupérerai, nous pourrons couper leurs radios et leurs téléphones portables. Ils ne trouveront soudain plus de barre."

"Parfait. Rien de tel que de se retrouver dans les bois profonds et sombres avec une radio morte pour secouer un citadin. Écoutez, les gars", conclut-il, ses yeux passant d'un visage à l'autre. "Ne les sous-estimez pas. Ils ont déjà tué trois personnes, plus ma femme..."

"Angie ?" Linda a demandé sous le choc. "Mon Dieu, ils ont tué Angie ?"

"Bon sang, pourquoi tu n'as rien dit ?" demande Vinnie.

"Maintenant, nous comprenons", dit Ace en faisant un signe de tête solennel aux autres. "Vous pouvez compter sur nous."

"Nous en parlerons plus tard. Notre objectif principal ce soir est de ramener la fille de Linda saine et sauve, de les mettre tous à terre et de ne pas faire de victimes de notre côté. Ils seront faciles à repérer. Restez à couvert, soyez attentifs à 360, et restez en contact. Il n'y a aucune raison de se rapprocher d'eux. Nous les éliminerons tous dans les bois, dans l'obscurité ou dans les parkings avec les armes longues. C'est mon plan. Si tu vois quelqu'un d'autre là-bas, surtout un flic, c'est une bagarre que nous ne voulons pas. Signale-le et recule. Si tu croises quelqu'un d'autre qui porte une arme, mets-le à terre sans ménagement. En fin de compte, aucun d'entre eux ne sortira d'ici vivant. À titre personnel, Scalese est à moi. Tout le monde a compris ?"

À **22 h 55, le parking nord** de la réserve forestière de Parker Woods était vide. Il se trouve au bout d'une longue route de service incurvée. Une chaîne s'étendait à l'entrée, cadenassée à deux solides poteaux en béton, qui portaient tous deux de grands panneaux rouges et blancs indiquant "Entrée interdite après la tombée de la nuit". Le parking forme un léger arc de cercle le long de la ligne d'arbres, à trente pieds de distance. Il était fraîchement pavé et rayé, et comportait une série de hauts lampadaires à vapeur de sodium. Même si le parc était fermé, les lumières sont restées allumées toute la nuit. Ils éclairaient bien les aires de stationnement pavées, mais les étranges cônes de lumière jaune et blanche qu'ils projetaient s'arrêtaient à la limite des arbres. Au-delà, les bois denses étaient plongés dans l'obscurité la plus totale.

La circulation sur les routes environnantes était faible à cette heure-là. Un petit convoi composé de deux Lincoln Town Cars, d'une Continental et d'une Mercedes, mené par la Lexus or pâle de Tony Scalese, a quitté la Route 53 à l'échangeur d'Irving Park Road et s'est dirigé vers l'est. Scalese conduit et Jimmy DiCiccio s'assoit sur le siège passager avant à côté de son patron, avec son propre revolver Colt Python 357-Magnum et le précieux fusil de chasse Lupara à double canon scié de Scalese posé sur ses genoux. Il avait été fabriqué à la main en Sicile et ne mesurait que dix-huit pouces de long. L'oncle de Tony l'avait ramené avec lui du vieux pays. Depuis plus d'un siècle, le Lupara était l'arme de prédilection pour tuer de près et régler les rancunes dans les collines au-dessus de Palerme, Messine et Catane.

Sur la banquette arrière de la Lexus sont assis un Lawrence Greenway très malheureux, une Patsy Evans complètement terrifiée et la fille de Linda Sylvester, Ellie. Patsy avait enroulé ses bras autour de la petite fille, la tenant près d'elle et aussi loin que possible de Greenway. Scalese jeta un coup d'œil dans son rétroviseur et vit Greenway qui regardait par la fenêtre, le menton levé, détaché, et faisant semblant de ne pas s'en soucier. Cela lui convenait parfaitement, décida Scalese. Il avait passé la plus grande partie de la fin de l'après-midi au téléphone à appeler diverses équipes de "made men" de l'organisation de Salvatore DiGrigoria, à exercer des reconnaissances de dettes, à faire des promesses et à en louer quelques autres, et les cinq voitures transportaient dix-huit des meilleurs tireurs de Chicago. Neuf d'entre eux, plus lui et Jimmy DiCiccio, se dirigeaient vers le lot nord, tandis que sept autres se dirigeaient vers le lot sud. Scalese sourit. Tous étaient des tueurs impitoyables, et ce petit con de Burke ne saurait jamais ce qui l'a frappé. Ce soir, le "gars du téléphone" allait découvrir ce que cela fait de partir en guerre contre une *véritable* armée.

Lorsqu'ils approchent de l'entrée nord de la réserve forestière de Parker Woods, Scalese ralentit et attrape la radio bidirectionnelle Motorola Talkabout posée sur la console entre son siège et celui de DiCiccio. Il enclenche le micro et appelle l'un de ses lieutenants, Eddie Fanucci, qui se trouve trois voitures plus loin. "Yo, Eddie, c'est moi. Tu continues à rouler vers l'est et tu tournes autour du terrain sud, comme je te l'ai montré sur la carte. Junior, tu le suis. Les deux autres crétins, suivez-moi", dit-il en tournant sur la voie de service du terrain nord. Il entendit une série de "Je t'ai eu, Tony" et de "Oui, d'accord" tandis que les deux voitures continuaient vers l'est. "Vous avez dix minutes pour poser vos culs là-bas et vous mettre en position", a ajouté Scalese. "Ensuite, nous nous mettrons tous en route."

"Ouais", "Bien", "Compris" et "Ok", a-t-il entendu en retour et s'est souri à lui-même en se disant : "Ça va être bien !".

Bob Burke et Ernie Travers gisaient dans les bois près de l'angle nord-est de l'aire de pique-nique, à moins de deux cents mètres du parking nord et à cent pieds du pavillon de pique-nique. Ils étaient nichés dans les buissons entre les deux sentiers sinueux en gravier qui venaient du terrain Nord. Bob avait une vue imprenable sur les deux sentiers et les bois au-delà, tandis qu'Ernie faisait face à l'autre côté, observant le pavillon surélevé, peint en blanc, et l'espace ouvert qui l'entourait. Sous l'épaisse combinaison de protection, Travers ressemblait à une autre bosse sur le sol de la forêt, tandis que Burke était allongé sous l'une des doublures de poncho de camouflage.

Dans la forêt sombre, l'un des hommes de Scalese aurait pu marcher sur l'un ou l'autre sans savoir qu'ils étaient là. Travers portait des lunettes de vision nocturne, et ils avaient tous un gilet pare-balles et un harnais tactique chargé de munitions, d'eau et d'un Beretta avec silencieux. Bob portait l'un des nouveaux fusils d'assaut SCAR avec une lunette de vision nocturne et un silencieux. Travers a dit qu'il n'était pas très doué avec un fusil, il a donc choisi le fusil de chasse Benelli. "En tant que vieux flic de Chicago, on ne peut pas faire mieux qu'un calibre 12 pour contrôler les foules, n'est-ce pas ?" dit-il en chargeant des cartouches dans le récepteur, et en en introduisant finalement une dans la chambre. "Le service de police de Chicago - vous apporte des conventions pacifiques depuis 1968".

Ils sont restés là pendant dix minutes, jusqu'à ce que Bob Burke entende le premier rapport de Chester sur le réseau radio tactique.

"Fantôme, Chester, je capte des conversations sur l'un des groupes commerciaux. Je dis cinq, je répète, cinq unités, qui utilisent des prénoms comme Eddie, Tony et Junior. Ils n'utilisent rien qui se rapproche d'une 'procédure radio téléphonique' correcte ; ce ne sont donc ni des flics, ni des pompiers, ni les Fédéraux."

"10-4, ça ressemble à nos gars".

"Ils sont en train de diviser leur force. Je répète, ils divisent. On dirait que deux voitures se dirigent vers le terrain sud, tandis que le groupe de base de deux ou trois personnes arrive comme tu t'y attendais."

"Ghost, à vous tous. Tout le monde a compris ? On dirait qu'ils ont divisé leurs forces. C'est leur première erreur, terminée."

"Fantôme, Koz. Attends un peu, ce n'est pas ce que Bobby Lee a fait à Chancellorsville, et ce n'était pas une erreur."

"Ce type n'est pas Bobby Lee", dit Vinnie.

"Quand as-tu commencé à lire ?" Bob rit. "Ace, toi et Vinnie, reculez et soutenez Chester sur sa gauche. Quand ils quitteront leurs véhicules, donne-moi un décompte. Quand ils seront à mi-chemin des 4x4, nous couperons leurs communications et nous les neutraliserons. Ensuite, on se replie ici."

"Bien reçu."

Lorsque Tony Scalese a trouvé la route d'entrée du parking nord bloquée par une lourde chaîne suspendue entre deux poteaux en béton d'apparence solide et un panneau indiquant "Entrée interdite - Parc fermé", il les a tout simplement ignorés. Il a fait rebondir sa Lexus sur le trottoir, dans l'herbe et autour du poteau de droite. Les deux autres voitures l'ont suivi pendant qu'il retournait dans l'allée de service et continuait dans le parc nord vide. Il a garé la Lexus devant un panneau indiquant "Pavillon de pique-nique" avec une flèche pointant vers le premier sentier. Les deux autres voitures se sont garées à côté de lui. Leurs portières se sont ouvertes et ses hommes en sont sortis, riant et s'étirant. La plupart portaient une ou deux grosses armes de poing, mais l'un de ses hommes avait un fusil semi-automatique AR-15 posé négligemment sur ses épaules, tandis que deux autres portaient des fusils de chasse à canon scié, comme leur patron.

Johnny G. a remonté son pantalon sur son ample bide et a crié en direction des bois : "Bon, bande de cons, sortez, sortez, où que vous soyez !".

"Ouais, Tony, où sont ces macchabées ?", renchérit un autre homme en vérifiant la charge de son gros automatique chromé de calibre 44 "Dirty Harry". "J'ai une partie de pinochle à faire".

Vêtus de costumes ou de vestes de sport et de pantalons, ils portaient tous des chemises blanches ou de couleur pastel ouvertes au cou, avec des chaînes et du "bling" en or accrochés autour de leur cou, et des chaussures de ville en cuir. Ces vêtements étaient plus appropriés pour un samedi soir au club de pétanque italo-américain de Cicero que pour une promenade dans les bois, comme ils allaient bientôt le découvrir.

Scalese ouvre la portière de sa voiture et les rejoint. Ce faisant, il entend Greenway ouvrir également sa portière arrière. Scalese tourne la tête. "Vous n'allez nulle part, Doc", lui dit-il. "Vous restez ici, tous les trois, et Jimmy reste ici avec vous."

"Anthony, pourquoi m'as-tu emmené avec toi, si tu n'avais pas l'intention de me laisser t'aider ?" demande Greenway avec indignation en écrasant un moustique. "J'ai mieux à faire de mon temps".

"Non, tu n'en as pas besoin. Quand j'en aurai fini avec ton ami Burke, toi et moi, nous aurons des affaires à régler, *Larry*", lui dit Scalese en fouillant dans la poche de sa veste et en sortant un couteau stiletto, observant les yeux de Greenway lorsqu'il ouvrit la lame d'un coup sec et la brandit. Lorsque la lumière du réverbère se reflète sur le tranchant de la lame, le médecin cligne des yeux, visiblement surpris de voir un stiletto dans la main de Scalese. "Quoi ?" lui demande le grand Italien. "Tu pensais que celui que tu as utilisé sur la femme de Burke était le seul que je possédais ? Comme tu peux le voir, celui-là a une sœur magnifique."

"Tony, je ne sais pas ce que tu penses..." Greenway commence à bégayer.

"Tais-toi ! Alors, c'est 'Tony' maintenant, et 'ce que je pense' ? Tu peux retourner dans la voiture et 'penser' pendant un moment ; parce que quand je reviendrai, je l'utiliserai pour te découper en appât à poisson, Doc."

Scalese se tourne vers Jimmy DiCiccio. "Tu restes ici et tu les surveilles, Jimmy. Personne ne part jusqu'à ce que je revienne. Personne."

"Vous l'avez, patron", répond DiCiccio en brandissant son revolver Colt Python 357-Magnum et en faisant signe à Greenway de retourner à l'intérieur et de fermer la porte.

Au fond des bois, entre les sentiers, Bob Burke et Ernie Travers attendent, cachés.

"Je ne me suis pas habillé comme ça depuis le cours avancé à Fort Gordon", chuchote Travers.

"Je parie que tu n'as jamais voulu le faire non plus", répond Bob alors que l'écouteur de sa radio s'anime.

"Fantôme, Koz. J'ai trois voitures dans le parking nord - une Lexus, une Lincoln et une Continental - et je compte douze, je le répète, douze Gumbahs qui sortent des trois voitures. Il semble que deux d'entre eux restent avec la Lexus, l'un à l'intérieur et l'autre montant la garde à l'extérieur, mais les dix autres se dirigent vers les points de départ des sentiers. Celui qui est en tête a l'air costaud, et il a un de ces talkies-walkies Motorola. Je pense que c'est ton homme, Scalese."

"Bien reçu. Aucun signe de la petite fille ?"

"Négatif, mais je vois deux autres têtes sur la banquette arrière de la Lexus".

"10-4. Tiens-moi au courant. Fantôme terminé."

Les hommes des deux autres voitures de Scalese se sont lentement rassemblés en un petit cercle, attendant impatiemment qu'il s'avance. "Bon sang, Tony", dit l'un d'eux en se déplaçant nerveusement d'un pied sur l'autre. "J'espère que ça ne prendra pas trop de temps, j'ai vraiment envie de faire pipi".

"Ferme ta grande gueule, et étale-toi", grogna Scalese avec des yeux froids et sans humour en réalisant qu'ils continuaient à l'appeler "Tony" et que cela commençait à le gêner. Dans quelques semaines, ce sera Boss, ou même Mr. S. "Très bien, ces deux chemins mènent à l'aire de pique-nique. Johnny G, tu prends tes cinq dans le sentier là-bas. Les autres me suivent. Nous nous retrouverons au pavillon. Oh, une dernière chose, si vous, les têtes de melon, vous regardez autour de vous, vous ne voyez pas Gino Santucci ou Peter Fabiano ici, n'est-ce pas ?" Il fait une pause en regardant de face à face. "Ils sont à l'hôpital, tous les deux. C'est ce salaud de Burke qui les a mis là. Il les a bien démolis, alors ne crois pas que ça va être facile. Mais quand on le trouvera, personne ne le touchera. Il est à moi !"

Avec son Lupara dans la main droite et la radio bidirectionnelle Motorola dans la main gauche, Scalese se retourne et s'élance dans l'herbe jusqu'aux chevilles en direction du point de départ du sentier, suivi par cinq hommes. L'autre groupe a traversé le parking en direction du deuxième point de départ du sentier, cent mètres plus loin à l'est. Il y avait de grands panneaux à chaque début de sentier avec des flèches qui pointaient vers l'"aire de pique-nique". Lorsqu'il atteint la lisière des bois, Scalese fait signe aux deux groupes de s'arrêter. Il prit le Motorola, enclencha le micro et demanda : "Eddie, vous êtes prêts ?"

"Oui, Tony, nous sommes à l'entrée du terrain sud. Je vois deux gros Ford Explorer garés à l'intérieur. Qu'est-ce que tu veux qu'on fasse ?"

"Sortez-les, ainsi que tous ceux qui sont en bas. C'est pour ça que je vous paie, bande de cons. Maintenant, allez-y !" Ordonne Scalese en baissant la radio et en faisant signe à ses deux groupes de commencer à marcher sur les deux sentiers.

Son oreillette chuchote à nouveau à Bob Burke. "Fantôme, Chester. Parc sud, j'ai deux voitures qui arrivent. Elles se sont arrêtées à l'entrée, mais maintenant elles se dirigent vers les 4x4."

"Chester, ici Ace. Je les suis aussi. Quand ils s'arrêteront et sortiront, je prendrai le groupe dans la voiture de tête. Tu prendras la voiture de derrière. Nous commencerons sur les bords et nous nous retrouverons au milieu."

"Ace, Chester. Bien reçu. L'âge avant la beauté, j'attendrai que tu t'engages."

"Chester et Ace, prévoyez quatre Gumbahs par voiture. Une fois qu'ils sont à pied et qu'ils se rapprochent des 4x4, Chester, tu commences l'action en brouillant leurs radios, puis vous tirez tous les deux à volonté. Nous attendrons ton ordre, puis nous ouvrirons le feu ici aussi. Tu as compris, Koz ?"

"Bien reçu. J'élimine le garde sur ordre de Chester, puis je m'occupe de tous ceux qui se trouvent sur le parking."

"Linda, Ghost. Vous restez derrière Chester. C'est le meilleur tireur de l'unité. Ghost, terminé."

Il avait plu plus tôt dans la soirée. L'herbe autour des parkings et l'épais lit de plantes et de paillis recouvrant le sol de la forêt étaient encore humides, mais les sentiers eux-mêmes étaient constitués d'une épaisse couche de gros gravier. Lorsque des hommes lourds portant des chaussures de ville à semelles de cuir marchaient dessus, le gravier crissait sous leurs chaussures.

"Bon sang, Tony, ce sont les nouvelles chaussures que j'ai eues à Naples l'année dernière", dit l'un de ses hommes en s'accrochant dans l'herbe épaisse et humide en se plaignant. "Je ne savais pas qu'on allait faire une putain de randonnée dans la nature".

"Oui, et ça, c'est mon bon pantalon. Je ne m'attendais pas non plus à faire cette merde", dit une autre voix plus en arrière.

Les autres ont éclaté d'un rire confiant, mais Scalese n'a pas trouvé cela amusant. "Tais-toi et fais ce que je t'ai dit !" se retourna-t-il en grognant de colère contre eux deux.

Plusieurs des autres s'arrêtèrent à la ligne de bois sombre et plissèrent les yeux, essayant de voir dans le sous-bois dense. "Qu'est-ce que tu crois qu'il y a là-dedans ?" demanda l'un d'eux. "Tu penses qu'il y a des serpents, des ours ou d'autres trucs ?"

Scalese ouvrit la culasse de son fusil à canon scié, vit que les deux chambres étaient chargées et le referma bruyamment. "Si je vous entends encore raconter des conneries, je vous enfonce ce Lupara dans le cul et j'appuie sur la gâchette, et vous n'aurez plus à vous soucier des serpents ! Maintenant, bougez !"

L'oreillette de Bob s'anime à nouveau, avec "Ghost, Koz". Le groupe de louveteaux de mon fils est mieux organisé que ces idiots, et ils font beaucoup moins de bruit. J'en compte dix, je répète dix, qui viennent vers vous par groupes de cinq chacun sur les deux sentiers. Crois-moi, tu les entendras."

"10-4."

"Tu veux qu'on se redéploye et qu'on arrive derrière ?"

"Négatif. Reste où tu es. Je veux les attirer jusqu'au bout. Vous deux, vous vous occupez du garde. Lorsque nous nous engagerons ici, j'abattrai ceux que je verrai, et les autres devraient retourner en courant à leurs voitures. Si j'ai raison, vous aurez un "environnement riche en cibles" très bientôt."

"C'est pour cela que nous sommes venus. 10-4, Koz dehors."

CHAPITRE VINGT-SEPT

"On a assez déconné ici", grogna Scalese à l'adresse des quatre hommes derrière lui. "Allons-y", indiqua-t-il en direction du chemin avec sa Lupara et marcha d'un pas assuré dans les bois sombres. Les autres suivirent rapidement, essayant de garder le rythme alors que leurs chaussures à semelles de cuir glissaient sur l'herbe humide et le gravier. La confiance est une chose inconstante, cependant. La lueur jaune pâle des lampadaires à vapeur de sodium s'arrêtait à la limite des arbres, ce qui rendait les bois encore plus sombres et menaçants au fur et à mesure qu'ils se rapprochaient.

Les pieds de Scalese ont compris, même si lui ne l'a pas compris. Dès qu'il est entré dans les bois, ses pas sont devenus hésitants, jusqu'à ce que les pieds cessent complètement de bouger. C'était comme si les arbres sombres et humides aspiraient sa volonté. Ses yeux ne s'étaient pas encore adaptés à l'obscurité, et le mieux qu'il pouvait voir était les formes floues des arbres et des buissons à proximité, tandis qu'une humidité chaude et moisie l'enveloppait comme une vieille couverture mouillée. Les quatre hommes derrière lui semblaient avoir le même problème. Lorsque Scalese s'est arrêté de marcher sans prévenir, ils se sont entassés sur lui et les uns sur les autres comme s'ils étaient dans un court métrage des Trois Stooges.

"Jeezus, ain't nobody got a freakin' flashlight", a grommelé l'un des hommes derrière lui.

"Tais-toi !" Scalese grogne de colère. "Et étendez-vous, comme je vous l'ai dit, bande d'abrutis. Vous n'avez jamais vu de films de guerre ? Vous ne voulez jamais vous regrouper. Alors dégagez vos gros culs de la piste."

"Bon sang, Tony, il n'y a que de la boue et de la merde là-bas, et je ne vois rien du tout".

"Et c'est qui le crétin, au fait ?" demande une voix étouffée. "On n'a pas choisi un endroit aussi monstrueux pour ne pas se rencontrer."

"Taisez-vous et faites ce que je vous dis !" Scalese ordonna en reprenant le chemin, ses hommes jurant en s'écrasant dans les broussailles derrière lui.

"Chester, ici Ace", a entendu Bob Burke. "J'ai un groupe de Gumbahs dans le parking sud. Ils sont sortis de leurs voitures et sont tous regroupés comme la garde nationale irakienne en manœuvre sur le terrain. Je compte huit hommes à pied qui s'approchent de nos 4x4."

"Bien reçu. Préparez-vous à vous engager à mon signal. Le groupe ici est en train de trébucher à travers les bois et arrive enfin en vue. J'acquiers des cibles..."

"Yo, Tony", entend Scalese sur sa radio Motorola. "C'est Eddie qui se trouve dans la cour sud. On a un gros problème, là. Ces deux 4x4 noirs appartiennent à ces foutus flics de Chicago."

"Les flics de Chicago ?" demande Scalese, soudainement inquiet.

"Oui, les plaques d'immatriculation, le lettrage sur les côtés, même les barres lumineuses sur le dessus - c'est le putain de CPD. Peut-être que c'est leur unité tactique. Tu n'as rien dit sur le fait qu'on s'est battu avec des flics. Mon cousin Rico est avec eux."

"Attends une minute, laisse-moi réfléchir", a encore ralenti Scalese. "Tu es sûr ?"

"Sans aucun doute. Mais il n'y a personne ici. Qu'est-ce que tu veux que je fasse ?"

À travers la lueur vert pâle de la lunette de vision nocturne de son propre fusil d'assaut SCAR Mk 17, Bob observe les formes étonnamment claires de cinq hommes qui émergent à travers les arbres et les hauts buissons de chaque côté du sentier. En tête de file se trouvaient les larges épaules de Tony Scalese lui-même. Même s'il aurait aimé l'abattre en premier, le sous-patron pouvait attendre.

"Ici Ghost, choisis tes cibles", murmure-t-il calmement dans son micro-menton en plaçant le réticule sur la tête du Gumbah qui semblait le plus éloigné sur la gauche. "Chester, comment ça se passe en bas ?"

"C'est à peu près ce qu'il y a de mieux", a répondu Chester. "Ils se sont soudainement arrêtés avant les 4x4. On dirait que l'un d'entre eux parle à la radio."

"Roger. À mon signal, brouillez leur radio et leurs téléphones... Cinq, quatre, trois, deux, un, maintenant !"

Scalese lève sa radio bidirectionnelle et s'apprête à répondre à la question d'Eddie Fanucci, lorsqu'un grincement strident frappe soudain son oreille. "Ah ! Bon sang !" Grogne Scalese. "Eddie, qu'est-ce que..."

Dans le lot sud, Fanucci a rencontré le même problème. Avec sa radio à l'oreille, le souffle des parasites lui coupait la tête comme une migraine. "Christ !" s'exclame-t-il en faisant tomber la radio sur l'asphalte, où elle se brise en une douzaine de morceaux.

Bob Burke appuie **calmement** sur la gâchette et observe l'impact de la balle de 7,62 millimètres de l'OTAN à travers sa lunette de visée. Ce fusil était un nouveau modèle qu'il n'avait jamais utilisé auparavant ; il n'avait pas non plus eu l'occasion de le "remettre à zéro". Par conséquent, la balle a frappé à un pouce de hauteur et à droite de l'endroit où il visait, mais il ne se plaindrait pas d'un tir presque parfait dans ces circonstances.

Après tout, un tir à la tête est un tir à la tête, et la cible est tombée comme un sac de pommes de terre en surpoids sur le sol de la forêt, morte. Le nouveau SCAR a très peu de recul et une précision mortelle. Avec son silencieux, il était peu probable qu'à cette distance, quelqu'un se tenant à dix ou même cinq pieds de sa cible comprenne ce qu'il entendait, à moins que le canon ne soit pointé directement sur lui, auquel cas ce qu'il entendait n'aurait pas d'importance. Bob parcourut rapidement le canon du fusil et trouva sa prochaine cible.

Jimmy DiCiccio s'est appuyé contre l'aile avant droite de la Lexus de Tony et s'est arrêté pour regarder les étoiles. Les deux groupes de tireurs de la "famille" étaient partis maintenant, ayant disparu par les sentiers dans la sombre réserve forestière. Cela convenait à Jimmy, et c'était un bon débarras. Il était douloureusement en retard pour une prothèse de la hanche gauche, et bien trop vieux pour jouer à cache-cache dans les bois en poursuivant un ancien soldat et l'une des filles du bureau.

Il avait vu Linda Sylvester à la réception assez souvent pour savoir qu'elle avait l'air d'une gentille fille. Il en était de même pour celui qui se trouvait sur la banquette arrière de la Lexus avec la petite fille. De temps en temps, DiCiccio tournait la tête et lançait un regard noir au médecin. DiCiccio gardait son revolver Colt Python à l'extérieur, s'assurant que le "Doc" le voyait aussi.

DiCiccio avait également travaillé de temps en temps à la sécurité du bâtiment du CHC, et il avait entendu les histoires. C'était un bon catholique. Si c'était à lui de décider, il aurait emmené ce sale con de Greenway dans les arbres, lui en aurait mis une derrière l'oreille et n'aurait jamais versé une larme. Il a fait ça à beaucoup d'autres gars pour Old Sal, mais la vérité, c'est qu'il y avait déjà trop de sang sur les mains de Jimmy. Il respectait M. D, mais ils devenaient tous les deux un peu vieux pour ce genre de choses. Par contre, il n'avait pas une très bonne opinion de Tony Scalese. Si Tony finissait par prendre les rênes... eh bien, il serait temps pour Jimmy de dépoussiérer ses brochures de retraite pour Miami Beach et de dire adieu aux hivers de Chicago.

Il sort un paquet de cigarettes de la poche de sa veste, se penche et en allume une avec son vieux briquet Zippo. Il tira une grande bouffée et commençait à apprécier les grillons et les autres bruits de la forêt, lorsqu'une balle de 7,62 millimètres l'atteignit à la joue et le traversa, éclaboussant sa cervelle, son sang et la moitié de sa tête sur le pare-brise avant de la Lexus.

À l'intérieur de la voiture, Patsy Evans a crié et couvert les yeux d'Ellie, et Lawrence Greenway a ouvert grand la bouche. Il était médecin et avait personnellement assuré les gardes de fin de soirée dans ses cliniques du centre-ville à de nombreuses reprises. La vue d'une telle quantité de sang et de sang, même en grande quantité, ne le dérangeait généralement pas. Cependant, le choc de voir le sang et la cervelle du vieux Jimmy couler soudainement sur le pare-brise avant de la Lexus a changé la donne pour lui, comme on dit.

"Fantôme, Koz. Le garde est à terre. Tu veux qu'on prenne la voiture ?"

"Pas encore. Les autres vont revenir et tu dois viser à nouveau les points de départ des pistes. Après les avoir abattus, demande à Batman de s'occuper de la Lexus pendant que tu la couvres. Compris ?"

"Bien reçu".

"Fantôme, Ace. Un de moins et deux à venir de mon côté."

"Fantôme, Chester. Deux à terre et deux à venir pour le mien, mais le reste s'est mis à couvert derrière les 4x4 avec les restes d'Ace." Si l'on s'en tient à son propre décompte rapide des corps, cela signifie six à terre et douze à venir, Scalese compris.

"Chester, Ace. Ils ne vont pas rester là longtemps. J'ai un bon angle. Je vais voir si je peux sauter quelques tours en dessous et les débusquer."

"Vas-y, mais ne percute pas les 4x4. Nous en aurons besoin."

Tout en parlant, Burke a placé le réticule de son fusil sur une autre tête, en visant légèrement plus bas et à gauche, et a appuyé sur la gâchette. Le résultat fut le même. Le deuxième Gumbah bascula en arrière dans les buissons avec un grognement sonore. Les deux tireurs qu'il a abattus marchaient derrière Scalese. Pendant qu'il regardait, le grand Italien continuait à essayer de réparer sa radio, inconscient de ce qui se passait autour de lui, ou du fait que deux de ses hommes derrière lui étaient maintenant à terre. Il finit par hurler sur la radio et la jeta contre un arbre par frustration.

Alors que Bob braque son objectif sur l'un des deux hommes encore debout derrière Scalese, deux fortes détonations retentissent derrière lui et Ernie Travers ouvre l'autre piste avec son fusil de chasse Benelli de calibre 12.

"Jeez, Ernie !" Bob détourna la tête et se plaignit, car les coups de fusil de chasse brisaient sa concentration et envoyaient son coup de fusil haut et large. Du coin de l'œil, cependant, il vit deux formes sombres tomber sous les coups de chevrotine de Travers. Cela faisait huit, se dit-il, mais l'avantage de la surprise s'est envolé avec eux.

"Oui, mais même moi, je ne peux pas rater mon coup avec ce truc. Bon sang, c'est amusant, Bob !" Travers rit.

À travers la lunette, il observe Scalese et ses deux derniers voyous qui tentent de se faufiler derrière les troncs d'arbres les plus épais. Dans une forêt aussi dense, les sons ricochent. Ils se tordaient et se retournaient, mais ne pouvaient pas dire d'où venaient les coups de feu. Pour ne rien arranger, ils pouvaient maintenant entendre une fusillade de coups de feu provenant du parking sud - des pistolets de gros calibre non silencieux à ce qu'il paraît, ce qui signifiait son équipe.

Quand l'un des Gumbahs derrière Scalese a jeté un coup d'œil autour du tronc d'un chêne épais, Burke l'a éliminé d'un autre coup de tête net. L'homme a basculé en arrière, atterrissant en équilibre sur le sol près des pieds de Tony.

Scalese s'est retourné et a regardé vers le haut du sentier, convaincu que le coup de feu devait provenir du parking derrière lui. Confus, il a sorti son téléphone portable de sa poche, l'a allumé et a regardé l'écran, mais il n'y avait rien - pas de barres, pas d'applications, rien, seulement un écran vide. Il était abasourdi. Même ce maudit téléphone portable travaillait contre lui maintenant. Dans un accès de rage, il l'a écrasé contre un arbre avec un "crunch" sonore.

Finalement, il se tourna vers son dernier tireur encore en vie. " Corso ", appela-t-il d'un ton sec. "Par ici, allez ! Il faut qu'on arrive à cette aire de pique-nique et qu'on se mette à l'abri, vite."

"Comme l'enfer, je ne vais nulle part", répond Corso. Il était couché à plat sur le sol humide et boueux, regardant autour de lui la collection croissante de corps près de lui, alors qu'il rampait derrière le plus gros arbre qu'il pouvait trouver. "Toi et tes putains de grandes idées, Tony !"

"Eh bien, nous ne pouvons pas rester ici. Je pense qu'ils nous tirent dessus depuis le parking. Peut-être qu'on peut se diriger vers le sud et rencontrer Eddie Fanucci et ses gars."

Scalese a essayé de regarder à travers les ombres sombres vers l'autre sentier, où il s'attendait à voir sa deuxième équipe arriver du terrain Nord. "Johnny !" cria-t-il et attendit une réponse qui ne vint jamais. "Johnny G., tu es là ?"

Finalement, une voix familière l'a rappelé. "Il est à terre, Tony. C'était ce putain de fusil de chasse." Scalese savait que c'était l'un des membres de l'équipe de Johnny G qui parlait. "Et il est gravement touché", a crié l'homme. "Bon sang, il saigne comme un cochon coincé. Ce salaud de Greenway est un médecin, n'est-ce pas ? Il est toujours dans ta Lexus ? Eh bien, on va traîner Johnny et Petey là-bas."

"Non, non ! Vous devez continuer à vous diriger vers l'aire de pique-nique... Vous allez payer pour ça, bande de rats, les deux 'a youse", aboie Scalese, mais ils ne l'écoutaient plus. "Corso ! Viens, on y va."

"Pas moi, Tony. Ces gars-là ont raison. Je retourne à la voiture avec eux."

"Espèce de fils de pute", hurle Scalese. Tandis que Bob regardait à travers sa lunette de vision nocturne, Corso s'éloignait en rampant à travers les broussailles, essayant de trouver le sentier qui ramenait au parking. Bob visa, mais avant qu'il ne puisse tirer, Scalese sortit de derrière son arbre, fit deux pas vers son propre homme et tira les deux canons du fusil à canon scié sur Corso à bout portant. L'explosion flamboyante du calibre 12 Lupara a fait rebondir Corso sur le sol et l'a presque coupé en deux.

Eh bien, pense Bob en regardant le corps sans vie de Corso étendu dans les buissons, cela fait onze morts et sept à venir - les deux qui remontent le sentier ici, les quatre coincés derrière les SUV dans le parking sud, et Tony Scalese.

"Koz, Ghost", appelle-t-il, sachant qu'il doit prévenir l'équipe qui couvre le terrain nord. "Deux Gumbahs sont en train de battre en retraite en remontant le sentier vers vous".

"Bien reçu".

"Ghost, Ace est là. On a mis quelques balles sous la voiture et ils ont décollé comme des cailles chassées d'un champ de maïs du Nebraska. Chester et moi avons fait tomber deux d'entre eux, mais les deux derniers se sont enfuis. Nous en avons peut-être tué un, mais d'après ce que je vois, ils courent toujours sur la route d'entrée, au-delà des lampadaires. Tu veux qu'on les poursuive ?"

"Négatif. Laisse-les partir. Ils ne valent pas le risque, et je me fiche que quelqu'un revienne pour raconter l'histoire. Chester, désactive leurs deux voitures, puis Linda et toi retournez aux 4x4 et préparez-vous à partir. Ace, toi et Vinnie, revenez au camping, côté sud, dès que possible."

"Bien reçu."

Maintenant, c'est au tour de Big Tony S, a décidé Bob.

La soirée ne s'était pas exactement déroulée comme Tony Scalese l'avait prévu, pensa-t-il en se penchant derrière un arbre pour recharger le Lupara. Il avait emmené dix-huit hommes avec lui. D'après ce qu'il pouvait dire, plus de la moitié d'entre eux étaient déjà à terre, peut-être même tous ; et il n'avait pas la moindre idée de ce qui les avait frappés. Non, ce n'était pas vrai. C'était ce salaud de Burke, ce petit con de "téléphone". À part ces deux coups de fusil et beaucoup de gémissements, il n'avait rien vu ni entendu. Utilisaient-ils des silencieux ? C'est sûrement ça. Et pourtant, qui pourrait tirer ce genre de coups de feu la nuit, dans les bois ? Personne qu'il connaissait. Ce salaud n'était pas humain.

Quant à Eddie Fanucci et à ses gars dans le parking sud ? Avec leurs radios éteintes, qui l'aurait su ? Scalese était complètement dans le noir, au sens propre comme au sens figuré. Tous les garçons qu'il avait emmenés avec lui étaient des "hommes faits", des soldats de rue coriaces qu'il avait suppliés et empruntés à l'une ou l'autre des bandes de DiGrigoria. La plupart d'entre eux étaient maintenant morts ou retournaient en courant vers les voitures, et toute l'opération lui avait explosé à la figure. Il y aurait de l'enfer à payer demain matin. Lorsque M. D. l'a appelé sur le tapis pour répondre de tout cela, Tony savait qui serait la dernière victime. Ce serait lui.

Scalese savait qu'il n'aurait jamais dû se défouler sur Louie Corso, mais cet imbécile ne voulait pas suivre les ordres. La vérité, c'est que si Scalese avait pu frapper les deux autres avec le Lupara ou le Colt .45, il l'aurait fait aussi. Malheureusement, le temps qu'il recharge le fusil, ces lâches étaient partis depuis longtemps, disparaissant sur la piste et le laissant seul dans ces bois humides, puants et maudits.

"**Fantôme, Koz.** Nous avons déposé les deux qui revenaient au terrain Nord depuis le début du sentier en traînant deux autres gars. Pendant qu'on faisait ça, quelqu'un est sorti de la banquette arrière de cette Lexus, est monté à l'avant et s'en va. Tu veux que je les arrête, terminé ?"

Bob réfléchit pendant une brève seconde et répond : " Non. Cessez le feu. La fille est peut-être dans la voiture et je ne peux pas prendre ce risque. Laisse-les partir."

Scalese s'est dit que sa meilleure chance était de se frayer un chemin jusqu'au parking sud. Il s'est penché aussi bas qu'il le pouvait et a rampé lentement à travers les arbres, espérant pouvoir se faufiler et trouver les garçons de Fanucci. Malheureusement, plus il s'enfonçait dans les bois, plus les broussailles et les arbres devenaient épais, accrochant sa nouvelle veste de sport en peau de requin et lui griffant le visage. Il a essayé de se frayer un chemin à travers les buissons, mais il faisait plus de bruit qu'un élan en chaleur, alors il s'est arrêté. Son esprit évoqua immédiatement cette scène du *Seigneur des Anneaux*, lorsque les arbres s'animaient et se rapprochaient du méchant sorcier à la robe blanche, et un frisson lui parcourut le dos. Ce devait être ça, pensa-t-il. C'était ces foutus arbres ! Ils lui donnaient à nouveau la chair de poule.

Tous les vingt pieds environ, il s'arrête et écoute attentivement pour détecter le moindre son, mais tout ce qu'il entend, ce sont les maudits grillons et les moustiques qui bourdonnent autour de ses oreilles. Sur sa droite, à travers une trouée dans les arbres, il aperçut enfin l'aire de pique-nique herbeuse dans la lumière blanche et pâle d'un quartier de lune, alors il se mit en route dans cette direction. Peut-être qu'il pourrait se frayer un chemin autour du bord et trouver le sentier qui mène au terrain sud. Oui, ça pourrait marcher. Il n'avait peut-être pas de chance, mais cela ne voulait pas dire qu'Eddie Fanucci et son équipe ne l'attendaient pas en ce moment même. Ensuite, il les organiserait et reviendrait ici. Oui, c'est ça ! Il avait toujours son Lupara, son Colt .45 et son stiletto, et il se vengerait. Personne ne pouvait faire ça à Tony Scalese et s'en sortir, surtout pas ce petit con de Burke.

Il atteignit enfin le bord de l'aire de pique-nique et la regarda à travers les arbres. Il vit un grand pavillon blanc se dresser au centre, avec des tables de pique-nique éparpillées tout autour sous les érables et les pins qui parsemaient l'aire ouverte, projetant des ombres profondes au clair de lune. Le pavillon lui-même avait un toit de bardeaux de cèdre très pentu, une haute coupole et une piste de danse surélevée en bois avec une balustrade en bois, qui se trouvait maintenant dans une ombre profonde. Pourtant, tout était calme et l'aire de pique-nique semblait vide. Il n'y a pas le temps de s'arrêter, pensa-t-il, alors il décida de s'enfuir.

Il se leva, baissa la tête et se dirigea vers le pavillon au pas de course. Lorsqu'il l'atteignit, il essaya de prendre les escaliers deux par deux et de sauter sur la plate-forme de danse en bois surélevée, mais ses jambes d'homme d'âge mûr étaient trop fatiguées et ne voulaient plus sauter aussi haut. Le bout de sa chaussure a accroché le bord de la marche supérieure et il a trébuché, s'écrasant douloureusement sur la piste de danse. Ce faisant, il a perdu sa prise sur le fusil de chasse et l'a entendu s'éloigner dans l'obscurité.

Scalese était un homme costaud, et le pont était dur. Il resta immobile un moment, essayant de reprendre son souffle, avant de rouler et de se mettre à quatre pattes en tremblant. Il rampa lentement jusqu'au plus proche des poteaux décoratifs en bois qui entouraient la plate-forme et s'arrêta pour regarder en arrière vers la ligne de bois. Il s'efforça de voir dans l'obscurité, mais il ne vit rien et entendit encore moins. Cela ne faisait que rendre Scalese de plus en plus nerveux. Il savait que ce connard de Burke était là, quelque part, et il se sentait nu sans son fusil de chasse. À sa taille, Tony avait l'habitude de régler les problèmes de près avec ses poings ou peut-être un couteau. Il n'avait jamais été un très bon tireur avec une arme de poing, mais avec le Lupara, il n'avait pas besoin de l'être. Avec un fusil de chasse de calibre 12, il suffisait d'être assez près.

Finalement, il se retourna et regarda autour de la plate-forme sombre, certain que le fusil à canon scié se trouvait quelque part de l'autre côté de la piste de danse. Il y avait un épais poteau de bois au centre, qui supportait la majeure partie du poids du lourd toit. Il s'est dit que le fusil avait dû glisser derrière, alors il a rampé sur la plate-forme noire, tâtonnant sur le sol avec les deux mains tendues devant lui comme un aveugle qui navigue en braille, en espérant que ses doigts le trouveraient. Finalement, sa main droite a touché le canon du fusil et il a poussé un soupir de soulagement. Cependant, lorsqu'il a enroulé ses doigts autour de la courte poignée et qu'il a tiré vers le haut, le fusil n'a pas bougé.

"Tu cherches quelque chose, Tony ?" Une voix lui a parlé depuis l'obscurité. C'était Burke ! Sa botte reposait sur le dessus du Lupara, le clouant au sol.

Scalese lève les yeux et aperçoit la silhouette floue de Burke à un ou deux pieds de là, appuyé nonchalamment contre le poteau central du pavillon. Il était presque invisible, vêtu de noir de la tête aux pieds, avec un masque de ski noir, des gants noirs et un engin d'apparence étrange sur la tête. Cet enfoiré devait être une sorte de ninja équipé de putains de lunettes de vision nocturne. Pas étonnant qu'il ait démonté son équipe si facilement. Pire encore, il tenait dans ses mains gantées une sorte de fusil automatique de haute technologie.

L'Italien était beaucoup plus grand que Burke, presque deux fois sa taille, plus musclé et avec de larges épaules. Cependant, à genoux avec un pistolet pointé sur sa tête, Scalese ne pouvait pas faire grand-chose. Il pouvait sentir le colt de calibre 45 rangé dans le creux de son dos. Peut-être que s'il pouvait faire passer sa main droite autour de sa hanche et l'attraper, il aurait une chance. Puis, à sa grande surprise, Burke a retiré son pied du fusil.

"C'est ce que tu veux ?" Burke demande en reculant d'un pas, l'invitant à essayer.

"C'est quoi le truc ? Je fonce et tu me tires une balle dans la tête ?"

"Non", répond-il en abaissant le fusil. Il a également retiré les lunettes de vision nocturne, le casque et le masque de ski, et les a jetés derrière lui.

Scalese n'y croyait toujours pas. Lentement, ses doigts se refermèrent sur la poignée de la Lupara et il se leva, se redressant de toute sa hauteur jusqu'à dominer Burke. Un mince sourire finit par franchir les lèvres de Scalese. "Tu es un imbécile", marmonna-t-il entre ses dents serrées. Le petit homme avait jeté son avantage, et il n'avait aucune idée de qui il avait en face de lui. Le sourire de Scalese s'effaça lentement et ses yeux devinrent froids et durs, tandis qu'il levait le fusil à canon scié de sa main droite et tirait en arrière sur ses marteaux jumeaux de sa main gauche, avec l'intention de couper Burke en deux avec une explosion des deux canons.

Cependant, alors que Scalese fait pivoter la Lupara, Burke s'approche, saisit le canon, se tortille et arrache le fusil des mains de Tony. Burke l'a ensuite jeté derrière lui avec l'autre engin, comme si Scalese était un vilain enfant jouant avec un jouet dangereux. D'un geste rapide comme l'éclair, Burke s'est approché encore plus près et a envoyé son coude sur l'arête du nez de Scalese. La tête du grand Italien bascule en arrière et Burke abat immédiatement son coude sur la clavicule gauche de Scalese, la brisant avec un "snap" audible.

Scalese tente de réagir. Il a mis son poing droit en boule et s'est élancé vers la tête de Burke, mais c'était trop peu et il était trop lent. Burke a attrapé le poignet droit de Scalese, s'est glissé sous le coup de poing, a mis le grand homme sur sa hanche, l'a fait pivoter et l'a soulevé en le faisant basculer en l'air avec une apparente facilité. En un clin d'œil, Scalese s'écrase sur le pont de bois dur, atterrissant sur la tête et l'épaule gauche. La chute de six pieds de haut lui a coupé le souffle et l'a laissé abasourdi et en proie à la douleur.

C'est alors que Scalese entendit plusieurs autres hommes se moquer de lui depuis les profondeurs de l'ombre. "Krav Maga ?" demande l'un d'eux, faisant référence au système israélien de combat mortel au corps à corps, dont Bob Burke est un expert. "Content de voir que vous avez travaillé votre jeu, Major".

"Ne t'amuse pas avec lui, Fantôme. Tue-le et sortons d'ici", ajoute un autre.

"Pas encore", Burke a enjambé Scalese et a fouillé dans ses poches. Il en sortit le stiletto, l'ouvrit d'une pichenette et examina attentivement la lame. "C'est ce que tu as utilisé pour tuer ma femme, Tony ?" demanda-t-il en jetant le couteau derrière lui avec les autres affaires.

"Ce n'était pas moi. C'était Greenway. Je n'ai rien à voir avec ça." Scalese secoua la tête et tenta de dissiper les toiles d'araignée, pour finalement ressentir une douleur aiguë et lancinante dans la poitrine et l'épaule.

"Et la petite fille ? Tu n'as rien à voir avec ça non plus ?"

Scalese lève les yeux vers lui d'un air de défi et ne dit rien ; Burke place alors sa botte sur le haut de la poitrine gauche du grand homme, là où se trouve la clavicule cassée, et appuie.

"Ah ! Espèce de fils de pute !" Scalese lui hurle dessus et tente de repousser la botte, mais elle ne bouge pas.

"Où est-elle, Tony ?" Il a soulevé la botte de la poitrine de Scalese. "Je peux jouer à ça toute la nuit, mais pas toi ; tu vas te vider de ton sang à l'intérieur. Dis-moi où est la fille et je te laisserai sortir d'ici. C'est la meilleure offre que tu auras."

La tête de Scalese est retombée sur le pont. "Elle est sur la banquette arrière de ma Lexus dans le lot Nord avec Patsy Evans et Greenway", dit-il finalement. "Ne t'inquiète pas, mon gars Jimmy les garde. Je ne suis pas si stupide."

"Ah, merde", appelle l'une des autres voix dans l'obscurité. "On a baissé la garde et quelqu'un a sorti la Lexus du parking il y a quelques minutes".

Scalese a levé les yeux vers lui et s'est mis à rire. "Je suppose que tu as tiré sur la mauvaise personne, Burke. Jimmy était là pour surveiller Greenway, pas les filles."

"Très bien, où l'a-t-il emmenée ? Au bureau du CHC ?"

"Probablement. S'il se présente, il aura besoin de bien plus que ma foutue Lexus", concède péniblement Scalese. "Je pense qu'il a un paquet d'argent planqué quelque part dans le bâtiment, alors c'est là qu'il ira". Scalese roula sur lui-même et se mit lentement debout, courbé comme un vieillard, son bras gauche pendant mollement. "Une chose cependant, quand tu auras la fille, rends-nous service à tous les deux et tue-le."

"Ne t'inquiète pas, Tony, s'il l'a touchée, je le ferai ; et je reviendrai te chercher", dit-il en se retournant pour s'éloigner. "Compte sur moi."

Ce faisant, la main droite de Scalese s'est glissée derrière son dos et en est ressortie en tenant son Colt .45 automatique. Le grand Italien sourit en le levant vers Burke, sachant que la puissante arme de poing ferait un trou dans le petit homme assez grand pour qu'il y mette son poing. C'est alors que le boum retentissant d'un fusil de chasse de calibre 12 illumine la nuit. L'explosion frappa Scalese à l'épaule droite, fit sauter le 45 de sa main et faillit lui arracher le bras. Scalese recula en titubant lorsqu'une deuxième balle le frappa à la poitrine et le fit basculer par-dessus la rambarde en bois. Il finit par s'allonger sur le sol, les yeux grands ouverts, regardant la canopée des arbres qui l'entourent, bien mort.

Bob se retourne et voit Ernie Travers sortir de l'ombre profonde en tenant le fusil de chasse Benelli. "Je suppose que tu n'as pas vraiment besoin d'être un très bon tireur avec ce truc, n'est-ce pas ?" demande Bob.

"Non. Fusils de chasse ou fers à cheval - on se rapproche suffisamment", sourit Travers en enfonçant une nouvelle cartouche. "Tu sais, il faut vraiment qu'on en trouve." Satisfait, Travers se retourne et marche jusqu'à la limite des arbres pour récupérer la combinaison ghillie et le reste de l'équipement de l'armée qu'il a laissé là. Il les ramassa et retourna au pavillon, s'attendant à trouver Bob et ses hommes debout ; mais la piste de danse était vide, et Bob et les autres étaient partis. Travers s'approcha de la balustrade et regarda la clairière qui entourait le pavillon. À l'exception du corps de Tony Scalese, elle était vide elle aussi. Au sud, il entendit le bruit étouffé de bottes qui s'enfuyaient sur un sentier de gravier.

"Bon sang, Bob", a-t-il crié aussi fort qu'il le pouvait. "Tu ne peux pas entrer là-dedans tout seul", ajouta-t-il en se lançant à leur poursuite au pas de course.

CHAPITRE VINGT-HUIT

Alors que lui, Ace et Vinnie couraient sur le chemin en direction du parking sud, Bob a mis son casque et a appelé par radio : " Koz, ne bouge pas, on viendra te chercher dans cinq minutes. Chester, prépare tes affaires. On se dirige vers toi et on s'en va."

Bob se tourne vers Ace et Vinnie et leur dit : "Tous ces feux d'artifice vont forcément attirer l'attention, alors il faut doubler le temps pour retourner aux 4x4." Lorsqu'ils atteignent le parking sud, Chester et Linda ont déjà préparé leur matériel et sont en train de le jeter à l'arrière d'un des SUV de la police de Chicago lorsque Bob et les deux autres sortent des bois.

Lorsque Linda a vu trois hommes en tenue de camouflage portant des fusils automatiques, mais pas de fillette de six ans, elle a crié : "Où est Ellie, Bob ? Où est Ellie ?"

"Greenway s'est enfui du parking nord dans la Lexus dorée de Scalese. Scalese nous a dit que Patsy et Ellie étaient sur la banquette arrière."

Linda tombe à genoux en secouant la tête et en criant : "Ce bâtard, ce bâtard ! Quand je mettrai la main sur Scalese... je te jure que je le tuerai moi-même."

"Tu n'auras pas à le faire. Il est mort. Comme tous les autres."

"Mais tu m'avais promis de la ramener ! Mon Dieu, je n'aurais jamais dû..."

"Il se dirige vers le bâtiment du CHC, alors c'est là que nous allons. Et je la ramènerai, Linda, comme je te l'ai dit. Maintenant, monte dans la voiture !" Lentement, comme sur des jambes de bois, elle se lève, en sanglotant, et s'assoit sur la banquette arrière du gros 4x4, en se tenant la tête entre les mains.

C'est alors qu'Ernie Travers fait irruption dans les bois avec son fusil de chasse, sa tenue de camouflage et une brassée de matériel. Bob s'est retourné pour le regarder et a froncé les sourcils. "Je ne voulais pas que tu sois impliqué dans la suite de cette histoire, Ernie".

"Il est un peu tard pour s'inquiéter de cela, n'est-ce pas, Bob ? Je suis déjà 'un peu enceinte'. En plus, tu as mes deux véhicules, et j'ai tout ce matériel qu'Ace a signé", répond Travers en jetant le Benelli et le reste de l'équipement à l'arrière du SUV.

Bob se tourne rapidement vers les trois hommes qui l'entourent. "Bon, Chester, tu as toujours le Semtex et les détonateurs ?"

"Bien reçu. Il est dans mon sac d'équipement, prêt à partir", acquiesce Chester.

"Semtex ?" Ernie Travers regarde Bob d'un air interrogateur.

"Je t'expliquerai plus tard, Ernie. Pour l'instant, tu ne veux pas savoir", ajoute Bob.

"D'accord, mais je n'y vais pas ; je reste ici", lui dit Travers en enlevant la salopette sombre qu'ils lui ont donnée et qu'il a poussée à l'arrière du SUV avec le reste du matériel. "Dès que vous aurez nettoyé la zone, j'appellerai la police. Comme ça, je peux donner aux journalistes ce que je veux et prendre de l'avance sur l'histoire. Quand j'aurai fini, ça ressemblera à une guerre de territoire de la mafia qui a mal tourné ; et croyez-moi, Chicago en a eu assez pour savoir à quoi ça ressemble. Les bois sont jonchés des corps d'une douzaine ou plus d'hommes armés de différentes parties de la famille criminelle DiGrigoria, armés jusqu'aux dents, et dont les voitures sont garées dans les deux parkings. Pour couronner le tout, Tony Scalese lui-même est allongé là-bas, près du pavillon. Personne ne va chercher beaucoup plus d'explications que ça."

"Tu es sûr que tu peux y arriver ?" demande Bob.

Ernie rit. "Qui croirait jamais la vérité - un téléphoniste, une réceptionniste, un vieux flic du CPD et une escouade de Deltas de Fort Bragg ont nettoyé la mafia de Chicago ?".

"Eh bien, si tu le dis comme ça..."

"En plus, je connais deux très bons journalistes spécialisés dans les affaires criminelles au *Sun Times* et au *Tribune*. Entre les corps ici et les affaires qu'ils sont en train de démêler à propos de Bentley et des DiGrigoria, il ne devrait pas être difficile de faire abandonner toutes les charges contre toi et Linda, et de rejeter tout le reste sur Scalese et DiGrigoria. Maintenant, fichez le camp d'ici, 'avant que je ne vous écrase tous', comme aurait dit mon cher patrouilleur de père."

"Super, ça résout un autre problème pour moi", dit Bob en fouillant dans la poche de son pantalon, en sortant la clé USB de l'ordinateur et en la lui tendant. "Les rapports et les trucs que nous avons imprimés sont dans une épaisse enveloppe en papier manille sur la banquette arrière de cette vieille Taurus. Je ne savais pas trop quoi en faire ni à qui faire confiance, mais si tes copains du *Sun Times* et du *Tribune* sont bons en comptabilité légale, ils devraient pouvoir en tirer une longue série d'articles sur le crime organisé à Chicago et probablement gagner un prix Pulitzer. Je te suggère d'en donner la moitié à chacun d'entre eux et d'observer la frénésie qui s'empare d'eux. Dites-leur notamment de suivre les liens entre Greenway, les DiGrigorias, Tony Scalese et un éminent procureur local."

Travers l'a regardé un instant, puis a hoché la tête. "Dans le comté de Cook ? Ça ne me surprendrait pas du tout. Mais la Taurus ? Ce n'est pas celle de Linda ?"

"Non, nous l'avons volé sur l'un de vos terrains à O'Hare, où nous avons laissé sa voiture. Au fait, nous prenons vos deux 4x4, et Linda a laissé les clés de la Taurus sur le contact."

"Merveilleux", Travers a secoué la tête et s'est avancé jusqu'à l'endroit où Linda était assise dans le 4x4 et s'est agenouillé à côté d'elle. "Vous devriez rester ici avec moi jusqu'à ce que les tirs s'arrêtent. Je peux vous placer, vous et votre fille, en détention préventive."

"Jusqu'à ce que les tirs s'arrêtent ?" Ses yeux clignotent tandis qu'elle plonge la main dans le 4x4 et sort l'un des Berettas 9 millimètres posés à l'arrière avec le reste du matériel, et enfonce une nouvelle cartouche dans la chambre. "Tu me feras savoir quand ça arrivera, Ernie. D'ici là, je ne laisserai pas ma fille seule avec cet animal de Greenway une seconde de plus que nécessaire. Assez parlé, allons-y !" elle se tourna vers Bob avec un regard de détermination furieuse.

Alors qu'il ouvre la porte du côté conducteur et s'installe au volant, Bob se tourne vers Chester et lui dit : "Prends l'autre SUV, récupère Koz et The Batman dans le parking nord, et vous trois, occupez-vous de la petite course dont nous avons parlé plus tôt. Ils peuvent vous couvrir et se charger des interférences. Ace, Vinnie et moi retournons au CHC d'Indian Hills pour rendre visite au Dr Greenway", dit-il en regardant sa montre. "J'indique 23 h 30. Je veux que tout le monde soit de retour à l'avion à 01h00. Cela donne aux deux équipes 90 minutes pour s'exécuter avant que les roues ne se lèvent et que l'on retourne à Bragg. Chester, si les choses se gâtent là-bas, je veux que tu abandonnes. Je pourrai y retourner et m'en occuper plus tard. Et Ernie, nous laisserons les 4x4 à l'aérodrome. Quand tu en auras l'occasion, vérifie-les toi-même. Tu trouveras peut-être quelques nouveaux cadeaux à l'intérieur."

Lawrence Greenway traverse les rues sombres et vides d'Indian Hills à plus de 90 miles à l'heure dans la Lexus de Tony Scalese, éclaboussée de sang. Il avait utilisé le lave-glace pour enlever le plus gros du sang, de sorte qu'il pouvait au moins voir pour conduire ; mais il ne s'inquiétait pas trop d'être arrêté par la police de la ville ce soir. Le chef Bentley et son neveu Bobby Joe étant à la morgue et le reste du département étant interrogé par les enquêteurs de la police d'État, ses autres "neveux" ne dérangeaient personne ce soir. S'ils le faisaient, il tenait dans sa main droite le revolver Colt Python 357 Magnum de Jimmy DiCiccio, et qu'importait un ou deux de plus. Lorsqu'il a contourné la voiture sur le parking de la réserve forestière et s'est mis au volant, il a vu le gros pistolet qui gisait sur le sol et l'a ramassé. Maintenant, il n'était pas prêt de s'arrêter pour quoi que ce soit.

Sur la banquette arrière, Patsy Evans était assise, les bras autour d'une Ellie Sylvester terrifiée, la serrant contre elle, essayant de la réconforter. "Laissez-nous partir", l'a-t-elle supplié. "Tu n'as pas besoin de nous."

"Oh, j'ai *besoin de* toi plus que tu ne le penses, ma chère. Mais tu le feras. Je te le promets."

"Alors laisse-la partir. Je viendrai avec toi et je ferai tout ce que tu veux... Je... Je ne me battrai même pas contre toi. S'il te plaît, mais laisse-la partir."

"C'est très noble de ta part, Patsy. Mais non. Tu le feras de toute façon ; et franchement, je préfère toujours que ce soit vous, les filles, qui vous battiez contre moi. Je sais que c'est aussi ce que vous aimez."

Il a foncé dans le parc d'affaires Hills et allait beaucoup trop vite lorsqu'il a tourné dans le parking de l'immeuble de bureaux CHC. La Lexus a rebondi sur le trottoir, perdu un enjoliveur et dérapé sur la gauche avant qu'il ne parvienne enfin à l'arrêter sur les places réservées aux handicapés, près de l'entrée du bâtiment. Greenway a attrapé le revolver sur le siège passager et est sorti, laissant le moteur tourner. Il avait l'intention de redescendre dans quelques minutes, pas plus, et de s'éloigner de l'immeuble, d'Indian Hills et de Chicago aussi vite que possible.

Greenway a tiré la porte arrière de la voiture pour l'ouvrir. "Sors de là", a-t-il regardé à l'intérieur et crié à Patsy.

"Non !" a-t-elle crié en retour et s'est agrippée encore plus fort à Ellie.

"Dehors, maintenant", ordonna-t-il en pointant le .357-Magnum Colt sur Ellie et en défiant Patsy de continuer à discuter avec lui. Il y a quelque chose dans le fait de regarder droit dans le canon d'un très gros pistolet comme celui-là, qui sape le courage même des plus braves. À contrecœur, Patsy se dirigea vers lui en traversant le siège, jusqu'à ce que Greenway l'attrape par l'avant-bras et les entraîne, Ellie et elle, hors de la voiture. "Tu peux garder ta pétulance pour plus tard, *Patsy.* Si vous ne faites pas exactement ce que je vous dis, ni vous ni la petite fille ne quitterez ce bâtiment en vie. Tu me comprends ?"

Les routes qui s'éloignent du parking de la réserve forestière du Park District et de l'Interstate sont sombres et vides, jusqu'à ce qu'une file de voitures de police et d'ambulances les dépasse en sens inverse, gyrophares allumés et sirènes hurlantes. On aurait dit qu'Ernie Travers allait avoir fort à faire, pensa Bob. Pendant les premiers kilomètres, il s'est efforcé de maintenir sa vitesse à moins de dix miles par heure des limites affichées. Avec toutes les armes et l'équipement tactique à l'arrière, la dernière chose qu'il voulait, c'était d'apparaître sur le radar d'une voiture de police et d'être arrêté.

Ace rit. "Bob, réveille-toi. Nous n'avons pas besoin de nous inquiéter des voitures de flics ; nous en sommes un."

Bob se tape le front. "Il regarde le tableau de bord, allume la barre lumineuse d'urgence et la sirène du SUV sur le toit et appuie sur l'accélérateur. Le gros moteur rugit et en moins d'une minute, il atteint la rampe d'entrée de la route 53. Le gros SUV noir de la police de Chicago a accéléré jusqu'à 120 miles à l'heure, traversant les voies de péage express de l'I-Pass sans ralentir.

"C'est amusant !" Ace rit lorsque le rétroviseur du côté passager accroche l'arrière du poste de péage et s'envole sur la route. "Il faut qu'on revienne et qu'on refasse ça".

Patsy garda ses bras autour d'Ellie et se maintint entre la petite fille et l'arme de Greenway pendant que le médecin les traînait sur le trottoir jusqu'à la porte d'entrée. Il a tapé son code d'accès sur le clavier avec son index, a tiré la porte et a poussé Patsy et Ellie à l'intérieur.

"Laissez-nous partir", a crié Patsy. "Je ne dirai rien. Je te le promets."

"Tais-toi !" dit-il en la traînant à travers le hall d'entrée.

Ils étaient à mi-chemin des ascenseurs lorsque deux hommes de la sécurité de Scalese sont entrés en courant dans le hall d'entrée depuis le couloir latéral, l'arme au poing. D'après leur expression, ils prenaient l'une de leurs longues pauses habituelles dans le salon des employés et avaient été surpris par des voix fortes qui se disputaient dans le hall d'entrée. Greenway venait rarement dans le bâtiment la nuit, mais à leurs coupes de cheveux ratées, à leurs blazers bon marché et mal ajustés avec les logos "S-D Security" sur les poches de poitrine, il les reconnut comme deux des nouvelles recrues de Tony Scalese. S'il regardait de plus près, il verrait probablement aussi leurs tatouages de prison. Ce qu'ils n'étaient pas, en revanche, c'était des voyous plus âgés et expérimentés d'une des équipes régulières de Salvatore DiGrigoria, qui risquaient de ne pas l'écouter. Le badge de l'homme à l'avant indique "Costanza". Celui de l'arrière indique "Bitaglia".

"Qu'est-ce que vous regardez, bande de crétins ?" Greenway grogne en entraînant Patsy et la petite fille vers l'ascenseur.

"Euh, désolé, Dr. Greenway". Bitaglia s'est avancé, visiblement mal à l'aise par rapport à ce qui se passait. "Nous avons entendu un tas de bruits ici et... Hé, c'est un pistolet que vous avez là ?"

Les deux gardes regardent Greenway, Patsy et la petite fille en fronçant les sourcils, jusqu'à ce que Costanza, l'autre garde, dise : "Oui, c'est un 357 Mag, n'est-ce pas ? C'est un gros calibre. Jimmy DiCiccio en a un comme ça."

"C'*est à* Jimmy !" Patsy leur a crié. "Vous devez nous aider, il est..."

"Tais-toi, je te l'avais dit", siffle Greenway en lui serrant fortement le bras et en la tirant vers l'ascenseur. "Et vous deux, vous gardez les portes", ordonne Greenway.

"Euh, attendez une minute, Doc", s'excuse Bitaglia, visiblement mal à l'aise face à la situation.

"Fais ce que j'ai dit. Tony va revenir d'une minute à l'autre, et nous nous attendons à de gros problèmes. Vous savez tous les deux ce qu'il faut faire avec ces trucs ?" Demande Greenway en regardant leurs pistolets.

"Et comment, Dr. G., Tony lui-même nous a donné ces Glocks". Costanza sourit en brandissant son semi-automatique de forme carrée. "Mais qu'est-ce que c'est que cette histoire d'ennuis ?"

"Tony et ses hommes sont tombés dans une embuscade dans ce parc ce soir. Il revient ici, et des ennuis pourraient arriver juste derrière lui, pour essayer de finir le travail. Ton travail consiste à les empêcher d'entrer. Tu as compris ?"

"Oui, Monsieur ! Oui, Monsieur, Dr. Greenway. Nous ne laisserons personne..."

"Vous n'êtes que deux en service ici ce soir ?" demande-t-il alors que la porte de l'ascenseur s'ouvre.

"Non, Freddie Fortuno est là aussi. Je, euh, je pense qu'il est monté à l'étage pour vérifier..."

"Tu veux dire qu'il fait une sieste, n'est-ce pas ? Eh bien, fais-le descendre ici. Je veux que vous gardiez tous les trois un œil attentif, ou je vous ferai renvoyer. Compris !" Ordonne Greenway en poussant Patsy et Ellie dans la cabine d'ascenseur et en attendant impatiemment que les portes se referment. "Je serai dans mon bureau et je ne veux pas être dérangé".

Trois minutes plus tard, le 4x4 noir a dépassé le château d'eau blanc d'Indian Hills et est entré dans le parc d'activités de Hills. Bob coupa les feux et la sirène d'urgence pendant qu'Ace et Vinnie vérifiaient les chargeurs de leurs armes. Alors qu'ils approchaient de l'immeuble de bureaux, Bob se gara sur le parking de l'immeuble d'en face, où la façade bien éclairée du bâtiment CHC était clairement visible à travers la frange de petits arbres.

"C'est la Lexus de Scalese". Linda a pointé du doigt. "Greenway est là, qu'est-ce qu'on attend ?"

"Attends une minute", répond rapidement Bob en détachant le viseur télescopique de vision nocturne de son fusil de sniper SCAR et en balayant le parking du regard. "On dirait qu'il était très pressé." Greenway avait laissé la Lexus assise à un angle bizarre près de l'entrée principale du bâtiment, débordant sur les lignes blanches des deux places attenantes. Sa portière côté conducteur et sa portière arrière gauche étaient grandes ouvertes, le moteur tournait et les phares étaient allumés, éclairant encore plus le hall d'entrée de l'immeuble."

"Mais il a Ellie là-dedans !" Linda a plaidé.

"Son bureau est au troisième étage, à l'arrière, à droite ?" Linda acquiesce tandis qu'il tourne la lunette sur le bâtiment lui-même, le balayant lentement, étage par étage. "Le hall d'entrée est éclairé comme d'habitude, mais les deuxième et troisième étages sont sombres, du moins de ce côté". En regardant plus attentivement le premier étage, Bob dit : "Je vois deux gardes au premier étage, mais il pourrait y en avoir plus. Tiens", dit-il en tendant la lunette à Linda. "Tu les reconnais ?"

"Je pense que oui", répond-elle en se concentrant sur leurs visages. "Je ne suis pas sûre, mais ils ont l'air de deux nouvelles recrues de l'équipe de nuit".

"J'ai supposé que Scalese avait emmené ses meilleurs hommes dans la réserve forestière, mais on ne sait jamais".

"Ça n'a pas d'importance", commente Vinny en insérant un nouveau chargeur dans son M-110. "On les élimine peu importe qui ils sont, mais Linda a raison. Finissons-en avant qu'ils ne se préparent davantage."

"Je suis d'accord", répond Bob. "L'arrivée de Greenway a dû les secouer. Ils se tiennent au fond du hall d'entrée, l'air pas très content."

"Comme si je m'en souciais", dit Ace en mettant son casque.

"C'est vrai. Ace, tu t'installes ici avec le 4x4. Tu as une vue dégagée sur l'avant du bâtiment et tu peux couvrir les voies d'accès. Linda, tu restes ici avec lui. Préparez-vous à engager le combat dans deux minutes. Vinny, passe par l'arrière et trouve un endroit où tu peux couvrir l'arrière - le hall et le bureau de Greenway si tu le peux. Je vais me diriger vers l'entrée latérale des employés. Chester m'a laissé un petit morceau de Semtex, alors quand vous aurez tous les deux des tirs clairs sur les gardes, éliminez-les et je ferai sauter la porte latérale avant de me diriger vers le haut. Vinny, quand j'aurai la fille, ramène le 4x4 vers la porte latérale, et je vous rejoindrai tous là-bas."

"Il n'y aura pas de 'je' dans ce truc", dit Linda en se penchant en avant et en lui lançant un regard noir. "Je viens avec toi. Ce sera 'nous', ou j'irai toute seule, tu as compris ?"

Greenway tenait fermement le bras de Patsy tandis qu'il les traînait, Ellie et elle, hors de l'ascenseur et dans le couloir du troisième étage jusqu'à son bureau. Il ouvrit la porte, alluma les lumières et les jeta sur le canapé.

"Reste là !" dit-il en pointant un long doigt vers Patsy. "Enfin, à moins que tu ne veuilles que je vienne te rendre visite un moment ?" Il observe Patsy qui rapproche Ellie et s'éloigne de lui. "Je ne pensais pas", lui lança-t-il en la lorgnant, s'arrêtant un bref instant pour considérer quelle jeune chose pulpeuse elle allait être. Malheureusement, il fallait faire passer le travail avant le plaisir, réalisa-t-il en retournant à son bureau.

Tout à l'heure, il a vu que ce salaud de Scalese s'était introduit dans son bureau et sa crédence et avait fouillé les tiroirs. Greenway secoue la tête et rit. Eh bien, cet Italien stupide et musclé aurait pu déchirer tout le bureau, pour ce que ça comptait ; mais il ne trouverait pas les "bonnes affaires" de Greenway, parce que Greenway ne les gardait plus là. Il s'est retourné, a écarté la crédence du mur et a vu une inoffensive bouche d'aération à persiennes de 18 pouces sur 18 pouces.

Un week-end, alors que Scalese était en "voyage d'affaires", qu'il buvait et se prostituait avec ses garçons à Las Vegas, Greenway a fait venir son propre entrepreneur qui a installé un coffre-fort de haute technologie à cet endroit. Il l'a boulonné dans la structure métallique de l'immeuble et l'a doté d'une serrure à combinaison à six chiffres presque inviolables. Il l'ouvre et en sort une mallette en cuir épais, usinée à la main et fabriquée à Florence. Ironiquement, c'était un cadeau du vieux Sal DiGrigoria lui-même, et l'utiliser pour cacher sa cachette de "fuite" était le moyen idéal de se venger de ce vieux salaud sénile.

La mallette était son "sac de voyage". Greenway l'a posée sur son bureau, a tourné les cadrans de la serrure selon son code prédéfini et a fait sauter le couvercle. Il la soulève suffisamment pour jeter un coup d'œil rapide à l'intérieur. Il n'a pas eu le temps de tout compter, mais il a vu que rien ne semblait avoir été dérangé. Ses trois passeports étrangers sont toujours sur le dessus - un britannique, un canadien et un hollandais, son préféré. Étant donné la baisse soudaine de ses perspectives ici à Chicago, la mallette serait très utile pour son plan de retraite à long terme imminent.

Il a refermé la mallette en claquant des doigts. Les dernières années avaient été très bonnes, mais tout s'écroulait maintenant, tout ça à cause de ce salaud de fouineur de Burke. Scalese et ses hommes ont dû subir quelques pertes dans la réserve forestière ce soir, mais ils ont sûrement éliminé ce jeune homme indiscret à l'heure qu'il est et vont revenir ici. Greenway savait qu'il serait loin avant que Tony et ses mafiosi au crâne épais ne reviennent, mais avec sa cachette, le revolver de Jimmy DiCiccio, la Lexus de Tony et un "squeeze" doux pour lui tenir compagnie pendant quelques nuits, ce serait un beau voyage. Personne ne le cherchait encore. Tant qu'il aurait la petite fille, Patsy serait beaucoup plus soumise et ferait tout ce qu'il voudrait ; et ensemble, ils feraient d'excellents otages si des problèmes surgissaient en cours de route.

Oui, il était temps de dire au revoir à Indian Hills et de se diriger vers le nord. Montréal valait bien un séjour prolongé. Il y avait une douzaine de façons de se faufiler à travers la frontière en passant par les bois du haut Maine, et une centaine d'endroits où se débarrasser de deux cadavres légèrement usagés. Greenway se lécha les lèvres. Après cela, peut-être Rio de Janeiro, Copenhague ou Bangkok. C'étaient des villes progressistes, où un gentleman fortuné pouvait assouvir ses fantasmes et ses petites peccadilles sans être interrompu par des petits hommes à l'esprit étroit.

"Il est temps d'y aller, Patsy", dit-il en ramassant la mallette et en lui faisant signe vers la porte avec le gros revolver.

"Où nous emmènes-tu ?", lui lance-t-elle en guise de regard.

"À l'aventure", dit-il avec de grands yeux et un sourire de crocodile. "Et, oh là là, mais on va tellement s'amuser ; n'est-ce pas, Ellie ?".

"**Fantôme, Vinny.** J'ai une cible à la porte du hall arrière".

"Et j'ai l'autre à la porte d'entrée".

"À mon signal alors, cinq... quatre... trois... deux... un... signal".

Avec une précision presque simultanée, les deux fusils de sniper ont tiré en émettant des "toux" sourdes. Les balles spéciales à haute vitesse ont frappé les épaisses fenêtres en verre réfléchissant du sol au plafond de l'immeuble avec ce qui a ressemblé à un grand Palang ! De petits trous ronds en forme de toile d'araignée sont apparus dans les vitres extérieures avant et arrière du hall d'entrée, faisant tomber les deux gardes en arrière. Ils sont maintenant immobiles sur le sol du hall, tandis que Bob entend dans ses oreillettes "Cible 1 à terre" et "Cible 2 à terre", avec des voix si calmes que les haut-parleurs auraient pu lire le bulletin météorologique local. Il appuie immédiatement sur le bouton de son détonateur à distance et l'once de Semtex fait un grand trou dans la porte métallique renforcée de l'entrée des employés, détruisant la lourde serrure magnétique avec un grand bruit de Bam !

Bob a couru vers l'avant et a ouvert la porte extérieure, suivi de près par Linda. L'escalier de secours se trouve à l'intérieur et à droite. Il ouvre la porte de secours d'un coup sec, mais Linda n'attend pas. Elle a tenu son Beretta à deux mains, l'a devancé et a couru vers l'escalier. Elle était rapide, et le mieux que Bob pouvait faire était de tendre sa main libre pour l'attraper par le siège de son pantalon et l'arrêter.

"Non ! Reste derrière moi !" ordonne-t-il.

"Mais c'est ma fille !"

"Ce n'est pas le moment de discuter, Linda. Reste en arrière. Je préférerais que tu ne sois pas là du tout, et encore moins que tu portes cette arme de poing ; mais si tu viens avec moi, garde-la à ton côté et pointée vers le bas ", lui dit-il en écartant le canon. "Si vous ne pouvez pas faire ça, attendez en bas". À contrecœur, elle acquiesça, alors il sprinta devant elle pour monter les escaliers escarpés, les prenant deux par deux.

Les deux fusils de sniper M-110 étaient équipés de silencieux, et le "Palang !" d'une balle à haute vitesse frappant la vitre en verre, suivi du léger "tintamarre" de petits éclats de verre tombant sur le sol en travertin du hall, était tout ce que l'on pouvait entendre à l'intérieur du hall de l'atrium du premier étage de l'immeuble, jusqu'à ce que Bob fasse exploser la charge de Semtex sur la porte arrière.

L'immeuble a tremblé et les fenêtres du troisième étage ont même été ébranlées. Greenway a senti l'explosion à travers la semelle de ses chaussures. Cela l'a incité à faire une pause à mi-chemin de l'étage du bureau et à écouter attentivement s'il y avait d'autres sons. Son ouïe était excellente, et il a immédiatement détecté le bruit des portes qui claquaient dans la cage d'escalier de secours, plusieurs étages plus bas. Tony et ses hommes ? Cela n'a aucun sens.

"Allez, sortez par la porte !" grogna-t-il en attrapant Patsy par le bras. "Et tenez fermement cette gamine !" dit-il en les poussant hors de la porte du bureau et dans le couloir vers l'ascenseur. "

Alors qu'il passait la porte métallique menant à la cage d'escalier de secours, Greenway entendit des pas qui montaient les escaliers en courant vers lui. Ils n'étaient pas encore montés aussi haut, mais Greenway savait qu'il devait les ralentir s'il espérait s'enfuir. Il pointe le gros colt sur la porte métallique de l'escalier de secours et tire trois coups de feu, Blam ! Blam ! Blam ! Les balles de .357-Magnum ont fait des trous dans la porte comme si elle n'était pas là, et il a entendu les grosses balles ricocher sur les murs en béton de la cage d'escalier en contrebas. Avec un peu de chance, cela va effrayer celui qui va monter, pensa-t-il.

Alors que Greenway se retourne et se dirige vers l'ascenseur, il se retrouve nez à nez avec un autre agent de sécurité de Scalese, qui sort en courant de l'un des bureaux vides, l'arme au poing. À en juger par le regard paniqué de l'homme, il était évident que les coups de feu l'avaient réveillé d'un sommeil profond.

"Qu'est-ce que... Qui... ?" Le garde tente de demander en agitant son arme.

"Toi !" Greenway lui a crié dessus. "Tu es Fortuno, n'est-ce pas ?"

"Euh, oui... Freddie Fortuno, le Dr Greenway, quoi... ?"

"Il n'y a pas de temps pour ça maintenant. Des hommes viennent ici pour nous tuer, Tony et moi. Pendant que je mets ces filles à l'abri, tu gardes cette porte coupe-feu couverte et tu tires sur tous ceux qui essaient de monter ici. Tu as compris ?"

"Euh, oui, bien sûr. Je peux faire ça", dit Fortuno en s'accroupissant dans le couloir et en pointant son arme sur la porte coupe-feu. "Tu peux le dire à monsieur Scalese, ils ne passeront pas devant moi".

Greenway courut jusqu'au hall d'ascenseur ouvert du troisième étage, où Patsy prit Ellie dans ses bras. Le hall était comme un pont étroit qui reliait les ailes gauche et droite du bâtiment et lui donnait une vue dégagée sur les faces avant et arrière de l'atrium du premier étage en contrebas. Il courut jusqu'à la balustrade, regarda en bas et vit l'un des agents de sécurité à qui il avait parlé quelques instants auparavant - s'appelait-il Bitaglia ? - étalé sur le sol avec une large flaque de sang autour de sa tête. Greenway se tourne vers la rambarde arrière et voit l'autre garde, Costanza, allongé dans un état similaire. À cet instant, il réalise que ce n'est pas Tony. C'était encore ce salaud de Burke !

Greenway a reculé jusqu'aux portes de l'ascenseur lorsque d'autres coups de feu ont éclaté au bout du couloir et que la porte de secours s'est ouverte et s'est écrasée contre la paroi latérale.

Comme Wyatt Earp à O.K. Corral, Freddie Fortuno se tenait dans le couloir devant le bureau de Greenway. Il s'est mis en position de tir classique, genoux pliés, à deux mains, son Glock pointé à l'autre bout du couloir, au centre de la porte de la cage d'escalier, à seulement dix pieds de distance.

Lorsque Freddie a vu la porte de secours s'ouvrir devant lui, il a fermé les yeux et s'est ouvert, appuyant sur la gâchette et tirant les dix balles de son chargeur jusqu'à ce que le Glock émette un déclic de vide. Lorsqu'il a enfin osé rouvrir les yeux, il a vu qu'il avait en fait tiré la plupart des balles à travers la porte ouverte. Oui, il a tué cet imbécile, sourit-il.

L'expérience compte, que ce soit aux cartes, au fer à cheval ou en se faisant tirer dessus avec des armes semi-automatiques. Bob Burke avait monté deux étages en courant et tourné le coin vers le troisième étage lorsque trois balles ont traversé la porte coupe-feu en métal qui se trouvait devant lui. Il a tiré Linda vers le bas et s'est baissé alors que les balles ricochaient sur les murs en béton. D'après le son des coups de feu, il a deviné qu'ils provenaient d'un .357-Magnum, probablement un revolver, tiré "à l'aveugle" pour les ralentir pendant que le tireur s'enfuyait.

Bob se met donc immédiatement debout et emprunte les escaliers restants, deux par deux. Lorsqu'il atteignit le palier du troisième étage, il entraîna Linda avec lui derrière le mur latéral en béton et donna un coup de pied dans la porte. Celle-ci s'écrasa contre le mur opposé dans un grand boum ! Il s'attendait à entendre plusieurs tirs individuels d'un magnum 357, mais il a été accueilli par une fusillade de balles qui ont pénétré par l'embrasure de la porte.

Ces coups de feu portaient le son caractéristique d'un 9 millimètres, très probablement un Glock. Bob avait tiré suffisamment de balles avec l'un d'entre eux pour savoir à quoi ils ressemblaient, et on lui avait tiré suffisamment de balles de toutes tailles et de toutes formes au fil des ans pour que le compteur dans sa tête se mette immédiatement en marche. La plupart des balles se sont heurtées au mur de béton de l'autre côté de la cage d'escalier et ont perdu leur énergie.

Quelques-unes ont ricoché dans la cage d'escalier, mais aucune ne s'est approchée de lui ou de Linda. Le chargeur standard d'un Glock contenait dix balles, c'est ce qu'il a compté. Si c'était le cas, le tireur était maintenant vide, pensa Bob, alors qu'il se laissait tomber au sol et roulait dans l'embrasure de la porte ouverte, prêt à tirer avant que le tireur ne recharge. Cependant, si le type portait un chargeur de 17 balles, il était foutu.

La tête au sol et son Beretta devant lui, il a acquis une cible - un homme qui se tenait à moins de douze pieds de là, de l'autre côté du couloir, dans une solide position de tir à deux mains, genoux fléchis. Son Glock est toujours pointé vers la porte ouverte, et il continue à appuyer sur la gâchette avec un Click ! Click ! Click

! Avant que le gars ne comprenne qu'il avait besoin d'un nouveau chargeur, Bob lui a tiré trois balles rapides au centre de la poitrine. C'était un tir groupé, le genre de tir que l'instructeur de Bragg aurait placé sur la cible en papier en souriant. Cependant, ces tirs ont renvoyé Freddie Fortuno dans l'embrasure de la porte de Greenway, où il s'est effondré sur le sol.

Bob sortit la tête d'un centimètre ou deux et regarda dans le couloir en direction du hall des ascenseurs. Greenway avait atteint les ascenseurs et se tenait maintenant devant les portes en laiton poli. Ces portes, ainsi que l'autre escalier de secours situé au bout du couloir, étaient la seule issue possible pour Greenway, et ils le savaient tous les deux.

Greenway tenait Patsy Evans devant lui et tirait Ellie Sylvester devant elle, son avant-bras droit étant étroitement enroulé autour de la gorge de Patsy. Un revolver de gros calibre pendait de la main droite de Greenway, pointé vers la tête d'Ellie. Dans sa main gauche pendait une grosse mallette en cuir. Au premier coup d'œil, Burke a reconnu le revolver comme étant un Colt Python de calibre 357, ce qui correspondait aux sons qu'il avait entendus lors des trois premiers coups de feu tirés dans la porte de la cage d'escalier. Greenway regarde dans le couloir, voit Burke qui le regarde depuis le sol de la cage d'escalier et voit le Beretta dans la main de Burke, qui est maintenant pointé sur lui. Greenway s'est penché encore plus bas, maintenant presque complètement caché derrière eux.

"Greenway, laisse tomber", lui a crié Bob. "Mes hommes sont dehors, et le seul moyen pour toi de sortir de ce bâtiment, c'est de passer par moi".

"Je ne pense pas", a répondu Greenway en criant. "Tony Scalese et ses hommes devraient être là d'une minute à l'autre".

"Ils sont morts, Scalese et tous les autres. Arrête maintenant ou tu vas les rejoindre".

Greenway a cligné des yeux en réalisant l'ampleur de ce que Burke venait de dire. Morts ? Tous ? Ce n'est pas possible, pensa-t-il. Ses yeux s'écarquillent tandis qu'il pointe le revolver Colt dans le couloir et tire dans la direction générale de Bob. L'arme de poing .357-Magnum retentit comme un canon dans le couloir étroit, et Patsy et Ellie se mirent à crier. Bob recula la tête en entendant le compteur à l'intérieur de sa tête lui parler : "C'était quatre - quatre de moins, et deux de plus."

Fidèle à son caractère, Lawrence Greenway se replie immédiatement derrière Patsy et Ellie. Bob était un excellent tireur au pistolet, mais il ne pouvait pas risquer de tirer sur le docteur, même s'il aurait aimé le faire. Cependant, Greenway se trouvait dans une situation tout aussi délicate. Il avait besoin de prendre l'ascenseur et de partir d'ici, alors il s'est baissé, a posé la mallette sur le sol à côté de lui et a tendu sa main gauche vers le bouton de l'ascenseur. Ses yeux étaient rivés sur Bob Burke, tandis que ses doigts couraient le long du mur, essayant en vain de localiser les boutons de l'ascenseur. Finalement, il quitta des yeux la cage d'escalier de secours, tourna la tête, trouva le bouton Down, tendit encore plus son bras et appuya sur le bouton.

Ce faisant, la bouche du gros colt s'est détournée d'Ellie. Bob visa immédiatement avec le Beretta et tira trois balles de 9 millimètres. Au moins une balle a transpercé le dos de la main gauche de Greenway, et les trois balles se sont écrasées sur le boîtier de commande de l'ascenseur, mettant la machine hors service.

"Ah !" Greenway a crié et a retiré sa main brisée, mais cela n'avait plus d'importance. Cet ascenseur n'allait nulle part, pas ce soir, et Lawrence Greenway non plus. Ce n'est qu'à ce moment-là que Bob ramena sa tête dans la cage d'escalier et leva les yeux vers Linda qui se tenait au-dessus de lui. "Ne t'inquiète pas", lui dit-il. "Nous l'avons piégé ici maintenant et ce bâtard n'ira nulle part".

"Mais il a Ellie !"

"Pas pour longtemps".

CHAPITRE VINGT-NEUF

Lawrence Greenway a levé sa main gauche brisée et ses yeux se sont écarquillés lorsqu'il a vu le grand trou déchiqueté au centre du dos de sa main. Il était médecin. Il avait terminé dans les dix premiers de sa promotion à l'école de médecine. Dans l'abstrait, il savait que la main humaine était un organe préhensile doté d'une des physiologies les plus compliquées du corps humain.

Il pouvait nommer les vingt-sept os qu'elle contient, sans parler des nombreux muscles, tendons, nerfs, veines et artères qui les entourent, même sans avoir l'une de ses antisèches de la faculté de médecine rangée dans sa manche. Heureusement pour lui, la balle a touché sa main gauche, et non la droite ; mais même un lycéen en échec scolaire pourrait voir les os déchiquetés et les morceaux de chair qui dépassent du trou et le sang qui coule le long de son avant-bras, et savoir qu'il faudrait une opération chirurgicale lourde et une putain de miracle pour qu'il puisse fonctionner à nouveau correctement un jour.

Il faut généralement quelques secondes pour que la douleur atroce d'une telle blessure se propage de la blessure au cerveau. Cependant, avec une demi-douzaine d'os brisés, des muscles déchirés, des tendons déchiquetés et des nerfs à vif, cette douleur a immédiatement commencé au bout de ses doigts, a parcouru sa main, son bras, sa colonne vertébrale et s'est intensifiée en soufflant à travers le sommet de sa tête. Il a retiré sa main et s'est de nouveau caché derrière Patsy. Il a crié. Patsy a crié, Ellie a crié, et il a crié à nouveau alors que des vagues de douleur meurtrières le submergeaient. "Burke, salaud ! Je vais te tuer ; je vais te tuer !"

"Laisse-les partir et je te laisserai essayer. Allez, je vais même me lever et vous laisser tirer gratuitement sur moi", hurle Burke en retour, mais Greenway n'écoutait pas. Comme un animal blessé, chaque fibre de son être était maintenant concentrée sur la survie. Les commandes de l'ascenseur avaient été court-circuitées et cette voie d'évacuation lui était désormais fermée. Mais d'une manière ou d'une autre, il devait s'éloigner de ce maniaque de Burke et sortir du bâtiment. C'était son seul espoir, alors Greenway resserra sa prise autour du cou de Patsy Evan et l'entraîna dans le couloir vers l'autre escalier de secours.

C'est alors qu'il entendit des voix dans l'atrium ouvert en contrebas. "Fantôme, ça va là-haut ?" entendit-il un autre homme l'appeler.

"Nous allons bien", répond Bob Burke. "Toi et Vinny bloquez l'autre escalier. Greenway se dirige dans cette direction."

"Bien reçu", répond encore une autre voix.

"Tu entends ça, Greenway ?" Bob l'appelle à nouveau. "Ces types sont deux des tueurs les plus talentueux que notre gouvernement n'ait jamais produits, et ils te laisseront tomber dans tes traces avant même que tu ne t'aperçoives de leur présence. Alors laisse partir les filles, et je te laisserai vivre. La prison, c'est beaucoup mieux que la mort."

Greenway a grogné et l'a ignoré. La prison *n'est pas* mieux que la mort ! Pas pour un homme comme lui. Il entraîna Patsy et Ellie dans le couloir en direction de la porte de secours, en prenant soin de rester derrière elles. Burke mentait peut-être sur les compétences des deux autres hommes ; mais il avait déjà prouvé qu'il était un as du pistolet, et Greenway n'allait pas lui donner une seconde chance. Lorsqu'il atteignit la porte au bout du couloir, il poussa sa crosse contre la barre anti-panique pour l'ouvrir. La main palpitait d'une douleur meurtrière à présent. Ah !" gémit-il en franchissant la porte et en arrivant sur le palier du troisième étage, tout en gardant les deux filles derrière lui.

"Fantôme !" entendit-il cette voix appeler à nouveau, encore plus fort maintenant qu'elle résonnait dans la cage d'escalier. "Quelqu'un est dans la cage d'escalier ouest au-dessus de moi. Si j'ai une chance, tu veux que je l'élimine ?"

"Seulement si c'est "à ne pas manquer". Il a les deux filles avec lui."

Greenway n'osait pas regarder par-dessus bord pour voir à qui il avait affaire, mais il savait au fond de ses tripes qu'il ne pouvait pas descendre. Ces dernières années, il avait entendu les voyous de Salvatore DiGrigoria et les tireurs payés parler et crier entre eux, mais Burke et ses hommes étaient étrangement différents. Il n'y avait pas de bravade bruyante ou de menaces ici. Le ton de leurs voix était si terrifiant de calme et d'objectivité qu'ils auraient pu être des tailleurs ajustant un costume, des statisticiens délivrant un rapport ou des croque-morts mesurant un homme pour son cercueil. Cependant, comme l'a dit Burke, ces hommes étaient des tueurs - de vrais tueurs - et Greenway savait qu'ils étaient ses pires cauchemars.

N'ayant plus d'autres options, Greenway poussa Ellie et Patsy dans l'escalier, se maintenant appuyé contre le mur extérieur jusqu'à ce qu'elles atteignent le premier palier et tournent au coin de la rue. "Allez, allez, plus vite !" leur a-t-il lancé avec le revolver. Courant et trébuchant, leurs pas raclaient et résonnaient sur les marches de métal nu et le béton comme une armée d'invasion. Enfin, ils tournèrent le dernier coin et se retrouvèrent sur le petit palier devant la porte d'accès au toit.

C'est étrangement ironique comme la vie tourne parfois en rond, pensa Greenway. Trois jours auparavant, il avait monté ces mêmes escaliers et franchi cette porte, chassant cette salope d'Eleanor Purdue sur le toit. C'était il y a trois jours et une vie, pensa-t-il, tout ça à cause de ce maudit O'Malley. S'il n'avait pas poussé Eleanor à voler encore plus de documents, rien de tout cela ne serait arrivé - Eleanor serait toujours en vie, il n'y aurait rien eu sur le toit que Burke aurait pu voir, son avion aurait atterri tranquillement à O'Hare, et le docteur Lawrence

Greenway, MD, aurait continué sa vie confortable, avec ses manies et ses petites peccadilles. Quelle malchance, pensa-t-il.

Il a appuyé sur la barre anti-panique pour ouvrir la porte du toit, comme il l'avait fait trois jours auparavant, mais rien ne s'est passé. La porte ne bouge pas. En dessous de lui, il entendit la porte du troisième étage s'ouvrir et sut que Burke était en bas, sur ses talons. Greenway recula d'un demi-pas et donna un nouveau coup de pied dans la porte, encore plus fort, mais cette maudite chose ne s'ouvrait toujours pas.

Dans la faible lumière, il regarda en bas et vit que quelqu'un avait installé un moraillon et un cadenas Master épais sur la barre anti-panique, sans doute un "castor enthousiaste" de l'entretien, pour empêcher les gens comme lui et Eleanor Purdue de monter sur le toit. Eh bien, il était un peu tard pour cela, conclut Greenway en plaçant la bouche du colt Python contre la serrure, à l'endroit où l'anse semi-circulaire pénètre dans le corps de la serrure, et en appuyant sur la gâchette. Le bruit du .357-Magnum qui partait en haut de l'étroitesse de la cage d'escalier en béton était plus assourdissant qu'avant, mais la balle a fait exploser la serrure.

La petite fille criait encore plus fort maintenant, tandis que Greenway les poussait, elle et Patsy, hors du petit penthouse de la cage d'escalier et sur le toit. "Fais-la taire ! Fais-la taire, ou je te jure..."

En passant devant l'ascenseur, Bob Burke a vu des éclaboussures de sang sur le panneau de commande et en a suivi une longue traînée jusqu'à la porte coupe-feu et l'escalier de secours. Il était facile de voir que Greenway avait déjà perdu beaucoup de sang et devait souffrir. Il retint Linda pour la garder derrière lui sur le palier du troisième étage, tandis qu'il jetait un coup d'œil par l'encadrement de la porte et montait l'escalier. Mais il ne peut que regarder, impuissant, Greenway disparaître au prochain tournant de l'escalier avec Ellie et Patsy. Encore une fois, il ne pouvait pas prendre le risque de tirer. Il espérait que Greenway se déciderait enfin à arrêter, mais le bon docteur ne semblait pas très convaincant sur ce point.

Il a commencé à monter l'escalier suivant vers le toit, lorsqu'il a entendu un coup de feu retentissant dans la cage d'escalier au-dessus de lui. Il recule, mais se rend vite compte que le coup de feu ne le visait pas. Néanmoins, le compteur dans sa tête lui dit : "Ça fait cinq ! À moins que Greenway n'ait apporté des munitions supplémentaires et n'ait rechargé, Burke se demande combien de temps il lui faudra attendre avant que la loi de la moyenne et sa chance ne l'emportent.

"Fantôme. Qu'est-ce qui se passe là-haut ? Tu vas bien ? ", entendit-il la voix d'Ace dans son oreillette.

"C'était Greenway, mais il ne me tirait pas dessus", explique Bob. "D'après le son, je suppose qu'il a tiré sur la porte d'accès. Peut-être qu'il y avait un verrou. Quoi qu'il en soit, il est monté sur le toit, et je monte avec Linda. Vous suivez et vous assurez les renforts. Vinny, reste au premier étage et couvre le hall et les autres escaliers", ordonne Burke.

"Bien reçu, Ghost", répond Vinny. "Mais fais attention ; le gilet pare-balles que tu portes est peut-être à l'épreuve des balles, mais une grande partie de toi ne l'est pas."

La dernière fois que Greenway s'est trouvé sur ce toit, c'était en fin d'après-midi. Le soleil se couchait, mais il y avait encore beaucoup de lumière du jour alors qu'il se rapprochait d'Eleanor. À l'époque, Greenway était le chasseur. Ce soir, il était le chassé, et ce toit sombre était son impasse. Il était plat et rectangulaire, avec un parapet de trois pieds de haut qui faisait le tour du bord extérieur pour protéger du sol l'enchevêtrement des tuyaux, des colonnes montantes, des conduits de climatisation, de la tour de refroidissement de l'eau, de la salle d'équipement de l'ascenseur et des deux cages d'escalier d'urgence. Cet enchevêtrement de murs, de tuyaux et de conduits peut constituer une myriade de cachettes merveilleuses pour un enfant qui joue à cache-cache ; mais si tu es un adulte poursuivi par des hommes armés, l'équipement mécanique ne fait que te gêner.

Pire encore, chacun de ses pas et de ses mouvements faisait bouger et racler les os brisés de sa main gauche. La douleur est atroce. Il gémit et regarde, impuissant, le sang couler encore plus vite. D'ordinaire, Lawrence Greenway avait un seuil de tolérance à la douleur très élevé. En fait, certains pensaient qu'il était masochiste. Ce soir, cette blessure par balle dominait toutes ses pensées et sensations, et il savait qu'il n'avait plus les idées claires.

La seule façon dont il pouvait empêcher les os brisés de bouger était de presser sa main contre sa poitrine avec son avant-bras droit, tout en continuant à tenir le colt dans sa main droite. Cela empêcha la main gauche de trembler et de bouger, mais il pouvait sentir son sang imprégner sa chemise et couler le long de sa poitrine.

Greenway a claqué la porte d'accès au toit derrière lui avec son épaule, sachant très bien qu'il venait de mettre le pied dans un piège qu'il avait lui-même créé. La seule façon de descendre maintenant, c'était les deux volées d'escaliers de secours. Burke attendait dans celui qui se trouvait derrière lui, et il n'y avait plus rien à faire. Il ne restait plus que les escaliers à l'extrémité du toit, ceux que Burke avait empruntés depuis le hall d'entrée. Le toit est sombre. Si Greenway pouvait traverser le toit jusqu'à l'autre escalier, ils pourraient penser qu'il se cache toujours ici, dans le fouillis de conduits et de tuyaux. Il pourrait redescendre les escaliers et atteindre la voiture de Tony avant qu'ils ne s'aperçoivent de son absence.

Patsy et la petite fille se tenaient blotties l'une contre l'autre dans l'épais gravier, à quelques mètres de là. "Allez ! Allez !" cria-t-il en agitant le pistolet vers elles, essayant de les faire bouger, seulement pour voir sa main brisée exploser à nouveau de douleur. "Ah !" gémit-il.

"Je suis contente que ça fasse mal !" Patsy lui jeta un regard noir en ramassant Ellie et en la protégeant, s'éloignant en traînant les pieds dans le gravier glissant des pois. "Et j'espère qu'il te tirera encore dessus, espèce de... salaud !" lui cria-t-elle encore. "Quand il le fera, je vais rire."

Furieux, Greenway pointa à nouveau le gros colt sur elle, mais s'arrêta et retira son bras pour bercer sa main gauche avant que la douleur ne s'aggrave. "Quand j'en aurai fini avec toi, tu ne riras plus de rien. Maintenant, bouge !"

Burke prit les escaliers deux par deux, Linda sur ses talons. Lorsqu'il atteignit la porte menant au toit, il s'arrêta pour écouter, puis se tourna vers elle. "Linda, je veux que tu restes ici dans la cage d'escalier. Mais je sais que tu ne le feras pas, n'est-ce pas ?"

"Tu as raison", répond-elle rapidement en resserrant sa prise sur le Beretta. "Il a Ellie et j'y vais".

"Linda, as-tu déjà tiré avec une grosse arme de poing comme celle-là ?"

"Je déteste les armes, surtout les armes de poing".

"Alors reste derrière moi. Il ne lui reste qu'une balle. Si tu montes là-haut en brandissant ce gros 9 millimètres, tu as autant de chances de me toucher ou de toucher l'une des filles que de le toucher lui. Alors, laisse-mm'en occuper. D'accord ?"

À contrecœur, elle a abaissé le Beretta. "Fais revenir Ellie, Bob", dit-elle en lui tendant la main et en lui touchant le bras. "Et ne va pas te faire tirer dessus ; je ne pourrais pas gérer ça non plus".

Bob acquiesça et la repoussa de quelques pas derrière le mur latéral avant de pousser la porte et de plonger dans l'ouverture. Il exécuta un saut périlleux acrobatique aussi bon qu'un ex-Ranger d'âge moyen, fatigué et manquant cruellement d'entraînement, était susceptible de le faire, faisant une roulade et revenant à une solide position à genoux, son Beretta tendu devant lui, à la recherche d'une cible. Comme il s'y attendait, il aperçut Lawrence Greenway qui se dirigeait vers l'autre cage d'escalier. Greenway était proche de l'étroite section centrale du bâtiment, à quelques pieds du mur de parapet du périmètre, mais il avait un long chemin à parcourir avant d'atteindre cette autre porte. Le bruit de la porte coupe-feu claquant contre le mur extérieur fournit tout l'avertissement dont Greenway avait besoin pour se retourner et se cacher à nouveau derrière les filles. Son bras droit était drapé sur l'épaule de Patsy et le revolver Colt était à nouveau pointé sur Ellie. Sur le toit sombre, Bob ne pouvait donc pas tirer.

"Laisse tomber, Greenway", l'appelle Bob. "Le bâtiment est encerclé, et tu n'iras nulle part. Mieux vaut être un médecin manchot qu'un médecin mort."

"Ça n'arrivera pas, *major* Burke", lui lance Greenway en lui lançant un regard noir, grimaçant de douleur. "C'est un pistolet monstrueusement gros, et il va faire un très gros trou dans la petite Ellie si vous ne me laissez pas sortir d'ici".

"Doc, il y a deux problèmes avec ça", répond Burke en se levant et en commençant à marcher vers Greenway à un rythme lent mais régulier, son Beretta droit devant lui, visant inébranlablement la tête de Greenway. "D'abord, tu te vides de ton sang et tu as besoin d'un hôpital. Tu es médecin, et tu le sais. Deuxièmement, c'est un revolver que tu tiens, pas un automatique. Il ne peut contenir que six balles et tu en as déjà tiré cinq - trois dans la porte coupe-feu, une sur moi et une derrière dans la serrure de la porte. Il ne te reste donc plus qu'une seule balle."

Greenway a cligné des yeux, ce qui était un signe avant-coureur. Il s'est glissé derrière Patsy, de façon à ne pas donner à Burke une vue dégagée. Bob pouvait presque entendre les petites roues tourner dans la tête du médecin, qui comptait lui aussi les coups qu'il prenait. Malheureusement, il tombait toujours sur le même nombre que Burke. Il ne restait plus qu'une balle dans le gros colt, et ils le savaient tous les deux. C'est pourquoi Burke a continué à marcher lentement vers lui, réduisant l'écart à vingt pieds, puis à quinze. Derrière lui, il entendit les pas de Linda dans le gravier, et dans son oreillette, il entendit la voix rassurante d'Ace lui dire : "Je suis dans l'embrasure de la porte à ton Seven, Ghost, prêt quand tu l'es."

Burke était assez proche maintenant pour voir que le devant de la chemise blanche de Greenway apparaissait sombre et brillant. Il en était de même pour son pantalon. La nuit, tout ce qui est mouillé apparaît noir et brillant, surtout le sang, et Greenway en était couvert maintenant.

"Regardez votre chemise, docteur. Vous avez perdu beaucoup de sang", lui dit Burke. "De mon point de vue, tu as deux possibilités. Si vous utilisez cette dernière balle pour tirer sur l'une des filles, je vais décharger les neuf balles qu'il me reste sur vous, une partie du corps douce et douloureuse à la fois." Tout en parlant, il réduit l'écart à dix pieds, puis à cinq, dérivant légèrement vers la droite et amenant Greenway à tourner avec lui, s'exposant davantage à Ace. "Ne t'inquiète pas, cependant. Je ferai en sorte qu'aucune de ces balles ne te tue réellement ; mais si tu penses qu'une blessure par balle fait très mal, tu n'as aucune idée de ce que vont ressentir huit ou neuf nouvelles blessures."

Burke a vu la sueur couler sur le front de Greenway. "Ou tu peux utiliser cette dernière balle et me tirer dessus !" Burke lui crie en abaissant son Beretta, en le jetant de côté et en lançant ses bras en croix. "C'est ta dernière balle, Doc. Si tu me tires dessus, tu pourras t'enfuir par l'autre escalier et peut-être descendre jusqu'à ta voiture. Allez ! C'est ta meilleure chance ; bon sang, c'est ta *seule* chance."

Greenway le dévisage, clignant des yeux encore plus vite alors qu'il commence à vaciller.

"Allez, Doc !" Burke lui crie à nouveau en écartant encore plus les bras. "Prends le coup !", a-t-il crié en se rapprochant. "C'est ta grande chance, saisis-la !"

Les yeux de Greenway se sont soudain écarquillés et il est entré dans une rage folle. Il pouvait voir le sang sur son propre bras, il se sentait faiblir, et il savait qu'ils ne les laisseraient jamais descendre du toit. C'*était* sa seule chance. "Toi... !" hurla-t-il en poussant Patsy sur le côté, en se retournant et en balançant le Colt Python en direction de Burke. Ce faisant, Patsy entoura Ellie de ses bras et la tira vers le bas, protégeant la petite fille avec son corps tandis que Bob Burke bondissait sur Greenway.

Deux coups de feu retentissent presque simultanément, suivis rapidement d'un troisième. Le premier est le rugissement puissant et grave du 357-Magnum de Greenway, qui crache six pouces de flamme bleu-blanc et une balle très puissante sur Bob Burke. Elle l'a frappé au centre de la poitrine comme un coup de poing de poids lourd, l'arrêtant en plein vol et le faisant tomber à la renverse sur le toit. Les deuxième et troisième coups de feu proviennent d'un Beretta 9 millimètres. Le premier a touché Greenway au ventre et l'a fait plier au niveau de la taille. Ses yeux sont tombés sur son estomac et il a vu un grand trou au centre de sa douleur. Stupéfait, il a levé les yeux et a vu Linda Sylvester se tenir devant lui, un gros automatique fumant à la main et les yeux les plus furieux et les plus vengeurs qu'il ait jamais vus. C'est alors qu'une deuxième balle de son Beretta l'atteint à la poitrine. Elle l'a fait reculer sur des jambes caoutchouteuses jusqu'à ce qu'elles atteignent le parapet à hauteur de genou et qu'il perde l'équilibre. Il a basculé du toit en arrière, faisant la roue dans les airs jusqu'à ce qu'il atterrisse sur le trottoir en béton devant les portes tournantes de l'immeuble, loin en contrebas.

Linda a été la première à réagir lorsque Bob s'est fait tirer dessus. "Non ! Oh, mon Dieu, non !" cria-t-elle en se précipitant à ses côtés et en soulevant sa tête inconsciente sur ses genoux.

Ace l'atteint en même temps, laissant tomber son fusil sur le toit. Il s'est agenouillé à côté de Bob, déchirant son sur-chemise noire pour révéler le gilet de protection tactique qu'il portait en dessous. Il y avait une déchirure au centre du gilet. Ace déchira immédiatement les panneaux de haute technologie qui se chevauchaient, s'attendant au pire. "Espèce d'imbécile !", grogne-t-il.

Finalement, Burke émet un gémissement douloureux, se saisit la poitrine et se met à tousser. C'est "vous êtes un sacré imbécile, *monsieur*", réussit-il à corriger l'officier supérieur.

"Ne me fais pas le coup du *Monsieur*, tu es à la retraite", rétorque Ace. "Et ce gilet n'est pas conçu pour un 357 Magnum. Tu l'as pris de plein fouet, mon gars, et même un peu plus." Il tâta sous les panneaux, mais ne trouva pas de sang, seulement la balle de 357 usée, qu'il retira et pressa dans la paume de Bob. "Voilà votre souvenir de la soirée, *major*."

"Mon Dieu, ça fait mal !" dit Bob alors que ses doigts sondent son propre côté. "Je crois que j'ai quelques côtes cassées".

Patsy s'est précipitée et a fait descendre Ellie sur le sol à côté de sa mère. "C'est la chose la plus courageuse que j'ai jamais vu quelqu'un faire", dit Patsy à Bob.

"Et le plus bête !" ajoute Linda avec colère.

"Pas vraiment," Bob a haussé les épaules. "C'était un... risque bien calculé".

"Risque calculé ? Comme si je ne l'avais pas déjà entendue !" Ace grommelle.

"Hé, il n'avait qu'une balle, j'avais le gilet, et tu étais derrière moi, Ace, prêt à l'éliminer dès qu'il bougerait. Alors, où est le risque ?"

"Le risque ? Eh bien, pour commencer, je n'ai pas eu de chance ; Linda s'est mise en travers du chemin. C'est elle qui l'a pris, pas moi", dit Ace en regardant Linda avec un nouveau respect. "Mais Greenway a tiré le premier, et tu as failli acheter la ferme".

"Détails", Bob écarte cette pensée en se retournant et en levant les yeux vers elle. "Je croyais que tu avais dit que tu ne savais pas tirer".

"J'ai dit que je détestais les armes à feu, je n'ai jamais dit que je ne savais pas en tirer une", admet Linda, embarrassée. "Mon mari - mon *ex-mari* - n'arrêtait pas de me traîner au stand de tir et insistait pour que j'apprenne".

"Eh bien, c'était un joli coup, et je crois que j'ai une chose à lui dire pour le remercier, en tout cas", a dit Bob.

Linda a continué à le fixer du regard, puis s'est tournée vers Patsy. "En plus, ce que tu as fait est presque aussi courageux que ce qu'il a fait". Linda tendit les bras à Patsy. Les deux femmes rassemblèrent Ellie entre elles, s'entourèrent de leurs bras et se mirent à pleurer.

Finalement, elle se retourne vers Bob Burke. "Robert, la moitié de moi veut t'étrangler, ici et maintenant, tandis que l'autre moitié veut aussi te serrer dans ses bras. Oh, bon sang", dit-elle en se penchant en avant avec Patsy et Ellie, et elles ont toutes enroulé leurs bras autour de lui et l'ont serré.

"Ah ! Attention aux côtes, aux côtes !", gémit-il. "Écoute, j'aimerais bien rester ici et recevoir encore plus de ces tendres soins, mais il faut qu'on se bouge. Ace..."

"Vinny et moi allons descendre en police jusqu'au hall d'entrée et te retrouver au SUV dans 3".

"En trois", confirme Bob. "Les filles, un peu d'aide par ici", ajouta-t-il en tendant les bras à Linda et Patsy et en les laissant le tirer vers ses pieds. "Seigneur, j'espère que personne d'autre n'a besoin d'être sauvé ce soir, parce qu'ils vont devoir appeler quelqu'un d'autre".

Le temps qu'Ace et Vinny finissent de ranger leurs douilles, Linda, Patsy, Ellie et Bob attendent déjà sur les deux sièges arrière du SUV. Quand Ace est sorti par la porte des employés du côté de l'immeuble, il a placé une magnifique mallette en cuir usinée à la main sur les genoux de Bob. "Nous l'avons trouvée sur le palier du troisième étage, devant les portes de l'ascenseur", a-t-il dit.

Bob l'a regardé et a dit : "C'est celui de Greenway. Je me souviens qu'il l'a posé là juste avant que je lui tire dessus".

"Je pense que c'est pour cela qu'il est revenu ici", dit Patsy.

"Scalese nous a dit que Greenway allait revenir ici pour récupérer sa cachette", dit Bob en examinant les charnières et les serrures de la mallette et en vérifiant qu'il n'y a pas de fils ou de signes que la mallette a été trafiquée ou piégée, mais il n'a rien vu.

"Ça doit être important", a ajouté Patsy. "Il nous a traînés jusqu'à son bureau pour l'obtenir, alors qu'il aurait pu simplement partir et s'enfuir".

Bob a supposé que la valise était verrouillée, mais il a quand même appuyé sur les deux boutons. À sa grande surprise, ils se sont ouverts en claquant. "On dirait qu'il était très pressé et qu'il ne l'a même pas verrouillée".

Linda était assise à côté de lui lorsqu'il a soulevé le dessus, et elle s'est rapprochée pour mieux voir. Elle s'est approchée pour mieux voir. "Wow !" s'est-elle exclamée. À l'intérieur de la mallette, ils ont vu des dizaines de piles de billets de cent dollars, quatre sacs en velours noir avec des cordons, et un épais dossier de papiers. Bob prit le dossier pendant que l'index de Linda sondait les piles de billets. Elle prit l'un des sacs de velours, ouvrit le cordon et jeta un coup d'œil à l'intérieur. "C'est plein de diamants", chuchote-t-elle.

Pendant ce temps, Bob a regardé à l'intérieur du dossier et a vu une pile de certificats multicolores. Il a éventé la pile avec son ongle. "Des obligations au porteur, en coupures de mille dollars. Elles sont aussi bonnes que de l'argent liquide."

"On dirait que le métier de médecin paie plutôt bien de nos jours", dit

Linda.

Bob a donné une tape sur l'épaule d'Ace et lui a dit : "Partons d'ici. Je ne sais pas s'il reste des flics à Indian Hills ; mais si c'est le cas, ils ne devraient pas tarder à arriver, alors retournons à l'aéroport."

"Bien reçu, ça", répond Ace. "Je vais demander un Sit Rep et un ETA à Chester et Koz et appeler le pilote aussi. Je lui dirai que les roues se lèvent dans 15 minutes."

"Au fait, où sont Chester, Koz et Batman ?" Linda demande alors qu'ils sortent du parc d'activités. "Je ne les ai pas vus après avoir quitté la réserve forestière".

"Ils sont partis s'occuper de certaines choses pour moi".

"Chester dit que tout est copacetic", a pris la parole Ace. "Ils ont le matériel et ils sont dans les temps pour nous retrouver à l'avion".

"Remarquable ! Appelle aussi Ernie Travers", dit Bob en se penchant en avant. "Demande-lui s'il peut nous rejoindre à l'avion. Dis-lui que j'ai d'autres cadeaux pour lui. Ça devrait le faire bouger."

"C'est là que nous allons ? Cet aéroport privé à Mount Prospect ? Mais qu'en est-il..."

"Toi, Ellie et Patsy ?" Bob lui coupe la parole et se tourne lentement, péniblement, pour pouvoir voir son visage et celui de Patsy. "J'espérais que vous viendriez toutes les trois avec nous pour un moment."

"Tu veux dire en Caroline du Nord ?" demande Linda. "Bob, je ne peux pas partir comme ça. Ellie a école, et il y a mon travail, et je dois récupérer ma voiture, et..."

"Écoute, CHC est aussi mort que Greenway et Scalese maintenant. Il faut que tu t'éloignes d'ici et que tu ailles ailleurs pendant quelques jours jusqu'à ce qu'Ernie puisse faire fonctionner sa magie policière. Il donne les rapports d'Eleanor et la clé USB à certains journalistes du *Tribune* et du *Sun-Times*. Cela fera sauter le couvercle de leur opération, y compris les flics et les politiciens qu'ils ont payés. Dans quelques jours, nous serons blanchis et c'est DiGrigoria et ses copains qui seront en fuite, pas nous."

"Mais la Caroline du Nord ? Je n'ai même pas de brosse à dents", argumente Linda, et Patsy acquiesce.

"Linda," Bob tapote le dessus de la mallette. "Il y a... je ne sais pas, un million de dollars ? Peut-être beaucoup plus là-dedans, et rien de tout cela n'appartient plus à personne. Cela te permettra d'acheter un tas de brosses à dents, une nouvelle garde-robe, quelques maillots de bain, de beaux vêtements de fête et une *nouvelle* voiture. Le service des parkings d'O'Hare peut garder l'ancienne. Et quand nous aurons fini, nous pourrons faire de grosses contributions aux vétérans américains handicapés et à la fondation Fisher House avec ce qui restera."

"Mais qu'en est-il des enquêtes et de O'Malley ?" Linda continue d'argumenter.

Bob sourit. "M. O'Malley va avoir plus de problèmes qu'il ne peut l'imaginer. Pour ce qui est de ce soir, je connais une douzaine de gars et leurs femmes, y compris le général commandant, qui jureront sur une pile de bibles que nous sommes restés là-bas toute la semaine. De plus, il n'y a pas d'endroit sur terre où toi et Ellie serez plus en sécurité pendant les prochains jours qu'à l'intérieur des portes de Fort Bragg, avec 40 000 de mes amis personnels proches pour garder un œil sur vous."

"Tu peux t'occuper de tout ça ?" demande Linda. "Je... je ne sais pas."

"Linda, sois réaliste !" dit Patsy. "Pense à ce qui a failli nous arriver - à toi, à Ellie *et à* moi. De plus, aucune de nous n'a de travail ni personne d'autre chez qui retourner maintenant."

"Et ne vous inquiétez pas pour vos emplois", leur dit Bob à tous les deux. "D'ici la fin de la semaine, après qu'Ernie aura fait abandonner toutes ces fausses accusations, j'aurai récupéré ma société et vous pourrez tous les deux venir travailler pour moi."

"Oh, ce ne serait pas bien, Bob. Les gens pourraient se faire de fausses idées", répond Linda.

"On s'inquiétera de ça plus tard", lui dit-il en tirant Ellie sur ses genoux. "Pour l'instant, je pense que nous avons tous besoin d'un peu de vacances, n'est-ce pas, Ellie ? Un peu de temps de qualité autour de la piscine, avec beaucoup de crème glacée et des boissons amusantes avec des parapluies ?" a-t-il demandé, et la petite fille a rapidement souri et acquiescé. "En plus, avec ces côtes, tu es plutôt en sécurité. Malgré tout, j'aimerais passer un peu de temps pour mieux vous connaître tous les deux, si vous êtes d'accord."

Cette fois, c'est au tour de Linda de sourire et de hocher la tête. "Tu as raison, ça a l'air bien".

"Je sais ce que vous allez faire pour vos loisirs, et ce n'est pas mon problème, mais qu'est-ce que ça fait de moi ? La baby-sitter ?"

"Patsy, nous organisons une grande fête ce soir après que nous ayons tous dormi un peu", lui a dit Bob.

"Et je peux penser à au moins deux douzaines de gars qui seront heureux de remplir ton carnet de bal, ma fille", dit Vinnie en riant. "Tu ne manqueras pas d'activités de détente, crois-moi".

"Maman, c'est quoi les R&R ?" Ellie a demandé, et les grands enfants ont tous éclaté de rire.

CHAPITRE TRENTE

Salvatore DiGrigoria est arrivé au bureau avec quarante-cinq minutes de retard le lendemain matin. M. D. était d'une ponctualité à toute épreuve et n'était jamais en retard pour quoi que ce soit. Ce retard inouï a conduit sa sœur aînée et secrétaire de longue date, Gabriella, au bord de la crise de nerfs. Salvatore avait une gouvernante, une cuisinière, un chauffeur et deux gardes du corps pour veiller sur lui ; alors, quand il était soudainement en retard comme ça à son âge, elle craignait le pire. Finalement, elle entendit le "Ding" de l'ascenseur. Lorsque son frère en est sorti, elle a poussé un soupir de soulagement et marmonné un rapide "Je vous salue Marie". Il se dépêcha de passer, l'ignorant complètement, ce qui était encore plus inhabituel, paraissant distrait et, d'après son expression, plus qu'un peu en colère. Pire encore, Salvatore était un petit homme fier qui ressemblait à un tonneau de bière sur pattes, mais il était toujours bien coiffé. Aujourd'hui cependant, ses cheveux étaient en désordre, il ne s'était pas rasé et sa démarche saccadée ressemblait à celle d'une boule de bowling dévalant un escalier. Ce n'est pas bon signe, pense Gabriella.

"Salvatore, tu vas bien ?", l'appelle-t-elle. "Je m'inquiétais que..."

"Ces foutus journalistes m'ont réveillé. Ils devaient être une centaine à camper autour de la maison. Je pouvais à peine sortir d'ici. C'est ce foutu Enzo, je vais le tuer !"

L'expression sinistre de son visage lui dit de ne rien demander de plus. Quelque chose ne va pas du tout. En passant devant son bureau, il a donné un coup de poing sur l'exemplaire frais et soigneusement plié du *Chicago Tribune*, que Gabriella déposait consciencieusement pour lui chaque matin. "J'ai déjà lu da goddamn thing", grogna-t-il en montrant un exemplaire abîmé sous son bras, que quelqu'un avait dû lui donner. "Tu l'as lu ?" demanda-t-il d'un ton bourru, sachant qu'elle ne lisait jamais le journal. "Eh bien, aujourd'hui, tu ferais mieux ! Ce putain d'Enzo !"

Maintenant, Gabriella est vraiment troublée. Sal ne jurait jamais, du moins pas devant elle, et il ne parlait de ses frères que derrière des portes closes. "Je t'apporte ton expresso", l'appela-t-elle alors qu'il entrait dans son bureau et claquait la porte derrière lui. Entre le journal et une rasade d'expresso sicilien, elle ne pouvait qu'imaginer quelle serait sa tension artérielle ce matin.

Le vieil homme jeta l'exemplaire abîmé de la *Tribune* sur son bureau et s'assit rapidement. Il l'ouvrit à la première page et la regarda à nouveau, bien qu'il sache déjà ce qu'elle disait, mot pour mot. Le titre de la bannière était tout ce qu'il avait besoin de voir pour savoir qu'aujourd'hui serait un fiasco :

FUSILLADE DANS LA BANLIEUE

Seize membres des branches nord et sud de la
famille criminelle DiGrigoria ont trouvé la mort dans
une fusillade sanglante, alors que leur lutte de
territoire entre gangs, qui couvait depuis longtemps, a
explosé dans une bataille rangée la nuit dernière dans
la réserve forestière de Parker Woods....

"Les branches nord et sud en guerre... ?" "En train de mijoter depuis
longtemps... ? De quoi diable parlent-ils ?", marmonne le vieux Sal, de plus en
plus en colère et confus au fur et à mesure qu'il poursuit sa lecture :

Selon des sources de la police de l'État, parmi les
morts se trouvaient Tony Scalese, un sous-fifre de
longue date de DiGrigoria, ainsi que les sous-fifres
Eddie Fanucci, Johnny Corso, Jimmy DiCiccio, et
d'autres...

DiGrigoria a cligné des yeux, abasourdi, en relisant la longue liste de
noms. Dans les articles annexes accompagnant l'article principal, les nouvelles
étaient infiniment pires.

UN MÉDECIN LOCAL TUÉ PAR BALLE

Lawrence Greenway, éminent médecin local,
président et fondateur de Consolidated Health Care
(CHC) dans la banlieue d'Indian Hills, a été
retrouvé mort par balle devant les bureaux de son
entreprise tôt ce matin. À l'intérieur, la police a
trouvé les corps de trois hommes armés de
DiGrigoria. Greenway a été lié au crime organisé,
et CHC est depuis longtemps considéré comme une
façade de la mafia, selon des sources de la
Commission de lutte contre la criminalité de
Chicago. Les documents financiers obtenus hier
soir par le *Tribune* révèlent un système de
corruption et de fraude dans les programmes

fédéraux Medicare et Medicaid et dans la
facturation des assurances...

Même ce pervers de Greenway a compris ! Au moins, il y a une bonne
nouvelle, admet DiGrigoria à contrecœur, alors que ses yeux se tournent vers un
autre encadré.

UN AVOCAT AMÉRICAIN LIÉ À LA MAFIA

Des documents obtenus par le *Chicago Tribune*
révèlent des paiements substantiels de la part de
Consolidated Health Care et du chef de la famille
criminelle DiGrigoria, Tony Scalese, à Peter
O'Malley, procureur général de l'Illinois du Nord.
Les dossiers montrent que les contributions en
espèces et les contributions à la campagne
dépassent 1 million de dollars rien que pour cette
année. Les appels téléphoniques à O'Malley, au
bureau local du FBI et aux supérieurs du ministère
de la Justice de O'Malley à Washington D.C. n'ont
pas été retournés.

Salvatore s'est assis sur sa chaise, abasourdi. Tony ? *Mon* Tony qui paie
O'Malley ? Salvatore ne savait rien de tout cela. Tony ? Un million de dollars ?
"Ce fils de pute !" Salvatore hurla en réalisant soudain que Scalese avait passé un
accord avec ce salaud et l'avait vendu. "Dat rat !" fulmina-t-il en relisant l'histoire
et en n'arrivant toujours pas à y croire. Comment les choses pouvaient-elles
empirer ? C'est alors qu'il a vu l'article suivant et qu'il a réalisé que c'était le cas.

LES RAPPORTEURS OBTIENNENT LES
DOCUMENTS FINANCIERS DE DIGRIGORIA

Dans le cadre d'une enquête conjointe sans précédent,
le *Chicago Tribune* et le *Chicago Sun-Times* ont
obtenu les documents financiers détaillés de
Federated Environmental Services et de Federated
Investments à Evanston, les sociétés mères de
Consolidated Health Care, toutes détenues par
Salvatore DiGrigoria, réputé être un parrain de la
mafia. Ces documents font état de pots-de-vin versés
à des dizaines de représentants des forces de l'ordre

locales, dont le chef de la police d'Indian Hills, Cyrus Bentley, retrouvé mort par balle la nuit dernière. Les documents obtenus par le *Tribune* et le *Sun-Times* comprennent des livres de comptes écrits à la main par DiGrigoria lui-même...

Les yeux du vieil homme s'écarquillent. "Quoi ?" cria-t-il en se levant d'un bond, tremblant de colère en lisant et relisant cette dernière phrase. "Mes livres de comptes "écrits à la main" ?" dit-il en fixant le coffre-fort Yale d'un mètre cinquante de haut de l'oncle Luigi, posé contre le mur du fond. Il avait exactement la même apparence que lorsqu'il l'avait fermé à clé et quitté le bureau hier. Ces menteurs ! Ce maudit journal a menti, comme d'habitude. Ils n'avaient pas ses livres de comptes, ils ne pouvaient pas, car ce coffre-fort était imprenable.

Salvatore traversa la pièce, se plaça à côté, tendit la main et toucha la porte. Sa surface était froide, épaisse et rassurante, comme d'habitude, mais il savait qu'il devait en être certain. Il se pencha devant le coffre-fort aussi rapidement que le lui permettaient ses vieux genoux et son dos endoloris, entra la combinaison à cinq chiffres et tourna la poignée de verrouillage avec un doux déclic ! Il ouvre la porte en grand et passe la tête à l'intérieur. À sa grande horreur, il constate que la moitié supérieure de sa pile de livres de comptes, ceux des quinze dernières années, a bel et bien disparu ! À leur place se trouvait une simple feuille de papier à lettres blanc et épais avec quelque chose d'écrit dessus. Il se pencha plus près et lut les grosses lettres imprimées, qui disaient : "Fry in Hell, you old bastard !" (Fris en enfer, vieux salaud). Le type du téléphone."

Il serait agréable de penser que le "vieux salaud" a lu la note en entier, mais la vérité est qu'à moins d'être un lecteur rapide, il est peu probable qu'il ait lu plus de la première moitié avant que les huit onces de plastique Semtex à l'arrière du coffre-fort n'explosent. L'explosion a soulevé le coffre-fort de 300 kg du sol, a brisé ses plaques d'acier et ses soudures, et a soufflé ce qui restait de Salvatore DiGrigoria à travers la pièce et par la fenêtre de son bureau. Plus tard, quelques flics cyniques se sont demandé si des morceaux du vieil homme avaient pu être transportés assez loin pour atteindre son cimetière privé dans le lac Michigan. Cependant, la plupart d'entre eux ont réalisé qu'il était peu probable qu'ils soient allés beaucoup plus loin que Sheridan Road.

XXX

Si tu as aimé cette lecture, retourne à la *Guerre de Burke*.
Amazon Book Page, ICI et affiche quelques étoiles et quelques commentaires. Cela aide vraiment leurs algorithmes de marketing et les gens à trouver le livre. Clique sur le lien ci-dessous ou copie et Colle-le dans ton navigateur et clique sur les étoiles dorées. Cela t'aidera
avec le marketing Amazon et aide les autres à le trouver. Merci.

TOUS MES LIVRES SONT DISPONIBLES SUR KINDLE UNLIMITED

MACHETE DE BURKE : Livre 7 Bob Burke et ses joyeux lurons affrontent les cartels mexicains de la drogue Fentanyl sous le soleil du Mexique, et ce n'est pas pour les Tacos et la Cerveza ! Il a fait exploser leur quartier général et a mis leur Hefe en prison. Maintenant, ils ont pris le sien. Il vient les chercher. Et il ne viendra pas seul.

**4,5 étoiles sur 174 commentaires US Amazon et en Goodreads.
Bientôt disponible en français !**

LE SAUVETAGE DE BURKE : Livre 6

Bob Burke et les Merry Men affrontent les cartels mexicains de la drogue Fentanyl sous le soleil du Mexique, et ce n'est pas pour les Tacos et la Cerveza ! Il a fait exploser leur quartier général et mis leur Hefa en prison. Maintenant, ils ont enlevé sa femme. Il vient les chercher. Et il ne viendra pas seul.

4,7 étoiles sur 251 commentaires US Amazon et en Goodreads.
Voici la page du livre Amazon !

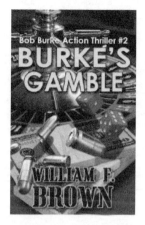

BURKE'S GAMBLE, le numéro 2 de la série Bob Burke, où Bob et les Merry Men s'attaquent à la mafia new-yorkaise. Lorsque quelqu'un jette l'un de ses anciens sergents par la fenêtre d'un casino d'Atlantic City (5th), la vengeance va faire des ravages !

4,6 étoiles sur 557 commentaires Amazon et en Goodreads.

Voici la page du livre Amazon !

Et vous aimerez peut-être aussi le n°3 de la série Bob Burke, BURKE'S REVENGE, le n°3 avec Bob et les Merry Men affrontant les terroristes de l'Etat islamique à l'intérieur de Fort Bragg.

4,5 étoiles sur 348 commentaires Amazon et en Goodreads.

Voici la page du livre Amazon !

Tu peux aussi consulter le site de BURKE SAMOVAR, n°4, avec Bob et les Merry Men. Des hommes aux prises avec "le nouveau tsar" et la mafia russe. Si tu essaies de lui voler ses affaires et de le contraindre par la force, il y aura des conséquences, jusqu'à Moscou, c'est nécessaire.

4,7 étoiles sur 375 commentaires Amazon et en Goodreads.
Voici la page du livre Amazon !

Et puis il y a **BURKE'S MANDARINE #5** dans le Bob Burke. La série d'action-aventure, avec des espions chinois à Washington, la marine chinoise en mer de Chine méridionale, et quelqu'un qui vient de tirer sur le pick-up de Bob. Il n'y a pas que du thé vert qui se prépare en mer de Chine méridionale.

4,7 étoiles sur 411 commentaires Amazon et en Goodreads.
Voici la page du livre Amazon !

<u>TOUS MES LIVRES SONT DISPONIBLES
SUR KINDLE UNLIMITED
LA PLUPART SONT MAINTENANT DISPONIBLES EN
ALLEMAND ET ESPAGNOL
TRADUCTIONS ET EN
ÉDITIONS AUDIO AUDIBLE</u>

SI TU AS LU LA SÉRIE BOB BURKE, JETTE UN COUP D'ŒIL À MES AUTRES THRILLERS D'ACTION ET D'AVENTURE :

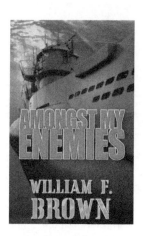

<u>PARMI MES ENNEMIS</u> : **A l'intérieur Dans un U-Boat allemand rouillé se trouvent des millions en lingots d'or, des œuvres d'art volées et un secret.** Tout le monde veut le trouver et savoir ce qu'il contient, mais seul l'ancien aviateur américain Mike Randall connaît la vérité dans ce thriller espion contre espion de la guerre froide. Une excellente lecture !

4,4 étoiles étoiles sur 791 commentaires Amazon et en Goodreads.
Bientôt disponible en français !

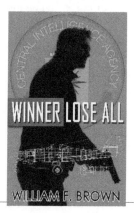

<u>LE GAGNANT PERD TOUT</u> : **Les espions mentent et les espions meurent dans ce thriller de guerre froide au rythme effréné !** Alors que la Seconde Guerre mondiale s'arrête dans les décombres de l'Allemagne nazie, tous les regards se tournent vers la prochaine guerre "froide". Les "armes merveilleuses" d'Hitler façonneront l'équilibre du pouvoir mondial pendant des décennies.

4,4 étoiles sur 473 commentaires
Amazon et en Goodreads.
Bientôt disponible en français !

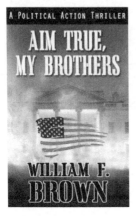

<u>AIM TRUE, MES FRÈRES</u> **est un thriller contemporain et rythmé opposant le FBI aux terroristes du Moyen-Orient.** Un commando hautement qualifié du Hamas se lance dans une chasse au sang pour le plus gros gibier qui soit, le président américain.

4,4 ÉTOILES SUR 859 COMMENTAIRES Amazon et en Goodreads.

Bientôt disponible en français !

<u>JEUDI À MIDI</u> : **Trahison Le double jeu est la règle dans ce thriller d'espionnage contre espionnage.** Un agent du Mossad mort, des scientifiques nazis spécialistes des fusées, les Frères musulmans, un ambassadeur américain corrompu et deux régiments de chars égyptiens disparus - quelqu'un essaie de déclencher une nouvelle guerre israélo-arabe.

4,4 étoiles sur 398 avis Amazon et en Goodreads.
Bientôt disponible en français !

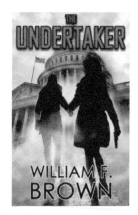

LE SOUS-TRAITEUR : Quelqu'un enterre des corps sous le nom d'autres personnes. Si Pete et sa petite amie excentrique Sandy ne l'arrêtent pas, ils seront les prochains sur la liste du croque-mort.

4,4 étoiles sur 460 commentaires Amazon et en Goodreads.

Bientôt disponible en français !

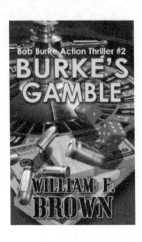

**ET SI TU AIMES MES
HISTOIRES SUR BOB BURKE :**
Un aperçu de *BURKE'S GAMBLE*,
le deuxième tome de la série des
Série de thrillers d'action de Bob
Burke

CHAPITRE UN

Atlantic City, New Jersey, 12h30

Pour paraphraser l'écrivain russe Léon Tolstoï, "Tous les joueurs gagnants se ressemblent ; chaque joueur perdant est malheureux à sa manière." Si le sergent de première classe de l'armée américaine Vinnie Pastorini avait déjà lu Tolstoï ou même entendu parler de lui, il aurait probablement été d'accord, mais Vinnie ne connaissait rien à la littérature russe. Ce qu'il connaissait bien, c'était les opérations spéciales, la guerre "asymétrique", les armes, les combats, l'alcool, les jeux d'argent et la défaite.

    Vinnie avait passé d'innombrables heures aux tables de Las Vegas, Monte Carlo, Biloxi, dans les casinos indiens de Caroline du Nord et du nord de la Californie, et ici à Atlantic City. En chemin, il a connu sa part de longues séries de gains et de séries de pertes encore plus longues, mais les derniers mois ont été les pires de son histoire. Comme on dit, les balles manquent, les grenades peuvent être des garces capricieuses, la vie est courte, parfois le mauvais gars se fait tuer, et parfois "la merde arrive". Malgré tout, Vinnie savait que sa chance était sur le point de tourner. Il le savait ! Ce qui monte doit redescendre, et ce qui descend doit toujours remonter. Une main ! Une grosse main, c'était tout ce dont il avait besoin pour que sa chance se déclenche et que le jus circule à nouveau. Cela allait se produire, ici et maintenant, à Atlantic City. Il le *sent* !

    Lors de ses précédents voyages à Atlantic City, Vinnie avait joué dans la plupart des casinos, mais il n'avait jamais joué au Caesars, sur la promenade. Lorsqu'il est entré, il était presque minuit et il a tout de suite aimé ce qu'il a vu. Dans tous les casinos, l'action ne commençait jamais avant au moins 23 heures, lorsque les gros bonnets sortaient et qu'un gars pouvait gagner beaucoup d'argent.

Vinnie espérait que c'était le cas, parce qu'il avait vraiment besoin de gagner de "l'argent très sérieux", et ils disaient que Caesars était le casino le plus chic avec la clientèle la mieux soignée du Boardwalk. Cela n'incluait pas les casinos Bimini Bay, Tuscany Towers ou Siesta Cove au nord-est d'Atlantic City, qui appartenaient tous à Boardwalk Investments, mais il ne pouvait pas y retourner tant qu'il n'avait pas récupéré au moins un acompte important sur ce qu'il leur devait. Le Borgata et le Harrah's n'étaient pas non plus concernés. Il ne leur devait rien, mais ils étaient trop proches de la baie de Bimini pour qu'il s'y sente à l'aise. Ce seraient les premiers endroits où Shaka Corliss et ses hommes de main le chercheraient, et c'était bien trop risqué. Non, il devait essayer les casinos du côté sud, le long de la promenade, et récupérer sa mise avant qu'ils ne le rattrapent. Sinon, il serait un homme mort en marche.

En franchissant nonchalamment les portes d'entrée du Caesars, il a jeté un coup d'œil aux tables de jeu. Les plafonds sont plus élevés ici qu'au Resorts ou au Bally's, et c'est une bonne chose. Mais ils ne sont pas encore assez élevés. Il mit la main dans la poche de son pantalon et sentit ce qu'il restait de son argent liquide. Pas besoin de compter. Il savait qu'il lui restait un peu plus de 7 000 dollars, ce qui signifiait qu'il avait déjà perdu les 100 000 dollars qu'il avait ramenés de Caroline du Nord plus tôt dans la journée, plus 100 000 autres dollars qu'il avait escroqués à deux autres casinos. Vinnie secoue la tête et rit de lui-même. D'une manière ou d'une autre, il avait réussi à claquer 218 000 dollars en un peu plus de sept heures. C'était un record, même pour lui, et il devait maintenant beaucoup d'argent aux mauvaises personnes.

Et alors, s'est-il dit. Oh, Patsy allait être super énervée contre lui, et Shaka Corliss et ses hommes de main allaient parler fort et le bousculer un peu. Mais en fin de compte, ils voulaient récupérer leur argent, et un homme mort ne pouvait pas faire ça. Oh, il allait devoir vendre la nouvelle maison et signer quelques billets à ordre, mais cela ne ferait que le ramener là où il avait commencé trois mois plus tôt. L'armée ? Qu'est-ce qu'elle pourrait faire ? Lui coller une note ? "L'envoyer en Irak ?", comme le veut la vieille blague de l'armée depuis le Vietnam, ou du moins c'est ce que quelqu'un lui a dit un jour. Eh bien, il était passé par là et l'avait fait aussi ; et il était toujours du bon côté de l'herbe à les regarder tous.

La glissade de Vinnie a commencé deux semaines auparavant, lorsque lui et Patsy sont venus ici pour un peu de R&R. Ils venaient d'acheter la nouvelle maison, ils avaient payé comptant et il leur restait 30 000 dollars. C'était le chiffre parfait pour un week-end de folie à Atlantic City, pensait-il, alors ils ont pris la route. Fou ? On peut dire que Vinnie le savait mieux que quiconque. En deux jours, il a englouti les 30 000 $ plus deux avances de 50 000 $ qu'il a fait accepter au casino. Il n'a jamais cessé de s'étonner de ce que les gens sont prêts à faire pour un vétéran, s'il affiche un grand sourire et une carte d'identité de l'armée. Malheureusement, cette facture arrivait à échéance comme toutes les autres ; et lorsque vous devez de l'argent aux exploitants de casinos du New Jersey, ils viennent vous chercher avec une batte de base-ball. Patsy et lui sont donc retournés à Fort Bragg, ont vu la caisse d'épargne et de crédit et ont contracté un prêt de 100 000 dollars sur la maison pour les rembourser.

Une semaine plus tard, ils sont retournés à Atlantic City avec la meilleure intention de trouver une belle chambre pour la nuit, de payer les requins, de faire un bon repas et de repartir vers le sud, dûment embarrassés et chagrinés le lendemain matin. Et ça a presque marché. Le Bimini Bay lui a même offert une chambre. Après tout, il avait accumulé suffisamment de points Gold Club pour obtenir une suite au dernier étage avec une belle vue sur la marina.

Ensuite, il a emmené Patsy chez Ruth's Chris pour un bon steak et lui a dit qu'elle n'avait pas besoin de l'accompagner au bureau du casino. Il ne lui faudrait qu'une minute pour déposer l'argent et retourner dans la chambre. Malheureusement, les gars de l'unité ne l'appelaient pas "double-down Vinnie" pour rien, mais il savait que sa chance avait tourné. Il le sentait, et ça ne servait à rien de donner tout cet argent à ces clowns alors qu'il *savait qu'*il pouvait le regagner. C'était il y a sept heures.

Vinnie n'était pas stupide. Lorsqu'il a laissé Patsy dans la chambre, il n'a pas couru directement vers les tables en bas du Bimini Bay. Au lieu de cela, il a roulé vers le sud jusqu'au Boardwalk et a commencé au Trump Taj Mahal. Il s'est ensuite essayé au Resorts, au Bally's, au Tropicana et enfin au Caesars. Parmi les grands casinos de la ligne principale, c'était la fin de la ligne. Lorsqu'il a quitté le Taj et le Resorts, les 100 000 dollars de la Caroline du Nord s'étaient envolés. Avec son sourire, sa carte d'identité militaire et sa signature, il a obtenu une ligne de crédit de 50 000 dollars supplémentaires au Bally's et deux avances de 25 000 dollars au Tropicana. Il se trouve maintenant au Caesars avec les 7 000 dollars qui lui restent.

Il n'y avait pas de temps à perdre. Vinnie fit rapidement le tour des tables et vit la plupart des jeux habituels - le craps et la roulette aux extrémités, et une longue et double ligne de tables de cartes semi-circulaires entre les deux. Chaque table avait son propre croupier, des graphiques sur la table et une enseigne lumineuse en verre qui indiquait le jeu auquel on jouait - Poker à trois cartes, Blackjack, Caribbean Stud, Texas Hold'em, Crisscross, Let it Ride, Spanish 21, et même la Guerre des casinos. Ils les avaient tous, et il avait pris plaisir à jouer à la plupart d'entre eux lors de ses derniers voyages ici, gagnant et perdant un tas à chacun d'entre eux. Ce soir, ces jeux étaient tentants, mais leurs enjeux étaient bien trop faibles et il n'avait pas toute la nuit devant lui. Il lui restait peut-être deux ou trois heures au mieux. D'ici là, Shaka Corliss et ses hommes de main allaient le retrouver, et il avait intérêt à avoir assez d'argent pour acheter ce salaud. Patsy était assise dans cette chambre d'hôtel au Bimini Bay, *leur* Bimini Bay, et ils auraient tous les deux de gros ennuis s'il ne le faisait pas.

Les yeux de Vinnie se posèrent finalement sur le salon de Texas Hold'em, situé sur le mur du fond du casino. Ce n'était pas son jeu préféré, mais ils y avaient des tables à enjeux illimités, et c'était ce dont il avait désespérément besoin. Il s'est approché et a fait un pas à l'intérieur pour constater qu'il s'agissait d'une grande salle avec des dizaines de tables, dont la plupart étaient déjà pleines. N'y pensant plus, Vinnie s'est dirigé vers le bureau de contrôle et a expliqué à l'homme ce qu'il cherchait.

"Tu es sûr de vouloir "aucune limite", jeune homme ?" demande l'homme.

Vinnie acquiesce, alors l'homme lui indique le mur latéral. "Une place vient de se libérer à la table 22. Mais je vais te dire, c'est une foule rapide là-bas, alors bonne chance."

Vinnie a souri, a descendu la table et a pris sa place. Une foule rapide ? En regardant les neuf autres joueurs, tout ce qu'il a vu, c'est la collection habituelle des aspirants aux *World Series of Poker* : sept hommes et deux femmes. La plupart des hommes portaient la combinaison habituelle de rigueur : lunettes de soleil noires, écouteurs "Beats", chaînes en or autour du cou et casquettes de baseball à l'envers. Les autres portaient des chemises western, des cravates bolo et des chapeaux de cow-boy. Les premiers le fixaient avec une expression vide, tandis que les cow-boys disaient au moins "Howdy".

Les femmes, c'est autre chose. L'une d'elles avait les yeux brillants et sortait tout droit d'un concours de sosies de Dolly Parton, tandis que l'autre avait des yeux sombres et éteints de "requin". Elle avait de l'art corporel le long de ses deux bras et de son cou, de grosses boucles d'oreilles, des clous et à peu près tout ce qui pouvait être enfoncé dans son nez, ses lèvres, sa langue, ses oreilles et probablement quelques autres endroits inconfortables qu'il ne pouvait pas voir. Vinnie n'a jamais pu comprendre ce que tout cela avait à voir avec la chance du tirage au sort, et encore moins avec la beauté ; mais encore une fois, si c'était "normal", alors le monde était dans un grand pétrin.

L'heure suivante s'est déroulée à peu près comme il avait appris à s'y attendre. Il a commencé à gagner gros dès le début et a fait passer ses 7 000 $ à 35 000 $, avant que tout ne s'écroule à nouveau et qu'il se retrouve à fixer le petit tas de 2 200 $ devant lui. Le bouton du croupier était celui de Vinnie, mais cela n'avait pas d'importance. La croupière de la maison était une femme pour cette partie, et elle semblait savoir ce qu'elle faisait lorsqu'elle a ouvert un nouveau paquet et l'a mélangé. Les "blinds" étaient affichés, les jetons étaient jetés, et Vinnie fixait la table d'un air absent alors qu'elle commençait à distribuer la première main. Elle a fait la moitié du tour de la table quand elle s'est figée en plein milieu de la carte. Cela ne s'est jamais produit. Vinnie a levé les yeux et a vu le chef de la fosse et l'un de leurs gros agents de sécurité en uniforme se tenir à sa droite et à sa gauche. Étonnamment, ils ne regardaient ni Vinnie ni personne d'autre à la table. Ils regardaient derrière Vinnie, par-dessus son épaule.

C'est alors qu'il a senti une tape pas si douce sur son épaule. Il a tourné la tête et a levé les yeux pour voir deux autres gars costauds de la sécurité du Caesars qui l'encadraient. Derrière eux se trouvaient Shaka Corliss et ses jumeaux. Il était difficile de les manquer. Corliss était noir, avec un crâne rasé brillant, des dents blanches, des lunettes de soleil Oakley enveloppantes, un énorme revolver chromé dans un étui d'épaule, et un cas terminal d'arrogance et de colère. D'une taille à peine supérieure à la moyenne, il avait le genre de muscles bidons que l'on obtient après avoir passé trop d'heures à soulever des poids dans une salle de sport.

Entre lui et Vinnie, cela avait été une aversion réciproque au premier coup d'œil. Peut-être que Corliss n'aimait pas les Blancs, ni les sergents de l'armée, ni les perdants tout court, mais Vinnie doutait que Corliss s'entende avec qui que ce soit. Les deux sosies, les goons au visage de bébé qui se tenaient de chaque côté de lui avaient l'air de faire 1m80 et environ 270 livres chacun, comme des joueurs de football d'une petite ville du Nebraska. Corliss prenait son pied en leur donnant des ordres et en se montrant grossier, arrogant et insultant chaque fois qu'il le pouvait. Vinnie pensait qu'il devait les payer très cher pour supporter ces conneries, parce qu'ils le dominaient et que l'un d'eux pouvait le briser en deux.

L'agent de sécurité du Caesars n'était rien d'autre que poli. "Je suis désolé de vous interrompre, Monsieur, mais si vous vouliez bien venir avec nous, s'il vous plaît ?", a-t-il demandé à Vinnie.

"Tu plaisantes, je suis en plein milieu d'une main là", se plaint-il.

"Nous allons retenir ton siège et tes jetons. Ça ne prendra qu'une minute."

"Bien sûr que si !" Corliss pousse le gars du Caesars sur le côté. "Ce sont *nos* jetons et *notre* argent, Sucker, et tu as déjà brûlé tout ce que tu vas brûler !".

Vinnie a levé les yeux vers Corliss et a réfléchi en se levant lentement. De toute évidence, la partie était terminée et il ne récupérait rien de l'argent qu'il leur devait. Cependant, "pour un sou, il faut une livre", pensa-t-il alors que sa main droite s'élevait en un uppercut parfait - compact, explosif et droit vers le plafond. Il a attrapé Corliss sous le menton et l'a envoyé voler vers ses jumeaux. Tout compte fait, à part le steak Ruth's Chris, l'expression surprise, bouche ouverte et stupide du visage de Corliss a été le point culminant le plus satisfaisant de la soirée.

Du haut de son mètre quatre-vingt-dix et de ses 90 kilos, Vinnie n'était pas un petit homme, mais après son premier coup de poing, tout ce dont il se souvient, c'est d'une succession de coups de poing, de contre-poings, de coups de pied, et d'une bonne dose de douleur. Il avait participé à six missions de combat dans deux guerres officielles différentes, et à beaucoup d'autres non officielles en tant que

Ranger de l'armée et sous-officier supérieur de la Delta Force, bien que son appartenance à cette fraternité d'élite soit toujours top secrète et ne doive jamais être reconnue. Il était considéré comme un expert dans le maniement de la plupart des armes de l'armée et tout aussi bon dans les combats à mains nues, et avait participé à plus d'une bagarre de bar à l'ancienne dans un poste de l'armée après l'autre. Ce soir, il a réussi à tirer une douzaine de coups sur les voyous les uns après les autres. Il a même jeté un agent de sécurité sur une table de poker voisine, la brisant en deux, et a projeté l'un des hommes de main de Corliss la tête en bas contre le mur. À la fin, cependant, six contre un, presque tous plus grands que lui, l'emportaient généralement. Lorsque quelqu'un lui a cassé une chaise sur la tête et qu'il s'est écroulé, c'est tout ce qu'elle a écrit.

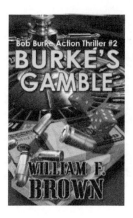

Tu peux lire la commande **BURKE'S GAMBLE, #2** dans la série Bob Burke, sur la page du livre Kindle, en Kindle e-boo, Paperback, Hardback, et en Kindle Unlimited.

4,5 étoiles sur 952 commentaires Amazon et en Goodreads.

Bientôt disponible en français !

DÉDICACEUR

Tout d'abord, je tiens à remercier les meilleurs correcteurs qu'un écrivain puisse avoir : ma femme Fern en Floride, Elisabeth Hallett dans le lointain Montana, Reg Thibodeaux, également dans le Montana, John Brady, Steve Kirsch, Ann Keeran, Wayne Burnop au Texas, Ron Braun également au Texas, Paul Duke, Marti Panikkar en Arkansas, Susan Bryson, Catherine Griffin en Caroline du Sud, Ken Friedman à Orlando, Sheldon Levy également à Orlando, et Craig Smedley à Melbourne, en Australie. Il faut un nombre infini de globes oculaires pour attraper la plupart de ces petites erreurs électroniques. Personne ne les attrape tous. Je tiens également à remercier Todd Hebertson, de My Personal Art, à Salt Lake City, pour les remarquables illustrations de couverture qu'il a réalisées pour presque tous mes livres, ainsi que Hitch et son équipe de Booknook Inc, sous le soleil de Phoenix, qui ont réalisé un grand nombre de mes mises en page. Il faut un village géographiquement diversifié pour produire un livre de nos jours.

À PROPOS DE L'AUTEUR

Avec l'ajout de Burke's Machete, je suis l'auteur de dix-huit livres désormais disponibles exclusivement sur Kindle en e-book, en livre de poche, en livre relié et en livre audio. Deux sont des coffrets et quatre font partie de ma série Nos guerres du Vietnam, acclamée par la critique et composée d'entretiens et d'histoires avec 240 vétérans du Vietnam sur leurs expériences avant, pendant et après la guerre.

Originaire de Chicago, j'ai obtenu une licence à l'Université de l'Illinois en J'ai fait des études d'histoire et de russe, et j'ai obtenu une maîtrise en urbanisme. J'ai servi comme commandant de compagnie dans l'armée américaine au Vietnam et je me suis engagé dans la politique locale et régionale. En tant que vice-président de la filiale immobilière d'une société Fortune 500, j'ai beaucoup voyagé en Europe, en Russie, en Chine et au Moyen-Orient, des endroits qui ont figuré dans mes écrits. Je joue mal au golf, je suis devenu un coureur acharné et je peins des paysages passables à l'huile et à l'acrylique. Retraités, ma femme et moi vivons en Floride.

En plus des romans, j'ai écrit quatre scénarios primés.
Ils se sont classés premiers dans la catégorie suspense de Final Draft, ont été finalistes de
Fade In, premier au Screenwriter's Utopia - Screenwriter's Showcase Awards, deuxième à l'American Screenwriter's Association, deuxième à Breckenridge, et d'autres encore. L'un d'entre eux a fait l'objet d'une option pour un film.

Le meilleur moyen de suivre mon travail et d'être informé des ventes et des gratuités est de consulter mon site Web http://www.billbrownthrillernovels.com.

COPYRIGHT

BURKE'S WAR, en français

La guerre de Burke,
Bob Burke Action-Thriller 1

La conception de la couverture a été réalisée par Todd Hebertson de My Personal Artist. Éditions numériques produites par William F. Brown
Publié par WFBFCB LLC, une société à responsabilité limitée du Wyoming
Site web http://www.billbrownthrillernovels.com
Contact à BillThursday1@gmail.com

Printed in France by Amazon
Brétigny-sur-Orge, FR

20198318R00181